# मेरा राम मेरा देश

भारतवर्ष का इतिहास बताती राम की गाथा



संजय त्रिपाठी

MANJUL
मंजुल पब्लिशिंग हाउस

MANJUL

**मंजुल पब्लिशिंग हाउस**

*कॉरपोरेट एवं संपादकीय कार्यालय*

द्वितीय तल, उषा प्रीत कॉम्प्लेक्स, 42 मालवीय नगर, भोपाल-462 003

*विक्रय एवं विपणन कार्यालय*

7/ 32, अंसारी रोड, दरियागंज, नई दिल्ली-110 002

वेबसाइट : www.manjulindia.com

*वितरण केन्द्र*

अहमदाबाद, बेंगलुरू, भोपाल, कोलकाता, चेन्नई,
हैदराबाद, मुम्बई, नई दिल्ली, पुणे

*मेरा राम मेरा देश*



यह संस्करण 2016 में पहली बार प्रकाशित
द्वितीय आवृत्ति 2018

**ISBN 978-81-8322-751-3**

मुद्रण व जिल्दसाज़ी : न्यूटेक प्रिंट सर्विसेज़ - इंडिया

*उन महान पूर्वजों को समर्पित जिन्होंने हमें इतना गौरवशाली अतीत, इतना समृद्ध इतिहास दिया*

# लेखकीय कथन

आर्यों के आगमन से पूर्व यहाँ, इस देश में द्रविड़ों की सभ्यता थी। द्रविड़ों ने नगर बसाए, पुर बनाए, मूर्तियाँ बनाईं, भाषा बनाई, सीलें चलाईं और दूर देशों तक व्यापार फैलाया।

इतिहासकार ए बी कीथ ने भारतीयों के इतिहास लेखन में त्रुटि के तीन प्रमुख कारण बताए हैं। प्रथम - भारतीयों पर कोई भी विदेशी आक्रमण इतना शक्तिशाली नहीं हुआ, जिसके प्रभाव से उनमें एक राष्ट्र की भावना जागती और कोई विद्वान अपने राष्ट्रीय इतिहास को लिखने कि प्रेरणा प्राप्त कर पाता। द्वितीय - भारतीय सदैव से ही भाग्यवादी रहे हैं और जो हो रहा है उसे नियति मानकर किसी बदलाव हेतु लालायित नहीं रहे और न ही अपने आस पास के देशों में घट रही घटनाओं से सजग हुए। और तीसरा कारण - उन्होंने इतिहास और किंवदंतियों में भेद नहीं किया, जब भी उनसे इतिहास की बात की जाती वे कपोल गाथाएँ सुनाने लगते।

इन तीन कारणों के अतिरिक्त मेरे मतानुसार चौथा कारण यह भी रहा कि चूँकि आर्य सभ्यता द्रविड़ सभ्यता को विजय कर यहाँ बसी और जैसा होता आया है कि बाहरी विजेता स्वयं को विजित स्थान का स्थाई निवासी बताने हेतु वर्षों पुरानी कपोल गाथाएँ गढ़ लेते हैं, आर्यों ने भी अपने नायकों के चारों ओर हज़ारों वर्षों की कपोल कहानियाँ जोड़ दीं। आर्यों ने अपने देवों को लाखों वर्षों से चमत्कार करते हुए, अपने मुनियों को हजारों वर्षों से तप करते हुए, अपने राजाओं को जन्म बदल बदल कर शताब्दियों से राज करते हुए बताया और यह सिद्ध करने का प्रयास किया कि वे बाहरी नहीं हैं, यहीं के मूल निवासी हैं।

इन्हीं कपोल गाथाओं ने भारतीय गौरवशाली अतीत को सिलसिलेवार नहीं रखकर इसके इतिहास के साथ न्याय नहीं किया। जबकि हमारे पास स्वर्ण अक्षरों में लिखा जाने वाला एक समृद्ध इतिहास था, जो अपनी खोज हेतु वर्षों से हमारी ओर देख रहा है।

भारतीय जनमानस के प्रथम महानायक राम एक ऐतिहासिक पुरुष थे। राम की दक्षिण विजय आर्यों का दक्षिण में विस्तार था और पूरे राष्ट्र को एक सूत्र में बाँधने, आर्य व द्रविड़ संस्कृति को एक कर नवीन भारत के निर्माण का श्रेय राम को ही जाता है।

जब हम यह मान लेते हैं कि राम ने एक ईश्वर के रूप में जन्म लिया था, तब तो सोचने के लिए कुछ रह ही नहीं जाता। फिर तो उन्होंने जो भी किया ईश्वर का चमत्कार था, देव लीला थी। किन्तु यदि हम यह देखें कि कैसे एक व्यक्ति एक साधारण राजा के यहाँ जन्मा और अपने पराक्रम से उत्तर से लेकर दक्षिण तक, अनेक विपरीत परिस्थितियों के बाद भी, अपनी विजय पताका फहराई, अपना यश स्थापित किया। कैसे एक व्यक्ति ने अपनी भाग्यहीनता, जिसमें वनवास और स्त्री हरण सम्मिलित थे, को पीछे छोड़कर अपने भाग्य का, अपने शौर्य का, अपनी विशालता का इतिहास लिख दिया। कैसे एक व्यक्ति मानव से महामानव बना, कैसे एक आत्मा का महात्मा में और महात्मा से परमात्मा में रूपांतरण हुआ तो हम विस्मित हो जाते हैं, आश्चर्यचकित रह जाते हैं।

सच तो यह है कि राम को जन्मजात ईश्वर मानकर हम उनकी उपलब्धियों को कम कर आँकते हैं। साथ ही उस समय की दो महान सभ्यताओं के विलय हेतु किए गए दोनों सभ्यताओं के नायकों के प्रयासों को भी महत्त्व नहीं दे पाते हैं।

यहाँ यही बताने की चेष्टा की गई है। राम के साथ भारत का एकीकरण, सभ्यताओं का विलय, नवीन उपासना विधियाँ, देवों के नए नाम व नई परिभाषाएँ, यज्ञ बलि के स्थान पर मूर्ति पूजा का प्रारम्भ, नव पूजन ग्रहों की स्थापना और एक नवीन धर्म जो धर्म से अधिक उपासना पद्धति बना, का उदय हुआ।

विंस्टन चर्चिल, जिन्हें द्वितीय विश्व युद्ध का नायक कहा जाता है, ने कहा था *magnanimity in victory, grace in defeat* जीत में उदारता एवं पराजय में गरिमा होनी चाहिए। यदि इसका धरती पर कोई सबसे पहला उदाहरण था तो वह आर्य अनार्य युद्ध के रूप में दिखा। किस तरह विजेता आर्यों ने अपनी विजय में उदारता दिखाई और किस तरह द्रविड़ों ने अपनी पराजय में गरिमा प्रदर्शित की। इतना शानदार उदाहरण विश्व इतिहास में शायद ही कहीं देखने को मिला हो।

मैंने राम को इतिहास के परिप्रेक्ष्य में वर्णित करने कि कोशिश की है। जो मुझे उचित लगा, मैंने लिखा। आप मुझसे सहमत होंगे, नहीं भी हो सकते। किन्तु इसे पढ़ें अवश्य क्योंकि इसमें मैंने महाकाव्यों, इतिहास की किताबों एवं कल्पना के आधार पर राम और उस काल के कई अनछुए पहलुओं को छूने का प्रयास किया है। संभव है कुछ छूट गया हो, जिसे आप छू लें!

# 1

मुनि विश्वामित्र विचारों में खोए चले जा रहे थे कि सरयू तट आ गया। सोचा सरयू में स्नान कर राजदरबार में पहुँचा जाए। पावन सरयू से भी प्रार्थना कर लें कि अयोध्या जाने का प्रयोजन सफल हो। स्नान किया, सूर्य देव को अर्घ्य दिया और आशीष माँगा। तत्पश्चात वे चल पड़े और नगर में प्रवेश किया। मुनि ध्यान मग्न थे किन्तु अयोध्या की सुन्दरता बरबस ध्यान खींच रही थी। गलियाँ चौड़ी और साफ़-सुथरी थीं। गुग्गलादि की खुशबू वातावरण में फैली थी, भवनों पर रंग-बिरंगी ध्वजा-पताकाएँ फहरा रही थीं। दुकानों पर भाँति-भाँति की वस्तुओं की सजावट थी। दुकानदार मृदु वाणी से ग्राहकों से वार्ता कर रहे थे। क्रेता और विक्रेता सभी प्रसन्न दिखते थे। *"प्रजापालक राजा के राज में प्रजा का सुखी होना अवश्यसंभावी है,"* मुनि ने सोचा।

राजा दशरथ अपने दरबार में बैठे मंत्रणा कर रहे थे। दरबार का विशाल कक्ष था, चौड़े खम्भे ऊँची छत को सहारा दे रहे थे, दीवारों पर सुन्दर चित्रकारी थी। ऊँचे चबूतरे पर राजा का रत्नजटित सिंहासन था। आगे कक्ष में मंत्रियों, सचिवों, पदाधिकारियों के बैठने के स्थान, पूरे दरबार में चटक रंग का कालीन बिछा था।

द्वारपाल ने आकर सूचना दी कि मुनि विश्वामित्र पधारे हैं, सुनते ही दौड़ पड़े। राजा मुनि का स्वागत करते हुए उन्हें सादर अंदर लाए, पैर पखारे और अर्घ्य आदि से पूजन कर बैठने को उचित आसन दिया।

"मुनिवर आपके दर्शन से हम सब कृतार्थ हुए, अपने आने का प्रयोजन बतलाने का कष्ट करें, मैं पूरा करने में कोई कसर नहीं तजूँगा," दशरथ बोले।

"राजन! आप तो जानते हैं हम ऋषि-मुनि वनों में यज्ञ, तप करते हैं। हम आर्यों की संस्कृति में यह सब उपासना की पद्धतियाँ हैं। साथ ही हमें आर्यों के विस्तार के लिए भूमि की आवश्यकता है। हम सम्पूर्ण गंगा क्षेत्र को आर्यावर्त बनाना चाहते हैं, किन्तु इस भू-भाग पर पूर्व से रहने वाली

अनार्य जंगली प्रजातियाँ हमारे प्रयास में बाधा डालती हैं। वे नहीं चाहतीं कि यज्ञ हों, जंगल साफ़ हों और वृक्ष कटें इसलिए वे यज्ञ में विघ्न डालते हैं। हम आर्यों को यदि भूमि चाहिए तो वे वनों पर निर्भर हैं। वन्य जीवों का आखेट, वन औषधियों, मृग छाल, हाथीदाँत, फल आदि स्वयं एवं व्यापार के लिए वे जंगलों से प्राप्त करते हैं। इसलिए वे निशाचर रात्रि में भ्रमण कर वन्य जीवों का शिकार करते हैं। हमें कृषि व गायों के लिए अधिक से अधिक भूमि चाहिए और यह वनों के साफ़ होने पर ही संभव है। यही हमारा और उन अनार्यों का संघर्ष है। वे जानते हैं कि यदि आर्यों के ऋषि-मुनि वनों में अपने यज्ञादि में सफल होते हैं तो कालान्तर में वहाँ वन साफ़ होकर भूमि पर आर्यों का अधिकार हो जाएगा और उन्हें वहाँ से भागना होगा। साथ ही वे हमें विदेशी समझकर हमसे घृणा करते है। इसी द्वेष के कारण वे हमें नित्य सताते हैं। यदि आप अपने पुत्रों को कुछ दिवस के लिए हमारे साथ भेज दें तो हम ऋषि मुनियों को सुरक्षा मिल जाएगी," विश्वामित्र ने आशा भरी दृष्टि से राजा की ओर देखते हुए कहा।

"किन्तु मुनिवर, मेरे पुत्र तो अभी छोटे हैं, पर आप चिंता न करें मैं अपनी सेना के साथ आपके साथ चलता हूँ। उन दुष्ट बर्बर जंगलियों को मार कर भगा दूँगा तब आप निष्कंटक यज्ञ तप करिएगा," दशरथ व्याकुल होकर बोले।

"नहीं राजन, हम अपने स्वार्थ के लिए राजा को राजकाज से दूर नहीं ले जा सकते, और फिर आप अपने पुत्रों को मोहवश छोटा क्यों मान रहे हैं? वे तो शूरवीर हैं, वशिष्ठ के शिष्य हैं! आपके ज्येष्ठ पुत्र की कुशाग्र बुद्धि और उनके श्रेष्ठ धनुर्धर होने की चर्चाएँ तो अभी से सर्वत्र सुनाई देने लगी हैं," मुनि बोले।

"किन्तु मुनिनाथ", दशरथ ने विश्वामित्र की ओर देखा और फिर दुविधा से वशिष्ठ की ओर देखने लगे।

"संशय त्याग दें महाराज। ब्रह्मऋषि तो सारे जगत के कल्याण की बात कर रहे हैं। ये तो स्वयं महान योद्धा रहे हैं संन्यासी बनने से पूर्व, और अब तो शस्त्र बल के साथ इनके पास तप बल भी है। ये तो स्वयं सब प्रकार से सक्षम हैं किन्तु यह मानकर कि शस्त्र उठाना ऋषि-मुनियों की गरिमा के प्रतिकूल है, किसी को निमित्त बनाना चाहते हैं, और कोसल सौभाग्यशाली है जो हमारे कुमारों को इन्होंने इस योग्य समझा। आप निःसंकोच राम को

इनके साथ भेज दें। लक्ष्मण भी साथ जाते हैं तो उत्तम होगा। राजकुमार मुनि के सानिध्य में न सिर्फ़ विभिन्न शस्त्र चलाने में पारंगत होंगे अपितु महाज्ञानी मुनिवर से देश, काल परिस्थितियों के अनुरूप उचित ज्ञान भी प्राप्त करेंगे जो संसार के लिए हितकारी होगा।"

वशिष्ठ के विभिन्न प्रकार समझाने और लोक कल्याण का विचार कर दशरथ ने राम और लक्ष्मण को दरबार में बुलावा भेजा। सब प्रकार समझाया, हृदय से लगाया, सर पर हाथ फेरा और कर दिया मुनि के साथ।

राम और लक्ष्मण को लेकर मुनि चल दिए वन की ओर। कन्धों पर धनुष, पीठ पर तरकश बाँधे राजकुमारों को देख-देख कर मुनि हर्षित हो रहे थे। रास्ते में पेड़, वन, नदियों को देखते मुनि से वार्तालाप करते मुदित मन चले जा रहे थे राजकुमार कि तभी भयानक स्वरूप वाली स्त्री ज़ोर से चिंघाड़ते हुए झपटी।

"राम, ये दुष्ट यक्षणी ताड़का है। शीघ्रता करो, अन्यथा ये हमारे लिए हानिकारक होगी।" मुनि के वचन सुनते ही राम ने बिना क्षण गँवाए धनुष पर बाण चढ़ाया और वेग से छोड़ा। बाण लक्ष्य पर लगा और ताड़का कटे वृक्ष की तरह निर्जीव हो कर भूमि पर गिर गई।

"गुरुदेव, कौन थी यह भयानक स्त्री और हम पर क्यों आक्रमण कर रही थी?" राम ने विस्मित हो कर पूछा।

"राम आदि काल से वनों में रहने वाली जातियाँ हम आर्यों के द्वारा जंगल जलाकर कृषि योग्य भूमि बनाने का विरोध करती रही हैं। आर्यों के आने से पूर्व ये जातियाँ वनों में रह रही हैं, अब इनके अस्तित्व का संकट है। इसलिए ये आर्यों के ऋषि-मुनियों को, जो वनों में यज्ञ आदि कर आर्यों की संस्कृति का विस्तार कर रहे हैं, सताकर, मारकर भागना चाहती हैं, तभी तो ये जब-तब घात करती रहती हैं," मुनि बोले।

"किन्तु गुरुदेव ये तो स्त्री होकर स्वछन्द घूमती थी। निडर हो पुरुषों पर आक्रमण करती थी, ऐसा क्यों?" लक्ष्मण ने जानना चाहा।

"आर्यों के आने से पूर्व यहाँ द्रविड़ सभ्यता के लोग निवास करते थे। इनकी दो मुख्य प्रजातियाँ थीं। एक तो नगरों में निवास करने वाली और

दूसरी जंगलों में रहने वाली और दोनों के यहाँ आर्यों से भिन्न स्त्री-पुरुष की समानता पर बल था और कुछ स्तर पर दैनिक व प्रशासकीय कामकाज में स्त्री सत्तात्मक प्रणाली थी।" विश्वामित्र बोले।

"तो क्या इसीलिए गुरुदेव, इन जंगली प्रजातियों की स्त्रियाँ बराबरी से युद्ध और गृह कार्य करती थीं?" राम ने पूछा।

"यहीं नहीं राम, इनके परिवारों के नाम भी स्त्रियों के नाम पर ही होते हैं। यहाँ तक कि पुत्रों को भी माँ के नाम से ही जाना जाता है, जैसे : इसके पुत्र को ताड़का पुत्र मारीच कहते हैं," मुनि ने कहा।

गहन चर्चा में रत ऋषि व कुमार कब आश्रम पहुँच गए कि समय का पता ही नहीं चला। आश्रम में पहुँच कर अन्य मुनियों से राम और लक्ष्मण का परिचय कराया। संध्या का समय होने वाला था सभी उसकी तैयारियों में लग गए।

राम और लक्ष्मण घूम कर आश्रम का अवलोकन करने लगे। आश्रम विशाल भूमि में बना था। उसके बीच में बड़ा खुला मैदान था, जिसमें स्थान-स्थान पर यज्ञ वेदियाँ बनीं थीं। मैदान के चारों ओर मुनियों की छोटी-छोटी कुटियाएँ बनीं थीं। गुरुदेव की कुटी उन सब में बड़ी और पूर्व की ओर मुख किए थी। गायों के लिए पृथक से गौशाला बनी थी जिसमें मुनिगण सेवा कर रहे थे। स्वच्छ जल के लिए कुआँ था। उसी से मुनियों और पशुओं के लिए पानी लिया जाता था। सभी कुटियों का निर्माण लकड़ियों और पर्ण से किया गया था। आश्रम के मनोरम दृश्य और चित्त को प्रसन्न करने वाली शांति से राम लक्ष्मण दोनों को आराम मिला।

अगली सुबह दोनों भाइयों ने नित्य कर्म से निवृत्त हो मुनि से आग्रह किया कि वे निर्भय होकर यज्ञ करें। यज्ञ स्थल से थोड़ी दूर दोनों ने आसन बनाया और बैठ गए। यज्ञ की तैयारी चल ही रही थी कि ताड़का पुत्र मारीच और सुबाहु के नेतृत्व में असुर दल ने आक्रमण कर दिया। दोनों भाइयों ने धनुषबाण सँभाले और तीव्र गति से असुरों पर बाण वर्षा शुरू कर दी।

इस अप्रत्याशित आक्रमण से असुर चकित रह गए तभी राम के बाण ने सुबाहु का वध कर किया, फिर क्या था असुरों ने मैदान छोड़ दिया। सभी मुनियों ने राम और लक्ष्मण के पराक्रम की सराहना की।

मुनि विश्वामित्र अपनी कुटिया में लेटे हुए थे। राम और लक्ष्मण उनके पैर दबा रहे थे। तभी राम ने पूछा, "गुरुदेव एक जिज्ञासा है।"

"कैसी जिज्ञासा राम?" मुनि ने पूछा।

"यही कि यज्ञ कार्यों की सुरक्षा हेतु आपने हमें ही क्यों चुना?"

"हाँ, यह प्रश्न उठना स्वाभाविक है, क्योंकि किसी और को भी बुलाया जा सकता था। किन्तु इसके तीन कारण हैं। पहला, आर्य संस्कृति के अनुसार ब्राह्मणों का कार्य यज्ञ करना, पुरोहित का कार्य विद्या देना है तो क्षत्रिय का कार्य रक्षा करना ऋषि-मुनियों का मान करना है, इसलिए क्षत्रिय राजकुमार आवश्यक थे। दूसरा, अयोध्या के राजपुरोहित मेरे मित्र रहे हैं जो राजा को इसे हेतु तैयार कर सकते थे और उन्होंने किया भी। तीसरा कारण देवासुर संग्राम में जिस शौर्य का तुम्हारे पिता ने प्रदर्शन किया था उसकी चर्चा सम्पूर्ण आर्यावर्त में होती है, इसलिए यह भी लगा कि वीर दशरथ कदाचित ना नहीं कहेंगे।"

"देवासुर संग्राम यह क्या था?" राम ने पूछा।

"और आर्यावर्त, जिसके बारे में गुरु वशिष्ठ के यहाँ विद्याध्ययन के समय सुना था, क्या है गुरुदेव?" लक्ष्मण ने प्रश्न किया।

"तुम दोनों ने एक साथ कई प्रश्न कर लिए किन्तु तुम्हारी जिज्ञासा देखकर मैं प्रसन्न हुआ। तुम्हारी शंकाओं के समाधान हेतु मैं तुम्हें विस्तार से बताता हूँ।"

"राम, यह तो तुम्हें गुरु वशिष्ठ ने विद्याध्ययन के समय बताया ही होगा कि हम आर्य इस देश के निवासी नहीं हैं। हमारे पूर्वज सुदूर पश्चिम से यहाँ आए। आर्यों का मूल निवास स्थान परशिया के पास था। बढ़ती जनसंख्या, चरागाहों की तलाश में आर्यों ने पूर्व की बढ़ना शुरू किया। उन दिनों यहाँ नगरीय सभ्यता के अतिरिक्त नगरों से पश्चिम की ओर एक ग्रामीण सभ्यता भी पहले से विद्यमान थी, जो हमारी सभ्यता से मिलती-जुलती थी किन्तु उन नगरीय व ग्रामीण सभ्यता के लोग, जिन्हें द्रविड़ कहा गया, का व्यापार बड़ा उन्नत था और वे पूर्व काल से ही समृद्ध मेसोपोटामिया और सुमेर जैसे देशों से व्यापार करते थे। उन्हीं व्यापारियों के जत्थे के साथ कभी हमारे पूर्वज आए और उन्होंने पहले से बसी ग्रामीण सभ्यता के दक्षिण में अपनी बस्तियाँ बसाना शुरू कीं। कालान्तर में जब और आर्य आए तो पूर्व की ओर बढ़े

और एक विशाल नद, जिसे सिन्धु नाम दिया, को पार किया व मोहनजोदड़ो नामक नगर के पास अपनी बस्तियाँ बसाने लगे। समय बीता। उत्तर पूर्व की ओर बढ़ते हुए आर्यों ने मोहनजोदड़ो के पास सिन्धु से मिलने वाली एक और बड़ी नदी जिसे सरस्वती और सुरसती कहा गया, के दाएँ व बाएँ तट पर अपने ग्राम बसाए। सुरसती के तटों पर बसने वालों को आर्यों ने सुर और उससे पृथक बसाहटों के सभी लोगों को असुर कहा। श्रेष्ठता और विस्तार की आकांक्षा ने नगरीय द्रविड़ और आर्यों का संघर्ष शुरू कराया। आर्यों ने हुरियप्पा, मोहनजोदड़ो और अन्य नगरों पर आक्रमण किया। आर्यों के नायक इंद्र पुरों को नष्ट करने के कारण पुरंदर कहलाए। द्रविड़ों ने भी सरस्वती किनारे की आर्यों की बस्तियों पर आक्रमण कर कुछ स्थानों पर अधिकार कर लिया। इस समय तक आर्य सरस्वती के किनारे पंजाब और कश्मीर तक फैल गए थे, जिसे उन्होंने सप्त सिन्धव प्रदेश कहा। इस संघर्ष के काल में आर्यों के कुछ यशस्वी शासक भी हुए जिनमें से एक सरस्वती के किनारे रहने वाले उत्तानपाद थे। उत्तानपाद के पुत्र ध्रुव एक परोपकारी राजा हुए जिनके काल में आर्य संस्कृति का विस्तार हुआ।"

"वे ही ध्रुव, जो विष्णु के परम भक्त थे, जिनकी चर्चा गुरु वशिष्ठ ने भी की थी?" लक्ष्मण ने भाव-विभोर होकर पूछा।

"हाँ, लक्ष्मण ये वही ध्रुव थे," विश्वामित्र ने कहा।

"आगे क्या हुआ गुरुदेव?" राम की जैसे जिज्ञासा बढ़ती जा रही थी।

"दोनों सभ्यताओं के लिए यह संक्रमण काल था, तभी सरस्वती में भयानक जलप्लावन हुआ। उस महाविनाशकारी बाढ़ ने आर्यों और अनार्यों दोनों को चपेट में ले लिया। अधिकांश द्रविड़ आर्यों के साथ संघर्ष के कारण पहले ही अपने स्थान छोड़ कर दक्षिण की ओर, जहाँ उनका पूर्व से व्यापार का संबंध था, बढ़कर बस गए थे। शेष द्रविड़ और आर्य दोनों ही उस प्रलय में घिर गए थे। उस समय आर्यों में ध्रुव के वंशज मनु वैवस्वत शासक थे, जिन्हें उस क्षेत्र के मत्स्य जाति के द्रविड़ लोगों ने सुरक्षित निकाला।"

"मत्स्य जाति? मत्स्य तो जीव होता है गुरुदेव, फिर वो जाति कैसे?" राम ने आश्चर्य किया।

"हाँ, राम। यह भी द्रविड़ों की विशेषता थी। द्रविड़ भी आर्यों की तरह कबीलों में बँटे थे। इन कबीलों का विदेशों से और आपस में एक दूसरे से

व्यापार होता था। इसलिए अपने कबीले की पहचान हेतु ये पशु, पक्षी, जीवों को प्रतीक के रूप में इस्तेमाल करते थे। जल से संबंधित व्यापार करने वाले कबीले, जिनका प्रतीक मत्स्य था, उन्हें आर्यों ने मत्स्य जाति के लोग नाम दिया," विश्वामित्र ने समाधान किया।

"क्या मनु वैवस्वत प्रलय के बाद अपने राज्य लौट सके थे गुरुवर?" लक्ष्मण ने जानना चाहा।

"नहीं लक्ष्मण, प्रलय थमने के बाद बाढ़ के साथ आई अत्यधिक बालू ने वहाँ के नगर और ग्राम ढँक दिए और सरस्वती नदी का आधार भी अत्यधिक मात्रा में आई रेत के कारण सपाट हो चला था। पूर्व काल में यमुना नदी दक्षिण की ओर बहती थी और सरस्वती में आकर मिल जाती थी किंतु महाप्रलय के बाद यमुना ने अपना रास्ता बदल दिया और पूरब की ओर बहने लगी, इसलिए अब सरस्वती को पर्याप्त जल नहीं मिल पा रहा था। फलस्वरूप वह जल विहीन होने लगी। सरस्वती के धरातल पर द्रविड़ों ने अपनी बस्तियाँ बसा लीं। मनु वैवस्वत के नेतृत्व में आर्यों ने अलग स्थान बसाए। मनु की दो संतानें थीं, पुत्र इक्ष्वाकु और पुत्री इला। इक्ष्वाकु ने सूर्यवंशी क्षत्रिय राज्य और इला के पुत्र पुरुरवा ने चंद्रवंशी क्षत्रिय राज्य की स्थापना की। इन्हीं के नेतृत्व में धीरे-धीरे आर्यों ने पूरब में गंगा तथा यमुना के बीच के क्षेत्र और पश्चिम में सौराष्ट्र तक अपना विस्तार किया। पूरब में सूर्यवंशी और पश्चिम में चंद्रवंशी राज्य बने। आर्यों के इस पूरे क्षेत्र को ही आर्यावर्त कहा गया।"

"इसका तो ये अर्थ हुआ गुरुदेव कि हम दोनों ही पूज्य मनु वैवस्वत के वंशज हैं," राम ने हर्षित होकर कहा।

"हाँ, राम। तुम इक्ष्वाकु कुल के सूर्यवंशी कुमार हो। तुम्हारे कुल का गौरवशाली अतीत रहा है।"

"और चंद्रवंश का गुरुदेव?" लक्ष्मण ने पूछा।

"चंद्रवंश का भी महान इतिहास रहा है। इन्हीं दिनों चंद्रवंश में भरत नाम के प्रतापी राजा हुए, जो राजा दुष्यंत और मेरी पुत्री शकुन्तला के पुत्र थे।"

"आपकी पुत्री के पुत्र? विस्तार से वर्णन करें गुरुदेव," राम ने अचरज जताया।

"तुम दोनों ही बहुत जिज्ञासु हो, ज्ञान पाने की इतनी तीव्र उत्कंठा देखकर मन प्रसन्न हुआ, अब रात्रि अधिक हो गई है, जाओ दोनों विश्राम करो। कल आगे का बखान करूँगा।"

विश्वामित्र की आज्ञा पाकर दोनों चल दिए विश्राम को।

राम के बाण एक के बाद लक्ष्य को भेद रहे थे। राम की लगन और धनुर्विद्या के प्रति समर्पण देख मुनि मन ही मन मुदित हो रहे थे।

"बहुत अच्छे राम! गति को लगातार बढ़ाने का अभ्यास करते रहो। जितनी गति से धनुष से बाण लक्ष्य की ओर जाएँगे उतनी ही शीघ्रता से लक्ष्य भेदन पूर्ण होगा। हाँ, यह भी ध्यान रहे कि युद्ध में विरोधी को परास्त करने के लिए शारीरिक बल आवश्यक है, किन्तु इससे भी अधिक महत्त्वपूर्ण है - चपलता और तकनीक का ज्ञान। जितनी चपलता से शत्रु पर घात हो उतनी ही स्फूर्ति से शत्रु के वार से बचना भी आना चाहिए, यही युद्ध कौशल है। जिन अनार्यों से तुम्हें निरंतर युद्ध करते रहना है, वे शारीरिक सौष्ठव, व्यक्तिगत बल अर्थात् अपने भुजबल पर अधिक भरोसा करते हैं। किन्तु युद्ध में विजय श्री उसे ही मिलती है जो युद्ध कौशल के साथ तकनीक में भी निपुण हो। राम और लक्ष्मण याद रखना कि तकनीक सदैव ही शारीरिक बल से श्रेष्ठ होती है तथा विजयी सदैव वही होता है जो युद्ध को रणभूमि से पूर्व अपने मस्तिष्क में जीतता है," विश्वामित्र कुमारों को अभ्यास के समय गूढ़ बातें सिखा रहे थे।

"रणभूमि से पूर्व मस्तिष्क में युद्ध जीतना? यह कैसे संभव है?" राम ने जानना चाहा।

"हाँ, राम। यह संभव है यदि विपरीत परिस्थिति में भी धैर्य न खोया जाए और धैर्य आत्मबल से आता है। आत्मबल का संबंध आचरण से है, बलिदान से है, परहित के लिए निज हित त्यागने से है। राम ये सब बातें देखने में छोटी लगती हैं पर अत्यंत असरकारक हैं।"

"गुरुदेव, हम आपकी सीख सदैव ध्यान रखेंगे," प्रत्यंचा चढ़ाते हुए राम ने कहा।

"अब मैं तुम लोगों को अनार्यों के कुछ प्रमुख शस्त्र चलाना सिखाऊँगा।"

विश्वामित्र ने एक बड़े धनुष को अपने पास लाने का मुनियों को संकेत करते हुए कहा।

"गुरुदेव, यदि हम अपने अस्त्र-शस्त्र चलाने में निरंतर अभ्यास रत रहें तो यह उचित नहीं होगा कि हम शत्रुओं के अस्त्र-शस्त्र, जो अपेक्षाकृत कम प्रभावी हैं, को सीखने में अपनी ऊर्जा न गँवाएँ," लक्ष्मण ने जिज्ञासा प्रकट की।

"नहीं, लक्ष्मण। पूर्ण विजय के लिए आवश्यक है कि जिनसे हमें युद्ध करना है, उनके अस्त्र-शस्त्र चलाने में भी हम महारत प्राप्त करें। इसलिए मैं तुम दोनों को उन विरोधियों के अस्त्र, जैसे : भारी तलवार, मुद्गर, गदा, शूल, त्रिशूल, भारी धनुष आदि चलाना भी सिखाऊँगा," विश्वामित्र बोले।

"भारी धनुष? यह तो हमारे धनुष से सर्वथा भिन्न लग रहा है गुरुनाथ," राम ने उस बड़े अस्त्र को जिज्ञासावश देखते हुए कहा।

"हाँ, राम। यह अनार्यों का प्रमुख अस्त्र है। देखो ताम्र निर्मित यह भारी धनुष इतना भारी होता है कि इसे सहजता से उठाया नहीं जा सकता, एक सिरा पतला व दूसरा अत्यधिक मोटा होने से इसे इस प्रकार पतले सिरे की ओर से पकड़ते हैं।" मुनि ने प्रदर्शन करते हुए राम को सिरा पकड़ाया। राम ने अभ्यास किया, धनुष को बीच से उठाने का प्रयास किया किन्तु उठा नहीं सके।

"इसे यदि बीच से उठाने का प्रयास करोगे तो यह नहीं उठेगा इसकी युक्ति ही यही है कि पतले सिरे को पकड़ कर ऊपर की ओर इस प्रकार ले जाओ कि भारी सिरा भूमि की ओर या भूमि का स्पर्श करता हुआ रहे। यदि भारी सिरा भूमि के ऊपर है तो भी पतले सिरे को पकड़ कर धीरे-धीरे भूमि की ओर भारी सिरे को धकेलना चाहिए और जैसे ही भारी सिरा भूमि को स्पर्श करे पतले सिरे को झुका कर प्रत्यंचा चढ़ानी चाहिए," मुनि ने प्रदर्शन करते हुए बताया। फिर पुनः राम से अभ्यास कराया। राम ने निरंतर प्रयास किया और सीख लिया।

"अति उत्तम राम! अब इस पर बाण चढ़ाना सीखो। लक्ष्मण तुम भी देखो हमारे हल्के धनुष की प्रत्यंचा पर नेत्रों के ठीक सामने हम बाण रखते हैं। ये धनुष प्रत्यंचा चढ़ने के बाद भी धरती पर ही हमारे सामने खड़ा रहता है इसलिए थोड़ा झुककर दृष्टि को साधकर इस पर बाण रखना होता

है जिससे लक्ष्य भेदा जा सके," यह कहते हुए विश्वामित्र ने बाण चढ़ाकर दिखाया। जैसे मुनि ने बताया राम ने अभ्यास किया। बारम्बार प्रशिक्षण लेकर पारंगत हो गए राम। उन्होंने लक्ष्मण को सिखाया। विश्वामित्र संतुष्ट दिखे।

"वे हमारे हल्के और अधिक प्रभावी धनुषबाण को सीखने में रुचि क्यों नहीं रखते गुरुदेव?" युद्ध अभ्यास करते हुए राम ने पूछा।

"हमारे हल्के धनुषबाण को विपक्ष संदेह की दृष्टि से देखता है। उन्हें लगता है कि यदि बाण पर्याप्त नहीं हों तो धनुष निरर्थक है, जबकि गदा, तलवार और त्रिशूल को किसी सहायता की आवश्यकता नहीं व द्वितीयतः जब तक धनुष पर बाण चढ़ाकर चलाया जाएगा तब तक तलवार या गदा से प्रहार कर उसे तोड़ा जा सकता है। उन्हें यह भी लगता है कि हल्के होने के कारण ये प्रभावहीन हैं।"

"यह भी युद्धनीति है राम कि जो शत्रु हैं उन्हें हमारे अस्त्र और हमारी रणनीति पर सदैव संदेह बना रहे व जो मित्र हैं वे पूरी तरह आश्वस्त हों। इस हेतु प्रयास करते रहना चाहिए," विश्वामित्र ने समझाया।

सारे दिवस राम और लक्ष्मण ने अस्त्र-शस्त्रों का कठोर अभ्यास किया। भिन्न-भिन्न दूरी पर लक्ष्य साधे गए। विद्युत वेग से बाण तरकश से निकलते और एक के बाद एक लक्ष्य तक ऐसे पहुँचते कि देखने वाले को एक साथ अनेक बाण चलने का आभास होता। तलवार चालन के अतिरिक्त अनार्यों के अन्य अस्त्रों, जैसे : गदा, त्रिशूल, मुद्गर आदि का भी अभ्यास विभिन्न मुनियों के साथ किया।

गुरुदेव राम और लक्ष्मण से ज्ञान तथा धर्म की चर्चा करते हैं। आश्रम में यह बात सभी को ज्ञात हो गई थी इसीलिए आज सभी आश्रमवासी रात्रि में गुरु की कुटिया के पास एकत्र हो गए थे। सबकी भावना जानकर विश्वामित्र ने कुटी के बाहर ही सत्संग की व्यवस्था कराई। मुनि ने राम और लक्ष्मण को पास बैठाया। जब सभी बैठ गए तो मुनि ने बोलना शुरू किया।

"राम, कल जहाँ हमने चर्चा को विराम दिया था वहीं से आगे बढ़ते हैं। संन्यासी बनने से पूर्व मैं एक क्षत्रिय राजा था। युवा काल में ही मुझे राजपाट से विरक्ति हो गई और मैं तप करने वन में आ गया। आश्रमों में

रहने वाली अप्सराओं में से एक मेनका की मुझसे प्रीति हो गई। मेनका से मेरी एक पुत्री हुई शकुंतला। इधर, मैं तपस्या में तल्लीन था और उधर मेरी पुत्री कण्व ऋषि के आश्रम में बड़ी होने लगी। एक दिन चंद्रवंशी राजा दुष्यंत ऋषि के आश्रम में आए। वहीं शकुंतला और दुष्यंत का परस्पर प्रेम हो गया और दोनों ने गंधर्व विवाह कर लिया," विश्वामित्र बताने लगे।

"गन्धर्व विवाह। यह क्या है गुरुदेव?" राम ने पूछा।

"आर्यों ने अनेक वर्षों तक इस देश में रहकर यहाँ के अनार्यों की कुछ परम्पराएँ आत्मसात कर ली थीं। उन्हीं में से एक अनार्य गन्धर्वों की विवाह रीति थी जिसमें आपसी सहमति से पुरुष और स्त्री एक दूसरे को पति-पत्नी मान लेते हैं, बिना किसी तरह की विवाह की रस्मों के। विवाह की इस सरल पद्धति ने क्षत्रियों को आकर्षित किया क्योंकि यह क्षत्रियों की बहुविवाह प्रथा के अनुकूल थी," मुनिवर ने स्पष्ट किया।

"फिर आगे क्या हुआ, गुरुनाथ?" राम ने जिज्ञासा प्रकट की।

"दुष्यंत और शंकुतला का एक पुत्र हुआ भरत। वह बड़ा यशस्वी शासक हुआ। उस समय तक मैं तप पूर्ण कर राजर्षि बन चुका था और चंद्रवंशी भरत का मुख्य पुरोहित बन गया। भरत के पुत्र सुदास जब राजा बने तो उन्होंने मेरे स्थान पर वशिष्ठ को मुख्य पुरोहित बना लिया। विरोध वश मैंने दस राजाओं का संघ बनाकर सुदास पर आक्रमण किया। किन्तु उस युद्ध में सुदास के विजयी होने के बाद मैंने संघर्ष छोड़ कर वन में पुनः कठोर तप किया," विश्वामित्र बोलते जा रहे थे और सभी मंत्र मुग्ध हो सुन रहे थे। रात्रि बढ़ती जा रही थी किन्तु किसी की आँखों में निद्रा नहीं थी, सभी जैसे मुनि की वाणी का रसास्वादन करना चाह रहे थे। मुनि ने आगे कहना शुरू किया।

"आर्यों के आपस में युद्ध होते रहते थे किन्तु उनकी मूल लड़ाई अभी भी द्रविड़ों से थी। सूर्यवंशी और चंद्रवंशी राजाओं की आपसी वैमनस्यता के कारण धीरे-धीरे असुर पुनः शक्तिशाली होने लगे तब अस्तित्व का संकट जान आर्य एक हुए और राजा सुदास के नेतृत्व में यमुना नदी के किनारे निर्णायक देवासुर संग्राम हुआ। इसमें तुम्हारे यशस्वी पिता सूर्यवंशी दशरथ ने सुदास के नेतृत्व में अनार्यों से युद्ध किया," राम की ओर देखते हुए मुनि बोले।

"इसे देवासुर संग्राम क्यों कहा गया गुरुदेव?" लक्ष्मण ने जानना चाहा।

"आर्य स्वयं को सुर अथवा देव और अनार्यों को असुर मानते थे इसलिए इस युद्ध को देवासुर संग्राम कहा गया।"

"क्या परिणाम हुआ उस संग्राम का?" राम ने पूछा।

"आर्य-अनार्य युद्ध जोरों पर था। कोई भी परिणाम निकल सकता था। एक बार तो असुरों का पलड़ा भारी लगने लगा कि तभी आर्यों ने एक शक्तिशाली द्रविड़ राजा नाग जाति के शासक वासुकि को अपनी ओर मिला लिया। वासुकि थे तो द्रविड़ किन्तु उन्होंने पृथक नाग राज्य की स्थापना की थी और द्रविड़ राक्षस जाति से पराजित और अपमानित हुए थे। वासुकि को अपने पक्ष में कर आर्यों ने असुरों को पूरी तरह पराजित कर दिया।"

"उस देवासुर संग्राम के पश्चात राजा सुदास ने तुम्हारे पिता की इच्छा जानकर वशिष्ठ को उनके साथ अयोध्या भेज दिया जहाँ राजा दशरथ ने वशिष्ठ को राजपुरोहित बना लिया। राजा सुदास ने पुनः मुझे राजपुरोहित बनाना चाहा किन्तु मैं उस समय तक तप और यज्ञ करते हुए पूर्ण ब्राह्मणत्व की ओर बढ़ चुका था और पूर्ण संन्यास में ही मेरी रुचि जाग गई थी। इसलिए मैंने विनम्रतापूर्वक मना कर दिया। यद्यपि वशिष्ठ, जो उस समय तक मेरे अच्छे मित्र बन गए थे, के द्वारा भी आग्रह किया गया किन्तु मेरे संन्यासी मन ने अरुचि दिखाई और मैं ऋषि-मुनियों के स्वरूप में वनों में यज्ञ और तप करने लगा।"

"आप मुनिगण, ये यज्ञ क्यों करते हैं?" लक्ष्मण ने प्रश्न किया।

"यज्ञ हमारी आर्य संस्कृति में उपासना की विधि है। इसमें हम सर्वप्रथम अग्नि देव का आह्वान करते हैं तदुपरांत ऋचाओं के द्वारा अग्नि देव, इन्द्र देव, वरुण देव, अश्विनीकुमार, मरुद्गण, रुद्र, सूर्य, उषा, विष्णु आदि देवताओं की स्तुति करते हैं और उन्हें हवि और सोमरस अर्पण करते हैं।"

"सोमरस क्या है गुरुदेव?" लक्ष्मण ने जानना चाहा।

"यह हमारे ऋषि-मुनियों की वर्षों की तपस्या का फल है लक्ष्मण। वनों में रहते हुए ऋषि-मुनियों ने कई वनस्पतियों की खोज की और उन्होंने पाया की उनमें से कुछ जीवनदायिनी हैं। उन्हीं वनस्पतियों में एक अपनी अद्भुत विशेषताओं के कारण संजीवनी कहलाई। ऊँचे हिमालय की पहाड़ियों पर पाई जाने वाली यह वनस्पति न सिर्फ़ रोग नाशक थी अपितु घावों को सही करने वाली भी थी। इसका सबसे बड़ा गुण यह था कि नियमित सेवन से

यह शरीर को क्षय करने वाले तत्वों को मिटाकर मनुष्य को निरोगी और दीर्घायु बना देती है।"

"इसे कैसे बनाते हैं और इसके उपयोग की क्या विधि है गुरुदेव?" राम ने कहा।

"सबसे पहले इसे पत्थरों से कूटकर व शुद्ध जल मिलाकर घोल बनाते हैं। फिर स्वच्छ बर्तनों में छानकर इसका उपयोग करते हैं। शुद्ध गौ दुग्ध भी मिलाया जा सकता है। यही सोमरस देवताओं के निमित्त अग्नि को समर्पित किया जाता है। यह चमत्कारिक फल देने वाला है, किन्तु इसके निर्माण में सावधानी आवश्यक है।"

"कैसी सावधानी गुरुवर?" राम ने पुनः प्रश्न किया।

"संजीवनी तभी प्रभावशील है जब इसे बनाने में प्रयुक्त होने वाला जल औषधीय तत्वों वाला हो। यह सरस्वती और गंगा जैसी पहाड़ों से बहकर आने वाली नदियों का शुद्ध जल हो। यदि दुग्ध मिलाना हो तो वह भी गौ का हो, ताज़ा हो, स्वच्छ पात्र में निकाला गया हो। यह इतना अद्भुत एवं हितकारी है कि आर्यों ने इसे देवताओं में स्थान दिया और इसके निमित्त अनेक ऋचाओं की रचना हुई," विश्वामित्र ने स्पष्ट किया। देखा रात्रि भी अधिक हो गई है। मुनि ने सबको विश्राम करने की आज्ञा दी।

दिन निकलते ही राम और लक्ष्मण संध्या-कार्य के पश्चात मुनियों के साथ शस्त्र संचालन का प्रशिक्षण लेने लगे। पास ही में यज्ञ कार्य संपन्न किया जा रहा था। यज्ञ की पूर्ण आहुति के पश्चात सभी को यज्ञ प्रसाद के रूप में हवि और सोमरस प्रदाय किया गया। राम और लक्ष्मण ने सोमरस का पान किया। सोमरस पीते ही दोनों को अभूतपूर्व शक्ति का संचार शरीर में होने का आभास हुआ। लगा कि सचमुच में जीवन और यौवन देने वाली है संजीवनी।

दोपहर और सायंकाल की पूजा-अर्चना, शस्त्र प्रशिक्षण, यज्ञ अवलोकन आदि कार्यों में दिन कब बीत गया, पता ही नहीं चला। रात्रि हुई सभी मुनिगण यज्ञ अग्नि वेदी के चारों ओर घेरा बनाकर बैठ गए। गुरु विश्वामित्र का आसन काष्ठ तख़्त पर घेरे के पास ही लगा दिया शिष्यों ने। मुनि रात्रि की पूजा के बाद आसन पर विराजे। उन्होंने राम और लक्ष्मण को पास

बैठाया। ज्ञान की चर्चाएँ होने लगीं। विश्वामित्र अति रोचक ढंग से सभी को धर्म तथा आचरण पर आख्यान दे रहे थे। सभी ध्यान मग्न मुनि श्री को सुन रहे थे, किसी को निद्रा नहीं आ रही थी। मानो सभी अपने-अपने ज्ञानकोष भर लेना चाहते थे।

राम और लक्ष्मण भी वार्ता का आनन्द ले रहे थे। तभी राम ने कहा, "मुनिवर, जब हमारे पास ज्ञान का इतना भंडार है तो हमने अनार्यों को सिर्फ़ शस्त्र से क्यों पराजित किया? उन्हें इस ज्ञान का लाभ देकर अपना भी तो बनाया जा सकता था।"

मुनि विश्वामित्र ने राम के सर्व हिताय विचार सुनकर सभी मुनियों की ओर देखा। सभी राम की उदार वाणी से हर्षित दिखे।

"राम कल हमने देवासुर संग्राम की चर्चा की थी। अब इसके आगे का वृतान्त सुनाता हूँ, जो तुम्हारे प्रश्न का उत्तर और तुम्हारी शंका का समाधान होगा। देवासुर संग्राम में आर्यों ने द्रविड़ों को परास्त कर बड़ी विजय प्राप्त की थी। किन्तु इस संग्राम की उपलब्धि इस विजय से भी बड़ी थी। सर्वाधिक महत्त्वपूर्ण विशेषता इस संग्राम की यह हुई कि आर्यों को आभास हो गया था कि अपने तीक्ष्ण, धारदार और दूर तक मार करने वाले शस्त्रों, वेगवान रथों, उन्नत तकनीक, युद्ध कौशल के वावजूद मात्र शक्ति के बल पर अनार्यों को सदैव के लिए नहीं हराया जा सकता। इसके लिए आवश्यक है कि दोनों ही संस्कृतियों का संयोग हो और अनार्यों के साथ समानता का, बराबरी का व्यवहार करते हुए उन्हें अपने में मिलाया जाए। आर्यों के तपस्वी ऋषि-मुनियों ने इसमें महती भूमिका निभाई।"

"युद्ध के बाद आर्य और अनार्यों के मध्य विशाल समुद्र जैसा मंथन हुआ। चूँकि अनार्य द्रविड़ भी आए दिन के संघर्ष से त्रस्त हो गए थे, इसलिए उन्होंने भी उत्साह दिखाया।"

"द्रविड़ों ने हम आर्यों के आने के पूर्व एक समृद्ध धर्म और उपासना की विधि का निर्माण कर लिया था। द्रविड़ों के मुख्य देवता शिव थे, जिनकी उपासना वे लिंग रूप में करते थे। इसके अतिरिक्त मातृ देवी, प्रकृति देवी, स्वस्तिक चिह्न, पीपल वृक्ष आदि की पूजा भी उनके यहाँ प्रचलित थी। आर्यों ने संग्राम को जीतने के बाद पूर्ण उदारता का परिचय दिया और उन्होंने अनार्यों के मुख्य देवता शिव को अपने प्रमुख देवताओं में स्थान दिया और

उन्हें अपने प्राचीन देव रुद्र का रूप मना। शिव लिंग का पूजन आर्यों ने प्रमुखता से स्वीकारा। आर्यों के मुख्य देवता इंद्र थे जो अनार्यों के नगर और पुर नष्ट करने के कारण पुरंदर कहलाए। चूँकि अनार्यों के मन में इंद्र के प्रति आक्रोश के भाव थे इसलिए वे कभी भी इंद्र को नहीं अपनाते। यह जानते हुए आर्यों ने विष्णु, जो उस समय तक सूर्य के सहायक देवता थे, को अपना मुख्य देवता माना जिन्हें स्वीकारने में अनार्यों को कोई कष्ट नहीं था, क्योंकि विष्णु के प्रति अनार्य द्रविड़ों के मन में कोई पूर्वाग्रह नहीं था। अनार्यों ने भी अपनी पराजय को गरिमा पूर्वक लेते हुए आर्यों के साथ समन्वय बनाया।"

"उस समय तक आर्यों की वैदिक ऋचाओं में सृष्टि के निर्माता के रूप में ब्रह्मा, जो ब्रह्म अर्थात - सर्वोच्च सूक्ष्म तत्व को धारण करने वाले थे, को स्वीकारा जाने लगा था। यद्यपि द्रविड़ों में शिव को उत्पत्ति का देवता मानकर लिंग रूप में उनकी पूजा की जाती थी लेकिन आर्य और अनार्य संविलियन के फलस्वरूप ब्रह्मा को सृष्टि का रचयिता, विष्णु को पालक और शिव को संहारक माना गया। दोनों ही पक्ष इससे सहमत हुए।

"तो क्या पिताश्री जिन शिव की आराधना करते हैं वो आर्यों के परिवर्तित देवता रुद्र और द्रविड़ों के शिव का ही रूप हैं?" राम ने पूछा।

"हाँ, राम। उस संग्राम में दोनों पक्ष के जितने योद्धाओं ने भाग लिया सभी ने इस समझौते को पूरे मन से स्वीकार किया और उनके निजी जीवन के व्यवहार में भी वह परिलक्षित होने लगा। इतना ही नहीं, उन्होंने इस संग्राम के परिणामों को अति सुंदर रीति से परिभाषित किया ताकि किसी समुदाय की भावना आहत नहीं हो। चूँकि आर्य विजयी हुए इसलिए कहा गया कि विष्णु ने विजय 'श्री' का वरण किया, आर्यों को जीत का 'अमृत' दिया। अनार्य द्रविड़ पराजित हुए तो उदार भाव से कहा गया कि लोक कल्याण के लिए शिव ने पराजय रूपी 'विष' का पान किया। इस तरह बड़े उद्देश्य की प्राप्ति हेतु दोनों ने उदारता एवं गरिमा का परिचय दिया," विश्वामित्र बोलते जा रहे थे।

"मूर्ति पूजा, स्वास्तिक, पीपल वृक्ष की पूजा भी क्या हमने अनार्यों से ही ग्रहण की है?" राम कड़ियों को जोड़ने का प्रयत्न कर रहे थे।

"अवश्य राम। ये आर्य और अनार्यों के मिश्रण का ही परिणाम है," मुनि ने शंका समाधान किया।

"इसका अर्थ ये हुआ गुरुदेव कि दोनों ही पक्ष धार्मिक कट्टरता त्याग चुके थे," राम ने अचरज प्रकट किया।

"हाँ, राम। आर्यावर्त के बाहर भी कई सभ्यताएँ हुईं और उन सबने भी अपने आसपास की सभ्यताओं से संघर्ष किया और एक ने दूसरे को पराजित कर उनके आस्तित्व को ही समाप्त कर दिया। ऐसे कई उदाहरण हैं। देश-काल-युग की ऐसी परिस्थितियों में दो सर्वथा भिन्न सभ्यताओं का इस तरह घुल-मिल कर एक हो जाना, एक चमत्कार से कम नहीं था," मुनि पुलकित होकर बोले।

"क्या यह संभव है गुरुदेव कि किसी को इस प्रकार अपना बना लिया जाएँ कि लगे ही नहीं कि वह कभी अलग था?" राम ने भावुक होकर पूछा।

"हाँ, राम। ये संभव है किन्तु इसके लिए बराबरी का व्यवहार हो, पराजित को इस बात का आभास न कराया जाए कि वह तुच्छ है, विजित है और विजेता की हर बात मानने के लिए बाध्य है। शक्ति की विजय स्थाई नहीं है किन्तु हृदय जीत लिया तो समझो सदैव के लिए अपना बना लिया। राम, तुम क्षत्रिय हो भविष्य में तुम्हारे सम्मुख यह अवसर आएँगे जब युद्ध के द्वारा तुम किसी राज्य को जीतोगे किन्तु सदैव स्मरण रहे सच्ची विजय तब होगी जब वहाँ के लोगों को अपना बनाओगे। निष्कपट रहकर उन्हें हृदय से लगाओगे, बिना किसी लालसा के उनके हित के लिए सोचोगे तभी वास्तविक धर्म विजय होगी," विश्वामित्र विस्तार से वर्णन करते हुए बोले।

"क्या दोनों पक्ष के बीच का संघर्ष सदैव के लिए समाप्त हो गया था?" लक्ष्मण ने जानना चाहा।

"छुटपुट संघर्ष यदा-कदा होते रहते थे। जब एक पक्ष का कट्टर अनुयायी, अपने ही धर्म को श्रेष्ठ मानते हुए समझौते को अस्वीकार करता दिखा किन्तु जनमत के आगे उसे भी झुकना पड़ा अथवा अपने प्राण त्यागने पड़े। एक बड़े उद्देश्य को लेकर हुआ आपसी मेल-मिलाप तेज़ी से जनमानस को आकर्षित कर रहा था। उस समय काल की इच्छा के अनुरूप एक सरल धर्म और उपासना पद्धति प्रचलन में आई जिसमें कर्मकांड के स्थान पर मूर्ति पूजा के माध्यम से सीधी सरल भक्ति के द्वारा ईश आराधना होने लगी," विश्वामित्र ने कहा।

"फिर गुरुदेव, ये यज्ञ अभी भी क्यों आवश्यक हैं?" राम ने प्रश्न किया।

"हमें अभी भी कृषि योग्य भूमि की आवश्यकता है, राम। यद्यपि गंगा, यमुना और नर्मदा के किनारे उत्तम कृषि योग्य भूमि मिली है किन्तु अभी भी दलदल युक्त जंगलों की अधिकता है और जंगल साफ़ करने तथा दलदल सुखाने के लिए हमें यज्ञ करने होते हैं।"

"किन्तु अभी भी तो अनार्य इन यज्ञों का विरोध करते हैं," लक्ष्मण ने कहा।

"अधिकांश अनार्यों के द्वारा आपसी मेल-जोल को पूरे मन से स्वीकार किया गया। ये तो जंगल में निवास करने वाली प्रजातियों, जिनका जीवन ही जंगल पर निर्भर है, के द्वारा यज्ञों का विरोध किया जाता है किन्तु इन्हें भी शक्ति से ही नहीं अपितु हृदय से भी जीतना होगा तभी हम एक निष्कंटक राष्ट्र का निर्माण कर सकेंगे। आर्य और अनार्यों की मिश्रित सामाजिक संरचना में सभी को उनके कार्यों के अनुसार स्थान मिल सके इसीलिए वर्ण व्यवस्था बनाई गई है। ब्राह्मण, क्षत्रिय, वैश्य और शूद्र चारों वर्णों में आर्यों के साथ अनार्य भी सम्मिलित हुए। यद्यपि शूद्रों में अनार्यों की संख्या अधिक रही किंतु अनार्य अपने कर्मों के अनुसार ब्राह्मण, क्षत्रिय और वैश्य भी बने," मुनि बोले।

"गुरुदेव, रणभूमि में जीतने से अधिक आपके द्वारा बारम्बार लोगों के मनों को जीतने पर अधिक बल दिया जा रहा है। क्या ये सर्वथा आवश्यक है?" राम ने जानना चाहा।

"हाँ, राम। युद्ध से राज्य जीते जाते हैं। शक्ति, तकनीक, युद्ध कौशल, गतिशीलता, शौर्य और पराक्रम इस हेतु नितांत आवश्यक हैं। जिसमें ये गुण होंगे युद्ध वही जीतेगा, किन्तु स्थाई विजय इससे भी बड़ी बात है और वह उदारता, आत्मसंयम, निश्छलता और करुणा से ही आ सकती है। जब विजेता अहंकार को तिलांजलि दे लोगों को हृदय से लगाकर उनके मनों पर विजय प्राप्त करता है। राम इसे अपने व्यवहार में उतारकर चरित्र का गुण बना लोगे तो आने वाले युगों-युगों तक तुम्हारा यशगान होगा क्योंकि कितने राज्य जीते से अधिक महत्त्वपूर्ण है कि लोगों को कितना अपना बनाया, मनों को कितना जीता," यह कहते हुए मुनि ने सभा विसर्जित करने की आज्ञा दी।

# 2

प्रातः काल मुनि का संदेशा पाकर दोनों भाई उनकी कुटिया में पहुँचे। देखा कि मुनि कहीं जाने की तैयारी कर रहे हैं। वे शिष्यों को आश्रम की व्यवस्था संबंधी निर्देश दे रहे थे, दोनों को देखते ही बोले, "राम और लक्ष्मण मिथिला नरेश जनक अपनी पुत्री का स्वयंवर रचा रहे हैं। उन्हीं के निमंत्रण पर हम मिथिला जा रहे हैं। इस सुअवसर पर तुम दोनों भी हमारे साथ हो। अतः आयोजन देखने चलो तो प्रसन्नता होगी।"

यह सुनकर दोनों सहर्ष तैयार हो गए चलने को। मुनि विश्वामित्र राम और लक्ष्मण तथा कुछ अन्य शिष्यों के साथ चल दिए मिथिला की ओर।

"गुरुदेव, आपने इतिहास का सुंदर वृतान्त आश्रम में बताया किन्तु मन में एक जिज्ञासा है," कुछ दूर चलने पर राम ने कहा।

"कहो राम क्या जानना चाह रहे हो?"

"यही गुरुदेव कि आर्यों की तरह क्या अनार्यों में भी आपस में कोई श्रेष्ठता की लड़ाई थी?" राम बोले।

"हाँ, राम। यह तो मानवीय कमजोरी है। जब भी सभ्यता का विकास होता है सभ्यता के अंदर ही विभिन्न गुट एक दूसरे पर श्रेष्ठता सिद्ध करने हेतु संघर्ष करने लगते है। जैसा कि मैंने तुम्हें बताया था द्रविड़ आपस में कबीलों में बँटे थे और प्रत्येक कबीले का एक प्रतीक था जो बहुधा पशु, पक्षी और जीव का चिह्न होता था। इसे वे अपनी मुहरों पर अंकित करते थे। उनका वह कबीला उसी प्रतीक के रूप में जाना जाता था, जैसे : नाग, वानर, मत्स्य, गीध, रीछ आदि। इन द्रविड़ कबीलों में भी आपस में संघर्ष होते रहते थे। इन कबीलों में स्वयं को सबसे श्रेष्ठ मानने वाले थे राक्षस। वे रक्ष संस्कृति के वाहक थे और स्वयं को सभी द्रविड़ों की रक्षा करने वाले मुख्य संरक्षक होने का दंभ भरते थे। राक्षस अन्य कबीलों को तुच्छ तथा आदिकाल से वनों में निवास कर रहीं जंगली प्रजातियों, जैसे : यक्ष, किन्नर, निषाद आदि को हेय समझते थे," विश्वामित्र ने स्पष्ट किया।

"ये राक्षस अब कहाँ है गुरुदेव?" लक्ष्मण ने प्रश्न किया।

"देवासुर संग्राम से पूर्व ही द्रविड़ दक्षिण की और कूच करने लगे थे। संग्राम में हुए महा संविलियन के पश्चात यद्यपि युद्ध विराम हो गया था किन्तु राक्षसों ने सुदूर दक्षिण में समुद्र के मध्य लंका में अपना राज्य स्थापित किया," मुनि ने बताया।

"आपने अभी मुहरों का बखान किया था। इनका क्या उपयोग था गुरुदेव?" राम ने पूछा।

"मुहरों का उपयोग सम्पत्ति व व्यापार पर आधिपत्य प्रदर्शन हेतु होता था। जिस सम्पत्ति या व्यापार पर जिसकी मुहर, वह उसका," मुनि ने कहा।

"गुरुदेव क्या इसका यह अर्थ है कि हमारे राज्य में जो मुहरों का प्रयोग होता है, वह हमने द्रविड़ों से सीखा था?" राम ने जिज्ञासा प्रकट की।

"हाँ, राम। यही नहीं देवासुर संग्राम के पश्चात न सिर्फ़ एक समान धर्म का अवतरण हुआ अपितु दोनों ने एक दूसरे की विशेषताओं को भी सीखा," मुनि ने आगे कहना शुरू किया, "अनार्यों की नगर पद्धति, नगर विन्यास, स्थानीय नगर प्रशासन, नगरों की स्वच्छता, सामुदायिक स्थान, भवनों का निर्माण के साथ-साथ उपासना की सरल विधियाँ, मूर्ति पूजा आर्यों ने ग्रहण की तो अनार्यों ने आर्यों से आध्यात्मिक जीवनशैली, दर्शन, योग, तप और प्राणायाम सीखे। संस्कृत भाषा न सिर्फ़ आर्यों से अनार्यों ने सीखी अपितु इसी से मिलती हुई तमिल भाषा आर्य ऋषि अगस्त्य के सहयोग से बना ली। संविलियन के पश्चात दोनों पक्ष के धार्मिक एवं सामाजिक जीवन में मिश्रित बदलाव आया," विश्वामित्र ने वर्णन किया।

"योग और प्राणायाम, जिनकी अभी आपने चर्चा की, गुरु वशिष्ठ के आश्रम में हमें भी कराए जाते थे। इनका क्या महत्त्व है?" राम ने जानना चाहा।

"यह हमारे पूर्वजों द्वारा दिया गया उपहार है जो हमें स्वस्थ और दीर्घायु बनाता है। योग हमारे शरीर को निरोगी बनता है और हमें एकाग्रता सिखाता है जबकि प्राणायाम में सांसों का नियंत्रण सिखाया जाता है। राम तुम जानते ही होगे कि वायु, जिसे हम सांसों से अंदर ले जाते हैं, जीवन देती है किन्तु इसी वायु में ऐसे तत्व भी होते हैं जो शरीर का क्षय कर उसे शनैः-शनैः नष्ट करते हैं, शरीर को वृद्ध अवस्था की ओर ले जाते है। जितनी तीव्र शरीर

में सांसों का आवागमन होता है, शरीर का क्षय भी उतना ही तीव्र होता है। प्राणायाम में अधिक समय तक सांसों को रोकने का अभ्यास कराया जाता है। इससे शरीर अधिक समय तक अंदर से वायु विहीन रहता है। जितना अधिक शरीर वायु विहीन रहता है उतना ही क्षय मुक्त होकर यौवन युक्त रहता है। इसलिए आर्य ऋषि लम्बी आयु पाते हैं और सोमरस का प्रयोग भी उन्हें निरोगी और दीर्घायु बनाने में सहायक होता है," विश्वामित्र वर्णन करते हुए रोमांचित हो रहे थे।

"क्या यही कारण है कि आप और गुरु वशिष्ठ इतनी आयु पर भी स्वस्थ और निरोगी हैं?" लक्ष्मण कई दिवसों से मन में दबे प्रश्न को अवसर पाकर पूछ ही बैठे।

"हाँ, लक्ष्मण। यही रहस्य है हम ऋषि-मुनियों के दीर्घायु होने का," मुनि मुस्कराकर बोले। सबने अचानक देखा कि राम चलते-चलते रुक गए हैं। वे राह से थोड़ी दूर एक कुटिया की ओर देख रहे थे जो घने वृक्षों के मध्य एक समतल स्थान पर बनी थी।

"कितनी श्री हीन कुटी दिख रही है किन्तु प्रतीत होता है कि कभी यह स्थान रमणीक रहा होगा। ऐसा क्यों है गुरुदेव?" व्याकुल शब्दों के साथ राम ने पूछा।

"राम, ये गौतम ऋषि का आश्रम था। तुमने सही अनुमान लगाया। कभी यहाँ चहल-पहल रहती थी। अब तो यहाँ मात्र ऋषि की पत्नी ही रहती है।"

"ऋषि की पत्नी, और ऋषि गुरुदेव?" राम ने अचरज से पूछा।

"राम यह द्रवित करने वाली कहानी है। गौतम ऋषि और उनकी पत्नी अहिल्या सुखपूर्वक यहाँ रह रहे थे। एक दिन ऋषि किसी कार्य वश बाहर गए थे तभी ऋषि का वेश धर किसी ने अहिल्या का सतीत्व भंग कर दिया। ऋषि को लौटकर आने पर जब यह ज्ञात हुआ तो ऋषि ने पत्नी को त्याग दिया और आश्रम छोड़ कर चले गए तभी से अहिल्या इस कुटी में पत्थर शिला की भाँति निर्जीव और भाव शून्य पड़ी रहती है। चरित्रहीनता के आरोप में पति द्वारा त्याज्य पत्नी को समाज में अछूत समझा जाता है, इनका स्पर्श

भी वर्जित होता है। यदि कोई ऐसी स्त्रियों को त्रुटि वश भी छू ले तो उसे ब्राह्मणों के द्वारा शुद्धिकरण कराना होता है इसीलिए कोई इस ओर आता भी नहीं है," कहते हुए मुनि की वाणी भर्रा गई।

"क्या हमारा समाज इतना कठोर है, गुरुदेव कि भूलवश किए गए कार्य पर भी प्रायश्चित्त का अवसर नहीं देता?" राम ने व्याकुल होकर पूछा।

"सभी प्रकरणों में तो नहीं पर हाँ, इस प्रकार के आरोप में समाज निष्ठुर हो जाता है," मुनि बोले।

"यदि आपकी आज्ञा हो तो कुटी में देवी अहिल्या के पास चलें गुरुनाथ?" राम ने आग्रह किया।

"अवश्य राम। कदाचित इसमें अहिल्या का ही उद्धार छिपा हो," कहते हुए मुनि उन्हें आश्रम में ले चले। उस समय तक आश्रम के पास की बस्ती के लोग भी विश्वामित्र के आगमन का समाचार सुन कर एकत्र हो गए थे और वे भी मुनि के पीछे चल दिए। कुटिया के द्वार पर पहुँच कर राम क्षण भर को रुके। उन्होंने मुनि की ओर देखा और फिर अंदर प्रवेश किया। कुटिया में प्रवेश करते ही दृष्टि पड़ी तो भूमि पर एक स्त्री प्रस्तर की भाँति निर्जीव बैठी दिखी जैसे किसी भी आहट से निष्प्रभाव हो, जैसे प्राण हीन जड़ वस्तु हो।

"माते," पास जाकर राम ने कोमल स्वर में पुकारा। कोई जादू ही था उस वाणी में कि काया में हलचल हुई। "माता," राम ने पुनः पुकारा। इस बार नेत्र उठे राम की निर्मल छवि को देख बरबस अश्रुधारा फूट पड़ी।

"माते, अयोध्या पति दशरथ का पुत्र राम आपको प्रणाम करता है," कहते हुए राम ने अहिल्या के कंधे पर स्नेह युक्त हाथ रखना ही चाहा कि बस्ती का एक बुजुर्ग व्यक्ति चिल्लाया, "रुको कुमार! क्या श्रद्धेय मुनि ने आपको नहीं बताया कि यह अस्पर्श्य है।"

"अस्पर्श्य? एक प्राणी दूसरे के लिए अस्पर्श्य कैसे हो सकता है?" कहते हुए राम पुनः अहिल्या की ओर झुके।

"हो सकता है! एक कुलटा को छूने से अपवित्र हो जातें हैं। मुनिवर, आप क्यों नहीं समझाते? इस त्रुटि के लिए कुमार को शुद्धिकरण कराना होगा," मुखिया जैसे दिखने वाले एक व्यक्ति ने कहा।

"नहीं, ये तो मेरी माँ समान हैं, क्या एक माँ पुत्र के लिए अपवित्र हो सकती है?" कहते हुए राम ने झुककर अहिल्या के दोनों कन्धों को हाथों से सहारा दिया। उन्हें उठाया तो अहिल्या राम के हृदय से चिपट गईं और बिलख-बिलख कर रोने लगीं।

"बस, माता धीरज धरें। गुरुदेव ने मुझे आपकी करुण गाथा सुनाई है। अज्ञानता वश किए गए कृत्य के लिए आपने पर्याप्त प्रायश्चित कर लिया है। मुझे विश्वास है कि ऋषि गौतम आपको अवश्य अपनाएँगे," कहते हुए राम सहारा देकर कुटिया से बाहर लाए अहिल्या को।

"मेरा आप सब से अनुरोध है कि माता अहिल्या का निरादर नहीं करें।"

"जब अयोध्या के राजकुमार ने ही आदर दिया तो सबके लिए आदरणीय है देवी अहिल्या," मुखिया ने कहा तो सबने 'हाँ' में 'हाँ' मिलाई।

"गुरुदेव मैंने कुछ अनुचित तो नहीं किया?" आगे चलने पर राम ने पूछा।

"राम, आज तुमने एक अबला नारी का उद्धार किया है तुम्हारी कीर्ति सारे जग में फैलेगी," विश्वामित्र ने आशीष दिया। साथ चल रहे मुनियों ने राम का स्नेहिल स्वभाव देख अति सुख पाया। जत्था आगे बढ़ा। चलते-चलते सब लोग विशाला नगरी में पहुँचे तो वहाँ के राजा सुमित ने जब मुनि विश्वामित्र के नगर आगमन का समाचार सुना तो स्वयं पहुँचकर उनका हर्षित मन से स्वागत किया। मुनि मिथिला जा रहे हैं, यह जानकर सबके भोजन और रात्रि विश्राम की व्यवस्था की।

"मुनिनाथ, राजा जनक ने अपनी पुत्री के स्वयंवर हेतु बड़ी कठोर शर्त रख दी है," सायं संध्या वन्दन के पश्चात मुनि विश्वामित्र के सत्संग की आकांक्षा में राजा सुमित बोले।

"कैसी शर्त राजन?" विश्वामित्र ने पूछा।

"जनक के पास अत्यंत प्राचीन अनार्यों का एक ताम्र धनुष है। वे चाहते हैं कि जो आर्य राजा उस धनुष की प्रत्यंचा चढ़ा देगा, अपनी पुत्री का विवाह उसी से कर देंगे," राजा सुमति बोले।

"कोई शर्त ऐसी नहीं होती राजन, जिसे पूरा न किया जा सके। जब

एक व्यक्ति शर्त रखता है तो कहीं कोई उसे पूरा करने वाला भी होता है। यही प्रकृति का संतुलन है," मंद-मंद मुस्कराते हुए मुनि बोले।

"किन्तु शिव धनुष तो हम आर्यों का आयुध ही नहीं है, मुनिवर। फिर राजा जनक ने आर्य राजाओं के लिए निरर्थक शर्त क्यों रखी? बेहतर होता कि वे अनार्य राजाओं को भी इस चाप के संधान की अनुमति देते क्योंकि आमंत्रित तो वे भी हैं," सुमति ने कहा।

"आपके कहने का तात्पर्य यह है कि जनक ने आमंत्रित तो सभी आर्य-अनार्य राजा किए हैं किन्तु स्वयंवर में सिर्फ़ आर्य राजा ही भाग ले सकते हैं। यदि ऐसा है तो उन्होंने निश्चित ही बुद्धिमत्ता और दूरदर्शिता का परिचय दिया है," विश्वामित्र ने हर्षित होकर कहा।

"वह कैसे ऋषि श्रेष्ठ?" सुमित ने आश्चर्य प्रकट किया।

"राजन, आर्य-अनार्य संविलियन के पश्चात आर्यों की वही स्थिति है जो परिवार में बड़े भाई की होती है। इस अवस्था में आर्यों के लिए यह आवश्यक है कि न सिर्फ़ वे अनार्य द्रविड़ों के साथ उदार रहें अपितु विद्रोह की किसी भी स्थिति पर सफलता पाने के लिए उनके अस्त्रों में भी पारंगत हों। इसलिए यदि जनक ने शिव धनुष संधान सिर्फ़ आर्यों के लिए ही रखा है तो सर्वथा उचित ही है," मुनि ने जैसे सारी शंकाओं का समाधान कर दिया हो।

सभी मुनि के सत्संग का लाभ ले रहे थे। राम और लक्ष्मण को भी वार्तालाप से सुख मिल रहा था। इससे पूर्व की सुमित कुछ और पूछते कि लक्ष्मण बोल पड़े।

"गुरुदेव, आपने शिव धनुष का नाम लिया यह कौन सा धनुष है?"

"तुम दोनों को मैंने आश्रम में बताया था कि शिव द्रविड़ों के देवता थे। चूँकि यह धनुष अनार्य द्रविड़ों का है इसीलिए इसे शिव धनुष नाम दिया गया। यद्यपि शिव को अपने देव के रूप में अब आर्यों ने भी स्वीकार कर लिया है, किन्तु आयुधों में भेद स्पष्ट रहे इसलिए ये नामकरण किया गया है," विश्वामित्र ने अर्थ समझाया।

सुमति ने देखा की रात्रि बढ़ रही है किन्तु मुनि के सत्संग का आनंद छोड़कर कोई शयन नहीं करना चाह रहा तो उन्होंने मुनि से ही विश्राम का अनुरोध किया।

प्रातःकाल उठकर नित्य कर्म से निवृत्त हो कर सुमति से विदा ले विश्वामित्र अपने दल के साथ चल दिए मिथिला की ओर। रास्ते भर ज्ञान और धर्म की चर्चाओं में तल्लीन होने से किसी को थकान का आभास नहीं था। सायं होते दल ने मिथिला में प्रवेश किया। राजा जनक ने विश्वामित्र के आगमन की सूचना पाकर स्वयं पहुँचकर स्वागत किया और सचिव सतानंद को मुनि की व्यवस्था नगर की सबसे सुंदर वाटिका में करने के निर्देश दिए।

प्रातःकाल दोनों भाई स्नानादि से निवृत्त हुए ही थे कि गुरु की आज्ञा मिली और दोनों चल दिए गुरु की पूजा-अर्चना हेतु पुष्प लेने। वे राजमाली की अनुमति से फूल एकत्र कर रहे थे कि वाटिका के द्वार पर शोर सुनाई दिया। सेवक व्यवस्थाओं हेतु इधर से उधर भागे जा रहे थे। सर उठाकर देखा तो पाया कि कोई राजकुमारी सदृश्य युवती अपनी सखियों के साथ चली आ रही थी। पूछने पर ज्ञात हुआ कि यही राजकुमारी सीता हैं जो गिरिजा पूजन हेतु आईं हैं। राम ने सीता को और सीता ने राम को सम्मुख पाकर एक क्षण के लिए देखा। दोनों की दशा समान ही थी।

"लक्ष्मण, तुम तो जानते हो कि रघुकुल के पुरुष किसी स्त्री पर कुदृष्टि नहीं डालते न ही साधारण मनुष्यों की भाँति मोहित होते हैं। फिर कुमारी सीता को देखकर मेरी यह दशा क्यों?" राम ने पूछा।

"भ्राताश्री! आपको व राजकुमारी को देखकर तो आभास होता है कि दोनों की जोड़ी के समान तो भूलोक में दूसरी नहीं होगी। कदाचित आप दोनों एक दूसरे के लिए ही बने हो। आपका राजकुमारी के प्रति सच्चा अनुराग है। प्रतीत होता है कि वे भी आपके प्रति यही भाव रखती हैं।" लक्ष्मण मुदित मन से बोले।

"चलो लक्ष्मण, विलम्ब हो रहा है। गुरुदेव राह देख रहे होंगे," राम ने कहा तो दोनों भाई चल दिए गुरु के पास।

मुनि विश्वामित्र पूजा-अर्चन कर आसन से उठे ही थे कि सतानंद ने आकर स्वयंवर में पधारने का आग्रह किया। मुनि चल दिए राम और लक्ष्मण के साथ, समारोह स्थल पर पहुँचे। जनक ने अभिनन्दन किया व श्रेष्ठ स्थान पर मुनि और उनके साथ आए कुमारों को बिठाया। समारोह स्थल की शोभा

देखते ही बनती थी। भाँति-भाँति के पुष्प लताओं से विशाल मंडप सजाया गया था। रंग-बिरंगे वन्दनवार चहुँओर लटकाए गए थे। ऊपर मिथिला राज्य का ध्वज और अन्य पताकाएँ फहरा रही थीं। सुगन्धित द्रव्यों का छिड़काव किया गया था। वाद्ययंत्र स्वर लहरियाँ छोड़ रहे थे। स्थल के बीचों-बीच काष्ठ तख़्त पर विशाल धनुष सजाया गया था। दोनों ओर विभिन्न राजाओं को बिठाया गया था। चारण और भाट राजाओं की विरुदावली गा रहे थे। मंडप की छत रंगीन मखमल से आच्छादित थी। पूरा वातावरण मन को मुग्ध करने वाला था।

सभी लोग आ चुके हैं यह जानकर राजपुरोहित ने राजा जनक से आग्रह किया कि सीता को सभा स्थल पर बुला लिया जाए। जनक चल दिए पुत्री को लाने। कुछ क्षण पश्चात रानी सुनयना और जनक ने सीता के साथ सभा स्थल में प्रवेश किया। धनुष के पीछे बनाए गए आसन पर सीता को बिठाया गया। जनक और सुनयना ने सीता के पास ही स्थान ग्रहण किया और राजकुमारी की सखियाँ भी पीछे खड़ी हो गईं। सखियों के श्रंगार और कन्या सुलभ लज्जा ने हाथ में जयमाला लिए सीता के सौन्दर्य को अप्रतिम बना दिया था। सभा मंडप में बैठा हर प्रतियोगी राजा सीता के रूप पर मोहित हो रहा था।

जनक का संकेत पा सदानंद ने स्वयंवर की शर्त पुनः दोहराते हुए प्रतियोगिता प्रारम्भ करने की घोषणा की। एक-एक कर राजा अपना बल और भाग्य दोनों आजमाने तख़्त तक आते। पहले एक हाथ से फिर दोनों भुजाओं का बल लगा धनुष को बीच से उठाने की चेष्टा करते किन्तु असफल और लज्जित होकर वापस अपने स्थान पर बैठ जाते। यही क्रम लगातार चलता जा रहा था।

दिन का दूसरा प्रहर बीत गया किन्तु अभी तक किसी को चाप संधान में सफलता नहीं मिली। ज्यों-ज्यों समय निकलता जा रहा था जनक की चिंता बढ़ती जा रही थी। अधिकतर राजा और राजकुमार प्रयास कर चुके किन्तु धनुष था कि जैसे और भारी होता जा रहा था।

जब तमाम प्रतियोगी थक कर बैठ गए तो विचलित होकर जनक बोले, “हा! यह मैंने कैसी कठोर शर्त रख दी? क्या सचमुच कोई आर्यों में ऐसा

वीर पुरुष नहीं जो इस धनुष का संधान कर सके? मैं अपने प्रण से पीछे हटूँगा तो जग हँसाई होगी। क्या मेरी पुत्री का विवाह संभव नहीं?"

"क्षमा करें महाराज किन्तु जिस सभा में रघुकुल श्रेष्ठ श्रीराम उपस्थित हैं वहाँ आपका यह कहना कि आर्यों में कोई वीर पुरुष नहीं, अत्यंत निंदनीय है," क्रोध में भरकर लक्ष्मण ने कहा तो मुनि विश्वामित्र ने तुरंत संकेत से लक्ष्मण को बिठाया। फिर अवसर अनुकूल जान राम की ओर दृष्टि कर बोले, "उठो राम धनुष भंजन कर जनक को चिंता मुक्त करो," गुरु की आज्ञा पा राम अपने स्थान से उठे। उनकी मुख मुद्रा सामान्य थी। न हर्ष, न विषाद, न ही कोई व्याकुलता और न ही कोई शीघ्रता। धैर्य से एक-एक संतुलित पग रखते हुए धनुष की ओर चले। निर्विकार भाव से चलते हुए अविचलित राम की छवि सूर्य के सदृश्य तेजोमय जान पड़ रही थी। सीता की माता, सभी सखियाँ, राजपरिवार के सदस्य सभी इष्ट को मना रहे थे कि राम वह कर दें जो कोई राजा नहीं कर पाया था।

धनुष के समीप पहुँच कर राम ने गुरु को प्रणाम किया एक बार सीता की ओर देखा।

*"मेरी उपासना का कोई फल मिलना हो तो वह आज मिले राम के द्वारा इस धनुष के संधान के रूप में।"* सीता मन ही मन सोच रही थीं। उनके मन में चाह थी कि राम धनुष भंजन कर दें जिसके दो फल मिलेंगे - एक तो पिता चिंताओं से मुक्त हो जाएँगे व दूसरा राम का आजीवन साथ मिलेगा। सभा में सब मौन साधे देख रहे थे कि क्या होता है। प्रतियोगी निश्चिंत थे कि जब वे धनुष को नहीं उठा पाए तो यह सुकुमार क्या उठा पाएगा।

राम धनुष ओर झुके और शस्त्राभ्यास के समय जैसा सीखा था, एक ही झटके में धनुष का पतला सिरा पकड़कर ऊपर उठाया। तख़्त के आसन से भारी सिरे को धीरे-धीरे नीचे खिसकाया और जैसे ही भारी सिरे ने धरती को छुआ राम ने पूरे बल से एक झटके में पतले सिरे को झुकाया प्रत्यंचा चढ़ाने के लिए। सभा में लोगों के होने और घटना विशेष की उत्तेजना के कारण बल कुछ अधिक ही लग गया और प्राचीन ताम्र धनुष प्रत्यंचा चढ़ाते ही तीव्र ध्वनि के साथ टूट गया। सारी सभा में आश्चर्य मिश्रित हर्ष था पर कहीं-कहीं आश्चर्य मिश्रित विषाद भी। वाद्य यंत्र बजने लगे, पुष्प वर्षा होने लगी, ब्राह्मण मंत्रोच्चारण करने लगे। सभासद जयगान कर रहे थे। जनक

की अनुमति से सखियाँ सीता को लेकर चलीं राम की ओर। स्त्रियों ने मंगल गान शुरू कर दिए। सभा के बाहर तुरही और नगाड़े बज रहे थे जो कि मिथिला के नगर वासियों को शुभ संदेश भेज रहे थे। जिसने जहाँ सुना, दौड़ पड़ा समारोह स्थल की ओर।

धीरे-धीरे राम की ओर चलते हुए सीता ने जयमाला राम के गले में डाल दी। इतनी बड़ी खुशी और माता-पिता सहज दिखें यह कैसे संभव था। जनक और सुनयना दोनों की आँखों से अश्रु बह रहे थे। कन्या पक्ष से ऐसा कौन था, जिसके नेत्र खुशी की अधिकता में गीले नहीं थे। मुनि विश्वामित्र ने आकर वर कन्या को आशीष दिया तो जनक भावावेश में आकर मुनि के चरणों में गिर गए।

"उठो राजन, इस प्रसन्नता की बेला में आप इतने भावुक क्यों हो रहे हैं?" विश्वामित्र ने कन्धों पर सहारा देते हुए जनक को उठाया।

"आपकी कृपा का मैं सदैव ऋणी रहूँगा मुनिनाथ," हाथ जोड़कर जनक विश्वामित्र से बोले। अश्रु थे कि रुकना ही नहीं चाह रहे थे।

"बस, बस राजन। विवेकी मनुष्य की भाँति अपने बंधु-बांधव कुटुंब जनों के साथ विवाह की तैयारियों में लग जाएँ। अभी तो आपको बहुत कृत्य करने हैं पर मेरे मत अनुसार सर्वप्रथम अयोध्या नरेश राजा दशरथ को इस धनुष यज्ञ का पूरा बखान करते हुए राम से सीता के विवाह की अनुमति माँगते हुए उन्हें निमंत्रण भेजें। क्योंकि राम को उन्होंने मेरे साथ सुरक्षा कारणों से भेजा था। मुझे उनका विवाह संपादित कराने की अनुमति नहीं है," विश्वामित्र ने कहा।

"जैसा आपने कहा वैसा ही होगा, मुनिवर। सदानंद शीघ्र महाराज दशरथ को अभिवादन सहित विवाह की आज्ञा देने और बारात सहित आने का आमंत्रण स्वीकारने का आग्रह करने अपने श्रेष्ठ धावक को भेजें," जनक ने पुलकित होकर कहा।

"जो आज्ञा राजन!" सदानंद ने कहा ही था कि सभा में हलचल हुई। सबकी दृष्टि सभा द्वार की ओर उठी तो देखा कोई दिव्य ऋषि धृष्टता पूर्वक सभा में घुसा चला आ रहा है।

"अरे, ऋषि श्रेष्ठ परशुराम!" जनक यह कहते हुए दौड़े ऋषि की ओर।

"प्रणाम ऋषिवर! अहोभाग्य हमारे जो इस सुअवसर पर आप पधारे," यह कहते हुए जनक ने परशुराम का स्वागत किया और सीता स्वयंवर की सभी घटनाओं का विस्तार से बखान किया।

"पुत्री का विवाह माता-पिता के जीवन की सबसे बड़ी खुशी होती है। मुझे और सुनयना को यह खुशी दी है दशरथ नंदन राम ने शिव धनुष भंजन कर!" जनक भाव विह्वल होकर बोलते जा रहे थे।

"शिव धनुष भंजन! यह क्या कह रहे हो जनक?" परशुराम की त्योरियाँ चढ़ गईं।

"हाँ, ब्राह्मण देव! पुत्री सीता के विवाह हेतु मैंने शिव धनुष की प्रत्यंचा चढ़ाने की शर्त रखी थी। राम ने अपने बाहु बल से इसे भंग कर दिया। अन्य कोई आर्य तो उसे डिगा भी नहीं पाया।" परशुराम के क्रोध से अनभिज्ञ जनक उत्साह से बोलते जा रहे थे।

"कौन है राम?" मुनि की वाणी में क्रोध स्पष्ट दिख रहा था। तभी राम लक्ष्मण को लेकर विश्वामित्र उपस्थित हुए। दोनों ने एक दूसरे का अभिवादन किया।

"ऋषि श्रेष्ठ! ये राम और लक्ष्मण कोसल कुमार आपका आशीष चाहते हैं," विश्वामित्र ने कहा तो दोनों भाई आगे आकर परशुराम के चरणों में झुक गए।

"कौशिक!" क्रोध में पीछे हटते हुए परशुराम गरजे, "तुम तो जानते हो कि हम आर्यों ने कितना परिश्रम कर आर्यों और अनार्यों का महा संविलियन सुनिश्चित कराया और तुमने इन क्षत्रिय राजकुमारों को लाकर अनार्यों के प्रतीक शिव धनुष का भंजन करा दिया।"

"क्रोध न करें ऋषिवर। इक्ष्वाकु वंशीय राम आपसे क्षमा प्रार्थी है। विप्रों का तो स्वभाव ही है क्षमा करना," हाथ जोड़कर राम बोले।

"मुझे विप्र धर्म समझा रहे हो राम! और क्षत्रिय धर्म क्या है? अहंकार करना, एक दूसरे से श्रेष्ठ होने की लड़ाई में संलग्न रहना, स्वयं को श्रेष्ठ व दूसरों को तुच्छ समझना, छोटे उद्देश्य की प्राप्ति में बड़े लक्ष्य भुला देना?"

"आप तो महा ज्ञानी हैं। क्या मुझे अपना सेवक जान कर स्पष्ट करेंगे मुनिवर?"

"आर्य संस्कृति में चार वर्ण हैं। ब्राह्मण का धर्म है नीति निर्माण करना, जप-तप करना, राज्य के धर्मानुसार संचालन में राजा का पथ प्रदर्शन करना, विद्या अध्ययन व विद्या दान करना। क्षत्रिय का धर्म है अन्य वर्णों की रक्षा करना, राज्य के लिए युद्ध, राज्य का विस्तार, राज धर्म के अनुसार राज्य संचालन के कार्यों में संलग्न होना। वैश्य राज्य में व्यापार सँभालने के लिए और शूद्र अन्य वर्णों की सेवा हेतु हैं। जब आर्य इस देश में आए तो क्षत्रिय ब्राह्मणों के मार्गदर्शन में अनार्य द्रविड़ों से युद्ध कर आर्य संस्कृति का विस्तार करने लगे व जीते हुए क्षेत्र में आर्य संस्कृति की स्थापना करने लगे। प्रारम्भ में उक्त कार्य अच्छा हुआ किन्तु जैसे-जैसे आर्यों को विजय मिलती गई अनार्य क्षेत्र छोड़कर दक्षिण की ओर कूच करने लगे और विजय के उन्माद में क्षत्रिय अहंकारी होने लगे।"

"क्षत्रिय सदैव ही अपने अहंकार, अपने को श्रेष्ठ मानने के कारण न तो आपस में एक रहते और न ही अनार्यों के प्रति उदारता दिखाते हैं। उनकी हठधर्मिता से मुझे घृणा है और इसीलिए मैंने सदैव क्षत्रियों से युद्ध कर उन्हें शक्तिहीन करने की चेष्टा की है," परशुराम क्रोध में भरकर बोले।

"आप क्षत्रियों को अहंकारी मान रहे हैं किन्तु स्वयं आपकी वाणी से अहंकार परिलक्षित हो रहा है। जैसे : आपके मतानुसार सारे क्षत्रिय दुष्ट और समस्त ब्राह्मण पुनीत हैं। क्या एक ऋषि के रूप में आपका यह उचित विचार है?" लक्ष्मण व्यंग्य से बोले तो क्रोध से परशुराम की भृकुटि चढ़ गई। विश्वामित्र ने बात बिगड़ती जान दख़ल दिया।

"नहीं, लक्ष्मण। बिना पूरी बात जाने तुम यह कह रहे हो। मैं तुम दोनों भाइयों को इनके संबंध में पूरा वृतान्त सुनाता हूँ। मुनि परशुराम के पिता प्रख्यात ऋषि जमदाग्नि थे। एक बार महिष्मती के हैहेय क्षत्रिय राजा कृतवीर्य जमदाग्नि के आश्रम में पहुँचे और उनकी कामधेनु गाय माँगी। जब जमदाग्नि ने मना किया तो कृतवीर्य, जिसे सहस्रार्जुन भी कहा जाता है, ने वह गाय बालात छीन ली और आश्रम को तहस-नहस कर दिया। इस पर परशुराम ने क्रोधित हो कृतवीर्य का वध कर दिया। कृतवीर्य के पुत्रों ने प्रतिशोध में जमदाग्नि की हत्या कर दी। इस घटना से कुपित होकर परशुराम ने सम्पूर्ण क्षत्रिय जाति को अपना शत्रु मान लिया और अनेक बार क्षत्रियों से युद्ध कर उन्हें परास्त किया है," विश्वामित्र ने रहस्योद्घाटन किया।

"क्षमा करें मुनिवर किन्तु जैसा पिताश्री से सुना है कि चन्द्रवंशी हैहेय राजाओं के आक्रमण का दंश तो हम सूर्य वंशियों ने भी भोगा है और हमारे पूर्वज राजा बाहू को इनके कारण वनों में शरण लेनी पड़ी थी जहाँ हमारे महान पूर्वज सगर का जन्म हुआ था। किन्तु समय के साथ वह कटुता भी विस्मृत कर दी गई और देवासुर संग्राम में सूर्य वंशी तथा चन्द्र वंशी दोनों ने साथ-साथ अनार्यों से युद्ध किया। यह सत्य है कि ब्राह्मणों ने धर्म, संस्कृति के उत्थान व प्रसार हेतु महान प्रयत्न किए हैं किन्तु क्षत्रियों ने भी सदैव ही इन प्रयासों के फलीभूत होने में अपना योगदान दिया है। जितना मैंने अपने गुरुदेव से जाना है कि आज धर्म का जो उदार एवं मिश्रित स्वरूप दिख रहा है वह आर्यों, विशेषकर क्षत्रिय व ब्राह्मण तथा अनार्यों की आपसी समझ-बूझ का परिणाम है। जिस महान उद्देश्य की प्राप्ति हेतु आप जैसे ऋषि-मुनि प्रयास कर रहे हैं वह बिना क्षत्रिय-ब्राह्मण की एकता के संभव नहीं है। क्या क्षत्रियों के प्रति आप अपनी कटुता नहीं भुला सकते?" राम ने कोमल वाणी में कहा।

"जैसा मुनि विश्वामित्र कह रहे हैं मेरी कटुता का कारण व्यक्तिगत तो है ही किन्तु मैं क्षत्रियों द्वारा श्रेष्ठता का दम्भ भरने के कारण भी कुपित हूँ। हम आर्यों ने तो सदैव समानता पर जोर दिया है। हमारी वर्ण व्यवस्था में भी कर्म के आधार पर वर्ण चुनने की स्वतंत्रता है और आर्य व अनार्य सभी को इसमें न सिर्फ़ उदारता पूर्वक स्थान मिला है अपितु ब्राह्मण, क्षत्रिय और वैश्य को तो कर्म के आधार पर अपना वर्ण बदलने की छूट भी दी गई है। इसीलिए हमने द्विज परम्परा को अपनाया है," परशुराम का स्वर अभी भी उच्च था।

"द्विज का क्या अर्थ होता है मुनिवर?" लक्ष्मण परशुराम की ओर से शंकालु थे किन्तु अपनी जिज्ञासा नहीं रोक सके।

"द्विज अर्थात् द्वितीय बार जन्म लेने वाला। व्यक्ति का प्रथम जन्म तो माँ के गर्भ से होता है किन्तु आर्य वर्ण व्यवस्था में उसका द्वितीय जन्म तब होता है जब उपनयन संस्कार से उसे वर्ण में सम्मिलित किया जाता है और इसके लिए पृथक-पृथक जनेऊ धारण कराया जाता है। वेदों की ऋचाओं के द्वारा पुरोहित गण ब्राह्मण बालक को सूती जनेऊ, क्षत्रिय को मूँज का जनेऊ और वैश्य को ऊनी जनेऊ पहनाते हैं। हाँ, शूद्रों को इससे पृथक रखा गया है। तुम क्षत्रिय बालक हो, यह तुम्हारे कंधे पर मूँज जनेऊ से स्वतः स्पष्ट है। बिना उपनयन संस्कार के कोई आर्य मान्य नहीं होता है और उपनयन के

पश्चात हर कोई आर्य है चाहे वह अनार्य द्रविड़ ही क्यों न हो। हमारी इस व्यवस्था को अनार्यों ने भी मन से स्वीकार किया और अनेक द्रविड़ आज ससम्मान आर्यों में प्रतिस्थापित हो गए हैं। किन्तु तुमने राम आज द्रविड़ों के सम्मान प्रतीक शिव के धनुष का भंजन कर उन्हें आहत किया है," परशुराम का क्रोध कम नहीं हो रहा था।

"मुनि श्रेष्ठ, मेरी घृष्टता पर ध्यान न देकर मेरी जिज्ञासा शांत करेंगे? जब अनार्य भी द्विज प्रक्रिया के बाद आर्य मान लिए गए तो उनके देवों की क्या स्थिति हुई?" राम ने प्रश्न किया।

"यहाँ भी एक दूसरे को महत्त्व देने की नीति काम आई। देवासुर संग्राम के बाद ब्रह्मा, विष्णु और शिव को आर्य तथा अनार्यों दोनों ने अपना माना। किन्तु सर्वोच्चता के स्थान पर समानता पर बल दिया गया। तभी तो जहाँ विष्णु को शिव का उपासक माना वहीं शिव को विष्णु के ध्यान में लीन बताया गया। दोनों पक्षों के द्वारा धर्म विजय के महान उद्देश्य हेतु विजेता और पराजित में भेद मिटाकर उन्हें एक कर दिया और प्रतीक स्वरूप दोनों के प्रमुख देव विष्णु और शिव का भेद ही मिटा दिया गया और उन्हें एक मान लिया गया," परशुराम बोले।

"आपके कथन के अनुसार शिव जितने अनार्यों के देव हैं उतने ही आर्यों के भी हैं। जब शिव हमारे देव हैं तो शिव धनुष भी तो हमारा हुआ। जब शिव में भेद नहीं तो शिव धनुष में भेद क्यों? इसे मात्र अनार्यों का प्रतीक क्यों कहा जा रहा है?" राम ने परशुराम से पूछा।

"बोलो, मुनि श्रेष्ठ अब क्या उत्तर है आपके पास राम के प्रश्न का?" विश्वामित्र ने जानना चाहा जो स्वयं राम की बातों से हर्षित व विस्मित दिख रहे थे।

राम की तर्क युक्त बातों से परशुराम आश्चर्यचकित रह गए और निरुत्तर भी। *यह तो मैंने सोचा ही नहीं था। सच ही तो है जब भेद ही नहीं तो पृथकता दिखे भी क्यों?* परशुराम मन में विचार करते हुए बोले।

"हाँ, राम। तुम सत्य कह रहे हो, कदाचित मैं ही पूर्वाग्रही हो गया था जो मन में क्षत्रिय-ब्राह्मण भेद, आर्य-अनार्य भेद लिए विचरण कर रहा था। यह कितना आश्चर्यजनक है कि एक ओर तो हम देवों का भेद मिटा रहे हैं और दूसरी ओर शस्त्रों को उनके नामों के साथ जोड़कर पृथक बता

रहे हैं। क्यों शिव धनुष है तो वह अनार्यों का, विष्णु धनुष है तो आर्यों का कहलाए। हाँ, सचमुच मैं ही पृथकतावादी हो गया था।"

"विप्रवर! आप जैसे महान ऋषियों, तपस्वियों ने हमारी संस्कृति, हमारी सभ्यता को एक पृथक देश में स्थान दिलाकर आर्यावर्त के रूप में हमारे लिए और आने वाली पीढ़ियों के लिए एक उपहार दिया है। हम सबका कर्तव्य है कि आप सबके महान प्रयास व्यर्थ न जाएँ," राम प्रणाम की मुद्रा में बोले।

"राम, आज मैं निश्चिंत हुआ और सच कहूँ तो मेरा भ्रम मिट गया। जब तुम जैसा क्षत्रिय कुमार हमें मिला है तो ब्राह्मणों को अब निश्चिंत होकर तप कार्य में तल्लीन होना चाहिए। राम, तुम्हारा कल्याण हो। तुम एक उदार तथा यशस्वी शासक बनो जो सभ्यताओं के आपसी संघर्ष को सदा के लिए मिटाकर आर्यावर्त को उन्नति की ओर ले जाए," कहते हुए परशुराम चलने को उद्धत हुए तो जनक ने आगे आकर आग्रह किया।

"राम और सीता के विवाह तक रुकने का कष्ट करें, मुनिवर! दोनों आपके आशीष की आकांक्षा रखते हैं," यह कहते हुए जनक ने संकेत से सीता और राम को निकट बुलाया।

"मेरा आशीष तो सदैव इन दोनों के साथ रहेगा और फिर जहाँ स्वयं ब्रह्मर्षि विश्वामित्र जी उपस्थित हों वहाँ तो समस्त ब्रह्माण्ड अनुकूल होता है। मेरा यथोचित अभिवादन और शुभकामनाएँ महाराज दशरथ को देना, अब मैं चलना चाहूँगा," कहते हुए परशुराम ने सबसे विदा ली।

# 3

मुनि वशिष्ठ संध्या पूजन कर आसन से उठे ही थे कि संदेश मिला, महाराज पधारे हैं और मुनि से मिलने की आकांक्षा रखते हैं।

*"इस समय, अकस्मात महाराज के आने का क्या प्रयोजन हो सकता है?"* चिंता युक्त अधीरता से मुनि शीघ्र अतिथि कक्ष में पहुँचे। राजा दशरथ ने गुरु को प्रणाम किया, वशिष्ठ ने आशीष देकर आसन ग्रहण करने का आग्रह किया।

"बिना किसी सूचना के इस समय आपका आना अकारण नहीं हो सकता, राजन! कोई चिंता की बात तो नहीं? मुझे तत्काल बताएँ। मेरा चित्त उद्विग्न हो रहा है।"

"चिंता की कोई बात नहीं है। आपकी कृपा से राज्य में सुख शांति है। मैं क्षमा प्रार्थी हूँ जो इस तरह बिना पूर्व सूचना के असमय आपके पास आया, पर क्या करता मैं अपनी उत्तेजना को कल सुबह तक नहीं दबा सका गुरुदेव," दशरथ ने कहा।

"कैसी उत्तेजना महाराज? कौन-सा विषय आपको परेशान किए है?" वशिष्ठ बोले।

"परेशान तो नहीं किन्तु एक बात ऐसी है जो मुझे अत्यधिक हर्षित कर रही है और उसी के बारे में आपसे आज्ञा लेने आया हूँ," दशरथ पुलकित हो बोले।

"तत्काल बताएँ राजन, विलम्ब न करें," वशिष्ठ की अधीरता बढ़ती जा रही थी।

"गुरुदेव, जैसा कि आप जानते हैं कि राम व उनके भाइयों के विवाह को कई माह व्यतीत हो गए हैं। अवध में चारों ओर प्रजा भी अपने कुमारों के विवाहोपरांत आयोजनों का आनंद ले रही है। क्यों न प्रजा के हर्ष को बढ़ाते हुए राम का राजतिलक भी कर दिया जाए? गुरुदेव, अब मैं वृद्ध होने लगा हूँ और फिर राम सब प्रकार से समर्थ हैं। आपकी शिक्षा से व

आपके सानिध्य में रहते हुए वे एक प्रजा पालक प्रतापी राजा होंगे इसमें मुझे और आपको शायद ही कोई संदेह होगा। प्रजा में भी राम लोकप्रिय हैं। यदि आपकी आज्ञा हो तो इस शुभ कार्य को अतिशीघ्र संपन्न करा दिया जाए?" दशरथ जब यह बोल ही रहे थे कि तभी गुरुमाता अरुंधति ने कक्ष में प्रवेश किया। दशरथ ने उनका अभिवादन किया। उनके साथ परिचारिका मेवा-मिष्ठान्न और शीतल जल चाँदी के थाल में सजाए हुए लाई। अरुंधति ने दोनों के सम्मुख रखवाकर उनसे ग्रहण करने का आग्रह किया।

"तुमने सही समय पर मुँह मीठा कराने का प्रयत्न किया है भार्ये। जानती हो कैसी शुभ घड़ी है ये जब अयोध्या को नया राजा मिलने जा रहा है!" अरुंधति ने आश्चर्य से पति की ओर देखा तो वशिष्ठ ने उन्हें पूरा वृतांत सुनाया।

"यद्यपि राम सब प्रकार से योग्य हैं और कोई ऐसा अवगुण नहीं जो राम के पास से भी निकलता हो, किन्तु आप स्वयं एक यशस्वी शासक हैं। प्रजा आप जैसे शासक के रहते हुए सर्वथा सुखी है तब इतनी जल्दी क्यों?" अरुंधति ने हस्तक्षेप किया।

"तुम नहीं जानती," वशिष्ठ बोले, "हर पिता की यही सबसे बड़ी अभिलाषा होती है कि आने वाला समय उसे उसकी संतान के पिता के रूप में जाने और कदाचित यही हमारे महाराज के मन में है। राम जैसा वीर, साहसी, नीतिज्ञ, प्रजापालक राजा पाकर प्रजा धन्य हो जाएगी।"

"तो क्या आप मेरे विचार से सहमत हैं गुरुदेव?" दशरथ ने पूछा।

"हाँ, कोसलपति। आपका विचार सर्वदा उचित और समयानुकूल प्रतीत हो रहा है," वशिष्ठ बोले।

"तब तो विलम्ब का कोई कारण नहीं है, गुरुदेव। आप ही शुभ मुहूर्त निकाल कर इस अभीष्ट कार्य को शीघ्र पूर्ण कराएँ यही मेरी आपसे विनती है," दशरथ ने कहा तो वशिष्ठ ने अरुंधति को नक्षत्र गणना पत्रक लाने का संकेत किया। उन्होंने पत्रक को देख शुभ घड़ी का विचार कर तीसरे दिवस का मुहूर्त निकाला।

"किन्तु गुरुदेव यह तो अति शीघ्र न होगा? अभी तो भरत शत्रुघ्न कैकेय राज के यहाँ हैं और उन्हें बुलाने में १५ दिवस तो लग ही जाएँगे। कोई ऐसा मुहूर्त नहीं जो १५ दिवस पश्चात हो," दशरथ ने पूछा।

"मैं भी यही विचार रहा था किन्तु इस मुहूर्त के पश्चात् कई मास तक इतनी अच्छी घड़ी नहीं है," वशिष्ठ चिंतातुर हो बोले।

"तब तो विलम्ब न होगा गुरुदेव। आपकी आज्ञा हो तो कल ही राज दरबार में यह घोषणा कर दी जाए कि आगामी दिवस में राम का राजतिलक होगा। यद्यपि समय कम है किन्तु मुझे विश्वास है कि मन को प्रफुल्लित करने वाले इस समाचार को पाकर हर कोई दूने उत्साह से कार्य में लग जाएगा और हम दो दिवस में अयोध्या को पूरी तरह सजाकर, सम्पूर्ण तैयारी कर राम का तिलक कर पाएँगे," दशरथ हर्षोल्लास से बोले।

"आपका अभीष्ट मंगलमय होगा महाराज," वशिष्ठ ने कहा।

"तो मुझे आज्ञा दें गुरुदेव! कल आपके सम्मुख राज दरबार में यह घोषणा कर सबको हर्षित करूँगा," कहते हुए दशरथ ने वशिष्ठ से आज्ञा ली।

राजदरबार में नित्य की तरह तभी कार्य संचालित हो रहे थे। सचिवगण अपने विभागों से संबंधित विषयों को महाराज के समक्ष रख रहे थे और उनसे आवश्यक निर्देश ले रहे थे। तभी राजगुरु ने अपना आसन ग्रहण किया।

"दरबार में हमारे राजगुरु उपस्थित हो चुके हैं। उनकी सहमति से मैं महत्त्वपूर्ण घोषणा करना चाहूँगा," दशरथ बोले तो सभी दरबारी चकित हो महाराज की ओर देखने लगे।

"अवश्य राजन! आपकी हर घोषणा यहाँ एक आदेश है," वशिष्ठ ने कहा।

"मैं इक्ष्वाकु वंशीय दशरथ आज आप सबको, अपने पूर्वजों को, सभी इष्ट देवों को चारों दिशाओं को साक्षी मानकर कोसल राज्य के राजा के रूप में प्रदत्त अपने अधिकारों का प्रयोग करते हुए यह घोषणा करता हूँ कि आज से दूसरे दिवस ज्येष्ठ राजकुमार राम का कौशल के नए राजा के रूप में राजतिलक किया जाएगा। मुझे आशा ही नहीं पूर्ण विश्वास है कि आप सबको यह घोषणा सुखद लगी होगी," दशरथ ने कहा तो सारे दरबार में हर्ष की लहर दौड़ गई। सभी को यह तो आभास था कि राम शीघ्र अयोध्या के राजा बनेंगे किन्तु इतनी शीघ्रता से मनोरथ पूर्ण होगा यह कल्पना भी नहीं थी।

क्या मंत्रिगण, क्या दरबारी, क्या सैनिक सभी "राजा दशरथ की जय",

"राम की जय," "कोसल राज्य समर्थ बने", "अयोध्या की जय" आदि के उद्घोष करने लगे। देखते-देखते दरबार में उत्सव का वातावरण बन गया। इस शुभ घड़ी में सचिव और मंत्री राजा दशरथ को प्रजा के हितार्थ कल्याणकारी उद्घोषणाएँ करने के विभिन्न सुझाव देने लगे। उदारमन से राजा ने राज्य के लिए अनेक मंगलकारी घोषणाएँ कीं, बंदियों को मुक्त किया, ब्राह्मणों को दान दिया।

"महाराज की आज्ञा हो तो पूरे राज्य में दो दिवस का उत्सव घोषित कर दिया जाए?" प्रधान सचिव ने कहा।

"अवश्य! प्रजा को अपने राम के राज्याभिषेक का पूरा आनंद लेने का अधिकार है। सम्पूर्ण अयोध्या को सजाया जाए राज्य में डोंडी पिटवाकर शुभ समाचार से जन-जन को अवगत कराया जाए," दशरथ ने विचार रखा।

द्रुत गति से यह समाचार पूरे अयोध्या में फैल गया कि कल राम का राजतिलक है। जिसे देखो वही प्रसन्न था, जहाँ-तहाँ नगाड़े-ढोल बज रहे थे, अयोध्या की गलियों में उत्सव का माहौल था।

कैकेयी अपने कक्ष में बैठी सोच रही थी कि कई दिनों से कैकेय देश से कोई समाचार नहीं आया। जब से भ्राता युधाजीत भरत और शत्रुघ्न को यह कहकर ले गए कि पिताश्री ने भरत को देखने की इच्छा प्रकट की है तब से यह भी नहीं ज्ञात हो पा रहा है कि वहाँ सब कुछ ठीक है, कहीं पिताश्री का स्वास्थ्य ख़राब तो नहीं था जो भरत को बुलवाया है। ज्यों-ज्यों विचार आ रहे थे त्यों-त्यों कैकेयी की व्यग्रता बढ़ रही थी कि तभी मंथरा ने कक्ष में प्रवेश किया।

"मंथरा! यह सत्य है कि तुम हमारी प्रिय दासी हो और पिताश्री ने जब से तुम्हें मेरे साथ विवाह पश्चात भेजा है तब से मैंने तुम्हें कभी अपनी दासी नहीं सखी समझा है किन्तु इसका यह अर्थ नहीं कि तुम बिना आज्ञा माँगे निःसंकोच हमारे कक्ष में प्रवेश करो जबकि प्रिय भरत को भी हमने यह अधिकार नहीं दिया," कैकेयी के स्वर में क्रोध स्पष्ट परिलक्षित हो रहा था।

"क्षमा करें रानी किन्तु बात ही कुछ ऐसी थी कि मैं जल्द आपको बिना बताए नहीं रह सकती थी," मंथरा बोली।

"क्या बात है जो तुम्हें सामान्य शिष्टाचार के निर्वहन की याद भी नहीं रही?" कैकेयी ने झल्लाते हुए पूछा।

"अभी-अभी मैंने समाचार पाया है कि महाराज ने राम के राजतिलक की घोषणा की है और कल ही राजतिलक की तैयारी है," मंथरा ने कहा।

"तो इसमें विशेष क्या है? आज नहीं तो कल यह तो होना ही था। राम ज्येष्ठ हैं। सब तरह से योग्य हैं। महाराज भी अब वयोवृद्ध हो चले हैं," कैकेयी बोली।

"विशेष कैसे नहीं है, स्वामिनी? क्या आपको महाराज ने इसकी सूचना दी? क्या आपको इस योग्य भी नहीं समझा कि इतने बड़े समाचार की प्रजा को सूचना होने से पूर्व आपको सूचित किया जाता?" मंथरा ने प्रश्न पर प्रश्न किए।

"हाँ, यदि महाराज मुझे बताते और मेरी सलाह लेते तो निस्संदेह मैं राम के तिलक की बात पर प्रसन्न ही होती किन्तु आश्चर्य कि यह तुम मुझे बता रही हो किन्तु हो सकता है कि राज दरबार में अकस्मात कोई स्थिति निर्मित हुई हो। किसी अन्य देश के आक्रमण का संदेह गुप्तचरों ने व्यक्त किया हो या कोई राजनयिक निर्णय हो, कोई आपातकाल?" कैकेयी ने मंथरा के प्रश्नों का समाधान करना चाहा।

"नहीं, देवी। यदि ऐसा कुछ होता तो मैं इस प्रकार बदहवास आपके पास दौड़ी नहीं आती। सत्य तो यह है कि न तो कोई राज्य पर संकट था और नहीं कोई आपातकाल। और तो और यह कोई अचानक लिया गया निर्णय नहीं है अपितु सोच-विचार कर गुरु वशिष्ठ से सलाह लेकर कल ही निर्णीत हो चुका था किन्तु महाराज ने आपको बताना ज़रूरी नहीं समझा। कदाचित आपकी ओर से कोई संशय रहा हो। आपके प्रति कोई संदेह रहा हो," मंथरा ने शंका प्रकट की।

"संदेह मेरी ओर से जबकि महाराज सदैव मुझे अपनी प्रिय रानी कहते हैं और मैं तो राम को अपना ज्येष्ठ पुत्र ही मानती हूँ। वह भी तब जबकि महाराज का राम को अन्य राजकुमारों की तुलना में अधिक महत्त्व देना मुझे कभी अच्छा नहीं लगा," कैकेयी निस्तेज वाणी से बोली।

"आपको क्यों नहीं बताया गया, इसका कारण महाराज ही जानें किन्तु आश्चर्य है कि उन्होंने भरत को बुलाने तक की चेष्टा नहीं की और उनकी

अनुपस्थिति में ही समारोह के आयोजन का निर्णय ले लिया," मंथरा ने संदेह का बीज बो दिया।

"क्या कहना चाहती हो मंथरा? क्या मुझे और मेरे पुत्र भरत दोनों को लेकर महाराज शंकित थे जबकि मेरा भरत तो हर सांसारिक वैभव से निर्लिप्त है। उसके प्रति भी मन में इतनी मलिनता कैसे संभव है मंथरा?" कैकेयी की अधीरता बढ़ती जा रही थी।

"यह तो आप ही जानें देवी। अब मुझे आज्ञा दें। देखूँ, महल में क्या तैयारी चल रही है?"

मंथरा तो चली गई किन्तु कैकेयी को विचलित कर गई। *"मैंने सदैव महाराज की ख़ुशी में अपनी ख़ुशी देखी। मेरे पुत्र भरत को कभी महाराज ने उतना स्नेह नहीं दिया जितना राम को देते थे किन्तु स्वयं राम का व्यवहार मेरे प्रति ऐसा रहा कि मुझे कभी लगा ही नहीं कि वे मेरे पुत्र नहीं हैं, किन्तु आज महाराज का मेरे प्रति यह उपेक्षापूर्ण व्यवहार? निश्चित ही उन्होंने कौशल्या से सलाह ली होगी, गुरुदेव के अतिरिक्त अन्य महत्त्वपूर्ण मंत्रियों से मंत्रणा की होगी, किन्तु मुझे इस योग्य नहीं समझा कि कल से आज तक स्वयं मुझे बताने का कष्ट करते!"*

कैकेयी कक्ष में उद्विग्न टहल रही थी। मुख पर क्रोध व संताप स्पष्ट परिलक्षित हो रहा था, तभी कक्ष में पुनः मंथरा ने प्रवेश किया।

"पूरे राज महल में उत्सव का वातावरण है। अभी-अभी महाराज को महारानी कौशल्या के भवन की ओर जाते हुए देखा गया है, पीछे-पीछे ढोल-नगाड़े बजाते सेवक चल रहे थे। क्या आपको महाराज ने अपने आने की कोई सूचना नहीं दी देवी?" मंथरा ने कैकेयी के क्रोध की अग्नि में घी डाला, तभी दो अन्य दासियों ने, जो मंथरा के अतिरिक्त कैकेयी की सेवा में थीं, कक्ष में प्रवेश की अनुमति माँगी। कैकेयी का संकेत पा कर मंथरा ने उन्हें अंदर बुलाया।

"बधाई हो, महारानी! आपने तो हमें नहीं बताया किन्तु इतना शुभ समाचार आप कैसे छिपा सकतीं थीं? हमें ज्ञात हो ही गया है कि कल कितना बड़ा उत्सव है!" एक दासी ने कहा।

"अरे अल्पबुद्धि! यदि महारानी को ज्ञात होता तो क्या वे तुम दोनों को नहीं बतातीं?" मंथरा को जैसे आग को हवा देने का अवसर मिल गया।

दोनों दासियों ने कैकेयी की भाव-भंगिमा देखी तो सकुचाते हुए विदा ली।

"वैसे भी राम की माँ होने के कारण कौशल्या का प्रभाव आपसे सदैव ही अधिक था। अब तो वे राजमाता भी हो जाएँगी," मंथरा ने भड़काया तो कैकेयी क्रोध व क्षोभ की अधिकता से विवेक शून्य दिखने लगी।

"महाराज पधारे हैं महारानी," दासी ने कहा तो कौशल्या शीघ्र राजा दशरथ की आगवानी करने पहुँची। वे महाराज का मुकुट और उत्तरीय लेते हुए बोलीं, "आपने तो इतना बड़ा निर्णय ले लिया और हमें बताना भी आवश्यक नहीं समझा।"

"वही तो बताने आया हूँ राजकाज को बीच में छोड़कर कौशल्ये," पीढ़े पर बैठते हुए दशरथ बोले।

"प्रतीत होता है आपने बहन कैकेयी और सुमित्रा को भी इसकी सूचना नहीं दी।"

"हाँ, तुम्हारे पास से जाने के बाद वहाँ जाकर बताना है। कल ही गुरुदेव से चर्चा कर यह निर्णय लिया। रात्रि में बताना चाह रहा था। सोचा था कि तीनों रानियों को दरबार में बुलाकर उन्हीं के समक्ष यह घोषणा की जाए किन्तु कर नहीं सका इसीलिए तुम्हें यह समाचार देने दरबार से जल्दी आ गया।"

"किन्तु महाराज, आपको कैकेयी और सुमित्रा को पहले बताना चाहिए था, कहीं ऐसा न हो वे समझे कि अपने पुत्र राम को राजगद्दी दिलाने के लालच में मैंने ही आपको उन्हें बताने से रोका।"

"तुम अकारण स्वयं को दोष न दो, अपने मन में कोई संशय न रखो। तुम भलीभाँति जानती हो कि वे दोनों राम को कितना स्नेह देती हैं। यद्यपि उन्हें इसकी सूचना प्राप्त हो गई होगी और अवश्य ही यह शुभ समाचार पाकर वे प्रसन्न होंगी किन्तु यह तुमने ठीक अनुमान जताया कि मेरा उन्हें उनके समक्ष जाकर बताना नितांत आवश्यक और उचित होगा।"

"पुत्र राम को भी इसकी सूचना नहीं दी होगी?"

"मैंने गुरुदेव से आग्रह किया है कि वे राम को यह सूचना दे दें एवं

सीता सहित उन्हें दरबार में कल आने हेतु कह दें। गुरुदेव उन्हें सही समय व मुहूर्त के बारे में भी बता देंगे किन्तु यदि तुम उचित समझो तो हम उनको यहाँ बुलाकर अवगत करा देते हैं।"

"यह तो कदाचित बाद में भी हो जाएगा किन्तु मुझे लगता है कि आपको सर्वप्रथम कैकेयी के पास तत्पश्चात सुमित्रा के यहाँ जाना चाहिए और उन्हें राम की माँ होने के नाते शुभकामनाएँ देना चाहिए।"

"तुमने सही विचार किया कौशल्या। मुझे उन्हें अभी जाकर बताना होगा," कहते हुए दशरथ कैकेयी के भवन को जाने हेतु उठे।

कैकेयी के भवन में प्रवेश करते हुए दशरथ को वहाँ का हाल पूरी अयोध्या से पृथक लगा। जो उत्सव का वातावरण सारे नगर में है वह इस भवन में नहीं दिखा बल्कि सर्वत्र नीरसता फैली थी। व्याकुल मन से राजा कैकेयी के कक्ष की ओर बढ़े। द्वार पर दासी महाराज का अभिवादन कर एक ओर हट गई। महाराज ने जैसे ही कक्ष में प्रवेश किया तो देखा कि कैकेयी फ़र्श पर निढाल पड़ी है, केश बिखरे हैं, मुख पर सदैव सा तेज नहीं।

"यह तुम्हें क्या हुआ प्रिये?" घबराहट में दशरथ ने सवाल पूछा।

"क्या कोई दासी नहीं थी अंदर जो रानी की इस दशा को देखकर मुझे सूचित करती, न ही वैद्य को बुलाया गया। अक्षम्य लापरवाही है यह," ज़ोर से चीख़ते हुए राजा ने द्वार की ओर देखा।

"मुझे कुछ नहीं हुआ महाराज। आप अकारण ही परेशान हो रहे हैं और हाँ, आपको राम के राजतिलक की शुभकामनाएँ", कैकेयी ने मुख विपरीत दिशा में घुमाते हुए कहा।

"तुम्हें भी बहुत शुभकामनाएँ किन्तु तुमने यह क्या दशा बना ली है? मैं मानता हूँ कि अपनी प्रिय पत्नी के पास आने में मुझे विलम्ब हुआ किन्तु इस अवस्था में मुझ तक बुलावा भेज दिया होता।"

"मैं आपकी प्रसन्नता में विघ्न डालना नहीं चाह रही थी।"

"यह मेरे लिए ही नहीं हम सबके लिए, समस्त कोसल राज्य के लिए प्रसन्नता की बात है, प्रिये।"

"तो इस प्रसन्नता के अवसर पर अपनी प्रिय रानी को क्या उपहार देंगे, महाराज?"

"मेरा तो सब कुछ तुम्हारा ही है फिर भी कहो क्या चाहती हो? सचमुच आज मैं बेहद प्रसन्न हूँ। कदाचित कल का दिन मेरे जीवन का सबसे बड़ा दिन है।"

"तो इस महा ख़ुशी के अवसर पर क्यों न मैं अपने वे दो वर माँग लूँ जो आप पर उधार हैं।"

"दो वर? कौन-से दो वर प्रिये?"

"याद कीजिए, महाराज। आपने आज से आधी सदी पूर्व मुझे दो वर देने का वचन दिया था।"

"आधी सदी पूर्व इतनी पुरानी बात, कुछ स्पष्ट करें प्रिये।"

"देवासुर संग्राम को याद करें स्वामी।"

"देवासुर संग्राम?"

दशरथ पुरानी स्मृतियों में खो गए।

*देवासुर संग्राम अपने पूर्ण यौवन पर था। दशरथ भी इस युद्ध में आर्यों की ओर से लड़ने वाले प्रमुख योद्धाओं में थे। लड़ते हुए एक दिन दशरथ के रथ के पहियों की कलें ढीली हो गईं। सारथि को लगा अधिक तेज़ चलाने से कहीं रथ का चक्का न निकल जाए इसलिए रथ की गति कम कर दी गई, अन्य साथी योद्धा आगे निकल गए, असुरों की पैदल सेना ने चारों ओर से रथ को घेर लिया। गति न होने के कारण असुरों के लिए यह सरल था कि वे रथ के साथ दौड़ते हुए दशरथ पर आक्रमण करते जाते थे। दशरथ शौर्य प्रदर्शन कर रहे थे किन्तु इस अवस्था में कब तक लड़ सकते थे? असुरों का घेरा सघन होता जा रहा था साथी योद्धा चाह कर भी सहायता नहीं कर पा रहे थे। इसी समय दशरथ के खेमे की ओर दौड़कर एक सैनिक ने तेज़ स्वर में बाहर से टेर लगाई।*

*"महारानी, अनर्थ की आशंका है। महाराज को असुर दल ने घेर लिया है," सुनते ही कैकेयी, जो खेमे के अंदर थी, विद्युत गति से बाहर निकली।*

"क्या हुआ सैनिक? क्या कहना चाहते हो तुम?"

"महारानी महाराज का रथ शत्रु दल से घिर चुका है, उनके रथ का चक्का कभी भी निकल सकता है। सभी साथी असहाय हैं, शत्रुओं का घेरा कसता जा रहा है," सैनिक बोला।

"आओ मेरे साथ," कहते हुए युद्ध क्षेत्र से लगे अपने खेमे से कैकेयी शीघ्र अपने रथ पर छलाँग लगा कर आरूढ़ हुईं, घोड़ों को ऐड़ दी। रथ हाँकते हुए कैकेयी देखते ही देखते सैनिक के बताए स्थान पर पहुँचीं। उन्होंने देखा कि राजा के चहुँ ओर असुरों ने कड़ा घेरा बना लिया है। महाराज अभी भी लड़ रहे थे किन्तु शत्रुओं का घेरा छोटा होता जा रहा था और किसी भी घड़ी महाराज शत्रुओं के कब्जे में हो सकते थे। बिना एक क्षण गँवाए कैकेयी ने रथ दौड़ाया और महाराज के रथ से दूर अपने रथ को पहुँचाया। अब एक तरफ़ रानी का रथ, बीच में असुरों की सेना और दूसरी ओर राजा का रथ। कैकेयी ने असुरों की सेना के समानांतर तीव्र गति से रथ दौड़ाया और निश्चित दूरी पर जाकर घोड़ों की रास को खींचा और रथ पलट कर दाईं और दौड़ने लगा। कुछ दूरी पर जाकर पुनः दाएँ घोड़े की रास खींचकर बाएँ घोड़े की रास की छोड़ी और रथ एक झटके में पलट कर वापस समानांतर दौड़ने लगा। इससे पहले, असुर दल कुछ समझ पाता कैकेयी ने बड़ा घेरा बनाकर रथ दौड़ाया और धीरे-धीरे घेरा छोटा करने लगीं। अवसर पाकर दशरथ ने आक्रमण तेज़ कर दिए। इधर, राजा के आक्रमण उधर, रानी का वायु वेग से दौड़ता रथ जो लगता था कि असुरों को रौंद ही देगा। घबरा कर असुर तितर-बितर होने लगे, किन्तु अभी भी ख़तरा था। रानी शीघ्रता से राजा के पास पहुँचीं। राजा के रथ के चारों ओर गोलाई में रथ दौड़ाते हुए रानी ने पुकारा।

"महाराज मैं रथ रोकूँगी नहीं। आप शीघ्रता से अपने रथ से उतरिए," कैकेयी के रथ की गति इतनी तेज़ थी कि कब दशरथ रथ से उतरे और कब रानी ने हाथ का सहारा दे उन्हें अपने रथ में ले लिया, असुर समझ ही नहीं पाए। अब स्थिति नियंत्रण में थी, रानी रथ दौड़ा रही थी और राजा पूरी शक्ति बटोर कर युद्ध कर रहे थे। दशरथ भौंचक्के थे कि कैकेयी इतनी उच्च कोटि की सारथि होगी उन्होंने सोचा भी नहीं था।

सायं अपने खेमे में लौटकर दशरथ बोले, "कैकेयी, तुम मेरी सबसे प्रिय रानी थी किन्तु आज मेरे प्राण बचाकर तो तुम प्राणों से भी प्रिय हो गई हो।"

*"जाने दें महाराज! आप तो अयोध्या से चलते समय मुझे साथ ही नहीं ला रहे थे, यदि मैं हठ कर साथ न आती तो आज क्या होता?" कैकेयी ने उलाहना दिया।*

*"हाँ, प्रिये यूँ युद्ध क्षेत्र में स्त्रियों को ले जाने की प्रथा हम आर्यों में है किन्तु मुझे लगता था कि स्त्रियों को युद्ध क्षेत्र में ले जाने से उनकी सुरक्षा का अतिरिक्त कार्य और बढ़ जाता है। किन्तु मैं सर्वथा ग़लत था। आज तुमने सिद्ध कर दिया कि स्त्री और पुरुष एक रथ के दो चक्कों के समान हैं। तभी तो आज मेरे रथ का चक्का निकलते-निकलते रह गया।"*

*"आप भी बेहद विनोदी हैं, महाराज! चलिए, आपके घावों पर औषधि लगाने की व्यवस्था की जाए।"*

*"नहीं, प्रिये। आज तुमने कोसल की लाज बचाई है। पूरा राज्य तुम्हारे इस ऋण से उऋण नहीं हो पाएगा माँगो क्या माँगती हो?" दशरथ बोले।*

*"मुझे आप जैसा यशस्वी, प्रतापी जीवन साथी मिला है। एक स्त्री को इससे अधिक की क्या कामना हो सकती है?" मुदित मन कैकेयी बोलीं।*

*"फिर भी मेरा मन रखने को कुछ तो माँगो।"*

*"अभी तो कुछ भी ऐसा नहीं सूझ रहा जो मुझे चाहिए हो किन्तु आप इतना ही हठ कर रहे हैं तो अवसर आने पर माँग लूँगी। मेरा वर आप पर उधार रहा।"*

*"तब तो एक क्या दो वर माँग लेना।"*

*"देखना महाराज, कहीं फिर न जाना," हँसते हुए कैकेयी बोली।*

*"हम रघुवंशी प्राण देकर भी अपने वचन का मान रखते हैं। समय आए तो आजमा लेना," दशरथ ने गर्वोक्ति की।*

"हाँ-हाँ, प्रिये! याद आ गया मुझे सचमुझ तुमने सही अवसर चुना, आज से बढ़कर कौन बड़ा दिन होगा, माँगो क्या माँगती हो?"

"मैं आप पर उधार अपने दोनों वर माँगती हूँ और मेरा पहला वर है कि राम के स्थान पर भरत को राजगद्दी मिले," कैकेयी एक ही साँस में बोल गईं। जैसे पूरा बल एकत्र कर शब्दों में ले आई हों।

"यह क्या अनुचित कह रही हो प्रिये? कहीं विनोद तो नहीं कर रही?"

"क्या आपको मेरी मुद्रा विनोदपूर्ण लग रही है?"

"पर उन दोनों में भेद कहाँ है? राम और भरत क्या अलग हैं? वे दोनों ही तो तुम्हारे पुत्र हैं," दशरथ बुझे मन से बोले।

"यदि भेद नहीं तो क्या अंतर पड़ेगा चाहे राम राजा हों या भरत?"

"अंतर पड़ेगा, प्रजा को अंतर पड़ेगा। पूरी प्रजा राम को राजा देखना चाहती है," दशरथ के स्वर में रोष था।

"यह आपकी सोच है, महाराज। प्रजा को तो राजा चाहिए फिर वह दशरथ हों, राम हों या भरत।"

"यह क्या हठ लगा रखी है? माँगना ही है तो कुछ ऐसा माँगो जिसमें पूरे राज्य का हित निहित हो।"

"मुझे जो माँगना था मैंने माँग लिया। अब देना न देना आप पर निर्भर है," कैकेयी के मुख पर कुटिलता और दृढ़ होती जा रही थी।

"और दूसरा वर?"

"राम को चौदह वर्ष का वनवास!"

"क्या?" चीत्कार कर उठे दशरथ। लगा कि चेतना लुप्त हो रही है खम्बे का सहारा ले कर खड़े रहने की चेष्टा की किन्तु मूर्छित हो कर गिरे फ़र्श पर।

दिन चढ़े काफ़ी समय हो गया था। मंत्री सुमन्त्र सोच रहे थे कि आज तो इतना बड़ा दिन है किन्तु महाराज की ओर से न कोई सन्देश, न कोई आज्ञा आई। राजमहल में पहुँचकर पता चला कि महाराज रानी कैकेयी के भवन में हैं। तुरंत दिन की व्यवस्थाओं हेतु आवश्यक निर्देश लेने सुमन्त्र कैकेयी के भवन में पहुँचे। द्वारपाल को अपने आने की सूचना अंदर देने को कहा। कुछ क्षण पश्चात द्वारपाल ने आकर बताया कि महारानी कैकेयी ने अंदर बुलाया है।

सुमन्त्र कैकेयी के कक्ष की और बढ़े। वातावरण की शांति किसी अनिष्ट की आशंका से मंत्री को भयभीत किए जा रही थी। तेज़ क़दम भरते हुए मंत्री ने कैकेयी के कक्ष में प्रवेश किया। वे अंदर का दृश्य देख कर घबरा

गए। राजा फ़र्श पर निढाल पड़े थे - भाव शून्य! मुख पर कठोरता लिए हुए कैकेयी सिराहने बैठी हुई थी।

"क्या हुआ? क्या महाराज का स्वास्थ्य ख़राब है? मैं अभी राज वैद्य को बुलाकर लाता हूँ।"

"नहीं महाराज ठीक हैं," शुष्क स्वर में कैकेयी बोली।

"तब मेरे लिए क्या आज्ञा है, महाराज?" दशरथ की ओर मुख कर सुमन्त्र ने पूछा।

"राम को बुला लाओ, महाराज की इच्छा है," कैकेयी बोली।

मंत्री ने देखा कि राजा कुछ भी नहीं बोल पा रहे हैं और कैकेयी ही उनकी ओर से संवाद कर रही है तो उल्टे पाँव लौटकर दौड़ते हुए राम के भवन पहुँचे। उन्हें पता लगा कि राम माता कौशल्या के पास आशीर्वाद लेने गए हैं, तो उन्होंने बिना एक पल गँवाए कौशल्या के भवन पर पहुँचकर राम को बाहर बुलाने का आग्रह किया। राम जैसे ही बाहर आए मंत्री ने उन्हें राजा की स्थिति का वर्णन करते हुए शीघ्र साथ चलने का आग्रह किया। सुमन्त्र के मुख पर उड़ते भावों को देख कर राम चिंतातुर हो उठे। शीघ्र ही दोनों कैकेयी के भवन पहुँचे। अंदर कक्ष में राम ने प्रवेश किया और वे पिता को फ़र्श पर श्रीहीन, कांति हीन पड़ा पाकर व्यग्र हो उठे।

"क्या हुआ माते? पिताश्री को क्या हो गया है? राज वैद्य अभी तक क्यों नहीं पहुँचे?" व्याकुल राम ने पूछा।

राम का स्वर सुनकर दशरथ की चेतना लौटी। वे उठकर बैठे और अपलक राम को निहारने लगे।

"क्या हुआ पिताश्री आप ठीक तो हैं?"

"राम तुम्हारे पिता ठीक हैं। अत्यधिक थकान से अस्वस्थ दिखते हैं," कैकेयी बोली।

"नहीं माता। महाराज कितना भी परिश्रम कर लें कभी निस्तेज नहीं दिखते। अवश्य ही कोई कारण है आप स्पष्ट करें," राम की व्यग्रता बढ़ती जा रही थी।

"राम, यदि सच पूछो तो इनकी इस दशा के पीछे तुम ही हो। तुमसे महाराज का अत्यधिक मोह ही इन्हें उचित अनुचित का निर्णय नहीं लेने दे

रहा। इसी द्वंद्व के कारण ये अस्वस्थ हो गए हैं," कैकेयी ने अवसर जान कर राम को भावुक कर दिया। कैकेयी जानती थी कि राम सा निस्वार्थी पुरुष एक ही झटके में राजगद्दी भरत के लिए त्याग देगा।

"मेरे कारण कैसे माता? कौन-सा द्वंद्व?" राम को कुछ अपराध बोध सा हुआ।

"राम बहुत वर्ष पहले तुम्हारे पिता ने मुझे दो वर देने का वचन दिया था और मैंने उचित अवसर पर माँगने की बात कही थी। आज मैंने वही वर माँगे हैं किन्तु ये किंकर्तव्यविमूढ़ हो रहे हैं। यदि देते हैं तो प्राणों से प्रिय का वियोग और नहीं देते हैं तो रघुकुल की मर्यादा का हनन होता है," कैकेयी ने अपने कुत्सित लक्ष्य को पाने की पृष्ठभूमि रची।

"कौन से दो वर माता?" राम अधीर हो उठे।

"ये वो वर हैं राम जो तुम्हारे पिता पर मेरा उधार है और जिसे चुकता करने का रघुवंश भूषण ने प्रण लिया था, जिससे ये आज फिरते दिख रहे हैं," कैकेयी ने चाल चली। वो जानती थी कि राम तत्काल मान जाएँगे किन्तु इससे पूर्व की कोई और आकर विघ्न डाले राम को बताना आवश्यक है।

"कैसी पहेली बुझा रही हो माँ? कौन से हैं वे दो वर जिन्हें देने में कोसल नरेश झिझक रहें हैं? ऐसा क्या माँगा है आपने?" विचलित हो गए थे राम।

"पुत्र राम, मेरा पहला वर है भरत को अयोध्या की राजगद्दी मिले और दूसरा वर तुम्हें चौदह वर्ष का वनवास," बिना राम की ओर दृष्टि किए कुटिल कैकेयी ने शब्दों में मिठास भर एक झटके में कह दिया।

"बस इतनी सी बात?" गहरी सांस ले राम बोले, जैसे चिंता मुक्त हो गए हों। "आप ने तो मुझे व्याकुल ही कर दिया था माता," मुख पर विषाद का कोई लक्षण नहीं, पिता की ओर प्रेम भरी दृष्टि डाल बोले राम, "क्या सचमुच इसी बात पर पिताश्री अस्वस्थ हो गए?"

"हाँ, राम बस यही बात है," सफलता मिलते देख कैकेयी चिहुँक उठी। "अब तुम्हीं इन्हें धर्म संकट से निकाल सकते हो।"

"पिताश्री दिए वचन से फिरने पर तो आपकी अपकीर्ति होगी। जिस रघुवंश की महान गौरव गाथा है और जिसे आपने सदैव बढ़ाया है क्या इस छोटी सी बात पर मिट्टी में मिल जाने देंगे। अवसर आए तो पुत्र को

अपने पिता के वचनों की रक्षा प्राण देकर भी करना चाहिए, यही तो हमारे महान वंश की परम्परा है और फिर ये दोनों वचन तो आसानी से पूरे किए जा सकते हैं, इनमें तो कोई संशय नहीं होना चाहिए," पिता के पास बैठते हुए राम बोले।

"राम तुम जानते हो कि तुम क्या कह रहे हो?" क्षीण वाणी से दशरथ ने कहा।

"हाँ, पिताश्री मैं राजा बनूँ या भरत क्या अंतर है? भरत तो मुझसे कहीं अधिक योग्य हैं। अयोध्या निःसंदेह भरत को राजा पाकर हर्षित होगी और रही मेरे वन जाने की बात तो जबसे मैं मुनि विश्वामित्र के आश्रम में कुछ दिवस रहकर आया हूँ तभी से वन का जीवन मुझे लालायित करता रहा है। यह सच है कि वन में हमारे महलों जैसी सुख सुविधा नहीं है किन्तु वहाँ कितनी शान्ति, कितनी पवित्रता है, मुझे वहाँ रहकर इसका भलीभाँति आभास हुआ है। गुरुदेव बता रहे थे कि हम आर्यों में वनवास को सर्वोत्तम वास माना गया है। ऋषि मुनियों का साथ, यज्ञ आदि का आयोजन, वेदों की ऋचाओं का पाठ, धर्म पर लम्बी चर्चाएँ, सत्संग सचमुच बहुत आकर्षण है वहाँ। वनों के रमणीक वातावरण में चौदह वर्ष कब निकल जाएँगे पता ही नहीं चलेगा। पिताश्री, मुझे वन में जाने में तनिक भी संकोच न होगा अपितु यह तो मेरा सौभाग्य होगा कि मुझे वन में मुनियों का सानिध्य, सरल वनवासियों का साथ मिलेगा। भला राजकाज की व्यस्तताओं में यह अवसर कहाँ मिल पाता," राम वाणी में रोमांच लिए बोले जा रहे थे।

उस क्षण तक द्रुत गति से समाचार पूरे राज महल में फैल चुका था। सुमन्त्र ने बात बिगड़ती देख तुरंत गुरु वशिष्ठ को सूचना भेजी। जो जहाँ था उठकर भागा कैकेयी के भवन की ओर। कौशल्या, सुमित्रा, लक्ष्मण, सीता अन्य तीनों वधुएँ, गुरु वशिष्ठ, मंत्रिगण देखते ही देखते कैकेयी के कक्ष में पहुँच चुके थे। बिना बुलाए कोई किसी के कक्ष में नहीं जाता, जैसे नियम भी आपात काल में माने नहीं जाते। सभी ने देखा दशरथ और राम का संवाद चल रहा है, कैकेयी एक ओर खड़ी है।

"कुछ दिवस वन में रहना और चौदह वर्ष जितनी लम्बी अवधि हेतु रहने में बहुत अंतर है राम, नहीं मैं यह नहीं कर सकता। प्रजा जन क्या कहेंगे कि राजा ने अपनी स्त्री के कहने पर राजकुमार को वन में हिंसक पशुओं के बीच भेज दिया। कितना स्वार्थी कहलाऊँगा मैं," दशरथ उद्विग्न हो बोले।

"किन्तु पिताश्री जब लोगों को यह पता चलेगा कि महान रघुवंश के यशस्वी राजा दशरथ ने पुत्र मोह में अपने वचनों का मान नहीं रखा तो कितना अपयश मिलेगा," राम कहे जा रहे थे। न हर्ष न विषाद सारी स्थितियों में समभाव रखने वाले राम का मुखमंडल अलौकिक आभा से दमक रहा था जिसे कक्ष में उपस्थित सभी लोग देखकर हतप्रभ थे।

दोनों रानियाँ स्वामी की अवस्था देख और चल रहे घटनाक्रम से चिंतित अनिष्ट की आशंका से भयभीत हो दशरथ के पास बैठ गईं। कैकेयी ने देखा कि सभी आ गए हैं, तो सोचा, *कहीं सबके दबाव के चलते राजा न नहीं कह दें और मुझे जगहँसाई के अतिरिक्त कुछ न मिले। अब तो हर हाल में अपनी बात मनवाने में ही मेरा और पुत्र भरत का भला है अन्यथा हम तो दास दासियों की तरह महल में रह जाएँगे तिस पर भी सब का व्यवहार शंकालु और उपेक्षित हो जाएगा।"* सभी कैकेयी को अपराधी की तरह देख रहे थे जिससे कैकेयी का हठ और दृढ़ हो गया।

"जब राम सहर्ष वन जाना चाहते हैं तो आप आज्ञा देने में विलम्ब क्यों कर रहे हैं। कहीं ऐसा तो नहीं कि आपके मन खोट आ गया हो। उस दिन जब मैंने कहा था कहीं वचन से फिर तो नहीं जाएँगे तब तो बड़ी बातें कर रहे थे। रघुकुल रीति की दुहाई दे रहे थे," कैकेयी ने कटुता से कहा।

"कौशल्या तुम ही समझाओ राम को," दशरथ बोले। उनका स्वर इतना धीमा था कि पास बैठी रानियों ने अधरों के कम्पन से जाना कि राजा क्या कह रहे हैं।

"स्वामी यदि आपकी ही बात होती तो मैं मना कर देती राम को क्योंकि माता का स्थान पिता से ऊपर है। किन्तु जब माता और पिता का वार्तालाप पुत्र से हो चुका है तो मैं बीच में नहीं बोलूँगी और न ही कैकेयी से कुछ याचना कर स्वार्थी कहलाना चाहूँगी। अब तो ईश से ही विनती है कि हम सब को दिशा दिखाएँ," कौशल्या ने असमर्थता व्यक्त की।

"गुरुदेव आप धर्मज्ञ हैं। इस संकट से मुक्ति का कोई उपाय करें," वशिष्ठ की ओर आशा भरी दृष्टि से देखा दशरथ ने।

"राजन, सदैव ही यह कहा जाता रहा है कि बिना विचारे किसी को वचन नहीं देना चाहिए चाहे वह आपका सर्वाधिक प्रिय ही क्यों न हो। दूसरी ओर यह भी कहा गया है कि यदि वचन दिया है तो उसका पालन

हर हाल में होना चाहिए। महारानी कैकेयी यह सत्य है कि राजा को आपको दिए वचनों का पालन करना चाहिए, यही धर्म नीति है," वशिष्ठ को अपने पक्ष में बोलते देख कैकेयी के मुख पर चमक आ गई, तभी वशिष्ठ ने पुनः बोलना शुरू किया।

"किन्तु महारानी हम सब देख रहे हैं कि किस प्रकार बिना किसी विरोध के सहर्ष राम ने तुम्हारे दोनों वचनों को निभाने की सहमति दी है। राम जैसा पुत्र जो स्थितप्रज्ञ है, हर परिस्थितियों में समभावी है, न द्वेष न हर्ष। यह तो कोई महायोगी ही कर सकता है जिसे न राज्य का लालच न वन जाने का भय। ऐसे पुत्र को तुम अपने से दूर करना चाहोगी। हाँ, राजतिलक राम के स्थान पर भरत का हो जाए इसमें मुझे राज्य का कोई अहित नहीं दिखता किन्तु राम को वन भेजने का हठ छोड़ दो।"

सभी ने आशा से कैकेयी की ओर देखा, किन्तु कैकेयी की ओर जितने लोगों की दृष्टि उठी उतना ही उसका अहम बढ़ता जाता है, मुख पर उतनी ही कठोरता बढ़ती गई। उसे लगा कि ये सब उसे मनाने नहीं अपितु नीचा दिखने आये हैं। उसे आभास कराना चाहते हैं कि वह कितनी निकृष्ट और स्वार्थी है। लोगों के इसी भाव ने कैकयी को इतना निर्मोही, कपटी और निष्ठुर बना दिया जितना वह अपने सम्पूर्ण जीवन काल में कभी नहीं रही।

"मुझे जो माँगना था मैंने माँग लिया और यदि देना है तो जो माँगा है वह पूरा मिले उससे कम पर समझौता नहीं। देना न देना महाराज की इच्छा, इस पर मेरा कोई हठ नहीं।" कैकेयी की कर्कशवाणी दशरथ को शूल की भाँति चुभ रही थी।

दिन चढ़ रहा था। अयोध्या की गलियों में अब तक यह बात पहुँच चुकी थी कि मँझली रानी अपने पुत्र भरत को राजा बनाना चाहती है इसलिए राम को वन भेज रही है। प्रजा में राम अपने व्यवहार से अति लोकप्रिय थे। यही कारण था कि जिसने सुना क्रोध और चिंता से भर गया। देखते ही देखते झुण्ड के झुण्ड राजमहल की ओर चल पड़े। जो जहाँ था जिस हाल में था महल की ओर दौड़ पड़ा। राजमहल के चबूतरे के आगे लोगों की भीड़ एकत्र हो रही थी जिसे सीढ़ियों पर खड़े द्वारपाल नियंत्रित करने की चेष्टा कर रहे थे।

अंदर कक्ष में बातों को खिंचते देख राम बोले, "आप सभी मुझसे बड़े हैं इसलिए कुछ कहने से पूर्व क्षमा माँगता हूँ। क्या हम सभी अनावश्यक समय व्यर्थ नहीं कर रहे हैं? राज्य में ऐसी परिस्थितियों से अस्थिरता का वातावरण बनता है। संभव है कि अन्य राज्यों के गुप्तचर यहाँ के समाचार अपने राज्यों में भेजें कि राजा अस्वस्थ है और उत्तराधिकारी का निर्णय नहीं हो पा रहा है तो क्या संभव नहीं कि शत्रु अपना षड्यंत्र प्रारम्भ कर दे। जो पड़ोसी राज्य कोसल जैसे शक्तिशाली राज्य से भयभीत रहते हैं वे भी आँख दिखाएँ। अतः निर्णयों को टालना उचित नहीं जान पड़ता गुरुदेव।"

"हाँ, राम। राजा के स्तर पर निर्णय लेने में विलम्ब कभी भी उचित नहीं होता," वशिष्ठ बोले। "महाराज, शीघ्रता करें अयोध्या आपके निर्णय की प्रतीक्षा में है। कोसल राज की ओर किसी की आँख उठाने का साहस आप और आपके पूर्ववर्ती यशस्वी शासक के समय कोई नहीं कर पाया और आगे भी कोई नहीं कर पाएगा। महल के द्वार पर प्रजा एकत्र हो गई है, आपकी राजकीय घोषणा शीघ्र उनके सम्मुख किया जाना आवश्यक है ताकि प्रजा में भय, उन्माद न फैले।"

किंकर्तव्यविमूढ़ दशरथ ने वशिष्ठ की ओर देखा। मन से और तन से निर्बल हो चुके राजा कुछ भी कह पाने में स्वयं को असमर्थ पा रहे थे। कक्ष में हर कोई निःशब्द होकर अन्य से समाधान सुनने का आकांक्षी था। राम को आभास हो गया था कि आगे बढ़कर उन्हीं को इस व्याधि का उपचार बताना होगा।

"पिताश्री, मुझे आज्ञा दें जब तक मैं यहाँ रहूँगा, अस्थिरता की स्थिति बनी रहेगी। आप अपना मन तनिक भी मलिन न करें। हर्ष सहित वन की अवधि पूर्ण कर आपके पास लौट आऊँगा। अपनी माताओं के चरणों में नमन कर उनसे भी विदा माँगता हूँ। मेरी भार्या सीता आप सबकी सेवा में रहेगी।" कैकेयी की ओर देखते हुए राम पुनः बोले, "और हाँ, माँ! आपसे एक अनुरोध है कि राजकीय वस्त्रों में मेरा वन में जाना उचित न होगा। कृपया तपस्वियों की वेशभूषा मेरे निमित्त मँगवाने का कष्ट करें। हाँ, अपना धनुष बाण अवश्य साथ ले जाऊँगा ताकि आवश्यकता पड़ने पर ऋषि-मुनियों की वहाँ सेवा कर सकूँ।"

# 4

सुमन्त्र रथ में बिठाकर राम को दक्षिण दिशा की ओर छोड़ने निकल पड़े। रथ में लक्ष्मण और सीता भी राम के साथ बैठे। तपस्वी वेश में राम का तेज तो और बढ़ गया था जैसे त्याग और बलिदान की आभा मुखमंडल पर उभर आई हो।

“आर्य सुमन्त्र, राज्य की सीमा आ जाए तो रथ रोक दीजिएगा। मैं अपनी मातृभूमि को नमन कर वहाँ से पैदल ही प्रस्थान करूँगा। आप वहाँ से वापस अयोध्या लौट जाइए और हाँ, अपने साथ सीता और लक्ष्मण को भी लेते जाएँ,” राम ने कहा।

“स्वामी बार-बार एक ही बात कर क्यों मुझे पीड़ा दे रहे हैं, जबकि मैंने बोल दिया है कि जहाँ आप रहेंगे मैं भी वही रहूँगी और आपने देखा नहीं माता कौशल्या ने भी मेरा समर्थन करते हुए मुझे आपके साथ वनवास हेतु भेजा है न कि सीमा रेखा तक छोड़कर पुनः अयोध्या लौटने हेतु,” सीता ने उलाहना दिया।

“और भ्राता श्री मैं भी स्पष्ट कर चुका हूँ कि जहाँ राम रहेंगे वहीं लक्ष्मण। ऐसे में क्यों आप मुझे अपने से पृथक करना चाहते हैं। माता सुमित्रा ने भी तो यही कहा था कि राम के बिना लक्ष्मण का पृथक आस्तित्व नहीं, फिर क्यों आप मुझे अपनी सेवा से च्युत करना चाहते हैं?” लक्ष्मण की वाणी में वेदना थी।

“तुम दोनों का इस प्रकार हठ करना उचित नहीं है। कोसल नरेश मेरे वियोग के कारण अस्वस्थ हैं। अभी भरत और शत्रुघ्न भी अयोध्या में नहीं हैं। कौन राज्य की देखभाल करेगा? तुम दोनों लौट जाओगे तो अयोध्या को व माता-पिता को सहारा मिलेगा।”

“राज्य की सुरक्षा का दायित्व तो अब भरत का है जिनकी घोषणा अयोध्या के नए राजा के रूप में हो चुकी होगी,” लक्ष्मण बोले।

“पति का साथ देना, पति की सेवा करना पत्नी का पहला धर्म है,

उसके पश्चात ही संसार में कोई और आता है। अतः मुझे आपकी सेवा से विमुख नहीं होना चाहिए।" सीता ने भी दृढ़ता दिखाई।

"मैं जब आपको लेकर चलने की आज्ञा महाराज से ले रहा था तभी उन्होंने कहा था कि कुछ दिवस वन में घुमाकर आप लोगों को वापस ले आऊँ। ऐसे में क्यों नहीं हम सभी कुछ दिवस वन में रहकर अयोध्या लौट चलें? इस प्रकार महाराज के वचन की पूर्ति भी हो जाएगी और अयोध्या में आप होंगे तो अयोध्या का सर्वथा मंगल ही होगा फिर चाहे राजा भरत ही क्यों न हों," अवसर पा सुमन्त्र बोले।

"आर्य हम रघुंवशी हैं किसी भी परिस्थिति में पीछे नहीं हटते चाहे प्राण ही क्यों न चले जाएँ। आपसे अनुरोध है कि सीमा पर उतारकर अयोध्या लौट जाएँ। महाराज को आपकी आवश्यकता है," आग्रहपूर्वक राम ने कहा।

निषादराज गुह अपने कबीले के लोगों के साथ बैठे चर्चा कर रहे थे कि तभी एक निषाद ने दौड़कर सूचना दी, "स्वामी अभी-अभी मैंने तीन लोगों को तापस वेश में अपने ग्राम के बाहर से निकलते देखा है। इनमें दो पुरुष और एक स्त्री है।"

"तपस्वी, दो पुरुष एक स्त्री कौन हो सकता है?" गुह ने कहा।

"चलकर देखना चाहिए," एक बुजुर्ग ने सलाह दी।

"तुम ठीक कहते हो। चलो चलकर देखें," कहते हुए गुह उठे सबको साथ लिया और अति वेग से ग्राम से बाहर निकले। देखा कि सचमुच तीन तपस्वी चले जा रहे थे, गुह के साथियों ने दौड़ते हुए राम का रास्ता रोका। निकट पहुँचकर गुह बोले, "कौन हैं आप लोग और यहाँ क्यों इस वेश में भ्रमण कर रहे हैं? क्या प्रयोजन है आपका?"

"मैं इक्ष्वाकु वंशी अयोध्या नरेश दशरथ का पुत्र राम हूँ, ये मेरी पत्नी सीता हैं और साथ में छोटे भाई लक्ष्मण हैं," राम ने उत्तर दिया।

"किन्तु आप इस प्रकार तापस वेश में?" प्रश्न किया गुह ने।

"हाँ, मुझे वनवास मिला है और ये दोनों स्वेच्छा से मेरे साथ जा रहे हैं, किन्तु आप लोग कौन हैं?" राम ने पूछा। देखा कि किसी जंगली कबीले के लोग है जिनका शरीर गहरे रंग की त्वचा वाला है, पहनावा भी अति

सामान्य, शरीर का अधिकतर भाग खुला, हाथों में बाँस की लाठियाँ, जो कदाचित उनका अस्त्र हो।

"हम सब निषाद लोग हैं पास ही हमारा ग्राम है और मैं इनका प्रधान गुह हूँ। आप तो अयोध्या के राजकुमार हैं इस नाते हमारे अतिथि हैं। यद्यपि हम इस योग्य तो नहीं कि आपका सत्कार कर सकें किन्तु यदि हमारे ग्राम में पधारकर सेवा का अवसर देंगे तो बड़ा उपकार होगा," गुह ने हाथ जोड़ याचना की।

"योग्य नहीं, यह क्या कह रहे हैं? आप सब तो बड़े सरल, निष्कपट लोग हैं, जो हम अजनबियों से इतनी प्रीति दिख रहे हैं।" राम पुनः बोले, "सत्कार तो आपने अपनी मीठी वाणी से ही कर दिया है। वनवास अवधि में मुझे किसी ग्राम या नगर में जाने की वर्जना है अन्यथा मैं अवश्य आपके ग्राम चलता।"

"आप ग्राम में नहीं जा सकते किन्तु हम तो यहाँ आपका स्वागत कर सकते हैं। यदि आप अवसर दें तो हम सभी यहीं ग्राम के बाहर एक रात्रि आपको ठहराना चाहते हैं जिससे आपको भी विश्राम मिलेगा और हम अपनी सामर्थ्य अनुसार आपका आथित्य सत्कार कर सकेंगे," गुह ने हाथ जोड़ कर आग्रह किया।

"यदि आप लोगों को कोई परेशानी न हो तो यह उचित रहेगा और यह क्या आप हाथ जोड़कर क्यों खड़े हैं निषादराज? मैं आपकी मित्रता का आकांक्षी हूँ। क्या आप मेरे मित्र बनेंगे?" कहकर राम ने गुह को गले लगा लिया।

"स्वामी, आपने मुझ निषाद को गले लगाया जबकि आप जानते हैं कि हमें अस्पृश्य माना जाता है," गुह भाव विभोर हो बोले।

"तुम मेरे सखा हो निषादराज। तो हम बराबर के हुए न? और भला आप जैसे निश्छल लोगों को छूकर तो यज्ञ जैसा फल मिल सकता है," राम ने कहा।

निषाद राज की आँखों से अश्रु बह निकले, "आज तक किसी क्षत्रिय, ब्राह्मण ने हमे यह सम्मान नहीं दिया जो आपने दिया है, राम। इस सम्मान की लालसा तो सदैव से ही हम सबमें थी किन्तु पहली बार किसी ने हमें तुच्छ प्राणी न समझकर बराबर का माना है। हम निषाद आपके ऋणी रहेंगे स्वामी।"

"स्वामी नहीं, मित्र! कोई व्यक्ति छोटा या बड़ा नहीं। हम सब बराबर के अधिकारी हैं। सबके साथ समानता का व्यवहार होना चाहिए। ऊँच-नीच की यह प्रथा ही बुरी है और मैं इसका विरोध करता हूँ।"

"राम, तुम्हारे बारे में किस्से तो हम सबने सुने थे कि कैसे तुमने ताड़का को मारा, अहिल्या का उद्धार किया, धनुष भंजन कर स्वयम्वर में देवी सीता को जीता। आज देखा तो पाया कि इतने बड़े कार्य सचमुच तुम जैसा भुजाओं और हृदय दोनों से शक्तिशाली महापुरुष ही कर सकता है। जो राम का मित्र है वह अब अछूत कैसा?" गुह का गला रुँधने लगा।

"तब यह निश्चित हुआ कि हम सब यहाँ एक साथ भोजन करेंगे और पृथ्वी पर बिछौना लगाकर रात्रि विश्राम करेंगे। भोर होते ही आप लोग हमें आगे जाने की अनुमति देंगे," राम बोले।

"सब आप ही के अनुकूल होगा मित्र किन्तु एक बात मेरी अवश्य मानी जाए," गुह ने विनती की।

"कौन-सी बात?" राम ने अचरज से पूछा।

"मैं आपके साथ आगे चलूँगा कुछ दिवस आपके साथ रहूँगा," निषादराज बोले तो राम मुस्करा दिए।

"देखो सखा, गंगा नदी आ गई है। हम निषाद लोग तो पैदल भी वेग से चल लेते हैं इसीलिए एक ही दिन में गंगा तीर तक आ जाते हैं। आप लोगों को पैदल चलने की आदत नहीं रही होगी और देवी सीता भी साथ में थीं। इस कारण दो दिवस लग गए," गुह ने कहा।

"हाँ, मित्र किन्तु गंगा तीर पर आकर लगता है सारी थकान मिट गई, माँ गंगा के दर्शन कर। क्यों सीते?" सीता की ओर देखते हुए राम बोले।

"हाँ, स्वामी। आज हमें अयोध्या से चलते हुए पाँच दिवस हो गए हैं, जिस दिन से हम चले मेरी कामना थी कि कब मैं माँ गंगा के दर्शन कर अपने स्वामी की दीर्घायु का वर माँग सकूँ।"

"तुम स्त्रियों को सदैव अपने पति की चिंता ही सताती रहती है, तुम भी सोचती होगी कि वन में अनेक ख़तरे हैं। तुम्हारा पति उन सब से सुरक्षित रहे। वह सदैव तुम्हारे नेत्रों सामने रहे इसलिए तुम साथ आई हो किन्तु

उर्मिला की तो सोचो, उस पर क्या बीत रही होगी?" राम बोले।

"हाँ, नाथ। उर्मिला जैसा त्याग भला कौन कर सकता है? धन्य है वह जिसने किस तरह हृदय पर पत्थर रखकर देवर लक्ष्मण को विदा किया," सीता ने कहा। तभी लक्ष्मण और गुह नाव खेने वाले केवट को लेकर आए।

"मित्र, ये केवट हैं। नाव से लोगों को गंगा पार कराते हैं। मैंने और भ्राता लक्ष्मण ने जब इनसे उस पार पहुँचाने का आग्रह किया तो ये आप लोगों का परिचय पूछने लगे। मेरे द्वारा आप सबके बारे में बताए जाने पर बोले कि प्रथम आपसे मिलकर संतुष्ट होंगे तभी नदी पार कराएँगे," गुह ने कहा।

केवट राम सीता की मनोहारी जोड़ी को देख रहा था। राम का बलिष्ठ शरीर, मुख पर करुणा प्रेम और संतोष के भाव, जैसे किसी से कोई शिकायत नहीं, सभी के प्रति अपनत्व का भाव, न भूत को लेकर दुःख न भविष्य की चिंता।

"क्या सोच रहे हो केवट क्या हमें नदी पार नहीं कराओगे?" कोमल वाणी में राम ने पूछा।

"स्वामी, मेरा काम लोगों को नदी पार कराना है। लोग नाव में बैठते है, चर्चाएँ करते हैं। मैं नाव खेता हूँ और जब तब उनकी बातें भी सुनता हूँ। कल ही हमारे राजा निषाद राज के ग्राम के कुछ लोग सुना रहे थे कि कैसे आपने निषादराज को गले लगा कर अपना मित्र बनाया। उन्होंने बताया कि आपने अहिल्या नामक ऋषि पत्नी को कैसे सामाजिक प्रतिष्ठा वापस दिलाई जो एक व्यभिचारी स्त्री का दंश छेलते हुए अछूत का जीवन काट रही थी। मैं सोच रहा था कि क्या सचमुच कोई अछूत का ऐसे उद्धार कर सकता है। किन्तु आपको आज देखा तो आभास हुआ कि हाँ, आप जैसा महापुरुष जो मर्यादा की रक्षा हेतु सारी सुख सुविधाओं को तिलांजलि दे सकता है वह निश्चित ही यह कर सकता है," केवट निष्कपट भाव से बोले।

"नहीं केवट, ये तो निषादराज के ग्राम के लोग ही इतने निश्छल, भोले-भाले हैं जो मेरी बड़ा-चढ़ा कर प्रशंसा कर रहे हैं।"

"केवट, जो कुछ भी उन लोगों ने तुमसे कहा वह सत्य है। कोई योद्धा लोगों पर शस्त्रों से विजय पाता है किन्तु यह तो विलक्षण योद्धा हैं जो शस्त्रों में तो निपुण हैं ही किन्तु अपने व्यवहार से ही लोगों को जीत लेते हैं,"

गुह ने केवट का समर्थन किया।

"हमारी ज़्यादा प्रशंसा न करो, कहीं मुझ में अहंकार न आ जाएँ। अब शीघ्रता से नदी पार काराएँ केवट," राम बाले।

"स्वामी मैं नदी अवश्य पार कराऊँगा किन्तु मेरी एक विनती है।"

"कैसी विनती केवट?" राम ने पूछा।

"क्या मुझ अछूत को भी यह अधिकार मिलेगा कि मैं आपका स्पर्श कर सकूँ, आपके पैर पखार सकूँ?" केवट ने विनय की।

"पैरों से नहीं अपने सखा राम के हृदय से लगो केवट। मेरे निकट आओ केवट," राम ने भुजा फैला केवट को पुकारा।

"नहीं स्वामी, यदि मेरे अनुरोध को स्वीकार ही करना चाहते हैं तो मुझे वही करने दे जो मैं चाहता हूँ," हाथ जोड़ केवट ने विनती की।

"तुम्हारी प्रसन्नता में ही मेरी प्रसन्नता है जैसा तुम चाहो," राम ने कहा तो केवट को जैसे मुँह माँगा वर मिल गया। गंगा के जल से केवट ने राम, सीता और लक्ष्मण के पैर पखारे, नाव को किनारे पर लगा तीनों को चढ़ाया। नाव में गुह भी सवार हुए। केवट सभी को लेकर पार कराने चल दिया। नाव के चप्पू अपनी लय से चल रहे थे जैसे कोई यांत्रिक क्रिया बिना मस्तिष्क का प्रयोग किये निभाई जा रही थी क्योंकि मन और मस्तिष्क तो केवट का सिर्फ़ राम में ही लगा था। देखते-देखते गंगा पार केवट की नाव आ पहुँची।

नदी पार उतरकर सभी ने माँ गंगा को प्रणाम किया। राम ने संकेत किया तो सीता ने केवट को नदी पार उतारने के पारिश्रमिक के रूप में अपनी मुद्रिका उतार कर देनी चाही तो भाव विह्ल हो केवट बोला,

"जो राम ने मुझ जैसे तुच्छ प्राणी को मान दिया है उसके आगे क्या कोई पारिश्रमिक लिया जाना उचित हो सकता है माते?"

तीर्थराज प्रयाग में पहुँचकर राम, लक्ष्मण और सीता मुनि भारद्वाज के आश्रम की ओर बढ़े। राम ने निषाद राज से वापस जाने का अनुरोध किया। निषाद राज ने और आगे तक चलने का हठ किया किन्तु राम ने उन्हें समझा-बुझा कर वापस भेज दिया।

तीनों मुनि के आश्रम में पहुँचे। भारद्वाज मुनि को जब ज्ञात हुआ कि अयोध्या नरेश के पुत्र राम अपनी भार्या सीता एवं भाई लक्ष्मण सहित पधारे हैं तो मुनि आगवानी करने आए।

“प्रणाम, मुनिवर! दशरथ पुत्र राम, भार्या सीता एवं भाई लक्ष्मण सहित आपको कोटिशः प्रणाम करता है,” मुनि के चरणों में झुककर राम ने कहा। सीता और लक्ष्मण ने भी राम का अनुसरण किया।

“तुम्हारा भारद्वाज के आश्रम में अभिनंदन है राम। पधारें, आसन ग्रहण करें,” कहते हुए मुनि तीनों को अपनी कुटिया में ले गए तब तक आश्रम के अन्य मुनि गण भी एकत्र हो गए। राम को सीता और लक्ष्मण सहित पैर पखारने हेतु जल दे कर आसन पर बिठा मुनि ने मधुपर्क आदि दिया। मुनि के आश्रम में अपना इस प्रकार स्वागत देख राम संकोच में पड़ गए।

“यह इतना स्वागत मुनिवर? जबकि आप तो हमारे श्रद्धेय हैं,”

“राम, राजा और राजकुमारों को विष्णु का अंश स्वीकार किया गया है तथा ब्राह्मण, क्षत्रियों के आपसी समझौता का आधार भी यही है कि एक दूसरे का सम्मान किया जाए। क्षत्रिय राजकुमार होने के नाते आप हर ब्राह्मण मुनि के आश्रम में अभिवादन के योग्य हैं। किन्तु आप लोगों ने तपस्वियों का वेश क्यों बनाया है?” अचरज प्रकट किया मुनि ने।

“मुनिश्री मुझे पिता महाराज ने चौदह वर्ष का वनवास करने की आज्ञा दी है और ये दोनों स्वेच्छा से मेरे साथ आए हैं,” सहज भाव से राम ने कहा।

“वनवास, चौदह वर्ष का, क्यों? क्या कारण उत्पन्न हो गया कि दशरथ जैसे नीतिवान, धर्म पालक, प्रजा हितैषी राजा को यह निर्णय लेना पड़ा?” विस्मय से मुनि ने पूछा।

“महाराज ने धर्म ही निभाया है मुनिवर, माँ को दिया वचन पूरा किया है,” राम ने कहा। तभी कुछ लावण्यमयी युवतियाँ अपने साथ सीता को ले जाने आईं। सीता संकोचवश उन्हें देखने लगीं।

“संदेह न करें पुत्री ये आश्रम की अप्सराएँ हैं जो तुम्हारे विश्राम की व्यवस्था करेंगी इनके साथ तुम्हारा मन भी बहलेगा,” मुनि बोले।

“अप्सराएँ ये क्या होती हैं, मुनिवर?” लक्ष्मण को जिज्ञासा हुई।

“मुनियों के आश्रम में रहने वाली युवतियाँ जो आश्रम के धार्मिक कार्यों में सहयोग, देवताओं के पूजन और आह्वान के लिए रखी जातीं हैं। ये विशेष रूप से नाच-गाकर देवों का आह्वान करती हैं। उनके इस कृत्य से आश्रम वासियों का मनोरंजन भी होता है। इसलिए ये सभी की अति प्रिय होती हैं, इन्हें चिरकुँवारी माना जाता है,” मुनि ने कहा तो राम ने सीता को जाने का संकेत किया।

“किन्तु वन का जीवन तो कष्टप्रद और जटिल है राम। कैसे चौदह वर्ष तक रह पाओगे?” सीता के जाने के पश्चात पुनः मुनि बोले।

“मुनिवर, जिस वन में आप जैसे महान तपस्वी, ऋषि, मुनि निवास करते हैं वह तो सिर्फ रमणीक हो सकता है और मुझे यह सौभाग्य प्राप्त हुआ है कि आप जैसी विभूतियों का सानिध्य मिले, तो फिर कष्ट कहाँ रहा?”

“राम तुम मर्यादा और धर्म संस्कृति के सच्चे संवाहक हो। तुम्हारी कीर्ति तो पूरे आर्यावर्त में फैल रही है। सभी ऋषि, मुनि भी तुममें एक प्रजा पालक, न्याय प्रिय, धर्म वत्सल, कर्तव्य परायण राजा के गुण देख रहे थे किन्तु यह अचानक वन का वास, जो भी सुनेगा उसे विस्मय और दुःख होगा।”

“मैं प्रसन्नता पूर्वक वन में रहकर ऋषियों की सेवा, यज्ञादि की सुरक्षा, वनवासियों के कल्याणार्थ कार्य करना चाहता हूँ, मुनिवर। मुझे तनिक भी अपने वनगमन का कष्ट नहीं है, अपितु मैं तो इस अवसर का उपयोग स्वयं के और सबके उत्थान के लिए करना चाहता हूँ। बस, एक कृपा करें मुनिवर हमें कोई ऐसा स्थान बताएँ जहाँ हम अपने वनवास की अवधि को सानन्द सत्कर्म करते हुए व्यतीत कर सकें,” राम ने कहा।

“यद्यपि इस आश्रम में तुम्हारा वास होने से हम सभी को प्रसन्नता होगी किन्तु वनवास की अवधि लम्बी है। ऐसे में यही उचित होगा कि किसी पूर्व स्थापित आश्रम के स्थान पर तुम अपना स्वतंत्र वास बनाओ। कुछ ही दूरी पर एक रमणीक स्थान है, मैं तुम्हें दिखाना चाहूँगा,” कहते हुए मुनि उठे और राम व लक्ष्मण को साथ ले आश्रम से बाहर निकले। सीता आश्रम की स्त्रियों के पास रुकी रहीं। आस-पास के सौन्दर्य को देखते हुए मुनि के साथ दोनों नदियों के संगम स्थल पर पहुँचे। कल-कल बहती दो नदियाँ एक

स्थान पर मिल रही थीं। बड़ा मनोहारी दृश्य था।

"राम, तुम्हारे वास हेतु यह स्थान सब प्रकार से उत्तम है। यहाँ पवित्र नदियों गंगा, यमुना और सरस्वती का संगम है।"

"तीन किन्तु यहाँ तो दो नदियाँ ही दिख रहीं हैं मुनिनाथ," लक्ष्मण ने जिज्ञासा प्रकट की।

"तुमने ठीक कहा कुमार, वस्तुतः यह गंगा और यमुना का संगम है किन्तु तुमने सुना होगा कि पूर्व काल में यमुना हिमालय से निकल कर पवित्र सरस्वती से मिलती थी कालान्तर में यमुना का प्रवाह बदला और यह पूर्व की ओर बहने लगी और यहाँ प्रयागराज में आकर गंगा से मिल गई। चूँकि कभी सरस्वती से यमुना का मिलन होता था इसलिए प्रतीक स्वरूप यह माना गया कि यमुना अपने साथ सरस्वती को भी लाती है," भारद्वाज ने विवरण दिया।

"मुनिश्रेष्ठ स्थान तो अति रमणीक है और आपका आश्रम पास होने से आपका सानिध्य भी प्राप्त हो सकेगा किन्तु अयोध्या से पर्याप्त दूरी पर किसी स्थान की खोज संभवतः हमारे लिए उचित होगी," संगम के सौन्दर्य को निहारते हुए राम बोले।

"राम, यहाँ से पन्द्रह योजन दूर दक्षिण दिशा की ओर एक स्थान है चित्रकूट। वहाँ मुनि अत्रि एवं देवी अनुसुइया का आश्रम है। मन्दाकिनी नदी और हरा भरा वन क्षेत्र है। निश्चित ही तुम्हारा मन वहाँ रमेगा। मेरी तो यही सलाह है कि तुम वहाँ जाकर वास करो और उस क्षेत्र के लोगों को सुख दो। हाँ, यहाँ से जाते समय रास्ते में मुनि वाल्मीकि का आश्रम भी पड़ेगा। मुनिवर महाज्ञानी, तेजवान और तपस्वी हैं, उनका आशीष अवश्य लेते जाना, तुम्हारा सब प्रकार से मंगल होगा," भारद्वाज बोले।

"तो हमें आज्ञा दें मुनिनाथ," राम ने चलना चाहा। "राम आगे घना वन मिलेगा, दिन भी डूबने को है अतः यह उचित होगा कि आज यहाँ रात्रि विश्राम कर भोर में यहाँ से प्रस्थान करो। आश्रम में मुनियों ने तुम सबके ठहरने और भोजन की व्यवस्था प्रसन्न मन से की है। ये सभी चाहते हैं कि एक रात्रि यहाँ हम सबके साथ बिताओ। धर्म, राजनीति, समाज के बारे में चर्चाओं का सभी आनन्द लेना चाहते हैं,"

"जैसी आपकी आज्ञा, मुनिवर," राम आग्रह को टाल न सके।

कैकेयी ने जब से दो वर माँगे राजा दशरथ ने उसी क्षण से अन्न का कोई दाना तक ग्रहण नहीं किया था। राम, लक्ष्मण और सीता सहित वन को चले गए। मंत्री सुमन्त्र को रथ से ले जाने की आज्ञा दी थी। सुमन्त्र अभी तक लौटे नहीं हैं। यद्यपि दशरथ अपने पुत्र राम का स्वभाव जानते थे कि कदाचित ही राम अब वनवास की अवधि पूर्ण किए बिना वापस आएँगे किन्तु कहीं न कहीं आशा की किरण थी कि सुमन्त्र उन्हें मना कर वापस ले आएँगे। दशरथ ने कैकेयी को अपने से दूर रहने का आदेश दे दिया था। राजा की देखभाल कौशल्या और सुमित्रा कर रही थीं। गुरु वशिष्ठ द्वारा भरत और शत्रुघ्न को शीघ्र अयोध्या आने का संदेश भेजा जा चुका था।

कौशल्या निरंतर महाराज को समझाने का यत्न कर रही थी कि सब ठीक हो जाएगा। पुत्र भरत सब प्रकार से योग्य हैं, वे कुशलता से राज्य की देखभाल कर सकेंगे। पुत्र राम तो अपने स्वभाव और ऋषियों की सेवा से वन में सभी को प्रसन्न कर लेंगे और देखते-देखते उनके वनवास की अवधि भी पूरी हो जाएगी। उस क्षण भी कौशल्या दशरथ को सांत्वना देकर आहार ग्रहण करने का आग्रह कर रही थी और महाराज ना में सिर हिला रहे थे तभी द्वारपाल ने आकर सूचना दी कि मंत्री सुमन्त्र पधारे हैं। दशरथ के शरीर में जैसे चेतना आ गई हो, उठकर बैठ गए और सुमन्त्र की प्रतीक्षा करने लगे तभी सुमन्त्र ने कक्ष में प्रवेश किया।

"सुमन्त्र कहाँ हैं राम सीता, कहाँ हैं लक्ष्मण, सबको वापस ले आए?" व्यग्रता से पूछा दशरथ ने।

"क्षमा करें महाराज, कुमार तो राज्य की सीमा पर ही रथ से उतर कर सीता और लक्ष्मण के साथ चले गए और मुझे वापस आयोध्या लौट जाने का आदेश दे गए।"

"तो क्या तुम ख़ाली ही लौट आए? पुत्र राम ने कोई मोह पिता के प्रति नहीं दिखाया?" अधीर हो पूछा राजा ने।

"महाराज, आपके स्वास्थ्य को लेकर तो वे पूरे रास्ते चिंतित रहे। मैंने आपकी इच्छा बताकर वापस चलने का आग्रह भी किया, तो वे बोले कि हम रघुवंशी हैं पीछे नहीं हटते चाहे प्राण ही क्यों न चले जाएँ," सुमन्त्र बोले।

"हाँ, सुमन्त्र। तुम ठीक कहते हो। अब तो प्राण ही जाएँगे क्योंकि प्राण तो जा चुके हैं। हाँ, प्राण तो सचमुच चले गए," कराहते हुए दशरथ बोले।

"राम, हा! राम" कहते-कहते दशरथ अचेत हो गए। सारी रात कौशल्या और सुमित्रा ने जागते हुए बिता दी। बार-बार दशरथ की चेतना लौटती और फिर खो जाती। जब भी होश आता रानियाँ अश्रुधारा बहाती धीरज रखने का आग्रह करतीं किन्तु राजा को पुत्रों का वियोग, पुत्र वधु को वन भेजने का अपराध बोध और किस तरह अब संसार का सामना कर पाऊँगा, प्रजा क्या कहेगी, लोग क्या कहेंगे जैसे सवालों से पैदा इस महादुख ने इतना जकड़ा कि भोर होते-होते प्राण छूट गए।

रानियों का क्रन्दन सुन पूरा राजमहल शोक में डूब गया। गुरु वशिष्ठ और मंत्रियों को सूचना भेजी गई। बिना समय गँवाए गुरु वशिष्ठ, गुरुमाता, मंत्रिगण, सेना के अधिकारी सभी राजमहल में एकत्र हो गए। प्रजा ने सुना तो महल की ओर दौड़ पड़ी, सभी कैकेयी को कोसते जा रहे थे। देखते-देखते पूरी अयोध्या ही जैसे राजमहल के सामने एकत्र हो गई।

सभी शोक में डूबे हैं। समझ नहीं आ रहा कि क्या करें, कुछ भी नहीं सूझ रहा। सभी गुरु वशिष्ठ की ओर देख रहे थे।

"भरत, शत्रुघ्न की प्रतीक्षा करनी होगी तभी अंतिम संस्कार किया जा सकेगा," वशिष्ठ ने चिंतित भाव से कहा।

"कब तक आ सकेंगे राजकुमार?" सेनापति ने व्यग्र हो पूछा।

"उन्हें बुलावा तो, जब राम गए थे तभी भेज दिया था किन्तु लगता है कि पुनः हरकारा भेजना होगा जो द्रुत गति से जाए और भरत को लेकर आए। तब तक महाराज के शरीर को तेल की सुरक्षा में रखना होगा," गुरु ने कहा।

"कैसी विडम्बना है कि महाराज के चार पुत्र किन्तु अंतिम समय में एक भी उपस्थित नहीं," सुमन्त्र ने दुःख प्रकट करते हुए कहा।

"यही तो होनी कहलाती है सुमन्त्र। जब मनुष्य असहाय दीखता है, जो होना होता है वही होता है," वशिष्ठ बोले।

"क्या यह उचित नहीं कि इस समय राम व लक्ष्मण को भी वन में सूचना भेजी जाए। संभव है कि आपातकाल को देखते हुए राम वन से वापस आना स्वीकार कर लें," दरबारी जवाली ने कहा।

"मेरे मत अनुसार अब यह समयानुकूल नहीं है। राम का स्वभाव हम सभी जानते हैं वे कदाचित ही लौटने का तैयार होंगे। इससे उलट यह समाचार देकर हम उन्हें शोक संतप्त कर उनकी वनवास अवधि को और कष्टदायी बना देंगे," वशिष्ठ बोले। तभी घुड़सवार सेना के प्रमुख हरकारे को लेकर आए। मुनि ने उसे समझाया कि जो भी छोटा रास्ता संभव हो, पकड़कर अभी कैकेय राज को प्रस्थान करें और रास्ते में भूख प्यास की चिंता किये बिना शीघ्र भरत शत्रुघ्न तक पहुँचे। संभव है वो रास्ते में ही लौटते मिल जाएँ तो उन्हें पूरा सत्य बता दें। भरत स्वयं विवेकवान हैं उचित निर्णय लेकर हर संभव छोटा रास्ता लेकर तत्काल यहाँ पहुँचने का प्रयास करेंगे।

"आपने भरत और शत्रुघ्न को बुलाने हेतु हरकारा तो भेज दिया है स्वामी?" अरुंधति ने वशिष्ठ के घर पहुँचते ही प्रश्न किया।

"हाँ, भार्ये तत्काल ही हरकारा भेजा जा चुका है," वशिष्ठ बोले।

"कब तक पहुँच पाएँगे राजकुमार?"

"कम से कम दस दिवस तो लग ही जाएँगे," वशिष्ठ ने अनुमान लगाया।

"राम लक्ष्मण को भी बुलाने की चेष्टा क्यों नहीं की जा रही," अरुंधति ने जिज्ञासा प्रकट की।

"मैंने भी और दरबारियों की तरह इस पर विचार किया किन्तु एक तो राम के आने में ही आशंका है, दूसरे वन में उन्हें ढूँढ़ना कठिन है। यह भी पता नहीं कि अयोध्या से वह कितनी दूर जा चुके होंगे क्योंकि अयोध्या छोड़े उन्हें भी सात दिवस हो चुके हैं, इसलिए लगता है कि येन-केन-प्रकारेण वे वापस आने को राजी भी हो जाएँ, जिसकी सम्भावना न्यून है, तो भी वे भरत से पूर्व अयोध्या नहीं पहुँच पाएँगे। अब तो भरत की प्रतीक्षा करना ही एकमात्र विकल्प है।" गहरी श्वास ले वशिष्ठ बोले।

"इतना धर्म परायण राजा और इतना दुखद अंत, क्यों स्वामी?"

"मैं तो यह सोचता हूँ अरुंधति कि कैसे एक व्यक्ति जब निस्वार्थ होता है तो दूसरे के प्राण बचाता है और वही अपने स्वार्थ के लिए दूसरे के प्राण भी ले लेता है," वशिष्ठ बोले।

"क्या कहना चाहते हैं आप?"

"अब देखो कैकेयी को। यह वही कैकेयी है, जो सारथि बनी तो कभी देवासुर संग्राम में राजा दशरथ के प्राण बचाए थे और वही कैकेयी जब स्वार्थी बन गई, तो उसी ने दशरथ के प्राण ले लिए।"

"हाँ, यह तो आपने सत्य कहा, पर कोई इतना स्वार्थी कैसे बन जाता है?"

"अक्सर लोग सारा जीवन दूसरों की भलाई में लगाते हैं किन्तु किसी क्षण उन्हें लगता है कि बहुत हो गया अब तो अपने लिए भी सोचना चाहिए और उसी क्षण वे स्वार्थी बन जाते हैं।"

"तुमने कई प्रकरणों में यह भी सुना होगा कि लोग कहते हैं कि जब तक मैं दूसरों के लिए जीता रहा तब तक सबका प्रिय रहा और आज जब मैंने थोड़ा-सा अपने लिए कुछ चाह लिया तो सब की आँख की किरकिरी बन गया। इसके लिए वे दूसरों को ही दोष देते हैं जबकि वे स्वयं दोषी होते हैं। वे निस्वार्थ, त्यागी, सेवा भावी का आवरण ओढ़े थे, तनिक से लालच में आवरण हट गया और वे, जो लोगों की परवाह करने वाले दिखते थे, लोगों के शत्रु दिखने लगते हैं।"

"तो क्या सारा जीवन दूसरों के लिए करते रहना और प्रतिफल में कुछ भी न चाहना ही त्याग है?" अरुंधति ने पूछा।

"हाँ, प्रिये बलिदान व त्याग का अर्थ ही यही है कि सम्पूर्ण जीवन निस्वार्थ हो दूसरों के लिए जीना और किसी भी प्रतिफल की कामना न करना। तुमने अनेक ऐसी पत्नियों की कहानी सुनी होगी जो पति से, समाज से उलाहने के रूप में कहती हैं कि जब तक सबका ध्यान रखा, पति की हर बात मानती रहीं, बड़ों की सेवा, छोटों का ध्यान रखती रहीं तब तक बहुत अच्छी थीं आज जब अपने लिए माँगा तो सब की बुरी हो गईं। बहुत से भाइयों को कहते सुना होगा कि सारा जीवन छोटे भाइयों के निमित्त लगा दिया। अब नहीं अब तो मुझे अपने लिए भी चाहिए। छोटे भाई कहते मिलेंगे कि सारा जीवन बड़ों की सुनता रहा अब नहीं सुनूँगा, अब तो सब को सीधे उत्तर दूँगा किसी को बुरा लगे तो लगता रहे। ये किस्से हैं उनके जो अधिकांश जीवन त्याग बलिदान के रूप में निकलने पर किसी क्षण स्वार्थ हावी होने के कारण विचलित हो जाते हैं और अपनी डगर से डिग जाते हैं। वे अच्छाई

के रूप में कमाई जीवन भर की पूँजी से हाथ धो बैठते हैं। इनसे तो वे ठीक हैं जिनके स्वार्थी, लालची गुण के बारे में सभी को प्रारम्भ से पता होता है, ऐसे में लोग उनसे सजग रहते हैं, पर जो अपना आवरण हटाकर लोगों की आशाओं पर पानी फेर देते हैं वे बड़े अपराधी हैं," वशिष्ठ ने दृष्टान्त दिया।

"हाँ, किन्तु ऐसे अपराधी कब अपनी त्रुटि मानते हैं। आपने देखा, रानी कैकेयी को कोई पश्चाताप हो ऐसा लगा नहीं?" अरुंधति बोलीं।

"किन्तु वे नहीं जानतीं कि उन्हें अब सारा जीवन पश्चाताप और तिरस्कार का दंश झेलना है। उन्होंने कितना बड़ा अनर्थ किया है इसका अभी उन्हें भान नहीं है। भार्ये! मैं तो चिन्तित हूँ कि क्या होगा जब भरत को मालूम पड़ेगा कि कैसे उनकी जननी ने उन्हें राजा बनाने के लिए उनके पिता के प्राण ले लिए। उस भरत के लिए किया यह सब कैकेयी ने जो सभी सांसारिक सुखों, यश, लाभ, सत्ता से पूरी तरह से निर्लिप्त है। वह तो राज परिवार में जन्मा एक संत है। उसका गुरु हूँ मैं और गुरु अपने शिष्यों के स्वभाव उनके गुण, अवगुण भलीभाँति जानता है।" वशिष्ठ की चिंता स्पष्ट झलक रही थी।

"किन्तु यह बात तो माँ पर भी लागू होती है स्वामी। हर माँ अपने पुत्र का स्वभाव जानती है फिर कैकेयी को नहीं पता था कि भरत कैसे हैं?"

"अनेक बार घटनाक्रम तात्कालिक परिस्थितियों के वशीभूत होता है। संभव है कैकेयी का स्वार्थ बहुत समय से उसे सता रहा हो किन्तु अवसर आया कि स्वयं को तिरस्कृत समझते हुए आस-पास के लोगों द्वारा भड़काने पर अपना विवेक खो बैठी और वर्षों से दबी भावना निकल आई, उत्तेजना में वह सब माँग बैठी, जो उसके अवचेतन में बसा था।"

"क्या होगा यदि भरत ने इस प्रकार राज्य लेना अस्वीकार कर दिया तो?"

"आज ही नगर के श्रेष्ठी वर्ग और मंत्रिगण शीघ्र राजा की घोषणा की माँग कर रहे थे चाहे वह सूर्यवंशी हो या न हो। उनका कहना था कि बिना राजा के अराजक राज्य में सब कुछ नष्ट हो जाता है। समृद्ध राज्य की शान्ति, सुरक्षा, शुचिता सब इस समय दाँव पर लगी है। ऐसे में भरत का शीघ्र आना नितांत आवश्यक है, आज तो मैंने यह कह कर सबको संतुष्ट कर दिया की महाराज दशरथ ने भरत को राज्य दिया है इसलिए किसी अन्य

पर विचार की सम्भावना ही नहीं है।"

"संभव है भरत और शत्रुघ्न इस घटना क्रम पर तीव्र प्रतिक्रिया दें। इसकी पूर्व तैयारी भी आपको कर लेनी चाहिए।"

"मैं तो यही सोच रहा हूँ कि कैसे कुमारों का सामना किया जाए, कैसे भरत को राजकाज सँभालने हेतु तैयार किया जाए?" कहते-कहते थकान के कारण वशिष्ठ के नेत्र मुँदने लगे। अरुंधति ने रोशनी बुझा दी।

## 5

"लक्ष्मण हमें यहाँ वास करते कितने दिवस व्यतीत हो गए किन्तु प्रतीत होता है कि इस मनोरम स्थल पर हर दिन आनंद बढ़ता ही जाता है," चित्रकूट के कामदगिरी पर बनी अपनी पर्णकुटी के बाहर बैठे राम ने कहा।

"भ्राताश्री, आप प्रसन्न हैं यह देखना सुखद है क्योंकि मुझे प्रसन्नता तो मात्र आपके पास रहने में ही मिल जाती है। हर वो स्थान मुझे रमणीक लगता है जहाँ आप होते हैं," लक्ष्मण उत्साहित हो बोले।

"हाँ, भैया लक्ष्मण। तुमने सही कहा मुझे भी पति की सेवा का इतना सुख राजमहल में भला कहाँ मिलता?" सीता ने भी समर्थन किया।

"किन्तु भ्राताश्री आपसे यह जानने की मुझे जिज्ञासा है कि आप प्रत्येक स्थिति में कैसे इस प्रकार समभाव, स्थितप्रज्ञ रह लेते हैं। मैं तो आपके पास हूँ इसलिए प्रसन्न हूँ किन्तु आप कैसे इतनी विपरीत परिस्थितियों में सानंद रह लेते हैं? जब से आपको वनवास हुआ है तबसे आज तक आपको देखकर मैं यही सोचता रहता हूँ कि किसी भी बात से आपका मन मलिन क्यों नहीं होता? राजतिलक के पश्चात कोसल का राज्य आपको मिल रहा था। महाराज, कैकेयी को छोड़कर दोनों माताएँ, सारी अयोध्या मैं स्वयं, मंत्रिगण, पुरोहित सभी ख़ुशी से फूले नहीं समा रहे थे। तब भी मैंने आपको देखा कि किस तरह आप उस घटना को सामान्य रूप से ले रहे थे, जो आपके जीवन की सबसे बड़ी घटना थी। वहीं जब अकस्मात आपको वनवास मिला तो फिर वही भाव, एक झटके में सब कुछ छिन जाने का कोई दुःख नहीं, वही सामान्य रूप से घटना को लेना और समभाव में रहना कैसे यह सब संभव है?" लक्ष्मण ने मन के भाव स्पष्ट किए।

"हम परिस्थितियों के दास नहीं हैं लक्ष्मण, परिस्थितियाँ हमारी दास हैं। हर स्थिति में एक सा रहना, राजमहल में रहे तो वहाँ के सुख भोगे जब वन में हैं तो यहाँ के आनन्द लें। हर स्थान पर निर्लिप्त, कुछ भी छोड़ना

पड़े तो एक झटके में छोड़ दें। कोई मोह नहीं, छूटने का दुःख नहीं और प्राप्त होने की अति प्रसन्नता नहीं। वस्तुओं, सुविधाओं को भोगना बुरा नहीं किन्तु इतने निर्लिप्त हों कि जब छोड़ना पड़े छोड़ दें, बिना लेशमात्र दुःख के," दार्शनिक की भाँति राम बोलते जा रहे थे। सीता और लक्ष्मण विस्मित भाव से सुन रहे थे।

"यह भी हो सकता था कि वनवास मिलते ही मैं विद्रोह कर देता, माता कैकेयी को भला-बुरा कहता, वन जाने से मना कर देता, पिता की अवहेलना कर देता या वन में तो आ जाता किन्तु हर घड़ी दुःख प्रकट करता रहता कि हा, मेरे साथ यह क्या हो गया? कितना अनर्थ घट गया? मेरा दुर्भाग्य, माता कैकेयी तो प्रारम्भ से ही यह चाहती थी। पिता भी ऊपर से मेरे प्रति स्नेह दिखाते थे अंदर से वह भी यही चाहते थे। अब मेरा क्या होगा? वन में कैसे ऋतुओं की निष्ठुरता सहूँगा, पत्नी और भाई भी साथ आ गए, अकेला होता तो किसी तरह समय काट लेता। अब दोनों का बोझ भी ऊपर है। किस-किस ने अपना बनकर मेरे साथ षड्यंत्र किया। हा! कितने सुख थे राजमहल में और यहाँ वन में कितने कष्ट। यही दृष्टिकोण का अंतर है। मानो तो वन में कितना आनंद है। अकेला रहता तो कदाचित सुख न मिलता किन्तु तुम दोनों साथ हो तो लगता है कि पूरी अयोध्या का साथ मिल गया और फिर ऋषि-मुनियों का निश्छल प्रेम, हम पर उनका अनुराग, वन्य जीवों का उन्मुक्त भाव से विचरण, पंछियों का कलरव, शीतल मंद हवाएँ, शान्ति, स्वच्छ धवल चाँदनी। कितना कुछ है यहाँ हमारे पास जो राज्य की व्यस्तताओं में कहाँ मिल पाता? मानो तो यही स्वर्ग है, मानो तो रौरव नरक। अतः मनुष्य चाहे तो हर परिस्थिति में सुख ढूँढ़ सकता है। बस, किसी को दोष देना, स्वयं को दयनीय मानना छोड़ना होगा। वैराग्य वह नहीं कि छोड़ दिया किन्तु मन वहीं जुड़ा है। वैराग्य वह है कि भले ही भोग रहे हैं किन्तु जब चाहा छोड़ा दिया फिर पलट कर नहीं देखा। हम तो सौभाग्यशाली हैं कि ऐसे तपस्वी मुनियों का साथ मिला। मुनि का तो अर्थ ही है जो मौन है किन्तु मुखर हैं, जो वाणी से कम बोलते हैं आचरण से अधिक, जीवन से अधिक बोलते हैं। हमें तो उनका तप, उनका संयम, उनका जीवन निकट से देखने का अवसर मिला है," राम ने विस्तार से समझाया।

"इस अर्थ में तो आप भी मुनि हैं भ्राताश्री! आप भी तो जितना वाणी से बोलते हैं उससे अधिक अपने जीवन से, अपने व्यवहार से बोलते हैं,

मुझे भी आशीर्वाद दें कि आप जैसा संयमी समभाव से रहने वाला योगी बन सकूँ," लक्ष्मण बोले।

"एमवस्तु। किन्तु तुम तो मुझसे भी बड़े मुनि हो, तपस्वी हो लक्ष्मण। कौन भाई किस भाई के लिए अपना सुख, सत्ता और घर-द्वार छोड़ता है," राम ने मुदित मन कहा।

"बस बड़े भैया आप सेवक का मान रखने को यह कह रहे हैं। चलूँ, दोपहर हो रही है। कन्दमूल फल की व्यवस्था करके आता हूँ," कहते हुए लक्ष्मण आश्रम से बार निकल गए।

"सचमुच स्वामी, मुझे लगता है कि मेरे लिए तो जहाँ आप हैं वहीं सारा राजपाठ है, क्योंकि पत्नी के लिए पति का साथ ही सबसे बड़ा सुख है। किन्तु जब मैं भैया लक्ष्मण को देखती हूँ तो मेरा हृदय बैठने लगता है,बहिन उर्मिला की दशा सोचकर। हम दोनों तो एक दूसरे के साथ हैं इसलिए प्रसन्न हैं किन्तु भैया लक्ष्मण चौदह वर्ष तक पत्नी से बिछुड़कर रहें तो कैसे उर्मिला इस वियोग को सह पाएगी। क्या यह संभव नहीं आर्य कि लक्ष्मण को समझा बुझाकर अयोध्या भेज दिया जाए। मुझे लगता है कि पति-पत्नी को विलग करने का दोष हमीं पर आएगा," व्याकुल मन सीता बोलीं।

"तुम ठीक कहती हो प्रिये। हम पुनः लक्ष्मण को अयोध्या भेजने का जतन करते हैं," राम बोल ही रहे थे कि लक्ष्मण बदहवास दशा में वापस लौट आए।

"भैया-भैया, अयोध्या की सेना के साथ भरत हम पर चढ़ाई करने आ रहे हैं," आते ही लक्ष्मण ने कहा। उत्तेजना में श्वास फूल रही थी।

"क्या अनर्गल बोल रहे हो लक्ष्मण?" राम ने चकित हो पूछा।

"हाँ, भैया वे भरत ही हैं, वे वन में भी हमें शान्ति से नहीं रहने देना चाह रहे। उन्हें डर होगा कि लौट कर आप राज्य माँगेंगे इसलिए सदा के लिए किस्सा ही समाप्त करना चाह रहे होंगे किन्तु वे नहीं जानते कि मेरे होते हुए वे आप तक कभी नहीं पहुँच पाएँगे। मैं यहीं उन्हें उनकी सेना को अपने तीव्र बाणों से समाप्त कर दूँगा," आवेशित लक्ष्मण बोले।

"यह तुम कैसी कटु बातें कर रहे हो, भरत यहाँ क्यों आएँगे? अवश्य ही तुम्हें भ्रम हुआ है," राम ने आश्चर्य से कहा।

"मैं सत्य कह रहा हूँ, मैंने अभी-अभी उत्तर-पूर्व दिशा की ओर से धूल उड़ाती कोसल राज्य के ध्वज वाली विशाल सेना देखी है, जो इधर ही आ रही है। मुझे आज्ञा दें कि उन्हें उनके कुकृत्य का दंड दे सकूँ," कहते हुए लक्ष्मण ने अपना धनुष-बाण उठाया।

"तनिक संयम से काम लो, पहले देख लो कि वे क्यों आ रहे हैं? क्या प्रयोजन है?" राम ने समझाया।

"इतनी सेना लेकर आने का क्या प्रयोजन हो सकता है, सिवाय हमारा अंत करने के?"

"भाई भरत ऐसे नहीं हैं। वे तो धर्मात्मा पुरुष हैं। भला वे ऐसा कोई घृणित कार्य कर सकते हैं। भरत जैसे संत को कौन नहीं जानता?"

"सत्ता होती ही ऐसी है, जिसे मिल जाए वह इसे छोड़ने का विचार भी मन में लाने से डरता है।"

"तब भी मेरा मन नहीं कहता कि सत्ता के लिए भरत यह करेंगे।"

"भैया, आप सबको अपने जैसा क्यों मानते हैं? कौन अपने स्वार्थ में कब बदल जाए और फिर कैकेयी जैसी माता के पुत्र से और क्या अपेक्षा हो सकती है?"

"भरत को मैं ऐसा नहीं मानता, फिर भी तुम्हारी शंका है तो अपना धनुष-बाण तैयार रखो किन्तु पहले तुम आक्रमण नहीं करोगे। उन्हें आने दो। देखें उनके मन में क्या है?" राम ने लक्ष्मण से कह तो दिया किन्तु मन के किसी कोने में संदेह ने तो पैर फैला दिए थे।

*"क्या सचमुच भरत राज्य पाकर बदल गए? जिस भरत में मैंने सदैव एक महात्मा को देखा क्या सचमुच सत्ता मिलते ही वह स्वार्थी, कपटी और लालची हो गया। जो भरत मुझे अति प्रिय था, जो मुझ पर अपने प्राण न्यौछावर करने को भी तत्पर रहता था, क्या राजनीति ने उसे इतना निष्ठुर, इतना कृपण, इतना कठोर बना दिया कि भाइयों को ही सदैव के लिए रास्ते से हटाने का जतन करने लगा। यदि यह सत्य है तो आज राम के प्रकोप से भरत को कोई नहीं बचा सकता। नहीं-नहीं, यह नहीं हो सकता, यह मैं*

*क्या सोच रहा हूँ। भरत ऐसा नहीं कर सकता। फिर भी सावधानी आवश्यक है। धनुष-बाण तैयार रखूँ।"*

चट्टान पर सीधे बैठ कर राम ने धनुष-बाण को इस तरह रखा कि आक्रमण की आवश्यकता हो तो झट से वार कर सकें। सीता को अंदर कुटिया में जाने को कहा। आसन्न परिस्थितियों से निपटने को मन से, बल से पूरी तरह तैयार राम की दृष्टि सामने रास्ते पर टिक गई। तभी काफ़िला पहाड़ी पर चढ़कर पास आता हुआ दिखा। आगे-आगे भरत तीव्रता से चले आ रहे थे। दो बड़ी चट्टानों के बीच से रास्ता निकल कर आश्रम की ओर आता था। दोनों कुटियाओं को घेर कर बागड़ लगा दी गई थी और एक स्थान पर आने-जाने हेतु संकरा द्वार था जिसमें एक बार में एक ही व्यक्ति आ-जा सके, उसे भी दो बेड़े लगा कर बंद कर दिया जाता था ताकि जंगली पशुओं से सुरक्षा हो सके। बागड़ से विशाल स्थान घिरा था जिसमें छायादार और फलदार वृक्ष लगे थे। चबूतरेनुमा चट्टान आगे व उसके पीछे राम व सीता की कुटिया थी। उसके पीछे थोड़ा-सा हटके लक्ष्मण की खुली छोटी कुटी थी।

बेड़े को हटा कर भरत ने द्वार से अंदर प्रवेश किया। राम ने उन्हें देखा। बैठे रहे कि *देखें भरत क्या करते हैं।* पास ही पेड़ की ओट में लक्ष्मण धनुष पर बाण चढ़ाए तैयार, राम के कंधे पर धनुष, धनुष पर हाथ, सामने तरकश रखा कि जब चाहें झट तरकश से बाण निकाल सकें। भरत की हर गतिविधि पर राम की सूक्ष्म दृष्टि थी, तभी भरत ने राम को सामने बैठा देखा, दौड़कर भैया-भैया कहते हुए बढ़े। उत्तेजना में पैर थर-थर काँप रहे थे। पहुँचने से पहले ही गिर पड़े जैसे कोई वृक्ष उखड़ कर धरती पर गिरा हो। *यह क्या, यह मैंने क्या सोच लिया भरत के लिए, कैसा अनर्थ हो गया मुझसे? भरत के लिए ऐसे विचार, क्या हो गया था मेरे विवेक को। भरत को पता भी न लगे कि मैं क्या सोच रहा था! भरत मुझसे छोटा है किन्तु आज कितना बड़ा दिखाई दे रहा है और मैं कितना छोटा।*

राम यह सोचते हुए एक झटके से खड़े होकर भरत की ओर ऐसे दौड़ पड़े कि कहीं धनुष गिरा, कहीं तरकश और कहीं कंधे का पट। भरत को देखने का हर्ष मन में था किन्तु साथ में थे ग्लानि और पश्चाताप के आँसू। भरत तो ऐसे लगा कि जैसे राम को देखते ही बेसुध हो गए हों। लक्ष्मण

भी इस दृश्य को देख अपनी ग़लत सोच के लिए स्वयं को दोषी मानते हुए दौड़े भरत की ओर। तब तक राम ने भरत के पास पहुँचकर उन्हें उठाया हृदय से लगा लिया। दोनों लिपट कर बिलख-बिलख रोने लगे। भरत रोए जा रहे थे कि कैकेयी के गर्भ से पैदा हुए पापी शरीर के सारे पाप आँसुओं में धुल जाएँ। राम रोए जा रहे थे कि भरत के प्रति क्षण भर के लिए मन में आया विकार आँसुओं में बह जाए। यह दृश्य देख वहाँ कौन था जिसके अश्रु नहीं बह रहे हों। शत्रुघ्न पर राम की दृष्टि पड़ी, झपट कर गले लगा लिया। लक्ष्मण ने भरत को प्रणाम किया, हृदय से लगा लिया।

भरत ने कहा, "भैया लक्ष्मण, तुम निष्पाप हो। तभी तो बड़े भ्राता ने तुम्हें अपने साथ रखा।" भरत कहते जा रहे थे, आँसू थे कि रुकने का नाम नहीं ले रहे थे। शत्रुघ्न को देख लक्ष्मण ने वात्सल्य पूर्वक अपने से चिपटा लिया। माताएँ कौशल्या, सुमित्रा, गुरु वशिष्ठ सभी को राम ने देखा, आश्चर्य मिश्रित हर्ष से दौड़े, चरणों से लग कर सबका अभिवादन किया। कौशल्या ने रुँधे गले से बताया कि कैकेयी भी आई है किन्तु ग्लानिवश तुम्हारे पास नहीं आ पा रही। सुनते ही राम कैकेयी की दिशा में दौड़ पड़े। सबसे पीछे धवल वस्त्रों में कृशकाय कैकेयी को खड़े देखा।

"माँ अपने राम से इतना स्नेह कि बिना देखे रह न सकीं," कहते हुए राम चरणों में झुके, कैकेयी ने झपटकर कन्धों से उठाया और राम से चिपट गई। फफककर रो पड़ी। हिचकी इतनी जोर की कि आवाज़ ही नहीं निकल रही थी, और अकस्मात बेसुध हो गई। राम ने सहारा दिया, अंदर प्रांगण में ले गए। तब तक सीता दोनों माताओं से भेंट कर चुकी थीं।

"सीते, माताओं को कुटिया में ले जाओ," राम ने कहा।

"हम सबके साथ अभी बाहर ही बैठेंगे," कौशल्या ने सीता को संकेत किया, "कैकेयी अस्वस्थ और अत्यंत कृश हैं। उन्हें अंदर ले जाकर आराम कराएँ।"

गुरु को, सभी बड़ों को प्रणाम कर राम व लक्ष्मण ने सभी को बैठने का आग्रह किया। जिस शिला पर राम बैठे थे वहाँ गुरु को बिठाया जहाँ लक्ष्मण ने अपने बैठने का स्थान बनाया था वहाँ कौशल्या व सुमित्रा को बैठाया। शेष सभी जहाँ स्थान मिला गोल घेरा बनाकर बैठ गए और देखते ही देखते वहाँ एक सभा का स्वरूप बन गया।

"गुरुदेव, प्रतीत होता है कि पूरी अयोध्या ही आज चित्रकूट में है। इतना कष्ट उठाने की क्या आवश्यकता थी? पिताश्री तो ठीक हैं?" राम कोमल वाणी में बोले।

"राम तुम धैर्यवान हो इसलिए तुमसे कोई बात घुमाकर कहने की मैं आवश्यकता नहीं समझता। तुम जितेन्द्रिय हो। हर्ष व शोक में समभाव रखने वाले हो, सो बिना भूमिका बाँधे कहता हूँ। सुनो राम... तुम्हारे पिता का निधन हो चुका है," वशिष्ठ ने कह दिया।

राम ने गहरी श्वास ली। वे आँखें बंद कर निर्विकार भाव से बैठे रहे जैसे कोई ध्यानस्थ योगी हों। हाँ, दोनों बंद आँखों से अश्रुधारा बहते अवश्य सभी ने देखी। कुछ क्षण पश्चात आँखें खोलीं।

"गुरुदेव, मुझे पिता का तर्पण करना है, अभी," राम कहते हुए उठे और रोते हुए लक्ष्मण को ढाँढस बँधाया।

"तुमने ठीक विचारा राम। हम पवित्र नदी मन्दाकिनी के तट पर चलते हैं," गुरु बोले तो सभी चल दिए। मन्दाकिनी में उतरकर राम ने स्नान किया। ब्राह्मणों ने विधान से तर्पण की रस्म संपन्न कराई। भाइयों सहित लौटकर आश्रम पर आए, माताओं को सांत्वना दी। भारी मन से सभी बाहर सभा के रूप में पुनः अपने-अपने स्थान पर बैठ गए। देर तक कोई कुछ नहीं बोला। सभा की शांति को राम ने ही तोड़ा।

"भरत, तुम्हारा राजकाज ठीक चल रहा है? तुमने सूझबूझ वाले, विपरीत परिस्थितियों में धैर्यवान, परिश्रमी, कार्यकुशल मंत्री और सेनापति बनाए हैं, अच्छे गुप्तचर व चतुर भेदिए रखे हैं। बोलो भरत, तुम्हारे नेतृत्व में, शत्रुघ्न की सहायता से, राज्य का संचालन सुचारू रूप से हो रहा है?"

भरत की आँखों से पुनः अश्रु बहने लगे। राम ने देखा तो व्याकुल हो उठे।

"यह क्या भरत? तुम फिर रोने लगे। गुरुदेव आप ही बताएँ सब ठीक तो है? मेरा भरत राज्य की देखभाल कुशल राजा की भाँति कर रहा है?" राम वशिष्ठ से पूछने लगे।

"तुम चारों भाई इतने गुणवान हो कि तुमसे कोई कार्य बिना उत्कृष्टता

के हो पाए यह संभव नहीं किन्तु तुम्हारा भाई भरत यदि राज्य करना ही न चाहे तो?" वशिष्ठ बोले।

"गुरुदेव क्या कह रहे हैं भरत? क्यों तुम उस राज्य को नहीं करना चाहोगे जो पिताश्री ने तुम्हें दिया है जिसे हमारे महान पूर्वजों ने बनाया है," विस्मित हो राम ने पूछा।

"भैया राज्य आपका है, राजा आप हैं तो इसे आप ही सँभालें। न यह मेरा कार्य है, न ही मेरा स्वभाव, न मुझमें यह योग्यता है, न ही मेरी रुचि और न ही नैतिक धर्म," हाथ जोड़कर भरत बोले।

"यह तुम कैसी अटपटी बातें कर रहे हो भरत? मेरे भाई किसी भी कर्तव्य से विमुख होना हम रघुवंशियों के रक्त में नहीं। हमारी गौरवशाली परम्परा को आगे बढ़ाओ प्रिय और एक शक्तिशाली प्रजापालक राजा के रूप में यश पाओ। यही मेरी तुम्हारे लिए अभिलाषा है।"

"नहीं भैया। उस राज्य पर आपका अधिकार है! कलंकिनी कैकेयी के कपट के कारण आप कोसल राज्य का त्याग नहीं कर सकते।"

"प्रिय भरत, प्रथम तो माता कैकेयी के लिए कोई अपशब्द न कहें वह हम चारों की माता है। पुत्रों के सम्मुख माता के प्रति कटु वचन अशोभनीय हैं। द्वितीयतः यदि यह मान भी लें कि राज्य मेरा है किन्तु चौदह वर्ष तक मेरी अनुपस्थिति में तुम राजा हो इसलिए कोसल की कीर्ति और गौरव बढ़ाओ। उसे एक समृद्धशाली, शक्तिशाली राज्य बनाने में कोई कसर न छोड़ना।"

"नहीं भैया, आप हमारे बड़े भाई ही नहीं पिता तुल्य हैं और जैसे पिता अपने पुत्रों का स्वभाव जानता है। आप भी जानते होंगे कि यह सब आपके भरत के वश का नहीं, आप जानते हैं कि राजकाज में मेरी कभी कोई रुचि नहीं रही। हाँ, वनवास मुझे भाएगा इसलिए आपके स्थान पर मैं वन की अवधि सहर्ष बिता लूँगा। मुझ पर पूरी अयोध्या पर अपने प्रिय कोसल राज्य पर कृपा करें भ्राता और अयोध्या लौट कर सभी को अनुग्रहीत करें। आप कैकेयी के पापों की सजा पूरे राज्य को नहीं दे सकते।"

"फिर तुम माता को दोष दे रहे हो भरत जबकि सब कुछ परिस्थितियों के कारण घटा और जिस रघुवंश की आन हैं अपने वचनों की रक्षा करना, उसी रघुवंश को हम क्या अपकीर्ति नहीं देंगे? यदि पिता के वचनों का मान न रख मैं अयोध्या लौट जाऊँ," राम के स्वर में अपनत्व भी था और दृढ़ता भी।

"आप क्यों कुछ नहीं बोलते, गुरुदेव। मैं तो अल्पबुद्धि हूँ। बड़े भैया को नहीं समझा सकता किन्तु आप तो कह सकते हैं, आज्ञा दे सकते हैं," वशिष्ठ की ओर देखकर भरत ने आग्रह किया।

"राम भरत के निश्छल प्रेम को देखो, तुम्हारे प्रति उनके समर्पण को देखो, उनकी बात मान लो इसी में हम सब की भलाई है," वशिष्ठ बोले।

"गुरुदेव, आप जैसा नीतिज्ञ यह कैसे कह सकता है आप तो जानते हैं कि धर्म मुझे किस कर्तव्य निर्वहन की आज्ञा देता है," राम ने आश्चर्य प्रकट किया।

"राम प्रेम अति प्रबल, अति शक्तिशाली होता है। इसके आगे सारे नियम, रीति, नीति, धर्म परास्त होते दिखते हैं। भरत का तुम्हारे प्रति अति प्रेम मुझे विवश कर रहा है कि मैं अपने सारे ज्ञान को एक ओर हटा कर तुमसे कहूँ कि अयोध्या लौट चलो।"

"गुरुदेव यदि पिताश्री जीवित होते तो मैं इस पर विचार कर भी लेता किन्तु जिस वचन को निभाते हुए उन्होंने अपने प्राण दे दिए क्या उनकी, अपने कुल की कीर्ति को धूमिल करते हुए बिना पूरा वनवास बिताए मेरा अयोध्या लौटना अब मर्यादित होगा?" राम टस से मस नहीं हो रहे थे।

"राम तुम तो सच्चे मर्यादा पुरुषोत्तम हो। तुम से स्वप्न में भी कोई ऐसा कृत्य नहीं हो सकता जो धर्माचरण और मर्यादा के विपरीत हो किन्तु मैं तो भरत का तुम्हारे प्रति अगाध प्रेम देख कर यही कहना चाहूँगा कि तुम एक बार अवश्य विचार कर लो," वशिष्ठ की बात का राम उत्तर देते कि तभी दूतों ने आकर बताया कि मिथिला नरेश राजा जनक पधारे हैं। गुरु वशिष्ठ ने जैसे ही सुना तुरंत सम्मान सहित जनक को लिवा लाने हेतु लक्ष्मण, शत्रुघ्न को भेजा।

"यह तो अति उत्तम संकेत है अब हमारी सारी दुविधा का हल राजा जनक अवश्य बतला देंगे। आप सबको यह जानकर आश्चर्य मिश्रित प्रसन्नता होगी कि धर्म दर्शन की ऋषि-मुनियों के द्वारा की जा रही नवीन खोजों का राजा जनक पूरा समर्थन करते हैं एवं ऋषि-मुनियों का सत्कार उनके साथ सदैव धर्म दर्शन की नई परिभाषा खोजने हेतु चर्चाओं में न सिर्फ़ अपना पूरा समय

देते हैं अपितु उनके संरक्षक राजा के रूप में भलीभाँति जाने जाते हैं। वे तो राजा होकर भी सत्य निष्ठ, तपस्वी और सच्चे वैरागी हैं। हम तो स्वार्थ वश अपना विवेक खो चुके हैं किन्तु वे अवश्य ही निरपेक्षभाव से बताएँगे क्या धर्माचरण है? किसके लिए क्या अनुकूल है?"

वशिष्ठ बोल ही रहे थे कि तभी राजा जनक ने प्रवेश किया। सभी ने उनका अभिवादन किया। जनक ने गुरु वशिष्ठ, सभी रानियों का अभिवादन किया। चारों भाइयों को स्नेह से हृदय से लगाया। गुरु वशिष्ठ ने कहा, "आप दूर से चलकर आए हैं। रास्ते की थकान होगी अतः सभी लोग विश्राम करें हम कल चर्चा करेंगे। लक्ष्मण महाराज जनक के विश्राम की व्यवस्था करें और हाँ, पहले पुत्री सीता से भेंट अवश्य कराएँ।"

लक्ष्मण राजा जनक को कुटिया में ले गए। पुत्री सीता को देखते ही जनक की आँखों से अश्रु बहने लगे। "पिताश्री" कहते हुए सीता जनक के हृदय से लग गईं। तभी कौशल्या ने दोनों रानियों के साथ कुटी में प्रवेश किया।

"जिस पुत्री को आपने इतने लाड़-प्यार से पाला उसे कौशल ने क्या दिया - वन का कठोर जीवन? हम तो आपसे क्षमा माँगने के योग्य भी नहीं हैं," कौशल्या संकोच से बोलीं।

"मुझे तो गर्व है कि मेरी पुत्री ऐसे राजवंश में गई जिसका हर सदस्य ऊँची नैतिकता, मर्यादा का पालन करते हुए अपना सर्वस्व न्यौछावर करने को तत्पर रहता हो। मुझे प्रसन्नता है कि मेरी पुत्री ने भी अपने पिता की लाज रखते हुए उस धर्म का निर्वहन किया जो आर्यावर्त के इस महान राजवंश की पुत्रवधु होने के नाते उसे करना चाहिए। अपने सुख को तिलांजलि देकर पति के हर निर्णय में उसका साथ देना, पति को हर पग पर संबल देना, क़दम से क़दम मिलाकर पति के साथ चलना ही पत्नी का कर्तव्य है। मैं तो आप तीनों को नमन करता हूँ जिन्होंने ऐसे उच्च आदर्शों, ऊँची मर्यादाओं वाले गुणवान पुत्रों को जन्म दिया और यह भी जानना चाहूँगा कि पुत्री सीता सहित मेरी अन्य कन्याओं ने आपके उच्च कुल के अनुकूल व्यवहार किया है अथवा नहीं," जनक भाव विह्वल हो बोले।

"जिन कन्याओं की परवरिश आप जैसे तपस्वी राजा ने की हो वे भला कर्तव्य पालन में, चाहे वह कितना ही कठोर हो, कभी डिग सकेंगी? धन्य हैं आप और आपकी कन्याएँ," सुमित्रा रुँधे गले से बोलीं।

"पुत्री अपनी तीनों माताओं की सेवा का तुम्हें अवसर मिला है, मैं जानता हूँ कि तुम इससे विमुख नहीं होना चाहोगी," सर पर स्नेह से हाथ फेरते हुए जनक ने कहा और कुटिया से बाहर निकल आए।

तीनों माताओं के पैर दबाते हुए सीता ने माताओं से उर्मिला के हाल जाने। मांडवी और श्रुति कैसी हैं पूछा। माताओं को अयोध्या से चित्रकूट तक की यात्रा के वृतान्त सुनाए। निषादराज के लोगों का अपनत्व, गंगा पूजन, केवट का प्रेम, भारद्वाज मुनि के यहाँ मिला स्नेह, वाल्मीकि मुनि का पितृ तुल्य व्यवहार आदि सब विवरण माताओं को सुनाए।

"माँ, क्या यह संभव होगा कि देवर लक्ष्मण को आप अपने साथ वापस अयोध्या ले जाएँ। आप लोगों के आने के पूर्व मैं और आर्य यही चर्चा कर रहे थे कि कैसे भ्राता लक्ष्मण को अयोध्या लौट जाने हेतु राजी किया जाए," सुमित्रा से सीता ने कहा।

"बेटी तुम तो जानती हो कि जहाँ राम होंगे वही लक्ष्मण होंगे। राम से पृथक लक्ष्मण का अस्तित्व नहीं। यदि राम अयोध्या चलते हैं तभी लक्ष्मण जा सकेंगे।"

"यदि, क्यों कहती हो, पुत्र राम को वापस चलना ही होगा। मुझ पापिन के स्वार्थ के कारण वे एक साथ इतने लोगों को दुखी नहीं कर सकते," कहते-कहते फफक कर कैकेयी रो पड़ी।

अगले दिवस पुनः सभा बैठी। वशिष्ठ मुनि ने सभी से आग्रह किया कि पहले हम राजा जनक से परामर्श करेंगे तभी कोई निर्णय लेंगे और जो भी निर्णय होगा वह सर्वसम्मति से होगा जिसे राम और भरत दोनों को मान्य करना होगा, तभी राजा जनक सभा में उपस्थित हुए।

"आसन ग्रहण करें महाराज। आप सही समय पर पधारे हैं। अयोध्या का सारा घटनाक्रम तो आपको पता ही होगा कि किस आकस्मिक संकट ने हम सब को घेर रखा है। राजा स्वर्ग सिधार गए, ज्येष्ठ पुत्र को वनवास हो गया, छोटा भाई राज लेना नहीं चाहता और अपने बड़े भाई को मनाने

हम सब को लेकर यहाँ आया है, अब आप ही बताएँ कि इस परिस्थिति में कोसल राज के लिए क्या उचित होगा? आप तो महाज्ञानी, नीतिवान हैं। सम्पूर्ण आर्यावर्त आपको आदर से देखता है। आप निरपेक्ष भाव से हमें बताने का कष्ट करें कि क्या किया जाए, आपकी राय दोनों भाई मानने को तैयार हैं," वशिष्ठ ने कहा।

"गुरुदेव जहाँ आप हों वहाँ कोई भी अपने को ज्ञानी समझे तो वह निरा मूर्ख ही होगा किन्तु आपने आदेश दिया है तो सबसे पहले तो मैं यही कहना चाहूँगा कि कोसल में जो अस्थिरता का वातावरण अभी है वह उचित नहीं है। ऐसी स्थिति में प्रजा में भय का भाव आता है, शत्रु राजा ऐसे ही अवसर की तलाश में रहते हैं क्योंकि ऐसे समय सेना का मनोबल भी कमज़ोर होता है। मित्र राजा चिंतित होते हैं। कृषि, व्यापार सभी पर इसका प्रतिकूल प्रभाव पड़ता है। अतः अस्थिरता को शीघ्र समाप्त कर सभी को यह सन्देश जाए कि कौशल अपने पूर्व यशस्वी शासकों के कारण जिस तेज़ी से समृद्ध और सशक्त राज्य बना था वह अभी भी उतना ही शक्तिशाली है। जहाँ तक प्रश्न राम या भरत का है तो यह तो निश्चित है कि स्वर्ग गमन से पूर्व राजा दशरथ भरत को राज्य दे गए हैं, किन्तु यदि भरत ही किसी को राज्य उसके मौलिक अधिकार के रूप में वापस करना चाहें तो इसमें दोनों का अंतर्मन क्या उचित मानता है इस पर विचार आवश्यक है," जनक ने स्पष्ट किया।

"हाँ, आर्य। अब तो महाराज जनक भी हम दोनों को अंतर्मन की आवाज़ सुनकर निर्णय लेने का अधिकार देते हैं तब मुझ पर, अपनी अयोध्या पर, हम सब पर कृपा क्यों नहीं करते आप?" भरत बोल पड़े।

"किन्तु हमें अपनी अतंर्मन की आवाज़ सुनकर निर्णय लेने का समर्थन महाराज ने किया है तब तो सारी बातों पर विचार कर लेना होगा। आर्य संस्कृति हमें क्या अनुमति देती है? इसे भी तो जान लेना होगा भरत," राम ने निर्विकार भाव से कहा।

"आर्य संस्कृति के महा ज्ञाता भी तुम्हारे श्वसुर महाराज जनक से बढ़कर कौन है? राम, क्या तुम जानते हो कि महाराज जनक के महान यशस्वी पिता विदेह माधव ने ही सरस्वती नदी से चलते हुए सदानीरा गंडक के पूर्व में गंगा के उत्तर में भूमि को अग्नि से जलाकर कृषि योग्य बनाया और आर्य संस्कृति को गंडक के पूर्व में पहुँचाकर विदेह राज्य की स्थापना की थी।

अतः मैं इन्हीं से अनुरोध करूँगा कि आर्य संस्कृति की मूल भावना से दोनों पक्ष को अवगत कराएँ ताकि दोनों ही उचित निर्णय ले सकें," वशिष्ठ बोले।

"आर्य संस्कृति में किसी को समाप्त कर अपना विस्तार न कर धर्म विजय से, मूल निवासियों की भावनाओं का आदर करते हुए उनके साथ मिल जाना उन्हें अपने में मिला लेना, बिना किसी भेद-भाव के, बिना व्यक्तियों में भिन्नता करते हुए सबके कल्याण हेतु सबके उत्थान हेतु कार्य करते हुए इस धरा को अधिकाधिक लोगों के सुखमय निवास हेतु तैयार करना ही मानवता का परम उद्देश्य माना गया है," जनक बोले।

"और धर्म की व्याख्या?" जनक की ओर देख कर राम ने पूछा।

"धर्म की व्याख्या बड़ी व्यापक है राम। सच पूछो तो धर्म को राज्यानुकूल होना चाहिए राज्य को धर्मानुकूल नहीं। धर्म राज्य को मार्गदर्शी सिद्धांत देता है जिस पर चलकर राजा को एक लोक कल्याणकारी राज्य की स्थापना करना चाहिए। धर्म राज्य की रक्षा हेतु रहे किन्तु राज्य धर्म की रक्षा हेतु नहीं। धर्म तो व्यापक है, विस्तृत है, इसे अपनी रक्षा हेतु किसी राज्य की आवश्यकता नहीं और यदि धर्म ऐसा करने को राज्य को विवश करता है तो निश्चित ही एक कट्टरवादी, रूढ़िवादी समाज की रचना होगी जो किसी भी राष्ट्र के विकास के लिए उपयुक्त नहीं है," जनक ने स्पष्ट किया।

"तो क्या धर्म की रक्षा व संस्कृति के विस्तार के लिए समर्थ राज्य, सशक्त राजा की आवश्यकता नहीं होगी जो ज्येष्ठ भ्राता के द्वारा ही संभव हो सकेगा," भरत ने जनक से प्रश्न किया।

"न तो धर्म को अपनी रक्षा और नही संस्कृति को विस्तार हेतु किसी राज्य या राजा की आवश्यकता होती है। ये तो दोनों अपनी विशेषताओं के कारण ही स्वीकार किए जा सकते हैं, किसी राजाज्ञा से नहीं। यदि राज्य का हस्तक्षेप होगा तो न ये लोकप्रिय होंगे और न ही सतत," जनक हर शंका का समाधान कर रहे थे।

"तब व्यक्तिगत धर्म क्या है, जो हमें कर्तव्य पालन हेतु मार्गदर्शन दे सके?" राम ने पुनः प्रश्न किया।

"व्यक्तिगत धर्म भी वर्ण, व्यक्ति, राजा प्रजा के लिए पृथक-पृथक हैं। यद्यपि आपद धर्म भी होता है जो आपातकाल में, कठिन परिस्थितियों में एक को दूसरे का धर्म, उच्च या निम्न जैसी भी परिस्थिति हो, मानने की

अनुमति देता है।" जनक ने स्पष्ट किया।

"तब क्या आपद धर्म ज्येष्ठ भ्राता को अनुमति नहीं देता कि बहुमत की, प्रजा की, छोटे भाइयों की आकांक्षाओं का सम्मान करते हुए अयोध्या चलकर अपना राज्य सँभाले," भरत ने विवेचना की।

"अवश्य। आपद धर्म यह अनुमति तो देता है की यदि भरत स्वयं ही अपना अधिकार राजगद्दी से छोड़ने को तैयार हैं तो राम चाहें, इसे स्वीकार कर सकते हैं। इसमें कोई दोष नहीं," जनक बोले।

"अब तो मान जाएँ भैया, सभी चाहते हैं कि आप अयोध्या लौट चलें," शत्रुघ्न ने विनय की।

"भरत का हठ मान लो राम, महाराज जनक ने आपद धर्म की व्याख्या कर तुम्हें धर्मसंकट से निकाल दिया है," गुरु वशिष्ठ ने आशा से कहा।

"गुरुदेव किन्तु मैं महाराज जनक से यह तो जानना चाहूँगा कि आपद धर्म को मानने में या न मानने में श्रेष्ठ क्या है?" राम ने कहा।

"आपद धर्म को, जितना व्यक्ति दृढ़ होगा उतना ही कम मानेगा क्योंकि हर परिस्थिति में व्यक्ति से उच्च आदर्श बनाए रखने की अपेक्षा की जाती है," जनक ने व्याख्या की।

"तो क्या मैं इतना अधम हूँ कि जिस प्रतिज्ञा को पूरी करने में अपने वचनों के पालन में पिता ने प्राण दे दिए मैं चौदह वर्ष वन में रहने से भयभीत होकर वापस अयोध्या लौटकर उनकी कीर्ति मिटा दूँ," राम की वाणी में ओज था।

"किन्तु हम कोसल वासी क्यों एक रानी के अनुचित हठ का दुष्परिणाम भोगें जबकि हम सब आपको राजा के रूप में सिंहासन पर देखना चाहते हैं," साथ आए विशिष्ट जनों में से एक ब्राह्मण जाबालि ने पूछा।

"मेरी माता का कोई अनुचित हठ नहीं था, उन्होंने वही किया जो अपेक्षित था। क्या यह सत्य नहीं कि देवासुर संग्राम में पिता द्वारा माँ कैकेयी को दिए वचनों से पूर्व ही विवाह के समय कैकेय राज ने भी यह शर्त रखी थी कि उनकी पुत्री कैकेयी का पुत्र ही अयोध्या का राजा बनेगा? बोलो गुरुदेव क्या यह सत्य नहीं?" आवेश में आकर राम ने कहा।

"हाँ, राम यह सत्य है और उन्हें दिए सारे वचन पूर्ण हो चुके हैं।

किन्तु अब स्थिति पृथक है। जब स्वयं भरत ही यह चाहते हैं, तो इस पर विचार किया जाना अनुचित नहीं है," वशिष्ठ ने कहा।

"हाँ, भ्राता श्री यदि आप नहीं माने तो मैं भी यहीं हठ लगाए बैठा रहूँगा। तर्कों में तो मैं आपसे नहीं जीत पाऊँगा, अब तो मेरा प्रेम ही है जो यदि आपको विवश नहीं कर पा रहा है तो मैं समझूँगा कि मेरे प्रति आपका स्नेह कम हुआ है। लक्ष्मण मेरे सहोदर, तुम पर तो मुझसे भी अधिक स्नेह है आर्य का, तुम क्यों नहीं समझाते?" भरत ने लक्ष्मण को संकेत कर कहा।

"आप दोनों ही मुझसे बड़े हैं, मैंने तो स्वयं को पूर्ण रूप से बड़े भ्राता की सेवा में समर्पित कर दिया है। इसीलिए स्वयं को मुक्त महसूस करता हूँ, अच्छा बुरा सोचने का परिश्रम ही नहीं करना पड़ता। जैसा बड़े भैया जानें वही सही। यदि ये वन में रहेंगे तो मैं सहर्ष यहाँ रह लूँगा, कभी अयोध्या लौटने हेतु नहीं कहूँगा," लक्ष्मण की बातों में धरा सा धीरज था।

"तो फिर दो भाई ही क्यों रहे वन में? हम चारों क्यों नहीं रह सकते?" शत्रुघ्न से रहा नहीं गया।

"तुमने सत्य कहा शत्रुघ्न। गुरुदेव हम चारों भाई वन में ही रहेंगे। आप माताओं को, अन्य सभी विशिष्ट जनों को अयोध्या ले जाकर हमें अनुग्रहीत करें," भरत ने वशिष्ठ से आग्रह किया।

"भरत हठ छोड़ो तुमने सुना नहीं हमारे पूज्य श्वसुर महाराज ने क्या कहा कि कोसल जैसा महा राज्य आज अस्थिर है, पूरा राजकाज ठप पड़ा है। सारा शासक वर्ग यहाँ वन में दो दिन से है, यात्रा में अनेक दिन व्यर्थ गए वह अलग। अब तो शीघ्र अयोध्या लौटकर शासन सँभालो अन्यथा किसी अनिष्ट की आशंका से प्रजा में व्याकुलता बढ़ेगी," राम ने समझाया।

"भ्राताश्री आप तो सदैव से ही कृपालु थे, करुणामय थे। हम छोटे भाइयों की हर बात आपने मानी। सर्वथा हमारी प्रसन्नता में ही प्रसन्न रहते थे, फिर क्यों आज इतना हठ कर रहे हैं। आप जानते हैं कि आपके रहते मैं राज सिंहासन पर नहीं बैठ सकता। मैं क्या पूरा कोसल, सारी अयोध्या आपको ही राजा मानती है। आप ही राजा हैं, आप ही राजा रहेंगे," भरत का हठ टूट नहीं रहा था।

"ठीक है, तब मैं राज्य लेने को तैयार हूँ किन्तु तुम मुझे वचन दो कि जो मैं कहूँगा उसे तुम बिना कोई तर्क किए मानोगे।"

राम ने कहा तो क्षण भर में सारी सभा में प्रसन्नता की लहर दौड़ गई। हर किसी की मुख मुद्रा एसी थी कि परम संतोष पा लिया हो। सभा स्थल से तनिक हटकर लक्ष्मण की खुली कुटिया में बैठी माताएँ, जो इष्ट को मनाती हुई सभा की हर बात पर ध्यान दे रही थीं, भी गहरी श्वास लेकर ऐसे दिखीं कि कह रही हों, चलो राम मानें तो अब अयोध्या पर आए संकट के बादल हट जाएँगे।

"मैं वचन देता हूँ कि आपकी हर बात बिना तर्क किए मानूँगा यदि आप कोसल के अधिपति बनना स्वीकार करते हैं," पुलकित मन भरत बोले, अपनी बात पूरी होते देख शरीर उत्तेजना से काँप रहा था।

"गुरुदेव, महाराज जनक, अयोध्या के विशिष्ट जन, मेरी माताएँ, मंत्रिगण आप सभी साक्षी हैं कि यदि मैं राजा बनना स्वीकार करता हूँ तो भरत मेरी हर बात, हर शर्त मानेंगे," राम बोले। उनके एक-एक शब्द में ठहराव था, जैसे कोई निर्णय ले चुके हों।

"हाँ, हम सभी साक्षी हैं। अब तुम बताओ क्या शर्त रखते हो भरत के सम्मुख?" समाधान की संभावना से उत्साहित हो वशिष्ठ ने कहा।

"मैं आप सभी के सम्मुख यह घोषणा करता हूँ कि अब से कोसल नरेश का पद स्वीकार करता हूँ और जब तक मेरे वनवास की अवधि पूरी नहीं होती भरत मेरे प्रतिनिधि के रूप में राज्य की व्यवस्था सँभालेंगे। वनवास से लौटने पर मैं संपूर्ण शासन अपने हाथ में लूँगा," राम ने कहा। मुख पर दृढ़ता, भाव निर्विकार, अविचल और वही मंद-मंद मुस्कराहट। संतोष का भाव लिए, देखने वाले को परम विश्राम देने वाली मुख मुद्रा।

"किन्तु यह..." कहना चाहा भरत ने। उधर, कैकेयी ने सुना तो हड़बड़ा कर सभी मर्यादाएँ तोड़ते हुए सभा की ओर दौड़ी। *मुझ कलंकिनी के कृकत्य की क्षमा नहीं, तभी तो राम वनवास पर अड़े हैं।* सभा में पहुँचते ही जनक की वाणी सुनाई दी जो भरत की बात के बीच में ही हस्तक्षेप कर रहे थे।

"नहीं, भरत। अब तुम वचन के बंधन में बँधे हो, कोई तर्क न दो और वैसे भी यह सर्वथा उचित ही होगा, इसका दूरगामी परिणाम सर्वदा हितकारी ही दिखाई देता है। इस प्रकार राम पिता के वचन का मान भी रख सकेंगे और तुम्हें भी राजा के प्रतिनिधि के रूप में राजकाज देखने में कोई धर्म

संकट नहीं होगा और तुम उस ग्लानि से भी मुक्त रहोगे, जो राजा बनकर तुम्हें होती। अब तुम राजाज्ञा मानते हुए अपने कर्तव्य का पालन करोगे, जो राजा के प्रति तुम्हारी निष्ठा प्रदर्शित करेगा और राजा की अनुपस्थिति में सुचारू रूप से राजकाज चलाने में तुम्हारे यश भी बढ़ेगा," जनक बोलते जा रहे थे, सारी सभा उन्हें ध्यानमग्न सुन रही थी, कुछ क्षण चुप्पी के बाद जब यह आभास हो गया कि कोई प्रश्न नहीं कर रहा तो जनक ने पुनः बोलना शुरू किया।

"इसके अतिरिक्त वनवास की अवधि में संभव है राम को अन्य राज्यों से मित्रता अथवा संघर्ष करना पड़े तब अन्य राजाओं से समझौते, संधियाँ, राज्यों पर विजय एक राजा के रूप में ही किए जाना संभव होगा और उन कार्यों की वैधानिकता भी होगी। इसलिए यह उत्तम होगा कि भरत अयोध्या का राजकाज राम के प्रतिनिधि के रूप में देखें और राम एक राजा के रूप में आर्य संस्कृति के विस्तार हेतु वनवास अवधि में कार्य करें।"

"यदि आप निरपेक्ष भाव से इसे उचित मानते हैं तब दोनों ही पक्ष ऐसा स्वीकारें इसी में सबका हित निहित है। आइए, हम सब इस सभा में सांकेतिक रूप से राजदंड देकर राम को अयोध्या का राजा घोषित करें," वशिष्ठ ने कहते हुए ब्राह्मणों को रीति के अनुसार कार्यवाही करने का संकेत किया। विधि अनुसार राम ने राजदंड ग्रहण किया और घोषणा की।

"मैं कोसल नरेश राम आज से वनवास की अवधि पूरी कर अयोध्या वापस आने तक भरत को अपना राज प्रतिनिधि घोषित करता हूँ। यह राजदंड को प्रतीक स्वरूप सिंहासन पर रख कर शासन व्यवस्था देखेंगे," कहते हुए राम ने राजदंड भरत को सौंपा।

"मैं प्रतिनिधि के रूप में अपने राजा की आज्ञाओं को सुनना चाहूँगा," भरत हाथ जोड़कर बोले।

"सुनो भरत जो राजा अपनी प्रजा से राजकर के रूप में पैदावार का छठवाँ भाग लेकर भी उसका पालन पुत्र की भाँति नहीं करता वह अधर्मी कहलाता है। अतः तुम सदैव प्रजा के पालन में इसका ध्यान रखना। राजा का शाब्दिक अर्थ है रंजयति अर्थात जो प्रसन्नता दे, अपनी प्रजा को प्रसन्न रखे। मुझे तुम्हारी योग्यता पर पूरा भरोसा है," राम ने अपनी प्राथमिकताएँ स्पष्ट की।

"मेरी एक विनती है," भरत बोले, "सिंहासन पर तो राजदंड होगा किन्तु आगे पैरदान रिक्त रहेगा, यदि आप अपनी चरण पादुकाएँ मुझे सौंप दें तो उन्हें वहाँ शोभित कर दिया जाए जिससे यह प्रतीत होगा कि आप ही सिंहासन पर विराजमान हैं।"

"एमवस्तु! जो तुम चाहोगे वही होगा," कहते हुए राम ने चरण पादुकाएँ उतार दीं। भरत ने अपने पट से उन्हें पोंछकर बड़े आदर से मस्तिष्क से लगा कर अपने पास रख लीं।

"अब आप सभी से मेरी विनती है कि यथाशीघ्र अयोध्या लौट जाएँ जिससे राज्य की व्यवस्थाएँ पुनः सुचारू रूप से चल सकें। और हाँ, भरत जिस प्रकार राजा प्रजा को प्रसन्न रखता है उसी प्रकार प्रजा का दायित्व है कि राजा को प्रसन्नता दे, राजा को आहत नहीं करे। यदि कोई मेरी माता कैकेयी के लिए कटु वचन कहेगा, उन्हें सम्मान नहीं देगा वह मुझे व्यक्तिगत रूप से दुःख पहुँचाएगा," राम बोले।

कैकेयी ने सुना तो वह आर्तनाद कर उठीं। दोनों माताओं ने कैकेयी को सँभाला किन्तु वे राम की ओर वेग से बढ़कर राम से चिपट गईं। "माँ-माँ," राम ने कहा किन्तु बेसुध सी कैकेयी सिर्फ़ रोए जा रही थीं, शब्द थे कि मुख से निकलते ही नहीं थे।

गुरु वशिष्ठ ने मंत्री सुमन्त्र से तत्काल अयोध्या वापस चलने हेतु तैयारी करने को कहा। राजा जनक तीनों रानियों से जाने की अनुमति ले पुत्री सीता के पास पहुँचे। फिर सीता को स्नेह-आशीष देकर बाहर निकले। वे वशिष्ठ व अन्य विशिष्ट जनों से विदा ले कर चारों भाइयों के पास पहुँचे। महाराज का प्रयोजन समझ चारों उन्हें विदा देने आश्रम के बाहर तक छोड़ने के लिए आए। मिथिला नरेश के विदा होते ही अयोध्या का काफ़िला जाने की तैयारी करने लगा। राम कुछ दूर तक छोड़ने गए। लक्ष्मण ने स्पष्ट कर ही दिया था कि वे सिर्फ़ राम के साथ ही रहेंगे अतः किसी ने उन्हें वापस जाने हेतु विवश नहीं किया। सीता ने तीनों माताओं के चरण छुए, तीनों ने हृदय से लगाकर आशीष दिया।

अयोध्या का काफ़िला चल पड़ा। कुछ दूर चलने के पश्चात राम और लक्ष्मण रुक गए और उन्होंने सभी को विदा दी।

"आपकी ही इच्छा से निर्णय हुआ है बड़े भैया किन्तु स्मरण रहे कि

चौदह वर्ष पश्चात यदि आप अयोध्या वापस नहीं आए, तो मुझे जीवित नहीं पाएँगे," राम से भारी मन के साथ मिले भरत।

"अरे पगले! मैं कहाँ तुम से दूर हूँ," पीठ पर हाथ फेर कर राम ने भरत को सांत्वना दी। शत्रुघ्न को हृदय से चिपटा कर राम बोले, "भैया, भरत के सहायक बनना राज काज में पूरे मनोयोग से उनकी सहायता करना। मैं जानता हूँ कि तुम दोनों के रहते कोसल की ओर कोई कुदृष्टि नहीं डाल सकेगा।"

सभी लोगों ने आँखों में अश्रु लिए हुए राम और लक्ष्मण से विदा ली। दोनों भाई आश्रम में लौट आए। देखा सीता उदास बैठी हैं। तीनों के मन भारी थे। तीन दिन सभी के साथ रहना अच्छा लगा। कर्तव्यपरायण राम तो स्वभाव से ही मोह, ममता जैसी मनुष्य की स्वाभाविक कमज़ोरियों से ऊपर थे, तुरंत सामान्य स्थिति में आ गए। विचार किया कि अब यह स्थान रुकने हेतु उचित नहीं। यहाँ के वनवासी, वन्यजीव आये दिन अयोध्या के निकट होने से संकट में रहेंगे। अतः यहाँ से दूर चलना चाहिए - कहीं और अंदर वन में।

"प्रतीत होता है कि इस रमणीक स्थान को छोड़ने का तुम्हें दुःख हो रहा है सीते," सीता को मुड़-मुड़कर आश्रम स्थल की ओर निहारते देख राम बोले।

"हाँ, आर्य। यह चित्रकूट पर्वत, स्फटिक शिलाओं पर आपके साथ कई प्रहर बैठकर मन्दाकिनी के शांत व स्वच्छ जल को निहारना, भैया लक्ष्मण द्वारा सजाई पर्ण कुटी आदि यह सब बातें कैसे विस्मृत हो पाएँगी और इस स्थान से माताओं की, पिता की, भैया भरत-शत्रुघ्न की स्मृतियाँ भी तो जुड़ी हैं," सीता ने उत्तर दिया।

"भाभी श्री सत्य कह रही हैं, इस मनोरम स्थल को शीघ्र भुलाना कठिन होगा," लक्ष्मण ने भी हाँ में हाँ मिलाई।

"जीवन पथ तो कर्तव्य पथ है, इस पर एक कर्तव्य पूरा होते ही दूसरा खड़ा दिखाई देता है। अतः यही उत्तम है कि बढ़ते चलो, बिना पूर्व की स्मृतियों से चिपके बढ़ते चलो। चरैवेति, चरैवेति।"

"भ्राताश्री आप सा बनने के लिए कई जीवन का अभ्यास भी कम

पड़ेगा। आपके लिए कितना सहज है कि यह सब और मुझ जैसे मनुष्यों के लिए कितना कठिन," लक्ष्मण ने विस्मय से राम की ओर देखते हुए कहा।

तीनों चर्चाओं के साथ बढ़ते जा रहे थे कि मुनि अत्रि का आश्रम आ गया। अत्रि मुनि ने दूर से देखा तो वे अनुसुइया से बोले, "क्या जो मैं देख रहा हूँ तुम भी वही देख रही हो देवी? प्रतीत होता है कि राम-सीता, लक्ष्मण हमारे आश्रम में पधार रहे हैं।"

"स्वामी आप सत्य कह रहे हैं। मुझे भी यही लगता है कि अहा! आज कितना शुभ दिन है, हम दोनों कितने दिनों से राम की प्रतीक्षा में थे," अनुसुइया बाहर दृष्टि गड़ाए बोली।

तभी तीनों आश्रम के द्वार पर आ पहुँचे। मुनि ने शिष्यों को भेज सम्मान सहित अंदर बुलवाया। तीनों ने मुनि व माता अनुसुइया का अभिवादन किया। मुनि ने हाथ-पैर धोने के लिए जल देकर अर्घ्य पाद्यादि से स्वागत पूजन किया।

"मुनि वर आप ऋषि गण क्यों हमारा इतना सत्कार करते हैं जबकि आज जानते हैं कि हम क्षत्रिय कुमार हैं और आप ऋषि-मुनि हमारे पूज्य हैं," राम ने जिज्ञासा प्रकट की।

"प्रथम तो आप राजा हैं, फिर अतिथि और इन दोनों का ही स्वागत हर स्थिति में किया जाना चाहिए यही मुनियों का धर्म है। यह हमारी आर्य संस्कृति की विशेषता है। एक को दूसरे पर श्रेष्ठता सिद्ध करने में अहंकार आने की संभावना होती है। राजा को अपनी सत्ता का, ब्राह्मणों-मुनियों को अपनी विद्वता का अभिमान न हो इसीलिए दोनों को ही एक दूसरे को पूजनीय समझकर सम्मान देने की व्यवस्था की गई है। तभी तो ऋषि-मुनि भी क्षत्रिय राजाओं का सम्मान करते हैं और उन्हें मधुपर्क भेंट करते हैं," अत्रि ने स्पष्ट किया।

"मुनिवर, आप तो अपने तप से त्रिकालदर्शी हो गए हैं। अतः हम पर स्नेह बनाए रखें और हमें रहने योग्य कोई उचित स्थान बताएँ क्योंकि चित्रकूट में रहना अब हमें उचित नहीं जान पड़ता।"

"अवश्य राम। तुमने ठीक ही विचारा, चित्रकूट के आगे दंडक नामक महावन है जिससे कई तपस्वी, ऋषि-मुनि आश्रम बनाकर रहते हैं। यज्ञादि, वैदिक अध्ययन और कर्मानुष्ठान में लिप्त रहते हैं। पूरा दंडकारण्य पवित्र

वेद ध्वनियों से गुंजायमान रहता है। राक्षस और असुर आए दिन उन ऋषि-मुनियों को सताते रहते हैं। तुम वहाँ रहोगे तो उन्हें संबल मिलेगा। आगे शरभंग और सुतीक्ष्ण जैसे ऋषियों के आश्रम हैं, वहाँ जाएँ और ऋषि मुनियों के कष्ट हरें," अत्रि पुलकित हृदय से बोले।

"किन्तु आज तो यहीं ठहरना होगा, अभी तो पुत्री सीता से मैं जी भर बातें भी नहीं कर पाई," अनुसुइया भाव विभोर हो कर बोलीं।

मुनि के आश्रम में तीनों ने रात सानन्द बिताई। भोर में नित्य कर्म, स्नानादि उपरांत राम ने मुनि से विदा ली। अनुसुइया ने सीता को उत्तम वस्त्र भेंट कर हृदय से लगा लिया। तीनों ने चरणों में झुक कर ऋषि दम्पत्ति से आशीष लिया। अत्रि तथा अनुसुइया रुँधे गले द्वार तक छोड़ने आए और विदा दी। 'मंगल हो' का आशीर्वाद दिया।

# 6

राम ने सीता और लक्ष्मण के साथ दंडक वन में प्रवेश किया। तीनों चलते जा रहे थे। रास्ते में स्थान-स्थान पर यज्ञों में काम आने वाली कुशों का ढेर देखा। भिन्न-भिन्न आश्रम, उनमें रहने वाले ऋषि-मुनि वैदिक कर्मकांड, वेदाध्ययन में लीन दिखे। फिर वे शरभंग मुनि के आश्रम में पहुँचे। ऋषि से भेंट की और आशीष लिया। इसके बाद चल पड़े सुतीक्ष्ण के आश्रम की ओर। वे मन्दाकिनी के बहाव को ध्यान में रखते हुए किनारे-किनारे चले। अनेक स्थान पर पवित्र वेद ध्वनि, बलि वैश्वदेव आदि को होते देखा। हरे-भरे वनों से आच्छादित दंडकारण्य अत्यंत मनोहारी प्रतीत होता था। आश्रम वासियों के चीर जगह-जगह फैले थे। पशु-पक्षियों की आवाज़ें, वेद ध्वनियाँ, मंद-मंद बहती वायु, बड़ी झीलें नदियाँ सब मिलकर नयनाभिराम दृश्य प्रस्तुत कर रहे थे।

चलते हुए सीता को थकान होने लगी। लक्ष्मण ने कहा कि कुछ क्षण कहीं ठहर जाते हैं। भाभीश्री को चलने में कष्ट हो रहा है।

"बस, कुछ ही दूरी पर मुनि सुतीक्ष्ण का आश्रम स्थित है। कुछ देर और धैर्य धरो सीते," राम ने कहा।

वे आगे बढ़ते हुए मुनि सुतीक्ष्ण के आश्रम में पहुँच गए। सभी ऋषि गणों ने उपस्थित हो कर राम का स्वागत किया। वृद्ध मुनि सुतीक्ष्ण ने हृदय से लगा लिया राम और लक्ष्मण को।

"आज सब इसी आश्रम में विश्राम करेंगे," कहते हुए मुनि ने शिष्यों को समुचित सत्कार की व्यवस्था करने के निर्देश दिए। शाम को संध्योपासना के पश्चात ऋषि-मुनियों के साथ सभा बैठी। सभा का ध्यान आकृष्ट कर मुनि सुतीक्ष्ण बोले, "आज बड़े सौभाग्य की बात है कि हम मुनियों के मध्य कोसलाधीश श्री राम स्वयं पधारे हैं। हम लोगों ने जब से सुना कि श्रीराम वनवास कर रहे हैं तभी से आशा थी कि कदाचित वे हम दंडकवन के ऋषि-मुनियों की व्यथा सुनने अवश्य आएँगे, और आज वह शुभ घड़ी आ

गई है। आप सभी अपने मन की बातें भय रहित होकर कहें।"

सभा में कुछ क्षण के लिए शांति छा गई। कुछ समय पश्चात... राम सुन रहे थे, ऋषियों ने बोलना शुरू किया।

"हम ऋषि गण आपकी स्तुति करते हुए कहते हैं कि आप वर्णाश्रम धर्म के पालनकर्ता, जनों के रक्षक, महायशस्वी और शासन दंड धारण करने वाले राजा हैं। हे राघव, राजा इस भूस्वर्ग में इंद्र का चतुर्थांश होता है। आप राजा हैं। आपके राज में ऋषि-मुनि मारे जा रहे हैं। पम्पा नदी और मन्दाकिनी के तट पर और चित्रकूट वासी ही अधिक सताए जाते हैं। आप शरणागत वत्सल हैं। हम सब आपकी शरण में हैं। आपको छोड़कर कोई हमारी रक्षा करने वाला पृथ्वी पर नहीं है। अतः आप हमें राक्षसों और असुरों से बचाइए।"

"मैं इस वन में अपने पिता की आज्ञा से आया हूँ। मैं आप लोगों के निमित्त कर्तव्य करना चाहता हूँ। इसलिए आप जहाँ चाहें मुझे भेज दें। आप लोगों का कार्य करने में मुझे प्रसन्नता होगी," राम ने कहा तो सभी ऋषि मुनियों ने सुख पाया।

"राम, हाल ही में रचे गए हमारे अरण्यक शास्त्रों के अनुसार धर्म पूर्वक प्रजा की रक्षा करने वाले राजा को ऋषियों के पुण्यत्व का एक चौथाई भाग मिलता है। अतः आप जैसे प्रतापी पुण्यात्मा राजा को चाहिए कि ऐसे ऋषि-मुनियों की, उनके जीवन और सम्मान की रक्षा करे," सुतीक्ष्ण बोले।

"मैं हाथ उठाकर प्रतिज्ञा करता हूँ कि आप सभी ऋषि गणों की रक्षार्थ ऐसे राक्षस और असुरों का अपने धनुष बाण से वध कर दूँगा जो अत्याचार करेंगे, आपको सताएँगे," राम ने गर्जना की।

"हे राम! आप इक्ष्वाकु वंशी प्रधान, पृथ्वीनाथ और महारथी हैं। जिस प्रकार इंद्र देवताओं के राजा हैं उसी प्रकार आप राजाओं के राजा महाराज हैं। हम शांति पूर्वक यज्ञादि कर्म करने वाले ऋषि-मुनियों को बलशाली असुर तभी तक सताएँगे जब तक वे आपके धनुष की टंकार नहीं सुन लेते," सुतीक्ष्ण ने कहा।

"जिस कार्य को आप मुझे दे रहे हैं मैं वचन देता हूँ कि अपने प्राणों की चिंता किए बिना उसे अवश्य पूर्ण करूँगा," राम ने कहा। फिर वे सुतीक्ष्ण की ओर देखकर बोले, "मुनिवर, मुझे ऋषि शरभंग से ज्ञात हुआ था कि

आप इस महावन में सब स्थानों के जानकार हैं। मैं सभी ऋषि-मुनियों के आश्रम में जाना चाहता हूँ। कृपया मुझे पथ प्रदर्शन दें।"

"अवश्य राम, मैं तुम्हें सभी स्थानों और वहाँ जाने के मार्ग बताऊँगा। अब समय अधिक हो रहा है सभी विश्राम कर लें," कहते हुए सुतीक्ष्ण ने सभा विसर्जित की।

प्रातःकाल उठकर नित्य कर्म से निवृत्त हो राम चलने को उद्धत हुए। सुतीक्ष्ण ने सभी ऋषि-मुनियों और उनके आश्रमों के बारे में विस्तार से वर्णन किया और आग्रह किया कि सभी आश्रमों में रहकर पुनः उनके पास अवश्य आएँ। राम ने वचन दिया, विदा ली और सीता व लक्ष्मण सहित चल दिए।

कुछ दूर चलने पर सीता बोलीं, "आप तपस्वी हैं। आखेट, हिंसा आदि व्यसन त्याग दें। ये एक तपस्वी के लिए अधर्म हैं। कामज व्यसन से मुक्त रहें आर्य। कामज व्यसन तीन होते हैं - पर स्त्री गमन, मिथ्या भाषण और मोह वश बिना बैर दूसरों का वध करना। प्रथम दो से तो आपको पूर्ण परहेज़ है किन्तु तीसरा व्यसन आपको घेर रहा है स्वामी। कहाँ शस्त्र और कहाँ वन, कहाँ क्षत्रिय धर्म और कहाँ तपस्या?"

"सीते, तुम्हारा संशय करना उचित नहीं है। क्षत्रिय शस्त्र धारण इसलिए करते हैं कि किसी दुखी का आर्त स्वर नहीं सुन सकें। किसी निर्बल पर बलशाली अत्याचार न कर सके। चूँकि दंडकारण्य के दुखी ऋषि-मुनि ही स्वयं मेरे पास रक्षा हेतु आए हैं, अतः मेरा राजधर्म है कि उनकी रक्षा की जाए," राम ने स्पष्ट किया।

दण्डकवन में राम, सीता और लक्ष्मण बारी-बारी से सभी मुनियों के आश्रम में गए। किसी के यहाँ एक वर्ष, किसी के यहाँ दो वर्ष, कहीं छः माह, कहीं डेढ़ वर्ष, कहीं तीन माह बिता कर पुनः सुतीक्ष्ण के आश्रम में आ गए। इस प्रकार उनके वनवास के दस वर्ष सानन्द व्यतीत हुए।

सुतीक्ष्ण ने तीनों का स्वागत-सत्कार किया। जिस प्रकार राम ने ऋषियों की वन में रक्षा की थी, उससे उनका यश चहुँओर फैल चुका था।

"राम तुमने जो ऋषियों पर उपकार किए हैं, तुम्हारी कीर्ति अमिट रहेगी," राम को स्नेह वश गले लगाकर सुतीक्ष्ण कहने लगे। "तुमने लम्बी

अवधि तक इस दण्डक वन में जो शांति व सुरक्षा स्थापित की उसी का परिणाम है कि मानव सभ्यता के हितार्थ पवित्र आरण्यक ग्रन्थों की रचना हो सकी।"

"मुनिवर मैंने अगस्त्य मुनि का बड़ा नाम सुना है। प्रत्येक ऋषि-मुनि बड़े आदर से उनके बारे में चर्चा करते हैं। क्या कारण है विप्रवर?" एक दिन सुतीक्ष्ण से एकांत में पूछा राम ने।

"मुनि अगस्त्य की महिमा का बखान जितना किया जाएँ उतना कम है। उन्होंने दक्षिण में आर्य संस्कृति व द्रविड़ सभ्यता का संविलियन धर्म ज्ञान, उपासना की विधियों, संस्कारों के सरलीकरण और धार्मिक उदारता से कराया है। जो असुर व राक्षस विरोध की नीति अपनाते थे, अपने को श्रेष्ठ समझते थे, उन्हें मुनि ने एक योद्धा के रूप में बल प्रयोग से परास्त किया। इसलिए मुनि का आश्रम जहाँ एक ओर योद्धाओं की प्रशिक्षण स्थली बना वहीं धर्म का बड़ा केंद्र भी है। वहाँ देव अर्थात आर्य तथा गरुड़, यक्ष, नाग, गीध, वानर सभी धर्म की आराधना करते हैं, संस्कृत अध्ययन करते हैं। मुनि सभी को संस्कार, धर्म, उपासना, वेद और ब्राह्मणों की शिक्षा देते हैं। वेदों की अनेक ऋचाओं की रचना मुनि द्वारा की गई। दक्षिण दिशा जो क्रूर कर्मा राक्षसों की दिशा थी वह अगस्त्य की कृपा से सभी आर्य व अनार्यों के एक साथ रहने की दिशा बनी। वहाँ राक्षसों ने भी बैर भाव त्याग कर ब्राह्मणों के साथ रहना प्रारम्भ किया और मुनि ने उदारतापूर्वक राक्षसों को भी ब्राह्मणों में स्थान दिलाया," प्रफुल्लित हो सुतीक्ष्ण बोले।

"ब्राह्मणों में स्थान?" राम ने कौतूहलवश पूछा।

"हाँ, राम। द्रविड़ बाहुल्य दक्षिण दिशा में जब मुनि अगस्त्य ने अपना आश्रम स्थापित किया तो देवासुर संग्राम के पश्चात हुए संविलियन के फल स्वरूप उन्होंने अनार्य द्रविड़ों को आर्य वर्ण व्यवस्था में स्थान दिलाया। अनार्य द्रविड़ों को शूद्रों में स्थान देने की परम्परा थी किन्तु मुनि ने पाया कि बहुसंख्यक द्रविड़ यदि वर्ण व्यवस्था में सबसे नीचे सम्मिलित किए जाएँगे तो कालांतर में असंतोष होगा जो भविष्य के लिए संघर्ष का कारण बनेगा। इसीलिए उन्होंने उदारतापूर्वक द्रविड़ों को क्षत्रिय और ब्राह्मणों में स्थान दिलाया। उनकी इस व्यवस्था के प्रति द्रविड़ों में स्वीकारोक्ति भी मिली। राक्षस जो द्रविड़ों में स्वयं को श्रेष्ठ मानते थे व अन्य द्रविड़ जातियों के संरक्षक और शासक वर्ग के रूप में स्वयं को देखते थे। इस संविलियन का सबसे

अधिक विरोध भी उन्हीं के द्वारा दिया जा रहा था इसलिए मुनि अगस्त्य ने अनेक राक्षसों का सूती जनेऊ से उपनयन संस्कार करा कर उन्हें ब्राह्मणों में स्थान दिलाया। अधिकांश राक्षसों ने इसे सहर्ष स्वीकार भी कर लिया," सुतीक्ष्ण बोलते जा रहे थे और राम मंत्रमुग्ध होकर सुन रहे थे।

"अन्य द्रविड़ जातियों का क्या हुआ मुनिवर?" लक्ष्मण ने जानना चाहा।

"अन्य द्रविड़ जातियाँ, जो नवीन अनार्य मिश्रित आर्य संस्कृति को सहज स्वीकार रहे थे, वे भी ब्राह्मण, क्षत्रिय और वैश्य बनाए गए। परिवर्तित जातियाँ अपने नवीन वर्ण, जाति को लेकर अधिक कट्टर होते हैं। इसीलिए नवीन परिवर्तित दक्षिण के ब्राह्मण अधिक कट्टर व कर्मकांडी बने। दक्षिण में अधिकांश द्रविड़ों ने इस उदार व्यवस्था का लाभ लेते हुए स्वयं को ब्राह्मणों में सम्मिलित करा लिया। जो द्रविड़ इस व्यवस्था से सहमत नहीं थे या जिन्होंने इसके प्रति उदासीनता दिखलाई वे आर्य-अनार्य मिश्रित व्यवस्था में वर्ण में तो सम्मिलित किए गए किन्तु उन्हें शूद्रों में स्थान मिला। यही कारण है कि दक्षिण में दो ही वर्ण बहुतायत में हैं, या तो ब्राह्मण या शूद्र। प्रायद्वीप में किए गए मुनि अगस्त्य के महान कार्यों के लिए सदियों तक सभ्यताएँ उनकी आभारी रहेंगी राम," सुतीक्ष्ण ने कहा।

"ऐसे महान ऋषि के दर्शन हेतु जाने की आकांक्षा है मुनिवर," राम ने आग्रह किया।

"अवश्य राम, उत्तम विचार है तुम्हारा। संभव है कि इसी में सबका कल्याण छिपा हो। यहाँ से तुम तीनों दक्षिण पश्चिम की ओर बढ़ना। पवित्र रेवा नदी के किनारे किनारे चलते हुए तुम द्रविड़ों की एक बस्ती में पहुँचोगे जहाँ से रेवा को पार कर विन्ध्याचल की चोटियों के बीच तुम्हें अगस्त्य मुनि के भाई का आश्रम मिलेगा। वहाँ एक रात्रि विश्राम अवश्य कर लेना क्योंकि आगे दो योजन घने वन में चलते हुए तुम मुनि अगस्त्य के आश्रम में पहुँचोगे," सुतीक्ष्ण ने कहा और अवसर जान शिष्यों से सभी के रात्रिकालीन विश्राम की व्यवस्था करने का संकेत किया।

अगली भोर राम ने सीता व लक्ष्मण के साथ अपनी यात्रा प्रारम्भ की। रास्ते में अनेक मेघ तुल्य पर्वत और रमणीक वन थे, रेवा का स्वच्छ निर्मल जल

मन को आनंदित कर रहा था। तीनों वार्तालाप करते हुए आगे बढ़ रहे थे।

"बड़े भैया हमने देखते ही देखते दस वर्ष इन वनों में निकाल दिए और पता भी नहीं चला। यहाँ के ऋषि-मुनियों की तपस्या उनका ज्ञान कितना प्रशंसनीय है, आपके साथ मैंने भी यहाँ इतना कुछ सीखा कि अयोध्या में रहते हुए संभव ही नहीं था," लक्ष्मण रोमांचित थे।

"हाँ, लक्ष्मण। हमने सचमुच समय का सदुपयोग किया और सबसे अधिक सुख पहुँचाने वाली बात यह थी कि तुमने व सीता ने भी वन की जीवन पद्धति, ऋषियों के महान परोपकारी कार्य, समाज के लिए किए जा रहे उनके प्रयास इन सभी को निकट से जाना, उनमें पूरी तन्मयता दिखाई। अकर्मण्य व्यक्तियों की भाँति भाग्य को कोसते हुए हमने अपने वनवास की अवधि नहीं काटी अपितु सानन्द ज्ञान वर्द्धन करते हुए, लोगों के काम आते हुए व्यतीत की। इसका संतोष है," राम कहते जा रहे थे।

"मैं तो कभी-कभी सोचती हूँ कि क्या ये सचमुच में घटित हो रहा है या कोई स्वप्न है? कभी सोचा भी नहीं था कि वन में जीवन इतना जीवंत, इतना सुखद, मन को विश्रांति देने वाला होगा और फिर आप दोनों जैसे धीर वीर पुरुषों के साथ तो हिंसक वन्य जीवों के बीच भी कभी भय नहीं लगता," सीता बोलीं।

"पर सीते तुमने पैदल चलकर पूरे आर्यावर्त की जैसे परिक्रमा करने की ठान ली है। तुम्हें कभी शिकायत करते, थक हार कर बैठते देखने का भी हमें कोई क्षण याद नहीं। सच तो ये है कि हम दोनों भाइयों को भी तुम प्रेरणा देती हो कि क्या स्त्री, क्या पुरुष परिश्रम तो सबके भाग्य में है, क्योंकि जब तक जीवन की एक भी श्वास बाक़ी है परिश्रम से मुँह नहीं मोड़ा जा सकता। यदि कोई इसे बोझ न समझे तो यही आनंद भी देता है।"

"मेरी तो हर थकान आपके मुख पर सदैव विराजमान मंद-मंद मुस्कान देख कर ही दूर हो जाती है, और फिर लक्ष्मण जैसी सेवा करने वाला पुत्र सदृश्य भाई हो तो कौन भला थक सकेगा," सीता परम संतोष से बोलीं।

तीनों चलते-चलते मुनि की बताई द्रविड़ बस्ती के पास आ पहुँचे। बस्ती में अंदर न जाने का राम का प्रण था किन्तु ज्ञात हुआ कि बाहर द्रविड़ों के द्वारा पूजित मातृ देवी का स्थान, जिसे वे माँ तुलजा मंदिर कहते थे, की बड़ी मान्यता थी। जब से आर्य व अनार्यों का मिश्रित धर्म आकार

ले रहा था तब से दोनों एक दूसरे के देव स्थानों को भी अपना मानने लगे थे। इसीलिए माँ तुलजा के मन्दिर में सभी की आस्था थी। राम ने भी सीता लक्ष्मण सहित माँ के दर्शन किए व सकुशल यात्रा की कामना की।

उन्होंने एक रात्रि वहीं विश्राम कर पुनः भोर में यात्रा प्रारम्भ की। आगे बढ़े, रेवा को पार किया और विन्ध्याचल पर्वत की चोटियों के मनोहारी स्थल पहुँचे। चोटियों के मध्य ही अगस्त्य मुनि के भाई का आश्रम था। बिना किसी बाधा के सायंकाल होते-होते तीनों वहाँ पहुँच गए। मुनि ने सत्कार किया व भोजन और रुकने की व्यवस्था की। यह जानकर कि अतिथि अयोध्या नरेश राम हैं, जो अपनी पत्नी सीता और भाई लक्ष्मण के साथ वनवास कर रहे हैं तथा अगस्त्य मुनि के आश्रम में जाना चाहते हैं, मुनि को बड़ा हर्ष हुआ।

रात्रि आनंद पूर्वक सत्संग और विश्राम में निकल गई। प्रातः उठकर दैनिक कृत्य से निवृत्त हो मुनि से ऋषि अगस्त्य के आश्रम की राह पूछी। मुनि ने दो शिष्यों को साथ कर दिया जो आगे आगे चलकर रास्ता दिखाते जाते थे। रास्ते में अनेक रमणीक वन व मेघ तुल्य पर्वत देखे। चार योजन की यात्रा के बाद मनोहर वन में पहुँचे। वहाँ भाँति-भाँति के वृक्षों; साल, तमाल और महुआ के वनों की अधिकता के मध्य सुंदर मैदान में एक मनभावन आश्रम दिखाई दिया जो विस्तृत क्षेत्र में फैला था। निकट पहुँच कर देखा कि चारों तरफ़ कतार में लता व पुष्पों से ढँकी पर्ण कुटीरें बनीं थीं और बीच में मैदान था। युवा और वृद्ध ऋषि-मुनि इधर-उधर आ जा रहे थे। अग्निहोत्र का धुआँ उठ रहा था, वेद ध्वनियाँ सुनाई दे रहीं थीं। एक ऐसा स्थान, जहाँ जीवन ही जीवन चहुँओर दिखाई देता था। आश्रम के द्वार पर पहुँचकर तीनों को बाहर छोड़कर मुनि शिष्यों ने अंदर जाकर ऋषि को उनके आने की सूचना दी।

"क्या कहा अयोध्या पति राम पधारे हैं? मेरे मन में उनसे मिलने की बड़ी अभिलाषा थी। तुम शीघ्रता से उन्हें अंदर लेकर आओ," आसन से उठते हुए अगस्त्य बोले।

शिष्य वेग से गए और तीनों को अंदर लेकर आए। राम ने सीता और लक्ष्मण सहित मुनि अगस्त्य का अभिवादन किया। मुनि का विराट व्यक्तित्व देखकर राम को लगा कि जैसी कल्पना उन्होंने मुनि की छवि की थी, ये तो उससे भी बढ़ कर हैं। उधर, मुनि भी एकटक राम को देखे जा रहे थे।

उन्होंने कितना कुछ राम के बारे में सुना था। जब देखा तो लग रहा था कि वे कितने शांत व कितने दृढ़ हैं, जैसे कोई तपस्वी वर्षों से तप में लीन हो। दोनों एक दूसरे की छवि में खोए थे कि तभी शिष्यों ने सत्कार सामग्री रखी। मुनि ने वैश्वदेव कर अर्घ्य पाद्य, आचमन, पुष्पादि से अतिथियों का पूजन किया।

"मुनिवर, हम आपके दर्शन पाकर कृतार्थ हुए। हमारा पूजन व सत्कार न कर हमें अपनी वंदना करने का अवसर देने की कृपा करें," राम ने हाथ जोड़कर कहा।

"राम, यह तो हमारी संस्कृति में है। जो तपस्वी अतिथियों का पूजन नहीं करता उसे पाप लगता है, और फिर आप तो विशिष्ट अतिथि हैं," अगस्त्य बोले।

"विशिष्ट अतिथि... वह कैसे मुनिनाथ?" राम ने जिज्ञासा प्रकट की।

"एक नहीं कई कारण हैं। प्रथमतः तो आप महान कोसल राज्य के राजा हैं, जो आर्य संस्कृति का सच्चा संवाहक रहा है। द्वितीयतः आप राजा दशरथ के पुत्र हैं, जो मेरे स्नेही रहे हैं और तृतीयतः पिता के वचन रखने जिस प्रकार आपने राज्य तज कर वनवास ग्रहण किया, वन में रहते हुए ऋषि-मुनियों को सुरक्षा व संरक्षण दिया, तपस्वी के साथ-साथ वीर योद्धा के रूप में आपने और आपके भाई लक्ष्मण ने जो दण्डकवन में ऋषि आश्रमों में भय मुक्त वातावरण बनाया, आपकी भार्या सीता ने जो पतिव्रता का आदर्श स्थापित किया वह निःसंदेह मनुष्य जाति के लिए प्रेरणादायक है," मन्त्र मुग्ध से अगस्त्य बोलते जा रहे थे।

"मैं अपने को धन्य समझता हूँ कि आप जैसा वरदाता मेरे, मेरी पत्नी व मेरे भाई के गुणों से संतुष्ट है। मैंने भी आपके महान कृत्यों के संबंध में दण्डकवन के अनेक ऋषियों व मुनि सुतीक्ष्ण से सुना है और आज आपके समक्ष पाकर मैं स्वयं को गौरवान्वित मानता हूँ," राम ने कहा।

"राम तुमको यहाँ पाकर समस्त ऋषिगण अति प्रसन्न हैं। तुम क्षत्रिय कुमार होने के नाते न सिर्फ़ एक अप्रतिम योद्धा हो अपितु एक महान तपस्वी भी हो। एक महान राजा हो, तो वैभव में रहकर भी निर्लिप्त रहने वाले एक सच्चे वैरागी भी हो।"

"मुनिवर, जिनको आप-सा गुरु मिला हो उन ऋषियों को किसी और

की प्रशंसा करने की आवश्यकता ही नहीं। हम भी यहाँ आपका स्नेह प्राप्त करने आए हैं।"

"राम रास्ते की थकान होगी, विश्राम करें। हम कल चर्चा करेंगे," अगस्त्य ने कहा और शिष्यों को भोजन और विश्राम की व्यवस्था करने हेतु निर्देश दिए। सारा आश्रम ही जैसे राम के सत्कार में जुटा था।

दूसरे दिवस अगस्त्य मुनि ने राम व लक्ष्मण को आश्रम का भ्रमण कराया। आश्रम बहुत बड़े भू-भाग में फैला था। उसमें पर्ण कुटियों के बीच एक साफ़ सुथरा बड़ा मैदान था जिसके चारों तरफ़ यज्ञशाला की वेदियाँ बनीं थीं। अनेक मुनि यज्ञ कर्म में तल्लीन थे। वेद ध्वनियाँ पूरे वातावरण को गुंजायमान किए थीं। आगे बढ़कर राम व लक्ष्मण ने बड़ा आयुध भंडार देखा और उसी के पास देखा आयुध निर्माण में लगे मनुष्यों को। धनुष बाण, तलवार, त्रिशूल, भाला, गदा जैसे भिन्न-भिन्न आयुधों का निर्माण किया जा रहा था। हाल ही में खोजी गई लौह धातु से परिष्कृत और पैनी धार वाले शस्त्र बनाए जा रहे थे। इन्हें दोनों भाइयों ने भी पहली बार ही देखा था।

पास में पृथक से बने मैदान पर शस्त्र विद्या प्रदान की जा रही थी। अनेक युवा कुछ तपस्वी वेश में और कुछ सादा वस्त्रों में युद्धाभ्यास में संलग्न थे। किसी के कंधे पर सूती जनेऊ था और कोई मूँज जनेऊ धारण किए हुए था किन्तु उपनयन संस्कार से सभी संस्कारित थे।

"मुनिवर, इतना बड़ा आयुध भंडार, आयुध निर्माण कारख़ाना और युद्धाभ्यास यह सब आश्रम में! यहाँ क्या इन सबका काम?" राम ने आश्चर्य से पूछा।

"राम शक्ति ही है जो शांति स्थापित करती है। बल ही है जो एकता, भ्रातृत्व देता है, समृद्धि और सुरक्षा देता है। वह बल ही है जो मर्यादाओं की रक्षा करता है। बल ही सम्मान दिलाता है, बल ही आस्तित्व है। बलहीन की कौन सुनता है? कौन मानता है? इसलिए यदि शांति, सुरक्षा और समृद्धि चाहिए तो युद्ध के लिए तैयारी सदैव पूर्ण होनी चाहिए। यह मान्यता कि ऋषि, मुनि तो मात्र वेदाध्ययन, यज्ञ, उपासना, अग्निहोत्र हेतु होते हैं, उचित नहीं है। ऋषि मुनियों को भी न्याय, धर्म, सदाचार की स्थापना हेतु यदि आवश्यक है तो अन्याय, अत्याचार को परास्त करने हेतु सदैव तत्पर रहना चाहिए। तभी सम्यक उद्देश्य की प्राप्ति हो सकेगी," अगस्त्य मुनि बोले।

"तो क्या इन आयुधों का उपयोग आश्रम में ही होता है या बाहर भी भेजे जाते हैं?" लक्ष्मण ने जिज्ञासावश पूछा।

"प्रथमतः तो यह सुनिश्चित किया जाता है कि पात्र व योग्य व्यक्तियों को ही इनका प्रशिक्षण मिले। द्वितीयतः इनका उपयोग निर्बलों को सताने में नहीं अपितु अहंकारी, अत्याचारी बलवानों से निर्बल असहाय लोगों की रक्षार्थ बाहर भी किया जाता है," मुनि ने स्पष्ट किया।

वार्तालाप करते हुए सभी आगे बढ़े। पेड़ों के झुरमुट के बीच कुछ कुटियाँ बनी थीं, जिनकी एक अलग चौहद्दी थी। पास जाने पर राम ने देखा कि बहुत सारे द्रविड़ और राक्षस उसमें घूम रहे थे। कुछ संस्कृत का पाठ कर रहे थे। कोई यज्ञ वेदी पर ऋचाओं का गान कर रहा था।

"मुनिवर ये राक्षस गण हैं। इनका यहाँ क्या काम?" राम ने उत्सुकतावश पूछा।

"यद्यपि इस आश्रम में हमने सभी को धर्म का अध्ययन, वेदों की ऋचाओं, संस्कृत आदि का पाठ कराया है। इसके तहत देव अर्थात आर्यों के अतिरिक्त अनार्य राक्षस, असुर, यक्ष, गरुण, वानर, नाग, गीध सभी को शिक्षा दी जाती है किन्तु ये जो तुम देख रहे हो ये राक्षस नहीं अपितु राक्षस वेश धरे आश्रम के मुनिगण हैं," मुनि ने रहस्योद्घाटन किया।

"राक्षस वेश धारी मुनिगण? इसकी क्या आवश्यकता थी महात्मा?" लक्ष्मण से रहा नहीं गया।

"वास्तव में यह विद्या मैंने राक्षसों से ही सीखी है। अधिकांश द्रविड़ तो स्वेछा से धर्म, शास्त्र आदि का अध्ययन करने आते थे, कुछ राक्षस भी सहज रूप से सीखने आते थे। द्रविड़ों में अन्य जातियाँ तो पूरी तरह हमारे साथ घुल-मिल रही हैं किन्तु राक्षस अभी भी अपनी श्रेष्ठता के दंभ के कारण हमारा विरोध करते हैं। उन्हीं में से इल्वल व वातापि जैसे कुछ राक्षस ब्राह्मणों का वेश धरकर हमारे बीच रहे। यद्यपि हमने तो स्वयं ही द्रविड़ों को भी ब्राह्मणों में सम्मिलित कर उन्हें शिक्षा दी। किन्तु छल से ब्राह्मण रूप धरकर इन दोनों ने वे सारी विद्याएँ भी सीख लीं जो परिवर्तित ब्राह्मणों को नहीं दी जा रही थीं। ज्ञान अर्जन बुरा नहीं किन्तु छल से सीखने का अर्थ तो यही था कि जिससे सीखा कालान्तर में उसी के विरुद्ध उपयोग किया जाए। यही विचार कर हमने भी कुछ मुनियों को राक्षस वेश में भेजकर राक्षसों,

विशेषकर जितने भी दक्षिण के सुदूर दक्षिण के राक्षस राजा हैं उनके यहाँ सेना में, दरबार में सम्मिलित कराया। इसी उद्देश्य की पूर्ति के लिए मुनियों की एक पृथक इकाई बनाई जो राक्षसों के प्रत्येक व्यवहार का अध्ययन करते हैं। उनके जैसे मायावी बनकर भिन्न-भिन्न वेश धरने की कला सीखते हैं, उनके अस्त्र-शस्त्र चलाना सीखते हैं और प्रशिक्षण उपरांत राक्षस राजाओं के यहाँ स्वयं को स्थापित कर हमारे गुप्तचरों के रूप में कार्य करते हैं," अगस्त्य मुनि ने वर्णन किया।

आगे चलकर दोनों भाइयों ने देखा कि एक अपेक्षाकृत शांत स्थान पर कुछ ऋषि इस प्रकार ध्यान मग्न बैठे हैं कि पास आए लोगों की पदचाप से भी वे अनभिज्ञ बने रहे।

"महात्मा ये ऋषिगण ध्यान में इतने तल्लीन हैं कि आसपास के कार्य-कलापों से अप्रभावित हैं, यह कैसे संभव है?" राम ने आश्चर्य से पूछा।

"ये ऋषि गण कठोर तप साधना से कुंडलिनी जागरण कर रहे हैं।"

"कुंडलिनी जागरण, यह क्या है मुनिनाथ?" राम व लक्ष्मण ने एक साथ जिज्ञासा प्रकट की।

"राम, लक्ष्मण तुम दोनों को ही ज्ञात होगा कि हमारे शरीर में पीछे रीढ़ होती है जिसके सहारे ही शरीर सीधा रह पाता है। इसी रीढ़ के साथ-साथ शरीर की सबसे महत्त्वपूर्ण नाड़ी जिसे सुषुम्ना कहते हैं, गुज़रती है। सुषुम्ना नाड़ी के विभिन्न बिन्दुओं पर छः चक्र होते हैं। सुषुम्ना के सबसे ऊपरी भाग पर सहस्रार चक्र होता है। यही शरीर का सबसे शक्तिशाली बिंदु है जिसे कमल स्वरूप माना गया है। सबसे निचले चक्र पर जननांगों के पीछे कुंडलिनी होती है जो प्रायः सुसुप्त अवस्था में रहती है। योग क्रियाओं से ऋषि-मुनि इसे जागृत करते है और जागृत होते ही यह नीचे से ऊपर की ओर चलती है। सभी छः चक्रों से गुज़र कर ऊपर सहस्रार चक्र तक पहुँचती है। जो योगी अपनी कुंडलिनी को जागृत कर ऊपर तक उठा देते हैं वे आध्यात्मिक रूप से शक्तिमान हो जाते हैं और सहस्रार से कुंडलिनी का गठबंधन उन्हें महामानव बना देता है," अगस्त्य मुनि एक से एक रहस्य बताते जा रहे थे।

"क्या सचमुच यह संभव है? क्या इसीलिए ऋषि-मुनि साधारण मानुषों से अधिक ऊर्जावान ज्ञानी और शक्तिमान होते हैं?" कौतुहलवश राम ने पूछा।

"हाँ, राम। महा योगी तभी तो लम्बी अवधि तक श्वासों को रोक

सकते हैं, अपनी धड़कनों को भी नियंत्रित कर लेते हैं। अति ताप और अति शीत में लम्बी अवधि तक रहकर भी पूर्ण स्वस्थ रह सकते हैं। बिना कोई अन्न जल ग्रहण किए कई दिवस के उपवास में भी शरीर को निरोगी बनाए रख सकते हैं। धैर्य और संयम की पराकाष्ठा पर पहुँचकर त्रिलोकदर्शी बन जाते हैं। तप और योग में बड़ी शक्ति है राम," मंत्र मुग्ध से अगस्त्य बोले।

मुनि के आश्रम में पृथक-पृथक विभाग और उनकी पृथक-पृथक व्यवस्थाएँ देख कर राम और लक्ष्मण विस्मित हो गए। मुनि एक-एक का विवरण देते जा रहे थे और दोनों ध्यानपूर्वक सुनते जा रहे थे। उन्होंने आगे बढ़कर आश्रम की भूमि पर बना मनोहर जलाशय देखा जिसमें विभिन्न पक्षी क्रीड़ा कर रहे थे। जलाशय के उत्तर की ओर बड़ा चबूतरा था जिस पर ब्रह्मा, अग्नि, विष्णु, इंद्र, सूर्य, चंद्र, कुबेर, यम, वायु, नागराज, स्कन्द कार्तिकेय, गायत्री आदि के स्थान व मन्दिर बने थे।

अगस्त्य मुनि दोनों भ्राताओं को देव स्थल पर ले गए। शिष्यों को भेज कर सीता को भी वहीं बुलवा लिया। मुनिवर सभी देव स्थलों के दर्शन राम, सीता और लक्ष्मण को करा रहे थे और साथ में सभी का वर्णन करते हुए उसका महत्त्व भी बतला रहे थे। देवस्थान की व्यवस्था हेतु पृथक से मुनियों का समूह था जो बारी-बारी से देखभाल करता था।

पूरे आश्रम का भ्रमण कराकर मुनि तीनों के साथ वापस कुटिया की और चले। तीनों ने मुनि की कुटिया के पास एक विशाल कक्ष, जो चारों तरफ़ से खुला किन्तु जिसकी छत ढँकी हुई, देखा। कक्ष में अनेक मुनि कतारबद्ध बैठकर संस्कृत में वेदों की ऋचाओं का पाठ कर रहे थे।

"ये पृथक से क्या जोर-जोर से उच्चारण कर रहे हैं मुनिश्री?" लक्ष्मण ने जिज्ञासा वश पूछा।

"ये वेदों की ऋचाओं का अभ्यास कर रहे हैं लक्ष्मण। वेदों की ऋचाएँ हर आश्रम में तुमने सुनी होंगी। ये श्रुति स्वरूप में हैं यद्यपि लिपि का हमने निर्माण हाल ही में कर लिया है किन्तु वेदों को लिपिबद्ध करना वर्जित है। ऋषि देवताओं के निमित्त अपनी ऋचाएँ निर्मित करते हैं तो कुछ दूसरों द्वारा बनाई गई ऋचाओं का अभ्यास कराते हैं। यद्यपि देव व उनके गुणों की विशेषताएँ समान होती हैं किन्तु ऋचाएँ पृथक-पृथक होती हैं। जैसे : सभी ऋषि-मुनि इंद्र, अग्नि, सोम, सूर्य, वरुण, मित्र, रुद्र आदि के संबंध

में ऋचाएँ गाते हैं जो पृथक-पृथक होती हैं किन्तु देवताओं के गुणों का वर्णन समान होता है। अभी तक तुमने विश्वामित्र, अत्रि आदि ऋषियों की गायन की गईं ऋचाएँ सुनी होंगी। यहाँ देवों के गुणों के गान की हमने भी पृथक ऋचाएँ निर्मित की हैं जिनका ये मुनि गण अभ्यास कर रहे हैं। यज्ञ के समय, बलि देते समय, हवि अर्पण करते समय इस ऋचाओं को गाया जाता है।"

विशाल कक्ष से चबूतरा लगा हुआ था। उस पर उपनयन संस्कार की विधियाँ की जा रही थीं। बटुकों को सूती जनेऊ पहनाकर ब्राह्मणों में सम्मिलित किया जा रहा था। पुरोहित मंत्रोच्चारण कर रहे थे।

"यहाँ क्या ब्राह्मणों का ही उपनयन होता है?" राम ने पूछा।

"आश्रम में अन्य स्थानों पर क्षत्रिय और वैश्य के भी उपनयन संस्कार किए जाते हैं। क्षत्रियों को मूँज जनेऊ और वैश्यों को ऊनी जनेऊ पहनाए जाते हैं। अनार्यों को भी आर्यों में सम्मिलित करने की प्रक्रिया में उपनयन संस्कार की ही मान्यता है। विभेद मिटाने हेतु यह सुनिश्चित किया गया कि बिना उपनयन संस्कार किसी को भी आर्यों में सम्मिलित नहीं माना जाएगा चाहे वह आर्य पुत्र ही क्यों न हो। शूद्रों का उपनयन वर्जित है इसीलिए शूद्रों को आर्य नहीं माना जाता," चर्चा करते हुए मुनि सभी को अपनी कुटिया में ले आए।

सायं काल में संध्योपासन के पश्चात अन्य मुख्य ऋषिगण भी मुनि की कुटिया पर एकत्र हुए। सायं धीरे-धीरे रात्रि का रूप ले रही थी। शिष्यों ने प्रकाश की व्यवस्था की। मुनि की कुटिया में कई कक्ष थे। उपासना व अध्ययन के अतिरिक्त एक बड़ा कक्ष सत्संग हेतु भी था, उसी में मुनि ने सबको बिठाया। राम, सीता और लक्ष्मण के आने के पश्चात दो दिन से आश्रम की रौनक ही बढ़ गई थी। हर कोई तेजवान प्रतापी कोसलाधीश का अधिक से अधिक सानिध्य चाहता था। लक्ष्मण की भ्रातृ भक्ति, सीता क पतिव्रता धर्म सभी में चर्चा के विषय थे।

"जब तक भोजन की व्यवस्था हो रही है कुछ क्षण सत्संग का आनंद लिया जाए। आप सभी आसन पर विराजें। कहो राम, आश्रम की व्यवस्थाएँ

कैसी लगीं?" कहते हुए मुनि ने राम, सीता और लक्ष्मण को अपने पास बिठाया।

"मुनिवर, इतनी बड़ी स्थापना और इतना वैज्ञानिक प्रबंधन! सचमुच आप जैसे महान ऋषि का ही प्रबल प्रताप है यह सब।"

"नहीं राम, यह सब हमारे योग्य शिष्यों, मुनियों का परिश्रम है।"

"मुनिवर, मैं देव स्थानों के संबंध में जानने की जिज्ञासा रखता हूँ। आपने देव स्थान मंदिर की तरह बनवाए हैं जबकि मूर्ति पूजा तो हम आर्यों की उपासना पद्धति नहीं है।"

"हाँ, राम सत्य है। यह मूर्ति पूजा हमने द्रविड़ों से सीखी है। मूर्ति पूजा अथवा प्रतीक पूजा इनके यहाँ प्रचलित थी जो संविलियन उपरांत हम आर्यों ने भी अपनाई। यह भी पाया गया है कि उपासना की सरल पद्धति होने से यह आर्यों में तेज़ी से लोकप्रिय हो रही है।"

"आपके देव स्थान में दो देवों का, जिनमें से एक को आपने स्कन्द कार्तिकेय और दूसरे को नागराज कहा था, क्या विवरण है मुनिनाथ?" लक्ष्मण ने उत्सुकता से पूछा।

"प्रायद्वीप के द्रविड़ स्कन्द कार्तिकेय की उपासना करते हैं और इस जनस्थान से लगे हुए क्षेत्र में नाग शासकों का राज्य है। इनका प्रतीक नाग है और जिसकी पूजा इनके द्वारा की जाती है।"

"क्या यह सत्य नहीं मुनिश्री कि उपनयन संस्कार एवं मूर्ति पूजा ये दो महत्त्वपूर्ण कारक हैं जिनकी आर्य-अनार्य एकीकरण में महत्त्वपूर्ण भूमिका है?" राम बोले।

"हाँ, राम। तुमने उचित अनुमान लगाया है जिस प्रकार अनार्यों ने सहर्ष उपनयन संस्कार को अपनाकर स्वयं को आर्यों में सम्मिलित किया है उसी प्रकार आर्यों ने भी अनार्यों के सभी प्रमुख देवताओं को पूजनीय स्वीकारा है। दोनों के बढ़ रहे आपसी मेलजोल का ही परिणाम है कि हम एक दूसरे के देवों की आराधना करने लगे हैं और संविलियन उपरांत आर्य-अनार्य धर्मों के मिश्रण से एक नवीन धर्म, जिसे हिन्दू धर्म नाम दिया गया है, आकार लेने लगा है। इसमें ब्रह्मा, विष्णु और महेश यानि शिव त्रिमूर्ति रूप में प्रधान देवता बने," मुनि रहस्यों से पर्दा हटाते जा रहे थे।

"हिन्दू धर्म?" राम ने चकित हो पूछा।

"हाँ, राम। यह आर्य व अनार्य संस्कृति के मिश्रण उपरांत बना धर्म है। हिन्दू अर्थात सिन्धु पार देश के सभी निवासी क्योंकि सुदूर उत्तर पश्चिम से आने वाले विदेशी सिन्धु नदी का हिन्दू नदी ही उच्चारण करते हैं। यह हिन्दू धर्म जितना आर्यों का है उतना ही अनार्यों का भी है। इस हिन्दू धर्म में आर्य निर्मित वर्ण व्यवस्था को नवीन जाति व्यवस्था के रूप में लिया गया है।"

"वर्ण व्यवस्था और जाति व्यवस्था में क्या भेद है महात्मा?" लक्ष्मण ने जानना चाहा।

"वर्ण का अर्थ है रंग, जो त्वचा के रंग से संबंधित है। इसी के आधार पर आर्यों ने पूर्वकाल में वर्ण व्यवस्था बनाई। जब आर्यों ने सम्पूर्ण आर्यावर्त में अपना प्रभुत्व स्थापित किया तब यहाँ के मूल निवासियों, जिनमें द्रविड़ और अन्य जंगली जातियाँ थीं, को भी वर्ण में सम्मिलित कर व्यवस्था के निचले पायदान पर शूद्रों में स्थान दिया। कालान्तर में जब आर्य-अनार्य संविलियन हुआ तो पाया गया कि यदि वर्ण के आधार पर ही विभाजन होगा तो मूल द्रविड़ और जंगली जातियाँ जो गहरे रंग की त्वचा वाले थे सदैव ही निम्न वर्ण अर्थात शूद्रों में रहेंगे जबकि समय की माँग थी कि वर्ण व्यवस्था को उदार बनाया जाए और अधिसंख्यक अनार्यों को भी ब्राह्मण, क्षत्रिय और वैश्यों में स्थान दिया जाए," मुनि बोलते जा रहे थे और सभी ध्यान से सुन रहे थे।

एक क्षण के मौन के पश्चात मुनि पुनः राम की ओर रुख कर बोले, "यही कारण है कि वर्ण व्यवस्था अपने नवीन अर्थ में जाति व्यवस्था के रूप में प्रकट हुई जिसमें ब्राह्मण, क्षत्रिय, वैश्य और शूद्र चार प्रमुख जातियाँ बनीं। सुविधानुसार गोरी और गहरी त्वचा के लोग एक साथ एक ही जाति में सम्मिलित किए गए। इसीलिए तुम पाओगे कि राम कि दक्षिण दिशा के ब्राह्मण गहरी रंग त्वचा के हैं, किन्तु ब्राह्मण हैं, क्योंकि उन्हें उदारता पूर्वक द्रविड़ों से ब्राह्मणों में सम्मिलित किया गया और आश्चर्य की बात तो यह है कि ये नवीन ब्राह्मण मूल आर्य ब्राह्मणों से अधिक रूढ़िवादी, कर्मकांडी और कट्टर हैं।"

"प्रायद्वीप के अधिकांश लोग तो द्रविड़ थे। फिर आपने कैसे इतने बड़े बहुमत को आर्यों के साथ एकाकार करा दिया?" राम ने पूछा।

"राम यह सभ्यताओं का मिलन तो सदैव से ही होता रहा है। जब

भी दो सभ्यताएँ मिलती हैं तो इनमें एक गुरु और दूसरी लघु होती है। गुरु अर्थात बड़े को बड़े भ्राता और लघु को लघु भ्राता के समान एक दूसरे को देखना चाहिए, न कि उच्च एवं निम्न की तरह, तभी दो एक हो सकते हैं। मन से, वचन से और कर्म से दोनों एक दूसरे को अपना लें तो संविलियन इतना स्थाई व प्रभावी होता है कि लगता ही नहीं है इनमें कौन, कब किस स्तर पर अलग था। व्यवहार में पारदर्शिता हो; धर्म, दर्शन और विद्यादान सभी में एक दूसरे के साथ ऐसे मिल जाएँ, जैसे दूध और पानी मिल जाते हैं। जिस प्रकार पानी दूध के साथ मिलकर अपना अस्तित्व मिटा देता है वैसे ही छोटा बड़े के साथ मिलकर स्वयं को आस्तित्व हीन बना देता है। किन्तु जिस प्रकार दूध अपने में समाहित पानी को दूध का महत्त्व दिलाता है ठीक उसी तरह बड़े को छोटे का महत्त्व स्थापित करना चाहिए। अन्यथा दोनों मिलकर भी एक दूसरे पर अपनी श्रेष्ठता प्रदर्शित करते रहेंगे तो कभी पूरे हृदय से एक नहीं हो पाएँगे। कहीं न कहीं अलगाव दिखेगा जैसा कि द्रविड़ों के इतिहास से हमें देखने को मिलता है।”

“द्रविड़ों का इतिहास...?” लक्ष्मण ने चौंकते हुए पूछा।

“हाँ, कुमार। जैसे आर्यों ने द्रविड़ों से मिलकर हिन्दू धर्म बनाया है वैसे ही द्रविड़ों का भी इतिहास है। बहुत पहले जिसे हम आर्यावर्त, जम्बूद्वीप की तरह जानते हैं उन सभी स्थानों पर जंगली कबीले थे जो पहाड़ी स्थानों पर वास करते थे। ये जंगली पहाड़ी कबीलों के लोग सपाट नाक और मोटे होंठ वाले लोग थे, जैसे वानर जाति के लोग हैं। कालान्तर में यहाँ कुछ विकसित सभ्यता के लोग आए जो चौड़े सिर व सँकरी नाक के थे, किन्तु तुलनात्मक रूप से विकसित लोग थे। ये दोनों ही गहरे रंग की त्वचा, भारी शरीर, औसत क़द के व्यक्ति थे।”

“इनमें बाद वाले लोगों ने सम्पूर्ण क्षेत्र को ढँक लिया और कालान्तर में बाद वालों ने पहले वाले लोगों के साथ मिलकर द्रविड़ सभ्यता का निर्माण किया। नई नस्लें बनीं। चूँकि बाद में आए व्यक्ति अपने साथ सभ्यता के तत्व लाए थे जिनमें पूर्व के जंगली पहाड़ी लोग अनभिज्ञ थे, इसलिए इन्होंने सदैव अपने प्रभुत्व की माँग की और दोनों सभ्यताओं के एक होने पर भी बाद वाले पहले वालों से खुद को श्रेष्ठ ही मानते रहे,” मुनि बोले।

“तब तो दोनों में संघर्ष विराम संभव ही नहीं हुआ होगा,” राम ने कहा।

"हाँ, राम। कुछ द्रविड़ जातियाँ, जिनमें राक्षस प्रमुख हैं, स्वयं को उच्च समझते हैं और मूल जंगली पहाड़ी कबीलों के वानर, किन्नर, नाग व यक्ष को अपने से छोटा समझते हैं। राक्षस राज रावण ने नागराज वासुकि को हराया, यक्ष राजा कुबेर को परास्त कर उसकी लंका नगरी व राज्य छीन लिया और तक्षकराज की पत्नी का हरण कर लिया। राक्षसों के इस अभिमान पूर्ण कार्यवाही के कारण द्रविड़ कभी भी एक नहीं हो पाए हैं। अन्य द्रविड़ों का अपमान, उनके राज्य छीन लेना और उनकी स्त्रियों का हरण कर उनसे राक्षस विवाह करना द्रविड़ राक्षसों की विशेषता बन गई है।"

"राक्षस विवाह... यह क्या है गुरुदेव?" लक्ष्मण ने जिज्ञासा प्रकट की।

"राक्षसों ने अपनी विलासिता को विधि मान्य बनाने हेतु राक्षस विवाह का आविष्कार किया है। इसके तहत किसी भी स्त्री का बलात् हरण कर उसे अपने भोग विलास हेतु उपयोग करने का अधिकार उन्हें प्राप्त होता है और इसे वे राक्षस विवाह का नाम दे देते हैं। उन राक्षसों की स्वेच्छाचारिता और दर्पपूर्ण गतिविधियों, ऊँच-नीच की भावना के कारण कभी भी द्रविड़ों में सम्पूर्ण एकीकरण नहीं हो पाया है," मुनि बोले।

"मुनिनाथ तब किस आदर्श स्थिति का पालन करना चाहिए जिससे आर्य-अनार्य संविलियन में ऐसी त्रुटि नहीं हो?" राम बोले।

"राम, चूँकि नवीन संविलियन में आर्य बड़े भाई की भूमिका में हैं इसलिए सबसे अधिक उत्तरदायित्व आर्यों का ही है कि वे अनार्यों को पूरे हृदय से अपनाएँ। सभी अनार्य राजा, जिनमें राक्षस भी सम्मिलित हैं, आर्यों के साथ पूरे मन से मिलें।"

"सच ही कहा था कि दंडकारण्य में ऋषियों ने कि दक्षिण दिशा अगस्त्य की दिशा कहलाती है। आपको दो दिवस में निकटता से देखने पर समझ में आया कि कितना महान कार्य किया है आपने यहाँ। किन्तु मुनिवर एक बात मेरी समझ से परे है कि आपने आर्य देवताओं के साथ अनार्य देवता नागराज, स्कन्द, यक्ष राज कुबेर आदि को तो पूजा स्थल में स्थान दिया है किन्तु अनार्यों के सबसे बड़े देवता शिव का स्थान नहीं है।"

"राम मैं जानता था कि तुम्हारी जिज्ञासा इस बावत होगी। यह सत्य है कि शिव ही द्रविड़ों के सबसे बड़े देवता हैं और संविलियन उपरांत आर्यों ने भी उन्हें अपना प्रमुख देवता माना है। अनार्यों द्वारा ही बनाए गए शिव

स्थानों पर हम उनका पूजन भी करते हैं। किन्तु अभी तक किसी आर्य द्वारा शिव लिंग की स्थापना नहीं की गई है। जैसा कि तुम जानते हो द्रविड़ अपने कार्यों को लेकर बड़े संरक्षित विचारों के हैं। चूँकि एकीकरण अभी शैशवावस्था में है और अति उत्साह में किया गया तनिक भी ऐसा प्रयास जो अनार्यों को स्वीकार न हो अथवा उनके पूर्ण समर्थन के बिना किया जाए तो वे असंतुष्ट होंगे। यह भावना बनेगी कि आर्य अपने प्रभुत्व को उन पर स्थापित करना चाहते हैं। इसलिए पग-पग सावधानी पूर्वक चलना है क्योंकि वे शंकित रहते हैं हमारे द्वारा किए गए हर कार्य से, जैसा कि छोटों का बड़ों के प्रति होना स्वाभाविक है। किन्तु यह भी सत्य है राम कि जब तक अनार्य समर्थन से आर्यों द्वारा सार्वजनिक रूप से शिवलिंग स्थापित नहीं होता तब तक एकीकरण शैशवावस्था से युवावस्था में नहीं पहुँचेगा। किन्तु ऋषि-मुनियों के स्थान पर किसी आर्य राजा द्वारा इसे किया जाए, तो अधिक प्रभावी होगा।"

"आर्य राजा द्वारा किए जाने से आपका क्या आशय है मुनिनाथ?"

"राम यह धार्मिक के साथ-साथ राजनीतिक निर्णय भी है। राजा अपने बल से, पौरुष से विपक्ष को परास्त करता है और पराजित लोग विजेता के नियन्त्रण में आ जाते हैं। किन्तु शत्रुता का भाव सदैव दोनों पक्षों में बना रहता है। अवसर पाकर पराजित वर्ग विजेता को हत कर सकता है। इसलिए यह आवश्यक है कि बहुसंख्यक द्रविड़ों को न सिर्फ़ युद्ध में जीता जाए अपितु उनका हृदय भी जीता जाए, यही एक महान राजा के गुण हैं। यह तभी संभव है जब विजेता लोग पराजितों की भावनाओं का सम्मान करते हुए उनके अनुकूल व्यहार करें। इस हेतु उनके धर्म और उपासना की विधियाँ अपनाकर उन्हें सदैव के लिए अपना बनाया जा सकता है। स्मरण रहे राम कि आने वाला समय सदैव एक परोपकारी, सहृदय, प्रजा वत्सल राजा को याद रखता है बजाय एक युद्ध कुशल राजा के। कितने युद्ध जीते से अधिक महत्त्वपूर्ण है कि कितने हृदय जीते।"

"आपकी दी हुई सीख पर मैं सदैव चलने का प्रयत्न करूँगा। आपने सच्चे गुरु की भाँति हम भाइयों को शिक्षा दी है। मैं वचन देता हूँ कि अवसर आने पर आपको निराश नहीं करूँगा। कृपा कर अब हमें ऐसा स्थान बताएँ जहाँ हम ऋषि-मुनियों की सेवा करते हुए वनवास की शेष अवधि व्यतीत कर सकें।"

“राम जनस्थान में यहाँ से चार कोस दूर दक्षिण में गोदावरी नदी के किनारे पंचवटी वन है जहाँ कन्द मूल और फलों की बहुतायत है। केले के वृक्ष, कनेर, बेल, महुआ, आम, अशोक वृक्ष आदि की भरमार है। वहाँ भोजन की कोई कमी नहीं है। अनेक ऋषि मुनि उस स्थान के पास रहते हैं, उन्हें तुम्हारा संरक्षण भी मिलेगा और वे तुम्हारे सानिध्य में धर्म, ज्ञान, तप में निश्चित होकर संलग्न रह सकेंगे।”

इस बीच, शिष्यों ने आकर सूचना दी कि भोजन और विश्राम की व्यवस्था हो चुकी है। सभा को भंग कर मुनि ने सभी से भोजन हेतु चलने का आग्रह किया।

# 7

अगले दिन राम, सीता और लक्ष्मण के साथ मुनि से विदा लेने उनकी कुटी में पहुँचे। मुनि संध्या कर उठे ही थे कि सम्मुख राम को पाया।

"अरे, राम इतनी जल्दी जाने की तैयारी?" मुनि ने पूछा।

"हाँ, गुरुदेव। आपकी आज्ञा हो तो हम लोग पंचवटी के लिए चलना चाहते हैं।"

"राम तुमने विचार लिया तो यही श्रेष्ठ है। जाना चाहते हो, मैं रोकूँगा नहीं क्योंकि चलते जाना ही जीवन है। 'चरैवेति' यही कर्मशील मनुष्यों की पहचान है," कहते हुए मुनि उठे, अंदर गए और श्रेष्ठ आयुध लेकर आए। लौह के फल लगे परिष्कृत उच्च कोटि के बाण और उत्तम धनुष राम व लक्ष्मण को प्रदाय किए।

"राम ये उच्च कोटि के शस्त्र हैं जिनमें नवीन धातु लौह के फल वाले भिन्न-भिन्न बाण हैं जो तुम दोनों भाइयों को किसी भी युद्ध में शत्रुओं पर विजय दिलाने में सक्षम हैं। इनमें से यह एक अग्निबाण भी है।"

"अग्निबाण?" विस्मय से राम ने पूछा।

"हाँ, यह विष में बुझाया गया लौह फल युक्त बाण है जो लगने पर शत्रु के शरीर को अग्नि की तरह दग्ध कर उसे नष्ट कर देता है। किन्तु इसका प्रयोग बहुत आवश्यक हो तभी करना राम। यद्यपि तुम सब प्रकार से योग्य व समझदार हो और जानते हो कि कब किस शस्त्र का प्रयोग होना है।"

"आपका बहुत-बहुत आभार अब हमें आशीर्वाद दें," कहते हुए राम ने हाथ जोड़कर मुनि का अभिवादन किया।

"यशस्वी भव राम! तुम्हारा यश सभी दिशाओं में फैले। जिस प्रकार तुमने मर्यादाओं की रक्षा करते हुए राजाओं में महानतम और पुरुषों में सर्वोत्तम के रूप में अपनी कीर्ति फैलाई है, आने वाले समय में लोग तुम्हारा यशगान करेंगे।"

"जो स्नेह आपसे मिला, जो ज्ञान और शिक्षा आपने दी, मैं अपनी भार्या व छोटे भाई लक्ष्मण के साथ सदैव आपका ऋणी रहूँगा।"

दोनों भाइयों ने मुनि के चरण छुए, मुनि ने दोनों को हृदय से लगा लिया। सीता को पुत्रीवत दुलार दिया। तीनों को विदा करते हुए महान ऋषि की आँखें भर आईं थीं जिसे छिपाने की वे मिथ्या चेष्टा कर रहे थे।

"राम से पूर्व किसी अन्य के लिए ऐसा स्नेह आपके मन में नहीं देखा गुरुदेव," शिष्यों ने आश्चर्य से कहा।

"राम सा कोई मिला भी तो नहीं। यह जीवन संग्राम है इसमें मैंने अच्छे-अच्छे ऋषि-मुनि और तपस्वियों को भी विचलित होते देखा सुना है। बड़े से बड़े राजा को भी डिगते देखा है। किन्तु राम तो साक्षात मर्यादाओं के पोषक हैं। दुःख में भी धीर गंभीर, न कोई चंचलता न उत्तेजना, हर हाल में समभाव। जीवन जैसे वे परोपकार हेतु, दूसरों की खुशियों हेतु ही जीते हैं। राम हर्ष-विषाद से परे जितेन्द्रिय हैं। स्वयं की कोई अभिलाषा ही नहीं। वन में रहते हैं तो लगता है कि जैसे इनका तो जन्म ही तपस्वियों के बीच रहकर उनकी सेवा करने को हुआ है। कारण, उन्होंने इसे ही कर्तव्य पालन का क्षेत्र मान लिया है। किन्तु यदि वन में न आए होते तो राजा के रूप में भी उतने ही प्रजा वत्सल, सीमाओं की रक्षा में उतने ही सजग, राजकाज में उतने ही पारंगत होते। ऐश्वर्य का भोग करते हुए भी उसमें निर्लिप्त रहकर सम्पूर्ण रूप से प्रजा के हितार्थ कार्य करने वाले राजा होते। यह संभव तब होगा भी, जब वे वन से लौटकर अपना राज्य सँभालेंगे। यह राम यात्रा सिर्फ़ वन यात्रा ही नहीं है, मनुष्य से देवत्व की ओर जाने वाली यात्रा भी है।"

"मनुष्य से देवत्व की यात्रा?" शिष्यों ने विस्मय से पूछा। दो दिवस राम के साथ रहने में उन्हें भी अति आनंद की अनुभूति हुई थी।

"हाँ, जैसा कि हमारे धर्म में नित नए विचारों का अन्वेषण ऋषि-मुनि और राजा कर रहे हैं, जिनमें जीव के आगमन का सिद्धांत, आत्मा, मोक्ष जैसी खोजें भी हुई हैं। जीव के आगमन का सिद्धांत है कि एक जीवन से मुक्त होकर मनुष्य दूसरा जन्म लेता है। उसकी आत्मा एक शरीर को छोड़ दूसरे में चली जाती है। किन्तु महान परोपकारी लोगों को जीव के आगमन से मुक्ति मिलकर मोक्ष की प्राप्ति होती है। उन महान मनुष्यों में कुछ महानतम के स्तर तक पहुँच जाते हैं। वे न सिर्फ़ मोक्ष को प्राप्त होते हैं अपितु उनकी

आत्मा का अंश उनके शरीर त्याग के पश्चात मानवता की भलाई हेतु धरा पर सूक्ष्म रूप में रहता है। वे सदैव के लिए पूजनीय हो जाते हैं।"

"तो क्या राम के संबंध में भी आप यही अनुमान लगा रहे हैं गुरुदेव?" शिष्यों ने जिज्ञासा प्रकट की।

"अभी कुछ भी कहना शीघ्रता होगी, किन्तु हाँ जैसा मैं आकलन कर रहा हूँ कि यदि राम अपने सम्पूर्ण जीवन में लेश मात्र भी विचलित हुए बिना, मर्यादाओं पर अडिग रहकर, स्वयं के सुखों की तिलांजलि देते हुए दूसरों के लिए सदैव समर्पित रहेंगे तो संभव है कि वे आने वाले युगों में पूजे जाएँ," मुदित मन मुनि बोले।

"महाबाहो, जैसा मुनिवर ने बताया था, यह स्थान तो उससे भी अधिक रमणीक निकला," पंचवटी पहुँचकर सीता ने राम से कहा।

"सच कह रही हो सीते, मुझे तो इस स्थान की सुन्दरता और तुम्हारे मन की प्रफुल्लता देखकर अति हर्ष हो रहा है। प्रिय लक्ष्मण, क्यों न हम यहीं अपनी कुटिया बनाएँ?" गोदावरी के किनारे एक चौरस स्थान, जिसके चारों ओर महुआ, साल, केले व खजूर के वृक्ष और भाँति-भाँति की पुष्प लताएँ थीं, को देखकर राम बोले।

"भ्राता श्री आपने तो मेरे मन की बात कह दी, मैं अभी पर्ण कुटी बनाने की व्यवस्था करता हूँ," प्रसन्न मन लक्ष्मण ने कहा और शीघ्र काष्ठ, पर्ण आदि एकत्र करने चले गए।

दोनों भाइयों ने मिलकर पर्ण कुटियाँ बनाईं। राम व सीता की कुटी से छोटी और उसके सामने लक्ष्मण ने अपनी अर्ध खुली कुटी बनाई। दोनों कुटियों को घेरते हुए लकड़ियों की बागड़ लगा दी। लकड़ियों और सूखी टहनियों व पर्णों को मिलाकर एक द्वार लगाया जो ठीक लक्ष्मण की कुटी के पास में था और उसे पुष्प लताएँ लगाकर सजा दिया।

"अवध पति का आश्रम तैयार हुआ भ्राता! अब यदि आज्ञा हो तो वास्तु शांति हेतु बलि की व्यवस्था कर लाऊँ?" लक्ष्मण ने कहा।

"हाँ, लक्ष्मण। यथा विधान वास्तु शांति हेतु पुष्प बलि की व्यवस्था कर लो।"

"पुष्प बलि... किन्तु चित्रकूट में बनाई कुटिया में वास्तु शांति हेतु आपने काला हिरण मार कर लाने को कहा था।"

"हाँ, लक्ष्मण। यह मुनियों का संग, सीते की सीख का परिणाम है कि स्वयं के सुख हेतु निरपराध जीवों की हत्या करना अब अनुचित लगता है। जब पुष्प बलि से विधान पूर्ण हो सकता है तो एक निरीह हिरण के प्राण क्यों लिए जाएँ?"

"राजा और महात्मा के गुणों का अद्‌भुत समायोजन है आप में भ्राता श्री," कहते हुए लक्ष्मण पुष्पादि लेने आश्रम से बाहर निकले।

"आर्य पुत्र! आप सचमुच महान हैं," सीता ने चहकते हुए कहा।

"तुम्हें खुश देखकर मैं बहुत खुश हुआ," राम ने प्रीति जताते हुए सीता से कहा।

विधि-विधान से पुष्प बलि दे कर राम ने सीता सहित नवीन आश्रम में प्रवेश किया। पीछे-पीछे लक्ष्मण आश्रम का द्वार बंद करते हुए अंदर आए।

पंचवटी यूँ तो पूर्व से ही सुंदर थी किन्तु राम व सीता और लक्ष्मण ने एक वर्ष में उसे अति सुंदर स्थान बना दिया था। कदली वृक्षों से घिरा आश्रम; जिसमें स्थान-स्थान पर कनेर, वट, अशोक, आम आदि वृक्ष थे। सीता ने स्वयं अपने हाथों से गोदावरी नदी की तरफ़ फूलों की क्यारियाँ बनाई थीं। नदी के आश्रम तक, जो थोड़ा ऊँचे स्थान पर था, जाने के लिए लक्ष्मण ने झाड़ियों को साफ़ कर चौड़ी पगडंडी बना दी थी। पगडंडी के दोनों तरफ़ भी रंग-बिरंगे फूलों के पौधे लगा दिए थे। कुटियों पर भी सम्य-समय पर हरे पर्ण चढ़ाकर वर्षा और धूप को रोकने की व्यवस्था की गई थी। कुटियों के दरवाजों और बागड़ पर पुष्प लताएँ लगा दी थीं।

आश्रम और नदी के बीच घास का मैदान था, उसे भी दोनों भाई समय-समय पर काट-छाँट कर साफ़ कर देते थे जिससे वन्य प्राणी वहाँ घास चार सकें। अक्सर ही वहाँ हिरणों का झुण्ड घास चरता रहता था। राम का परिवार वन्य प्राणियों से और वन्य प्राणी राम के परिवार से पूरी तरह घुल-मिल गए थे। हिरण तो आए दिन आश्रम का द्वार खुला रह जाने पर अंदर आ जाते थे जिन्हें कभी सीता भी भगाने की चेष्टा नहीं करती थीं।

खुले स्थान पर कुछ बड़े पत्थर सजाकर लक्ष्मण ने बैठने की व्यवस्था कर दी थी। वहाँ राम और सीता बैठकर वातावरण की छटा निहारते थे।

आश्रम के पास ही कन्द-मूल व फलों की बहुतायत थी। गोदावरी का स्वच्छ जल कल-कल करता हुआ संगीत का आभास देता था। आश्रम में भोजन प्रबंध हेतु बहुधा लक्ष्मण फलादि एकत्र कर लाते थे। नदी से जल कभी सीता तो कभी राम मृद्‌भांड में भर लाते थे। कभी-कभी राम और सीता दोनों प्रीति की बातें करते आश्रम से दूर निकल जाते थे। वे फल-फूल एकत्र करके लाते। दिन की तीनों संध्या, शस्त्राभ्यास, आश्रम में आने वाले ऋषि-मुनियों के साथ सत्संग, ज्ञान की चर्चाओं, ध्यान, योग, आसन आदि में समय कब निकल जाता था पता था पता ही नहीं लगता।

शरद ऋतु बीत गई, हेमंत ऋतु प्रारम्भ हो गई थी। सूर्य दक्षिणायन हो गए थे और सर्दी बढ़ गई थी। आए दिन कुहरा और पाला पड़ने लगा। दिन में भी सूर्य की गर्मी में बैठना अच्छा लगने लगा। ऐसी ही मन को लुभाने वाली ऋतु में एक दोपहर आश्रम के खुले स्थान पर राम सीता बैठे थे, एक दूसरे को सुख पहुँचाने वाली बातों में तल्लीन! दूर लक्ष्मण सावधान मुद्रा में बैठे थे, एक प्रहरी की दृष्टि के साथ। जो सीधे न देखते हुए हर आहट पर सजग थे और विचारों में उर्मिला का ध्यान कर रहे थे।

*"कैसे काटे होंगे विरह के इतने लम्बे वर्ष उर्मिला ने। कहाँ से इतना धैर्य, इतना सेवाभाव आया उर्मिला में। अयोध्या लौट कर ज्येष्ठ भ्राता के सेवक का धर्म तो मुझे निभाना ही है किन्तु प्रयास करूँगा कि उर्मिला का पूरा ध्यान रख सकूँ। अब कभी उर्मिला से विछोह न हो।"* लक्ष्मण की यही इच्छा थी जो अव्यक्त थी।

लक्ष्मण का ध्यान आश्रम के बाहर सूखे पत्तों की खड़खड़ाहट से टूटा, लगा कोई व्याघ्र या जंगली पशु तो नहीं। उठकर खड़े हुए द्वार की ओर दृष्टि गई, देखा एक युवती खड़ी है, एकटक राम की ओर देख रही है। इससे पूर्व कि लक्ष्मण कुछ पूछते द्वार का बेड़ा हटाकर वह युवती आश्रम में प्रवेश कर गई। सीधे राम व सीता की और जाते हुए उसे लक्ष्मण ने टोकना उचित नहीं समझा। सोचा कि स्त्री है, कदाचित पास के किसी आश्रम में रहती हो या

सीता की हाल ही में बनी कोई सखी होगी। युवती सीधे जहाँ राम व सीता बैठे थे, वहाँ पहुँच गई।

"तुम लोग कौन हो और इस राक्षस सेवित वन में क्या कर रहे हो?"

"पहले तुम अपना परिचय दो सुन्दरी, तुम कौन हो और इस निर्जन वन में क्यों अकेली विचरण कर रही हो," राम ने प्रति प्रश्न किया।

"मैं राक्षस राज रावण की बहन शूर्पनखा हूँ और यह जन स्थान मेरे भाई खर के राज्य का भाग है जो यहाँ से कुछ योजन दूर प्रतिष्ठान का राजा है। यह वन हमारे राज्य में है इसीलिए मैं इसमें अकेले निर्भीक घूमती हूँ।"

"तुम्हारा अयोध्यावासी दशरथ पुत्रों के आश्रम में स्वागत है। मैं राम हूँ और ये मेरी भार्या सीता है। वह दूर खड़ा मेरा छोटा भाई लक्ष्मण है।"

"राम मैं तुम्हें देखते ही तुम पर मोहित हो गई हूँ। कदाचित मैं तुम्हारी ही प्रतीक्षा कर रही थी। मुझसे विवाह कर तुम्हें न सिर्फ़ स्त्री सुख मिलेगा अपितु मेरे महाबली भाई रावण, खर और दूषण का समर्थन पाकर तुम्हें शक्ति मिलेगी।"

"मेरा तो विवाह हो चुका है और मैंने एक पत्नी व्रत लिया है इसलिए दूसरा विवाह मेरे लिए वर्जित है। हाँ, मेरा छोटा भाई लक्ष्मण कई वर्षों से मेरे साथ अकेला वन में घूम रहा है। यद्यपि विवाह तो उसका भी हो चुका है किन्तु लम्बे समय से अकेला रहने के कारण संभव है कि वह तुमसे विवाह कर ले। यदि वह सहमति दे दे तो मैं उसे तुमसे विवाह की स्वीकृति दे सकता हूँ।"

राम की बात सुनकर शूर्पनखा लक्ष्मण की ओर मुड़ी। उसने लक्ष्मण को देखा। *"यह भी अपने भाई की तरह रूपवान व बलिष्ठ है। इसके साथ भी विवाह कर मुझे सुख मिलेगा,"* यह सोचती हुई लक्ष्मण के पास पहुँची।

"मैं राक्षस कुमारी शूर्पनखा तुमसे विवाह करना चाहती हूँ, इस हेतु तुम्हारे ज्येष्ठ भ्राता ने अनुमति दे दी है।"

"मैं तो बड़े भ्राता राम व भाभी सीता की सेवा हेतु वन में आया हूँ इसलिए सेवा धर्म निर्वहन के समय मैं विवाह नहीं कर सकता। तुम तो उन्हीं से आग्रह करो, वे चाहें तो तुमसे विवाह कर लें।"

लक्ष्मण की यह बात सुनकर वह पुनः राम की ओर गई। शूर्पनखा ने

लक्ष्मण की बताई बात से राम को अवगत कराया। जब राम ने असमर्थता व्यक्त कर दी तब वह फिर लक्ष्मण की ओर लौटी। लक्ष्मण भी जैसे न कहने को तैयार बैठे थे। लक्ष्मण से निराश हो कर वह राम की ओर आई।

"राम, तुम्हें ही मुझसे विवाह करना होगा। यदि इस स्त्री के कारण तुम्हारे मन में कोई संशय है तो इसे मैं अभी समाप्त कर देती हूँ। तब तो तुम्हें मेरे साथ विवाह में कोई आपत्ति नहीं होगी।"

शूर्पनखा यह कहती हुई सीता की ओर झपटी। राम ने लक्ष्मण की ओर देखकर नाक पर उँगली रखकर संकेत किया। लक्ष्मण, राम का संकेत पा तुरंत उनके पास पहुँचे और गुप्ती निकाल कर उन्होंने शूर्पनखा की नासिका काट दी।

शूर्पनखा असहनीय पीड़ा व अपमान से चीत्कार करते हुए खर की राजधानी प्रतिष्ठान को दौड़ पड़ी। उसने प्रतिष्ठान पहुँचकर खर को अपनी दुर्दशा का विवरण दिया।

"किसने किया यह? किसकी मृत्यु आई है? किसने हमारी बहन को इतना कुरूप बना दिया," क्रोध के अतिरेक में खर ने पूछा तो शूर्पनखा ने विस्तार से बताते हुए अंत में कहा, "मुझे उन दुष्ट आर्यों के सिर चाहिए। उनके साथ की स्त्री को मैं राक्षसों की भोग्या के रूप में देखना चाहती हूँ।"

"जनस्थान में... हमारे क्षेत्र में होते हुए हमारे ही साथ इतनी उद्दंडता, हमारे विरुद्ध इतना दुस्साहस, बहन शूर्पनखा के बताने के बाद भी..." खर ने आवेश में कहा।

"क्या आज्ञा है? आप कहें तो उन तपस्वियों को अभी दंड दिया जाए?" सेनापति दूषण ने पूछा।

"तत्काल त्रिसिरा को बुलाओ, हम अभी चलेंगे," खर ने आदेश दिया।

खर दूषण और त्रिसिरा को लेकर वेग से पंचवटी की ओर चला। वन के टेड़े-मेड़े किन्तु छोटे व दुरूह रास्तों से वे आगे बढ़ने लगे। तीनों की आँखें क्रोध से लाल थीं। प्रतिशोध की भावना से उपजी उत्तेजना के कारण क़दमों में गति आ गई थी। बिना थके, बिना रुके तीनों पंचवटी के पास पहुँचे। साल वृक्षों की आड़ में रुककर देखा की गोदावरी के किनारे नदी से कुछ

दूर ऊँचे स्थान पर एक आश्रम था जिसमें दो कुटियाँ बनीं थीं। कुछ देर शांत खड़े रहकर आश्रम पर स्थिर दृष्टि डाली पाया कि वहाँ दो पुरुष और एक स्त्री थी। उन्होंने मन में विचार कर लिया कि दोनों पुरुषों को मार कर स्त्री को हर कर ले जाना है।

कुछ देर निस्तब्ध रह कर तीनों आश्रम में दोनों भाइयों की गतिविधियों का आकलन कर रहे थे। तीनों के पास उनके अपने शस्त्र थे जिनमें वे पारंगत थे। खर के पास गदा, दूषण फरसा लिए था जबकि त्रिसिरा के हाथ में तीन सिर वाला त्रिशूल था। इसी तीन सिर के त्रिशूल में पारंगत होने के कारण उसका नाम त्रिसिरा पड़ा था। तीनों ने देखा कि दोनों पुरुष आश्रम में स्वच्छता व नवीन पुष्पमालाएँ लगाने का कार्य कर रहे थे। सोचा यही उपयुक्त समय है आक्रमण का। तत्काल साल वृक्षों की ओट से निकले और राम लक्ष्मण की ओर वेग से दौड़े। आश्रम के बाहर से आ रही आहटों की ओर सदैव सजग व चौकन्ने रहने वाले लक्ष्मण की दृष्टि आश्रम के बाहर गई। उन्होंने देखा कि तीन दुर्दान्त दिखने वाले राक्षस गण उन्हीं की ओर चले आ रहे हैं।

“भ्राताश्री! देखो, तीन भट आक्रमण करने आ रहे हैं,” लक्ष्मण ने कहा तो राम ने देखा तीन भट उनकी ओर शस्त्र लिए चले आ रहे हैं।

“लक्ष्मण, तुम तुरंत सीता को लेकर अंदर पर्वत की कन्दरा में चले जाओ क्योंकि इन राक्षसों का एक अवगुण परनारियों का हरण भी है। मैं इन दुष्टों से युद्ध करता हूँ।”

“किन्तु भ्राताश्री आप अकेले और वे तीन,” लक्ष्मण व्यग्र हो बोले।

“लक्ष्मण क्या तुम भूल गए हो कि हमारे श्रेष्ठ आयुध धनुष बाण से हम एक दस पर भी भारी पड़ते हैं, ये तो तीन ही हैं। फिर भी तुम्हें लगे कि मुझे तुम्हारी सहायता की आवश्यकता है तो शीघ्र आ जाना। किन्तु अभी सीता को लेकर जाओ, विलम्ब न करो क्योंकि यदि ये निकट आ गए तो तीनों पर बाण छोड़ना कठिन हो जाएगा,” राम ने आदेश दिया।

लक्ष्मण सीता को लेकर वन में अंदर की ओर राक्षसगण से विपरीत दिशा में दौड़े। पास की कन्दरा में सीता को बिठा स्वयं कन्दरा के द्वार पर इस प्रकार बैठ गए कि दूर से दिखें नहीं और स्वयं अपनी दृष्टि राम पर रख सकें।

दौड़ते हुए आते तीनों राक्षसों में से एक को निशाना बना राम ने बाण छोड़ा। बाण सीधे दूषण की छाती में लगा, वह लड़खड़ाया, फरसा हाथ से छूट गया। तभी बिना क्षण गँवाए राम ने त्रिसिरा को बाण मारा। *पहले तीनों को घायल कर दूँ जिससे इनकी शक्ति क्षीण हो जाए।* राम ने सोचा और तीसरा बाण पास आ चुके खर को मारा। बाण खर के बाएँ बाजू में लगा, घायल होने से पूर्व खर ने वेग से गदा का प्रहार राम पर किया। राम ने वार बचाया, झुके और चपलता से दूसरी ओर निकल गए। तुरंत मुड़कर दूसरा बाण खर पर चलाया। लक्ष्य पर बाण लगा और खर की छाती से लहू की धारा बहने लगी। तभी घायल अवस्था में पूरी शक्ति बटोर कर दूषण उठा फरसा लेकर राम की ओर दौड़ा। इससे पहले कि वह निकट आ पाता राम ने वेग से बाण मारा और फरसा कंधे के ऊपर हाथ में उठाए ही दूषण कटे पेड़ की तरह धरती पर गिरा। तभी त्रिसिरा ने उठकर त्रिशूल राम की ओर फेंका जो सीधे दाएँ कंधे पर आकर लगा। प्रहार शक्तिशाली था, राम के मुख से चीत्कार निकल गई। वे एक क्षण को मूर्छित हो गए।

विलम्ब के लिए समय नहीं था, धरती पर गिरते-गिरते त्रिसिरा की ओर धनुष पर बाण चढ़ा कर छोड़ा जो सीधे त्रिसिरा की गर्दन में धँस गया। उसने ज़ोर से चिंघाड़ भरी फिर सदैव के लिए शांत हो गया। नीचे गिरे खर ने पास पड़े साल वृक्ष के तने को उठाकर राम पर फेंका। राम ने स्वयं को बचाया तब तक खर छाती को पकड़ कर उठ खड़ा हुआ। वह पूरी शक्ति एकत्र कर राम की ओर दौड़ा। राम ने अगस्त्य ऋषि द्वारा दिया अग्निबाण खर पर छोड़ा। बाण लगते ही खर राम के निकट आते-आते धड़ाम से गिरा जैसे चरणों में गिरकर क्षमा माँग रहा हो।

तीनों को मारकर राम भी अपने घावों के कारण कराहते हुए आश्रम की ओर दौड़े, किन्तु लड़खड़ाते हुए आश्रम तक पहुँच पाते तब तक दौड़ते हुए लक्ष्मण आए और राम को सहारा दिया। पीछे से सीता भी आ गईं। दोनों राम को अंदर कुटिया में ले गए। मुनियों द्वारा दी गई औषधियों का लेप तैयार कर घावों पर लगाया।

“भ्राताश्री! आज तो आपने अद्वितीय शौर्य दिखा कर सभी राक्षस मार गिराए,” लक्ष्मण मुदित मन बोले।

“लक्ष्मण, हमें संतुष्ट होकर नहीं बैठना है। संभव है कि राक्षसों के

आक्रमण हमारे ऊपर तीव्र हो जाएँ। इस हेतु हमें पूरी तरह से सजग और तैयार रहना होगा," कहते-कहते पीड़ा और थकान से आँखें मुँदने लगीं राम की।

"क्या कह रहे हो अकम्पन? तुम जानते हो, मिथ्या भाषण करने वाला मेरे सम्मुख खड़ा नहीं रह सकता," रावण गरजा।

लंका पति रावण अपने ऐश्वर्य पूर्ण दरबार में बैठा था कि जनस्थान से भागकर आए अकम्पन ने सारा वृतान्त सुनाया। अकम्पन जैसे-जैसे सुनाता जा रहा था, रावण के नेत्र क्रोध से लाल होते जा रहे थे।

दरबार में मंत्री सेनापति सभी रावण की मुद्रा देखकर भयभीत हो रहे थे कि न जाने कौन-सा संकट आने वाला है।

लंका नगरी सभी बाहरी शक्तियों से अप्रभावित रह अपनी व्यापार नीति के कारण समृद्ध थी। हस्तिदंत, हींग, समुद्री रत्न, मोती, केला, नारियल, लकड़ी का कार्य, चन्दन, अगर, काली मिर्च, शंख, मूँगे, औषधियाँ, रेशमी और सूती वस्त्र, गर्म मसाले प्रचुर मात्रा में जल मार्ग से अन्य देशों सुमेर, मेसोपोटामिया, रोम, मिश्र, अरब तक तथा प्रायद्वीप से लेकर जम्बूद्वीप तक भेजे जाते थे। बाहरी देशों से विनिमय के रूप में सोना, शराब और घोड़े मँगाए जाते थे। व्यापार लंका के पक्ष में और उसी की शर्तों पर था।

लंका में नगर सभ्यता थी। चारों तरफ़ से समुद्र ने घेर कर इसे प्राकृतिक रूप से सुरक्षित कर दिया था। शरीर सौष्ठव पर विशेष बल देने वाले राक्षसों से, शारीरिक बल में कम होने के कारण अन्य जातियों, सभ्यताओं के व्यक्ति बैर रखने का सोचते भी नहीं थे। कुछ सामग्रियों पर उन्हें नैसर्गिक एकाधिकार प्राप्त था तो कुछ पर छल से और शारीरिक बल से अपना अधिकार स्थापित किया था। राक्षसों ने अनेक मूल व्यापारी जातियों से उनके व्यापार छीन कर उन्हें उनके स्थानों से च्युत कर दिया था। व्यापार तथा व्यवसाय की अनुकूलता के फलस्वरूप लंका समृद्ध थी और सोने की अधिकता के कारण इसे सोने की लंका कहा जाता था।

"हाँ, स्वामी वे दो आर्य हैं जो तपस्वियों के वेश में हैं किन्तु जब हम उनसे युद्ध करने पहुँचे तो एक ही तपस्वी ने खर, दूषण और त्रिसिरा जैसे

महाभटों को मार दिया। मैं किसी तरह छिपकर आपके पास आया हूँ," अकम्पन ने डरते-डरते कहा।

"उस एक ने क्या किसी माया से तीनों महाबली मार दिए? किस आयुध से मारा उसने तीनों को?"

"उसके हाथ में धनुष बाण था और शरीर में विद्युत-सी फुर्ती। पता ही नहीं लगता था कि एक क्षण में कहाँ और दूसरे में कहाँ। कब तरकश से तीर निकलता था, कब धनुष पर चढ़ाता था, किसको कब लक्ष्य बनाता था, कुछ भी समझ में नहीं आ रहा था।"

"मेघनाथ श्रेष्ठ योद्धाओं का दल लेकर शीघ्र अकम्पन के साथ जाओ। वे तपस्वी जीवित नहीं बचने चाहिए," रावण ने इतना कहा ही था कि दरबान ने आकर सूचना दी कि रक्ष कुमारी शूर्पनखा पधारी हैं और भयंकर रुदन कर रही हैं।

"क्या शूर्पनखा? वह क्यों रुदन कर रही है? उसे शीघ्र बुलाकर लाओ।"

शूर्पनखा ने दरबार में प्रवेश किया। वह मुख को पत्तों से ढँके हुए थी। रावण को देखते ही ज़ोर से चीत्कार कर उठी। सभी दरबारी भी चौंक उठे।

"क्या हुआ? इस प्रकार रुदन का कारण... शीघ्र कहो," रावण व्यग्र हो कर बोला।

"भ्राता तुम्हारी बहन को देखो, कैसा कुरूप बना दिया उन दुष्ट आर्यों ने। उन्होंने ही भाई खर, दूषण और त्रिसिरा को मारकर आपको चुनौती दी है," कहते हुए शूर्पनखा ने चेहरे से आवरण हटाया। चेहरा देखते ही रावण सिंहासन से खड़ा हो गया, शरीर क्रोध से थर-थर काँप रहा था।

"ये तुझे क्या हुआ शूर्पनखा? किस दुष्ट ने किया यह?" शूर्पनखा की कटी नाक की ओर संकेत कर रावण ने कहा।

"मैं जनस्थान में घूम रही थी तभी मुझे ज्ञात हुआ कि दो आर्य तपस्वी वेश में गोदावरी के किनारे आश्रम बनाकर रह रहे हैं। उनके साथ एक सुंदर स्त्री भी है। मुझे लगा कि यदि स्त्री सुंदर है तो वह वन में क्यों रहे, क्यों न आपके लिए उसका हरण कर लाऊँ। यही सोचकर मैं आश्रम में गई। मैंने उस स्त्री का हरण करना चाहा किन्तु उन्होंने मेरी नासिका काट दी। भाई खर को मैंने जाकर बताया तो वे क्रोधित होकर भाई दूषण और त्रिसिरा

को लेकर उन्हें मारने गए किन्तु उन तपस्वियों ने उन तीनों को ही मार दिया," शूर्पनखा ने झूठ बोला।

"वे कौन हैं? वह स्त्री कौन है जिसका तुम वर्णन कर रही हो?" रावण के मन में कपट जागा।

"वे दोनों भाई हैं। बड़े भाई का नाम राम है और वह अयोध्या का राजा है, छोटे भाई का नाम लक्ष्मण है। वह स्त्री बड़े भाई की पत्नी सीता है। मेरे भ्राता सीता अतीव सुन्दरी है, उसका स्थान आपके महल में है न कि वन में।"

"जो तुमने कहा वही अभी अकम्पन भी कह रहा था। मेघनाथ अब तुम नहीं जाओगे मैं स्वयं जाकर उस स्त्री का हरण करूँगा।"

रावण सोच रहा था कि इतनी बड़ी घटना घट गई किन्तु मेरे गुप्तचरों ने कोई सूचना नहीं दी। प्रतीत होता है कि मेरी गुप्तचर व्यवस्था उतनी दृढ़ नहीं जितनी होनी चाहिए। शूर्पनखा और अकम्पन को विदा कर रावण सीता हरण का विचार कार्य रूप में बदलने के बारे में सोचने लगा। कुछ क्षण विचार करने के उपरांत अकस्मात सिंहासन से उठा और वेग से बाहर निकला।

चलते-चलते रावण का खच्चर जुता रथ मारीच के निवास पर रुका। मारीच ने सुना स्वयं लंका पति पधारे हैं तो आश्चर्य मिश्रित भय से दौड़ पड़ा। *स्वयं राजा निवास पर चल कर आए तो बड़ा लाभ या बड़ी हानि निश्चित है।* वह सोचता जा रहा था। रावण के निकट पहुँचा और उसकी अगवानी की।

"मुझे बुला लिया होता स्वामी। आपने क्यों कष्ट किया?" हाथ जोड़ मारीच ने कहा।

"मारीच, मेरे मित्र। कार्य ही कुछ ऐसा था जो तुम्हारे बिना संभव नहीं है। मेरे पास समय नहीं था कि तुम्हें बुलाऊँ।"

*"राजा जब अति का प्रिय बनने की चेष्टा करे तो अनिष्ट अवश्यम्भावी है।"* मारीच ने सोचा, उसके पैर भय से काँप रहे थे। उसने डरते-डरते पूछा, "कैसा कार्य स्वामी? आज्ञा दें, मैं क्या करूँ कि आपको प्रसन्नता मिले," रावण ने पूरा वृतांत मारीच को सुनाया और सीता हरण की अपनी योजना उसके सम्मुख रखी।

"तुम वेश बदलने में, माया रूपी बनने में पारंगत हो। स्वर्ण सा मृग बनकर मेरे साथ चलो और उस आश्रम में सीता के सम्मुख बार-बार आकर घास चरने का स्वांग करना। तुम्हारा रूप देखकर सीता तुम्हें पकड़ने को कहेगी। यदि तुम्हें पकड़ने दोनों भाई चले तब तो कोई समस्या नहीं होगी। मैं अवसर देखकर सीता को पकड़ लूँगा। किन्तु यदि एक भाई तुम्हें पकड़ने या मारने तुम्हारे पीछे भागे तब तुम उसे दूर ले जाना और दूसरे भाई का नाम आर्त स्वर में पुकारना जिसे सुनकर दूसरा भाई भी तुम्हारी दिशा में भागेगा, उसी समय मैं अवसर पा सीता का हरण कर लूँगा। चूँकि तुमने पूर्व में भी दोनों भाइयों को देखा है। अतः तुम्हारे लिए उन्हें भ्रम में डालना सरल होगा," रावण सीता के रूप की कल्पना में मोहित हो कर बोला।

रावण का रथ पंचवटी से आधा कोस पहले ही रुक गया। रावण और मारीच रथ से उतरे। पेड़ों के झुरमुट में रथ को छिपाकर थोड़ी दूर तक साथ चलने के पश्चात मारीच आगे हो लिया और उसके पीछे निश्चित दूरी रखते हुए रावण आगे बढ़ने लगा। मारीच ने हिरण का स्वांग बड़ी कुशलता से बनाया था। पहले भी कई बार उस ने मृग रूप धरा था। मृगों में सम्मिलित हो मृगों का शिकार करने में पारंगत था मारीच।

मृग चर्म, जिसे मारीच ने पहना था, सोने सा चमक रहा था। स्थान-स्थान पर बुंदकी बनी हुई थीं। किसी दक्ष कारीगर ने इसे बनाया था, जिसे पहनकर मारीच चौपाए की भाँति चल रहा था। दोनों हाथ और दोनों पैरों का सामंजस्य इतना अच्छा था कि आभास ही नहीं होता था कि छल से बना है। चलते-चलते दूर से आश्रम दिखाई दिया। रावण ने मारीच को आज्ञा दी कि उत्तर दिशा की ओर दोनों भाइयों को ले जाए और जितना संभव हो अधिकतम दूरी आश्रम से बना ले ताकि सीता तक शीघ्र सहायता न पहुँच सके।

मारीच मृग वेश में आश्रम के पास घूमने लगा। रावण साल वृक्ष की ओट में मुनि वेश बनाए हुए खड़ा होकर देखने लगा। मारीच घास चरने का अभिनय करते हुए आश्रम की ओर कनखियों से देख लेता था। कुछ देर टहलने पर अचानक उसे राम व सीता कुटिया के बाहर आते दिखे। दोनों निकलकर आश्रम की सीमा के अंदर रखे बड़े पत्थर पर, जिसे लक्ष्मण ने

बैठने हेतु तैयार कर दिया था, आकर नित्य की भाँति बैठ गए। दोनों में प्रीति के बातें होने लगीं। लक्ष्मण ऐसे क्षणों में सदैव की भाँति अपनी कुटिया में ही रहे। राम व सीता को एक साथ बैठे देख मारीच ने सोचा, यही सुअवसर है। धीरे-धीरे आश्रम के निकट पहुँच गया। ठीक बागड़ के द्वार के सामने घास चरने का अभिनय कर ही रहा था कि उस पर सीता की दृष्टि पड़ी।

"स्वामी देखिए कितना सुंदर मृग है, जैसे स्वर्ण का बना हो," मृग को अपलक निहारती सीता बोलीं।

"हाँ, सीते। सचमुच बड़ा सुंदर है।"

"तो इसे पकड़िए न, हम इसे अपने आश्रम में पालेंगे। यदि जीवित पकड़ में न आ सके तो मार कर ही ला दें। इसकी छाल का उपयोग अतिथियों के बैठने हेतु करेंगे," हठ करती हुई सीता बोलीं।

"शोभने मुझे तो समझ नहीं आ रहा कि यह सचमुच का है या कोई माया। क्योंकि तुम जानती हो कि खरादि को मारने के पश्चात जनस्थान के राक्षस हमसे सशंकित हैं, इसीलिए संभव है कि कोई जान-बूझकर स्वांग रचा गया हो।"

"मुझे तो यह मृग चाहिए और आप इसे लाकर दें नाथ। इसके अतिरिक्त कोई अन्यथा बात मुझे नहीं भा रही।"

सीता की इतनी हठ राम ने पहले कभी नहीं देखी थी। विभिन्न प्रकार से समझाने पर भी जब वे नहीं मानीं तो राम बोले।

"ठीक है सीते। यदि तुम इतना ही हठ कर रही हो तो मैं लाता हूँ इसे जीवित या मृत पकड़ कर।"

लक्ष्मण को बाहर बुला सीता और आश्रम की सावधानीपूर्वक व्यवस्था देखने हेतु कहकर राम ने धनुष बाण उठाया और तीव्र गति आश्रम से निकले। उधर, मारीच ने जैसे ही जाना कि सीता ने उसे देख लिया है और कदाचित राम को उसके बारे में बता रही हैं तो वैसे ही वह उत्तर की ओर बढ़ने लगा। वह प्रयास कर रहा था कि दोनों की दृष्टि से ओझल हुए बिना अधिक से अधिक दूरी बना ली जाए ताकि पीछे आने वाले को दूर तक ले जाया जा सके।

राम ने जैसे ही तरकश से बाण निकाल कर धनुष पर रखा और

मारीच की ओर बढ़ना प्रारम्भ किया, मृग बने मारीच ने उत्तर की ओर दौड़ लगा दी। राम भी दौड़ने लगे मृग की दिशा में। मृग था कि कभी पेड़ों की ओट में कभी मैदान में आकर राम को छकाने लगा। जैसे ही राम बाण छोड़ने को होते वह पेड़ों में छिप जाता और कुछ क्षण पश्चात बाहर निकल कर पुनः दिखने लगता। वह घूम-घूम कर राम को थकाने लगा। तभी समतल स्थान पर मृग दिखा। राम ने बाण छोड़ा। उनका निशाना अचूक था, बाण सीधे मृग के शरीर में घुस गया।

आश्चर्य! बाण लगते ही मृग दो पैरों पर खड़ा हुआ और लड़खड़ाते हुए भूमि पर गिरा और यह क्या गिरते ही 'लक्ष्मण', 'हा लक्ष्मण' चिल्लाने लगा। उसका स्वर इतना आर्त था कि सुनने वाले को उद्विग्न कर जाए।

आश्रम में सीता, जो उत्तर को ओर ही ध्यान लगाए थीं, ने लक्ष्मण को बुलाती राम की करुण पुकार सुनी। वे घबड़ा गईं और उन्होंने शीघ्र लक्ष्मण को बड़े भाई की सहायता हेतु जाने को कहा।

"ये भैया की वाणी नहीं है, अवश्य यह छल से निकाली गई है। आप क़तई चिंता नहीं करें। बड़े भैया को मार सके ऐसी किसी में शक्ति नहीं," लक्ष्मण ने सांत्वना दी।

"नहीं, लक्ष्मण। तुम्हारे भाई संकट में हैं, तुम्हें शीघ्र वहाँ जाना चाहिए।"

"आप कहतीं हैं तो चला जाऊँगा किन्तु कुछ समय तो रुककर देख लें।"

"ठीक है तुम रुको और देखो, मैं स्वयं जाती हूँ।"

"आप यदि इतनी ही चिंतित हैं तो मैं जा रहा हूँ किन्तु आप से विनती है कि आश्रम से बाहर नहीं निकलें और किसी को भी आश्रम में आने न दें। संभव है कि मायावी राक्षस कोई छल कर रहे हों। मैं अभी भी कहता हूँ कि आपका भय निर्मूल है।"

"सच ऐसा ही हो, किन्तु अब तुम जाओ मेरा हृदय बैठा जा रहा है।"

लक्ष्मण बाहर निकल कर उसी दिशा में बढ़ने लगे जिधर से आवाज़ आई थी। वे ज्यों ही दृष्टि से ओझल हुए, साल वृक्षों की ओट में खड़ा रावण आश्रम के द्वार पर आ गया।

"भिक्षाम देहि।"

सीता ने सुना। उनकी द्वार पर दृष्टि गई। देखा कोई साधु खड़ा भिक्षा

माँग रहा है। पति की कुशलता को लेकर भाँति-भाँति के विचार मन में आकर डरा रहे थे। ऐसे में किसी साधु का आगमन देख हृदय को तनिक तसल्ली हुई। सोचा कि साधु मुनि भूत-भविष्य जानने वाले होते हैं। आशीर्वाद देकर संकट भी टाल देते हैं, क्यों न पति की कुशलता हेतु इनसे पूछा जाए।

"भिक्षा ग्रहण करें विप्रवर," सीता ने कुटिया के पास से कहा।

"द्वार पर आकर भिक्षा दें देवी, तुम्हारा कल्याण होगा," साधु वेश में रावण बोला।

"कल्याण कैसा विप्र? क्या मेरे पति पर कोई संकट है?"

"निकट आ कर अपना प्रश्न करो देवी।"

सीता मुख्य द्वार पर पहुँच गईं। साधु वेश में रावण ने देखा और सोचने लगा कि *"यह अतीव सुन्दरी है। आहा! यह तो मेरी मुख्य पटरानी बनने योग्य है।"* चौथेपन में प्रवेश को तैयार रावण के हृदय में काम आसक्ति के भाव जागने लगे।

"तुम्हारे पति सकुशल हैं, उन पर कोई संकट नहीं।"

"किन्तु कुछ ही क्षण पूर्व यह क्यों लगा कि वे कष्ट में हैं।"

"वह तो छल की माया थी, उस छल को भी तुम्हारे पति ने समाप्त कर दिया है।"

"आप तो त्रिकाल दर्शी हैं, हमारे भविष्य के बारे में और बताएँ साधु महाराज।"

"तनिक निकट आओ, तुम्हारा ललाट देखकर राज्य, यश, संतति के बारे में अनुमान लगाते हैं।"

सीता अब पूर्ण निश्चिंत हो गईं कि साधु को अवश्य भूत-भविष्य का ज्ञान है। *क्यों न पति और देवर के वापस आने तक इन्हें रोका जाए।* सीता ने सोचा और द्वार पर आकर खड़ी हो गईं।

"भिक्षा ग्रहण करें महात्मा और तनिक विश्राम कर लें। मेरे पति और देवर आते ही होंगे। कृपया उन्हें भी भविष्य के संबंध में बताएँगे तो अति कृपा हो..."

"अतीव सुन्दरी, रूपसी, तुमसा सुंदर नहीं देखा," कहकर रावण ने हाथ पकड़ लिया सीता का।

"साधु होकर यह कैसा अशोभनीय कृत्य कर रहे हैं? आपको लज्जा नहीं आती," सीता घबरा कर बोलीं।

"साधु होता तो अवश्य आती पर लंका नरेश रावण को कैसी लज्जा तुमसी रूप यौवना का हरण करने में!" अट्टहास करते हुए रावण बोला।

"क्या? लंकापति रावण!" भयभीत हो कर सीता बोलीं।

"हाँ, लंकापति रावण! तुम्हारा भाग्य, तुम्हारा सुख, तुम्हारे सारे कष्टों को हरने वाला।"

"छोड़ मुझे नीच पापी, अधम। मेरे कष्टों के स्थान पर अपने कष्टों के बारे में सोच। मेरे पति के शौर्य का तू सामना भी नहीं कर पाएगा। उचित होगा, उनके आने के पहले चला जा। नहीं तो उनका बाण होगा और तेरी छाती।"

"उनके आने के पूर्व ही चला जाऊँगा किन्तु तुझे लेकर," कहकर रावण ने सीता को खींचते हुए रथ पर बिठाया। सारथि ने रथ दौड़ा दिया दक्षिण की ओर। रथ में रावण ने कठोर पकड़ से सीता को रोके रखा। सीता का रुदन वातावरण में चारों दिशाओं में गूँज रहा था।

रास्ते में गीध प्रतीक चिह्न धारण करने वाला कबीला पड़ता था। वहाँ का राजा जटायु था। गीधराज जटायु अपने प्रिय वट वृक्ष पर बैठा था कि उसे दूर एक रथ दिखा और उस पर से किसी रथी के साथ स्त्री के रुदन की ध्वनि सुनी। हाथ में त्रिशूल लिए हुए जटायु ने वेग से छलाँग लगा दी और रथ के आगे पहुँच कर रावण को ललकारा।

"कौन है? मेरी अनुमति के बिना कोई मेरी सीमा से नहीं निकल सकता।"

"मैं लंका पति रावण हूँ, तुम कौन हो? क्यों मेरा रास्ता रोकने की धृष्टता कर रहे हो।"

"मैं गीध कबीले का राजा जटायु हूँ, लंका पति मेरा अभिवादन स्वीकार करें। ये किसे बल पूर्वक ले जा रहे हैं आप?"

"जटायु, तुम तो हमारी द्रविड़ संस्कृति के हो। ये आर्य राम की स्त्री

है, जिसका मैं हरण कर ले जा रहा हूँ। हट जाओ मेरे मार्ग से। मुझे शीघ्र निकलना है।"

"यदि इनकी सहमति होती तो मुझे कोई आपत्ति नहीं थी किन्तु प्रतीत होता है कि आपने छल से इनका हरण किया है। यह आप जैसे बड़े राजा को शोभनीय नहीं है। वे आपके साथ नहीं जाना चाहती हैं तो इन्हें छोड़ दें, मेरी आप से विनती है।"

"जटायु, तुम तो जानते हो कि हम राक्षस स्त्रियों का हरण कर उनसे राक्षस विवाह करते हैं। इसमें कुछ भी अनुचित नहीं, और फिर तुम्हें तो द्रविड़ों का साथ देना चाहिए न कि आर्यों का। इन्होंने हमारी बहन की नाक काट दी थी इसलिए इन आर्यों को दंड देना ही हम द्रविड़ों का धर्म होना चाहिए।"

"नहीं, लंकेश। किसी को छल से, बल पूर्वक ले जाना धर्मानुकूल नहीं है। यह सत्य है कि हम दोनों द्रविड़ हैं किन्तु मैं इस अधर्म को करने से आपको रोकता हूँ।"

"अरे दुष्ट! तू जानता है कि रावण का रास्ता रोकने का परिणाम क्या होता है? अनार्यों के स्थान पर आर्यों का साथ दे कर क्यों पाप का भागी बन रहा है?"

"इस समय सबसे बड़ा पुण्य तो अबला को तुमसे बचाना है, रावण! फिर तुम द्रविड़ों, अनार्यों का कितना साथ देते हो? सिर्फ़ उनका शोषण करते हो। इसलिए सम जाति, सम संस्कृति की बात नहीं करो। ये धर्म और अधर्म की बात है और मेरा धर्म है कि मैं तुम्हें रोकूँ।"

यह कहते हुए जटायु ने रथ पर प्रहार किया। रथ का एक चक्का निकल गया। रावण रथ से नीचे गिरा, सँभला, उसने वेग से जटायु पर खड्ग से प्रहार किया। जटायु की बाईं भुजा खड्ग के प्रहार से शरीर से पृथक हो गई। दर्द के अतिरेक में चीख़ते हुए जटायु ने पूरी शक्ति लगा कर रावण की ओर दाईं भुजा से त्रिशूल फेंका। रावण ने वार बचाया किन्तु सारथि न बच सका। त्रिशूल सारथि की गर्दन में लगा और वह वहीं ढेर हो गया। क्रोध में भर रावण दौड़ा, चन्द्रहास से प्रहार किया। जटायु ने बचने की चेष्टा की किन्तु देर हो चुकी थी। चन्द्रहास खड्ग सीधा जटायु की छाती को छेदते हुए अंदर घुस गया। कराहते हुए जटायु पृथ्वी पर जा गिरा।

रावण ने देखा कि रथ टूट चुका है। वह सीता को ले समुद्र तट पर गया और नौका पर सवार हो लंका की ओर चला।

मृग रूप में मयावी के धरती पर गिरते और मरते समय लक्ष्मण का नाम पुकारते ही राम का हृदय किसी अनिष्ट की आशंका से घबरा गया। वे आश्रम की ओर दौड़ पड़े। रास्ते में लक्ष्मण को अपनी ओर दौड़कर आते देखा तो माथा ठनका। *"तो यह असुरों की चाल थी मुझे और लक्ष्मण को आश्रम से हटाने की। आख़िर क्या उद्देश्य था? कहीं सीता पर कोई विपत्ति तो नहीं?"*

"लक्ष्मण तुम...! सीता कहाँ हैं? तुम क्यों आए?" राम ने लक्ष्मण के निकट आते ही एक साथ कई प्रश्न किए।

"भैया, आपका आर्त स्वर सुनकर भाभी ने समझा कि आप किसी विपत्ति में हैं। ऐसे में उन्होंने मुझे हठ कर भेजा, जबकि मैंने कहा भी था कि यह कोई छल लगता है, किन्तु भाभी ने कुछ कटु वचन कह दिए और मुझे आना पड़ा।"

"किन्तु तुम्हें स्त्री के कठोर वचनों को ध्यान देकर अविवेक पूर्ण निर्णय नहीं लेना चाहिए था। लक्ष्मण मुझे किसी भारी षड्यंत्र की आशंका लग रही है।"

दोनों दौड़ते हुए आश्रम तक आए। देखा अंदर आश्रम में सीता कहीं भी दिखाई नहीं दे रही थीं। दोनों कुटिया, उनके पिछवाड़े भाग की पुष्प बगिया आदि सभी स्थान सूने थे।

"लक्ष्मण सीता आश्रम में नहीं है। सीते, सीते कहाँ हो सीते?" राम ने अधीर हो पुकारा।

"भैया मैं आस-पास देखता हूँ, आप धीरज रखें।"

"भाभी, भाभी कहाँ हो भाभी? उत्तर दो।"

यह कहते हुए लक्ष्मण चारों ओर दौड़-दौड़कर देख रहे थे। दक्षिण की ओर बढ़कर साल वृक्षों के पीछे देखने लगे। तभी राम इस आशा से गोदावरी के किनारे पहुँचे कि संभव है कि सीता नदी पर जल लेने आई हों।

"सीता, जानकी बोलो, उत्तर दो," राम चिल्ला रहे थे। कहीं से कोई उत्तर नहीं। घबराहट में राम उच्च स्वर में बोलते जा रहे थे।

"सीता कहाँ हो? सीता उत्तर दो। अरे गोदावरी, बताओ सीता कहाँ है? हे पर्वत तुम्हीं कुछ बोलो, कहाँ है सीता? हे अर्जुन वृक्ष तुम चुप क्यों हो? अशोक तुम्हीं कुछ कहो। पशु-पक्षियों तुम्हें तो पता होगा, तुम क्यों नहीं बताते?"

राम इधर-उधर बदहवास से दौड़ रहे थे। आर्य संस्कृति के अनुसार जड़ में भी चेतन की कल्पना की जाती है। इसीलिए सभी जड़ पदार्थों से पूछ रहे थे। पर कहीं से कोई उत्तर नहीं, कोई चिह्न नहीं, कोई प्रमाण नहीं। करें तो क्या करें? आँखों के आगे अँधेरा छा रहा था। *यह क्या हो गया मैं क्यूँ गया सीता को छोड़कर? लक्ष्मण ने क्यों बचकानापन दिखाया?* निराशा में राम सोच रहे थे।

"भैया इधर आएँ," लक्ष्मण का तेज़ स्वर सुनकर राम दक्षिण दिशा की ओर भागे।

"सीता दिखीं लक्ष्मण? कहाँ हैं सीता?" निकट आकर राम ने पूछा।

"भाभी नहीं दिखीं भैया, किन्तु यहाँ देखें झाड़ियाँ किसी रथ के पहियों से दबीं जान पड़ती हैं और निकट के वृक्षों पर रगड़ के चिह्न दिख रहे हैं। लगता है कोई रथी आया था हमारे पीछे। कहीं ऐसा तो नहीं भाभीश्री का किसी ने हरण किया हो," भूमि की ओर संकेत करते हुए लक्ष्मण बोले।

"हरण...! क्या कह रहे हो लक्ष्मण? नहीं यह नहीं हो सकता!"

"धीरज रखें भैया, देखिए दक्षिण दिशा की ओर रथ के पहियों के चिह्न दिख रहे हैं। हमें शीघ्र दक्षिण दिशा की ओर बढ़ना चाहिए।"

"हाँ, लक्ष्मण। तुम ठीक कह रहे हो, चलो शीघ्रता करें," अधीर हो राम बोले।

दोनों भाई रथ चक्कों के चिह्न के आधार पर आगे बढ़ने लगे। चलते-चलते अचानक चक्कों की दिशा दक्षिण से पूर्व की ओर मुड़ती दिखी। चारों ओर देखते हुए गमन कर रहे थे। आश्रम से दो योजन दूर निकल आए किन्तु अब तक कोई संकेत नहीं मिला। निराशा में बढ़ रहे थे कि अकस्मात एक वट वृक्ष के निकट बड़े आकार की वस्तु दिखी। दौड़कर निकट पहुँचे।

देखा कि एक रथ टूटा पड़ा है और पास ही में सारथि भी मृत अवस्था में पड़ा है। आशा जगी कि हो न हो यहीं कहीं सीता होंगी। कदाचित वेग से दौड़ता हुआ रथ बड़े साल वृक्षों से टकराया हो। संभव है कि किसी व्याघ्र ने आक्रमण किया हो और रथ टूटने के साथ ही वह सारथि भी मारा गया हो जो सीता को लिए जा रहा था। फिर अवसर पा कर सीता इस घने वन में छिप गईं हों।

"सीता, सीता कहाँ हो सीता?" व्याकुलता में राम पुनः पुकारने लगे।

"भाभी, भाभी हम लोग आपको खोजते हुए आ पहुँचे हैं। निर्भय होकर बाहर निकल आएँ," आशा भरी दृष्टि चारों ओर घुमाते हुए लक्ष्मण बोले।

आवाज़ सुनकर कुछ व्यक्तियों ने दौड़कर राम व लक्ष्मण को घेर लिया।

"कौन हैं आप लोग? क्या मेरी पत्नी सीता को आप सबने देखा है? कहीं आप लोगों ने ही तो सीता का हरण नहीं किया। शीघ्रता से बताएँ, मेरा धीरज खो रहा है। मेरा धनुष टंकार हेतु तत्पर है," राम ने क्रोध मिश्रित व्याकुलता से कहा।

"वह आपकी पत्नी थीं, जिन्हें हमारे राजा ने बचाने की चेष्टा की थी," उनमें से एक व्यक्ति बोला।

"कौन है आपका राजा? क्या कह रहे हैं? स्पष्ट बताएँ," लक्ष्मण ने झकझोरते हुए उससे पूछा।

"चलिए, हमारे राजा जटायु ही आपको बताएँगे। शीघ्रता करें। वे अत्यंत घायल हैं। वैद्य उनका उपचार कर रहे हैं, किन्तु स्थिति गंभीर है," कहकर शीघ्रता से वह व्यक्ति राम व लक्ष्मण को अपने साथियों के साथ दौड़ते हुए ले चला।

राम व लक्ष्मण ने देखा कि विशाल वट वृक्ष के पीछे घने वन में दूर-दूर तक छितरे घरों की एक बस्ती है। उन्हीं में से अपेक्षाकृत बड़े भवन की ओर वे लोग दौड़ रहे थे। शीघ्र ही राम व लक्ष्मण को ले कर वे लोग भवन के अंदर गए। अंदर कुछ व्यक्तियों से घिरे एक मुखिया समान दिखने वाले व्यक्ति पर राम की दृष्टि पड़ी। दिखने में वह अनार्य द्रविड़ लग रहा था। शरीर पर लगे घावों की अधिकता के कारण बीच-बीच में कराह रहा था। राम और लक्ष्मण दौड़कर उसके निकट पहुँचे।

"कौन हो तुम? क्या तुम्हीं ने मेरी भार्या सीता का हरण किया है? बताओ कहाँ है सीता?" राम ने झकझोरते हुए पूछा।

"तो वह तुम्हारी स्त्री थी जिसे राक्षस राज रावण हरण कर ले गया है। मैंने उसे बचाने की चेष्टा की थी किन्तु असफल रहा। पर तुम बताओ तुम लोग कौन हो? कदाचित मृत्यु से पूर्व मैं तुम्हारी कुछ सहायता कर सकूँ," जटायु मंद स्वर में बोला।

"मैं अयोध्या मणि दशरथ का पुत्र राम हूँ। यह मेरा छोटा भाई लक्ष्मण है। हम पंचवटी वन में रह रहे थे। मेरी पत्नी सीता भी हमारे साथ थी जिसका हरण हुआ है।"

"क्या तुम दोनों राजा दशरथ के पुत्र हो? अरे वह तो मेरे मित्र हैं," काँपते स्वर में जटायु बोला।

"पिताश्री आपके मित्र? किन्तु आप कौन हैं महात्मन, कृपया कर अपने बारे में बताएँ। क्या हमारी सहायता कर सकेंगे? शीघ्र कहें," राम उत्तेजना पूर्ण वाणी में बोले।

"मैं गीध कबीले का राज जटायु हूँ। बहुत वर्ष पूर्व हम द्रविड़ों का आर्यों के युद्ध हुआ था। उस देवासुर संग्राम में तुम्हारे पिता आर्यों की ओर से और मैं द्रविड़ कबीले का प्रमुख होने के नाते अनार्यों की तरफ़ से युद्ध कर रहे थे। युद्ध के पश्चात दोनों पक्षों में समझौता हुआ और ऐतिहासिक संविलियन हुआ। यह दोनों पक्षों के उदार नायकों के कारण ही संभव हो सका था। तुम्हारे पिता महान योद्धा होने के साथ-साथ अति विनम्र, आधुनिक विचारों के पोषक, अग्रदृष्टा व विवेकवान पुरुष थे। मुझे उनका स्वभाव बहुत भाया। उन्हें भी मुझमें कुछ गुण दिखे, क्योंकि हम दोनों ही इस संविलियन के घोर समर्थक थे। वहीं हम दोनों एक दूसरे के निकट आए और हममें मित्रता हो गई। बाद में द्रविड़ों ने दक्षिण में अपने ठिकाने बनाए और यहाँ इस स्थान पर हम गीध प्रतीक कबीले के लोगों ने अपनी बस्ती बनाई। किन्तु तुम लोग इस वन में क्या कर रहे थे? तुम्हारे पिता और मेरे मित्र दशरथ तो ठीक हैं?"

"पिताश्री तो स्वर्गवासी हो गए हैं और हम यहाँ चौदह वर्ष का वनवास कर रहे थे। तेरह वर्ष व्यतीत हो गए थे, अंतिम वर्ष चल रहा था कि यह संकट आ गया," राम बोले।

"मित्र का निधन की सूचना जानकर और तुम्हारी परेशानी देखकर

मन में क्षोभ हो रहा है। किन्तु संकट से विजयी होकर निकलना ही महावीरों का कार्य है राम और मैं जानता हूँ कि दशरथ के पुत्रों से शूरवीरता में कौन टक्कर ले सकता है। मन को छोटा न करो, हो सकता है कि विधि की इस व्यूह रचना से तुम महान योद्धा होकर विजयश्री और यश के साथ बाहर निकलो। कोई भी खोई हुई वस्तु बिना प्रयत्न वापस नहीं मिलती, राम। इसलिए साहस को बटोरो। कायरता का कुफल और साहस का सुफल निश्चित रूप से मिलता है," जटायु बोला।

"किन्तु हमें अब क्या करना चाहिए, महात्मन? क्या उपाय हम करें कि रावण को पराजित किया जा सके," राम ने विनीत भाव से पूछा।

"राम, लंका पति रावण एक बलशाली किन्तु अहंकारी राजा है। जब द्रविड़ों ने दक्षिण में अपना आधिपत्य बनाया तब द्रविड़ जातियों ने अपने-अपने कबीलों के लिए पृथक-पृथक स्थान बना लिए और अपने परम्परागत व्यवसाय में लग गए," जटायु बोलता जा रहा था। राम और लक्ष्मण ध्यान मग्न होकर उसे सुन रहे थे। जटायु ने आगे बोलना शुरू किया।

"सभी द्रविड़ों में राक्षस सदैव से स्वयं को हम सबसे ऊपर समझते थे। जबकि द्रविड़ सभ्यता और संस्कृति के विकास और विस्तार में हम सभी का योगदान था। हमारी बनाई वस्तुओं और पैदा की गई क़िस्मों की बाहर देशों में माँग थी। हमारा जल मार्ग से व्यापार उन्नत था। सभी जातियाँ अपनी हिस्सेदारी के साथ वस्तुओं का संग्रह करते और उन्हें संग्रह केन्द्रों पर लाकर देते थे। वहाँ से या तो उन्हें बाहर भेजा जाता था या बाहर के व्यापारी स्वयं यहाँ आकर उन्हें ले जाते थे। हमारी वनोपज, औषधियाँ, मसाले, मछली, मांस, रत्न के अतिरिक्त ढेरों वस्तुओं का व्यापार अन्य देशों से होता था। सभी कबीले बेहद श्रम करते थे, उनकी अपनी हिस्सेदारी थी।"

"आपका कबीला भी उस व्यवस्था में सम्मलित था पूज्य?" लक्ष्मण ने पूछा।

"हाँ, हम गीध प्रतीक द्रविड़ कबीले के व्यक्ति वनों में हस्तिदंत, मृगछाल, पशु मांस आदि को एकत्र कर उन्हें जल मार्ग से आने वाले व्यापारियों को देते रहे हैं। मेरा एक भाई सम्पाती सागर तट पर अपने कबीले के साथ रहता है। हम उस तक सामग्री पहुँचाते हैं और वह व्यापारियों को बेचता है तथा उनसे सामग्री लेकर हम तक पहुँचाता है। हमारा व्यापार अच्छा

चल रहा था किन्तु अब राक्षस हमारे व्यापार पर भी एकाधिकार करना चाहते हैं। वे चाहते हैं कि हम उनके श्रमिक बन कर कार्य करें जबकि लाभ में हिस्सेदारी उनकी रहे। हम मात्र श्रम से संतुष्ट रहें क्योंकि वे हमारे रक्षक हैं, हमें संरक्षण दे रहे हैं। यह उनके द्वारा बलात् दावा किया जाने लगा था।"

"आप लोगों ने प्रतिकार नहीं किया?" राम ने जिज्ञासा प्रकट की।

"जब तक हम समझ पाते यह घटित हो चुका था। हमारे साथ ही नहीं राक्षसों ने, जो स्वयं को सभी से श्रेष्ठ बता रहे थे, धीरे-धीरे सभी के व्यापार पर अपना एकाधिकार स्थापित करना प्रारम्भ किया। रावण के नेतृत्व में यह तेज़ी से हुआ। रावण ने राक्षसों का नेतृत्व करते हुए यक्षराज कुबेर से लंका को छीन लिया।"

"लंका को छीना...? तो क्या लंका राक्षसों द्वारा नहीं बसाई गई?" राम ने आश्चर्य से पूछा।

"नहीं, यह यक्षों द्वारा बसाई गई थी। सिर्फ़ यक्ष ही नहीं समुद्र तट पर रहने वाली सभी द्रविड़ जातियों एवं वनों में निवासरत द्रविड़ों से राक्षसों ने उनके व्यापार-व्यवसाय का स्वामित्व छीनकर उन्हें श्रमिक बना दिया। कई द्रविड़ जातियों, जैसे : वानर आदि ने सदैव रावण का विरोध किया व यदा-कदा उसे परास्त भी किया। किन्तु तकनीकी रूप से कोई भी द्रविड़ कबीला इतना सशक्त नहीं था जितने कि राक्षस थे। इसीलिए इन्होंने छल से, बल से, तकनीक से अपना वर्चस्व सम्पूर्ण प्रायद्वीप में फैला दिया। अहंकारी होने के कारण अन्य जातियों का अपमान करना, उनकी सम्पत्ति, उनकी स्त्रियों को छीनना और उन्हें स्थान से च्युत करना इनका स्वभाव बन गया।"

"क्या राक्षस जाति में कोई ऐसा नहीं था जो राक्षसों को इस अनैतिक व्यवहार से रोकता?" राम ने करुण स्वर में पूछा।

"अपितु इसका उलट हुआ," जटायु ने आगे बोलना शुरू किया। "रावण के समय राक्षस जाति के अत्याचार अन्य द्रविड़ों पर और भी अधिक बढ़ गए। संभव है, जैसा कि होता रहा है, अहंकारी का अंत बुरा होता है, रावण का भी अंत आ गया हो। तभी तो कहते भी हैं कि विनाश काल आने पर विपरीत बुद्धि चलने लगती है। रावण की बुद्धि भी उलटी चली और उसने सीता का हरण कर लिया। यह तो सत्य है कि आर्यों की युद्ध तकनीक अनार्यों से श्रेष्ठ है। तुम दोनों उसमें पारंगत भी हो। अन्य

द्रविड़ जातियाँ रावण और राक्षसों से घृणा करती हैं। तुम अपनी भार्या के लिए रावण से लड़ने के स्थान पर इस युद्ध को न्याय-अन्याय, धर्म-अधर्म, अच्छाई-बुराई की लड़ाई में बदल दो। इससे तुम समस्त गैर राक्षस अनार्य जातियों का समर्थन ले सकोगे। उनके साथ रावण का अंत करो, अन्याय का अंत करो, दुराचार का अंत करो राम। दक्षिण की ओर बढ़ो, यद्यपि संभव है कि रावण जल मार्ग से प्रायद्वीप के पश्चिम तट से लंका गया हो किन्तु तुम थल मार्ग से जाओ। सभी द्रविड़ों का विश्वास जीतो। आगे आर्यों में प्रतिष्ठित मतंग ऋषि का आश्रम है जो तुम्हें शक्ति संचय में सहारा दे सकता है। किन्तु स्मरण रहे मात्र अपनी भार्या को रावण से छुड़ाना ही तुम्हारा उद्देश्य नहीं है। तुम अधर्म और अन्याय को परास्त करने जा रहे हो। यह संभव होगा सभी अनार्य जातियों के सहयोग से," जटायु बोलता जा रहा था, स्वर था कि शनैः-शनैः धीमा होता जा रहा था।

"कौन-कौन प्रमुख द्रविड़ जातियों से सहयोग अपेक्षित होगा महात्मा?" राम ने जानना चाहा।

"यहाँ इस प्रायद्वीप में यक्ष, नाग, गरुड़, वानर, गीध, गंधर्व, किन्नर सभी प्रमुख द्रविड़ जातियाँ हैं, जो तुम्हें रावण के विरुद्ध सहयोग दे सकती हैं। यदि तुम उनका भरोसा जीत सके तो वे परिणाम की चिंता किए बिना पूर्ण समर्पण भाव से तुम्हारे साथ हो जाएँगे। अब तुम जाओ राम। मैं भी जा रहा हूँ। तुम्हारी विजय हो राम, विजय हो," कहते-कहते जटायु ने प्राण त्याग दिए।

"लक्ष्मण गीधराज अपने पिता के मित्र थे, इनका यथोचित अंतिम संस्कार हमें करना होगा," राम ने जटायु की आँखें बंद करते हुए कहा।

"जैसी आपकी इच्छा भ्राता," कहते हुए लक्ष्मण ने बस्ती वालों के साथ सभी तैयारियाँ पूर्ण कीं। आर्य पद्धति से अंतिम संस्कार करते हुए जटायु को अग्नि को समर्पित किया। लक्ष्मण ने देखा अग्नि की गर्मी एवं चमक के साथ ही राम का चेहरा भी दृढ़ता एवं आत्मविश्वास से चमकने लगा था। आँखें बंद कर राम कुछ क्षण वहीं खड़े रहे। लक्ष्मण ने टोका तब जैसे तन्द्रा टूटी हो।

"आपकी मुख मुद्रा में मैं अकस्मात परिवर्तन देख रहा हूँ भ्राताश्री।"

"हाँ, लक्ष्मण। अचानक इस महात्मा पुरुष ने जैसे मेरा काया कल्प कर दिया। जानते हो लक्ष्मण जब इन्होंने बताया कि ये पिताश्री के मित्र हैं

और सीता को बचाने के प्रयास में अपने प्राण गँवा रहे हैं तो मेरे मन में भाव आया कि मैं कितना अभागा हूँ। राज्य गँवाया, पिता का स्वर्गवास हुआ, वन में भटकना, पत्नी का हरण और इस महापुरुष का मरण हुआ। ये सब मेरे कारण हुआ। किन्तु इनकी सीख ने जैसे मुझमें नई शक्ति भर दी है। मुझे लग रहा है कि क्यों मैं मात्र व्यक्तिगत दुःख को ही इतना बड़ा बनाए था कि कुछ सूझ ही नहीं रहा था। किन्तु अब राम अपने लिए नहीं सबके लिए लड़ेगा। अधर्म के विरुद्ध, अन्याय के विरुद्ध, अराजकता के विरुद्ध लड़ेगा, सबल से निर्बल के लिए लड़ेगा, सबके जीवन और सम्मान के लिए लड़ेगा," राम बोलते जा रहे थे और लक्ष्मण को अनुभव हो रहा था कि हर शब्द के साथ जैसे राम का क़द विराट होता जा रहा था। लक्ष्मण की आँखें भर आईं वे रुंधे गले से बोले।

"भैया यद्यपि भाभीश्री के हरण का मन में बहुत कष्ट है किन्तु हर्ष इस बात का है कि आप अपने स्वाभाविक रूप में लौट आए हैं। जिसके लिए राम को जाना जाता है वह कहीं खो गया था। यही दुःख सबसे बड़ा था मेरे लिए। आप जैसा महात्मा और तपस्वी यदि सामान्य व्यक्ति की तरह सोचेगा तो जगत कल्याण के लिए कौन आएगा भ्राता? मैं प्रसन्न हूँ कि आपका नैसर्गिक रूप वापस आ गया, आपका उत्साह वापस आया। क्योंकि आपसे ही मैंने सीखा था कि सबसे बड़ा बल उत्साह है, जिसमें उत्साह होता है उसके लिए कुछ भी असंभव नहीं।"

"हाँ, लक्ष्मण। चलो अब राम की नई यात्रा शुरू होती है। जिसमें धर्म और सत्य की स्थापना तथा अधर्म का नाश होगा जिसमें अच्छाई की बुराई पर जीत होगी," राम भुजा उठाकर बोले।

# 8

दोनों भाई चलते-चलते मतंग ऋषि के आश्रम में पहुँचे। आश्रम में ऋषि मुनि तो नहीं मिले हाँ, एक परिचारिका अवश्य थी। उसने पूछने पर बताया कि उसका नाम शबरी है। शबरी ने दोनों का परिचय जानना चाहा, ज्ञात हुआ कि ये ही राम व लक्ष्मण हैं तो अति प्रसन्न हो स्वागत किया।

"गुरुदेव के इस आश्रम में मैं वर्षों से परिचारिका का कार्य कर रही हूँ। चित्रकूट और दंडक वन से अनेक बार ऋषि मुनि यहाँ आए। उनसे आपके बारे में सुना है कि कैसे आपने वहाँ ऋषि-मुनियों की सेवा की, उनकी रक्षा की। उन्होंने बताया था कि आप चौदह वर्ष के वनवास पर हैं और संभव है कि इस आश्रम में भी आएँ। आज आपको यहाँ देखकर, आपकी सेवा कर मुझे लगता है कि संतों की वर्षों की सेवा का फल जैसे मिल गया हो। किन्तु प्रभु, जैसा मैंने सुना था, आपके साथ तो आपकी भार्या भी थीं। वह कहाँ हैं?" शबरी बोली।

"शबरी उसका हरण राक्षस राज रावण ने किया है और इसी हेतु हम यहाँ आए हैं। क्या तुम बता सकोगी कि कोई सहायता देने वाला है जिस पर हम भरोसा कर सकें?"

"इस मलयगिरि पर हमारी भील जाति के लोग रहते हैं। यद्यपि उनकी सहायता रावण के विरुद्ध आपको मिल सकती है, किन्तु वे अधिक उपयोगी सिद्ध नहीं हो सकेंगे। आप यहाँ से दक्षिण की ओर जाएँ। वहाँ पम्पा सरोवर के किनारे ऋष्यमूक पर्वत मिलेगा। उस पर किष्किन्धा से निष्कासित वानर राजा सुग्रीव अपने सहायकों के साथ रह रहे हैं। उनकी अपने भाई किष्किन्धा नरेश बाली से शत्रुता है। आप उनसे मित्रता करें, वे संकट में हैं। उन्हें भी इस समय सहायता की आवश्यकता है। आप उनके लिए और वे आपके लिए सहायक सिद्ध होंगे," शबरी बोली।

"देखो लक्ष्मण, कितना सुंदर सरोवर है। यही पम्पा होगा। नीलकमल खिले हैं, पंछी विहार कर रहे हैं। तीर पर तरुवर कितने घने और रमणीक लग रहे हैं। लगता है यही सामने ऋष्यमूक होगा जिसकी चर्चा हमने सुनी है। पूरा दृश्य ही नयनाभिराम है," राम मंत्र मुग्ध हो बोले।

"हाँ, भैया। आपने सत्य कहा। अरे! देखो सामने से कोई विप्र हमारी ओर चले आ रहे हैं।"

"इन्हीं से सुग्रीव के बारे में पूछते हैं, लक्ष्मण।"

दोनों उसी दिशा में आगे बढ़े जहाँ से विप्र उनकी ओर चले आ रहे थे।

"प्रणाम विप्रवर," निकट आने पर राम ने कहा।

"प्रणाम, प्रणाम। कौन हैं आप वीर पुरुष और यहाँ किस प्रयोजन से घूम रहे हैं?" विप्र ने पूछा।

"आप बताएँ कि आप कौन हैं? क्या पम्पा तट पर आपका निवास है?" लक्ष्मण ने प्रश्न किया।

"हाँ, तुमने सही अनुमान लगाया। मैं एक विप्र हूँ और इसी तीर पर तपादि करता हूँ," विप्र ने कहा किन्तु देखा कि वय में बड़े पुरुष जो तेज़ में भी अधिक लग रहे थे, उन्हें देख कर मंद-मंद मुस्करा रहे हैं। आँखें मिलते ही विप्र कुछ झेंपे, पुनः बोले, "किन्तु आप लोगों ने अपना परिचय नहीं दिया। देखिए विप्र से मिथ्या भाषण करने में पाप लगता है, इसलिए सत्य बोलना।"

"यह सत्य है कि विप्र से मिथ्या भाषण नहीं करना चाहिए किन्तु यदि विप्र ही बनावटी हो तो?" राम ने पूछा, जो अभी भी मुस्करा रहे थे।

"क्या अर्थ है आपके इस कटाक्ष का?" विप्र ने आश्चर्य मिश्रित क्रोध से पूछा।

"आपने विप्र का झूठा वेश जब बनाया था तब अपना यज्ञोपवीत भी बदल लेते। यह तो मूँज का जनेऊ है जो क्षत्रिय की पहचान है विप्र की नहीं। विप्र तो सूती जनेऊ धारण करते हैं," राम ने कहा और उनके मुख पर मुस्कान और भी गहरी हो गई।

"विलक्षण, अद्‌भुत आप तो परम ज्ञानी हैं! मुझे क्षमा करें। आप जैसे महापुरुष से कुछ भी छिपा नहीं। मेरी विनती है कि कृपया अपना परिचय

दें तभी मैं अपनी पहचान खोल पाऊँगा," विप्र बने व्यक्ति ने दोनों हाथ जोड़कर कहा। लक्ष्मण ने राम की ओर संशय से देखा किन्तु राम ने आँखों से संकेत किया जैसे कह रहे हों की भले ही इन्होंने झूठा वेश धरा था पर विश्वास योग्य हैं।

"मैं कोसल राज्य का अधिपति राम हूँ। ये मेरे छोटे भाई लक्ष्मण हैं। हमारे यशस्वी पिता दशरथ थे, कदाचित जिनका आपने नाम सुना हो। हम दोनों भ्राता वन में वास कर रहे थे। हमारे साथ मेरी भार्या सीता भी थीं जिनका हरण राक्षस राज रावण ने किया है। हम इसी कारण सहायता हेतु वानर राज सुग्रीव को खोज रहे हैं। जिनके बारे में भीलनी देवी शबरी ने कहा था कि वे यहीं कहीं ऋष्यमूक पर्वत पर मिलेंगे। क्या आप हमारी इस संबंध में कुछ सहायता कर सकते हैं?"

"क्षमा करें, आपसे झूठा वेश बनाकर मिला इस हेतु क्षमा करें, मेरा नाम हनुमान है और मैं सुग्रीव का मंत्री हूँ। आप मेरे स्वामी सुग्रीव को खोज रहे थे और मैं आपके प्रति शंका भाव लिए था। क्षमा करें प्रभु," कहते हुए हनुमान राम के चरणों पर गिर पड़े। उनकी आँखों से अश्रु झलक रहे थे।

"उठो हनुमान," राम ने कहा और कंधों से उठाते हुए हनुमान को हृदय से लगा लिया। हनुमान का निश्छल प्रेम और स्वामी भक्ति देखकर राम की भी आँखें छलछला आईं थीं।

"मेरे स्वामी सुग्रीव भी अपने भाई बाली से प्रताड़ित होकर इस ऋष्यमूक पर निष्कासित जीवन बिता रहे हैं। उन्हें भी आप जैसे वीर तेजस्वी साथी की आवश्यकता है। आप दोनों मित्रता कर लें। एक दूसरे का काज पूर्ण करने में आप दोनों ही सक्षम हैं। चलिए नाथ मैं आपको उनके पास ले चलता हूँ।"

हनुमान दोनों भाइयों को लेकर ऋष्यमूक पर चढ़ने लगे। ऊपर कन्दरा से झाँक कर सुग्रीव ने देखा कि हनुमान दोनों वीर सदृश्य पुरुषों को अपने साथ ला रहे हैं। *लगता है दोनों वीर शत्रुता के नहीं मित्रता के योग्य हैं तभी तो हनुमान लेकर आ रहे हैं।* सुग्रीव ने विचार किया। तभी हनुमान दोनों को लेकर सम्मुख उपस्थित हुए।

"स्वामी, मिलिए इनसे। ये हैं अयोध्या नरेश राम और इनके छोटे भाई

लक्ष्मण। आपके पास ही मित्रता हेतु आ रहे थे," कहकर हनुमान ने पूरा वृतान्त सुग्रीव को सुनाया।

"आज मेरा मन बहुत प्रफुल्लित हो रहा है। मेरी याचना है कि आप दोनों मित्र बन जाएँ। मैं आप दोनों का सेवक बनूँगा और आप दोनों मेरे स्वामी मेरे प्रभु," हाथ जोड़कर हनुमान बोले।

"वानर राज सुग्रीव यदि मुझे अपना मित्र बनाते हैं तो मेरे लिए इससे बड़ी प्रसन्नता की बात क्या होगी?" राम ने कहा।

"मैं वानर जाति का व्यक्ति, आप आर्य श्रेष्ठ मुझसे मित्रता कर मुझे बड़ भागी बना रहे हैं। मैं सदैव आपका आभारी रहूँगा," सुग्रीव बोले।

"नहीं मित्र, मित्रता में आभार कैसा। यह इक्ष्वाकु वंशी राम आज तुमसा निर्मल हृदय मित्र पाकर धन्य हो गया। हनुमान अग्नि प्रज्ज्वलित करो हम अग्नि को साक्षी मान सदा के लिए एक दूसरे के मित्र बनेंगे।"

"जो आज्ञा स्वामी," कहकर हनुमान ने अग्नि प्रज्ज्वलित की। राम और सुग्रीव ने एक दूसरे का हाथ पकड़कर अग्नि की प्रदक्षिणा की।

"मन-वचन-कर्म से आज राम तुम्हारा मित्र हुआ। मेरा वचन है कि आज से तुम्हारा हर दुःख मेरा दुःख होगा, मेरा हर सुख तुम्हारा सुख होगा। स्वप्न में भी तुमसे कोई बात छिपाऊँ, तुमसे तनिक भी भेद करूँ तो पाप का भागीदार बनूँ।"

हनुमान की आँखें मारे खुशी के छलछला उठीं। *"ऐसा क्यों होता है कि किसी से पहली बार ही मिले और वह अपना-सा लगने लगे जैसे सदैव का साथ रहा हो। राम को देखता हूँ तो लगता है कि मैं इनसे कितना एक रूप हूँ, कितना सहज अनुभव कर रहा हूँ इनके साथ।"* हनुमान सोच रहे थे कि राम की दृष्टि उन पर पड़ी। आँखों से आँखें मिलीं हनुमान ने सकपका कर आँखें झुका लीं कि कहीं ये मेरे झूठे वेश पर फिर से कटाक्ष तो नहीं करना चाहते।

"मित्र सुग्रीव, तुम्हारा सहायक हनुमान तो बड़ा विद्वान है," मंद-मंद मुस्कराते हुए राम बोले।

"क्षमा करें स्वामी जो आपको विद्वता दिखाई, इस हेतु मैं क्षमा प्रार्थी हूँ," सुग्रीव कुछ बोलते इससे पूर्व ही हनुमान बोल पड़े।

"नहीं, हनुमान। मैं सच कह रहा हूँ। जिस प्रकार तुम संस्कृत में वार्तालाप कर थे, कोई भी तुम्हें वेदपाठी, अग्निहोत्र करने वाला विप्र ही समझता। आख़िर कहाँ से सीखा तुमने यह सब?" हनुमान की ओर स्नेह से देखते हुए राम बोले।

"प्रभु, मैं वानर जाति का द्रविड हूँ। मेरा जन्म स्थान महर्षि अगस्त्य के आश्रम के पास है। मुनि अगस्त्य ने सभी अनार्यों को यज्ञोपवीत कराकर उन्हें यथोचित वर्ण में सम्मिलित कर वेद, यज्ञ, शस्त्र, शास्त्र की शिक्षा देनी प्रारम्भ की तो मैं भी उनके यहाँ अध्ययन करने गया। मुनि ने मुझे मूँज जनेऊ पहनाकर द्विज बनाया और क्षत्रिय वर्ण में सम्मिलित किया। मैंने वहीं वेद, यज्ञादि, शस्त्र और शास्त्रों का अध्ययन किया था इसलिए आपसे संस्कृत में संभाषण करने की धृष्टता कर बैठा।"

"तुम बहुत निश्छल, निर्मल हृदय, स्वामी भक्त हो। जितनी प्रसन्नता मुझे सुग्रीव-सा मित्र पाकर हो रही है उतना ही सुख तुम्हें पाकर मिला है हनुमान।"

राम ने कहा तो हनुमान भावुक होकर उनके चरणों में गिर गए। राम ने उठाना चाहा किन्तु हनुमान थे कि उठना ही नहीं चाह रहे थे। जब देखा कि राम और हनुमान दोनों ही अति भावुक हो रहे हैं तो लक्ष्मण बोले, "उठो भैया, क्या सारा प्रेम बड़े भ्राता पर ही उड़ेल दोगे या लक्ष्मण के लिए भी कुछ बचाओगे?"

हनुमान ने यह सुना तो आँखें पोंछते उठ खड़े हुए और लक्ष्मण के गले लग गए।

"तुम्हें देखकर तो ईर्ष्या हो रही है हनुमान। अभी तक मुझे भ्रम था कि ज्येष्ठ भ्राता राम का मुझसे बड़ा सेवक कौन होगा। तुम तो मेरे प्रतिद्वंद्वी हो," हँसकर लक्ष्मण ने कहा।

"क्यों न हम दोनों सेवक, स्वामी को कुछ क्षण एकांत में छोड़कर अलग चलें।" लक्ष्मण को हृदय से लगाकर हँसते हुए सुग्रीव ने कहा।

अगस्त्य मुनि अपने आश्रम में संध्या कर उठे थे कि एक शिष्य ने सूचित किया कि गुप्तचर दक्षिण से कुछ महत्त्वपूर्ण सूचना लेकर आए हैं और तत्काल

गुरुदेव के दर्शन करना चाहते हैं। मुनि ने अविलम्ब बुलवाया। गुप्तचरों ने अंदर आकर गुरुदेव को प्रणाम किया और सूचना दी कि राम, लक्ष्मण और सीता पंचवटी में रह रहे थे कि तभी कुछ दिवस पूर्व लंकापति रावण ने सीता का हरण कर लिया। जटायु ने सीता को रावण से मुक्त कराने की चेष्टा में अपने प्राण दे दिए। किन्तु मरने से पूर्व उसने राम व लक्ष्मण को सहायता हेतु सुग्रीव की ओर भेजा है। मुनि ने यह सुना तो वे अधीर हो उठे। तत्काल सभी प्रमुख विभागाध्यक्ष बुलाए गए। सबके आ जाने पर मुनि ने संक्षिप्त में सभी को घटनाओं की सूचना दी।

"धन्य है गीधराज जटायु! जिस प्रकार इस द्रविड़ राजा ने आर्य राम की सहायता अपने प्राण देकर की है वह अनुकरणीय है। एक ओर तो ऐसे द्रविड़ राजा हैं जो अनीति पर चलने वाले एक द्रविड़ से संघर्ष करते हैं व नीति पर चलने वाले आर्य का साथ देते हैं, और दूसरी ओर अहंकारी रक्ष लोग हैं जो अभी भी हमारे आर्य अनार्य संविलियन का विरोध कर रहे हैं," मुनि ने गहरी श्वास लेकर कहा।

"हमें इस स्थिति में क्या करना चाहिए गुरुदेव?" एक शिष्य ने पूछा।

"लगता है कि निर्णायक घड़ी आ चुकी है। अब यह इतिहास सिद्ध करेगा कि आर्य-अनार्य मिश्र हिन्दू धर्म रहेगा या अनार्य प्रभुत्व वाला राक्षस धर्म। इस निर्णायक घड़ी में हमें मात्र मूक दर्शक की भाँति हाथ पर हाथ धरे नहीं बैठना है। सभी श्रेष्ठ आयुध तैयार किए जाएँ, रथ तैयार हों धनुष, बाण, आग्नेयास्त्र आदि सभी तैयार कर राम की सहायता हेतु भेजना होगा। बिना युद्ध अहंकारी रावण सीता को वापस नहीं करेगा। हाँ, एक महत्त्वपूर्ण बात और हमें प्रमुख राक्षस स्थानों पर अपनी विशिष्ट टुकड़ी, जो राक्षस वेश धारी मुनियों की है, को भेजना होगा। ये राक्षस वेश धारी मुनि राक्षस सेवा में, राक्षस राज के दरबार में अपना स्थान बनाएँ और अवसर आने पर राम की यथा संभव सहायता करें। साथ ही, अन्य द्रविड़ राजाओं के यहाँ भी हमें अपने दूत भेजने होंगे जो वहाँ इस हेतु वातावरण तैयार कराएँ कि वे नीति व अनीति के इस संग्राम में नीति पर चलने वाले राम का साथ दें अनीति पर चलने वाले रावण का नहीं। हमारे इन दूतों को यह भी प्रयास करने होंगे कि युद्ध होने पर इसे आर्य व अनार्य युद्ध का स्वरूप न मिल पाए। इसके स्थान पर वह अच्छाई से बुराई का युद्ध बने। वैसे भी अन्य द्रविड़ राज्य रावण से प्रताड़ित हैं और यदि हमसे कोई त्रुटि नहीं

हुई तो वे सहर्ष राम का साथ देंगे," मुनि ने विस्तार से समझाते हुए कहा।

"हमें तुरंत अयोध्या एवं अन्य आर्य राज्यों को सूचित कर राम को सहायता भेजने हेतु कहना होगा," एक वरिष्ठ मुनि ने कहा।

"नहीं। कदापि नहीं। इससे तो यह निश्चित ही आर्य-अनार्य युद्ध में परिवर्तित हो जाएगा जो आत्मघाती होगा। इसलिए युद्ध यदि होता है तो इसे राम तथा गैर राक्षस अनार्य द्रविड़ों का राक्षसों से युद्ध का स्वरूप देने का प्रयास करना चाहिए। अयोध्या अथवा किसी अन्य आर्य राज्य की सहायता राम के लिए उतनी हितकारी नहीं होगी जितनी स्थानीय द्रविड़ क्षेत्र वासी राजाओं की। यदि राम सभी द्रविड़ों का समर्थन अधर्मी, अहंकारी राक्षसों के विरुद्ध ले सके तो राम की विजय सुनिश्चित है," अगस्त्य बोले।

"तब आपका क्या आदेश है गुरुवर? हम सहर्ष मानने को तैयार हैं," एक युवा उत्साही मुनि बोला।

"आयुध विभाग श्रेष्ठ आयुधों का निर्माण बिना विश्राम लिए करे। परिवहन विभाग उन आयुधों को समय आने पर राम तक पहुँचाने की व्यवस्था करे। रथी रथ तैयार कर राम के निकट स्थानों पर पहुँचें और आवश्यक होने पर तत्काल वहाँ जाएँ। दूत शीघ्र ही विभिन्न द्रविड़ राज्यों में पहुँचें। राक्षस वेश में प्रशिक्षण प्राप्त टुकड़ी सभी राक्षस स्थानों पर जाएँ व इस टुकड़ी के श्रेष्ठ मुनि लंका पति रावण के दरबार में जाने हेतु प्रस्थान करें। द्रविड़ों को उपनयन संस्कार कर द्विज रूप में आर्यों में सम्मिलित करने का कार्य भी आश्रम में युद्ध स्तर पर होना चाहिए। जब तक राम इस धर्म युद्ध में विजयी नहीं होते हम सभी बिना विश्राम अपना शत-प्रतिशत प्रयास करेंगे, यह शपथ लें।"

"जैसा आपने विचारा वैसा ही होगा, हम शपथ लेते हैं," सभी ने एक स्वर में कहा।

"किन्तु गुरुदेव रावण के दरबार में जाने हेतु मुनियों का नामांकन आप ही करें," एक मुनि बोला।

"शुक, तुम अपने कुछ साथियों के साथ लंका के लिए आज ही प्रस्थान करो। ध्यान रहे कि वहाँ तुम्हें अपनी कुशलता से रावण का विश्वास पात्र बनना होगा और समय आने पर राम की सहायता करनी होगी। रावण अति बुद्धिमान व चालाक है, इसलिए तुम्हें सतर्कतापूर्वक कार्य करना होगा। सारे

निर्णय तुम्हें अपने विवेक से लेने होंगे, हम न तुम्हें कोई संदेश भेजेंगे और न ही कोई सहायता।"

"जो आज्ञा गुरुदेव। आपने मुझ पर जो भरोसा जताया है मैं समय आने पर अवश्य आपका मान रख सकूँ, यह आशीर्वाद दें," शुक ने कहा। फिर गुरु के चरणों की वन्दना की और निकल पड़ा अपने कुछ साथियों के साथ लंका की ओर।

"मित्र सुग्रीव, हनुमान बता रहे थे कि तुम अपने भाई से प्रताड़ित होकर इस पर्वत पर निष्कासित जीवन व्यतीत कर रहे हो। मुझे बताओगे कि मैं तुम्हारी क्या सहायता कर सकता हूँ," राम ने एकांत पा सुग्रीव से पूछा।

"मित्र किष्किन्धा का राजा बाली मेरा बड़ा भाई है। पिता के निधन के पश्चात बाली राजा बना, मैं उसकी सेवा में रहकर राज काज में उसका हाथ बँटाने लगा। हम दोनों भाइयों में बड़ा प्रेम था। एक बार राक्षस और वानरों का युद्ध हुआ। हम दोनों भाइयों ने उसमें भाग लिया। अनेक दिन युद्ध चलने के बाद एक दिन अकस्मात बाली को राक्षसों ने गुफा में घेर लिया। लड़ते हुए अनेक दिन हो गए, बाली का कुछ पता नहीं चला। तब मैं डरकर किष्किन्धा लौट आया। राज सिंहासन खाली न रहे इस हेतु मंत्रियों ने मुझे गद्दी पर बिठा दिया। अनेक दिवस व्यतीत होने के बाद एक दिन बाली शत्रुओं को मार कर लौट आया। भाई के लौटने पर मुझे अति प्रसन्नता हुई। मैंने उसका स्वागत किया और सहर्ष राज सिंहासन उसे सौंपना चाहा। किन्तु मेरे प्रति शंका के कारण बाली बैर भाव ले मुझसे भिड़ गया। मेरा प्रजा के सामने अपमान किया, मारपीट कर राज्य से निकाल दिया, मेरी पत्नी रोमा को भी मुझसे छीन लिया। तभी से प्राणों के भय से मैं हनुमान जैसे अपने कुछ गिनती के स्वामिभक्त सहायकों के साथ यहाँ अपना जीवन काट रहा हूँ," सुग्रीव ने अश्रु पूरित नेत्रों से राम को अपनी व्यथा सुनाई।

"मित्र तुम्हारी करुण कहानी सचमुच द्रवित करने वाली है। बताओ मैं तुम्हारी क्या सहायता कर सकता हूँ। मेरी अभिलाषा है कि तुम पुनः अपना खोया हुआ सम्मान और राज्य पाओ," राम द्रवित हो बोले।

"क्या यह संभव हो सकेगा राम? कैसे होगा यह सब?" सुग्रीव के

मन में आशा के बीज फूटे।

“मैं तुम्हारे भाई बाली का वध कर सकता हूँ, यदि तुम सहमति दो तो,” राम ने सुग्रीव पर दृष्टि गड़ाते हुए कहा।

“जिस प्रकार उसने मेरा अपमान कर मेरा सब कुछ छीन लिया, मुझे राज्य से निष्कासित कर दिया, मेरा जी चाहता है कि बाली का वध हो और मैं पुनः ससम्मान राज्य पाऊँ। पर तुम कैसे उसका वध करोगे राम? बाली बहुत बलशाली है, उसकी गदा का प्रहार तो हाथी भी नहीं सह सकता,” सुग्रीव कुछ क्षण पूर्व मन में जन्मी आशा को दबाते हुए बोले।

“तुमने मेरा अमोघ अस्त्र यह धनुष बाण नहीं देखा। मेरे बाण बहुत वेग से जाकर दूर शत्रु का नाश कर सकते हैं। इन चमकीले पैने बाणों से मैं बाली क्या पूरी सेना का संहार कर सकता हूँ।”

“ये तो बहुत हल्के शस्त्र हैं मित्र! बाली की गदा तो इतनी भारी है की यदि गिर जाएँ तो इन शस्त्रों सहित शस्त्र धारक को भी दबाकर समाप्त कर दे,” सुग्रीव जैसे-जैसे बोलते जा रहे थे, उनके मुख पर भय के चिह्न गहरे होते जा रहे थे, “और फिर उसके शरीर में जंगली भैंसे जितना बल है, वह अकेला ही दस पर भारी पड़ता है। नहीं राम, ये धनुष बाण उसे मारने हेतु पर्याप्त नहीं हैं।”

“मित्र, युद्ध शारीरिक बल से या भारी अस्त्रों से नहीं जीते जाते। इन्हें आधुनिक तकनीक युक्त शस्त्र, चपलता और बुद्धि कौशल से जीता जाता है। फिर भी तुम्हें विश्वास नहीं तो मैं इस हल्के लग रहे धनुष बाण की मारक क्षमता का प्रदर्शन तुम्हारे सामने कर सकता हूँ।”

“अन्यथा न लें मित्र, मैं बाली के बल से परिचित हूँ इसलिए पूरा भरोसा करना चाहता हूँ। तुम यदि मुझे विश्वास दिलाना ही चाहते हो तो क्या सम्मुख खड़े उस साल वृक्ष को अपने बाण के प्रहार से गिरा सकते हो?”

राम ने देखा कि साल का एक वृक्ष दूर स्थित था और वे एक ही नहीं कतार में पाँच थे। धनुष उठाया, प्रत्यंचा चढ़ाई, बाण को रखा, कान तक खींचा। लक्ष्य पर एक आँख स्थिर कर फरदार बाण छोड़ा। बड़े वेग से बाण सीधा साल वृक्ष को भेद गया। बाण का आघात इतना शक्तिशाली था की साल सह न सका और उधर गिरा जहाँ कतार में अन्य चार पेड़ खड़े थे। एक वृक्ष पूरी शक्ति से दूसरे पर गिरा, दूसरा भी उखड़ा और शक्ति

से तीसरे पर गिरा, तीसरा चौथे पर और चौथा पाँचवें पर गिरा। इससे पूर्व कि सुग्रीव कुछ समझ पाते, पाँचों पेड़ धरा पर पड़े थे।

"असंभव, सर्वथा असंभव! श्रीराम तुमने जो किया वह असंभव दिखता है। मुझे क्षमा करें जो मैंने तुम्हारे बल पौरुष पर शंका की। मुझे भरोसा हो गया है कि एक बाली तो क्या बाली समूह भी तुम्हारे सम्मुख नहीं ठहर सकता," सुग्रीव मुदित मन बोले।

"तब मित्र विलम्ब नहीं करें, हम आज ही किष्किन्धा चलेंगे," राम ने निर्णय सुनाया।

राम, लक्ष्मण और सुग्रीव सहायकों के साथ किष्किन्धा के रास्ते की ओर थे। सुग्रीव के पूछने पर राम ने कहा कि वह बाली को द्वंद्व युद्ध के लिए ललकार कर खुले मैदान में ले आए। पर पहले मैदान देख लिया जाए, जिसमें कहीं पेड़ों की ओट में खड़े रहकर वह बाली को मार सकें। उचित होगा कि नगर के पास पहुँच कर सुग्रीव और हनुमान सहायकों सहित आगे चलें और राम व लक्ष्मण दूरी बनाकर पीछे रहें।

किष्किन्धा नगरी के निकट पहुँचकर राम ने देखा कि खुला मैदान नगर द्वार के पास ही है। वहाँ पर कुछ पेड़ों के झुरमुट भी थे। राम ने सुग्रीव को इसी मैदान में बाली को ललकार कर लाने को कहा। दोनों के द्वंद्व के समय पेड़ों की ओट से मारना कहाँ से अनुकूल रहेगा, सुग्रीव को संकेतों से राम ने बताया।

सभी को मैदान में छोड़कर बाली को ललकारने सुग्रीव नगर में घुस गए। इधर पेड़ों की ओट में खड़े-खड़े राम को आधा प्रहर हो गया, तभी देखा कि सुग्रीव मैदान की ओर दौड़ते चले आ रहे हैं। पीछे-पीछे उन्हीं के जैसा एक और वानर जाति का व्यक्ति, देखने में सुग्रीव का समरूप। अचानक दौड़ते-दौड़ते सुग्रीव रुके और पलट कर बाली से जा भिड़े। अब मैदान में दोनों भाई द्वंद्व युद्ध में संलग्न थे। कभी एक दूसरे को पटकता कभी दूसरा पटकनी दे देता। किन्तु राम बड़ी दुविधा में थे कि कौन बाली है, कौन सुग्रीव है? उन्हें समझ में ही नहीं आ रहा था। दोनों शरीर सौष्ठव, रंग-रूप में एक-से थे। *कहीं अनर्थ न हो जाए, बाली के चलते कहीं सुग्रीव को बाण न*

*लग जाए।* राम असमंजस में खड़े सोच रहे थे। तभी देखा कि एक दूसरे पर भारी था। वह दूसरे को उठा-उठाकर पटक रहा था भूमि पर। लगता था कि भूमि पर गिरने वाले के कहीं प्राण न निकल जाएँ। तभी नीचे गिरने वाला किसी प्रकार उठा और भाग खड़ा हुआ पेड़ों के झुटमुट की ओर और देखते-देखते मैदान से ओझल हो गया। राम ने देखा कि सुग्रीव उन्हीं की ओर दौड़े चले आ रहे हैं।

"यह क्या राम? तुम्हारे कारण ही मैंने यह विपत्ति गले लगाई। मुझे नहीं मालूम था कि तुम मेरे साथ छल करोगे। बड़ी मुश्किल से प्राण बचाकर आ पाया हूँ। चलो अब वापस चलें, मेरी बुद्धि ही मारी गई थी जो तुम्हारी बातों में आया," आते ही सुग्रीव क्रोध से फट पड़े।

"मुझे दोष न दें। मैं क्या करता? तुम दोनों ही एक से दिख रहे थे, कैसे बाण चलाता? किन्तु धैर्य न खोओ, अभी भी बाली तुम्हें मैदान में खड़ा होकर ललकार रहा है। शीघ्र वापस जाओ, किन्तु यह लताओं की माला अपने गले में और कमर में बाँध लो। शीघ्रता करो। किसी तरह उसे इस वृक्ष की दिशा में लेकर आओ," यह कहकर राम ने लताएँ पहनाकर पुनः सुग्रीव को वापस भेजा।

"अरे कायर! कहाँ भाग गया? निकल बाहर। आज मैं तेरे प्राण लेकर ही रहूँगा," मैदान में खड़ा बाली ललकार रहा था।

"अरे दुष्ट! मैं डरकर नहीं भागा। बिना तेरा अंत किए मैं वापस नहीं जा सकता," कहते हुए सुग्रीव बाली की ओर दौड़े और कुछ ही दूर जाकर ठहर गए।

"यदि साहस है तो मुझसे लड़कर दिखा दुष्ट," सुग्रीव पुनः बोले।

"अरे शठ ठहर, मैं अभी तेरे प्राणों को तेरी काया से पृथक करता हूँ," यह कहता हुआ बाली सुग्रीव की ओर दौड़ा।

सुग्रीव अपने ही स्थान पर खड़े रहे पेड़ के पास। बाली ने आकर सुग्रीव को सिर से टक्कर दी। सुग्रीव गिर पड़े। बाली ने सुग्रीव को उठाया भूमि पर पटकने हेतु किन्तु सुग्रीव ने कमर से पकड़ लिया बाली को। दोनों मल्ल युद्ध करने लगे, एक दूसरे को गिराने की चेष्टा कर ही रहे थे कि अचानक सुग्रीव ने अपना सिर बाली के पेट पर लगाया और उसे पेड़ की विपरीत दिशा में धकेलने लगे। बाली ने सुग्रीव की पीठ पर हाथ की मुष्टिका

का शक्तिशाली प्रहार किया। सुग्रीव चीत्कार कर गिर पड़े। बाली आगे बढ़ा। उसने सुग्रीव की गर्दन को पैर से दबाने के लिए पैर उठाया ही था कि तभी वेग से आया एक बाण बाली की छाती में धँसा। रुधिर का फ़व्वारा फूट पड़ा। कराहकर बाली जड़ से कटे पेड़ की तरह भूमि पर गिरा। राम पेड़ की ओट से बाहर निकले, लक्ष्मण और हनुमान भी निकल आए। सभी बाली की ओर बढ़ने लगे जो भूमि पर निस्तेज पड़ा था। ये दो पुरुष कौन हैं चीर वस्त्रों में, वह सोच रहा था कि तभी राम निकट पहुँचे।

"कौन हो तुम लोग और इस तरह छल से क्या तुमने ही मुझे मारा है?" बाली ने पूछा।

"मैं राम हूँ कोसल का राजा और सुग्रीव का मित्र। हाँ, मैंने ही तुम्हें मारा है।"

"क्या वही राम जो अयोध्या नरेश दशरथ के पुत्र हैं और वनवास में थे कि उनकी भार्या का हरण रावण ने कर लिया।"

"तुम कैसे जानते हो यह सब?"

"राम हमारा किष्किन्धा छोटा राज्य अवश्य है किन्तु हमने भी अपनी गुप्तचर सेवा रखी है जो हमारे राज्य के अतिरिक्त आस-पास के राज्यों में होने वाली घटनाओं की जानकारी देती है। मैं तो यह भी जानता हूँ कि तुमने अपने वनवास काल में मुनियों के लिए दंडक वन में शांति स्थापित की और खर को मार जनस्थान को जीता था। तुम्हारे साथ तुम्हारा भाई भी है। जैसा मैंने तुम्हारे बारे में जाना, तुमने तो सदैव धर्म का साथ दिया फिर बिना बैर क्यों छल से मुझे मारा? यह कैसा धर्म है तुम्हारा? उत्तर दो राम, उत्तर दो।"

"मैंने मन से, वचन से, कर्म से सुग्रीव को अपना मित्र बनाया है। मित्र का दुःख मेरा दुःख है। तुमने सुग्रीव का राज्य छीन लिया, उसकी स्त्री छीन ली और उसे अपमानित कर राज्य से निष्कासित कर दिया। तुम्हारे इसी अधर्म के कारण मैंने तुम्हें मारा।"

"राज्य सदैव शक्तिशाली के पास ही रहता है, इसमें अधर्म कैसा?"

"तुमने छोटे भाई की पत्नी को बलात् छीन कर अपनी भोग्या बना लिया। यह अधर्म नहीं है? पाप नहीं है?"

"किन्तु इसे तो हमारी द्रविड़ संस्कृति में पाप नहीं माना जाता। संभव है कि तुम आर्य इसे अनुचित मानते हो। किन्तु हम तो स्त्री और पुरुष दोनों

को बराबर का अधिकार देते हैं, इसलिए किसी भी पुरुष का किसी भी स्त्री से संबंध बुरा नहीं माना जाता। यदि तुम्हारी आर्य संस्कृति में इसे अधर्म कहते हैं तो इसे हम पर क्यों थोपा जा रहा है।"

"हाँ, आर्य संस्कृति में इसे पाप माना जाता है। छोटे भाई की पत्नी, बहन ये पुत्री समान होती हैं। रही बात थोपने की तो यह आर्य-अनार्य परम्पराओं की बात नहीं है, अब तो हम दोनों संस्कृतियों के मिलन से नई संस्कृति बना रहे हैं जिसके अंतर्गत समाज में नैतिकता हो, सदाचार हो, शुचिता हो, सबल निर्बल को न सताए, सबके समान अधिकार हों, सबके कर्तव्य परिभाषित हों और जिनका पालन करना धर्म हो।"

"धर्म की बात करते हो राम! तुमने कौन-सा धर्म निभाया है मुझे मारकर?"

"मित्र का धर्म है मित्र की सहायता करना, बिना उचित-अनुचित का अनुमान लगाए।"

"यदि मित्र की सहायता ही करनी थी तो मुझसे सामने से युद्ध करते, इस प्रकार छिपकर वार करना क्या तुम्हारे जैसे वीर पुरुष के लिए शोभनीय था? मित्रता ही करनी थी तो मुझसे करते, मैं तुम्हारी भार्या को रावण से छुड़ाकर ले आता। इस कायर सुग्रीव की मित्रता से तुम्हें क्या लाभ होगा? यह स्वयं अपनी सहायता नहीं कर सकता, तुम्हारी सहायता क्या करेगा? फिर क्यों तुमने सुग्रीव से मित्रता की? क्या आधार था इस मित्रता का?"

"हम दोनों ही सम स्थिति में हैं। एक दूसरे के दुःख को संकट को समझ कर एक दूसरे की सहायता करेंगे। यही तो मित्रता का मूल आधार है।"

"किन्तु मित्र के स्वार्थ हेतु किसी का अकारण वध करना क्या न्यायोचित है?"

"पर सबल से निर्बल की रक्षा करना तो न्यायोचित है।"

"मैंने कभी भी किसी निर्बल को नहीं सताया सदैव उनकी रक्षा की है। कभी अधर्म का शासन नहीं किया। रही बात सुग्रीव की तो तुमने भी देखा कि हम दोनों एक समान बलशाली हैं। किन्तु वह मन से कपटी होने के कारण अंतर्मन से निर्बल है। मेरे सम्मुख आते ही उसका आत्म विश्वास डिग जाता है, क्योंकि वह जानता है कि युद्ध में मुझे अकेला छोड़कर उसने अवसर पा मेरा राज्य हड़प लिया था। राम, क्या दोनों पक्षों को जाने बिना

एक तरफ़ा राय बनाना तुम्हारे लिए उचित था? क्या मेरा इस प्रकार वध करने की तुम्हारे जैसे महात्मा पुरुष को कोई ग्लानि नहीं होगी?"

बाली की बातें राम को चुभ रही थीं। यद्यपि जो उन्होंने किया उसे उचित ठहराने का वे भरसक प्रयास कर रहे थे किन्तु विफल हो रहे थे। तभी देखा बाली की भार्या तारा और पुत्र अंगद वहाँ आ पहुँचे हैं। उनका रुदन सुन राम द्रवित हो उठे।

"ठीक है वानर श्रेष्ठ! यदि मैंने तुम्हें बाण से मरणासन्न किया है तो तुम्हारे उपचार की व्यवस्था भी मैं करूँगा, मुझ पर भरोसा रखो, मैं तुम्हारे प्राण बचाऊँगा," राम करुणा से भर बोले।

"नहीं, राम। तुम्हारे जैसे वीर पुरुष के हाथों मरने से मुझे कोई क्षोभ नहीं। यदि सचमुच मेरे लिए कुछ करना चाहते हो तो मेरे पुत्र अंगद को अपनी शरण में लेना। मैं जानता हूँ कि तुम सच्चे हितैषी की तरह उसकी देखभाल करोगे," बाली बोला। उसकी श्वास शनैः-शनैः टूटती जा रही थी।

"मैं तुम्हें वचन देता हूँ, तुम्हारे पुत्र की देखभाल मैं करूँगा, उसे पुत्र जैसा मानूँगा।"

सुग्रीव भी तारा और अंगद का रुदन देख रो पड़े। दौड़कर भाई से लिपट गए।

"नहीं सुग्रीव, तुम्हारे प्रति मेरे मन में कोई घृणा नहीं। अपितु मैं तो स्वयं को ही दोषी मान रहा हूँ। बन्धु-बांधवों का कभी भी अपमान नहीं करना चाहिए, विशेषकर भाई का। क्योंकि भाई से बड़ा शुभचिंतक कोई नहीं और अपमानित, तिरस्कृत भाई से बड़ा बैरी कोई नहीं। मैंने बहुत देर कर दी समझने में," बाली ने कहा।

अंगद पिता से लिपट कर रोए जा रहा था। बाली ने संकेत से राम को निकट बुलाया। अंगद का हाथ राम के हाथ में दिया।

"मैं अपना पुत्र तुम्हें सौंप रहा हूँ, राम। अब चलना चाहता हूँ।"

यह कहते हुए बाली ने प्राण त्याग दिए। राम ने सुग्रीव से बाली का पूरे राजकीय सम्मान से अंतिम संस्कार करने को कहा।

जहाँ बाली ने प्राण त्यागे वहीं, उसी मैदान पर पूरे द्रविड़ विधान से बाली का अंतिम संस्कार किया गया। बाली की स्त्रियों और पुत्र को सांत्वना

दे राम ने लक्ष्मण को निकट बुलाया।

"लक्ष्मण सबको लेकर नगर में जाओ, सुग्रीव का राज तिलक कराओ और अंगद को युवराज घोषित कराना। शीघ्रता से कार्य पूर्ण कर वापस आओ, हमें प्रस्रवण पर्वत पर चलना है।"

"आप भी चलें मित्र। नगर में आपके सम्मुख ही सभी कार्य संपन्न हों तो उत्तम रहेगा," सुग्रीव ने राम से अनुरोध किया।

"नहीं, सुग्रीव। मेरा नगर प्रवेश वर्जित है। तुम राजपाठ सँभालो और राज्य की व्यवस्था कर सीता की खोज का यत्न प्रारंभ करो। मैं प्रस्रवण पर्वत पर तुम्हारी प्रतीक्षा करूँगा।"

लक्ष्मण ने सुग्रीव, हनुमान एवं प्रमुख वानर सेनानायकों के साथ किष्किन्धा नगर में प्रवेश किया। नगर के बाज़ार देखे जो खाद्य सामग्री, रत्नादि से भरे थे। मधु, मैयार शराब की दुकानें, गोश्त, फल-फूल, इतर की दुकानें, अनाज की दुकानें जहाँ-तहाँ सजी थीं। नगर व्यवस्थित बसा हुआ था। पंक्तिबद्ध भवन बने थे। सड़कें चौड़ी और साफ़ दिख रही थीं। पानी की निकासी हेतु सड़क के दोनों ओर नालियाँ, समकोण पर एक दूसरे को काटती सड़कें, वानर सेनानायकों के ईंटों से बने सुसज्जित भवन, नगर के बाहर परकोटा। सभी कुछ देखकर लक्ष्मण विस्मित हो गए। *"यह तो सत्य है कि नगर विन्यास द्रविड़ों से सीखने की आवश्यकता है आर्यों को,"* वे मन ही मन सोचते जा रहे थे।

महल के सम्मुख पहुँचने पर सुग्रीव की अगवानी स्त्रियों ने की। अल्प समय में जैसी व्यवस्था की जा सकती थी, पुरोहितों व मंत्रियों ने की थी, जो अच्छी नहीं तो बुरी भी नहीं कहीं जा सकती थी। यद्यपि बाली की मृत्यु के विषाद से भी नगर वासियों के उत्साह में कमी थी।

द्रविड़ रीति से सुग्रीव का राजतिलक संपन्न हुआ। अंगद को युवराज पद मिला। आवश्यक विधान की पूर्ति होते ही लक्ष्मण राम की ओर लौट चले।

राम व लक्ष्मण प्रस्रवण की ओर वापस चले जा रहे थे। रास्ते में दोनों भाई ही रह गए थे। हनुमान भी राज्य व्यवस्था हेतु सुग्रीव के पास रुक गए थे। चलते-चलते लक्ष्मण ने देखा कि राम किसी गहरी सोच में हैं, तो पथ का

मौन तोड़ते हुए वे बोले, “भैया, बाली को मारने का क्षोभ अपके मुख पर दिख रहा है।”

“हाँ, लक्ष्मण। बाली सा वीर पुरुष, महायोद्धा तनिक से कारण हेतु मारा गया, सोचकर दुःख हो रहा है।”

“भैया बाली यह भी तो कह रहा था कि वह बिना विशेष प्रयास सीता भाभी की खोज कर उन्हें वापस ले आता, तो क्या बाली से ही हमें मित्रता नहीं कर लेनी चाहिए थी?”

“नहीं लक्ष्मण बाली से मित्रता बराबरी की नहीं होती। उसमें वह दाता और हम याचक की भूमिका में होते। इस प्रकार से गठबंधन में संभव था कि वह अपनी शर्तें मनवाता। यह भी संभव था कि अपने लाभ के लिए वह निर्णय की घड़ी में रावण से मिल जाता या किसी राजनीतिक निर्णय के तहत हमें विवश करता कि हम सीता को भूल कर लौट जाएँ अथवा सांत्वना स्वरूप कोई राज्य या भूमि ले लें। क्योंकि ऐसे बेमेल गठजोड़ में यही सब होता है।”

“तो क्या यह सब सुग्रीव के संबंध में नहीं होगा, कैसे माना जाए? वह भी तो हमारे साथ कोई राजनीतिक चाल चल सकता है।”

“सुग्रीव से हमारी मित्रता बराबरी की है और वह हमारे प्रति ऋणी रह कर हमें अपना संरक्षक समझेगा। निर्णय हम लेंगे वह मानेगा न कि वह निर्णय लेकर शक्ति से हमारी सहमति लेगा। हम सुग्रीव को पूरे मन से अपना मित्र समझेंगे जबकि वह मित्र का संबोधन करते हुए भी हमारे प्रति समर्पण भाव रखेगा। क्योंकि वह यह नहीं भूलेगा कि हमारी शक्ति से ही उसे राज्य मिला है अन्यथा वह तो अपने प्राण भी नहीं बचा सकता था राज्य तो दूर की बात थी।”

“भैया एक जिज्ञासा और है मन में। पहली बार में ही आप बाली को मार सकते थे। एक-दो अवसर ऐसे आए थे जब बाली सुग्रीव में अंतर स्पष्ट हो रहा था। फिर क्यों नहीं मारा उसे?”

“लक्ष्मण, मैंने सुग्रीव को पूरे हृदय से अपना मित्र माना है और अपना व्यक्तिगत अहित स्वीकार कर भी मैं सदैव उसकी सहायता को तत्पर रहूँगा। यही भाव मैं अपने प्रति सुग्रीव में चाहता हूँ। उसका पूर्ण समर्पण मेरे प्रति हो इस हेतु यह आवश्यक था कि बाली के मरने से पूर्व सुग्रीव यह जान ले कि यदि मैं बाली को नहीं मारता तो बाली उसका वध कर देता और इसके

लिए बाली से सुग्रीव की पूर्ण पराजय आवश्यक थी। अन्यथा सदैव सुग्रीव के मन में यह विचार बना रहता कि मेरे बाण चलाने की आवश्यकता नहीं थी, कदाचित वह भी बाली को पराजित कर सकता था," राम ने कहा तो लक्ष्मण उनकी दूरदर्शिता की मन ही मन सराहना करने लगे।

"वर्षा ऋतु बीते कई दिवस हो गए हैं प्रभु, अब आपको माता सीता की खोज का यत्न प्रारंभ करना चाहिए। इससे पूर्व श्रीराम आपको स्मरण दिलाएँ आपको स्वयं उनके कार्य हेतु यत्न कर उनके सम्मुख उपस्थित होना चाहिए," हनुमान ने कहा तो सुग्रीव को भान हुआ कि राजकाज के सुख में रामकाज कैसे विस्मृत हो गया।

"तुम ठीक कहते हो हनुमान आज ही सारे वानर सेना नायकों, यूथ पतियों, रीछ जाति के वीर योद्धाओं को बुलावा भेजो। कहना कि राजा सुग्रीव का आग्रह भी है और आदेश भी कि शीघ्र किष्किन्धा पहुँचें," सुग्रीव के स्वर में अधीरता स्पष्ट थी।

हनुमान ने सभी वानर व रीछ योद्धाओं को बुलावा भेजा। कुछ ही दिनों में अनेक वानर व रीछ एकत्र हो गए। प्रायद्वीप के प्रमुख वानर, रीछ प्रतीक धारण किए कबीलों में से कोई भी शूरवीर ऐसा नहीं था, जो उपस्थित न हुआ हो। जब उन्हें यह ज्ञात हुआ कि राक्षस राज रावण से युद्ध की संभावना है तो हर्ष करते हुए वे सभी उछल पड़े। अहंकारी राक्षसों से आए दिन होने वाले अपने अपमान और व्यापार में हो रही हानि का बदला लेने को वे आतुर थे। जब ज्ञात हुआ कि आर्य महावीर राम व लक्ष्मण के नायकत्व में वे रावण से आमने-सामने का युद्ध करेंगे तो *"ऐसा युद्ध शीघ्र हो"* मन ही मन यही कामना करने लगे।

सुग्रीव ने सभी को नगर द्वार पर एकत्र होने का संदेश भेजा। जब सारे योद्धा आ गए तो बिना समय गँवाए सुग्रीव ने सबके साथ प्रस्रवण पर्वत की ओर कूच कर दिया। अंगद, हनुमान सहित सभी उत्साह से भरकर चल दिए राम की ओर। रास्ते में द्विमुख, केहरि, निसठ, जामवंत आदि हनुमान से राम व लक्ष्मण के संबंध में पूछते जा रहे थे और हनुमान थे कि पुलकित होकर स्वामी राम के संबंध में सबको बताते जा रहे थे। राम चरित्र वर्णन था कि

समाप्त ही नहीं होता था क्योंकि सुनाने वाले हनुमान थे जिनका बोलते-बोलते कंठ भर आता था और सुनाते-सुनाते पुलकावलि खड़ी हो जाती थी।

उधर, अवधि अधिक हो जाने से राम चिंतित होने लगे। *"न तो सुग्रीव स्वयं आए न ही अपने किसी सहायक को भेजा। वर्षा ऋतु बीत गई है। यही अवसर है सीता को खोज प्रारंभ करने का किन्तु प्रतीत होता है कि सुग्रीव राज मद में सब भूल गए हैं। उन्हें स्मरण कराना होगा,"* सोचते-सोचते अकस्मात राम ने लक्ष्मण को बुलाया और शीघ्र किष्किन्धा जाकर सुग्रीव को लेकर आने का निर्देश दिया।

राम की आज्ञा पाकर लक्ष्मण किष्किन्धा की ओर चल दिए। कुछ ही दूरी तक पहुँचे थे कि सामने से सुग्रीव अपने दल-बल के साथ आते दिखे। रास्ते में मिली वानर सेना को देख लक्ष्मण के हृदय में अति प्रसन्नता जागी। सभी वीरों का परिचय हनुमान ने लक्ष्मण से कराया। भेंट उपरांत सभी के साथ लक्ष्मण भी लौट कर ज्येष्ठ भ्राता की ओर चल दिए।

"क्षमा करें स्वामी आने में देर हुई," राम के पास पहुँचते ही सुग्रीव ने हाथ जोड़ विनती की, "किन्तु आपका यह सेवक पूरी तैयारी से आना चाहता था।"

"मित्र अपने को मेरा सेवक न कहो। तुमने आकर मेरा मन प्रसन्नता से भर दिया है," सुग्रीव को अपने सम्मुख पा राम हर्ष से बोले।

"आप मेरे मित्र भी हैं और मेरे स्वामी, मेरे प्रभु भी हैं। आपको अपना स्वामी मानने में मुझे हृदय से प्रसन्नता होती है। कृपया मुझसे यह सुख न छीनिएगा," पुनः हाथ जोड़ सुग्रीव बोले।

"तुम्हारी प्रसन्नता में ही मेरी प्रसन्नता है मित्र, सो जैसी तुम्हारी इच्छा। बलशाली वानर व रीछ तुमने बुला लिए हैं। अब जैसा करना उचित हो वही करना चाहिए।"

"प्रभु मेरा विचार है कि पृथक-पृथक दिशाओं में योद्धाओं की टुकड़ियाँ बनाकर भेजी जाएँ।"

"हाँ, यही उचित होगा किन्तु सबसे मुख्य दल लंका की ओर जाएँ क्योंकि सीता के लंका में होने की संभावना ही अधिक है।"

"अंगद, हनुमान, जामवंत की टुकड़ी को मैं सुदूर दक्षिण में भेजना चाह रहा हूँ जो सागर तट पर पहुँचकर वहाँ से लंका जाएगी। प्रत्येक दल गुप्त रूप से सीता का पता लगाएगा। बिना आपकी आज्ञा के कोई भी अति उत्साह में आकर सीता को छुड़ाकर लाने की चेष्टा नहीं करेगा क्योंकि यह आत्मघाती होगा," सुग्रीव ने अपनी योजना रखते हुए कहा।

"सही विचारा मित्र, तो अब शीघ्रता की जाए। विलम्ब करना उचित नहीं," राम बोले।

एक-एक कर सभी टुकड़ियों को समझाकर सुग्रीव विदा करते जा रहे थे। अंत में दक्षिण की ओर जाने वाला दल जब चलने लगा तो राम ने हनुमान को अपने निकट बुलाया।

"प्रिय हनुमान सीता की खोज की सर्वाधिक संभावना तुम्हारी टुकड़ी द्वारा ही है। अतः सीता को निशानी के रूप में यह अँगूठी लिए जाओ, इसे देखकर सीता समझ जाएँगी कि मेरे द्वारा भेजे गए नायक हैं। किन्तु मेरे प्रति उनकी प्रीति दृढ़ है, यह भरोसा करने के उपरांत ही इसे दिया जाए। यदि परिस्थितियों से सामंजस्य बिठा उन्होंने अपनी प्रीति कहीं लगा ली हो तो लौटकर निःसंकोच मुझे पूरा वृतान्त बिना कुछ भी छिपाए बताया जाए।"

"प्रभु, आपने मुझ पर जो विश्वास जताया है, यह हनुमान आपको वचन देता है, वह व्यर्थ नहीं जाएगा। हम अवश्य ही माता सीता की खोज कर वापस लौटेंगे," चरणों में शीश झुका कर हनुमान बोले। सभी यूथपति राम, लक्ष्मण और सुग्रीव का अभिवादन कर लक्ष्य की ओर चल दिए। सुग्रीव सभी को कुछ दूर तक छोड़ने और आवश्यक निर्देश देने हेतु चले गए।

"भैया आपने यह क्यों कहा कि भाभी की प्रीति आपमें दृढ़ न हो तो बिना कुछ बताए लौट आएँ जबकि आप भी जानते हैं कि भाभी आपके अतिरिक्त स्वप्न में भी किसी पर पुरुष का विचार अपने मन में नहीं ला सकतीं," भाई को अकेला पा लक्ष्मण ने प्रश्न किया।

"लक्ष्मण देश, काल, परिस्थिति के अनुसार व्यक्ति की प्राथमिकताएँ बदल जाती हैं। मैं मानता हूँ कि सीता का मेरे प्रति अगाध प्रेम था। किन्तु क्या वह अब भी है, क्या भाँति-भाँति के प्रलोभन से उनका मन डँवाडोल नहीं हुआ होगा, यह जान लेना अति आवश्यक है। सीता ने वन में तेरह वर्ष की लम्बी अवधि व्यतीत की है, संभव है कि रावण का ऐश्वर्य उन्हें भा

गया हो और उन्होंने सहर्ष स्वयं को समर्पित कर दिया हो। यदि ऐसा है तो हमें सीता को वापस लाने की अपनी योजना त्यागनी होगी किन्तु यदि वे मन-वचन-कर्म से अभी भी मुझमें अनुराग रखती हैं तो संसार के कितने भी रावण हों राम से बच नहीं पाएँगे। उन्हें मुझसे सीता को विलग करने का दंड भोगना ही होगा। सीता का मुझमें प्रेम ही मेरी शक्ति होगी, लक्ष्मण और उस शक्ति के सहारे मैं समस्त शत्रुओं को उनकी सेना सहित नष्ट कर सकता हूँ किन्तु यदि वह प्रेम ही नहीं तो कुछ भी नहीं।”

# 9

समुद्र तट पर आकर वानर दल रुक गया। रीछ पति जामवंत, जो दल में सबसे अधिक वय के प्रौढ़ व्यक्ति थे, की ओर सभी देखने लगे, जैसे पूछ रहे हों कि अब क्या करना है? जामवंत भी किंकर्तव्यविमूढ़ थे, सोच नहीं पा रहे थे कि आगे क्या किया जाए। तभी वानर दल की भीड़ देखकर समुद्र तट के पास बसी बस्ती से निकल कर एक व्यक्ति उनकी ओर बढ़ा। देखने में किसी द्रविड़ कबीले का मुखिया लगता था।

"कौन हो तुम सब और यहाँ क्या करने आए हो?" असरदार आवाज़ में उसने पूछा।

"हम वानर, रीछ जाति के लोग हैं, अयोध्या पति राम के कार्य से उपस्थित हुए हैं। किन्तु आप कौन हैं? देखने में तो किसी बसाहट के प्रधान लगते हैं," जामवंत बोले।

"मैं इस क्षेत्र का अधिपति हूँ, गीध कबीले का राजा। गीध राज सम्पाती," द्रविड़ व्यक्ति बोला।

"क्या कहा, गीध राज? एक गीध राज जटायु का वर्णन तो हमने प्रभु राम से भी सुना है," हनुमान ने कहा।

"जटायु को तुम लोग कैसे जानते हो? वह तो मेरा भाई है," सम्पाती बोला।

"गीध राज जटायु हमारे स्वामी श्रीराम के हितैषी थे। खेद के साथ कहना पड़ रहा है कि राम काज हेतु ही उन्होंने अपने प्राण दे दिए," जामवंत सम्पाती की ओर देख करुण स्वर में बोले।

"क्या कहा मेरा भाई जटायु...? नहीं, नहीं तुम मिथ्या कथन कर रहे हो। बोले तुमने परिहास किया है," आवेश में भर सम्पाती ने कहा।

"यह सत्य है गीध राज" हनुमान ने सांत्वना देते हुए कहा और जैसा उन्होंने राम से सुना था, पूरा वर्णन सम्पाती को कह सुनाया। सुनकर सम्पाती अचेत हो गया। कुछ क्षण बाद तन्द्रा टूटी, सँभलकर बोला।

"लंका का राजा रक्ष राज रावण बड़ा ही बली किन्तु अहंकारी है। हम सब द्रविड़ जातियाँ समय समय पर उससे प्रताड़ित होती रहती हैं। हम गीध कबीले के द्रविड़ों को दूर से वस्तुएँ देखने में महारत प्राप्त है। मैं स्वयं लंका जाकर सीता जी का पता लगा सकता हूँ किन्तु मुझे लंका में अनेक राक्षस जानते हैं। अतः उचित होगा कि आपके दल में से ही कोई जो बल-बुद्धि में तेज़ हो वह जाए।"

"किन्तु गीधराज जाया किस प्रकार जाए, यह तो सूझ ही नहीं रहा, आप ही कोई मार्गदर्शन दें," जामवंत ने पूछा।

"यहाँ से उत्तर-पश्चिम दिशा की ओर चलने पर एक स्थान है सागर तट पर जहाँ से सिन्धु में भीतर तक भूमि की एक पट्टी गई है। वहाँ से जल मार्ग से लंका जाने हेतु जल पोत चलते हैं। ये जल पोत यात्री वाहक और माल वाहक दोनों प्रकार के हैं। किसी भी जलयान से वहाँ लंका में पहुँचा जा सकता है किन्तु सावधानी आवश्यक है। जलयानों पर रक्ष सेना के पर्याप्त नौसैनिक रहते हैं। मैं आप सबको वहाँ ले चल सकता हूँ जहाँ से जलयान जाते हैं किन्तु आगे की यात्रा आपको ही करनी होगी। हम सभी गैर राक्षस द्रविड़ तन मन से राम के साथ हैं। चलें अब विलंब न करें।"

सम्पाती ने कहा और बिना उत्तर की प्रतीक्षा किए आगे चल पड़ा। सभी वानर उसके पीछे हो लिए। पाँच कोस चलने पर एक स्थान से सम्पाती दाईं दिशा में मुड़ गया। कुछ दूर चलने पर सबने देखा कि सचमुच भूमि की एक पतली पट्टी सागर में दूर अंदर तक चली गई है सम्पाती वहीं रुक गया।

"यहाँ से लंका की ओर व्यापार एवं आवागमन हेतु जल पोत जाते हैं," सम्पाती ने संकेत से बताया। सभी ने देखा की तट पर कुछ छोटे-बड़े जलयान खड़े थे। कुछ समुद्र में आ-जा रहे थे।

"हम सभी क्यों न एक पोत से चलें," अंगद ने कह।

"नहीं, युवराज। सभी का जाना उचित नहीं है, इस प्रकार तो कार्य सिद्धि से पूर्व ही भेद खुलने का भय रहेगा," जामवंत ने असहमति जताई।

"तब क्या करना चाहिए?" हनुमान ने पूछा।"

"उचित होगा कि हम में से कोई एक व्यापारी के रूप में किसी व्यापारी के साथ जलयान से जाएँ और सीता जी की खोज कर वापस आ जाएँ," जामवंत ने परामर्श दिया।

"यद्यपि राक्षसों की जीवन पद्धति, व्यापार के संबंध में मुझे अधिक जानकारी तो नहीं है, फिर भी मैं जाने को तैयार हूँ," अंगद ने कहा।

"युवराज आप हमारे दल के नायक हैं। आपका जाना उचित नहीं और फिर हमारे बीच हनुमान जैसा बुद्धिमान, बलशाली और भाषाओं में पारंगत योद्धा है। इन्हें आर्यों व अनार्यों में राक्षस आदि के संबंध में ज्ञान भी है। अवसर के अनुकूल बुद्धि का प्रयोग करना भी ये अच्छी तरह से जानते हैं। उचित होगा कि आप हनुमान को जाने हेतु कहें," जामवंत ने पुनः राय दी।

"हनुमान क्या जा सकोगे लंका?" अंगद ने पूछा।

"यह तो मेरे लिए अतिप्रसन्नता की बात होगी। यदि मुझे रामकाज का अवसर मिलता है तो मैं बड़भागी कहलाऊँगा," पुलकित मन हनुमान ने कहा।

"तब यह तय रहा कि हनुमान किसी मालवाहक पोत से लंका जाएँगे क्योंकि यात्री वाहक में व्यक्ति अधिक होने से भेद खुलने का डर रहेगा। लंका में पहुँचकर अपने विवेक से कार्य करते हुए सावधानीपूर्वक सीता जी के बारे में हाल मालूम कर लौट आएँगे। जब तक तुम वापस नहीं आ जाते हो, हम यहीं पर तुम्हारी प्रतीक्षा करेंगे," दल नायक के रूप में अंगद ने निर्णय सुनाया।

सबसे विदा ले हनुमान वहाँ से अकेले चले। तट पर आए, देखा एक जल पोत जाने को तैयार है। कुछ व्यापारी और नागरिक स्त्री-पुरुष उसमें बैठे थे। हनुमान व्यापारी के रूप में उसमें चढ़ गए। लंगर खुला, पोत चल दिया लंका की ओर। हनुमान ने सोचा कि किसी ने पूछा कि क्या व्यापार करते हो, कौन हो, लंका क्यों जा रहे हो तो क्या उत्तर देंगे इसीलिए वे लोगों से दूर एक कोने में खड़े हो गए। जलयान चला जा रहा था, एक अधेड़वय स्त्री पास ही कोने में रखी अपनी सामग्री के पास बैठी बहुत देर से हनुमान की ओर देख रही थी। जब लगा कि यह व्यक्ति लंका का नहीं हो सकता तो पास जाकर बोली।

"मैं जान रही हूँ कि तुम न तो लंका के नागरिक हो और न ही कोई व्यापारी। कौन हो तुम? मुझे सच बताओ। नहीं तो मैं तुम्हें जल पोत के सैनिकों से पकड़वा दूँगी।"

कुछ क्षण रुक कर वह स्त्री पुनः बोली, "मैं नाग जाति की स्त्री सुरसा हूँ। तुम्हारे हाव-भाव देखकर समझ रही हूँ कि तुम कोई अन्य हो।"

"मैं मिथ्या भाषण आपसे नहीं करूँगा क्योंकि एक तो आप स्त्री हैं और दूसरी मेरी माता समान हैं," हनुमान से सुरसा पर दृष्टि स्थिर रख कहा, जब निश्चिंत हो गए कि उनकी बातों का प्रभाव सुरसा पर पड़ा है तो आगे बोले।

"मैं नरश्रेष्ठ अयोध्या पति श्रीराम का सेवक हनुमान हूँ। श्रीराम की भार्या सीता का हरण लंका पति रावण ने किया है। मैं अपने स्वामी की आज्ञा से उनका पता लगाने जा रहा हूँ। लंका में एक स्त्री का सम्मान, उसकी प्रतिष्ठा ख़तरे में है। क्या आप एक स्त्री होकर उसकी सहायता नहीं करेंगी माते?"

"तुममें बल और बुद्धि का अद्भुत संगम है। मैं तुम्हारे वाक्चातुर्य से प्रसन्न हुई। देखो, जलपोत के कर्मचारी व सैनिक तुम्हें पहचान सकते हैं इसलिए तुम मेरे पास बैठो। वे आकर तुम्हारा परिचय पूछेंगे तो मैं तुम्हें अपना पुत्र बताऊँगी। तुम सहमति से सिर हिलाना, शेष बातें मैं ही उनसे कर तुम्हारे प्रति उनके मन में किसी प्रकार की शंका नहीं आने दूँगी।"

"तुम्हारा बड़ा उपकार माते। तुम लंका क्यों जा रही हो?"

"मैं नाग जाति की स्त्री हूँ, वहाँ राक्षस स्त्रियों को श्रृंगार की सामग्री तट से ले जाकर बेचती हूँ। मुझे ज्ञात है कि कैसे रक्ष राज रावण अधर्म से एक स्त्री को हर लाए हैं और उसे बलात् अपनी पत्नी बनाना चाह रहे हैं। किन्तु उस धर्म निष्ठा, पतिव्रता स्त्री ने रावण की बात नहीं मानी। रावण ने इसीलिए उसे किसी निर्जन स्थान पर बंदी बनाकर रखा है और उस पर नित नए अत्याचार राक्षसियों से करवाता है, ताकि वह थक कर रावण की बात मान ले। यद्यपि रावण के इस कृत्य को राक्षस स्त्रियाँ भी उचित नहीं मानतीं।"

"आप यह सब कैसे जानती हैं?"

"सामग्री देते समय राक्षस स्त्रियों से चर्चा होती है, वे मुझसे मित्रवत हैं, इसीलिए मुझे सारी सूचनाएँ रहती हैं।"

"किन्तु माता यदि रावण के कृत्य को अनुचित माना जाता है तो लंका वासी उसका विरोध क्यों नहीं करते?"

"वैसे तो पूरी राक्षस जाति ही अहंकारी हो गई है। रावण का अहंकार तो और भी बड़ा है। सचिव, मंत्री, सेनापति उसकी इच्छा के विरुद्ध उसे सलाह नहीं देते, अपितु ऐसी बातें बोलते हैं जो उसे अच्छी लगें। फिर स्त्रियों का हरण, उन्हें बल पूर्वक विवाह हेतु तैयार करना तो उसका प्रिय कार्य है। स्त्री को राक्षस भोग्या ही समझते हैं इसीलिए एक से अधिक को हर कर उनसे विवाह कर लेते हैं। स्त्रियाँ भी चूँकि पुरुषों की उपेक्षा का शिकार रहतीं हैं। नई स्त्री आई तो पुरानी की कोई पूछ नहीं, तब ऐसी स्थिति में स्त्रियाँ भी स्वेच्छाचारी होकर स्वच्छन्द विचरण करती हैं। चूँकि सभी पुरुष स्त्री को भोग्या मानते हैं इसलिए एक पुरुष द्वारा स्त्री के प्रति किए गए दुर्व्यवहार को दूसरा अनुचित नहीं मानता।"

"तो क्या स्त्री का कोई अस्तित्व नहीं है लंका में?"

"है, किन्तु क्षीण है, और वह भी उनका स्वयं के द्वारा बनाया हुआ है। ऐसी स्थितियों में भी कुछ स्वाभिमानी स्त्रियाँ, पुरुषों के बराबर खड़े होकर अपना अस्तित्व बना रही हैं। पुरुष वर्ग तो उन्हें सम्मान नहीं देता वे अपने कृत्य से सम्मान पातीं हैं। किन्तु उनकी संख्या न्यून है। अधिकांश स्त्रियाँ तो तिरस्कार और अपमान ही सहती हैं। यदि राम रावण के अत्याचारों और दुराचारों का विरोध कर उसे दंडित करते हैं तो सभी अन्य द्रविड़ जातियों के साथ ही राक्षस स्त्रियाँ भी राम की आभारी रहेंगी। क्योंकि अपमानित होकर तिरस्कृत जीवन जीना कोई नहीं चाहता हनुमान।"

तभी एक रक्ष सैनिक हनुमान की ओर सशंकित भाव से बढ़ा। सुरसा ने देखा, तत्काल हनुमान को संकेत किया। हनुमान सुरसा से वार्तालाप जारी रखने का अभिनय करते हुए उसके बग़ल से निकल जलपोत के कोने पर सामग्री की आड़ में चलने लगे। सुरसा भी सामग्री की ओर संकेत कर हनुमान के साथ कोने की ओर बढ़ी जैसे हनुमान को सामग्री के बारे में बता रही हो।

"कौन हो तुम, अपना परिचय दो," रक्ष सैनिक ने आगे बढ़ हनुमान को पुकारा।

हनुमान जैसे अनसुना कर सुरसा से वार्तालाप का अभिनय करते रहे, तभी सैनिक निकट पहुँच गया।

"मैं तुमसे पूछ रहा हूँ कौन हो तुम? तुम्हें पहले तो कभी जलयात्रा के समय नहीं देखा," सैनिक ने पुनः प्रश्न किया।

"यह मेरा पुत्र है, मेरे साथ सामग्री के व्यापार हेतु लंका जा रहा है," सुरसा ने उत्तर दिया।

"नहीं, यह तुम्हारा पुत्र नहीं दिखता। क्या नाम है, पहले कहाँ रहते थे, क्या करते थे?"

"अरे! एक साथ इतने प्रश्न, अभी तो..." सुरसा की बात को हाथ के संकेत से बीच में रोकते हुए सैनिक फिर बोला, "मैं वर्षों से समुद्र में नौ सैनिक के रूप में कार्यरत हूँ। मैंने कभी तुम्हें नहीं देखा, आज अचानक, कहाँ से आए हो? मुझे सच-सच बताना।"

हनुमान ने देखा कि पूछते-पूछते सैनिक निकट आ गया है। *"यही उचित अवसर है"* हनुमान ने मन ही मन विचार किया। कंधे पर सैनिक के हाथ रखा और समुद्र की ओर संकेत कर बोले।

"देखो वह नीचे टापू है, मैं उसी पर रहता हूँ।"

"वहाँ कौन-सा टापू है, मुझे तो नहीं दिख रहा," सैनिक ने दूर तक देखते हुए कहा।

"देखो निशाचर, सावधानी से देखो," कहकर हनुमान ने उसके कंधे से हाथ हटाकर, गर्दन को पीछे से पकड़ा और गर्दन को जलपोत के किनारे से नीचे की ओर दबाया, तत्काल ही दूसरा हाथ उसके मुख पर रखा कि आवाज़ न निकले।

"दिखा निशाचर, नहीं दिखा होगा। क्यों नहीं सागर में जाते? वहाँ दिख जाएगा," कहते हुए हनुमान ने सैनिक के मुख पर रखा हाथ कसकर दबाया और दूसरे हाथ से गर्दन पर मुष्टिका का प्रहार किया। तेज़ प्रहार से गर्दन की हड्डी टूट गई। चपलता से हनुमान ने सैनिक के दोनों पैरों को पकड़ समुद्र की ओर पलट दिया। किसी का ध्यान नहीं गया और सैनिक जलपोत के किनारे से सीधा समुद्र में गिरा। सुरसा पूरे घटनाक्रम के समय हनुमान की ओर ओट कर खड़ी रही कि कोई देख न ले।

"माते, मैं आपका आभारी हूँ। आपने जो मेरी सहायता की मैं कभी नहीं भुला पाऊँगा," हनुमान ने कृतज्ञता के भाव ले सुरसा से कहा।

"जाओ हनुमान मैं तुम्हारी कार्य सिद्धि की कामना करूँगी। मेरा आशीष तुम्हारे साथ रहेगा," सुरसा ने आशीर्वाद दिया।

त्रिकूट पर्वत पर पहुँचकर हनुमान ने सोचा कि सायं के धुंधलके में लंका में प्रवेश किया जाए। क्योंकि यह नगरी भी किष्किन्धा की तरह ही परकोटे से घिरी थी और सुरक्षा व्यवस्था किसी भी अन्य नगर की तुलना में अधिक प्रभावी थी। अपने बुद्धि चातुर्य से वह लंका के व्यापारियों के साथ जलयान से लंका के द्वार तक तो आ गए किन्तु आगे सैन्य सुरक्षा को भेद कर नगर में जाने हेतु अतिरिक्त सावधानी और कौशल की आवश्यकता थी। वह पर्वत पर चढ़कर लंका को देखने की चेष्टा कर रहे थे। अनुमान लगा रहे थे कि कड़ी दुर्ग व्यवस्था, मजबूत पुरों और समृद्धशाली वैभव से परिपूर्ण थी लंका नगरी। वह मन में विचार कर रहे थे कि संभव है कि वानर जाति की शासन व्यवस्था और सैन्य व्यवस्था से बेहतर होगी रक्ष राज्य लंका की व्यवस्था इसलिए एक-एक पग अति सावधानी से रखना होगा।

सायं हुई हनुमान एक सामान्य व्यापारी के रूप में नगर के द्वार पर पहुँचे, धीरे-धीरे बढ़ने लगे। लोग आ-जा रहे थे, अंदर जाने वाले लोगों के साथ मुख पर बिना कोई भाव लिए नगर द्वार से नगर में प्रवेश हेतु जैसे ही पग रखना चाहा कि एक स्त्री का स्वर सुनाई दिया जो प्रवेश मार्ग के मुख पर ही अंदर की ओर बैठी थी।

*"अरे! यहाँ तो स्त्रियाँ भी सैन्य सुरक्षा में लगी हैं। निश्चित ही राक्षस स्त्रियाँ अन्य द्रविड़ जातियों से अधिक स्वतंत्र व पुरुषों के समान अधिकार रखती हैं। तभी तो पुरुषों के लिए जो कार्य दुष्कर है उसे भी ये सहजता से कर लेती हैं।"* हनुमान ने सोचा। धीरे-धीरे स्वर को अनसुना करने का अभिनय करते हुए आगे बढ़े, कनखियों से देखा कि वह स्त्री जोर से आवाज़ करती द्वार तक आ गई।

"कौन हो तुम? बिना मेरी अनुमति कैसे नगर में प्रवेश करने की चेष्टा कर रहे हो। जानते नहीं मैं लंका द्वार रक्षक दल की प्रमुख हूँ। मेरी दृष्टि से कोई चोर बच नहीं सकता," कहते हुए लंकिनी हनुमान की ओर बढ़ी।

हनुमान ने पीछे हटने का अभिनय किया, स्त्री हनुमान की ओर बढ़ रही थी। हनुमान थे कि पीछे खिसकते जा रहे थे। पास में ही कुछ पेड़ों का झुरमुट था, हनुमान उसके पीछे हो गए।

"सुना नहीं तुमने? रुको... रुको। मैंने कहा अब मुझसे बच नहीं सकते," हाथ में दंड लिए स्त्री हनुमान की ओर वेग से आई। हनुमान ने

देखा कि किसी की दृष्टि अब उन दोनों पर नहीं है। पेड़ों की ओट से निकले झपट कर एक मुष्टिका लंकिनी के मुख पर मारी। लंकिनी इस आघात को सह न सकी, चक्कर खाकर गिर पड़ी और मूर्छित हो गई। पेड़ों की आड़ के कारण किसी ने उधर ध्यान नहीं दिया। हनुमान ने कुछ क्षण उसकी मूर्छा हटने की प्रतीक्षा की। लंकिनी में आँखें खोलीं। देखा उसे घायल करने वाला अभी भी उसके पास ही खड़ा है।

"मुझे क्षमा करें मैं एक स्त्री पर हाथ उठाने के कारण शर्मिंदा हूँ, किन्तु यह आवश्यक था अन्यथा आप ज़ोर-ज़ोर से बोलकर मेरा भेद ही खोल दे रहीं थीं," लंकिनी को विस्मित नेत्रों से अपनी ओर देखते पाकर हनुमान बोले।

"कौन हो तुम? मुझे मूर्छित कर भागे क्यों नहीं? क्या नहीं जानते हो कि अब मैं तुम्हें बंदी बना सकती हूँ।"

"मैं जानता हूँ कि आप लंका की द्वार सुरक्षा की प्रमुख हैं किन्तु मैं यह भी देख रहा हूँ कि आप एक स्त्री हैं। यदि मैं आपको अपने लंका आने का उद्देश्य बताऊँगा तो कदाचित आप मेरी सहायक बनें।"

"इस प्रकार चोरों की तरह लंका में प्रवेश करने के पीछे क्या उद्देश्य है तुम्हारा? कौन हो तुम?" लंकिनी ने शंकित स्वर में कहा।

"मैं वानर जाति का द्रविड़ हनुमान हूँ। मेरे स्वामी अयोध्यापति आर्य श्रेष्ठ राम की पत्नी का हरण आपके राजा ने किया है। मैं उन्हीं की खोज में आया हूँ। क्या एक स्त्री होकर दूसरी स्त्री की सहायता हेतु आप आगे नहीं आएँगी? एक अबला नारी जो नर श्रेष्ठ राम की पत्नी होकर इस लंका में अपनी अस्मिता की लड़ाई लड़ रही है, उसे मुक्त करने में क्या आप सहायक नहीं बनेगीं?" हनुमान ने वाक्पटुता का जाल बिछाया।

"तुम बुद्धिमान और वाक्पटु हो और सबसे महत्त्वपूर्ण तुम्हें अपने कार्य की पवित्रता का भान है और कार्य सिद्धि का पूरा विश्वास। मैं जानती हूँ कि राम की पत्नी सीता को मेरे राज्य के राजा बलात् हर लाए हैं और लंका की सभी स्त्रियों में, चाहे वे रावण की स्त्रियाँ ही क्यों न हों, इस बात का रोष है। तुम एक शुभ कार्य के लिए जा रहे हो इसलिए मैं तुम्हारी सहायता करूँगी। किन्तु मैं लंका की कर्मचारी होकर लंकिनी पद पर पदस्थ हूँ, तुम्हारी सहायता करना क्या मेरे कर्तव्य के प्रतिकूल नहीं होगा?" लंकिनी ने शंकामय हो कहा।

"अधर्म, अनाचार का साथ देना भी तो कर्तव्य नहीं होगा। जिस राज्य में स्त्रियाँ भी पुरुषों के समान अपना योगदान देती हैं, राजा के प्रति निष्ठा से अपना कर्तव्य का पालन करती हैं वहाँ पर स्त्रियों को इस प्रकार हर कर लाना कैसे सहन करते हैं आप लोग?"

"हनुमान हम रक्ष जाति के लोगों में पुरुष सदैव ही स्त्रियों को भोग्या मानते रहे हैं। ये तो हम स्त्रियों की जीवटता है कि इन कामी पुरुषों के बीच भी हम अपना कर्म पूरी निष्ठा से करते हैं। यद्यपि बदले में हमें सिर्फ़ अपमान, शोषण ही मिलता है।"

"तब तो लंका की स्त्रियों को इन अनैतिक कार्यों का पुरजोर विरोध करना चाहिए।"

"विरोध तो करती हैं किन्तु लंका का व्यापार अति उन्नत है। धन संपदा राज्य में भरपूर होने से यहाँ के पुरुष कामी, लम्पट और अभिमानी होते जा रहे हैं। अच्छा होगा यदि सीता के बहाने कोई लंका के पुरुषों को सबक सिखाए और वे धर्म सदाचार के रास्ते पर आ जाएँ। जाओ हनुमान लंका में तुम्हारा कार्य सिद्ध हो।"

"आपका बहुत आभारी हूँ, क्या कोई लंका नगरी में ऐसा है जो तनिक भी मेरी सहायता कर सके।"

"अवश्य। राजा रावण के छोटे भाई हैं विभीषण, वे बड़े सज्जन पुरुष हैं। उन्हें रावण सहित अधिकांश राक्षसों का दम्भी, दुराचारी व्यवहार पसंद नहीं है, किन्तु असंतुष्ट होने के बाद भी वे मन मारकर राजा के सेवक के रूप में कार्य रहे हैं।"

"आपका बड़ा उपकार है मुझ पर, अब मुझे आज्ञा दें।"

लंकिनी से अनुमति पा हनुमान लंका में प्रवेश कर गए। लंका के वैभव को देख हनुमान अचम्भित हो रहे थे। चौड़ी साफ़-सुथरी सड़कें, पंक्ति में बने बाजार और भवन। पानी की निकासी हेतु नालियाँ। साफ़-सफ़ाई करते कर्मचारी। बाजार में क्रेताओं की भीड़, दुकानदार ख़रीदार सभी प्रसन्न मुद्रा में साथ ही उनके मुख पर दर्प के भाव स्पष्ट दिख रहे थे। जिस ओर देखो उधर खुशहाली, पुरुष-स्त्री सभी अपने कार्यों में लगे हुए। हनुमान ने देखा

दूध, दही, रस की दुकानों पर स्त्री-पुरुषों की भीड़ है किन्तु उससे भी अधिक मदिरा की दुकानों पर भीड़ है। शरीर से बलिष्ठ किन्तु मदिरा के नशे में डूबे, लड़खड़ाते राक्षस, लड़ते और बड़बड़ाते राक्षस, जिन्हें कोई रोक भी नहीं रहा है।

*"सच कहा था लंकिनी ने, कैसे अच्छे शरीर सौष्ठव हैं किन्तु नशे के आदी। सचमुच भटक गए हैं यहाँ के वासी, धन की आमद कैसे समृद्धशाली राज्य के नागरिकों को पथ भ्रष्ट कर देती है।"* हनुमान सोचते जा रहे थे, ध्यान पूरा विभीषण के आवास की खोज पर। गलियों में घूमते हुए राज परिवार के ठिकानों की ओर बढ़ते जाते थे किन्तु बिना किसी से पूछे, दुकानों पर चुपचाप लोगों की वार्तालाप सुनकर अनुमान लगाते हुए। डर था कि कहीं पूछने पर लोगों को शक न हो जाए सो मन में विचार किया कि सावधानीपूर्वक घूम-घूम कर पता लगाएँ। शरीर और त्वचा का रंग राक्षस जनों से अधिक भिन्न न होने से किसी ने संदेह नहीं किया। गलियों में घूमते हुए सोचते जाते थे कि वैभव की कोई वस्तु नहीं जो इस नगरी में न हो। विलासिता की हर सामग्री उपलब्ध थी। एक ओर फूलों का इत्र बिक रहा था किन्तु उसकी सुगंध को दबा रही थी सामने बिकते पशु मांस की गंध। विचित्र नगर है। स्त्रियाँ स्वच्छन्द घूम रहीं हैं तो कामी पुरुष बिना रोकटोक उन पर कटाक्ष भी कर रहे हैं। घूमते-घूमते एक चौड़ा रास्ता दिखा, उसी पर आगे बढ़े। स्थान-स्थान पर सैनिक सुरक्षा हेतु लगे थे। सोचा यही स्थान होगा जहाँ राज परिवार के लोग रहते होंगे। बढ़ते-बढ़ते देखा एक खुला स्वच्छ मैदान और उसके किनारे एक बड़ा-सा महल। महल के दरवाज़ों पर भी सोने का पत्तर चढ़ा था, महल के कंगूरों पर सोना चमक रहा था। हस्तिदंत की नक्काशी द्वारों और दीवारों पर थी, चमकदार पत्थर स्थान-स्थान पर लगे थे। द्वार पर कड़ा पहरा था।

*"यही होगा रावण का महल।"* हनुमान ने मन में विचार किया। *"तब तो विभीषण का निवास भी यहीं कहीं होगा।"* यह सोचते हुए वह धीरे-धीरे आसपास के भवनों को देखते जा रहे थे। आधा कोस दूर तक बड़े-बड़े भवन बने थे जो राजा के प्रमुख अधिकारियों, राज परिवार के सदस्यों के ही प्रतीत होते थे। हर भवन के पास सैनिक पहरेदार थे। चलते-चलते एक भवन के सामने पहुँचे, देखा साफ़-सुथरा, बड़ा तो था किन्तु सादा, बिना किसी विशेष सजावट के। द्वार पर सैनिकों का जमावड़ा नहीं। लगा कि हो न हो यही

विभीषण का निवास होगा क्योंकि यह किसी सादा जीवन वाले व्यक्ति का ही ठिकाना है। वह एक कोने में खड़े होकर विचार करने लगे।

*"अंदर जाकर पूछा जाए। पूछना क्या, इस प्रकार चला जाए जैसे पहले से जानते हैं कि विभीषण यही रहते हैं। यदि सही नहीं हुआ तो भवन स्वामी से क्षमा माँग कर वापस आ जाऊँगा।"* वह यह सब सोचते हुए अंदर भवन में प्रवेश कर गए। अंदर सुरक्षा में लगा एकमात्र सैनिक मिला। हनुमान ने पूरे विश्वास से मुख मुद्रा बनाते हुए कहा।

"महानुभाव! विभीषण जी से मिलना चाहता हूँ।"

"मैं पूछकर आता हूँ। क्या बताऊँ आपके संबंध में?" सैनिक बोला।

"कहना कि समुद्र तट से आपका पूर्व परिचित एक व्यापारी मिलना चाहता है।"

कुछ ही क्षणों में सैनिक लौट आया, बताया अंदर विभीषण जी प्रतीक्षा कर रहे हैं। हनुमान अंदर कक्ष में गए, देखा सादा लकड़ी के तख़्त पर एक व्यक्ति बैठा है, देखने में सीधा सरल किन्तु मुख पर राज परिवार की ठसक।

"आइए महाशय। विभीषण के भवन में आपका स्वागत है। क्या अपना परिचय देना चाहेंगे?" हनुमान की ओर दृष्टि स्थिर किए विभीषण बोले।

"अवश्य," कहकर हनुमान ने पूरा वृतान्त कह सुनाया। सुनकर विभीषण के मुख पर चिंता की रेखाएँ स्पष्ट दिखने लगीं।

"मैंने अनेक बार बड़े भ्राताजी को समझाने की चेष्टा की कि पराई स्त्री को इस प्रकार हर लाना अनुचित है। किन्तु वे मानते ही नहीं हैं, अनेक बार भरे दरबार में मुझे अपमानित भी होना पड़ा।"

"आप तो उनके भाई हैं यदि आपकी सलाह नहीं मानेंगे तो किसकी मानेंगे। आपने अपने प्रभाव का समुचित इस्तेमाल नहीं किया होगा।"

"हनुमान जी, औरों की तरह आपको भी यही लग रहा होगा कि मैं विभीषण लंकाधीश रावण का भाई इस राज्य में बहुत शक्तिशाली व्यक्ति हूँ, जिसका पर्याप्त प्रभाव राज दरबार में और राजा पर होगा, जिसके परामर्श को महत्त्व दिया जाता होगा। किन्तु मित्र ऐसा नहीं है, मैं राजा का भाई अवश्य हूँ किन्तु अत्यंत प्रभावहीन व्यक्ति हूँ। मेरे मत का कोई महत्त्व इस लंका में नहीं है।"

"यह कैसे संभव हो सकता है? राजा का भाई और इतना असहाय!" हनुमान घोर आश्चर्य से बोले।

"सुनो मित्र! राक्षसों में राजा के भाई का कोई अस्तित्व राज दरबार में नहीं होता है। अब देखो हम तीन भाई हैं। बड़े भाई रावण राजा हैं, उनसे छोटे भाई कुम्भकरण हैं और सबसे छोटा मैं। कुम्भकरण जो मुझसे बड़े हैं, शरीर सौष्ठव में अत्यंत बलशाली हैं किन्तु स्वभाव से आलसी, अक्खड़ और थोड़े विलासी स्वाभाव के हैं। उनका यह स्वभाव रावण के लिए अनुकूल था और रावण ने उनके लिए देशी-विदेशी हर मदिरा उपलब्ध कराई, हर विलासिता की वस्तु उपलब्ध करा दी और कुम्भकरण उसमें पूरी तरह डूब गए। राजा रावण ने भी चेष्टा की उन्हें हर समय मदहोश बनाए रखने की ताकि भूलकर भी वे रावण के रास्ते में न आएँ और उनका राज़ निष्कंटक चलता रहे। स्थिति यह है कि वे अपने भवन में नशे में धुत्त पड़े रहते हैं। छह माह में एक बार जब प्रकृति देवी की पूजा होती है, उन्हें मदिरा से दूर रखा जाता है। इस प्रकार वर्ष में दो दिन ही वे होश में रहते हैं, शेष अवधि में पूरी तरह मदिरा में डूबे हुए। मेरी रुचि सादा जीवन व्यतीत करते हुए पठन-पाठन में रही। मैंने आर्य व अनार्य संस्कृति का अध्ययन किया है और मुनि अगस्त्य से वेद और संस्कृत पढ़े हैं। अगस्त्य मुनि ने ही हम भाइयों को सूती जनेऊ से उपनयन कराकर ब्राह्मणों में सम्मिलित कराया था। उनके आश्रम में रहकर अध्ययन अवधि में मुझे आभास हुआ कि आर्य संस्कृति अनार्य संस्कृति से अपेक्षाकृत अच्छी थी, वहाँ अधिक स्वतंत्रता थी। भाइयों में आपस में सौहार्द रहता है। यदि एक भाई राजा है तो अन्य उसकी सहायता में पूरे मन से रहते हैं। किन्तु हम द्रविड़ों में तो राजा अपने भाइयों से भी सशंकित रहता है। राजा न तो अपने भाइयों को अस्त्र-शस्त्र का प्रशिक्षण दिलाता है और न ही राजनयिक कार्यों में कोई महत्त्वपूर्ण ज़िम्मेदारी दी जाती है कि कहीं वे अपने राजा भाई से विद्रोह करने में समर्थ न हो जाएँ। यहाँ तक कि राजा के भाइयों के या विवाह नहीं होते या उनकी संतति को भी महत्त्वहीन बना दिया जाता है ताकि भविष्य में वे राज्य में हिस्सेदारी न माँग लें।"

"हाँ, हम द्रविड़ों के संबंध में यह तो आपने सर्वथा उचित आकलन किया है।"

"राजा का अधिकांश समय अपने ही भाई-बांधवों के परिवारों को शक्तिहीन करने में लगा रहता है जबकि यदि उन्हें भी पर्याप्त प्रशिक्षण, निर्णय लेने में पर्याप्त स्वतंत्रता दी जाए तो वे अपने ही राज्य व राजा के लिए लाभदायक सिद्ध हो सकते हैं। किन्तु खेद है कि ऐसा नहीं है।"

"किन्तु विभीषण जी, आप तो राज दरबार में स्थान रखते हैं।"

"चूँकि मेरी रुचि अध्ययन-अध्यापन में है। सो वे जानते हैं कि मैं हानिकारक नहीं हो सकता। इसलिए मुझे राज दरबार में तो स्थान दिया है किन्तु बात-बात पर मेरा उपहास उड़ाना, मुझे सबके सामने डपट कर मेरा अपमान करना राजा को भाता है।"

"इस प्रकार रोज़-रोज़ के तिरस्कार युक्त जीवन से आपको ऊब नहीं होती विभीषण जी?"

"अवश्य होती है। हर दिन डरते-डरते राज दरबार में जाता हूँ कि आज का दिन ठीक निकल जाए, कहीं राजा और उसके पुत्र किसी बात पर अपमान नहीं कर दें।"

"मेरे स्वामी प्रभु राम से मित्रता क्यों नहीं कर लेते? वे आपको अवश्य मित्र बनाकर बराबरी का सम्मान देंगे। इसमें कुछ बुराई भी नहीं है, जाति के सम्मुख रोज़-रोज़ तो अपमान तिरस्कार सहा नहीं जा सकता। सिर उठाकर गर्व से जीने का अधिकार तो सबको है, चाहे वो वानर राज सुग्रीव हों या विभीषण जी आप।"

"तुम सत्य कहते हो मित्र। मैंने भी श्रीराम के बारे में उनके कृपालु, करुणामय स्वभाव के बारे में सुना है और उनसे मिलने की इच्छा भी होती है किन्तु राजा का भय मन में है सो कभी साहस नहीं जुटा पाया।"

"आप विचार कर लें, जब भी आपको किसी मित्र की आवश्यकता लगे, श्रीराम का द्वार सदैव आपके स्वागत हेतु खुला रहेगा। अब मुझे कृपया जानकी जी के संबंध में बताने की चेष्टा करें," हनुमान बोले। सीता का पता लेने से पूर्व विभीषण को सोचने पर विवश कर गए हनुमान।

"अवश्य मित्र," कुछ क्षण मौन के पश्चात विभीषण बोले, "तुम्हें शीघ्र ही सीता जी का पता लगाकर अपने स्वामी को सूचित करना होगा। अतः समय व्यर्थ न करो, सुनो मित्र यहाँ से एक कोस दूर नगर के बाहर समुद्र के किनारे रावण ने एक अच्छा उपवन बनाया है जिसे आशोक वाटिका कहते हैं।

जब रावण ने सीता जी को सब प्रकार से मनाने का जतन कर लिया और असफल रहा तो इसी अशोक वाटिका में उन्हें रखा है। रावण ने एक वर्ष का समय सीता जी को दिया है कि या तो वे रावण की स्त्री बनना स्वीकार कर लें अन्यथा उन्हें मार दिया जाएगा। छह माह का समय व्यतीत हो गया है। वाटिका में अनके रक्ष स्त्रियाँ रावण की आज्ञा से सीता को मनाने का नित नए तरीक़ों से प्रयास कर रही हैं किन्तु पतिव्रता सीता जी की प्रीति तो श्रीराम में है इसलिए वे अडिग हैं, पर कब तक एक अबला रावण के अत्याचार सहेगी। सीता जी की स्थिति का बखान करते हुए श्रीराम को उन्हें शीघ्र मुक्त कराने हेतु आग्रह करें। अब जाओ मित्र तुम्हारा कार्य सिद्ध हो।"

हनुमान विभीषण से विदा ले अशोक वाटिका की ओर चल पड़े। आते-जाते राक्षस गणों से छिपते-छिपाते सावधानी पूर्वक चलते हुए पहुँच गए अशोक वाटिका। देखा कि एक सुंदर उपवन है, भाँति-भाँति के फलदार, पुष्पदार वृक्ष लगे थे। भिन्न-भिन्न पौधे और लताएँ स्थान-स्थान पर शोभित थीं। उपवन के बीच में कुटीरें बनी थीं, रावण की विश्राम स्थली के रूप में बड़ी कुटीर और आस-पास सेवक परिचारिकाओं हेतु छोटी कुटीरें। बड़ी कुटीर के चारों ओर फूलों की क्यारियाँ बनीं थीं जिनमें रंग बिरंगे फूल खिले थे। उपवन में चारों दिशाओं में बड़े-बड़े कूप बने थे जिनसे पानी निकाल कर नालियों में डाला जाता था। नालियों से पूरे बाग में पेड़-पौधों को पानी दिया जाता था। अनेक सैनिक उपवन की चौकसी में लगे थे। मुख्य कुटीर के बाहर अशोक वृक्ष पंक्ति में लगे थे। वृक्षों के चारों ओर बैठने के लिए गोल चबूतरे बने थे।

दिन डूबने को था। थोड़ी देर में अँधेरा हो जाएगा। हनुमान उसी क्षण की प्रतीक्षा में थे। जैसे ही अँधेरा होने लगा सैनिकों से दृष्टि बचाते हुए हनुमान दबे पाँव बाग में घुस गए। मुख्य कुटीर के पास सावधानी से पहुँच गए। वह एक-एक कुटीर के बाहर से आहट लेने की सोच रहे थे। जिज्ञासा थी कि किस कुटी में होंगी देवी सीता। संभव हो कि उन्हें मुख्य कुटी में ही रखा गया हो।

रात्रि होने लगी थी। हनुमान ने सोचा कि दिन निकलने की प्रतीक्षा करनी चाहिए। रात्रि के समय सीता जी के सम्मुख जाने से वे सशंकित होंगी कि मैं कौन हूँ, कहीं रावण के किसी षड्यंत्र का हिस्सा तो नहीं हूँ। वह मुख्य

कुटी के सम्मुख खड़े एक अशोक वृक्ष पर चढ़ गए और पत्तों-डालियों की ओट में छिप कर बैठ गए हनुमान। विचार करते-करते पूरी रात्रि काट दी।

दिन निकलने लगा। हनुमान पत्तों की आड़ में सावधानीपूर्वक बैठे थे। तभी देखा एक स्त्री मुख्य कुटी के पास की एक छोटी कुटिया से निकल कर बाहर अशोक वृक्ष के निचे बने चबूतरे पर आकर बैठ गई, कुछ परिचारिकाएँ उन्हें घेरे थीं। भाँति-भाँति के संकेतों से कोई समझा रहा था, कोई डरा रहा था। कुछ थीं कि व्यंग्य-उपहास भी कर रहीं थीं। हनुमान ने सोचा कि संभवतया यही होंगी सीता जी तभी तो परिचारिकाएँ इन्हें दुःख दे रही हैं। कुछ क्षण की प्रतीक्षा की। देखा कि सभी परिचारिकाएँ चली गई हैं। सीता अकेली बैठी हैं मुख पर बिना कोई भाव लिए और दृष्टि नीचे किए हुए। हनुमान ने विचारा, यही अवसर है। उन्होंने धीरे से श्रीराम की दी हुई मुद्रिका चबूतरे पर सीता के सामने गिरा दी।

कुछ क्षण बीते, अकस्मात सीता की दृष्टि मुद्रिका पर गई। पहचान कर आँखों में चमक आई। *"श्रीराम की अँगूठी कहीं कोई छल तो नहीं?"* सशंकित भाव से उन्होंने अँगूठी उठाई।

*"सच, यह तो वही है मेरे प्रिय की अँगूठी, किन्तु इसे यहाँ कौन लाया?"* ऊपर दृष्टि उठाई कोई नहीं दिखा। हनुमान बग़ल के वृक्ष पर बैठे सोच रहे थे कि अचानक सीता जी के सामने जाने से कुछ अप्रिय न घट जाए। इसीलिए धीरे-धीरे श्रीराम के गुणों का वर्णन करने लगे। सीता ने सुना और उनके मन में हर्ष, आशा की किरण जागी।

"कौन है भाई? कहीं कोई परिहास तो नहीं कर रहा?" सीता ने पूछा।

"माते मैं श्रीराम का सेवक हनुमान हूँ। आपके सम्मुख उपस्थित हो रहा हूँ, आप कोई संशय न रखिए," हनुमान ने विनम्र स्वर में कहा और वृक्ष से उतर कर सीता के सम्मुख खड़े हो गए।

सीता ने देखा बलिष्ठ शरीर, औसत क़द, गहरे रंग की त्वचा, कंधे पर गदा, कमर में रस्सा बाँधे कोई द्रविड़ जाति का पुरुष जान पड़ता है। *"पर यह अनार्य आर्य राम से कैसे मिल सकता है? यह कैसे हो सकता है? यह तो द्रविड़ है। यह आर्य राम का सेवक कैसे हो सकता है?"* सोच कर सीता मुँह फेर कर बैठ गईं। उनके मन में इस अपरिचित के लिए शंका के भाव थे।

"माता मन में कोई शंका न करें। हम वानर जाति के द्रविड़ लोग हैं।

हम अन्य द्रविड़ों की तरह नगरों में रहते हैं किन्तु पूर्वज जंगली कबीले के लोग थे जो सभी द्रविड़ जातियों में सबसे पहले से यहाँ इस देश में रह रहे थे। हम वानर जंगली पहाड़ी क्षेत्र में सदैव से रहते आए हैं। द्रविड़ों में मिलने के बाद हम नगरों में भी रहने लगे किन्तु मूल रूप से हमारे पूर्ववर्ती अभी भी जंगली हैं। वनों में भ्रमण करना, छलाँग लगा कर एक पेड़ से दूसरे पेड़ पर जाना, वनों मे आखेट करना। हम कमर में रस्सा बाँधते हैं, एक पेड़ से दूसरे पर जाने, शिकार करने अपने शत्रु को बाँध कर मारने हेतु यह काम आता है। इसका एक सिरा पूँछ की तरह थोड़ा-सा बाहर निकला रहता है, जैसा आप देख रही हैं। इसी सिरे को खींच कर हम सरकनी गाँठ शीघ्र खोल लेते हैं और आवश्यकतानुसार इसका इस्तेमाल करते हैं। हमारे राजा सुग्रीव की राम से मित्रता हो गई थी इसलिए हम श्रीराम की सेवा में आ गए हैं। राजा सुग्रीव के आदेश पर वानर दल आपको खोजने निकले हैं उन्हीं में से एक दल का सदस्य मैं आपके पास आ पहुँचा।"

"किन्तु नर और वानर का संग कैसे संभव हुआ?" सीता ने पूछा तो हनुमान ने प्रारम्भ से पूरा किस्सा कह सुनाया।

"कितने माह हो गए मेरे स्वामी ने अब जाकर मेरी सुध ली, आख़िर क्यों?" सीता रुंधे गले से बोली।

"श्रीराम तो, जबसे आप उनसे बिछुड़ी हैं तभी से, आपकी खोज का उद्यम कर रहे हैं। वे तो एक क्षण भी नहीं गँवाएँगे, जब आपके बारे में उन्हें पता लगेगा। स्वामी पूरी तैयारी से आकर आपको शीघ्र ही रावण से मुक्त कराएँगे, विश्वास कीजिए माता। मैं जाकर उन्हें आपके बारे में बताऊँगा और वे शीघ्र ही वानर सेना के साथ आकर रावण को मार कर आपको यहाँ से ले जाएँगे। अपने स्वामी पर विश्वास रखें। हाँ, वे आधी अधूरी तैयारी से नहीं आना चाहते क्योंकि सामने रावण जैसा बलशाली शत्रु है जिसे कम कर आँकने में नुक़सान संभव है। अतः जितना समय उन्हें अपनी तैयारी को अंतिम रूप देने में लगेगा बस उतना ही समय रावण के जीवन का शेष होगा," हनुमान ने सीता को ढाँढस बँधाया।

"तुमने आकर मेरे जीवन की आशा को बढ़ाया है हनुमान, तुम मेरे लिए पुत्र समान हो। अपनी माता सीता को शीघ्र अपने स्वामी से मिलाने का जतन करो, मेरे लिए यहाँ एक-एक दिन एक-एक कल्प के समान है।"

"अवश्य माता, अब अधिक प्रतीक्षा नहीं करनी होगी। मैं शीघ्र वापस जाऊँगा किन्तु जाने से पूर्व दो दिवस की भूख मिटाने हेतु इस उपवन के कुछ फल खाना चाहता हूँ।"

"किन्तु इस उपवन में तो अनेक प्रहरी हैं जो तुम्हें हानि पहुँचा सकते हैं।"

"उनकी चिंता आप न करें। बस, आज्ञा दें। मैंने अनुमान लगा लिया है ये चार पाँच से अधिक नहीं हैं। इन्हें तो मैं आसानी से परास्त कर दूँगा।"

"तब ठीक है पुत्र, जाओ अपनी भूख की व्यवस्था कर लो।"

हनुमान सीता से आज्ञा ले, कुछ आगे का विचार करते हुए फल खाने उपवन में घुस गए। अपनी रुचि के केले के फल खाने लगे, साथ ही पेड़ उखाड़ कर फेंकने लगे। उनके मन में तो कुछ और ही चल रहा था। तभी सैनिकों को आहट हुई। वे दौड़कर पहुँचे। पास जाकर देखा कि कोई बाहरी व्यक्ति फलदार पौधे उखाड़कर वन की शोभा बिगाड़ रहा है।

"इतना साहस? कौन है यह उपद्रवी? ठहर जा अभी। तुझे किए का दंड देते हैं," कहते हुए रखवाले दौड़कर हनुमान के पास पहुँचे। हनुमान तो जैसे इसी क्षण की प्रतीक्षा कर रहे थे। द्रुत गति से गदा के शक्तिशाली प्रहार से चार सैनिकों को ढेर कर दिया। एक रखवाला जान बचाकर भागा, और वह सीधे अक्षय कुमार के पास पहुँचा, जिसके प्रभार में इस उपवन की व्यवस्था थी।

अक्षय कुमार ने सुना, तो वह बिना सैनिक साथ लिए रखवाले के साथ उपवन की ओर दौड़ पड़ा। जाकर देखा कि घुसपैठिए ने कई पेड़ उखाड़ फेंके हैं, कई फलदार वृक्ष फल विहीन कर दिए हैं और पूरी वाटिका की अस्त-व्यस्त कर दी है। अक्षय कुमार क्रोध में भर गया।

"कौन है दुष्ट? तुझे आपने प्राणों का मोह नहीं?" कहते हुए अक्षय कुमार दौड़कर हनुमान से भिड़ गया। हनुमान ने उठाया उसे और सिर के ऊपर ले जाकर पटक दिया। शरीर धरती पर गिरा और प्राण आकाश में। रखवाला पुनः दौड़ पड़ा। अबकी बार सीधा पहुँचा रावण के दरबार में। रावण ने सुना कि एक आतताई ने पुत्र अक्षय कुमार को मार दिया तो शोकाकुल

हो गया। कुछ क्षण संवादहीन बैठा रहा सिंहासन पर, फिर जैसे तंद्रा टूटी हो कि राजा को भावनाओं पर नियंत्रण रखना चाहिए। सँभलकर बैठ गया और मेघनाद को आज्ञा दी।

"जाकर उस आतताई को जीवित पकड़कर लाओ, मैं उसे अपने सम्मुख दंड दूँगा।"

मेघनाद चल पड़ा अशोक वाटिका की ओर। भाई की हत्या से मन में क्षोभ के साथ तीव्र क्रोध भी था। वाटिका में पहुँचा देखा कि एक व्यक्ति फलों को खा रहा है और निर्दयता से पेड़ उखाड़ रहा है। उसने पूरा उपवन उजाड़ दिया था, जिधर देखो उखड़े वृक्ष और लताएँ पड़े थे।

"रे शठ! तेरी मृत्यु आई है जो इस अति सुंदर उपवन को उजाड़ रहा है," मेघनाद चिल्लाया और दूर से पत्थर फेंकने वाले यंत्र से हनुमान पर पत्थरों की वर्षा कर दी। हनुमान स्वयं को बचाते हुए मेघनाद की ओर दौड़े फिर निकट पहुँच द्वंद्व युद्ध करते हुए भिड़ गए। पीठ पर मुष्टिका के प्रहार से मेघनाद को लगा कि वह मूर्छित हो जाएगा। फिर भी चपलता से अपने रथ की ओर निकल गया। रथ पर चढ़ कर रस्सी का फंदा हनुमान के गले की ओर फेंका।

रस्सा हनुमान की ओर वेग से जा रहा था तभी मेघनाद ने विपरीत दिशा में रथ दौड़ा दिया। इससे पहले कि हनुमान सँभल पाते, फंदा गले में फंस चुका था। वह दोनों हाथों से रस्सी पकड़ कर रथ के साथ दौड़ने लगे। रथ का वेग अधिक था, इतना समय नहीं मिल पा रहा था कि गले से फंदे को निकाल सकें। यदि रुकते हैं या रथ को रोकने की चेष्टा करते हैं तो गला फंदे की गाँठ से दबने की संभावना थी। इसलिए दौड़ते रहना ही उचित जाना पड़ा। मेघनाद रथ दौड़ता हुआ दरबार तक पहुँच गया। रथ से उतरकर रस्सी को पकड़ कर दौड़ता हुआ दरबार में घुसा। पीछे-पीछे हनुमान थे। उनके गले में फंदा पड़ा था।

"क्या यही है वो दुष्ट जिसने पुत्र अक्षय कुमार को मारा और अशोक वाटिका उजाड़ी है?" पुत्र मेघनाद के साथ पाश में बँधे अपरिचित को देखकर रावण बोला।

"हाँ, पिताश्री। इसी दुष्ट की करतूत है सब," मेघनाद ने उत्तर दिया।

"कौन है तू, कहाँ से आया है?" हनुमान को देखते हुए रावण ने पूछा।

"प्रभु, मैं वानर जाति का व्यक्ति हूँ। नाम हनुमान है। मेरे स्वामी श्रीराम अयोध्या के राजा हैं, जिनकी पत्नी सीता का हरण आपने किया है, मैं उन्हीं की खोज में आया हूँ," हाथ जोड़कर हनुमान ने कहा।

"वानर...! तुम तो हमारी तरह द्रविड़ हो। द्रविड़ होकर आर्य का साथ दे रहे हो?"

"यह आर्य और द्रविड़ की बात नहीं है यह बात है नीति, अनीति की, धर्म-अधर्म की। राम धर्म पर हैं, नीति पर हैं और आप अधर्म पर, अनीति पर। किसी की स्त्री का हरण करना क्या उचित है?"

"किन्तु हम राक्षसों में तो इसे वैध माना जाता है। राक्षस विवाह की विशेषता ही यही है कि स्त्री का हरण कर उससे विवाह किया जाए।"

"यद्यपि राक्षस विवाह सभी द्रविड़ों में प्रचलित नहीं है, किन्तु यह भी स्त्री की स्वीकृति पर ही होता है। बलात् अपहरण कर स्त्री की इच्छा के विरुद्ध इसे नहीं किया जाता। इसलिए सीता हरण राक्षस नीति के भी विरुद्ध है। अतः आप अपनी भूल सुधार कर सीताजी को राम को लौटा दें। श्रीराम बड़े दयालु स्वभाव के हैं। वे सहर्ष आपके अपराध भुलाकर आपको मित्र बना लेंगे।"

"वह वनों में भटकने वाला तपस्वी रावण को मित्र बनाकर रावण पर उपकार करेगा?" अट्टहास करते हुए रावण बोला, "लगता है कि तेरी मति मारी गई है।"

"मैं तो आपके और पूरे राक्षस कुल के भले की बात कर रहा हूँ। वैसे भी जब आर्य व अनार्यों का आपसी मेल-जोल बढ़ रहा है, नया धर्म आकार ले रहा है, आर्यों के प्रति ऐसी शत्रुता उचित नहीं। आपके इस अनाचार का समर्थन तो अनार्य द्रविड़ भी नहीं करेंगे," हनुमान दृढ़ स्वर में बोले।

"समर्थन! किसे चाहिए समर्थन? मैं रक्ष राज रावण लोगों का पालक, उनका स्वामी, उनका दाता हूँ। उनका समर्थन मुझे नहीं मेरा समर्थन उन्हें चाहिए। ऐसा कौन है जो मेरी अवज्ञा करे? कौन द्रविड़ है जो मेरी इच्छा के विरुद्ध आर्य राम का साथ देगा? कौन द्रविड़ राजा है जो मेरा कोप भाजन बनेगा? किसे मेरी शक्ति का भान नहीं?" दर्प से सिर उठाते हुए रावण बोला।

"आपके सामर्थ्य और शक्ति को कौन झुठला सकता है? वीर बाली अब नहीं रहे अन्यथा वे आपकी शक्ति बताते," हनुमान ने कहा।

सुनकर रावण लज्जित हो गया किन्तु मन में अहंकारी यह स्वीकारना ही नहीं चाहता था कि सीता हरण करके उसने कोई त्रुटि की है।

"तुम अपने स्वामी को जाकर समझाओ एक स्त्री के लिए इतना उद्यम करना उचित नहीं। संसार में स्त्रियों की कौन कमी है, इसलिए सीता को भूल कर अयोध्या वापस लौट जाएँ। महाबली रावण से शत्रुता न करें। यह उसके लिए हानिकारक होगा। सीता तो नहीं मिलेगी अपितु प्राणों से भी हाथ धोना पड़ेगा।"

"वे यह उद्यम मात्र अपनी स्त्री को वापस प्राप्त करने हेतु नहीं कर रहे हैं। वे तो एक धर्म युद्ध में हैं जिसमें अच्छाई और बुराई, सत्य और असत्य, नीति और अनीति, धर्म और अधर्म आमने सामने हैं।"

"वानर तू नहीं जानता मैंने काल को भी वश में कर लिया है। वह सदैव मेरे पक्ष में खड़ा रहता है!" रावण अभिमान भरे शब्दों में बोला।

"काल रूपी परम न तो किसी का पक्षपाती है और न ही उसे वश में किया जा सकता है। अतः हे लंका धीश विवेकवान पुरुष का कर्तव्य है कि धर्म और काम को काल क्रम से उत्पन्न हुआ समझे। यह काल क्रम एक काल चक्र है जो सदैव गतिशील रहता है। कभी आपके साथ था तो आपने भू-मंडल जीत लिया किन्तु अधर्म व अहंकार के कारण अब यह आपके साथ से दूर हटता दिख रहा है," हनुमान बोले।

"महाराज यह वानर तो बड़े ज्ञान की बातें दर्प पूर्वक कर रहा है इसका सिर धड़ से अलग करना ही उचित जान पड़ता है," मेघनाद क्रोध में भर बोला।

"मुझे अपने स्वामी के कारज में मरने का भी दुःख नहीं है, किन्तु मैं पुनः आपसे विनती करता हूँ कि अहंकार का त्याग कर धर्म का साथ दें। लंका को नाश से बचाएँ। इस जैसे समृद्धशाली राज्य की नियति नष्ट होने में नहीं विकास में है प्रभु," हनुमान ने विनती की।

"लंका की नियति मैं हूँ दुष्ट वानर!" रावण दहाड़ा। क्रोध से उसके नथुने फूल रहे थे।

"आप लंका की नियति नहीं अपितु आप तो स्वयं नियति के हाथ हैं। आप ही क्यों हम सब नियति के हाथ की कठपुतली हैं क्योंकि नियति ही समस्त लोकों की उत्पत्ति का करण है। नियति ही समस्त कार्यों को सिद्ध करने वाली है। नियति ही प्राणिमात्र का प्रेरक है। नियति ने ही आपको इस स्थिति में फँसाया है जिसमें से आप जैसे ज्ञानी कैसे निकल सकते हैं। आप जानकर भी अनजान न बनें," निडर हो हनुमान बोले।

"तो तू क्या कहता है कि वे तपस्वी मेरी नियति निर्धारित करेंगे?"

"आप स्वयं उन्हें तपस्वी मान रहे हैं और आप जानते हैं कि तप करने वाला तपस्वी होता है। तप का अर्थ है ताप, गर्मी जो सद्गुणों से आती है। यह त्याग से, बलिदान से, दूसरों के लिए अपना सर्वस्व लगा देने से आती है। इसीलिए तपस्वी बड़ा बलवान होता है। उसके तप के सम्मुख कोई नहीं टिक सकता है। तभी तो जिस बाली ने आपको बंदी बना लिया था और जिससे आप पर्याप्त शुल्क देकर ही मुक्त हो सके थे, उसी वीर योद्धा बाली को तपस्वी राम ने एक बाण से मार दिया, तब आपको मारना उनके लिए कौन बड़ी बात है?" भय मुक्त हनुमान ने कहा।

"सचमुच यह दुष्ट वानर मृत्यु का अभिलाषी है। इसे तुरंत समाप्त किया जाए," रावण ने जोर से चीख़ मारी।

"क्षमा करें लंकेश्वर! हमने सदैव विदेशों से आए दूतों का सम्मान किया है। लंका का गौरवशाली अतीत रहा है कि यहाँ प्रायद्वीपीय राज्यों से, रोम व मेसोपोटामिया से समय-समय पर दूत आते रहे हैं और सम्मान पाते रहे हैं। आप जैसे शक्तिशाली राजा को यही शोभा भी देता है कि आपके यहाँ दूतों का यथोचित आदर हो। वे क्या आपके लिए हानिकारक होंगे? न तो वे आपके समकक्ष हैं और न ही आपके कोप भाजन के पात्र। वे तो सदैव आपकी दया पर निर्भर रहे हैं," विभीषण ने हस्तक्षेप किया।

"किन्तु विभीषण उनमें और इस दूत में भेद बड़ा है। इसे शत्रु ने भेजा है," रावण ने टोका।

"यह सत्य है महाराज कि यह आपके शत्रु राम का दूत है किन्तु इसका भी वध किया जाना आपके लिए अशोभनीय होगा। यह न सिर्फ़ आपकी कीर्ति को नष्ट करेगा अपितु यह भी प्रचारित करेगा कि भूलोक को जीतने वाला रावण एक दूत से डर गया, उसे आपने बराबर का समझने लगा और

अंततः उसका वध करना पड़ा," डरते-डरते विभीषण बोले तो रावण की मुख मुद्रा परिवर्तित हुई।

"तब क्या दंड दिया जाए? इसे यूँ ही छोड़ना तो ठीक नहीं," रावण ने जानना चाहा।

"मृत्यु दंड के अतिरिक्त जो भी आपको उचित लगे वही दंड दिया जा सकता है," सचिव माल्यवान ने भी सलाह दी।

"तो ठीक है इसे इसी की जाति के प्रतीक का रूप दिया जाए। यह वानर प्रतीक जाति का है अतः इसे बन्दर बनाया जाए। इसके कमर में बँधे रस्से को खोलकर, घी-तेल में भिगो कर पूँछ की तरह बाँध दो और गलियों में घुमाकर उसमें आग लगा दो।"

राजाज्ञा मिलते ही सैनिकों ने हनुमान को घेर लिया। मेघनाद के नेतृत्व में सभी सैनिक हनुमान को लेकर राज दरबार से बाहर निकले। हनुमान का बन्दर रूप बनाया गया। मुँह लाल रंग से रंगा गया और कमर के रस्से को खोलकर उस पर और कपड़ा लपेटा गया। उसे पूँछ का रूप दे घी-तेल से भिगोकर प्रज्ज्वलन हेतु तैयार कर लिया। हनुमान का विचित्र स्वांग देखकर सब हँसने लगे और लंका की गलियों में लेकर चले। आगे-आगे ढोल बजाता, मुनादी करता कर्मचारी चल रहा था पीछे-पीछे भीड़ के बीच हनुमान। लंका वासी लोग हनुमान को देख प्रसन्न हो रहे थे। तालियाँ बजाते हनुमान पर धूल-कंकड़ फेंकते बच्चे मनोरंजन कर रहे थे।

गलियों में घूमते हुए जब मेघनाद ने देखा कि पुरवासी बड़ी संख्या में हनुमान के स्वांग का आनंद लेते हुए साथ चल रहे हैं, तो सैनिकों को आज्ञा दी कि अब इसकी पूँछ में आग लगाई जाए। पूँछ को एक बार और घी में भिगोया गया, जब पूरी तरह भीग गई तो सैनिकों ने उसमें आग लगा दी। बच्चे, बूढ़े, स्त्रियाँ, जवान, सैनिक सभी हँसते, ज़ोर-ज़ोर से आवाज़ निकालते जाते थे। मुख्य बाजार से निकल कर दल लंका की तंग गलियों में घुस गया। अपने अपमान से और अपने ऊपर फेंके जा रहे पत्थर, धूल और व्यंग्य बाणों से अप्रभावित हनुमान जैसे कुछ ढूँढ़ते जा रहे थे। सहसा उनकी दृष्टि चन्दन लकड़ी से बने घरों की पंक्ति पर गई। देखते-देखते वे एक घर की छत पर छलाँग लगाकर चढ़ गए। इससे पहले कि सैनिक और पुरवासी कुछ सोच पाते एक घर से दूसरे घर पर छलाँग लगा हनुमान बग़ल

की गली के मकानों पर चढ़ गए और लकड़ी की छतों, उस पर लगे बल्लियों के छज्जों को अपनी पूँछ से जलाने लगे। नक्काशीदार लकड़ी के घर धू-धू कर जल उठे। चारों और अफ़रातफ़री मच गई, यह तो किसी ने सोचा ही नहीं था। लंका के घरों में चन्दन, साखू लकड़ी का प्रयोग बहुतायत में होता था इसलिए घरों को आग पकड़ने में देर नहीं लगी। सोने चढ़े चौखट द्वार, सोने की साँकलें और सोने के त्रिशूल जो संपन्न लंका वासियों के घरों में लगे थे, जल-जलकर गिरने लगे।

मेघनाद सैनिकों को चिल्ला-चिल्लाकर आज्ञा दे रहा था। सैनिक हनुमान को पकड़ने दौड़ भी रहे थे किन्तु एक तो हनुमान की चपलता दूसरे स्थान पर लगी आग से वे हनुमान तक पहुँच ही नहीं पा रहे थे। हनुमान को पकड़ें या आग बुझाएँ, किंकर्तव्यविमूढ़ सैनिक इधर-उधर दौड़ रहे थे। नागरिकों विशेषकर स्त्रियों व बच्चों में भय व्याप्त था। चारों ओर अराजकता की स्थिति बन गई थी।

हनुमान घरों पर छलाँग लगाते उधर की ओर दौड़ पड़े जिधर अशोक वाटिका थी। रास्ते के सारे घरों से आग की लपटें आकाश छू रही थीं। धुँए से पूरा नगर काला दिखाई दे रहा था। हनुमान अशोक वाटिका के पास पहुँच समुद्र में उतर गए, पूँछ की आग बुझाई, शरीर के अंग कई स्थानों पर आग से झुलस गए थे, पानी में बैठ उन्हें ठंडक दी। मुँह का रंग साफ़ किया, कुछ देर पानी में बैठ बाहर निकले। तट पर पहुँचकर दौड़ते हुए वाटिका में घुस गए।

वाटिका में सीता चिंतामग्न बैठी थीं कि राक्षसियों ने आकर सूचना दी कि जिसे मेघनाद वाटिका से पकड़ कर ले गए थे, उसने लंका नगरी के अनेक घरों में आग लगा दी और भाग गया। किसी को नहीं पता कि वह कहाँ गया। त्रिजटा जान रही थी कि वह कौन था और क्यों आया था। अन्य किसी को इसका भान नहीं हुआ था। तभी पानी में पूरी तरह भीगे हनुमान हाथ में गदा लिए सीता के सम्मुख उपस्थित हुए।

“यही है वह वानर जिसने लंका जलाई है। किन्तु तुम सब नहीं जानती की यह सीता की खोज करने राम दूत बनकर यहाँ आया है,” त्रिजटा ने कहा तो सभी राक्षसियाँ डर कर दूर भागने लगीं।

"माते! आज्ञा लेने आया हूँ मुझे अपने प्रभु के पास शीघ्र पहुँचकर आपकी सूचना देनी है। किन्तु माता आपकी प्रीति अभी भी श्रीराम में है, इसका कोई प्रमाण तो अवश्य मुझे देना होगा क्योंकि मैं वाणी से नहीं कह पाऊँगा। उचित होगा कि आप कोई ऐसी निशानी दें जिसे पाकर प्रभु श्रीराम जान लें कि उनकी सीता अभी भी उनके प्रति पूरे मन, वचन और कर्म से अनुरागी है," सीता के सम्मुख पहुँच हाथ जोड़ कर हनुमान ने विनती की।

"मैं जानती हूँ, पुत्र तुम मर्यादा में बँधे हो फिर भी कह सको तो कहना कि हर श्वास में मैं सिर्फ़ और सिर्फ़ उन्हीं का नाम जपती हूँ और हाँ यह लो चूड़ामणि, कहना कि यह मैं उन्हीं के हाथ से पहनूँगी, यदि जीवित रही तो," चूड़ामणि उतार हनुमान को देते हुए सीता रुंधे गले से बोली।

"जीवित रही तो...? यह कैसी बात की माता?" व्याकुल हो हनुमान ने पूछा।

"हाँ पुत्र, उनसे कहना कि एक माह में यदि वे मुझे यहाँ से नहीं ले गए तो मैं जीवित न रह सकूँगी। यह भी कहना कि ये राक्षस दम्भी और बड़बोले हैं, इनके बली होने के बारे में कुछ भ्रम पूर्ण चर्चाओं को सुनें भी तो ध्यान न दें क्योंकि ये शरीर से बलशाली अवश्य हैं किन्तु बुद्धि से साधारण हैं। तुमने स्वयं ही देख लिया कि अपने मूर्खतापूर्ण कृत्य से उन्होंने तुम्हें अवसर दे दिया लंका जलाने का। वैसे भी ये तुम्हारे स्वामी के बाणों के आगे टिक नहीं पाएँगे, इसलिए रण में इन्हें दण्डित कर मुझे शीघ्र ले जाएँ। यह विनती मेरी ओर से करना," कहते-कहते सीता विलाप करने लगीं। हनुमान की आँखें उनकी यह दशा देख भर आईं। समझ नहीं पा रहे थे कि कैसे ढाँढस बँधाए माता जानकी को।

"हाँ, वानराधीश मैंने तुम्हारी और सीता की वार्तालाप भोर में और अभी भी सुनी। मैं रक्ष राज रावण द्वारा नियुक्त सीता की परिचारिका त्रिजटा हूँ। प्रारम्भ में तो मैंने भी सीता को रावण के प्रति आसक्ति प्रकट करने हेतु भाँति-भाँति से मनाने की चेष्टा की थी किन्तु इनके जैसी पतिव्रता स्त्री के साथ रहकर मैं स्वयं बदल गई हूँ। अब मैं इन्हें अपनी पुत्री समान मानती हूँ। तुम अवश्य अपने स्वामी से कहना कि सीता दिन-रात उनके बारे में ही विचार करती है। उनके वियोग में दिन-प्रतिदिन सूखती जाती है। वे शीघ्र आकर इसे ले जाएँ नहीं तो ये सचमुच अपने प्राण दे देगी," त्रिजटा ने हनुमान से आग्रह किया।

"यूँ तो मैं इन्हें अभी भी अपने साथ ले जा सकता हूँ किन्तु एक तो संभव है कि यह आत्मघाती क़दम हो। यहाँ से समुद्र पार कर श्री राम के पास ले जाने तक संभावित रक्ष आक्रमण के कारण कदाचित सीता माता को हानि हो जाए। दूसरा प्रभु की आज्ञा सिर्फ़ खोज कर पता लेने की थी। अतः मुझे लगता है कि प्रभु श्रीराम स्वयं पूरी तैयारी से दल-बल के साथ आएँगे और रावण को मार कर सीता माता को ससम्मान ले जाएँगे। किन्तु तब तक इन्हें ढाँढस बँधाए रखना और आशान्वित किए रहना आपका दायित्व होगा माता। क्या मुझे आप वचन देंगी कि आपकी अभिरक्षा में माता जानकी सकुशल और जीवित रहेंगी।"

"मैं वचन देती हूँ। अब तुम जाओ और शीघ्र यथोचित जतन करो," त्रिजटा ने कहा तो उन्होंने हाथ जोड़ त्रिजटा का आभार माना। चरणों में झुकर सीता से विदा माँगी और चल दिए।

सागर तट पर पहुँचे, देखा कई नौकाएँ अशोक वाटिका से फल, पुष्प और औषधि लेकर पाण्ड्य राज्य को जाने हेतु खड़ी थीं। हनुमान एक नौका में चढ़ गए, गदा से नौका चालक को मारने का भय दिखा चलाने का आदेश दिया। उस समय तक हनुमान द्वारा किए गए कार्यों की चर्चा पूरी लंका में फैल चुकी थी। नौका चालक भी हनुमान से भयभीत हो कर बिना कोई प्रश्न किए नौका चलाने लगा।

नौका सागर तट पहुँची। नौका से उतर हनुमान वानर दल के पास दौड़ते हुए पहुँचे।

सभी वानर रीछ हनुमान को देख संतोष की श्वास लेने लगे। जामवंत ने पूछा तो कार्य सिद्धि के बारे में हनुमान ने सबको बताया, सभी के मुख हर्ष से खिल उठे। हर्षित हो सभी नाचने लगे। तभी जामवंत ने शीघ्र श्रीराम के पास चलकर उन्हें सूचना देने का मत दिया तो सभी सहर्ष चल दिए।

"लक्ष्मण एक माह का समय व्यतीत हो गया किन्तु अभी तक वानर गण सीता का पता लगा कर नहीं लौटे," प्रस्रवण पर्वत पर भाई के साथ बैठे राम ने कहा।

"अवश्य कोई शुभ समाचार लेकर आते ही होंगे वानर यूथ। आपने

देखा नहीं था कि कैसे आपके कार्य को जाने हेतु वे उद्धत थे। उन्हें आपका कार्य अपने द्वारा किए जाने की कितनी प्रसन्नता थी। भैया, इन वानरों में कहीं न कहीं आपको देव तुल्य समझा जाने लगा है तभी तो वे आपके आशीष से कार्य सिद्ध हेतु पूर्ण आशान्वित थे।"

"सो तो तुमने ठीक कहा लक्ष्मण किन्तु मैं देवता नहीं मनु का वंशज 'मनुष्य' अर्थात 'मनु के' प्राणियों में से ही एक हूँ।"

"नहीं भैया, आप साधारण मनुष्य तो नहीं हैं। आपमें मुझे भी अनेक बार देवत्व दिखता है।"

"मुझमें देवत्व, वह कैसे लक्ष्मण?"

"अब देखिएगा बड़े भैया जो साधारण मनुष्यों के लिए पूर्ग दुर्भाग्य होता है उसे आपने सौभाग्य में बदल दिया।"

"दुर्भाग्य, सौभाग्य मैं समझा नहीं लक्ष्मण। आज तुम कैसी पहेलियाँ बुझा रहे हो?"

"राज से विमुक्त, राज्य से निष्कासित, वन में तपस्वी जीवन। जिसका राज्य चला गया, जिसे वनवास हो गया और वनवास के अंतिम समय में जिसे पत्नी हरण सा दारुण दुःख मिला हो वह तो सदैव अपने दुर्भाग्य का रोना रटता कि देखो, मैं कितना दुर्भाग्यशाली हूँ राज्य खोया, पिता खोया और पत्नी का विछोह। इन सारी परिस्थितियों में साधारण मनुष्य पलायन कर जाता। हाँ, भैया जब मुझ जैसे साधारण मनुष्य राज्य निष्कासन, पत्नी वियोग से शोक में डूबे रहते हैं वहीं आपने प्रत्येक विषाद को अवसर में बदल दिया। वनवास हुआ तो रोते, दुःख मनाते वनवास की अवधि काटने के स्थान पर आपने उसे ऋषि, मुनियों की सेवा में, वन में शांति स्थापित करने में, संस्कृति की रक्षा में, ज्ञान वृद्धि में, स्वयं को और परिष्कृत करने में लगा दिया और दुर्भाग्य को यश में बदल दिया," लक्ष्मण बोलते जा रहे थे कि राम ने उन्हें बीच में टोका।

"मेरे साधारण गुणों को महिमामंडित कर कैसी बड़ी-बड़ी बातें आज कर रहे हो लक्ष्मण।"

"नहीं भैया ये असाधारण गुण हैं, छोटी-बड़ी एक-एक घटना मेरे दृश्य पटल पर जब घूमती है तो मैं विस्मित हो जाता हूँ," कहते हुए लक्ष्मण बग़ल से उठकर राम के सामने आ खड़े हुए। शिला पर बैठे राम के मुख पर दृष्टि

स्थिर कर लक्ष्मण ने पुनः बोलना शुरू किया।

"चित्रकूट में भाई भरत ने कितना हठ किया किन्तु आप अविचलित रहे और अंततः आपको वन में रहते हुए ही अयोध्या का राजा माना गया। इस अवसर का भी आपने अन्य राज्यों के साथ संधि, मित्रता करने में उपयोग किया। अब जबकि साधारण मुनष्य पत्नी हरण के पश्चात लज्जा से ही मर जाता, आपने अन्य अपरिचित जातियों का साथ ले, इसे नीति-अनीति के संघर्ष में बदल दिया। यह देवत्व नहीं तो और क्या है भ्राता।"

"यह देवत्व है या मनुष्यत्व, ये तो मैं नहीं जानता किन्तु इतना अवश्य कहूँगा कि पत्नी को वापस लाने की लड़ाई धीरे-धीरे मेरे लिए धर्म युद्ध में परिवर्तित होती जा रही है। जैसे-जैसे अन्य जातियों का समर्थन मुझे मिल रहा है, वैसे-वैसे मैं व्यक्तिगत लड़ाई के स्थान पर पूरे समाज के हितार्थ युद्ध करने हेतु तत्पर होता जाता हूँ। जब लोगों ने मुझमें इतना भरोसा दिखाया है तो मैं भी पूरे मन-वचन-कर्म से उन सबके कल्याण हेतु लड़ूँ। अपना धर्म, अपना कर्तव्य यही मानूँ कि सभी की विजय हो मात्र मेरी नहीं। यह विजय होगी अच्छाई की बुराई पर, मान की अपमान पर पुण्य की पाप पर। ये मनुष्य, राक्षस, वानर, गंधर्व सब अलग-अलग क्यों रहें। मनुष्य का अर्थ मनु के वंशज के स्थान पर सम्पूर्ण भू लोक वासियों के लिए क्यों नहीं हो सकता, जो धर्म तथा सदाचार की राह पर चलते हैं। यह असंभव भी नहीं, जब दूर देश से आया राम यहाँ के निवासियों, यहाँ के राज्यों का इतना प्रचुर समर्थन ले सकता है तो सभी मिलकर सद्गुणों को मनुष्यत्व का नाम नहीं दे सकेंगे क्या?"

"किन्तु भ्राता, यह तो आपके चुम्बकीय व्यक्तित्व का ही परिणाम है जो वानर, रीछ, गीध, गरुड़, आर्य आदि सभी आपके प्रति समर्पित हैं।"

"यह समर्पण दो तरफ़ा होता है लक्ष्मण। सब हमें समर्थन दें इसके लिए आवश्यक है कि हमारा भी पूर्ण समर्पण उनके प्रति हो। सबको अपना-सा मानना, सबमें समभाव देखना, किसी को किसी से श्रेष्ठ या निम्न न समझना भी आवश्यक है, तभी पूर्ण समर्पण होता है। यह सब मुझमें प्रारंभ से ही रहा और इसमें तुम भाइयों को बड़ा योगदान है।"

"हम भाइयों का योगदान? वह कैसे भैया?" आश्चर्य से लक्ष्मण ने पूछा।

"मेरे तुम तीन छोटे भाई हो। बचपन से ही मैं तुम तीनों को समभाव

से देखता आया हूँ। तुम तीनों ही मुझे सामान प्राण प्रिय रहे। मैंने कभी एक पर दूसरे को महत्त्व नहीं दिया, कभी एक को दूसरे से कमतर नहीं माना। इसीलिए तुम तीनों का भी मुझ में पूर्ण समर्पण रहा। हाँ, यह सत्य है कि तीनों की पृथक-पृथक विशेषताएँ हैं। कोई बड़ा योद्धा, कोई बड़ा संत तो कोई धीरजवान। मेरा सौभाग्य यह रहा कि तुम तीनों ही मेरे आज्ञाकारी रहे।"

"किन्तु इसके लिए भी आपका हम पर स्नेह, हमारे लिए सदैव खड़े रहना, हमें हर संकट से बचाना, सारे कष्ट अपने ऊपर लेकर हमें निश्चिंत बनाना भी तो आपने किया है।"

"यह गुण भी समर्पण से आता है। जब सामने वाला पूर्ण समर्पित हो तब प्राण देकर भी उसकी रक्षा की जाए, यह भाव आना स्वाभाविक है।"

"यह भाव सभी प्राणियों में नहीं आता, भ्राता। जो महापुरुष होते हैं वही ऐसा सोचते हैं। अन्यथा तो लोग अपना हित साधकर लोगों को ठगते हैं, उन्हें झूठी निष्ठा दिखाकर उनका विश्वास जीतते हैं और बाद में धोखा देते हैं।"

"सच कहा तुमने लक्ष्मण, यह बड़ा अवगुण है किन्तु कुछ लोग इसे अपना गुण मानते हैं। तुमने यह भी देखा होगा कि दूसरे को विश्वास में लेना और बाद में यह जताना कि देखो कैसा मूर्ख बनाया, इसे लोग अपनी बुद्धिमत्ता समझते हैं। किसी एक को गले लगाते समय दूसरे की ओर आँख दबाकर संकेत करना कि देखी मेरी बुद्धिमत्ता, कैसे मैंने अपनी वाकपटुता से इसे फँसाया है, यह सचमुच धोखा देने वाली बात है। इस अति बुद्धिमत्ता से किसी को भी अपना नहीं बनाया जा सकता। शीघ्र ही ऐसे लोगों का कपट खुल जाता है और वे लोगों का विश्वास खो देते हैं। अनेक बार किसी व्यक्ति से उसके आसपास के लोग यह कहते मिलेंगे कि आपने अमुक व्यक्ति को कैसी झूठ-मूठ की बातें बनाकर अपना बनाया है। इसके प्रत्युत्तर में वह भी मुस्कराकर सहमति देता है कि हाँ, सत्य है मैं अपने बुद्धि कौशल से सामने वाले को अपना दास बना चुका हूँ। किन्तु ये सब छल-प्रपंच हैं और अधिक दिन नहीं चलते। इसलिए जिसे भी अपनाओ पूरे हृदय से अपनाओ क्योंकि यदि व्यवहार बनावटी होगा और जो तुम्हारा बना है उस पर जब भेद खुलेगा तो उसका हृदय अघात से भर जाएगा और जिस वेग से वह निकट आया था उससे कहीं अधिक वेग से दूर चला जाएगा और कभी भी वापस नहीं आएगा।"

"तब व्यवहार में किस प्रकार की सावधानी रखनी चाहिए भ्राता श्री?" लक्ष्मण ने जिज्ञासा प्रकट की। वे राम द्वारा दिए जा रहे दृष्टान्त से पुलकित दिखाई दे रहे थे।

"जो नया मित्र होता है या जो नए लोग अपने बनते हैं वे कहीं न कहीं शंकालु होते हैं कि उनके साथ कोई धोखा तो नहीं होगा। इसलिए उन्हें पूर्ण रूप से अपना बनाने के लिए व्यवहार में पारदर्शिता आवश्यक है। जैसे मैंने सदैव ही यह सावधानी रखी है कि सुग्रीव या अन्य नए मित्रों के बारे में तुमसे भी बात करूँ तो गोपनीयता से नहीं। सब कुछ सामने, सब कुछ खुला, उन्हें यह भी नहीं लगना चाहिए मैं किसी को, चाहे वह मेरा भाई ही क्यों न हो, उनसे अधिक महत्त्व दे रहा हूँ। उन्हें यह पूर्ण विश्वास होना आवश्यक है कि मेरे लिए जैसे सुग्रीव, वैसे ही लक्ष्मण या जैसे निषादराज वैसे ही भरत। मुझे संतोष है कि अपने पारदर्शी व्यवहार से मैंने नए मित्र बनाए हैं। मैं उन पर और वे मुझ पर पूरा भरोसा करते हैं।"

"यही वे सद्गुण हैं बड़े भैया जो आपको औरों से पृथक करते हैं," रोमांचित हो लक्ष्मण बोले।

"यह कोई परिश्रम से बनाया हुआ गुण नहीं है लक्ष्मण। यह तो जीवन को सरल रूप से, निर्मल मन से जीने की पद्धति है, जो हर व्यक्ति अपना सकता है। अधिक चतुराई का प्रयोग सदैव हानिकारक होता है।"

"किन्तु अति चतुर व्यक्ति अपनी मंशा छिपाने हेतु भावों का चतुराई से प्रयोग भी तो करते हैं भैया, जिसे लोग ताड़ नहीं पाते।"

"नहीं लक्ष्मण, यह सत्य नहीं है अपितु मैंने तो यह भी पाया है कि जिस भाव से जो बात कही जाती है सामने वाले तक उसी भाव से वह पहुँचती है। कई बार अति चतुराई से लोग दूसरे पर कटाक्ष करते हैं और समझते हैं कि उन्होंने अपनी बात कह ली किन्तु सामने वाला निरा बुद्धू है, समझ ही नहीं पाया। यह सर्वथा असत्य है। संभव है कि मर्यादा का पालन करते हुए सुनने वाला प्रत्युत्तर में शांत रह जाए किन्तु वह उसी क्षण से दूरी बनाना प्रारंभ कर देता है और परिणामतः अति चतुर व्यक्ति उसे खो देता है जो उसका अपना था।"

"आप निर्मल हृदय हैं तभी तो इतने लोग आपके साथ जुड़े हैं पूरे विश्वास से। वे आपमें अपने स्वामी, प्रभु की छवि देखते हैं, आपके साथ

निर्भय होते हैं," लक्ष्मण मंत्र मुग्ध हो सुनते-सुनते अचानक बोल उठे।

"उनका मेरे साथ पूरे मन से, विश्वास से जुड़ना मेरे साथ निर्भय होना ही अब मुझे भयभीत करता है लक्ष्मण। मैं चला तो था सीता की खोज में किन्तु अब युद्ध इनके विश्वास के लिए होगा। सीता मिले न मिले मैं इनका विश्वास नहीं खो सकता। यदि सीता जीवित भी नहीं है तो भी युद्ध होगा। कदाचित सीता की प्रीति बदल गई हो तब भी युद्ध होगा। यदि मेरे वानर और अन्य द्रविड़ मित्र चाहेंगे तो मैं लड़ूँगा, उनके लिए, सच के लिए, अच्छाई के लिए न्याय के लिए। क्योंकि मुझे चिंता अब सीता मिलने की नहीं, इनका भरोसा न खो दूँ यह भय है। हाँ, सिया का समर्पण मेरे साथ हुआ तो मेरी शक्तियाँ कई गुणा बढ़ जाएँगी, इसमें संदेह नहीं।"

दोनों भाइयों का वार्तालाप चल ही रहा था कि जामवंत, हनुमान, अंगदादि के साथ सुग्रीव आ पहुँचे। आंगतुकों की मुख मुद्राएँ देख रान की आँखों में उम्मीद की किरण जाग उठी।

"जय हो श्रीराम की! प्रभु देवी सीता का पता चल गया है!" सुग्रीव आवेश में बोले।

"कहाँ? कैसे? शीघ्र बताओ मित्र," राम अधीर हो उठे।

"हाँ, वानर राज! बताइए कहाँ हैं भाभी सीता?" लक्ष्मण ने उत्तेजना से कहा।

"ये आपके सेवक हनुमान ही आपको बताएँगे स्वामी," सुग्रीव ने भरी आँखों से हनुमान की ओर संकेत कर रहा।

"हाँ प्रभु! हनुमान ने वह कार्य किया है जो हम सबको असंभव लग रहा था," जामवंत बोले।

राम उठे और हनुमान की ओर बढ़े। उनकी आँखें छलछला आईं थीं। उन्होंने हनुमान को गले लगा लिया। हनुमान की आँखों में अश्रु थे। वे हाथ जोड़कर खड़े हो गए।

"प्रभु! मैं तो आपका सेवक हूँ। आपके चरणों में मुझे स्थान मिलता रहे," कहकर चरणों में गिर गए। राम ने उठाया, पास पड़ी शिला पर हाथ पकड़ कर अपने पास बिठाया।

"बताओ हनुमान कहाँ हैं सीता? कैसी हैं? क्या अब भी मेरे प्रति उनकी उतनी ही प्रीति है, बोलो हनुमान?"

"प्रभु माता सीता रावण की नगरी लंका में तपस्विनी की भाँति नगर से बाहर एक वाटिका में रह रही हैं, दिन-रात आपका ध्यान करती हैं। रावण ने अनेक प्रयास किए, डराया धमकाया, भाँति-भाँति के प्रलोभन दिए किन्तु वे तो जैसे आपके अतिरिक्त किसी पुरुष के बारे में सोच भी नहीं सकतीं। थक कर रावण ने उन्हें निर्वासित जीवन जीने नगर के बाहर रखा है। कुछ परिचारिकाएँ हैं जो उनकी देखभाल करतीं हैं। माता न ठीक से खाती हैं, न ही उन्हें कोई अपनी सुध रहती है। देह सूख कर कृश हो गई है। प्रभु शीघ्रता से चलें, रावण को जीतकर उन्हें मुक्त कराना आवश्यक है अन्यथा वे आपने प्राण त्याग देंगीं।"

हनुमान ने कहा तो राम की आँखों से अश्रु बहने लगे। कुछ क्षण मौन बैठे रहे जैसे कोई बोल ही नहीं निकलना चाह रहे थे। वातावरण बोझिल होते देख अंगद ने बात बदली।

"प्रभु हनुमान ने लंका नगरी जला दी, यह तो वे आपको संकोच के कारण बता ही नहीं रहे।"

"क्या लंका नगरी जला दी? कैसे हनुमान?" राम बोले, आश्चर्य से उठकर खड़े हो गए।

हनुमान ने संकोच में सब वृतांत कह सुनाया। जैसे-जैसे हनुमान बोलते जा रहे थे, राम लक्ष्मण और सुग्रीव का आश्चर्य बढ़ता जा रहा था।

"किन्तु प्रभु यह सब आपकी कृपा से ही संभव हुआ है, अन्यथा मैं क्या कर सकता था," चरणों में झुककर हनुमान ने कहा। सजल नेत्रों से राम हनुमान को निहारते रहे, जैसे आभार जता रहे हों।

"और हाँ, प्रभु! माता ने एक निशानी भी दी है आपके लिए।" कहकर हनुमान ने चूड़ामणि राम को सौंप दी। चूड़मणि देख राम पुनः भावुक हो गए। वे हाथ में चूड़ामणि को शिला पर ले कर अकेले बैठ गए और उसे निहारने लगे। लक्ष्मण ने देखा तो समीप जाकर भाई के कंधों पर हाथ रख कर खड़े हो गए, जैसे सांत्वना दे रहे हों।

"देखो लक्ष्मण, इसे पहचानते हो? यह चूड़मणि सीता पहनती थीं।"

"भैया क्षमा करें मैंने तो सदैव भाभी के चरणों पर ही दृष्टि रखी थी।

इसके संबंध में मुझे ज्ञात नहीं सो मैं आपकी इसमें कोई सहायता नहीं कर सकता," लक्ष्मण ने असमर्थता व्यक्त की। दोनों भाइयों का वार्तालाप सुन वहाँ ऐसा कौन था जिसकी आँखें न भीगी हों।

"प्रभु! अब आज्ञा दीजिए। वानर सब चढ़ाई हेतु तैयार हैं," सुग्रीव ने बात बदली।

"हाँ, मित्र! तुमने ठीक विचारा। यदि सबकी सलाह हो तो अब चलना चाहिए," राम ने कहा।

"प्रभु सब यूथ पति आप और राजा सुग्रीव के आदेश की ही तो प्रतीक्षा कर रहे हैं," जामवंत बोले।

"तब तैयारी पूर्ण कर कूच कर दिया जाए मित्र सुग्रीव। किन्तु मेरी एक इच्छा है," राम अनंत में निहारते हुए बोले।

"क्या स्वामी?"

"कूच करने से पूर्व सैनिकों को गिनती हेतु जिस मैदान में आप खड़ा करें, मैं वहाँ अपने योद्धाओं से बात करना चाहूँगा।"

"अवश्य प्रभु! मैं सारी व्यवस्थाओं को परिपूर्ण कराने के बाद आपको सूचित करता हूँ," कहकर सुग्रीव सभी प्रमुखों के साथ चले गए।

सभी यूथ पतियों को सुग्रीव का संदेश मिला कि अपने सैनिकों को लेकर मैदान में आ जाएँ। यूथ गणना के पश्चात श्रीराम सबको संबोधित करेंगे। देखते-देखते सभी वानर एकत्र होने लगे, जैसे इसी क्षण की प्रतीक्षा हो। सभी यूथ पतियों ने अपने दलों को पंक्तियों में खड़ा कर दिया। सुग्रीव ने गणना हेतु कर्मचारी लगा दिए थे, वे सभी दलों की पृथक-पृथक गणना कर एक साथ जोड़ते जा रहे थे। गणना का कार्य पूर्ण होने पर सुग्रीव स्वयं राम लक्ष्मण को लिवाने गए।

पंक्तिबद्ध लड़ाकों को अधिक प्रतीक्षा नहीं करनी पड़ी। कुछ ही क्षणों में राम और लक्ष्मण सुग्रीव के साथ आकर खड़े हो गए। राम ने वानर और रीछों की अनुशासित विशाल सेना को देखा। मन में हर्ष लिए राम पास में एक ऊँची शिला पर चढ़ गए। अपनी ओज पूर्ण आवाज़ में राम ने संबोधन प्रारंभ किया।

"मेरे प्यारे मित्रों! आज अवसर आ गया है कि हम एक धर्म युद्ध के लिए प्रस्थान करें। युद्ध का कोई भी परिणाम हो सकता है और आप सभी योद्धा यह भलीभाँति जानते भी हैं। मैं तो यह जानता हूँ कि हम सब अनीति, अन्याय, असमानता, अहंकार, कदाचर के विरुद्ध युद्ध करेंगे और हमारी शक्ति होगी धर्म, सत्य, न्याय, नीति, सदाचार, समानता, सम्मान और हमारा बल होगा एकजुटता। यह युद्ध राम का अपनी पत्नी सीता को रावण से मुक्त कराने का नहीं है, यह तो युद्ध का बहाना मात्र है। वास्तविक युद्ध तो यह है कि क्या अधर्म, अहंकार, अनीति रहेगी या न्याय, नीति, धर्म जीतेगा? क्या अच्छाई बुराई पर विजय प्राप्त करेगी? क्या अपमान और असमानता को परास्त कर सम्मान और समानता स्थापित होंगे? मुझे पूर्ण विश्वास है कि हम इस धर्म युद्ध में अवश्य विजयी होंगे। जहाँ आप जैसे महाबली भट होंगे वहाँ जीत तो होगी ही।"

"जय श्रीराम", "जय श्रीराम", जय श्रीराम" के उद्घोष से वातावरण गुंजायमान हो गया।

"और एक बात, यह राम आप सबको विश्वास दिलाता है कि जो भरोसा आप लोगों ने मुझ पर किया है, अपने प्राण देकर भी उसकी रक्षा करूँगा। सदैव आपके साथ रहूँगा, आप तक आने वाली हर विपत्ति, हर प्रहार को मैं अपने ऊपर लूँगा।"

इसके बाद "जय श्रीराम", "जय श्रीराम," "जय श्रीराम" के उद्घोष फिर होने लगे।

"अब हम सब यहाँ से प्रस्थान करेंगे पर एक विनती है। रास्ता लंबा है। रास्ते में ग्राम, नगर, बस्तियाँ आदि मिलेंगे किन्तु हम किसी भी प्राणी या नागरिक को सताएँगे नहीं। न कृषि का नुकसान होगा, न उपवनों को उजाड़ेंगे, न बाजारों को लूटा जाएगा। इसके उलट हम सबका समर्थन चाहेंगे। जितने भी द्रविड़ राज्य चाहे कोल हों या पाण्ड्य रास्ते में पड़ेंगे, हम चाहेंगे कि वे हमारे मित्र बनें और साथ चलें। इस हेतु हम सब राजा सुग्रीव को अधिकृत करते हैं कि वे सभी ग़ैर रक्ष द्रविड़ राजाओं से संधि हेतु वार्ता करते रहें और उनका यथा संभव समर्थन लें," राम बोलते जा रहे थे और उनकी सेना मंत्र मुग्ध अपने नायक के एक-एक शब्द को आत्मसात करती जा रही थी। राम ने आगे बोलना शुरू किया।

"रावण ने अपने बल अहंकार से उन सभी को कभी न कभी आहत किया है। यह सुअवसर है जब हम सभी एक साथ रावण रूपी बुराई को अंत कर दें।"

"जय श्रीराम", "जय श्रीराम," का उद्घोष करते हुए राम की सेना चल पड़ी। आगे-आगे राम, सुग्रीव, हनुमान, लक्ष्मण और अपने-अपने यूथों का नेतृत्व करते जामवंत, अंगद, द्विमुख, केसरी, नल, नील, गवाक्ष, गंध मादन, द्वीविद, मैन्द जैसे महाभट। रास्ते में पड़ते वन, नदी, ग्रामों से निकलती हुई, उल्लास उमंग से भरी हुई राम सेना बिना थके चली जा रही थी। जहाँ भी सायं होती पड़ाव डाल दिया जाता था। सुग्रीव ने रास्ते में पड़ने वाले सभी द्रविड़ राजाओं के पास जाकर संपर्क किया और राम के पक्ष में समर्थन माँगा। आर्य राम का समर्थन अपनी ही द्रविड़ जाति के राजा के विरुद्ध करने में संकोच करने वाले सभी छोटे-बड़े शासक और कबीलों के मुखिया सुग्रीव से मिलते थे। किन्तु सुग्रीव के तर्क उन्हें सोचने पर विवश कर रहे थे। समानता और सम्मान के लिए, निर्भय होकर निष्कंटक राज्य करने के लिए, यह आवश्यक था कि रक्ष जाति को नियंत्रित किया जाए। रावण के अहंकार को तोड़ा जाए। यह सुअवसर है, यदि इसे खो दिया तो राक्षसों के बढ़ते अत्याचारों को रोक पाना संभव नहीं हो पाएगा। इसीलिए कई साथ देने हेतु तैयार हो रहे थे। कुछ अपनी ओर से सेना भेजकर और कुछ रावण के भय से सीधे राम का साथ न होते हुए भी मूक समर्थन देकर राम का पक्ष दृढ़ कर रहे थे। यद्यपि संस्कृतियों का विभेद होने के कारण सभी शंकालु थे राम के प्रति और राम इसे बख़ूबी समझ रहे थे।

दस दिनों की यात्रा के बाद राम सेना सागर के तट पर वहाँ पहुँच गई जहाँ हनुमान एवं अन्य पूर्व में आ चुके थे। जामवंत ने बताया कि यहीं से हनुमान जलपोत से लंका गए थे। तट पर सेना का तम्बू तन गया। सबके भोजन और विश्राम का प्रबंध होने लगा पर राम को आराम कहाँ। सुग्रीव लक्ष्मण, हनुमान, जामवंत, अंगद सभी प्रमुख नायकों के साथ बैटे। विमर्श होने लगा कि कैसे इतनी बड़ी सेना को समुद्र में पार कराकर लंका तक ले जाया जाए।

सागर तट पर मत्स्य, गीध, गरुड़, गन्धर्व, नाग, यक्ष जातियों की बस्तियाँ थीं। ये सभी द्रविड़ जातियाँ अपने-अपने व्यवसाय करती थीं और

सभी के व्यापार में समुद्र का बड़ा महत्त्व था। जहाँ मत्स्य सागर से मछलियाँ पकड़ने का कार्य करते थे वहीं गीध वनों में मृत पशुओं के मृग छाल, औषधियों हेतु हड्डियों, हस्तिदंत आदि एकत्र कर लाते थे। गरुड़ लोग पक्षी प्रतीक जातियों में स्वयं को श्रेष्ठ समझते थे। ये दूर-दूर तक व्यापार हेतु सामग्रियाँ लेकर अन्य देशों में जाते थे और वहाँ से मदिरा, सोना आदि विक्रय हेतु लाते थे। नागों का व्यापार भी बाहर से सामग्री लाकर बेचने का था और ये भी सागर में लंबी-लंबी जल यात्राएँ करते थे। दोनों जातियों का व्यवसाय एक समान होने से गरुड़ों और नागों में यदा-कदा संघर्ष होता रहता था। गन्धर्व सौन्दर्य सामग्री, यौन शक्ति बढ़ाने वाली औषधियों का व्यापार करते थे और अपने गुप्त रहस्य बनाए रखने के कारण इस व्यवसाय पर उनका एकाधिकार था। समुद्री रत्नों का व्यापार यक्ष करते थे और उनके राजा कुबेर ने इस व्यापार से अकूत संपदा एकत्र की थी। रावण ने कुबेर से राज्य और संपत्ति दोनों छीनकर उन्हें लंका से निष्कासित कर दिया था। तबसे यक्षों का इस महत्त्वपूर्ण व्यवसाय से नियन्त्रण समाप्त हो गया था और राक्षसों ने स्वयं इस धन संपदा से पूर्ण व्यवसाय को अपने अधिकार में कर लिया था।

राम को सागर तट पर पहुँचकर आभास हुआ कि एक तो इतनी बड़ी सेना दूसरे उनका अन्य संस्कृति का होने से सभी स्थानीय नागरिक उनसे सशंकित थे, उनसे दूरी बनाए हुए थे। न तो वे उन्हें अपना शत्रु समझ रहे थे और न ही मित्र।

"तुम्हें अवश्य कोई भ्रम हुआ है शुक, विभीषण ऐसा नहीं कर सकता," रावण ने चौंकते हुए कहा।

"नहीं कोई भ्रम नहीं स्वामी। मेरे गुप्तचरों ने सूचना दी है कि वानर हनुमान ने लंका में प्रवेश करने के पश्चात विभीषण जी के भवन में जाकर इनसे मुलाक़ात की थी। इन्हीं से मिलकर हनुमान अशोक वाटिका पहुँचा था," गुप्तचर विभाग के प्रमुख शुक ने रहस्य खोला।

"क्या यह सच है विभीषण," जोर से चिंघाड़ते हुए रावण ने पूछा।

"हाँ, महाराज! वह मेरे भवन पर आया था," डरते हुए विभीषण बोले।

"तुमने इतनी बड़ी बात मुझे क्यों नहीं पहले बताई। क्या तुम्हारा ही

षड्यंत्र था उसे बुलाने में।"

"नहीं नाथ यह आक्षेप निराधार है, मैंने तो पूर्व में उसे कभी देखा भी नहीं था।"

"तब क्यों बुलाया था गुप्त रूप से अपने भवन में, सत्य भाषण करना नहीं तो तुम्हारी जिव्हा खींच ली जाएगी।"

"स्वामी वह बिना किसी सूचना के अकस्मात मेरे निवास पर आया था। लंका में सीता की खोज उसका लक्ष्य था और मुझसे मिलने के पीछे उसका उद्देश्य था कि मैं आपसे सीता को वापस राम के पास भेजने का आग्रह करूँ।"

"और तुमने क्या कहा उससे?"

"मैंने कहा कि मैं स्वयं सीता हरण को अनुचित मानता हूँ और चाहता हूँ कि लंकाधीश सीता को ससम्मान राम के पास पहुँचा दें।"

"रे शठ! क्या तुझे पता नहीं कि राजा के कृत्य को अनुचित मानना राजद्रोह है?"

"किन्तु स्वामी अनैतिक कृत्य का समर्थन भी तो नहीं किया जा सकता, चाहे वह राजा ने ही क्यों न किया हो।"

"तो तू समझाएगा रावण को कि क्या नैतिक है और अनैतिक?"

"तभी काकाश्री ने हनुमान को मृत्यु दंड देने से आपको रोका था महाराज क्योंकि ये उससे मिले हुए थे," मेघनाद बीच में बोल पड़ा।

"चुप रहो मेघनाद! जब बड़े बात कर रहे हों तो बीच में नहीं बोलते। दूत को मृत्यु दंड नहीं दिया जाता, क्या इतना राजधर्म भी तुम्हें नहीं पता?" विभीषण ने मेघनाद को डपटते हुए कहा।

"शांत रह दुष्ट! अंदर ही अंदर षड्यंत्र करता है और यहाँ राज धर्म की बातें कर रहा है!" रावण क्रोध से फुँफकार रहा था।

"मैंने कोई षड्यंत्र नहीं किया। आपके विरुद्ध जाने का तो स्वप्न में भी नहीं सोचा। सदैव मन क्रम वचन से आपकी सेवा में रत रहा हूँ और आज आप मेरी स्वामी भक्ति पर प्रश्न चिह्न लगा रहे हैं। मात्र यही तो मेरे द्वारा कहा जा रहा है कि आप सीता को वापस कर दें और अनीति, अधर्म, कदाचार से बचें। जो कीर्ति आपने कमाई है उसे एक पर स्त्री के फेर में गँवा न दें।"

"क्रोध को शांत कर ठंडे मन से सोचें महाराज, आपके छोटे भाई सत्य भाषण कर रहे है, इनकी बातों में ही रक्ष कल्याण है," वृद्ध मंत्री माल्यवान ने निवेदन किया।

"आप इस संबंध में न ही बोलें तो उचित होगा माल्यवान जी। राजा के हर विषय में बोलना ठीक नहीं। हम आपका सम्मान करते हैं इसका अर्थ ये नहीं कि आप हमीं को ग़लत ठहराएँ," रावण ने उच्च स्वर में कहा तो माल्यवान चुपचाप अपने स्थान पर बैठ गए।

"तनिक अपने विवेक से सोचें महाराज, यह तो आपको भी सूचना मिल गई होगी कि श्रीराम सेना सहित समुद्र किनारे आ गए हैं। बात बढ़ाने से क्या लाभ? मैंने जो उनके स्वभाव के बारे में सुना है कि वे बड़े कृपालु हैं। आपको क्षमा कर गले लगा लेंगे, इसलिए उनकी पत्नी उन्हें वापस कर दें और लंका पर आई आसन्न विपत्ति से लंका वासियों को बचा लें," विभीषण ने पुनः आग्रह किया।

"रे मूर्ख! उनकी इतनी ही बड़ाई कर रहा है तो यहाँ क्यों पड़ा है, जा उन्हें से मिल जा। मेरी कृपा पर जीता है और विरोधियों से प्रीति करता है, निकल जा मेरे राज्य से!" दहाड़ते हुए रावण उठा और विभीषण पर पैर से प्रहार किया।

भरी सभा में सभी बड़ी योद्धा व्यंग्य भाव से विभीषण को देख रहे थे। राज दरबार में अति अपमान को सहकर भी विभीषण ने हाथ जोड़कर रावण से विनती की। किन्तु रावण ने दुत्कारते हुए न सिर्फ़ सभा से अपितु लंका से भी तत्काल निकल जाने को कहा।

घोर अपमान की पीड़ा लिए विभीषण राज दरबार से किंकर्तव्यविमूढ़ निकले कि कहाँ जाएँ। किसी से भी अपमान की लज्जा के कारण आँख मिलाने का साहस नहीं रह गया था। तभी ध्यान आया कि हनुमान ने कहा था कि जब किसी मित्र की आवश्यकता लगे तो राम के पास चले आना, वहाँ आदर-सम्मान मिलेगा। उन्हें लगा कि अब ससम्मान जीवित रहने का कोई रास्ता नहीं बचा। मात्र एक ही राह दिखती है, राम की ओर जाने वाली राह, और तो सारे रास्ते बंद हैं। किसी अन्य राज्य में रावण के भय से शरण नहीं मिलेगी। *फिर क्या राम के पास ही जाऊँ?* विभीषण ने सोचा।

राम सुग्रीव के साथ बैठे थे। लक्ष्मण, हनुमान, जामवंत, अंगद और नील भी पास ही थे। मंत्रणा चल रही थी कि किस साधन से समुद्र पार किया जाए। कैसे इतनी बड़ी सेना को लंका के तट तक ले जाया जाए। यदि जलपोत लेते हैं तो कितनी संख्या में जलयान और नौकाएँ लगेंगी। कितनी, कहाँ से व्यवस्था हो सकती है। कौन-सी पद्धति उचित रहेगी कि शत्रु का कोई षड्यंत्र भी न चले और सेना सकुशल उतर जाए। सभी अपने-अपने विचार रख रहे थे, तभी गुप्तचर ने आकर सूचना दी कि लंका पति रावण के भाई विभीषण आए हैं और मिलने की अनुमति चाहते हैं।

"लंका पति रावण का भाई विभीषण, यहाँ क्यों? क्या कारण हो सकता है?" राम ने संदेह प्रकट किया।

"यह लंका नरेश रावण की कोई चाल होगी, क्यों न उसे बंदी बना लिया जाए?" सुग्रीव ने परामर्श दिया।

"नहीं स्वामी, विभीषण जी बड़े धर्मात्मा पुरुष हैं। मैं इनसे मिला हूँ। इन्होंने ही मुझे माता सीता के स्थान के बारे में सूचना दी थी। वे निश्चित ही प्रभु राम की शरण में आए होंगे क्योंकि लंका में ये बड़े अपमान का जीवन जी रहे हैं," हनुमान ने कहा।

"जाओ उन्हें ससम्मान लेकर आओ। यदि वे सचमुच मेरी शरण में आए हैं, तो उनकी रक्षा प्राण देकर भी की जाएगी," शरणागत वत्सल राम के बोल सुन सब भावुक हो गए।

हनुमान अंगद को साथ ले विभीषण को लेने सहर्ष चल दिए। कुछ ही देर में हनुमान और अंगद विभीषण को लेकर आए। विभीषण ने शिला पर बैठे राम को देखा तो देखते रह गए, मोहग्रस्त हो गए। *"कैसी अनुपम छवि है, मुख पर शांति और करुणा ऐसी जैसे सारे जगत को हृदय से लगाने को तत्पर हों।"* विभीषण ने सोचा, हाथ जोड़कर खड़े हो गए। उनसे आगे बढ़ा ही नहीं जा रहा था, मुख से शब्द नहीं निकल रहे थे। बोलना चाह रहे थे किन्तु बोल नहीं पा रहे थे।

"आओ मित्र, राम के यहाँ तुम्हारा स्वागत है," राम बोले तो जड़वत विभीषण को लगा जैसे मंद-मंद बहती हवा अंदर तक शांति दे रही हो।

"आपका बड़ा बड़प्पन श्रीराम, मैं लंका पति रावण का भाई विभीषण हूँ। आपके कृपालु स्वभाव और शरणागत की रक्षा करने की प्रवृत्ति के बारे

में हनुमान जी से सुनकर अपने भाई रावण को छोड़कर आपके पास आया हूँ," आँखों में अश्रु लिए विभीषण बोले।

राम अपने स्थान से उठे, विभीषण के पास पहुँचे, आगे बढ़कर गले से लगा लिया। कुछ क्षण विभीषण यूँ ही राम के हृदय से लगे रहे। रुँधे गले से शब्द नहीं निकल पा रहे थे। राम का आलिंगन जैसे कोई जादुई आलिंगन था कि सारे अवसाद मन के बह-बह कर बाहर निकल रहे थे। बड़े प्रयासों के बाद बोले विभीषण।

"नित्य प्रतिदिन के अपमान और तिरस्कार से व्यथित हो आपके पास आया हूँ, आपकी शरण में आया हूँ।"

"मेरी शरण में नहीं लंकेश, मेरे मित्र के रूप में मेरा साथ देने," राम ने हौले से विभीषण को आलिंगन से हटा समक्ष में खड़ा कर कहा।

"लंकेश... यह क्या कह रहे हैं श्रीराम," विभीषण ने अचरज प्रकट किया।

"हाँ, लंकेश! आज से हमारे लिए, हम सबके लिए आप ही लंका पति हैं। रावण की पराजय के पश्चात आप ही को तो लंका का राज सँभालना है," राम ने निर्णय दिया।

"लंका का राज तो आपका होगा नाथ। आप ही उसके सर्वथा उपयुक्त हैं।"

"मित्र! मैं यहाँ किसी का राज लेने, किसी की भूमि पर राज करने नहीं आया हूँ। यदि राज ही करना है तो आपके हृदय पर करूँ, आप सबके हृदय पर करूँ, यही अभिलाषा है। आप सबने मुझे मित्र माना है। यही मेरी विजय है," सुग्रीव और विभीषण के कन्धों पर हाथ रख कर राम ने कहा।

"हम सबके हृदय पर तो आपने पूर्व से ही अपना अधिकार कर लिया है प्रभु," सुग्रीव बोले।

"अब तो लंकेश विभीषण भी आपके साथी हैं," सुग्रीव यह कहकर विभीषण के गले लगे।

"साथी भी हूँ और सेवक भी। राम सा स्वामी मिलना तो बड़भाग है। इन्होंने मुझ जैसे पुरुष को, जो शत्रु का भाई है, अपना बना लिया। इससे अधिक कृपालु कौन हो सकता है?"

"किन्तु आप अपने भाई को छोड़कर आए हैं, इससे उसे पीड़ा नहीं पहुँची होगी?" सुग्रीव ने पूछा।

"नहीं मित्र! मेरा भाई बड़ा अहंकारी है। उसके पास उसकी स्तुति गाने वाले मंत्री, सेवक हैं जो सदैव उसका गुणगान कर उसे और दंभी, दुराचारी बनाए जा रहे हैं। जबसे वह सीताजी का हरण कर लंका में लाया मैंने तभी से उसका विरोध किया। यद्यपि और भी लोग थे जो इस कार्य को ग़लत मान रहे थे किन्तु रावण के सम्मुख बोलने का साहस नहीं है। चापलूसी कर रावण को प्रसन्न रखने की भावना के कारण किसी ने सम्मुख विरोध नहीं किया। मैंने ही साहस कर विरोध जताया। किन्तु जब-जब विरोध किया, रावण को सही नीति, सदाचार बताने की चेष्टा की तब-तब अपमान सहना पड़ा। स्वयं अपमानित करता तो सह भी लेता किन्तु उसका प्रश्रय पा कर उसके मंत्री, पुत्र अधिकारी सभी मेरा अपमान कर मुझे व्यथित करते थे।"

"मन से क्षोभ निकाल दें मित्र, कदाचित समय आ गया है कि हम मिलकर एक नए समाज, नए युग की नीव रखें जिसमें कोई किसी को ऊँचा या नीचा नहीं समझे। सम्मान और समानता की भावना हो। सदाचार हो, भाईचारा हो, दया व करुणा हो व आपसी स्नेह हो। एक ऐसा समाज जिसमें ईर्ष्या और द्वेष न हों," राम दृढ़ता से बोले।

"मैंने कभी नहीं चाहा था कि भाई रावण से विमुख होऊँगा। किन्तु उन्होंने विवश कर दिया कि आपसे, उनके शत्रु से मिल जाऊँ। अब तो जीवन और मरण की स्थिति है मित्र। यदि मुझे कहीं भी रावण पाएगा तो वह अवश्य ही मेरी हत्या कर देगा। इसीलिए अपने जीवन और सम्मान की रक्षा हेतु मैं चाहता हूँ कि रावण का वध हो, क्योंकि यही मेरे जीवित रहने का एक मात्र मार्ग शेष बचा है।"

"आप निश्चिंत रहें मित्र। दुष्ट रावण का वध उतना ही निश्चित है जितना इस महासागर में पानी। आपका लंका पति बनना भी उतना ही निश्चित है जितना आकाश में चमकता यह सूर्य," राम की ओज पूर्ण वाणी वातावरण में उन्माद जगा रही थी।

"मित्र लगता है ईश्वर ने आपको सही समय पर हमारी सहायता हेतु भेजा है। हम सब इस सागर को पार कर इतनी बड़ी सेना के साथ लंका तक कैसे पहुँचें, आप ही बताएँ," सुग्रीव विभीषण से पूछने लगे।

"हाँ, मित्र! इस समस्या का समाधान जितनी शीघ्रता से हो उतना ही उचित होगा," राम ने कहा।

"स्वामी! वैसे तो लंका तक अनेक जलयान नित्य चलते हैं। ये मालवाहक और यात्री वाहक के रूप में दिन भर इधर से उधर आते-जाते हैं। ये जलयान वर्तमान में समुद्री यात्रा के सबसे उत्तम साधन हैं। किन्तु इतनी बड़ी सेना हेतु कितने जलयान लगेंगे और कितने उपलब्ध हो सकेंगे यह विचार करना होगा। इस तट के राजा सागर के पास यहाँ की व्यवस्था का भार है। यदि आपकी आज्ञा हो तो मैं उन्हें लेकर आपके सम्मुख उपस्थित होऊँ," विभीषण ने सुझाव दिया।

"यह तो उत्तम विचार है क्यों न हम राजा सागर से ही विमर्श कर लें, वे ही हमें उचित सलाह दे सकेंगे। विभीषण जी हमारे साथ हैं यह जानकर वे भी हमें अपना मित्र मान सकेंगे," लक्ष्मण ने कहा तो सबने सहमति दी। राम की अनुमति लेकर विभीषण सागर को लिवाने चले गए।

"मित्र विभीषण अपने भाई के पाप कर्मों से विरक्त होकर हमारे पास आए हैं। भाई कभी भाई को नहीं छोड़ना चाहता। यह तो उसकी विवशता होती है कि जिस भाई से उसने सदैव प्रेम, स्नेह और अपनत्व चाहा हो वही भाई जब अपमान, घृणा, तिरस्कार देता है तो हृदय फटता है। ऐसे में वही भाई जिसे सबसे बड़ा हितैषी होना था, सबसे बड़ा शत्रु लगने लगता है। किन्तु कितना भी अपनों को छोड़ा जाए उनकी कमी तो खलती है। उनकी स्मृति, भले ही उनके द्वारा किए गए अपमानों के रूप में आए, आती तो है। इसलिए हम सबको विभीषण जी का विशेष ध्यान रखना है। वे कभी भी यहाँ अपने को तिरस्कृत न समझें अपितु सदैव हमारे लिए स्वयं को महत्त्वपूर्ण समझें, यही प्रयास होना चाहिए। कभी किसी बात से उनका मन आहत न हो ध्यान रहे," सबको संबोधित करते हुए राम ने कहा।

"आप जैसे करुणा शील महापुरुष के होते कभी किसी का अपमान हो सकता है, कभी कोई आहत हो सकता है भला? आप स्वयं सभी का इतना ध्यान रखते हैं कि सब आपके प्रति पूर्ण समर्पित हो जाते हैं। यही तो आपका चुम्बकीय आकर्षण है, जिसे हम जैसे पुरुष चाहकर भी नहीं सीख सकते," सुग्रीव भावविभोर हो बोले।

विभीषण अपने प्रिय सचिव के साथ, जो उनके साथ ही लंका छोड़कर आया था, राजा सागर के पास चले जा रहे थे। मन में एक ओर नई आशा नया विश्वास था तो कहीं चिंता थी। सचिव ने देखा कि उसके स्वामी के मुख से भय और पीड़ा के चिह्न तो हट गए हैं किन्तु तनाव की कुछ रेखाएँ अभी भी स्पष्ट थीं।

"क्या बात है स्वामी जैसा आपने सोचा था वैसा ही श्रीराम को पाया, फिर मुख पर उद्विग्नता क्यों," सचिव ने पूछा।

"हाँ, यह सत्य है कि जैसा कृपालु और शरणागत वत्सल श्रीराम को सुना था, वैसे ही वे निकले और जिस प्रकार मेरे सारे दोषों के साथ मुझे अपनाया, मेरा तो हृदय ही जीत लिया उन्होंने।"

"तब फिर चिंता कैसी?"

"यही कि कहीं मुझे इसके लिए दोष तो नहीं दिया जाएगा।"

"दोष तो दिया ही जाएगा स्वामी। आपको नहीं रावण को दिया जाएगा। यह आपको नहीं रावण को सोचना चाहिए था क्योंकि यह सत्य है कि व्यक्ति दरिद्रता, रुग्णता सब सह लेगा किन्तु अपमान, तिरस्कार नहीं सहा जाता। यह तो रावण को सोचना होगा कि अपने छोटे भाई को अपमानित कर, राज्य से निष्कासित कर उन्होंने कितना बड़ा दुष्कर्म किया है। अब तो उन्हें अपनी मृत्यु के साथ ही इसका प्रायश्चित करना होगा। भाई से बड़ा हितैषी, शुभेच्छु कोई नहीं हो सकता किन्तु प्रतिकार में वह सम्मान और स्नेह चाहता है। वह अपना सब कुछ तर्पण करता है। किन्तु प्रतिफल में यदि अपमान व तिरस्कार मिलेगा तो कौन भाई रह पाएगा?"

"किन्तु क्या मुझे और सहन शक्ति नहीं दिखानी चाहिए थी?"

"आपने तो बहुत सहा, जब असहनीय हो गया तभी आपने छोड़ा है और जब छोड़ ही दिया तो भावनाओं को नियंत्रित करें स्वामी। क्योंकि भावनाओं में बहकर, भावुक होकर यदि आपने रावण की ओर भाई की दृष्टि से देखा तो बदले में आपको मृत्यु ही मिलेगी। इसलिए अब निर्बल न हों और रावण को अपना शत्रु मानें तथा शत्रु को परास्त और समाप्त करने में जितने प्रयास आवश्यक हों, सब आप करें तभी आप जीवित रह पाएँगे।"

"तुम ठीक कहते हो, जब श्रीराम जैसा मित्र मिल गया है तो रावण जैसे शत्रु को समाप्त करने में ही मेरी, लंका की और द्रविड़ों की भलाई है।"

दोनों चर्चा करते सागर के ठिकाने तक पहुँच गए। आगमन की सूचना पहुँचाई, सुनकर राजा सागर स्वागत हेतु शीघ्र पहुँचा। कुशल क्षेम पूछी, आने का प्रयोजन जानना चाहा।

"यह तो आपको ज्ञात ही होगा आर्य श्रीराम अपनी सेना के साथ आपके क्षेत्र में आ गए हैं और वे रावण से युद्ध कर उसे परास्त करने हेतु सागर पार कर लंका जाना चाहते हैं," सुग्रीव बोले।

"हाँ, मुझे पता है किन्तु आपने क्यों यह सब बताने के लिए मेरे पास आने का कष्ट किया, मुझे लंका में बुला लिया होता। मैं राम को रोकने में आपकी क्या सहायता कर सकता हूँ, मैं तो एक छोटा-सा मुखिया हूँ," सागर ने जिज्ञासा प्रकट की।

"राम को रोकने में नहीं उन्हें पार उतारने में आपकी सहायता चाहिए क्योंकि मैंने राम से मित्रता कर ली है।"

"राम से मित्रता और अपने भाई रावण से बैर। यह जानते हुए भी कि रावण कितना बलशाली है। वह आपको इसके लिए दंडित नहीं करेगा क्या?"

"रावण बलशाली है किन्तु वह क्रूर दम्भी और दुष्ट भी है, यह हम सभी जानते हैं। आप लोगों को भी रावण के नेतृत्व में राक्षसों ने कितना सताया है। आए दिन आपके साथ अत्याचार, आपकी स्त्रियों के साथ दुराचार नहीं करते क्या राक्षस गण?"

"करते हैं, हम सब रोज़-रोज़ अपमान अत्याचार सहते हैं। हम तो ऐसे रहते हैं जैसे दाँतों के बीच जीभ। रावण के सम्मुख हमारी शक्ति बहुत क्षीण है, उसका विरोध करने का अर्थ है अपना अस्तित्व समाप्त कर लेना। इसलिए सब कुछ चुपचाप सहन कहते हैं," सागर मलिन मन बोला।

"इसीलिए मेरे बन्धु यह समय हम सबके लिए एक अवसर बनकर आया है। रावण ने मेरा, अपने छोटे भाई का भी अपमान किया है। मुझ पर भी आए दिन अत्याचार होते रहते हैं। जब मैंने रावण की अनीति का विरोध किया तो उसने मुझे राज्य से निष्कासित कर दिया। सारे रास्ते बंद हो जाने के कारण जब मैं राम के पास आया तो उन्होंने आगे बढ़कर मुझे हृदय से लगा लिया और मैंने मन-क्रम-वचन से उन्हें अपना सच्चा मित्र मान लिया है। उन्होंने तो मुझे लंकेश की उपाधि भी दी है। रावण की पराजय और उसकी मृत्यु के पश्चात मैं ही लंका का राजा बनूँगा। मैं आपको आश्वस्त

करना चाहूँगा कि हम सब मिलकर रावण के पश्चात एक समानता का समाज बनाएँगे जहाँ कोई सबल किसी निर्बल को नहीं सताए। सब सम्मान के साथ अपना व्यापार, व्यवसाय करें। कोई किसी पर अत्याचार न करे।"

"क्या यह संभव हो पाएगा?" सागर ने आशंका प्रकट की।

"अवश्य होगा, राम के पास युद्ध की आधुनिक तकनीक है। उनके सम्मुख रावण नहीं ठहर सकेगा और फिर हम सब रावण के सताए लोग राम की सहायता करें तो उसमें हम सब का भला है। हमारी संतानें जब सुख, चैन, सम्मान से अपना जीवन निर्वहन करेंगी तो अवश्य हमारे इस निर्णय को सराहेंगी।"

"किन्तु क्या यह उचित होगा कि हम द्रविड़ एक आर्य की सहायता करें। आर्य राजा के सहायक बन अपनी ही जाति अपनी संस्कृति के राजा के विरोध में खड़े हो जाएँ?" सागर ने मन की पीड़ा व्यक्त की।

"नहीं सागर अब प्रश्न आर्य, अनार्य का नहीं रहा। वह तो देवासुर संग्राम के बाद वैसे भी महत्त्वहीन हो गया है। क्योंकि दोनों संस्कृतियाँ अब संविलियन उपरांत एक हो रही हैं। हमें भी आर्यों के साथ भेद नहीं करना चाहिए। रही बात अपनी द्रविड़ जाति के राजा का विरोध करने की तो मान-सम्मान जीवन में सर्वाधिक महत्त्वपूर्ण है। प्रत्येक राजा का कर्तव्य है कि वह अपने अधीन शासक, मंत्री सचिव, कबीलों के प्रमुख और यहाँ तक कि सामान्य प्रजा के जीवन और सम्मान की रक्षा करें। जब राजा से ही जीवन और सम्मान का भय हो तो ऐसे राजा का त्याग करना ही उचित है।"

"तब ठीक है यदि आप जैसा धर्मात्मा राम के साथ है तो हम सब भी रावण का विरोध कर राम से मित्रता करेंगे ताकि रावण रूपी बुराई का अंत हो सके," सागर ने मन ही मन निर्णय लेते हुए कहा।

"तो चलो मित्र, हम दोनों राम के पास चलते हैं। वे सेना सहित समुद्र पा कर सकें इस हेतु आपसे उचित मार्गदर्शन चाहते हैं।"

विभीषण ने कहा तो सागर ने हर्षित हो सहमति दी। सागर को साथ ले आपने सहायक के साथ विभीषण राम की ओर चल दिए।

राम अपने प्रमुखों के साथ बैठे सुझाव ले रहे थे कि तभी विभीषण एक

अपरिचित व्यक्ति के साथ उपस्थित हुए, जो स्वरूप से किसी कबीले का मुखिया दिखाई दे रहा था।

"स्वामी राजा सागर आपके सम्मुख उपस्थित हैं," आते ही विभीषण बोले।

"आएँ महात्मन। आपके क्षेत्र में बिना आपको सूचित किए आकर हमने धृष्टता की है इसके लिए हमें अवश्य क्षमा करेंगे। क्योंकि हमने सुना है कि आप तो समुद्र जैसे ही धीर, गंभीर और सहनशील हैं," सागर की ओर स्नेहिल दृष्टि से देखते हुए राम बोले।

"आपने मुझे इतना महत्त्व दिया, यह तो आपका बड़प्पन है। क्षमा तो मुझे माँगना चाहिए कि आप मेरे क्षेत्र में हैं और मैं अभी तक आपकी सहायता हेतु उपस्थित नहीं हुआ।"

"नहीं मित्र हम सभी एक दूसरे के पूरक हैं। एक दूसरे के साथ में, सहयोग में ही हम सब का कल्याण निहित है। विभीषण जी ने आपको बताया ही होगा कि हम सब यहाँ से समुद्र पार कर लंका पहुँचना चाहते हैं। क्या आप हमारे प्रयोजन सिद्धि में सहायक बनेंगे?"

"यह तो मेरा सौभाग्य होगा कि आप जैसे महापुरुष की सहायता कर सकूँ। मेरे अधिकार क्षेत्र में अनेक जलयान और नौकाएँ हैं, जिन्हें मैं सहर्ष आपको उपलब्ध करा सकता हूँ। किन्तु आपकी विशाल सेना के लिए ये जलयान भी कम पड़ जाएँगे। हाँ, कई चक्कर लगा कर सभी जलयान और नौकाएँ आपको सेना सहित सागर पार उतार सकते हैं।"

"तब तो यही उचित रहेगा। क्यों न हम अविलम्ब इस प्रयास को प्रारंभ करें भ्राताश्री," लक्ष्मण उत्साहित होकर बोले। राम कुछ उत्तर दे पाते उससे पहले ही सागर पुनः बोल पड़ा।

"किन्तु इसमें मुझे कार्य सिद्धि होने में शंका है, आर्य श्रेष्ठ। क्योंकि अनेक चक्कर लगाकर सेना को सागर में लंका तक उतारने में संभव है कि वहाँ रावण की सेना मिले और टुकड़ियों में बँटी आपकी सेना पर आक्रमण करे और हर चक्कर में जाने वाले सीमित सैनिक उनके हाथों मारे जाएँ। दूसरा, सभी जल पोत आपकी सेना हेतु लगाने पर यहाँ के स्थानीय नागरिकों की परेशानी बढ़ जाएगी। उनके व्यापार और दैनिक जीवन में अवरोध आने पर वे मन ही मन आपके विरोधी होंगे।"

"यह तो सही विचारा आपने। हमारे कारण किसी निर्दोष को कष्ट हो, यह नहीं होगा और न ही हमें अपने सैनिकों को संकट में डालना है। तब क्या उपाय किया जाए मित्र?" राम बोले।

"एक उपाय है जो मुझे असाध्य सा प्रतीत होते हुए भी सबसे उपयुक्त लग रहा है," सागर कुछ सोचते हुए बोला।

"शीघ्र बताएँ मित्र हम सब जानने को उत्सुक हैं," सुग्रीव ने आतुरता व्यक्त की।

"अनेक वर्ष पूर्व जब जलयान और नौकाओं का आविष्कार नहीं हुआ था तब लंका वासियों ने यहाँ कुछ दूरी पर स्थित स्थान से लंका तक पत्थरों का एक पुल बनाया था। समय के चलते जब समुद्र में पानी का स्तर बढ़ने लगा तो वह पुल पानी में डूबने लगा। इधर तकनीकें विकसित हुईं और जलपोत व नौकाओं का निर्माण होने लगा। ये सब जल यात्रा के लिए अधिक उपयुक्त होने से बहुतायत में प्रयोग किए जाने लगे और लोगों ने उस पुल का प्रयोग करना बंद कर दिया। इसका एक यह भी कारण था कि पत्थरों पर पैदल चल कर लंका तक पहुँचना जलयानों के अपेक्षाकृत अधिक कष्टसाध्य था। न हमने और न लंका वासियों ने उस पुल पर ध्यान दिया और वह स्थान-स्थान से क्षत-विक्षत होकर डूबने भी लगा," सागर बोलते जा रहे थे और राम रोमांचित हो उनकी बातें सुन रहे थे। सागर ने आगे बोलना शुरू किया।

"यदि अभी भी आपकी इतनी विशाल सेना उस पुल को बाँध ले, जगह-जगह से टूटे पुल को यदि मरम्मत से सही कर लिया जाए तो पैदल ही सही किन्तु एक साथ पूरी सेना सागर पार कर लंका उतर सकती है। यहाँ इस तट पर ऐसे पत्थर भी है। जिनकी संरचना ऐसी है कि उनमें अंदर हवा के बुलबुले हैं जो पत्थर को पानी में तैराते हैं। ये पत्थर उस पुल को बाँधने में सहायक सिद्ध हो सकते हैं।"

"यह तो सचमुच उत्तम उपाय है। क्या कहते हैं मित्र गण?" राम बोले।

"यह उपाय कष्टसाध्य भी है और अधिक समय लगाने वाला भी। किन्तु आज इससे अच्छा उपाय दिखता भी नहीं है," सुग्रीव सहमत होते हुए बोले।

"हाँ, स्वामी यही उचित रहेगा, किन्तु सावधानी यह रखी जाए कि पुल बँधता जाए और सेना बढ़ती जाए। अन्यथा रावण को समय मिल जाएगा

और वह पुल को क्षति पहुँचाकर सेना का प्रवाह रोक सकता है," विभीषण ने सुझाव दिया।

"सर्वथा उत्तम, यही किया जाना उचित होगा," राम ने कहा।

"हमारे पास नल व नील जैसे वानर भी हैं जो हमारे नगरों के निर्माण कार्य हेतु अभियंता थे। वे ही यह कार्य अपने नेतृत्व में कराएँगे," सुग्रीव बोले।

"हाँ, मित्रों! नगरों में भवन, नदियों को रोक कर सिंचाई साधन तो बहुत बनाए हैं। अब सागर पर पुल भी बाँध कर बड़े अभियंता बन जाओ," अंगद ने हँस कर नल नील की ओर देखते हुए कहा।

"यदि आज्ञा हो तो मैं आपको वह पुल दिखा सकता हूँ," सागर ने मत दिया।

"अवश्य मित्र। अभी चलेंगे," राम ने कहा और उठ कर सागर के साथ चल दिए। सुग्रीव, विभीषण, लक्ष्मण, हनुमान, अंगद, नल और नील भी साथ हो लिए। कुछ दूरी चलने पर सागर ने एक पर्वत दिखाया।

"यही है वह अद्‌भुत पर्वत जिसके पत्थरों में सरंध्र हैं और अंदर हवा के बुलबुले जिनके कारण वे पानी में तैरते हैं," सागर पर्वत की ओर संकेत कर बोले।

पर्वत को दिखा, सागर आगे बढ़े। सभी साथ चले जा रहे थे। एक स्थान पर पहुँचकर सागर रुक गए।

"कोसल पति यही है वह स्थान और देखो वह समुद्र में अंदर दिखता हुआ पुल।"

सागर ने कहा तो सभी ने देखा कि सागर जल में जल स्तर से तनिक नीचे पत्थरों का एक पुल है। राम ने उत्सुक होकर समुद्र में अंदर जा पुल पर चढ़ कर आगे तक देखा। घुटनों तक पानी था किन्तु नीचे पत्थर का पुल था। आगे चले तो बीच-बीच में पत्थर निकलने से रिक्त हुए स्थानों में पानी भरा पाया। रोमांच के अतिरेक में राम अधीर हो बोले।

"मित्र यह तो सचमुच पत्थर का पुल है। यह स्थान-स्थान से टूटा हुआ अवश्य है किन्तु मरम्मत कर इसे सही किया जा सकता है। सचमुच मित्र इतनी बड़ी सेना के लिए ऐसा ही पुल आवश्यक था। तुम्हारा बहुत-बहुत आभार। क्या कहते हो नल-नील? क्या इसे बाँध सकोगे?"

राम ने पूछा तो नल-नील उत्सुकतावश कुछ अंदर तक जाकर पुल को देखने लगे। पुल पानी में इतना नीचे था कि यदि उस पर खड़े हो जाएँ तो घुटनों तक पानी रहे किन्तु उसके दूर कहीं-कहीं किनारे के पत्थर भी निकल गए थे। दोनों ने कुछ देर पुल का भली भाँति अवलोकन किया।

"यह संभव है प्रभु अपने साथियों के साथ हम इसे बाँध लेंगे," नल ने कहा।

"किन्तु कार्य प्रारम्भ करने से पूर्व हम पर्याप्त पत्थर किनारे पर एकत्र कर लेते हैं, ताकि पुल बँधता जाए और सेना बढ़ती जाए," नील ने सुझाव दिया।

"अवश्य, आज से ही कार्य प्रारम्भ हो," राम ने कहा तो सभी उत्साह से भर गए।

"प्रभु! सेना का पड़ाव भी उस पर्वत और इस पुल के मध्य कर लिया जाए ताकि पत्थरों को पुल के पास कम समय में एकत्र किया जा सके," विभीषण ने राय दी।

"उत्तम सुझाव है, सेना का पड़ाव इसी तट पर ऊपर की ओर बना लिया जाए। यह स्थान समतल और रेतीला भी है, यहाँ पड़ाव सुगमता से बन जाएगा," राम बोले।

"तब तो आज ही पूरी सेना का पड़ाव यहीं डालते हैं," लक्ष्मण उत्साह से बोले तो सभी प्रमुख सेना नायकों ने समर्थन किया। देखते-देखते सेना पड़ाव अद्‍भुत पर्वत और पुल के बीच डल गया। सभी प्रमुखों के तम्बू सागर किनारे और उनके पीछे सैनिकों के तम्बू। राम का तम्बू सबसे आगे, समुद्र तट पर था, जैसे सदा की भाँति अपनी सेना की रक्षा हेतु आगे अडिग हों राम।

# 10

तम्बू में करवट बदल कर जैसे ही लक्ष्मण दूसरी तरफ़ पलटे तो आँख खुल गई। उनकी दृष्टि बड़े भैया के बिछौने पर गई, देखा भ्राता अपने बिछौने पर नहीं हैं। लक्ष्मण व्याकुल होकर उठ बैठे। इतनी रात को भैया कहाँ गए, यह सोचकर उन्होंने आवाज़ दी "भ्राताश्री", "भ्राताश्री" पर कोई उत्तर नहीं मिला। वे तम्बू के बाहर निकले। व्याकुलता बढ़ती जाती थी। दौड़ कर सागर तट की ओर रेत पर चले। देखा राम सागर किनारे एक शिला पर मौन बैठे हैं। स्वच्छ धवल चाँदनी में रेत के कण स्थान-स्थान पर चाँदी की भाँति चमक रहे थे। आगे सागर की लहरें तट तक आ रहीं थीं। बीच में शिला पर बैठे राम किसी महर्षि से जान पड़ रहे थे। समुद्र की लहरें राम के पैरों को भिगो कर लौट रहीं थीं। लक्ष्मण पास पहुँचे। उन्होंने देखा कि आस-पास से बेसुध राम किसी गहरी सोच में बैठ कर सागर को निहार रहे हैं।

"भैया-भैया आप यहाँ अकेले यूँ बैठे हैं, क्या बात है?" लक्ष्मण ने अकुलाहट से पूछा।

"अरे! लक्ष्मण, तुम कब आए? निद्रा नहीं आ रही थी क्या?"

"यही तो मैं आपसे पूछ रहा हूँ क्यों निद्रा नहीं आ रही आपको? क्या है जो आपको उद्वेलित किए हुए है।"

"लक्ष्मण मेरा मन बेचैन था, बहुत समय से एक बात मुझे सूझ रही थी।"

"क्या भैया?"

"हम अपने देश से इतनी दूर चले आए हैं। भले ही आज जानकी साथ नहीं किन्तु कितने लोग हैं जो साथ हैं। सब हम पर कितना विश्वास करते हैं, हमारे साथ आकर रावण से युद्ध करने को कटिबद्ध हैं। किन्तु कहीं न कहीं उनके मन में एक बात अवश्य है कि हम एक अलग संस्कृति के लोग हैं। हम आर्य हैं वे अनार्य। एक आर्य के लिए वे अनार्य द्रविड़ राजा से विरोध ले रहे हैं। वे साथ हैं किन्तु मन में भेद है और यदि हम चाहते हैं

कि वे पूरे मन से, संपूर्ण हृदय से हमारे साथ जुड़ें तो हमें यह भेद मिटाना होगा। कितने ही छोटे-बड़े द्रविड़ राजा हमारा साथ दे रहे हैं क्योंकि वे सभी रावण से त्रस्त हैं। किन्तु जब तक वे पूरी तरह से हमें अपना नहीं मानेंगे, हमें अपने में से एक नहीं मानेंगे तब तक पूर्ण विजय में संदेह रहेगा। हमें वे अपनों में से एक तभी मानेंगे जब हम एक संस्कृति, एक सभ्यता, एक धर्म के दिखेंगे। कोई भेद नहीं, कोई अंतर नहीं। हमें भेद मिटाना ही होगा लक्ष्मण।"

"भेद मिटाना होगा? कैसे भ्राता? मुझे तो आपकी ये गूढ़ बातें समझ ही नहीं आ रहीं।"

"हमारे महान ऋषि मुनियों ने महान द्रविड़ एवं आर्य राजाओं के साथ देवासुर संग्राम के बाद संस्कृतियों का संविलियन सुनिश्चित कर वातावरण का निर्माण तो कर दिया जिसमें दो महान संस्कृतियाँ एक होकर रह सकें," राम ने बोलना शुरू किया तो सम्मोहित से लक्ष्मण अपलक उन्हें देखते रहे।

"इस हेतु ब्रह्मा, विष्णु, महेश के रूप में त्रिमूर्ति की मान्यता स्थापित की जिसे दोनों पक्षों ने मान्य किया। किन्तु मैंने यहाँ तक की यात्रा में यह अनुभव किया है कि आर्य प्रभुत्व मिश्रित संस्कृति में अनार्य द्रविड़ पूरे मन से जुड़ नहीं पाए हैं। आज हमारे पास यह अवसर है कि हम द्रविड़ों की उपासना विधि को महत्त्व देकर यह सिद्ध करें कि जो वे हैं वही हम हैं। हम और वे बराबर हैं। किसी का किसी पर प्रभुत्व नहीं। कोई ऊँचा, कोई नीचा नहीं, कोई बड़ा कोई छोटा नहीं।"

"किन्तु यह कैसे हो सकेगा बड़े भैया?" राम की बातों से अचंभित लक्ष्मण से रहा न गया।

"हाँ, यह होगा और इसे हम करेंगे उनके ईश को अपना ईश घोषित कर, उनके इष्ट को अपना इष्ट बनाकर, उनकी उपासना पद्धति को अपनी बनाकर। हम यह सिद्ध कर सके कि जो धर्म उनका है वही हमारा है, जो ईश्वर उनका है वही हमारा है तो निश्चित मानो लक्ष्मण हममें और उनमें फिर कोई भेद नहीं रहेगा," राम दृढ़ स्वर में बोले तो लक्ष्मण और अचरज में पड़ गए।

"पर यह संभव कैसे होगा भ्राताश्री?"

"लक्ष्मण द्रविड़ों के प्रमुख देवता शिव हैं जिनकी लिंग रूप में पूजा वे सदैव से करते आए हैं। हमने त्रिमूर्ति में शिव को सम्मिलित कर संविलियन

के माध्यम से एक होने का प्रयास किया था जिसके परिणाम भी अच्छे आए हैं। किन्तु यदि हम उनके प्रमुख देवता को अपना भी प्रमुख देवता घोषित कर दें तो हम उनके हृदय में अपना स्थान अमिट कर सकेंगे। परिणाम स्वरूप वे फिर हमारे लिए नहीं, किसी बाहरी व्यक्ति के लिए नहीं अपितु स्वयं के लिए लड़ेंगे और उस समय उनकी शक्ति दोगुनी हो जाएगी।"

"उनके प्रमुख देवता को अपना प्रमुख घोषित कर...? कैसे भ्राता? मैं समझ नहीं पा रहा हूँ।"

"लक्ष्मण मैं स्वयं लिंग रूप में शिव की स्थापना करूँगा और शिव को अपना अराध्य घोषित करूँगा। किन्तु अति उत्साह दिखाने से पूर्व मैं द्रविड़ों की सहमति अवश्य चाहूँगा। लक्ष्मण तुम अभी सुग्रीव और विभीषण को बुला लाओ।"

"अभी रात्रि में? क्या भोर तक प्रतीक्षा करना उचित नहीं होगा भैया?"

"नहीं, लक्ष्मण। मैं इस विचार के कारण अति रोमांचित हूँ। सचमुच मैं अधीर हो रहा हूँ, भोर की प्रतीक्षा मैं नहीं कर सकता। तुम क्षमा माँगते हुए उन दोनों को लिवा आओ।"

लक्ष्मण गए और कुछ क्षण पश्चात सुग्रीव और विभीषण को लेकर उपस्थित हुए। लक्ष्मण के साथ आते हुए दोनों ही चिंतित हो रहे थे कि क्या कारण है, जो श्रीराम ने इतनी रात्रि में बुलाया है।

"क्षमा करें मित्र द्वय, मेरे मन में एक सुंदर विचार आया है जिसे कार्यरूप देने से पूर्व मैं आप दोनों से सलाह करना चाहता था। उस विचार ने मुझमें अति उत्साह, स्फूर्ति भर दी कि मैं आप लोगों से चर्चा करने हेतु सुबह तक की प्रतीक्षा नहीं कर सका," राम की वाणी में उत्तेजना स्पष्ट प्रतीत हो रही थी।

"क्या विचार है प्रभु? आप तो जो सोचेंगे अद्भुत ही होगा। फिर भी हमें जानने की उत्सुकता है। क्यों मित्र सुग्रीव?" विभीषण बोले।

"हाँ, लंका पति! आप ठीक कह रहे हैं। स्वामी आपने क्या सोचा है, हमें बतलाने की कृपा करें," सुग्रीव ने जिज्ञासा प्रकट की।

"इस रमणीक समुद्र तट पर मैं शिवलिंग की स्थापना करना चाहता हूँ। शिव को अपना आराध्य घोषित कर आर्य, अनार्य भेद को सदा के लिए

मिटा देना चाहता हूँ। किन्तु आप दोनों की सहमति इसमें आवश्यक है, और इससे भी अधिक कि क्या मेरे इस प्रयत्न को यहाँ के स्थानीय व्यक्ति सहर्ष स्वीकार करेंगे? कहीं उनकी भावना तो आहत नहीं होगी?" राम ने कहा तो दोनों अपलक उन्हें देखते रह गए। कुछ क्षण वातावरण में मौन पसर गया, जैसे दोनों को सुध ही नहीं रही हो कि क्या कहें? फिर भावावेश में विभीषण बोल पड़े।

"जय हो प्रभु, आपकी। हम सब यूँ ही आपको अपना स्वामी नहीं मानते। आपमें सचमुच चमत्कृत कर देने वाले गुण हैं। कितना अद्‌भुत, कितना सुंदर विचार है। यदि आप स्वयं शिव लिंग की स्थापना कर शिव को अपना आराध्य बना लेंगे तो निश्चित जानिए कि ग़ैर राक्षस समस्त द्रविड़ जातियों का न सिर्फ़ आपको पूर्ण समर्थन मिलेगा अपितु आप द्रविड़ों के हृदय भी जीत लेंगे।"

"किन्तु यह भी भलीभाँति विचार कर लिया जाए कि कहीं उनकी किसी भावना को ठेस तो नहीं पहुँचेगी? कहीं द्रविड़ इसे मेरी धृष्टता तो नहीं मानेंगे?"

"स्वामी वे तो सदैव के लिए आपके भक्त हो जाएँगे। क्योंकि द्रविड़ों ने जबसे ईश उपासना प्रारंभ की है तब से ही शिव उनके जीवन के प्रत्येक भाग में, प्रत्येक स्वरूप में, कण-कण में, विद्यमान रहे हैं। शिव उनकी प्राण वायु हैं। लिंग रूप में शिव की आराधना उनके धर्म का आधार, जीवन की पद्धति रही है। यदि आप इसे अपनाएँगे तो वे सदा के लिए आपके प्रशंसक हो जाएँगे। आपके साथ अपना जीवन लगा देंगे, आवश्यकता पड़ने पर अपने प्राण दे देंगे," सुग्रीव ने प्रफुल्ल हो कहा।

"तब ठीक है मैं कल सुबह ही इस स्थान पर शिव लिंग की स्थापना करूँगा। इस हेतु आप स्थानीय धार्मिक क्रिया करने वाले द्रविड़ पुरोहितों को बुलावा लें मित्र। जिस विधान से शिव लिंग की स्थापना होती है, मैं उसी विधान से इसे स्थापित करना चाहूँगा," विभीषण की ओर देखते हुए राम बोले।

"अवश्य प्रभु! मैं प्रातः ही स्थानीय पुरोहित और पत्थर के शिव लिंग की व्यवस्था करता हूँ," विभीषण ने कहा तो राम ने बीच में टोका।

"मित्र मुझे कहते हुए संकोच हो रहा है, किन्तु रात्रि के तीसरे प्रहर से

ही हमें लगना होगा तब जाकर भोर तक सारी व्यवस्थाएँ हो पाएँगी। और हाँ, मित्र मैं चाहता हूँ कि इस आयोजन में अधिक से अधिक स्थानीय व्यक्ति सम्मिलित हों। जहाँ तक संदेश जा सके, सबको बुलाया जाए।"

"अवश्य स्वामी, जैसा आप चाह रहे हैं वैसा ही होगा," विभीषण ने कहा और अपने सचिव एवं गुप्तचरों के साथ प्रस्थान किया।

"मित्र सुग्रीव, हमारी संपूर्ण सेना को भी संदेश भेजा जाए कि सभी सैनिक, सेना नायक, सेतु बंधन कार्य प्रारंभ के समय राम के द्वारा की जा रही शिव लिंग स्थापना में सम्मिलित होकर राम का मान बढ़ाएँगे तो प्रसन्नता होगी," सुग्रीव पर करुणामय दृष्टि डालते हुए राम बोले।

"जो आज्ञा प्रभु," भावविभोर हो सुग्रीव बोले।

"लक्ष्मण वैदिक ऋचाओं का पाठ करने वाले कुछ आर्य पुरोहित भी बुलवा लिए जाएँ ताकि आर्य व अनार्य पुरोहित मिलकर इस कार्य को करें और एक सम्मिलित क्रिया परिलक्षित हो," लक्ष्मण की ओर देखते हुए राम बोले।

"प्रभु, जब मैं लंका गया था तो मैंने महेंद्र पर्वत पर कुछ ऋषि-मुनि देखे थे जो वैदिक पद्धति से यज्ञ आदि कार्य करते हैं," हर्ष से चहकते हुए हनुमान बोले।

"हनुमान सत्य कह रहे हैं लक्ष्मण। मुनि अगस्त्य जब सागर तट तक आए थे तो उनके साथ मुनियों का जत्था भी आया था जो अगस्त्य मुनि के लौटने के आद उनकी आज्ञा से महेंद्र पर्वत पर निवास कर वैदिक क्रियाएँ, यज्ञ आदि करता है। वे सभी ज्ञानी मुनि हैं उनमें से कुछ को आमंत्रित कर लिया जाए।"

"जो आज्ञा प्रभु," लक्ष्मण बोले और वे हनुमान को साथ ले महेंद्र गिरि की ओर चल पड़े।

प्रातःकाल तक सभी तैयारियाँ पूर्ण कर ली गईं। शिव लिंग स्थापना के समय की जाने वाली उपासना हेतु विभीषण द्वारा द्रविड़ पुरोहित बुला लिए गए थे। कुछ वैदिक क्रियाओं के जानकार, ऋचाओं का पाठ करने वाले मुनि भी महेंद्र पर्वत से लक्ष्मण के साथ आ पहुँचे थे। समस्त सेना तट पर पंक्तिबद्ध खड़ी

थी। विभीषण ने सागर तट पर रहने वाली सभी द्रविड़ जातियों को सूचित कर दिया था। सभी द्रविड़ एकत्र थे, तभी आश्चर्य में डूबे थे कि एक आर्य प्रमुख द्रविड़ों के ईश प्रतीक शिव लिंग की स्थापना करने जा रहा है। क्या सचमुच राम आज शिव को अपना ईश मानेंगे? क्या सचमुच आर्य शिव को अपना प्रमुख देवता मानेंगे जैसे वे द्रविड़ों के हैं या कोई छलावा किया जा रहा है? मारे उत्सुकता के युवा, बच्चे बूढ़े, स्त्री-पुरुष सभी एकत्र थे। कबीलों के मुखिया अपने कबीले के प्रमुख व्यक्तियों के साथ आए थे। विभीषण ने काले सुंदर पत्थर के शिव लिंग तैयार कर मँगवा लिए थे।

सभी प्रतीक्षा कर रहे थे। आकाश में सूर्य अवतरित होने लगे थे, तभी राम उपस्थित हुए। भगवा वस्त्र पहने, कंधे पर धनुष और पीठ पर तरकश। ऊपर आकाश में सूर्य धीरे-धीरे चढ़ रहे थे और नीचे सूर्य सा तेज़ लिए राम धीरे-धीरे उपासना स्थल की ओर बढ़ रहे थे। सुग्रीव, विभीषण और लक्ष्मण साथ में चल रहे थे। राम के आते ही द्रविड़ पुरोहितों ने उपासना प्रारंभ कर दी। सर्वप्रथम स्वास्तिक बनाया गया तत्पश्चात सागर जल से शिव लिंग को स्नान करा कर उसे स्वास्तिक पर स्थापित किया। मुनियों ने रुद्र देवता के आह्वान हेतु गाई जाने वाली वैदिक ऋचाओं का पाठ किया। दूध, घृत, दही, शहद आदि से शिव लिंग का अभिषेक किया। स्वयं जनेऊ धारण किए राम ने शिव लिंग को जनेऊ पहनाया। अक्षत पुष्प से राम ने शिव की आराधना की। सभी उपस्थित जनों द्वारा हाथ जोड़कर शिव स्तुति की गई। शिव लिंग स्थापना की पद्धतिपूर्ण होने पर राम ने उपस्थित जन समुदाय को संबोधित किया।

"मित्रों! मैं दशरथ पुत्र राम, आज शिव को अपना आराध्य घोषित करता हूँ। मेरे द्वारा स्थापित इस पवित्र शिव लिंग की पूजा राम के ईश्वर अर्थात रामेश्वर के रूप में की जाएगी। जो शिव का विरोधी होगा वह मेरा भी शत्रु होगा। जो शिव की स्तुति करेगा वही मेरा प्रिय होगा। शिव की आराधना आर्यों की प्रमुख उपासना होगी। आर्य व अनार्य भेद समाप्त कर मैं यह भी घोषणा करता हूँ कि शिव अनार्य द्रविड़ों के ही नहीं आर्यों के भी प्रमुख देवता होंगे," कहते-कहते राम रुके, देखा सभी मंत्र मुग्ध उन्हें सुन रहे थे, बिना किसी प्रश्न के और बिना किसी संशय के।

"शिव लिंग पर सागर जल चढ़ाया जाएगा किन्तु उत्तर में बहने वाली गंगा का जल दक्षिण में स्थित रामेश्वर पर चढ़ाया जाना उपासना की सर्वोत्तम

विधि होगी। वस्तुतः शिव न सिर्फ़ आर्य अनार्य के भेद को मिटाएँगे अपितु उत्तर से दक्षिण की दूरियाँ भी काम करेंगे।"

"जय श्रीराम", "जय श्रीराम", "जय जय शिव" सभी ने एक स्वर में उद्घोष किया।

"शिव लिंग की स्थापना आर्य अनार्य दोनों ने मिलकर की है, अतः आज से आर्य व अनार्य भेद समाप्त होगा। चूँकि हमारी संस्कृति और हमारा धर्म एक है अतः हम सिन्धु के इस पार रहने वाले सभी एक धर्म के कहलाएँगे। विदेशी सिन्धु को हिन्दू कहते हैं अतः सिन्धु के इस पार सभी व्यक्तियों का एक ही धर्म होगा 'हिन्दू।' अब हममें से कोई भी आर्य-अनार्य के रूप में नहीं अपितु हिन्दू के रूप में पहचाना जाएगा।"

"जय श्रीराम", "जय श्रीराम", "जय जय शिव", "जय हिन्दू" एक स्वर में घोष होने लगे।

"मेरे प्रिय मित्रों! मैं और आप आज से एक हैं। हम सबके समान दुःख-सुख होंगे। हम सभी "हिन्दू" एक धर्म, एक सभ्यता, एक संस्कृति के लिए लड़ेंगे और वह है हिन्दू सभ्यता/हिन्दू संस्कृति।"

"जय श्रीराम", "जय जय शिव" के जयकारों से संपूर्ण सागर तट गुंजायमान हो गया। सुग्रीव ने देखा की विभीषण अपने निकट खड़े सागर को देखकर बार-बार मुस्करा रहे हैं।

"क्या बात है मित्र? आप सागर की ओर देखकर रहस्यमयी रूप से क्यों मुस्करा रहे हैं?" सुग्रीव ने विभीषण से पूछा। इससे पूर्व कि विभीषण कुछ कह पाते, सागर बोल पड़ा।

"मैं जानता हूँ विभीषण जी मुझसे संकेतों में पूछ रहे हैं कि कहो सागर अब क्या कहते हो? मैंने कल ही विभीषण जी से शंका व्यक्त की थी कि क्या हम अनार्यों का एक आर्य राजा का साथ देकर अपने ही अनार्य राजा के विरुद्ध युद्ध करना उचित होगा? और देखिए आज ही श्रीराम ने यह भेद मिटा दिया। यह तो सच है कि हम सबके मन में कहीं न कहीं तो यह बात थी कि हम अपने सहधर्मी के विरुद्ध अन्य धर्म के व्यक्ति का साथ दे रहे हैं। मन पर बोझ के साथ, तनिक सी भी ग्लानि के साथ यदि हम सब रावण के विरुद्ध लड़ते तो अपना सर्वश्रेष्ठ प्रदर्शन नहीं कर पाते। श्री राम ने जैसे हम अनार्यों के मन पढ़ लिए थे तभी तो आज यह अद्‌भुत कार्य किया है।"

"तुम सत्य कहते हो मित्र। हम सब श्रीराम के करुणामयी, उदार लोकहितकारी व्यक्तित्व के कारण उनसे जुड़ गए थे। किन्तु कहीं न कहीं यह अपराध बोध तो था कि कहीं हमें अपनी ही संस्कृति, अपनी ही द्रविड़ जाति के विरुद्ध लड़ने के कारण इतिहास दोषी तो नहीं मानेगा? विधर्मी का साथ देने के कारण कहीं हमें दोष न दिया जाए। प्रभु राम ने हमारी यह दुविधा भी समाप्त कर दी। यह महानतम पुरुषों का ही गुण होता है कि वे अपनों के लिए उन जैसे ही बन जाते हैं, उनसे पृथक न रह कर उनमें ही समा जाते हैं," सुग्रीव कहते-कहते भावुक हो गए।

"अब राम विधर्मी नहीं सहधर्मी हैं और सहधर्मी का साथ देना सर्वथा धर्मानुकूल है।"

"जय श्रीराम", "जय जय शिव" उद्‌घोषों की ध्वनि शांत हुई तो राम पुनः ओजमयी वाणी में सबको संबोधित करने लगे।

"हमारे महान पूर्वजों ने देवासुर संग्राम के पश्चात आर्य और अनार्य संविलियन कराया। उस महान संविलियन के बाद आर्य व अनार्य एक साथ आ रहे थे पर कहीं न कहीं पृथक दिख रहे थे। आज हम सभी अपने पूर्वजों के कार्य को आगे ले जाते हुए संविलियन से आगे बढ़ कर एकीकरण को स्वीकार करते हैं। हम साथ-साथ रहकर एक दिखें के स्थान पर हम एक हैं, हमारा धर्म एक है, हमारी संस्कृति एक है। आने वाली पीढ़ियाँ इस एकीकरण के पश्चात यह नहीं जान जाएँगी कि हम कहाँ पृथक थे। आइए, हम सब अपने इष्ट को नमन करें। आइए, एक साथ बोलें, "जय शिव", "जय जय शिव।" इसके बाद "जय शिव", "जय जय शिव", "जय श्रीराम" उद्‌घोष से चारों दिशाएँ गुंजायमान हो उठीं।

"आइए, हम सभी शिव से सबके कल्याण का आशीष माँगते हैं। जगत के स्वामी शिव हम प्राणियों के कार्य सिद्धि में सहायक बनें। उनके कर्मों को सदाचार में लगाएँ, उनके कार्यों के अनुसार उन्हें न्याय दें, फल दें। शिव हमें बुराई पर, अनीति पर, अधर्म पर विजय का आशीर्वाद दें। जय जय शिव," कहते हुए राम पुनः शिव लिंग के आगे नतमस्तक हुए। उपस्थित समस्त सैनिकों, सेना नायकों और जनसमुदाय ने हाथ जोड़कर शिव लिंग को प्रणाम किया।

"शिव हमारे साथ हैं, राम हमारे साथ हैं, विजय हमारे साथ है।" सेना

के साथ सागर तट की द्रविड़ जातियों ने जयघोष किया तो सागर की लहरों के साथ सर्वत्र हर्ष की लहरें भी उठने लगीं।

नल-नील ने पुल को बाँधने का कार्य प्रारंभ कर दिया था। वानर सेना के अनेक भाग बना लिए थे। एक टुकड़ी पत्थरों को एकत्र कर रही थी। तट पर दो पृथक-पृथक ढेर बनाए जा रहे थे। एक ढेर तो उस अद्‌भुत पर्वत के पत्थरों का था, जो पानी में तैरते थे और दूसरा ढेर सामान्य पत्थरों का। एक टुकड़ी आवश्यकतानुसार पत्थरों को पुल स्थल तक ला रही थी। एक दल उन पत्थरों को नल नील तक पहुँचा रहा था। एक टुकड़ी नल व नील के पास उनके निर्देशन में पत्थरों को रिक्त स्थानों पर जमा रही थी। हनुमान अंगद, गन्धमादन, द्विविद आदि सभी योद्धा जी तोड़ परिश्रम कर रहे थे। जामवंत अधिक वय होने के कारण शारीरिक श्रम तो नहीं कर रहे थे किन्तु देखभाल पूरे मन से कर रहे थे।

राम, लक्ष्मण, सुग्रीव और विभीषण पुल के पास खड़े होकर सेना का उत्साह बढ़ा रहे थे। बीच-बीच में लक्ष्मण अंदर तक जाकर कार्य में हाथ बँटाने लगते थे तो वानर स्नेह वश उन्हें रोक देते थे और मन मारकर लक्ष्मण पुनः अपने स्थान पर लौट आते। पुल के कार्य की प्रगति से राम संतुष्ट थे। सुग्रीव और विभीषण से अनुमान लगाने को कह रहे थे कि कितने दिन में लंका पहुँच जाएँगे। तभी तट प्रमुख सागर उपस्थित हुए, उनके साथ स्थानीय लोगों का समूह भी था।

"प्रभु की जय हो," अभिवादन करते हुए सागर बोले।

"आओ मित्र सागर, उचित समय पर आए हो। बताओ, कार्य की प्रगति तो ठीक है?" राम ने पुलकित हो कहा।

"प्रभु जहाँ आप खड़े हों वहाँ प्रगति तो कई गुना स्वयं ही होने लगती है। किन्तु मैं आपकी आज्ञा से कुछ विशेष सुझाव और आवश्यक सहयोग हेतु उपस्थित हुआ हूँ।"

"कैसा सुझाव? निःसंकोच होकर कहें, आपकी हर सलाह हमारे लिए महत्त्वपूर्ण है।"

"प्रभु अभी तो किनारे पर पुल की मरम्मत का कार्य चल रहा है। किन्तु

जैसे-जैसे यह कार्य समुद्र में अंदर तक बढ़ेगा, पत्थरों की आपूर्ति वानर सेना के लिए अधिक श्रम और समय साध्य होगी। इसलिए मैं सोचता हूँ कि क्यों न हम लकड़ियों की घिरनियाँ बनाकर उस पर पत्थरों को रख कर कार्य दल तक पहुँचाएँ। चूँकि लकड़ी पानी में तैरती है और अधिकांश पत्थर भी तैरने वाले हैं, अतः आसानी से घिरनियों पर रखकर मछली पकड़ने वाले जालों से बाँधकर समुद्र में अंदर तक पहुँचाया जा सकता है। इसके अतिरिक्त कुछ जलयानों को खाद्य पदार्थों को समुद्र में अंदर सेना तक पहुँचाने हेतु भी लगाया जाना उचित होगा।"

"यह तो बड़ा अच्छा विचार है। इससे कार्य में गति आएगी और कम श्रम में वानर सेना अधिक कार्य कर सकेगी। समय पर खद्य पदार्थों की आपूर्ति से सेना को ऊर्जा भी मिलती रहेगी और वह थकेगी नहीं," विभीषण उत्साहित हो बोले।

"क्या यह संभव हो सकेगा मित्र?" राम ने अचरज व्यक्त किया।

"क्यों नहीं स्वामी?" सागर बोले, "जब से आप और हम एक धर्म के हुए हैं, सागर तट की सभी गैर राक्षस जातियाँ तन-मन-धन से आपका साथ देना चाह रही हैं। ये देखिए प्रभु मेरे साथ यक्ष, नाग, गन्धर्व, किन्नर मत्स्य, गरुड़, गीध आदि सभी जातियों के लोग आए हैं आपकी सेवा की अनुमति लेने। ये सुझाव इन्हीं लोगों ने दिए हैं। हम में से कुछ लोग घिरनी बनाकर पत्थर पहुँचाएँगे और कुछ जलयानों में खाद्य सामग्री लेकर जाएँगे। बस, आपकी आज्ञा चाहिए और सब अपने कार्य में लग जाएँगे। प्रभु प्रार्थना है कि न नहीं कहें, ये सभी बड़े उत्साह से आपके इस महा अभियान में अपना योगदान देना चाहते हैं।"

"क्यों नहीं मित्र? ये हम सबका सम्मिलित अभियान है। बुराई पर अच्छाई की विजय का अभियान। निश्चित ही इसमें सभो सीधे, सरल हृदय व्यक्ति अपने तन-मन-धन किसी भी रूप में योगदान दें तो सफलता अवश्यंभावी है," राम बोले।

"जय श्रीराम", "जय श्रीराम", "जय जय शिव," सभी उपस्थित जातियों ने एक स्वर में घोष किया।

"तब ठीक है प्रभु! हम अभी से अपने कार्य में लग जाते हैं," उत्साह में भर सागर बोले।

"अति उत्तम," राम ने कहा और बारी-बारी से सभी जाति प्रमुखों को हृदय से लगाया।

"स्वामी एक प्रार्थना है, हम सब की ओर से," संकोच से सागर बोले।

"कहो मित्र, निःसंकोच कहो।"

"नाथ मेरे क्षेत्र में इस सागर तट पर कुछ राक्षस बस्तियाँ है, जिनमें रहने वाले आए दिन हम सभी को तंग करते हैं। रावण का प्रश्रय पाकर ये उद्दंड और अत्याचारी हो गए हैं। मेरे निर्देशों की अवहेलना कर ये मनमानी करते हैं और नित्य प्रति हम सभी जातियों को प्रताड़ित करते हैं। आपके बाणों से यदि उनका अंत हो जाए तो सागर तट के सभी नागरिक सुरक्षित हो जाएँगे, आपके सदैव ऋणी रहेंगे और पूरे उत्साह से आपका साथ देंगे। साथ ही सागर तट के रावण समर्थक इन दुष्ट राक्षसों का अंत होने से आपकी लंका तक की यात्रा भी निष्कंटक होगी।"

"तुमने उचित परामर्श दिया है मित्र, अवश्य ही इस महा अभियान के रास्ते में पड़ने वाले प्रत्येक कंटक को निकालना होगा। चलो मित्र! हम अभी चलते हैं," धनुष बाण सँभालते हुए राम बोले।

"भैया, मैं भी आपके साथ चलता हूँ," लक्ष्मण आगे बढ़ बोले।

"नहीं लक्ष्मण, तुम्हारी यहाँ सभी को आवश्यकता है। तुम जो बीच-बीच में अपना श्रम दे रहे हो उससे सभी का उत्साह बढ़ जाता है। पुल बंधान कार्य में सभी योद्धाओं का हाथ बटाओ। कार्य की गति धीमी नहीं पड़नी चाहिए। मैं अभी आता हूँ," कहते हुए राम सागरादि को ले कूच कर गए।

राम सागर एवं अन्य द्रविड़ प्रमुख को साथ ले चले जा रहे थे। सागर उन्हें उत्तर तट की ओर ले जा रहे थे, जहाँ राक्षस बस्तियाँ थीं। बस्तियों के निकट पहुँच कर राम ने देखा राक्षसों के घरों में रक्ष जाति के अनेक पुरुष मदिरा पान किए अपनी स्त्रियों के साथ विहार कर रहे थे। राम ने धनुष पर बाण चढ़ाया, कान तक धनुष की प्रत्यंचा खींचकर टंकार दी तो भीषण ध्वनि से राक्षस बस्ती के लोग चौंक गए, देखा सामने बलिष्ठ राम उन पर लक्ष्य साधे उन्हें युद्ध के लिए ललकार रहे हैं। राक्षस गण उठे और लड़खड़ाते

पगों से राम की ओर झपटे। किसी के हाथ में तलवार तो कोई त्रिशूल लिए था। किन्तु मद्यपान की अधिकता के कारण पैर साथ नहीं दे रहे थे। सभी राम की ओर तीव्रता से आने के प्रयास में एक दूसरे से ही नशे की अवस्था में टकराने लगे।

राम ने द्रुतगति से बाण छोड़ना प्रारंभ किया। एक के बाद एक राक्षस लक्ष्य पर थे। धनुष से एक-एक बाण छूटता था और विद्युत वेग से राक्षसों को विदीर्ण कर रहा था। कुछ मारे गए, कुछ अधमरे इधर-उधर भागने लगे। कुछ को रक्षनारियाँ उठाकर सागर तट की ओर ले भागीं। तट पर रखी नौकाओं पर चढ़कर स्त्रियाँ और बचे हुए राक्षस भाग खड़े हुए। राक्षस विहीन सागर तट देखकर यक्ष, किन्नर, नाग, गन्धर्व, गरुड़ सभी की प्रसन्नता की सीमा नहीं रही।

"प्रभु आपकी जय हो। आपने उन सभी दुष्टों का अंत कर दिया जो आए दिन हमें सताते थे। हमारी स्त्रियों का शील और सम्मान लूटते थे। हम सदैव इनके सम्मुख असहाय थे। आज इन दुष्टों से भय मुक्त कर आपने हमें अपना भक्त बना लिया। हमारे जीवन और सम्मान की आपने रक्षा की है। हम सदैव आपके साथ रहेंगे। जय हो श्रीराम, जय जय शिव," सभी प्रमुख एक स्वर में बोले।

"हम सब अविलंब अपने कार्य में लगें। समय बहुत कम है और कार्य बड़ा है," सागर ने कहा तो सभी ने सहमति से सिर हिलाया। राम सभी को उनके कार्यों में लगा छोड़ अपने पड़ाव की ओर लौट पड़े।

रावण का राज दरबार लगा था। द्वारपालों ने आकर सूचना दी कि कुछ सजातीय व्यक्ति सागर पार तट से आए हैं और लंकापति से मिलने की आज्ञा चाहते हैं। रावण ने बुलवा लिया। राक्षस दल दरबार में आकर रावण का अभिवादन कर खड़ा हो गया।

"कहो तुम लोग एक साथ क्यों आए हो? ऐसी क्या आपातकालीन स्थिति आन पड़ी कि बिना बुलाए, बिना पूर्व सूचना के दरबार में आए हो। व्यापार व्यवसाय में तो कोई समस्या नहीं होगी। आख़िर किसकी हिम्मत है जो रावण के लोगों को परेशान कर सके।"

"परेशानी, संकट आया है स्वामी और वह भी विकराल," दल में से एक बोला।

"कैसा संकट, स्पष्ट कहो।"

"नाथ आर्य राजा राम ने सागर तट आकर अपनी सेना का पड़ाव डाला था। सागर तट के सभी व्यक्ति उनसे मिल गए हैं। सागर एवं अन्य प्रमुखों ने राम के साथ गठबंधन कर लिया और राम को लाकर हम सब रक्ष लोगों पर आक्रमण कराया। स्वामी! राम ने आर्यों के आयुध धनुष बाण से अनेक बली राक्षस मार दिए। हम में से कुछ ही शेष बचे थे जो किसी तरह प्राण बचाकर आपके पास आ सके।"

"अरे दुष्ट कायरो! राम को मारने के स्थान पर तुम उससे डर कर भाग आए," क्रोध के अतिरेक में रावण चिंघाड़ते हुए बोला।

"महाराज, राम के बाणों के शक्तिशाली प्रहारों से हम सँभल ही नहीं पाए। हमारे अस्त्र खड्ग, भाले, मुद्गर और त्रिशूल सभी राम के बाणों के आगे प्रभावहीन हो गए।"

"तुम लोग मदिरा पान कर हर समय भोग-विलास में डूबे रहते हो इसीलिए नशे की हालत में राम का सामना नहीं कर सके। यदि तुम अपने पूरे होश में होते तो क्या वह तुम्हें मार सकता था। सच-सच बताओ, सभी नशे में धुत्त थे या नहीं?"

"हाँ, स्वामी! हम सभी पुरुष नशे में डूबे अपनी स्त्रियों के साथ विहार कर कर रहे थे, कि अकस्मात राम का आक्रमण हुआ," समूह में से एक बोला।

"यदि तुम सब अपने पूरे होश में होते तो संगठित होकर राम को आसानी से परास्त कर सकते थे। उसके हल्के धनुष बाणों में इतनी शक्ति कहाँ जो हमारे खड्ग, भालों का सामना कर सके।"

"हाँ, नाथ यह तो सत्य है, हममें से कोई भी पुरुष ऐसा नहीं था जो मदिरा पान न किए हो," दल का नेता बोला।

"और यही कारण है तुम्हारे हारने का।"

"संभव है स्वामी, किन्तु इसमें भी कोई दो मत नहीं कि राम के बाणों में बड़ी शक्ति है। हमारे सारे आयुधों पर उसके बाण भारी पड़ रहे थे।"

"आयुधों की शक्ति उसे चलाने वाले के कारण होती है। यदि तुम आक्रमण करते हुए राम तक पहुँचते तो उसके धनुष बाण खड्ग का एक प्रहार भी नहीं सह सकते थे। किन्तु तुम कायरो! अपनी लाचारी छिपाने के लिए उसके बाणों की प्रशंसा कर रहे हो। दूर हो जाओ मेरी दृष्टि से," रावण दहाड़ा।

"प्रभु! हम सब तो आपसे यह विनती करने आए हैं कि राम सागर में जीर्ण पुल की मरम्मत करवा रहे हैं और उसी पुल पर चढ़ कर उनकी सेना लंका तक आ रही है। अभी भी समय है उनको रोकने का," दल नेता ने हाथ जोड़ विनती की।

"लंकापति रावण राम और उसकी वानर सेना को मच्छरों की भाँति समझता है। उनसे वीर भट राक्षसों को क्या डर? यदि हम उन्हें रोकेंगे तो यह प्रतीत कराएँगे कि हम उन्हें महत्त्व दे रहे हैं। इसलिए अपनी तैयारियों पर ध्यान दिया जाए और यह प्रदर्शित करें कि उनके किसी भी क़दम से रावण और उसकी बलशाली सेना पर कोई प्रभाव नहीं।"

"यद्यपि आप बलशाली राजा हैं किन्तु नीति कहती है कि शत्रु को कभी हल्का नहीं मानना चाहिए और जब भी अवसर मिले उसे रोककर, उसकी शक्ति को क्षीण कर उसे समाप्त करना चाहिए। अभी राम की सेना सागर पार करने में प्रयत्नशील है। यही अवसर है तट पर आने से पूर्व उसे समाप्त किया जाए," वृद्ध मंत्री माल्यवान ने सुझाव दिया।

"प्रतीत होता है कि आपकी उम्र के अनुसार आपकी बुद्धि पर भय हावी होने लगा है। अन्यथा राक्षसों और वानरों की क्या बराबरी, जो हमें उनसे भयभीत होना चाहिए। जितना हम उन्हें महत्त्व देंगे उतना ही राक्षसों का मनोबल गिरेगा," रावण ने कहा तो सभी दरबारियों में सम्मति दिखी।

"लंकेश आपके दरबार में जितने मंत्री, सेना प्रधान हैं वे सभी आपसे भयभीत होकर वही कहते हैं जो आपको सुनने में अच्छा लगता है। मंत्री और सचिवों को निर्भय होकर अपने राजा को परामर्श देना चाहिए, किन्तु क्षमा करें आपने दरबार में ऐसा वातावरण ही नहीं बनाया कि दरबारी भय मुक्त होकर अपनी बात कह सकें। एक विभीषण ही थे जो अपने अपमान अनादर की चिंता किए बिना आपके सम्मुख सत्य कहने का साहस रखते

थे। किन्तु खेद है कि आपने उन्हें भी राज्य निष्कासित कर दिया," माल्यवान बोलते जा रहे थे।

माल्यवान ने आगे कहा, "मैं आपका सच्चा हितैषी होने के नाते आपसे विनती करता हूँ कि शत्रु को निर्बल समझने की भूल नहीं करें।"

"मैं उनके किसी भी प्रयास से अनभिज्ञ नहीं हूँ और हम उन्हें बीच सागर में रोक सकते हैं किन्तु संभव है कि हमारे आक्रमण से भयभीत हो राम वापस लौट जाएँ। जबकि मैं चाहता हूँ कि राम समुद्र पार कर हमारे तट पर अपनी वानर सेना सहित आ जाएँ तब हम उसे पराजित कर, उसकी सेना को समाप्त कर राम को बंदी बनाएँगे। सीता जब राम को बंदी रूप में देखेगी तब राम से उसकी सारी आशाएँ समाप्त हो जाएँगी और वह मुझे स्वीकारने हेतु विवश हो जाएगी, सदा के लिए मेरी हो जाएगी। सीता स्वेच्छा से मेरी हो, तभी मुझे चैन मिलेगा और यह तभी संभव होगा, जब राम की पूर्ण पराजय हो व सीता अपने नेत्रों से यह देखे।"

"आपका सोचना नितांत उचित है, वानरों को हम जब चाहे कुचल देंगे। आपकी आज्ञा की प्रतीक्षा रहेगी," विरुपाक्ष व अन्य सेनापति एक स्वर में बोले।

"तब ठीक है, सैनिकों का युद्धाभ्यास प्रारंभ कराओ। मेघनाद तुम स्वयं इसे अपने नियंत्रण में कराओगे।"

"जो आज्ञा महाराज, यद्यपि उस तुच्छ सेना को मसलने के लिए राक्षसों को बड़े युद्धाभ्यास की आवश्यकता नहीं। किन्तु आपकी इच्छानुसार युद्ध की तैयारियाँ आज से ही प्रारंभ कर दी जाएँगी," अहंकार से भरे मेघनाद ने कहा।

"शुक, तुम अपने दो श्रेष्ठ गुप्तचर भेज कर राम की सेना संबंध में आवश्यक सूचनाएँ मँगवाओ," गुप्तचर प्रमुख की ओर देखकर रावण बोला।

"जो आज्ञा स्वामी, यदि मेरी विनती सुनें तो मैं स्वयं इस कार्य हेतु जाना चाहूँगा," शुक ने अनुनय की।

"यह तो उत्तम रहेगा। तुम स्वयं अपने साथ किसी एक चतुर गुप्तचर को ले जाओ। अधिक संख्या में जाने से उन्हें शंका होगी।"

"जैसी आज्ञा नाथ, मैं आज ही प्रस्थान करता हूँ।"

पुल बाँधने का कार्य द्रुतगति से चल रहा था। सेना का हर सैनिक बिना थके पूरे मनोयोग में अपना श्रम दे रहा था। समुद्र तट की द्रविड़ जातियों के सहयोग से कार्य में गति आ गई थी। सागर ने अनेक जलयान एवं घिरनियाँ लगा रखी थीं। जलयानों से खाद्य पदार्थ कार्य स्थल पर निरंतर पहुँचाए जा रहे थे, ताकि कार्य में लगे सैनिकों को समय पर भोजन मिल सके। बड़ी-बड़ी घिरनियाँ बनाई गई थीं, जिन पर पत्थरों को रख कर बिना विराम पहुँचाया जा रहा था। नल-नील और निर्माण में लगे वानरों को पत्थरों की आपूर्ति निर्बाध की जा रही थी। हनुमान व अंगद स्वयं श्रम कर सैनिकों में उत्साह भर रहे थे। पुल बँधता जा रहा था और सेना बढ़ती जा रही थी।

"सागर का लंका तट अब आने ही वाला है, बस एक दो दिन का कार्य और शेष बचा है," उत्साहित हो विभीषण बोले।

"हाँ, मित्र! आशा के अनुरूप कार्य सम्पन्न हो रहा है। स्वयं श्रीराम सेना के साथ बिना विश्राम खड़े रहकर उनका उत्साह वर्धन करते हैं और उनका ही चमत्कारिक नेतृत्व है कि असाध्य सा दिखने वाला कार्य सानन्द सम्पन्न हुआ जा रहा है," सुग्रीव ने कहा।

"सच कह रहे हैं मित्र, श्रीराम का व्यक्तित्व ही ऐसा है कि हर किसी को वे अपने सच्चे मार्गदर्शक व पथप्रदर्शक दिखते हैं। सबसे बड़ी बात, वे घर के मुखिया से लगते हैं, तभी तो कुछ समय पूर्व जो हमारे लिए अनजाने थे वे आज इतने अपने हैं कि उनके बिना हम अपने अस्तित्व की कल्पना ही नहीं कर सकते।"

विभीषण ने कहा तो सुग्रीव ने सहमति से सिर हिलाया और संकेत किया जिधर से उन दोनों के पास राम चले आ रहे थे। राम को अपने पास आता देख, दोनों उन्हीं की ओर चल दिए।

"प्रभु! आप तनिक भी विश्राम नहीं करते हैं, कार्य पूर्ण होने को है, अब तो विश्राम कर लें। हमारे लिए आपका स्वास्थ्य महत्त्वपूर्ण है," सुग्रीव बोले।

"जिसके पास आप दोनों जैसे मित्र हों, अथक कार्य में लगे हनुमान, अंगद, गन्धमादन, द्विविद, नील जैसे सेना नायक हों, दिन रात श्रम करते हमारे सैनिक हों, लक्ष्मण जैसा सारा भार उठाने वाला भाई हो वह कैसे थक सकता है भला? मुझे तो इन सबके श्रम को देखकर ही ऊर्जा मिलती है, नेत्र हैं कि इनके कार्य से हटना ही नहीं चाहते।"

"किन्तु प्रभु सारी सेना तो यही समझ रही है कि आपकी स्नेहमयी दृष्टि, जो लगातार उन पड़ रही है, का ही जादू है कि वे असम्भव से लगने वाले कार्य को भी संभव कर सकें," पास आते जामवंत ने टिप्पणी की।

"नहीं, रीछराज। हम सब एक अखंड समूह के रूप में अपना सर्वश्रेष्ठ श्रम दे रहे हैं, यह उसी का परिणाम है," राम बोले।

लक्ष्मण पुल बनाने में हनुमान संग वानरों का साथ दे रहे थे कि दूर एक ओर वानरों का शोर सुन कर उधर बढ़े। देखा कि वानर दो व्यक्तियों को लेकर उन्हीं की ओर चले आ रहे थे। दोनों व्यक्ति सेना के नहीं दिख रहे थे।

"देखिए भैया लक्ष्मण, ये दो गुप्तचर चुपचाप हमारी सेना की सूचनाएँ एकत्र कर रहे थे," द्विविद ने आकर कहा। साथ में वानर दल दोनों को घेरे में लाकर खड़ा हो गया।

"कौन हो तुम लोग और यहाँ क्या कर रहे थे? असत्य बोलने पर तुम्हारी गर्दन तोड़ दी जाएगी," क्रोध से भरे लक्ष्मण ने कहा।

"क्षमा करें रामानुज, हम राक्षस राज रावण के द्वारा भेजे गए गुप्तचर हैं। आपकी सेना की शक्ति का आकलन और कमज़ोरियों का अध्ययन कर रावण को सूचना देने के प्रयोजन से आए थे," वानर वेश धारी शुक बोला।

"भैया, इन्हें मैं अपनी मुष्टिका से सागर में जल समाधि दिए देता हूँ," उनकी ओर दौड़ते हुए नील ने कहा।

"नहीं ये गुप्तचर हैं, इनका वध नहीं करना चाहिए। क्यों न इनके नाक-कान काट कर इन्हें लंका भेजा जाए," हनुमान बोले।

"तुम सब को राम की सौगंध जो हमारे साथ कोई भी बुरा व्यवहार करो," शुक ने पीछे हटते हुए कहा।

"अरे! इन्होंने तो राम की सौगंध दिला दी। अब तो इन्हें छोड़ना ही पड़ेगा," मुस्कराते हुए लक्ष्मण बोले।

"जय हो श्रीराम की", "जय हो श्री लक्ष्मण की," शुक और उसका साथी एक साथ उच्च स्वर में बोल पड़े।

"किन्तु सीधे यहाँ से जाकर रावण को संदेश दो कि या तो वह सीताजी

को ससम्मान श्रीराम के पास लेकर आए अन्यथा सकुटुम्ब मरने को तैयार हो जाए," लक्ष्मण गरजे।

"जो आज्ञा श्रीराम प्रिय," कहते हुए शुक अपने साथी के साथ "जय श्रीराम", "जय श्री लक्ष्मण" कहते हुए लंका की ओर भाग खड़ा हुआ।

मन्दोदरी की आँखों से नींद दूर थी। उद्विग्न हो महल की छत से एकटक आकाश को देख रही थी। रावण ने जाना कि मन्दोदरी शयनकक्ष में नहीं है तो कक्ष के बाहर जाकर देखा, छत पर अकेली, बुझी हुई, पत्थर की आसनी पर बैठी है। रानी के मुख पर भय और चिंता की रेखाएँ स्पष्ट दिख रही थीं।

"क्या बात है रानी? तुम यहाँ इस प्रकार उदास और भयभीत सी क्यों बैठी हो?" रावण ने आकर पूछा।

"प्रियतम, आप जानते हैं कि जब से सीता लंका में आई है मुझे निरंतर अनिष्ट की आशंका घेरे रहती है।"

"अनिष्ट की आशंका या सौतिया डाह!"

"विनोद छोड़िए नाथ। राजा की अनेक स्त्रियाँ होती हैं। विशेषकर रक्ष राजा तो स्त्रियों का हरण कर लाते ही रहते हैं। इसमें कोई अनोखी बात नहीं और हर रक्ष राजा की रानी इस प्रकार की बातों की अभ्यस्त होती है। मैंने भी कभी भी आपके द्वारा हरण कर लाई अनेक स्त्रियों को लेकर चिंता प्रकट नहीं की। यदि सीता भी स्वेच्छा से आपको स्वीकार लेती तो मुझे तनिक भी ईर्ष्या नहीं होती। किन्तु आपने भी देखा कि वह पतिव्रता स्त्री आपके वैभव, ऐश्वर्य से तनिक प्रभावित नहीं हुई। उसे अपने पति राम में पूरी प्रीति है और उसी सीता को वापस लाने राम ने बड़ी वानर सेना का साथ ले लंका पर चढ़ाई करने की ठानी है। सागर तट से प्राण बचाकर आईं राक्षस स्त्रियों ने मुझे आकर बताया था कि कैसे अकेले राम ने अपने बाणों से अनेक राक्षस मार दिए थे।"

"क्या उन स्त्रियों ने यह नहीं बताया कि वे सभी मदिरापान कर धुत थे। उन्हें तो कोई भी मार सकता था।"

"किन्तु इससे राम का शौर्य तो कम नहीं हो जाता। यह तो आपको मानना होगा कि आर्यों के पास युद्ध की आधुनिक तकनीकें, आधुनिक शस्त्र

हैं। उनके धनुष-बाणों का सामना राक्षसों के अस्त्र नहीं कर सकते।"

"मन्दोदरी। तुम रक्षराज महाबली रावण की पटरानी होकर कायरों की भाँति संवाद कर रही हो। हमारे खड्ग, भाले, विशालकाय धनुष, त्रिशूलों का हल्के बाँसों के धनुष-बाण क्या सामना कर सकेंगे? हम राक्षसों के शारीरिक सौष्ठव के आगे राम और उसकी सेना ठहर सकेगी भला? नशे में धुत राक्षसों पर अकस्मात आक्रमण कर मार दिया तो तुम उसे बड़ा योद्धा मान रही हो।"

"किन्तु राम का एक वानर आकर लंका में उथल-पुथल मचा गया, अनेक अट्टालिकाएँ जला गया और यहाँ से सकुशल निकल गया। जब एक वानर यह कर सकता है तो असंख्य वानर कितना विनाश करेंगे नाथ, यह अनुमान भी है आपको?"

"हम मानते हैं कि असावधानीवश हमने उसे उत्पात मचाने का अवसर दे दिया था। किन्तु इसका यह अर्थ नहीं कि महान लंका राज्य से वे वानर टक्कर ले सकेंगे," रावण अपने खड्ग को हवा में लहराते हुए पुनः बोलने लगा, "मेरा चन्द्रहास उन दोनों तपस्वी व उनके वानरों को समाप्त करने के लिए पर्याप्त है, और फिर तुम कब से अपने बलशाली पति की क्षमता को कम कर आँकने लगी।"

"मुझे आपके बल, आपकी क्षमताओं पर कोई शंका नहीं किन्तु हर समय एक-सा नहीं रहता स्वामी। वे दोनों अपेक्षाकृत आपसे युवा हैं, उनके साथ वानर और अन्य द्रविड़ जातियाँ भी हैं जो सदैव आपसे मन ही मन विद्वेष रखती हैं। फिर एक स्त्री के लिए पूरे राज्य को संकट में डालना कहाँ तक उचित है? आप सीता को उन्हें लौटा क्यों नहीं देते नाथ?"

"यह संभव नहीं है मन्दोदरी। रावण न कभी पीछे हटा है और न ही हटेगा। तुम क्या चाहती हो कि मैं अब सीता को वापस कर दूँ जब वह हमारे तट पर सेना लेकर युद्ध की नीयत से आ गया है। क्या इससे हमारी रक्ष सेना का मनोबल नहीं टूटेगा?"

"तो क्या अपने हठ के लिए आप सभी राक्षसों का जीवन दाँव पर लगा देंगे?" मन्दोदरी ने कहा।

"क्या तुम्हें नहीं लगता मन्दोदरी कि तुम उन निरीह तपस्वियों को ज़्यादा ही महत्त्व दे रही हो? भार्ये! उनके लिए तो हमारा मेघनाद ही पर्याप्त है। क्या तुम नहीं जानती कि हमारे पुत्र मेघनाद के पास विविध आयुध हैं

जो उसने वर्षों के अभ्यास और प्रयास से प्राप्त किए हैं। राम ने तो लंका तक आकर अपना और वानरों का जीवन संकट में डाला है। तुम देखना कि किस सरलता से हम उन्हें समाप्त कर देंगे!"

"किन्तु मेरा हृदय तो भय से बैठा जा रहा है स्वामी। मुझे लगता है कि इस बार आप अनीति पर हैं, इसलिए आप की विजय में मुझे संदेह है,"

"नीति-अनीति का निर्णय तो युद्ध के पश्चात होगा मन्दोदरी। इतिहास विजेता के अनुसार वर्णित होता है। जब हम विजयी होंगे और राम हमारे सम्मुख बंदी बनेगा तो स्वतः सिद्ध हो जाएगा कि हम नीति के मार्ग पर थे और वह अनीति पर," कहते हुए रावण मन्दोदरी के भवन से निकल गया।

राम की सेना का पड़ाव लंका तट पर लग गया। पूरी सेना के सकुशल सागर पार करने पर सभी में हर्ष व्याप्त था। सागर पार आने पर सारी सेना के सम्मुख राम ने ओजस्वी वाणी में सबको इस महान कृत्य के लिए बधाई दी, किए गए प्रयासों हेतु धन्यवाद दिया और आने वाले संग्राम के लिए शुभकामनाएँ दीं।

सेना को ठहराने की व्यवस्था बड़े मैदान में विभीषण और हनुमान के द्वारा की जा रही थी। सेना के ठहरने, भोजन की व्यवस्था स्वयं राम घूम-घूम कर देख रहे थे। सुग्रीव, लक्ष्मण यह सुनिश्चित कर रहे थे कि किस योद्धा का तम्बू कहाँ लगेगा और प्रति योद्धा के पास कितने सैनिक ठहरेंगे। "जय श्रीराम", "जय-जय शिव" के उद्घोष हो रहे थे। सारी सेना स्वयं उत्साहित थी इसलिए व्यवस्थाओं में अधिक समय नहीं लगा।

सारी व्यवस्थाएँ देखकर राम अपने तम्बू में आ गए। कुछ देर पश्चात विभीषण और सुग्रीव भी आ पहुँचे। हनुमान ने राम के तम्बू के बाहर ही अपनी व्यवस्था की थी, ताकि हर समय प्रभु के समीप रहकर उनके हर आदेश का पालन कर सकें।

"प्रभु, आपकी कृपा से सारी सेना सकुशल लंका तट पर आ गई। वानरों का उत्साह तो देखिए कि लगातार जय श्रीराम के उद्घोष हो रहे हैं," सुग्रीव ने कहा।

"हाँ, स्वामी। ये उद्घोष लंका नगरी तक पहुँच रहे होंगे। निश्चित ही

इन्हें सुनकर लंकावासियों का मनोबल गिर रहा होगा," विभीषण उत्साहित हो बोले।

"मित्र! मनोबल उनका गिरे और हमारी सेना का बढ़े यह तो सर्वथा उचित ही है। किन्तु लंका नगरी का विशाल परकोटा देखकर तो मुझे संशय हो रहा है कि हमारी सेना के उद्‌घोष अंदर तक पहुँच रहे होंगे। परकोटा को देखकर तो यह भी भान हो रहा है मित्र कि अंदर की नगरी भी बड़ी समृद्ध और सुरक्षित होगी," राम ने कहा।

"हाँ, स्वामी हम द्रविड़ों की नगर संरचनाएँ इसी प्रकार की होती हैं। हमारे पुराने उत्तर के नगरों मोहनजोदड़ो और हड़प्पा में भी इसी प्रकार के परकोटों में नगर बने थे और अंदर दृढ़ किले में प्रमुख शासक वर्ग, अधिनायकों व आमजन के भवन बने थे। हमारी द्रविड़ सभ्यता की प्रारंभ से विशेषता ही नगर सभ्यता थी और हमने अपनी परंपरागत नगर शैली को कभी बदलने की चेष्टा नहीं की। हम द्रविड़ सदैव ही अपनी पुरातन पद्धति से रहने के अभ्यस्त रहे हैं। लंका में भी दृढ़ किला है जिसमें रावण व अन्य महत्त्वपूर्ण लोगों के भवन हैं," विभीषण बोले।

"मित्र विभीषण कुछ और विशेषताएँ विपक्ष के योद्धाओं, सेना तथा नगर की बताएँ ताकि युद्ध की आगामी रणनीति बनाने में हमें सहायता मिल सके," राम ने स्नेह से देखते हुए विभीषण से पूछा।

"हाँ, स्वामी! सामने वाले पक्ष के अनुसार ही रणनीति हम बनाएँ तो अच्छा होगा। प्रभु मैं रावण और उसके योद्धाओं के बारे में आपको जानकारी देना चाहूँगा। लंका में रावण स्वयं ही सबसे बड़ा नायक और योद्धा है। उसके बाद है उसका पुत्र मेघनाद जो अति भट, अति बलवान है। इन दोनों के अतिरिक्त मेरा भाई कुम्भकरण है जो शरीर से अति बलशाली है। ये तीनों ही महायोद्धा हैं। राक्षसों के युद्ध कौशल में तीन बातों पर अधिक ध्यान दिया जाता है। प्रथम है उनका शारीरिक बल, शारीरिक सौष्ठव। दूसरा है छल से मायावी स्वांग बनाना और तीसरी महत्त्वपूर्ण रणनीति है तांत्रिक क्रियाएँ। ये तीनों उनके उनके अस्त्र-शस्त्रों में सहायक हैं जिनमें प्रमुख हैं - खड्‌ग, भाले, विशालकाय धनुष, त्रिशूल, गदा और मुद्‌गर, जो उनके योद्धा और सेना प्रयोग करते हैं।"

लंका के बारे में सटीक जानकारियों से विभीषण ने राम और अन्य

प्रमुख योद्धाओं को विस्मित कर दिया था। किसी के द्वारा कोई प्रश्न नहीं किया जा रहा था। सभी मंत्र मुग्ध से विभीषण को सुन रहे थे। विभीषण ने घड़ी भर की साँस ले पुनः बोलना शुरू किया। "संभवतः रावण स्वयं युद्ध करने सबसे पहले न आकर मेघनाद को भेजेगा जो छल से, माया से स्वांग बनाने में पारंगत है। तंत्र क्रियाओं से जादू-टोने का उपयोग करता है, शरीर से बलशाली तो वह है ही। उसके पास अनेक विचित्र आयुध हैं जो स्वयं वर्षों के श्रम से उत्पन्न किए हैं। इनमें अनेक विष से बुझी शक्तियाँ हैं जिन्हें वह घात लगाकर शत्रु पर फेंकता है। साथ ही उसके पास सर्पों की तरह शत्रु के दोनों पैरों को बाँध कर नागपाश से निस्तेज करने की शक्ति है।"

"तो क्या रावण पूरी तरह से मेघनाद की शक्तियों पर ही निर्भर है?" लक्ष्मण ने जिज्ञासा प्रकट की।

"यह सत्य है कि मेघनाद रक्ष सेना का प्रबलतम सेना नायक है किन्तु रावण स्वयं भी अस्त्र विशेषकर खड्ग चालन में सिद्धहस्त है और छल से माया से अपने जैसे नौ और रावण तैयार कर युद्ध में साथ ले जाता है। इस प्रकार युद्ध में दस योद्धा रावण जैसे रूप उसके जैसे सिर का स्वांग रखे आते हैं तब यह जानना दुष्कर होता है कि वास्तविक रावण कौन है।"

"किन्तु यह जान पाना कठिन तो नहीं। जिसके साथ रक्ष सेना राजा जैसा व्यवहार करे वही असली रावण होगा," अंगद ने तर्क दिया।

"नहीं, युवराज। कुछ अति महत्त्वपूर्ण सेना नायकों के अतिरिक्त रक्ष सेना को भी ज्ञात नहीं होता कि असली रावण कौन है। युद्ध भूमि में कभी वास्तविक रावण पहले आता है तो कभी बाद में। ऐसा कर रावण न सिर्फ़ विरोधी पक्ष को छकाता है अपितु स्वयं अपनी सेना में विश्वासघात की संभावना को भी न्यून कर देता है," विभीषण बोले।

"सीधी सपाट युद्ध नीति के स्थान पर रक्ष नायक छल को क्यों अपनाते हैं?" आश्चर्य के भाव से जामवंत ने पूछा।

"राक्षसों की युद्ध नीति में बल के साथ छल का भी विशेष महत्त्व है। उनके द्वारा युद्ध की नई तकनीकें न तो सीखी गई हैं और न ही इसकी आवश्यकता समझी गई। क्योंकि एक तो लंका चारों ओर से समुद्र से घिरी होने के कारण समुद्र ही इसका सबसे बड़ा सुरक्षा कवच रहा है, दूसरा कोई बड़ा युद्ध हाल के वर्षों में राक्षसों ने लड़ा भी नहीं है इसलिए उन्हें किसी

नवीन अस्त्र को सीखने की, कठोर युद्धाभ्यास की, सेना को अनुशासित करने की आवश्यकता ही नहीं लगी। व्यापार की सफलता से धन अधिक आया और अधिकांश लंका वासी भोग-विलासी हो गए। कठोर अनुशासन में युद्धाभ्यास जैसे शिविर जो आपके द्वारा चलाए जाते हैं, का लंका में सर्वथा अभाव रहा है। इसी कारण महान सेना नायक लंका में कम हैं। जिस प्रकार हमारे पास हनुमान, अंगद, जामवंत, द्विविद, गंधमादन, नल-नील जैसे शूरवीर हैं। आप स्वयं लक्ष्मण और मित्र सुग्रीव जैसे एक-एक सेना के बराबर महायोद्धा हैं, वैसे लंका में नहीं हैं और हमें उनकी भोग-विलासी प्रवृत्ति का लाभ भी अवश्य मिलेगा," विभीषण ने बखान किया।

"किन्तु मित्र अपने अनेक दुर्गुणों के साथ अभी तक राक्षस अजेय कैसे रहे?" राम ने जानना चाहा।

"अभी तक कोई ऐसा बलशाली योद्धा रावण के विरोध में नहीं आया जो बल और बुद्धि दोनों में प्रवीण होता, कोई ऐसा नायक नहीं मिला जो विभिन्न जातियों, वर्गों को संगठित कर सके। रावण और उसकी रक्ष सेना ने अनेक द्रविड़ जातियों का धन लूटा, उनके व्यापार पर अधिकार किया, उनकी स्त्रियों को बलात छीना, उन्हें अपमानित किया किन्तु वे सभी एक महान नायक के अभाव में परिस्थितियों से समझौता कर जीवन काट रहे थे। आप के जादुई नेतृत्व ने उनमें आशा का संचार कर दिया है और वे सभी रावण से प्रतिशोध लेने आपके साथ पूरे मन से जुड़े हैं और यही हमारी सफलता सुनिश्चित करेंगे," विभीषण जैसे भविष्य पढ़ रहे थे।

सीता अशोक वाटिका में अपने दुर्भाग्य के दिनों को रो-रो कर काट रही थीं। आए दिन रावण की राक्षसियाँ उन्हें भयभीत करती रहती थीं और प्रयास करती थीं कि वे रावण की बात मानकर उसकी हो जाएँ। त्रिजटा नामक राक्षसी सदैव सीता का साथ देती थी और अन्य राक्षसियों को भी समझाती थी कि पतिव्रता सीता को सताएँ नहीं। सीता भी त्रिजटा के स्नेहिल व्यवहार के कारण उसे माँ समान आदर देती थीं।

नित्य की भाँति उस दिन भी सीता अशोक वृक्ष के नीचे बने चबूतरे पर बैठीं शून्य में ताक रही थीं, तभी त्रिजटा पास आई।

"पुत्री प्रतीत होता है कि तुम्हारे दुर्दिन समाप्त होने वाले हैं। मैंने सुना है कि श्रीराम अपनी सेना सहित लंका तट पर उतर आए हैं। अब तो विभीषण जी उनके साथ हो गए हैं। अवश्य ही रावण का अंत समय आ गया है, बेटी।"

"क्या सचमुच श्रीराम लंका तक आ गए हैं? तब तो रावण को उनके बाणों से कोई नहीं बचा सकता," सीता ने कहा। आशा से उनकी आँखों में चमक आ गई थी। वे त्रिजटा को उठकर हृदय से लगाने ही वाली थीं कि कोलाहल द्वार पर सुनाई दिया। राक्षसियों ने आकर सूचना दी कि रक्ष राज रावण पधारे हैं। सीता अपने स्थान पर उदास होकर बैठ गईं, तभी रावण उपस्थित हुआ।

"क्या हुआ त्रिजटा? क्या सीता मानी या मृत्यु के लिए तैयार हुई है?" क्रोध भरे स्वर में रावण ने कहा।

"स्वामी हम सब प्रयास कर रहे हैं, आशा है शीघ्र ही सीता मान जाएँगी," त्रिजटा ने कहा।

"इसी में इसका भला है, इसे बताओ कि राम तो स्वयं मृत्यु के मुख में लंका आ गया। उसका अपने भाई के साथ यहाँ से जीवित जाना असंभव है। हाँ, सीता चाहे तो मैं उसे जीवित छोड़ सकता हूँ। उसके प्राण न लेकर बंदी बनाकर कारागृह में रखूँगा। किन्तु इसके लिए सीता को मेरा होना पड़ेगा।"

"यह तो समय ही बताएगा की प्राण किसके जाएँगे और बंदी कौन होगा," धीमे स्वर में सीता ने कहा।

"बड़े बोल मत बोल सीता। मेरी पटरानी बनो, अन्यथा मेरा चंद्रहास तुम्हारा वध कर देगा। विकल्प तुम्हें ही चुनना है," रावण ने क्रोध के अतिरेक से कहा।

"क्रोध को शांत करें नाथ, ये नादान है। आपकी शक्ति और सामर्थ्य के बारे में धीरे-धीरे जान जाएगी, तब स्वतः ही आपको अपना लेगी," त्रिजटा ने स्थिति को टालने के उद्देश्य से कहा।

क्रोध से भरकर रावण लौट गया। द्वार पर पहुँचकर रुका, पलटा और राक्षसियों को देख बोला।

"सीता को डराओ, धमकाओ पर मेरी बना दो तो युद्ध प्रारंभ होने से

पूर्व ही राम की पराजय हो जाएगी। मैं तुम सबको उचित पुरस्कार दूँगा," रावण ने कहा और तीव्र गति से द्वार से बाहर निकल गया।

रावण दरबार में आकर बैठा ही था कि द्वारपाल ने सूचना दी कि गुप्तचर विभाग प्रमुख शुक आवश्यक कार्य से महाराज से मिलना चाहते हैं।

*"शुक के पास अवश्य ही महत्त्वपूर्ण सूचनाएँ होंगी, उसी से जानकारी लेता हूँ कि क्या स्थिति है राम की सेना की,"* सोचते हुए शुक को उपस्थित करने की आज्ञा दी।

"कहो शुक क्या जानकारी लाए हो? कितने वानर डूब गए सागर पार करने में। कितने थके बीमार हैं और कितने हताश हैं लंका तट पर आकर रावण के चंगुल में फँसने पर?" दरबार में आकर शुक ने जैसे ही अभिवादन किया रावण ने एक साथ कई प्रश्न कर डाले।

"नाथ, राम की सेना में एक भी वानर ऐसा नहीं जो सागर पार करने से थका या बीमार हो, अपितु सभी पूरे उत्साह से भरे हैं," शुक ने उत्तर दिया।

"अरे! वे चपल वानर तो सदैव चंचल ही बने रहते हैं किन्तु राक्षसों से सामना करने का उनका सामर्थ्य तो नहीं।"

"नहीं, प्रभु! उनका एक-एक वानर हमारे राक्षस योद्धाओं से बढ़कर है। उस सेना में कोई वानर ऐसा नहीं जो हमारे बली सेना नायकों को परास्त कर मार न सके।"

"अरे मूर्ख शुक! ये तुझे क्या हो गया है, जो तू उन तुच्छ वानरों की बड़ाई कर रहा है?"

"स्वामी वे वानर तुच्छ नहीं अपितु बड़े बलशाली हैं, महाभट हैं। यदि कभी वे तुच्छ रहे भी हों तो आज राम सा नेतृत्व पाकर हर एक वानर राक्षसों की एक सेना पर भारी है।"

"वह तपस्वी जो श्रीहीन है, क्या नेतृत्व करेगा? वह तो अपने ही प्राण बचाता घूम रहा है।"

"स्वामी राम को आप कम न आँकें। उनसा बलशाली, महायोद्धा तो इस लोक में वर्तमान में नहीं। उनसे युद्ध में आपकी पराजय निश्चित है

क्योंकि जहाँ आपकी सेना, सेनाधिकारी आपसे डर कर आपके साथ हैं वहीं राम की सेना का प्रत्येक सैनिक राम को चाहता है और हृदय से उनसे जुड़ा है। इसलिए मेरी विनती है कि सीता को राम को लौटा कर उनकी शरण में चले जाएँ। सुना है कि राम बड़े शरणागत वत्सल हैं। विभीषण को, यह जानते हुए भी कि वह आपके भाई हैं, गले लगा कर अपना मित्र बना लिया। आप तो महाबली लंका पति रावण हैं आपको अपनी शरण में पाकर वे हर्षित होंगे।"

"शुक तू तो शत्रु की प्रशंसा कर राज द्रोही सी बातें कर रहा है।"

"प्रभु मैं तो पूरी राक्षस जाति के भले के लिए ही कह रहा हूँ। क्यों आप इन निर्दोषों के प्राण अपने कामी स्वभाव के कारण दाँव पर लगा रहे हैं? राम व लक्ष्मण के बाणों से कोई नहीं बचेगा। अभी भी समय है, राम की शरण में चलें। वे अवश्य आपको क्षमा कर देंगे और आप अपनी लंका पर निष्कंटक राज्य करना। मान जाएँ नाथ, आप में वह सामर्थ्य नहीं कि राम का सामना कर सकें।"

"अरे दुष्ट तेरा अनर्गल प्रलाप बहुत सुना लिया। तू राजद्रोही है, शत्रु की विरुदावली गा रहा है। निकल जा मेरे राज्य से!"

यह कहते हुए रावण ने लात से शुक पर प्रहार किया। शुक भूमि पर गिर पड़ा। कुछ क्षण पश्चात उठा और पूरे दरबार को सुनाते हुए ऊँचे स्वर में बोला।

"मैं तो जा रहा हूँ स्वामी किन्तु पुनः विनती है, हठ छोड़ दें और राम की शरण में चले जाएँ, अन्यथा लंका में कोई नहीं बचेगा!" कहते हुए शुक दरबार से निकल गया।

राम सुग्रीव और विभीषण के साथ शिला पर बैठे युद्ध की रणनीति बना रहे थे। पास ही लक्ष्मण, हनुमान, जामवंत और अंगद खड़े थे।

"मैं जानता हूँ कि इतने लंबे सागर को परिश्रम से पार कर लेने के कारण हमारी सेना के बलवान सैनिक थके होंगे। किन्तु हमारे पास विश्राम का समय ही कहाँ है?"

"प्रभु, जिस सेना का नायक आप जैसा विलक्षण महापुरुष हो वह कभी

थक सकेगी भला? सेना तो आपको किसी ईश्वरीय शक्ति वाला मानने लगी है, जिसके चमत्कार के कारण ही वह खेल-खेल में इस दुर्जेय सागर को पार कर आई है," सुग्रीव बोल पड़े।

"हाँ, प्रभु! यह तो सत्य है, जिस प्रकार आपने दंडकारण्य में ऋषि, मुनियों की रक्षा की, खर दूषण को मारा, बाली का वध किया और अब इस सागर को विशाल सेना के साथ सरलता से पार कर लिया वह निश्चित ही दैवीय शक्ति के कारण ही संभव हो सका है," विभीषण ने 'हाँ' में 'हाँ' मिलाई।

"नहीं मित्रों! मैं तो हर पुरुष की तरह इस धरा पर साधारण पुरुष ही हूँ," राम ने प्रतिवाद किया।

"आप साधारण पुरुष नहीं, अपितु असाधारण गुणों वाले हैं। निर्मल हृदय हैं आप। दूसरों की पीड़ा से द्रवित होने वाला, बिना छल सबका साथ देने वाला, प्राणों पर खेल कर भी शरणागत की रक्षा करने वाला, निर्बलों का सहायक, सदैव सत्य पर चलने वाला, दूसरों के लिए अपने सुखों को तिलांजलि देने वाला, हर परिस्थिति का धैर्य से सामना करने वाला, विपरीत परिस्थितियों में भी साहस न छोड़ने वाला, परिश्रम से अथक रहने वाला स्वभाव है आपका। एक साथ इतने सारे गुण तो किसी दैवीय शक्ति वाले मनुष्य में ही मिलेंगे, ईश्वर में होंगे," बूढ़े जामवंत ने कहा।

"यदि ईश्वर ऐसा ही होता है तो हाँ मैं ईश्वर हूँ और मैं ही क्यों हर व्यक्ति, जो इन साधारण गुणों को अपना लेता है, ईश्वर है," राम बोले। उनका स्वर शांत था, उसमें ठहराव था।

"आपके लिए होंगे ये साधारण गुण। अन्य में तो कई जन्म लग जाने पर भी ये गुण नहीं आ पाते। हमारे लिए तो यही सौभाग्य है कि हमें आप जैसा देव तुल्य स्वामी मिला जिनका व्यक्तित्व इतना महान है!" सुग्रीव बोले। बोलते-बोलते वे रोमांचित हो उठे, शरीर में कंपन, आँखों में अश्रु थे।

राम ने देखा सभी की दशा एक समान थी। भावावेश में सभी हाथ जोड़े खड़े थे। बोलना चाह रहे थे किन्तु उत्तेजना की अधिकता के कारण बोल थे कि मुख से निकल ही नहीं पा रहे थे।

"आप सब तो मुझे अधिक ही मान दे रहे हैं," राम ने कहा फिर सुग्रीव के कंधे पर हाथ रख बोले, "मित्र परिस्थितियों ने भी मेरे व्यक्तित्व को बनाया है। मेरे आज्ञाकारी भाई जिन्होंने मेरी आज्ञा मानने में पल भर

भी देर नहीं की। पतिव्रता पत्नी जो संकट में भी मेरे साथ रही। महान पिता जिनके लिए वचन प्राणों से भी अधिक प्रिय थे। आप और विभीषण जैसे मित्र, जो मेरे संकेत पर अपना सर्वस्व निछावर करने का साहस रखते हैं। हनुमान सा पूर्ण समर्पित भक्त और ये बलशाली, सहृदय, भोले-भाले वानर, अंगद, जामवंत, नल व नील जैसे उनके यूथपति, इन सब ने मिलकर राम को राम बनाया है।"

"नहीं, प्रभु! असल धुरी तो आप ही हैं। जैसे सूर्य के चारों ओर तारागण चक्कर लगा कर उसके ही प्रकाश से प्रकाशित होते हैं वैसे ही आपके चारों ओर के लोग आपसे तेज पाते हैं। विपरीत परिस्थितियाँ जिनमें बड़े से बड़े योद्धा भी टूट जाते हैं, आप अविचलित रहते हैं। आपने सिद्ध किया है कि परिस्थितियाँ व्यक्ति की दास हैं, व्यक्ति परिस्थितियों का दास नहीं," वृद्ध जामवंत ने कहा।

"हमारी तो आपसे यही प्रार्थना है कि पूरी सेना, समस्त सेना नायक यदि आपमें ईश्वर देखते हैं तो उनका विश्वास बनाए रखा जाए ताकि सेना में मनोबल बना रहे। सब सोचते हैं कि आप अजेय हैं, आपका नायकत्व पा कर वे धन्य हो गए हैं। आपकी सेना किसी से पराजित नहीं हो सकती। आप उनके कष्ट को आधा और उनके उत्साह को दो गुना कर देते हैं। आप हैं तो हम सब हैं स्वामी, अब तो आप ही में हम हैं," सुग्रीव ने स्तुति की।

"मैं भी तो आप सब में पूर्ण समाया हूँ। आप सब से अलग तो मेरी कल्पना भी नहीं की जा सकती। आप सबके उत्साह को देखते हुए प्रतीत होता है कि शीघ्र ही हम रावण को परास्त कर सकेंगे। भगवान शिव हम पर कृपा करें," राम ने आशा भरी दृष्टि सब पर डालते हुए कहा।

"हाँ, नाथ! हमें शीघ्र युद्ध प्रारंभ करना चाहिए। हमें रावण को और अधिक समय अब नहीं देना चाहिए। इससे पूर्व कि वह छल से, माया से कोई नई चाल सोचे, हमें उस पर आक्रमण कर देना चाहिए," विभीषण ने कहा।

"किन्तु मेरा परामर्श है कि युद्ध प्रारंभ होने से पूर्व हमें पुनः एक बार रावण के पास अपना दूत भेजना चाहिए। राजनीति कहती है कि युद्ध को टालने का हर संभव प्रयास किया जाना चाहिए। संधि का कोई भी प्रयास छोड़ना नहीं चाहिए," जामवंत ने अपनी बात रखी।

"यह उत्तम विचार है, हमें रावण को अपनी भूल सुधार का अंतिम

अवसर अवश्य देना चाहिए। संभव है कि दूत के समझाने पर और लंका तट तक वानर सेना के आ जाने के दवाब के कारण रावण मान जाए," राम ने कहा।

"प्रभु आपके इस सेवक को आज्ञा दें," हनुमान ने हाथ जोड़ विनती की।

"क्षमा करें स्वामी पर मेरा मानना है कि हर बार हनुमान को भेजने से विपक्ष में यह संदेश जाएगा कि हमारे पास कोई दूसरा महाभट हनुमान के अतिरिक्त नहीं है। राक्षस सेना यह समझेगी कि हनुमान ही वानर सेना के बल के मुख्य स्तम्भ हैं। यह उचित नहीं होगा, इससे हम अपना मनोबल गिराकर उनका बढ़ाएँगे," जामवंत ने टोका।

"तब तुम्हारी दृष्टि में कौन उपयुक्त होगा रीछपति?" सुग्रीव ने पूछा।

"इस बार क्यों न अंगद को दूत बनाकर भेजा जाए? वे हनुमान की तरह ही महाबली हैं, विवेकवान हैं, परिस्थिति अनुसार बल दिखाने और संयम प्रदर्शन में निपुण हैं," जामवंत ने नाम सुझाया।

"ठीक कह रहे हो जामवंत। युवराज अंगद सब प्रकार से योग्य हैं। ये परिस्थिति अनुसार निर्णय लेने में सक्षम हैं कि कब क्या कहना और करना है। मुझे अंगद पर पूरा भरोसा है," राम ने अंगद की ओर स्नेहिल दृष्टि डालते हुए कहा।

"प्रभु आपने मुझ पर विश्वास दिखाया यह मेरे लिए सौभाग्य की बात है मैं कोई भी...," कहते-कहते अंगद इतने भावुक हो गए, कि आगे शब्द निकल ही न सके। राम ने उठकर हृदय से लगा लिया।

"कल ही लंका जाओ, जो उचित लगे अपने विवेक अनुसार करना," सिर पर हाथ फेरते हुए राम बोले।

"जो आज्ञा नाथ," अंगद ने कहा।

"रात्रि अधिक हो गई है अब सभी लोग विश्राम कर लें ताकि भोर होते ही अपने कार्य में लग सकें," राम ने कहा तो "जय श्री राम", "जय जय शिव" कहते हुए सबने विदा ली।

राम अपने शिविर में विश्राम करने लगे। लक्ष्मण बड़े भाई के पैर दबा रहे थे। राम ने देखा कि नित्य की भाँति आज लक्ष्मण कोई जिज्ञासा प्रकट नहीं कर रहे है, कुछ पूछ नहीं रहे हैं, चुप हैं।

"क्या बात है लक्ष्मण? प्रति रात्रि को तो तुम इस अवसर पर मुझसे कुछ न कुछ पूछते हो, अपने सुझाव देते हो, मन की बात कहते हो फिर आज क्यों मुरझाए से दिख रहे हो?"

"भ्राताश्री, मेरे मन में एक बात आ रही थी। सोचता हूँ कि आपसे कहूँ या न कहूँ?"

"बोलो, लक्ष्मण। झिझक कैसी?"

"भैया, आपने अंगद को इतनी बड़ी जिम्मेदारी दी है। जबकि उसके पिता का वध आपने किया है और यह बात शत्रु पक्ष भी जानता है। अंगद के मन में कहीं न कहीं तो यह पीड़ा उठती होगी कि वह आपने पितृहन्ता के पक्ष में इस युद्ध में भाग ले रहा है। मानव स्वभाव की इस कमज़ोरी को भाँप कर कहीं शत्रु पक्ष ने कोई चाल चल दी तो? सुना है राजा बाली की रावण से मित्रता भी रही थी। कहीं उन्होंने सहानुभूति का कोई प्रपंच रच कर अंगद को फोड़ने का प्रयत्न किया और यदि उसमें वे किंचित सफल भी हो गए तो?"

"लक्ष्मण तुम्हारी आशंका निर्मूल नहीं है। इस प्रकार की परिस्थिति में यह संभव है। किन्तु यह अंगद की ही नहीं राम की भी परीक्षा है। इसमें उत्तीर्ण होंगे तो दोनों होंगे और यदि अनुत्तीर्ण हुए तो भी दोनों होंगे। यदि अंगद को अपनी ओर मिलाने में रावण सफल हुआ तो यह मेरी हार होगी। लक्ष्मण मेरे पारदर्शी स्वभाव की हार होगी। किन्तु मैं जानता हूँ कि ऐसा होगा नहीं क्योंकि मैंने सदैव ही लोगों को पूरे मन से अपनाया है। इसीलिए यह मेरा दृढ़ निश्चय है कि जो मेरा है वह सदा के लिए मेरा है, उसे मुझसे कोई पृथक नहीं कर सकता।"

राम बोलते जा रहे थे। लक्ष्मण देख रहे थे हर शब्द के साथ राम के स्वर में दृढ़ता आ रही थी। तभी द्वारपाल ने अंदर आकर सूचना दी की रावण की गुप्तचर सेवा का पूर्व प्रमुख शुक दर्शन का अभिलाषी है।

"शुक, रावण का गुप्तचर प्रमुख इस समय यहाँ? क्या कारण हो सकता है?" राम ने कहा।

"क्षमा करें ज्येष्ठ, मैं आपको बता नहीं पाया था। यह दो दिवस पूर्व हमारा भेद लेने रावण द्वारा भेजा गया था। हमारे सैनिकों ने इसे पकड़ लिया था। आपकी सौगंध देकर यह छूट पाया था। किन्तु पुनः आने का कारण तो मेरी भी समझ में नहीं आ रहा है," लक्ष्मण ने चिंतित भाव से कहा।

"जो भी कारण हो बुलाओ, उसे अंदर," शैया से उठते हुए राम ने द्वारपाल से कहा।

शुक ने अंदर प्रवेश किया। दीपक की रोशनी में राम और लक्ष्मण को देखकर राम की ओर बढ़ा और चरणों में गिर गया।

"उठो वत्स! कहो कैसे आना हुआ?" कंधे से पकड़ कर उठाते हुए राम ने पूछा।

"प्रभु, मैं रावण की गुप्तचर सेवा का प्रमुख था। रावण ने आज मुझे निकाल दिया। रावण के यहाँ आने के पूर्व की सच्चाई बताना चाहता हूँ, नाथ। वास्तविक रूप से मैं मुनि अगस्त्य का शिष्य शुक हूँ। मुनि के आदेश पर ही मैं रावण की सेवा में आ गया और पूरी तत्परता से कार्य करते हुए उसका विश्वास पात्र बन गया। शीघ्र ही मेरी कर्मठता और योग्यता को देखते रावण ने मुझे गुप्तचर सेवा का प्रमुख कर दिया।"

"किन्तु अगस्त्य मुनि को यह सब करने की क्या आवश्यकता थी? निश्चित ही तुम मिथ्या भाषण कर रहे हो। संभव है कि यह राक्षसों का कोई नया छल हो," लक्ष्मण शंकित हो बोले।

"गुरुदेव ने राक्षसों के साथ होने वाले संभावित युद्ध को भाँप लिया था और राक्षसों को उन्हीं के तरीक़ों से मात देने के लिए कुछ आर्य मुनियों को राक्षसों की तरह की वेशभूषा, उनके तौर तरीक़े सिखाए। राक्षसों के अस्त्र संचालन और उनके जैसे स्वांग बनाने का प्रशिक्षण देकर उन्हें राक्षस व अन्य द्रविड़ राजदरबारों में भेजा। जब रावण ने सीता जी का हरण किया तभी गुरुदेव ने मुझे रावण के यहाँ राक्षस वेश में भेजा था और मैं रावण का विश्वास जीत कर उसकी गुप्तचर सेवा का प्रमुख बन गया।"

"हाँ, भैया हमने अगस्त्य मुनि के आश्रम में इस प्रकार का शिविर देखा भी था," राम की ओर देखते हुए लक्ष्मण बोले।

"हाँ, लक्ष्मण कदाचित उसी शिविर से प्रशिक्षण लिया है शुक ने।"

"सत्य कहा आपने प्रभु। गुरुदेव की आज्ञा थी कि उचित अवसर आने पर मैं आपका सहयोग करूँ। रावण के पास रहकर उसकी शक्ति व कमज़ोरियों को समझूँ तथा उचित समय पर उसका मनोबल तोड़ने का कार्य करूँ। इसी उद्देश्य के लिए मैं रावण की आज्ञा लेकर आपकी सेना का भेद लेने आया था। लक्ष्मण जी ने मुझे पकड़ लिया तब आपकी सौगंध देकर छूट पाया था। वापस लंका जाकर मैंने रावण के दरबार में आपकी सेना के अतीव बल और पौरुष का बखान कर सभी का मनोबल तोड़ने का प्रयास किया जिससे बौखला कर रावण ने मुझे निष्कासित कर दिया। किन्तु मैं अपना कार्य कर आया हूँ। मैंने दरबार में सभी राक्षसों के मुख पर आपका भय स्पष्ट देखा है, स्वामी। अब मैं गुरुदेव के पास वापस जाना चाहता हूँ। किन्तु जाने से पूर्व आपकी आज्ञा लेना और आपको कुछ अति महत्त्वपूर्ण सूचनाएँ देना चाहता था।

"कैसी सूचनाएँ शुक?" राम ने जिज्ञासावश पूछा।

"प्रभु गुरुदेव ने रावण के साथ होने वाले आसन्न युद्ध में आपकी सहायता हेतु अन्य द्रविड़ राजाओं के पास मुनियों को विभिन्न वेश में दूत बनाकर भेजा था, जो आपके पक्ष में वातावरण बना रहे थे। गुरुदेव ने आपके पास पर्याप्त आयुध भेजने की व्यवस्था की थी। किन्तु गुरुदेव का मानना था कि यह सहायता सीधे रूप से उनके द्वारा आपको दी जाती नहीं दिखनी चाहिए, जिससे यह युद्ध बाहरी व्यक्ति बनाम स्थानीय का, आर्य बनाम अनार्य का न दिखे। अतः वह सारी सहायता भेजी तो मुनि द्वारा जा रही है किन्तु द्रविड़ राजाओं के माध्यम से, ताकि वह द्रविड़ राजाओं द्वारा भेजी हुई लगे। शीघ्र ही आपके पास आयुध भंडार पहुँचाने वाले हैं, जिसे आप स्वीकार कर लेना स्वामी," शुक ने रहस्योद्घाटन किया।

"महामुनि अगस्त्य का बहुत-बहुत आभार। शुक लंका तथा रावण के बारे में तुम्हारी और क्या सूचनाएँ हैं, जो हमें लाभ दे सकती हैं," राम ने जानना चाहा।

"जो भी मैंने जाना है प्रभु, लंका एक समृद्धशाली नगर है जिसे द्रविड़ यक्ष राज कुबेर ने बसाया था। यक्षों ने जलमार्ग से विदेशों में व्यापार कर बहुत उन्नति की थी। चारों ओर समुद्र से घिरी लंका एक सुरक्षित देश था। लंबे समय तक शांति रहने के कारण लंका का व्यापार बहुत उन्नत हो गया

था। इसी समय रावण अपने राक्षस सैनिकों के साथ लंका में आया और छल से कुबेर का विश्वासपात्र बन गया। कुबेर छली रावण के मायाजाल में फँसकर उसे अपना सबसे बड़ा हितैषी, भाई तुल्य समझने लगा। इधर रावण के ऊपर विश्वास कर कुबेर उस पर राज्य की सारी जिम्मेदारियाँ डालता जा रहा था और स्वयं भोग विलास में लिप्त होता जा रहा था। उसी समय रावण गुपचुप अपनी चालें चल रहा था। सभी प्रमुख अधिकारियों में रावण ने राक्षसों को नियुक्त करवा दिया और जब देखा कि राज्य का पूर्ण नियंत्रण उसके हाथ में आ गया, उसने कुबेर के साथ विश्वासघात कर उसे राज्य से भगा दिया और और स्वयं लंका का अधिपति बन रक्ष राज्य की स्थापना की।"

"कुबेर के साथ क्या सारे यक्ष लंका छोड़ गए थे शुक?" राम ने जिज्ञासा प्रकट की।

"नहीं, प्रभु। अभी भी लंका में यक्ष रहते हैं। यक्ष ही क्यों नाग, गन्धर्व, किन्नर, गरुड़ सभी लंका और उसके आसपास रहते हैं किन्तु प्रभुत्व लंका में राक्षसों का ही है।"

"किन्तु ऐसा क्यों, और अन्य जातियाँ क्यों राक्षसों का प्रभुत्व मानती हैं," लक्ष्मण ने जानना चाहा।

"राक्षस शरीर सौष्ठव में अन्य द्रविड़ों से श्रेष्ठ थे साथ ही बर्बर भी थे। इसी के चलते उन्होंने सारी ग़ैर रक्ष जातियों को अपनी वश में कर लिया। व्यापार उत्तरोत्तर वृद्धि कर ही रहा था जिसके फलस्वरूप लंका से विदेशों में जाने वाली वस्तुओं के बदले सोना और शराब जैसी चीज़ें बहुतायत में आ रही थीं। लंका में दो ही वस्तुओं की प्रचुरता थी, एक विदेशों से आया सोना, दूसरी विदेशी शराब। सोने की अधिकता के कारण ही इसे सोने की लंका कहा जाता है। इसके घरों के गुम्बद, दरवाज़ों, दीवारों तक में सोना लगा है। सोना और शराब के अतिरिक्त विदेशों से सौंदर्य, भोग विलास की अन्य सामग्रियाँ भी आ रही थीं जिसके परिणामस्वरूप रावण व अधिकतर राक्षस भोग-विलासी हो गए। वर्तमान में राक्षस शराब में आकंठ डूबे और यत्र-तत्र से छीनकर लाई स्त्रियों के साथ विहार में लिप्त रहते हैं। एक अनैतिक समाज, प्रचुर वैभव के कारण, लंका में बन गया है। इसे विजय करना आपके नायकत्व में एक अनुशासित, संघर्षशील, परिश्रमी सेना के लिए कठिन कार्य नहीं है।"

"शुक तुमने सचमुच लंका के बारे में महत्त्वपूर्ण बखान किया है, जो हमारे लिए उपयोगी होगा। राक्षस आक्रमण की रणनीति किस प्रकार बनाते हैं, यह भी बता सको तो हमारी बहुत सहायता होगी," राम ने जानना चाहा।

"अन्य द्रविड़ों की तरह राक्षसों की युद्धनीति सुरक्षात्मक है आक्रमणकारी नहीं। इसीलिए ये बड़े-बड़े किले बनाते हैं। किन्तु प्रभु जैसा सुदूर उत्तर के आर्य अनार्य संघर्ष में आर्यों ने द्रविड़ों के किले तोड़े थे वैसा अंदर जाकर आक्रमण करने या किला जीतने के स्थान पर खुले मैदान में राक्षस सेना से लड़ा जाए तो उचित होगा। क्योंकि मायावी राक्षसों ने किले में और लंका में कई भूल भुलैया बनाई हैं जिनमें फँसकर आपकी सेना अपने जीवन में हाथ धो सकती है। यद्यपि रावण का प्रयास रहेगा कि वह आपको लालायित करे लंका में अंदर घुसकर आक्रमण करने हेतु किन्तु मेरा परामर्श है कि युद्ध खुले मैदान में ही हो जिसमें आपकी जीत की संभावनाएँ अधिक हैं। अब मुझे आज्ञा दीजिए," शुक प्रणाम मुद्रा में हाथ बाँध खड़ा हो गया।

"तुम्हारा जितना धन्यवाद किया जाए कम है शुक। मुनि के चरणों में राम और लक्ष्मण का वन्दन कहना और कहना कि जो प्रयास उन्होंने दक्षिण में आर्य व अनार्य एकता के लिए किए थे, उसे आगे बढ़ाते हुए मैंने उनकी इच्छा के अनुरूप आर्य अनार्य पूर्ण एकीकरण प्रारंभ कराया है। रावण से युद्ध के परिणाम जो भी हों किन्तु हम दोनों संस्कृतियों को एक कर एक नई हिन्दू संस्कृति व नए हिन्दू धर्म की स्थापना के प्रयासों में अवश्य सफल होते दिख रहे हैं। हाँ, मुझे पूर्ण विश्वास है कि मुनिवर के आशीर्वाद से हम रावण को पराजित करने में अवश्य सफल होंगे और यदि ऐसा हुआ तो इस युद्ध के दूरगामी परिणाम आएँगे। कदाचित हम सदैव के लिए आर्य व अनार्य एकीकरण को स्थिर कर हिन्दू धर्म और हिन्दू संस्कृति को दृढ़ कर पाएँगे।"

आत्मविश्वास से भरे वचन कहते हुए राम शुक को विदा करने उठ खड़े हुए।

"अवश्य, स्वामी! गुरुदेव आपके प्रयासों को सफल होते हुए देखना चाहेंगे और इसके लिए वे अपनी ओर से कोई भी यत्न करने से चूकेंगे नहीं। मुझे आशीष दें नाथ," कहते हुए शुक राम के चरणों में झुका, राम ने सिर पर हाथ रखा, शुक पलटा और तेज़ क़दमों से तम्बू से बाहर निकल गया।

उत्तर द्वार पर पहुँचकर अंगद ने गर्वीले भाव से द्वार रक्षकों को राम दूत के रूप में अपना परिचय दिया तो राजनयिक कारणों से उन्हें नगर प्रवेश करने से रोकना रक्षकों ने उचित नहीं समझा। अंगद लंका में प्रवेश कर निर्भीक भाव से नगर की गलियों में घूम रहे थे। हनुमान द्वारा पहुँचाए गए नुक़सान को नगरवासी राक्षस भूले नहीं थे, कि उसी प्रकार की वेशभूषा में इस बलिष्ठ व्यक्ति को कंधे पर गदा रखे, कमर में रस्सा बाँधे उन्मुक्त भाव से विचरण करते देख उन्हें भय मिश्रित आश्चर्य हो रहा था। अंगद के आचरण से प्रतीत होता था कि उन्हें रावण के दरबार में जाने की कोई जल्दी नहीं है। वे तो लंका वासियों में भय का संचरण करना चाहते थे। कोई पूछे न पूछे, स्वयं ही सबको बताने की चेष्टा कर रहे थे कि वे श्रीराम के दूत हैं और रावण को समझाने का अंतिम प्रयास करने आए हैं, अन्यथा युद्ध में राक्षसों सहित रावण का अंत निश्चित है। पुरवासी स्त्री-पुरुष एक दूसरे से चर्चा कर रहे थे और पूरे नगर में समाचार फैलते देर न लगी कि राम का एक और दूत आया है। प्रत्यक्ष रूप से तो कोई प्रकट नहीं कर रहा था किन्तु परोक्ष रूप से सभी इस आसन्न विपत्ति से नगर को क्या हानि होने वाली है, सोच-सोच कर भयभीत हो रहे थे।

अपनी इच्छानुसार नगर में भय का वातावरण बनाकर अंगद रावण के दरबार तक पहुँच गए। द्वारपालों से रावण को अपने आने की सूचना देने हेतु कहा। द्वारपाल ने दरबार में राम दूत अंगद के आगमन एवं महाराज रावण से मिलने की अनुमति चाहने के संबंध बताया तो अंगद को दरबार में उपस्थित करने की आज्ञा दी गई।

"लंका पति रावण को श्रीराम दूत अंगद का अभिवादन," निडर अंगद ने दरबार में पहुँचकर कहा।

"क्या राम ने डरकर संधि का प्रस्ताव दूत के माध्यम से भेजा है?" रावण ने गर्जना की।

"श्रीराम न तो स्वयं भयभीत होते हैं और न ही अकारण किसी को भयभीत करते हैं। उन्होंने तो मात्र इतना ही संदेश भेजा है कि पूरी राक्षस जाति का गौरव और सम्मान बचाने का दायित्व आप पर है और आप इसे बड़ी सहजता से, सीता को ससम्मान श्रीराम के पास भेजते हुए, क्षमा याचना कर, पूरा कर सकते हैं," अंगद बोले।

"यह संदेश है या विनती?" रावण ने अचरज से पूछा।

"यह विनती है, किन्तु श्रीराम की नहीं अपितु बाली पुत्र अंगद की है आपसे। क्योंकि इसके पश्चात न तो आपको विनती का अवसर मिलेगा न ही क्षमा याचना का," अंगद दर्प से बोले।

"तुम बाली पुत्र हो, वही बाली जिसे राम ने छल से मारा था। तुम्हारे पिता का निर्मम वध जिस राम ने किया तुम उसी का साथ दे रहे थे। क्या तुम्हें भान नहीं कि बाली और मैं पुराने मित्र थे? तुम्हें तो एक द्रविड़ और तुम्हारे पिता का मित्र होने के नाते मेरा साथ देना चाहिए और तुम हो कि अपने पिता के हन्ता का साथ दे रहे हो। धिक्कार है तुम पर!"

"धिक्कार तो आपको होना चाहिए अपनी करनी पर, जिस तरह आप किसी की स्त्री को छल से हर लाए हैं। रहा प्रश्न मेरा कि मैं अपने पिता के हन्ता का साथ क्यों दे रहा हूँ, तो मैं स्पष्ट कर दूँ कि मेरे पिता महाबली बाली तो स्वयं अनीति पर चलने के कारण, अपने ही छोटे भाई के साथ शत्रुवत व्यवहार करने के कारण मारे गए, उसमें श्रीराम का क्या दोष? उन्हें तो एक न एक दिन इसी तरह मरना ही था और अपने अंत समय में उन्हें अपनी भूलों का भान भी हो गया था, तभी तो उन्होंने श्रीराम को अपने वध के दोष से मुक्त कर मुझे उन्हीं की सेवा में सौंप दिया था। महाराज अनीति पर चलने के कारण ही आपके मित्र महाबली बाली के प्राण गए, आप भी वही भूल कर रहे हैं।"

"कैसी भूल?" रावण ने दहाड़ लगाई।

"अहंकार और अन्याय के रास्ते पर चलने के कारण, अनीति पर चलने के कारण आप भी स्वयं अपने अंत को आमंत्रित कर रहे हैं। पूज्य पिता बाली को तो समझाने का अवसर भी नहीं दिया गया था। किन्तु आपको तो बार-बार आपकी ग़लतियों की ओर इंगित किया गया है और आप हैं कि मानते ही नहीं। आप मेरे पिता के मित्र रहे हैं और इसी नाते मेरा आप पर अधिकार है। उसी अधिकार की दुहाई देते हुए मैं आपसे अनुरोध करता हूँ कि एक स्त्री के कारण सम्पूर्ण राज्य को संकट में न डालें। श्रीराम के बाणों का प्रहार लंका नहीं झेल पाएगी। अभी भी समय है, सीता को श्रीराम को लौटा दें। श्रीराम बड़े दयालु हैं, शरणागत वत्सल हैं, वे आपकी सभी भूलों को क्षमा कर देंगे।"

"तुम मेरे मित्र के पुत्र हो इसी नाते मुझे तुम पर दया आ रही है, और इसीलिए मैं सिर्फ़ तुम्हारे कारण राम को, जिसने लंका तट पर बिना मेरी अनुमति सेना सहित आने की धृष्टता की है, क्षमा कर दूँगा यदि वह सीता को भूलकर वापस चला जाए। अन्यथा वह राज्यहीन, पत्नीहीन होकर मृत्यु को प्राप्त होने पर मुझे दोष न दे।"

"मुझे आपके बड़बोलेपन पर क्रोध नहीं तरस आ रहा है। आप श्रीराम की सामर्थ्य को समझ ही नहीं पा रहे हैं। जिस बाली ने, मित्रता होने से पूर्व, छः माह तक आपको बंदी बनाकर रखा था। उसी बलशाली बाली को मात्र एक बाण से राम ने मार दिया। उनके जैसा कुशल धनुर्धर आपकी पूरी सेना को समाप्त करने हेतु सक्षम है और अब तो उनके पास सभी ग़ैर राक्षस द्रविड़ जातियाँ यथा वानर, रीछ, नाग, गन्धर्व, यक्ष, किन्नर, गिद्ध हैं। भगवान शिव को अपना आराध्य बनाकर उन्होंने धर्म और संस्कृति के भेद को भी समाप्त कर दिया है। अब हर जाति पूरे तन और मन से उनके साथ है, तब भी आपको उनके बल उनकी बुद्धि और विद्या का अनुमान नहीं है।"

"वन के सारे पशु मिलकर भी एक सिंह का सामना नहीं कर सकते। ये सभी जातियाँ कीट पतंगों के समान हैं राक्षसों के आगे। न राम के वे छोटे धनुष बाण मेरे चन्द्रहास खड्ग का सामना कर पाएँगे और न ही तुच्छ वानर मेरे महाभट राक्षसों का सामना कर सकेंगे। अभी भी समय है, राम को समझाओ कि एक स्त्री के लिए इतने सारे लोगों के प्राण संकट में डालना क्या उचित है। राम सीता को भूलकर वापस सेना सहित लौट जाए। मैं वचन देता हूँ कि राम और पूरी वानर सेना को सकुशल सागर पार तट तक पहुँचवा दूँगा, किसी के प्राणों की हानि नहीं होगी। संसार में असंख्य स्त्रियाँ हैं, राम किसी अन्य स्त्री से विवाह कर सुख पूर्वक जीवन जिए। क्यों एक सीता के कारण इतने सारे निरीह वानरों के प्राणों को संकट में डाल रहा है? महाभट राक्षस योद्धा पूरी वानरी सेना का आखेट ऐसे करेंगे जैसे बाघ हिरणों का करता है। एक भी वानर जीवित नहीं बचेगा, इसलिए वानरों को भी समझाओ कि ऐसे राम का साथ त्याग दें जो उनके प्राणों को संकट में डाल रहा है," रावण अहंकार के मद में चूर हो बोला।

"राक्षस योद्धा सम्पूर्ण वानर सेना को मार देंगे और वानर इतने निरीह हैं कि मरते रहेंगे। ये किस कल्पना लोक में विचरण करते हैं। क्या आपको आभास नहीं हो रहा कि एक-एक वानर योद्धा भोग विलास में लिप्त आपके

राक्षसों की एक-एक सैन्य टुकड़ी पर भारी पड़ेगा। सारे वानरों से तो क्या लड़ेगे आपके रक्ष सैनिक? मैं ही आपको चुनौती देता हूँ कि आपके दरबार में मैं अपना चरण जमाता हूँ। कोई भी योद्धा यदि मेरे चरण को उठा देगा तो मैं श्रीराम की ओर से पराजय स्वीकार कर चला जाऊँगा और श्रीराम भी सीता को हार कर वापस चले जाएँगे।"

आवेश में भरे अंगद ने चिंघाड़ते हुए कहा और पैर जमा दिया दरबार में। मन ही मन "जय श्रीराम", "जय जय शिव" का जाप कर रहे थे।

"इस उद्दंड वानर को पैरों से पकड़कर जमीन पर पटकता हूँ मैं," कहते हुए सेनापति दुर्धर उठा।

"हाँ, मृत्यु को आमंत्रित किया है इसने। अभी पैरों से घुमाकर दरबार के बाहर फेंकता हूँ," कहकर सेनापति भाषकर्ण भी दौड़ा अंगद की ओर।

"क्षमा करें महाराज ये राज दरबार की गरिमा के प्रतिकूल है। यह दरबार है युद्ध भूमि नहीं। ये वानर तो अहंकारी है, अज्ञानी है किन्तु हमारे योद्धा तो दरबार की मर्यादा के अनुकूल व्यवहार करें," मंत्री महापार्श्व ने परामर्श दिया तो दुर्धर और भाषकर्ण जहाँ थे वहीं ठहर गए।

"दुष्ट वानर चला जा। तेरे प्राण नहीं लिए जा रहे क्योंकि तू मेरे मित्र का पुत्र है, और यही एक मात्र विशेषता तुझे जीवित छोड़ रही है," रावण ने कहा तो उसके क्रोध से नथुने फूल रहे थे।

"जाकर आपने स्वामियों से कहना, ये रोज़-रोज़ दूत भेजना बंद कर युद्ध करने हेतु तैयार हो जाएँ। मेरे आयुध रणभूमि में उसने निपटने को लालायित हैं," मेघनाद आवेश में चिल्लाया।

"ठीक है, जाता हूँ, वैसे भी मेरे चरण पकड़ने से क्या मिलता। हाँ, यदि पकड़ना ही है तो राम के चरण पकड़ो तो कदाचित प्राण और राज्य दोनों की हानि से बच सकोगे। और हाँ, आज ही अंतिम अवसर है अन्यथा कल से तो युद्ध होगा लंका के विनाश का।"

कहते हुए अंगद दरबार से बाहर निकल गए। तेज़ी से पग भरते हुए राम की ओर चल पड़े। सोचते जा रहे थे कि जिस कार्य से आया था वह तो पूरा हुआ।

# 11

"प्रभु आपकी आज्ञा से मैं लंका नगर में निर्भीक विचरण करते हुए रावण के दरबार में पहुँचा। महावीर हनुमान ने लंका में जो शौर्य प्रदर्शित किया था उसके फलस्वरूप राक्षसों के मुख पर मुझे देखकर भय और चिंता के भाव स्पष्ट दिख रहे थे। जैसे सोच रहे थे कि अब मैं कौनसा उत्पात मचाने वाला हूँ। दरबार में मेरे द्वारा पूरे प्रयास किए गए कि रावण अपनी भूल को स्वीकार कर देवी सीता को आदर सहित आप तक पहुँचाए। किन्तु प्रतीत होता है कि अहंकारी रावण अब पीछे हटना अपनी शान के विपरीत समझ रहा है," राम के पास पहुँचकर अंगद बोले।

राम, जो महत्त्वपूर्ण नायकों के साथ अंगद की प्रतीक्षा कर रहे थे, यह संवाद सुन विभीषण और सुग्रीव की ओर देखने लगे जैसे पूछ रहे हों कि अब आगे क्या करना है।

"हाँ, प्रभु! रावण की ओर से किसी सुलह समझौते का प्रस्ताव भी नहीं आया है। यदि वह चाहता तो युवराज अंगद के साथ या अपने मंत्री मंडल से सलाह कर बाद में भी अपना संदेश भेज सकता था। अब तो युद्ध अवश्यसंभावी प्रतीत होता है," सुग्रीव बोले।

"तब तो हमें अपनी युद्ध तैयारियों को अंतिम रूप आज रात में ही देना होगा," राम दृढ़ निश्चय से बोले।

"हाँ, स्वामी ये नितांत आवश्यक है, क्योंकि मायावी रावण और उसका ज्येष्ठ पुत्र मेघनाद किसी भी क्षण अब आक्रमण कर सकते हैं। हमारी तनिक सी असावधानी अक्षम्य होगी," विभीषण ने कहा।

"ठीक कह रहे हो मित्र, सारी सेना को सतर्क किया जाए। लक्ष्मण, हनुमान और अंगद तुम अभी जाकर पूरी सेना के शिविरों का भ्रमण करो। ध्यान रहे, एक-एक गतिविधि का अवलोकन हो। शिविर प्रभारी यूथ पतियों को भोर या रात्रि में ही युद्ध के लिए तैयारी रहने को कहो। यह भी देखना कि शत्रु पक्ष का कोई भेदिया सेना में तो नहीं, कोई संदिग्ध वस्तु तो सेना

के पड़ाव में नहीं। सेना का मनोबल पूरा रहे, सभी से कहना कि राम उन सबके साथ है। भगवान शिव के आशीष से जीत हमारी होगी। बस आवश्यकता है पूरे मनोयोग से पूरी शक्ति से युद्ध लड़ने की। शत्रु पक्ष के प्रति कोई सहानुभूति नहीं, कोई उदारता नहीं। एक ही लक्ष्य शत्रु का नाश और अपनी विजय।"

राम बोले। वाणी में महान नायकों सा ठहराव, निर्णय लेने और उस पर अडिग रहने का आत्मविश्वास। लक्ष्मण, हनुमान और अंगद तीव्रता से जाने को उठ खड़े हुए। शीश नवाया, आज्ञा ली और चल दिए।

"भैया लक्ष्मण, सारे शिविरों में निश्चित अन्तराल से जयघोष की कर्णभेदी ध्वनि भी आती रहे तो उचित होगा," लक्ष्मग को चलते देख विभीषण उठकर बोल पड़े।

विभीषण ने देखा कि राम उन्हें प्रश्न सूचक दृष्टि से देख रहे थे। विभीषण समझ गए कि राम क्या पूछना चाह रहे थे। तम्बू में इस समय राम के पास सुग्रीव, विभीषण और जामवंत ही थे।

"स्वामी आपको लंका से संगीत का स्वर सुनाई दे रहा होगा। वास्तव में यह रावण के रंग महल से उठती नृत्य संगीत की ध्वनियाँ हैं। रावण अपनी प्रजा को यह संदेश देना चाह रहा है कि उसे आपके लंका तट पर सेना सहित आने से कोई भय नहीं और वह नित्य की तरह अपने राजकाज और मनोरंजन में लिप्त है। इसीलिए हमें अपनी सेना का मनोबल बनाने और लंका वासियों में भय का संचरण करने के उद्देश्य से कर्ण भेदी जयघोष आवश्यक है," विभीषण ने स्पष्ट किया।

"सच्चे मित्र हर पग पर कितने महत्त्वपूर्ण होते हैं, आप और सुग्रीव जी यह सिद्ध करते रहते हैं," विभीषण और सुग्रीव की ओर प्रशंसा भरी दृष्टि डालते हुए राम बोले।

"प्रभु! सेना को आवश्यक भागों में विभक्त कर उनके नायक भी तय कर लिए जाएँ, क्योंकि यही समय है," जामवंत ने परामर्श दिया।

"लंका परकोटे से घिरी चार द्वार वाली नगरी है। यह अनुमान लगाना होगा कि कौनसा द्वार कितना महत्त्वपूर्ण है और बड़ा आक्रमण कहाँ से

होगा," विभीषण की ओर देखते हुए राम ने कहा, जैसे कुछ पूछ रहे हों।

"नाथ लंका का पश्चिम द्वार इसलिए महत्त्वपूर्ण है क्योंकि दुर्ग का मुख्य मार्ग इसी द्वार से जाता है। मेघनाद या रावण संभवतः इसी मार्ग से युद्ध हेतु उतरेंगे। लंका के उत्तर मार्ग से आम व्यक्तियों, व्यापारियों, व्यवसायियों तथा विदेशियों का आना जाना होता है। पश्चिम तट समुद्र के किनारे-किनारे लंका में राज परिवार और प्रमुख मंत्री, योद्धाओं के ठिकाने हैं। दक्षिण और पूर्व द्वार से आवागमन कम होता है। यद्यपि सभी द्वार से आक्रमण संभावित है किन्तु पश्चिम द्वार पर हमारा प्रभावी नियंत्रण आवश्यक है," विभीषण ने परामर्श दिया।

"स्वामी हमारे पास महाबली सेना नायकों की कमी नहीं है। यदि आपकी आज्ञा हो तो मैन्द, द्विविद उत्तर द्वार पर, केसरी दक्षिण द्वार, नल-नील पूर्व द्वार और हनुमान अंगद को पश्चिम द्वार पर नियुक्त किया जा सकता है। मैं स्वयं पश्चिम उत्तर दिशा में सेना का नेतृत्व कर उधर बढ़ूँगा जिधर विपक्षी योद्धा अधिक होंगे। गंधमादन दक्षिण पश्चिम के बीच में रहकर अपने विवेक से आवश्यकतानुसार बढ़ेंगे," सुग्रीव ने समाधान सुझाया, जैसे पूरी योजना अपने मस्तिष्क में पूर्व से ही बिठाए हों।

"आपने जो योजना बनाई है वह सर्वथा उपयुक्त है, किन्तु मैं और लक्ष्मण किधर नियुक्त होंगे इस पर भी विचार कर लें," राम ने प्रशंसनीय भाव मुख पर लाते हुए सुग्रीव की ओर देखते हुए कहा।

"प्रभु प्रथम दिवस आप शिविर स्थल पर ही रहें ताकि शत्रु पक्ष की रणनीति का अनुमान लगाकर, जहाँ वानर यूथ पति कमजोर पड़ते दिखें, आप शीघ्रता से पहुँच सकें," सुग्रीव ने सुझाया।

"हाँ, यह उचित रहेगा। लक्ष्मण अपने साथ सेना की एक टुकड़ी रखेंगे और संकेत पाते ही कूच करेंगे। मैं और विभीषण जी एक साथ रहेंगे। लंकेश विभीषण से मुझे इस युद्ध में सटीक पूर्वानुमान मिलेंगे, जो हमारी सेना के लिए उपयोगी होंगे," राम ने विचार रखा।

"हाँ, प्रभु यह रणनीति अवश्य कारगर होगी। एक छोटा सा संशोधन चाहूँगा। जामवंत भी पश्चिम द्वार पर हनुमान अंगद के साथ रहें क्योंकि वहाँ से यदि राक्षस राज परिवार का योद्धा आता है तो संभव है कि मायावी कोई छल से माया रचें या किसी व्यूह में फँसने हेतु हमारे योद्धाओं को लालायित

करें। वीर योद्धाओं को जामवंत परिस्थिति अनुसार आवश्यक सहयोग व मार्गदर्शन देने हेतु सक्षम हैं," सुग्रीव ने मत प्रकट किया।

"तब ठीक है, सब प्रकार से विचार उपरांत प्रथम दिवस के लिए यही रणनीति अंतिम होगी। आगामी दिवसों में आवश्यक संशोधन हेतु हर युद्ध दिवस को सायं सब योद्धाओं के साथ बैठक कर निर्णय लेंगे," राम बोले।

"युद्ध में घायल सैनिकों के लिए दिन रात चिकित्सा शिविर संचालित रहेंगे। इन शिविरों में सेना के वैद्य तत्पर रहेंगे। इस व्यवस्था की देखभाल भी जामवंत द्वारा आज से की जाएगी," सुग्रीव ने कहा।

प्रातःकाल राम को सूचना प्राप्त हुई कि आयुधों का जखीरा उनकी सहायता हेतु दक्षिण तट पर उतरा है। विभीषण, हनुमान और सुग्रीव के साथ राम, लक्ष्मण स्वयं अवलोकन करने चले। वहाँ पर जाकर देखा जलयान से आयुध उतारे जा रहे थे।

"प्रभु! उत्तर तट पर इस जखीरे को विभिन्न द्रविड़ राजाओं और मुनि अगस्त्य ने पहुँचाया था ये सभी आयुध मुनि अगस्त्य के आश्रम में बनाए गए हैं जिन्हें सभी ग़ैर राक्षस द्रविड़ राजाओं और उत्तर तट पर मुखिया सागर ने इन्हें प्राप्त किया और अपने साधनों से आपके पास पहुँचाया है। सागर के कर्मचारियों द्वारा मुझे यह बताया गया, जो जलपोत के साथ आए हैं," विभीषण ने रहस्योद्घाटन किया।

राम ने निकट जाकर अस्त्रों को देखा परिष्कृत लौह फल युक्त असंख्य तीव्र मारक बाण। लौह कवच और लौह तलवार - वे उनकी तेज़ धार देखकर विस्मित हो गए। उनमें ऐसे कई धनुष थे, जिनकी टंकार योजनों दूर तक सुनी जा सके। अनगिनत संख्या में तीव्र मारक बाण, तलवार और लौह कवच शामिल थे।

"वास्तव में मुनि अगस्त्य की आयुधशाला आधुनिक व परिष्कृत शस्त्र बनाने में अत्यंत कुशल है। यह मुनि का परिश्रम और प्रताप ही है कि इतनी उच्च क्षमता के अस्त्र-शस्त्र बनाने में अत्यंत कुशलता बरती गई है," एक बाण को हाथ में लेकर राम बोले, "ये आयुध हमारे लिए आए हैं।"

"ये हमें ऐसे समय मिले हैं जब हमें इनकी बेहद आवश्यकता थी और

इनकी आपूर्ति भी इतने सटीक समय पर की गई है," लक्ष्मण ने कहा।

"प्रभु! साथ आए कर्मचारी मुनि का संदेश देना चाह रहे हैं," हनुमान ने आग्रह किया।

"नाथ! आवश्यकतानुसार और आयुध आपकी ओर शीघ्र भेजे जा रहे हैं। मुनि उन्हें आपकी ओर चरणबद्ध तरीक़े से भेजने की व्यवस्था कर चुके हैं," साथ आए एक कर्मचारी ने कहा।

"मुनि का, हमारे सहायक द्रविड राजाओं का और आप सब का बहुत-बहुत धन्यवाद," जलपोत पर आए कर्मियों की ओर देखकर राम बोले। फिर उन्होंने सुग्रीव की ओर पलट कर कहा, "मित्र सुग्रीव, सभी साथ आए कर्मियों के विश्राम और भोजन की व्यवस्था करा दें। इन्हें वापस भी लौटना होगा।"

"जैसी आपकी आज्ञा प्रभु! अब चलें सारी सेना भूमि पर एकत्र हो गई है", सुग्रीव ने अनुरोध किया, "आपका संदेश उनमें शक्ति का संचरण कर देगा।"

सुग्रीव ने जैसे ही राम को सारी सेना के एकत्र होने की सूचना दी, वे तुरंत धनुष-बाण लेकर सेना के सम्मुख उपस्थित हुए।

"मित्रों! जिसकी हमें लम्बे समय से प्रतीक्षा थी, आज कदाचित वह समय आ गया है। हमारे एक विचार हैं और एक भगवान हैं - शिव! सब जानते हैं कि जब से हम आप साथ हुए हैं, हम सबकी एक सोच है। हम अत्याचार, अहंकार और बुराई का नाश के संकल्प के साथ आगे बढ़ रहे हैं। हम सब एक प्राण हैं और एक दूसरे के लिए अपना सर्वस्व निछावर करने का दृढ़ संकल्प किए हुए हैं। हम अपमान के नाश, अनीति पर नीति, अधर्म पर धर्म की और असत्य का उत्तर सत्य निष्ठा से देने की नीति पर हैं। हम अच्छाई की राह पर हैं। हम विश्वास रखते हैं कि भगवान शिव का आशीष हमें मिलेगा। अधर्मी रावण को उसके अत्याचारी राक्षसों के साथ शीघ्र होने वाले युद्ध में नष्ट कर दिया जाएगा। आप हैं तो मैं हूँ, आप सब मेरी शक्ति हैं और मैं आपकी शक्ति हूँ। हम शत्रु को नष्ट कर देंगे। यह विश्वास आप अपने मन से कभी हटने न देना कि विजय हमारी होगी, युद्ध भले ही कितना भी लंबा चले। जिस सेना में आप जैसे त्यागी और परिश्रमी योद्धा हों उस सेना की विजय को भला कौन रोक सकेगा?" राम ने ओजस्वी भाषण दिया।

"जय श्री राम", "जय जय शिव, "जय जय श्रीराम," सेना ने उद्घोष किया।

"नाथ! आपकी अनुमति से अब मैं सेना जमावट की रणनीति प्रकट करता हूँ। दक्षिण में केसरी, उत्तर में मैन्द व द्विविद। पूर्व में नल-नील, उत्तर पश्चिम में मैं स्वयं, मध्य में लक्ष्मण, दक्षिण-पश्चिम में गंधमादन और पश्चिम में हनुमान, अंगद और जामवंत रहेंगे। सारे सेना नायक अपनी-अपनी सैन्य टुकड़ियों का पूरा उपयोग करेंगे। विभीषण के साथ श्री राम चुनिंदा योद्धाओं की टुकड़ी को लेकर शिविर स्थल पर रहेंगे। विजय श्री हमें ही मिलेगी। हम सब अपने प्राणों की चिंता किए बिना इस धर्म युद्ध को उत्साह से लड़ेंगे," सुग्रीव ने विवरण दिया।

"जय जय शिव", "जीत हमारी होगी", "जय श्रीराम", "जय जय शिव" का घोष करती सेना की टुकड़ियों को लेकर सेना नायक घोषित स्थानों पर मोर्चा सँभालने चल दिए।

उधर, मेघनाद द्वारा लंका के दुर्ग में सारी सेना को एकत्र किया गया था। जब देखा कि सब आ गए हैं, तो रावण को निमंत्रित किया गया। सभी प्रमुख सेनापति, मंत्रिगण सहित सेना का एक-एक सैनिक वहाँ था। रावण के आने पर मेघनाद सहित मुख्य मंत्री ने अनुरोध किया कि महाराज संदेश दें। उनके अनुरोध पर रावण ने बोलना शुरू किया।

"मेरे वीरों! भू-लोक पर अपनी बर्बरता और शौर्य से अपनी धाक जमाने वालो महाभट, तपस्वी राम अपने भाई लक्ष्मण और क्षुद्र वानरों को साथ लेकर युद्ध करने की धृष्टता कर रहा है। उन सब ने यहाँ तक आने की अक्षम्य भूल कर दी है। इसका फल उन्हें अवश्य मिलेगा। तुम सब उनसे युद्ध कर उन्हें पराजित करोगे। न सिर्फ़ पराजित अपितु उन सब शत्रु सैनिकों का वध भी तुम लोग करोगे। योद्धाओं के सेना नायकों को ध्यान रहे कि कोई भी विपक्षी सैनिक जीवित वापस नहीं जाने पाए। यदि किसी सैनिक के संबंध में मैंने सुना कि वह रणभूमि से पीठ दिखाकर भागा है, तो मैं अपने इस खड्ग से उसके प्राण ले लूँगा।"

जब रावण ने अपने चंद्रहास खड्ग की ओर देखते हुए यह कहा तो

सारी सेना में भय की लहर दौड़ गई। सेना और सेना नायकों को भयभीत देख मेघनाद अपनी युद्ध की तैयारियों का विवरण देता हुआ रावण के सम्मुख आया।

"महाराज आज्ञा दें और अपने महल में निश्चिंत बैठें। आपको शीघ्र ही यह समाचार मिलेगा कि मेघनाद से पराजित होकर या तो वे तपस्वी वापस चले गए या बंदी बना लिए गए अथवा मार दिए गए हैं," शीश नवा कर मेघनाद बोला।

"सचमुच तुम्हारे होते हुए मुझे क्यों चिंता करनी चाहिए? जाओ, मेघनाद विजयी भव," मेघनाद की ओर देखते हुए रावण ने कहा तो बिना समय गँवाए मेघनाद विदा लेकर सेना सहित युद्ध भूमि की ओर चल दिया। सेना की सारी टुकड़ियाँ अपने-अपने स्थानों पर डट गईं।

"जय जय श्री राम", "जय जय शिव" के जयघोष से यत्र-तत्र रणभूमि का वातावरण गूँज रहा था। ताम्र दुंदुभियाँ बज रही थीं जिसकी गूँज पूरी लंका में सुनाई दे रही थी। प्रत्युत्तर में लंका से भी आवाज़ें आने लगीं, "जय दशशीश, "जय लंकेश"। धीरे-धीरे ये आवाज़ें भी पास आती सुनाई पड़ने लगीं। इस ओर से भी पूरे जोश और सम्पूर्ण सामर्थ्य से "जय श्रीराम", "जय जय शिव" के नाद हो रहे थे। तभी राम सेना ने पश्चिमी द्वार को खुलते देखा और पल भर में ही उस बड़े द्वार से राक्षस सेना प्रलयंकारी जल के वेग सी निकली।

आगे-आगे मेघनाद रथ पर पीछे भारी सैन्य बल। मेघनाद रथ से ही वानरों पर आक्रमण करने लगा। वह बीच-बीच में रथ से उतर कर भूमि पर रख अपने भारी ताम्र धनुष से दूरगामी बाण फेंक कर असंख्य वानरों को हत करने लगा। राक्षस और वानर सैनिक भी एक दूसरे से भिड़ रहे थे। हाथों में गदा लिए वानर राक्षसों पर प्रहार कर रहे थे, तो राक्षस त्रिशूलों से आक्रमण किए जा रहे थे।

राम के पास सारे द्वारों से राक्षस आक्रमण के समाचार आने लगे। उन्हें ज्ञात हुआ कि मेघनाद पश्चिम द्वार से आक्रमण हेतु आया है, तो विभीषण को साथ ले राम रास्ते में अपनी सेना को बचाते हुए राक्षस सेना पर बाणों

की भारी वर्षा करने लगे। वे उसी द्वार की ओर बढ़ने लगे। सामने से लक्ष्मण भी दक्षिण से पश्चिम की ओर बढ़ रहे थे। प्रहार रान की ओर से होने लगे। जितने भी राक्षस मिल रहे थे, वे सबका संहार करते जा रहे थे।

मेघनाद को रथ से युद्ध करते देख हनुमान और अंगद ने रथ को आगे और पीछे से घेर लिया। रथ पर गदाओं का विकराल प्रहार दोनों योद्धाओं ने किया और इससे रथ टूट गया। इससे पूर्व कि मेघनाद कुछ प्रतिकार कर पाता उसके खच्चर गदा प्रहार से मारे गए। क्रोध में उसने चीत्कार भरी, फिर तीव्रता से उठा लेकिन उसके रथ के पहिए निकल गए जिससे मेघनाद धरती पर गिर गया। वह ताम्र धनुष भूमि पर रख वानर योद्धाओं की ओर विशाल बाण छोड़ने लगा। अंगद और जामवंत मेघनाद के बाणों से स्वयं को बचाते हुए उसके सामने पहुँचकर उस पर गदा से प्रहार करने लगे। तभी हनुमान ने अवसर देखा और लंका के पश्चिमी द्वार से अंदर घुस कर दुर्ग पर चढ़ गए। हनुमान तमाम शत्रुओं का वध करने लगे। भवन के आगे अनेक राक्षस सुरक्षा में थे। यह रावण का भवन था। राक्षस मारे जा रहे थे और हनुमान दुर्ग में बढ़ते जा रहे थे।

जामवंत ने देखा कि हनुमान अकेले ही दुर्ग में चले गए हैं तो राक्षसों के माया जाल और भूल भुलैया में हनुमान के फँसने की आशंका से उन्होंने चीख़कर अंगद को आगाह किया कि मेघनाद को छोड़ो और अति वेग से हनुमान के पास पहुँचो। कहीं ऐसा न हो कि हनुमान राक्षसों की चाल में उलझ जाएँ।

अंगद विद्युत गति से दुर्ग पर चढ़ गए और राक्षसों को मारते हुए हनुमान की ओर बढ़े। दोनों महाबली वानर जब एक स्थान पर मिल गए तो उन्होंने दुर्ग में अंदर जाने की अपेक्षा वापस लौटने की रणनीति बनाई अन्यथा किसी भूल भुलैया में उलझ कर प्राण गँवाने का भय था। दोनों वीर राक्षसों को मारते हुए पश्चिमी द्वार की ओर बढ़ने लगे किन्तु देखते ही देखते अनेक राक्षस एकत्र हो गए। दोनों महाबली वानर योद्धाओं के प्रहार राक्षस सहन नहीं कर पा रहे थे। उनके मुद्गर, त्रिशूल आदि टूट-टूट कर गिर रहे थे।

मेघनाद वानर सेना में बेहद नुक़सान पहुँचा रहा था। राम, लक्ष्मण और सुग्रीव को रावण के अन्य सेनापति वीरुपाक्ष, दुर्धर, उपाक्ष, भाषकर्ण

उलझाए हुए थे। दिन ढलने लगा था। मेघनाद ने वानर सेना में त्राहि त्राहि मचा दी थी। जिधर देखो उधर वानर मेघनाद के तीव्र प्रहारों से प्राण बचाते भाग रहे थे। अनेक वानर सैनिक घोर आघातों के कारण प्राण गँवा बैठे थे। हनुमान अंगद ने भी मेघनाद पर बारंबार गदा प्रहार कर उसके शरीर पर अनेक घाव बना दिए थे।

दिन डूबने पर दोनों पक्ष की सेनाएँ अपने अपने शिविरों में लौटने लगीं। यद्यपि दोनों पक्ष के किसी बड़े योद्धा का वध नहीं हुआ था किन्तु मेघनाद के नेतृत्व में प्रथम दिवस के युद्ध में राक्षस सेना वानर सेना पर भारी जान पड़ी।

"प्रभु! यद्यपि मेघनाद के कारण हमारी सेना में हाहाकर मचा था, किन्तु मेघनाद भी हनुमान और अंगद के प्रहारों से घायल हुआ है। अतः संभव है कि कल के युद्ध में रावण रणनीति बदल कर अन्य योद्धाओं को भेजे और मेघनाद को विश्राम दे," विभीषण ने अनुमान लगाया।

रात्रि के समय अपने तम्बू में प्रमुख रणनीतिकारों के साथ राम मन्त्रणा कर रहे थे। विभीषण के कथन से सभी का ध्यान उनकी ओर गया। विभीषण ने आगे बोलना शुरू किया, "चूँकि आज के युद्ध में राक्षस सेना का पलड़ा भारी रहा, अतः संभव है कि कल वह अपेक्षाकृत कम महत्त्वपूर्ण योद्धाओं को भेज कर हमारे प्रमुख सेना नायकों का घेराव कराए, और इस प्रयास में यदि हमारे किसी बड़े सेनानायक को वह हत करा सका, तो उसकी बढ़त और मज़बूत हो जाएगी।"

"तब तो हमें भी अपनी रणनीति बदल कर कल की पृथक व्यूहरचना करनी होगी," सुग्रीव ने मत दिया।

"ठीक कहते हो मित्र! समय समय पर अपनी रणनीति बदलते रहना ही युद्ध कौशल है। कल हम अपनी सेना की गरुड़ाकार व्यूह रचना करेंगे, जिसमे शिरोभाग पर लक्ष्मण, दाहिनी अर्थात पश्चिम द्वार की ओर हनुमान व ऋषभ, बाईं ओर गन्धमादन, वक्ष स्थल पर अंगद और नील तथा जंघा स्थल पर सुग्रीव स्वयं रहेंगे," राम ने निर्णय दिया।

उधर, लंका में रावण ने मेघनाद से युद्ध का हाल जाना और वानर

सेना की हानि पर प्रसन्नता जताई किन्तु मेघनाद की घायल अवस्था देखकर चिंतित भी हुआ। "पुत्र सभी जानते हैं कि युद्ध में तुम अजेय हो, सारी लंका का संबल हो तुम। तुम्हारे रहते भला लंका से कौन जीत सकता है। किन्तु घायल अवस्था में तुम्हारा कल युद्ध भूमि में जाना उचित नहीं होगा। रणनीति यह होगी कि तुम कल विश्राम करो ताकि तुम्हारे घाव जल्दी भर जाएँ।"

"किन्तु पिताश्री, कल के युद्ध का..."

"कल हम सेनापति वीरुपाक्ष, धूम्राक्ष और वज्रदृष्ट को भेजेंगे। वीरुपाक्ष उत्तर द्वार से धूम्राक्ष पश्चिम से और वज्रदृष्ट दक्षिणद्वार से अपनी सेना के साथ आक्रमण करेंगे। आज के युद्ध से वानर सेना का मनोबल कमज़ोर हुआ होगा। इसी का लाभ लेकर हम प्रयास करेंगे कि कल उनका कोई प्रमुख योद्धा हत हो जाए। चाहे हमारे तीनों सेनापतियों में से कोई जीवित न भी लौटे किन्तु उनका कोई प्रमुख सेनानायक हमारी सेना मार सकी तो हमारी विजय हेतु यह अनुकूल होगा," रावण ने कहा।

इसके बाद रावण प्रहस्त की ओर संकेत कर बोला, "प्रहस्त तीनों को शीघ्र बुलाया जाए और वीरुपाक्ष के अधीन कल के युद्ध की तैयारी कराई जाए।"

दूसरे दिन सेना वाहिनी तय रणनीति अनुसार समर भूनि में लग गई। पूरे उत्साह से "जय श्री राम", "जय जय शिव" के घोष सैनिक कर रहे थे। लंका के सभी द्वारों पर नियुक्त सेनानायक लंका की ओर से होने वाले आक्रमण की प्रतीक्षा कर रहे थे। तभी "जय लंकेश", "जय लंकेश" के तीव्र स्वर से लंका के सभी द्वार गुंजायमान हो गए। उत्तर द्वार से रथ पर सवार, बड़े वेग से, वीरुपाक्ष का समर क्षेत्र में प्रवेश हुआ। आते ही महाभट वानरों के ऊपर त्रिशूल, शूल आदि से प्रहार करने लगा। वीरुपाक्ष के साथ आई सेना के राक्षस वानरों से भिड़ गए। पश्चिम द्वार से धूम्राक्ष ने अपनी सेना के साथ आक्रमण किया। हनुमान व ऋषभ की टुकड़ी ने धूम्राक्ष और उसकी सेना को घेर लिया। ऋषभ धूम्राक्ष के साथ आई सेना पर टूट पड़ा। हनुमान ने धूम्राक्ष के चारों ओर के सुरक्षा घेरे को अपनी गदा से तोड़ना प्रारम्भ किया।

दक्षिण द्वार से वज्रदृष्ट ने अपनी वाहिनी के साथ समर भूमि में प्रवेश किया। "जय लंकेश" के उद्घोष करती वज्रदृष्ट की सेना वानरों के बीच मारकाट मचाती मध्य की ओर बढ़ने लगी। अंगद ने देखा कि वज्रदृष्ट बिना किसी अवरोध के वानर सेना में अंदर तक घुस आया है और वानरों की क्षति किए जा रहा है, तो वे गदा लिए वज्रदृष्ट की ओर दौड़े। गदा का प्रहार कर रथ तोड़ दिया। धरती पर गिरकर वज्रदृष्ट शीघ्रता से उठा और प्रास ले अंगद की ओर बढ़ा। अंगद ने पास आते वज्रदृष्ट के प्रास को गदा प्रहार से तोड़ दिया। इससे पूर्व कि वज्रदृष्ट कोई अन्य अस्त्र उठा पाता, अंगद ने दूसरे हाथ में लिए खड्ग का प्रहार कर वज्रदृष्ट की गर्दन काट दी।

धूम्राक्ष के सुरक्षा घेरे को तोड़ हनुमान ने उस पर गदा प्रहार किया। प्रत्युत्तर में धूम्राक्ष ने लौह मुद्गर से हनुमान की पीठ पर वार किया। हनुमान दर्द के कारण घुटनों के बल भूमि पर बैठ गए और उन्होंने बैठे बैठे ही धूम्राक्ष की छाती पर गदा का प्रहार किया। प्रहार इतना तीव्र था कि क्षण भर में धूम्राक्ष पलट कर भूमि पर गिरा और प्राण निकल गए।

सेनापति वीरुपाक्ष ने दिन के दोनों प्रहर तक बड़ी कुशलता से युद्ध का संचालन किया। लक्ष्मण के तीव्र बाणों से न सिर्फ़ स्वयं को बचाया अपितु अनेक वार लक्ष्मण पर शूल फेंक कर आक्रमण भी किया किन्तु चपल लक्ष्मण हर बार स्वयं को बचाते और प्रत्युत्तर में तीव्र बाण वीरुपाक्ष पर छोड़ते। अनेक बाणों से घायल हो वीरुपाक्ष रथ से परिघ उठाने बाईं ओर झुका तभी लक्ष्मण ने तीव्र लौह फल लगा बाण धनुष पर रख वीरुपाक्ष की ओर छोड़ा। बाण वायु गति से वीरुपाक्ष की गर्दन में लगा। वह रथ से कटे वृक्ष की भाँति धरती पर गिरकर सदैव के लिए शांत हो गया।

अगले दिवस सेना का जमावड़ा पुनः लगा। श्री राम स्वयं भोर से ही प्रमुख स्थानों का अवलोकन कर रहे थे। सारे सेनानायकों से विचार विमर्श किया जा रहा था, राक्षस सेना से गत दिवस हुए युद्ध से अपने पक्ष की खामियों और विपक्ष की चुनौतियों पर सबसे चर्चा कर आगामी रणनीति बनाई जा रही थी। साथ में लक्ष्मण, विभीषण और सुग्रीव थे। सभी प्रमुख ठिकानों का भ्रमण कर, सेना के मध्य भाग में आकर राम रुके, जैसे कुछ जो मस्तिष्क में चल रहा था, उसे मूर्त रूप देना चाह रहे थे। "मित्र विभीषण, क्या अनुमान

है आपका? आज किस प्रमुख योद्धा के नेतृत्व में रक्ष सेना युद्ध भूमि में आएगी?" राम ने पूछा।

"प्रभु मेरे अनुमान से अभी तो मेघनाद के हाथ में ही विपक्षी सेना की बागडोर रहेगी। संभवतः वह पुनः पश्चिम द्वार से आक्रमण करेगा।"

"तब लक्ष्मण आज स्वयं उसी द्वार पर रह कर मेघनाद को रोकेंगे और इससे पूर्व कि वह वानर सेना का और नुक़सान करे, उसे हताहत करने का प्रयास करेंगे। लक्ष्मण के साथ हनुमान रहेंगे।"

"जो आज्ञा स्वामी," लक्ष्मण जैसे यही चाहते थे।

उत्तर द्वार से अतिकाय, पश्चिम द्वार से मेघनाद सेना के साथ आक्रमण हेतु निकले। मेघनाद का सामना बाली पुत्र अंगद से हो गया। अंगद ने गदा से मेघनाद के साथ चलने वाले राक्षसों का वध कर दिया। मेघनाद ने प्रास फेंककर अंगद पर प्रहार किया। अंगद अपने स्थान से हट गए। मेघनाद आगे बढ़ा ही था कि हनुमान ने रास्ता रोक लिया, गदा से प्रहार किया। मेघनाद रथ से नीचे गिरा और उसने क्रोध से भर हनुमान पर त्रिशूल से प्रहार किया। हनुमान ने गदा से त्रिशूल को खंड-खंड कर दिया। अवसर पा मेघनाद पुनः रथ पर आरूढ़ हो आगे बढ़ने लगा।

उत्तर द्वार से रावण पुत्र अतिकाय वानरों पर प्रहार करता हुआ पश्चिम की ओर आगे बढ़ रहा था। वानरों में खलबली थी। उत्तर द्वार के सेना नायक अतिकाय को रोकने के भरसक प्रयास कर रहे थे, किन्तु महाभट किसी के रोके नहीं रुक रहा था। जो भी सामने आता, वह उसे अपने रथ से रौंद देता। तभी लक्ष्मण सामने आ गए। उन्होंने अपने धनुष पर बाण चढ़ा कर एक के बाद एक बाण से सारथि और खच्चर मार गिराए। रथ के पहिए टूट गए, अतिकाय धरती पर गिरा, लक्ष्मण पर लोहे के दंड से प्रहार किया। लक्ष्मण ने लौह दंड को बाणों से काट दिया। अतिकाय गदा लेकर दौड़ा किन्तु रास्ते में ही लक्ष्मण के बाणों से गदा टूट गया। पीछे दौड़ कर अतिकाय ने अपनी कुठार उठाई और लक्ष्मण की ओर दौड़ा। लक्ष्मण ने लौह फल लगे बाण छोड़े। एक बाण से कुठार तोड़ दी और अगले ही बाण से अतिकाय का सिर विच्छेद कर दिया। बली अतिकाय के वध से वानर

सेना में हर्ष की लहर दौड़ गई।

मेघनाद ने, जो पश्चिम द्वार से मध्य तक घुस आया था, समाचार सुना कि भाई अतिकाय को लक्ष्मण ने मार दिया, तो अति क्रुद्ध हो लक्ष्मण की ओर रथ मोड़ा और विद्युत वेग से लक्ष्मण तक जा पहुँचा।

लक्ष्मण को सामने पा मेघनाद ने शूल, त्रिशूल, खड्ग से प्रहार किए किन्तु लक्ष्मण ने अपने बाणों से मेघनाद के सभी अस्त्र काट दिए। बाणों ने मेघनाद को स्थान-स्थान पर घायल कर दिया। क्रोध में भर मेघनाद भारी धनुष उठा कर रथ से कूदा और भूमि पर धनुष को रख बाण चढ़ाने लगा। इससे पूर्व कि मेघनाद अपने भारी भरकम धनुष से बाण चला पाता, लक्ष्मण ने द्रुत गति से अपने हल्के धनुष से बाण चला मेघनाद का धनुष तोड़ दिया। क्रोध और खिसियाहट ने मेघनाद को विवेक शून्य कर दिया और उसने रथ से उठा लोहे की नुकीली, विष बुझी शक्ति पूरे वेग से लक्ष्मण पर फेंकी। घूमती हुई शक्ति की गति इतनी तीव्र थी कि लक्ष्मण को सँभलने का अवसर नहीं मिला और शक्ति सीधे उनके दाएँ कंधे के नीचे लगी। आघात शक्तिशाली था, शक्ति अंदर तक धँस गई। लक्ष्मण कराह कर भूमि पर गिरे। हनुमान ने उन्हें देख लिया और दौड़ कर लक्ष्मण के पास पहुँचे।

मेघनाद लक्ष्मण को गिरते देख उन्हें समाप्त करने के उद्देश्य से उनकी ओर बढ़ा। हनुमान ने मेघनाद की नीयत पहचान ली और पूरी क्षमता से मेघनाद पर गदा का प्रहार किया। मेघनाद अपने स्थान पर ही मूर्छित हो गया। हनुमान के लिए लक्ष्मण की देखभाल आवश्यक थी, इसलिए झपट कर लक्ष्मण को उठाया और राम की ओर दौड़ पड़े।

मेघनाद की मूर्छा टूटी। उसने देखा सामने न लक्ष्मण हैं और न ही हनुमान। सायं होने लगी थी। मेघनाद लंका की ओर विजयी भाव से लौट पड़ा क्योंकि वह जानता था कि विष बुझी शक्ति लगने के बाद लक्ष्मण का बचना संभव नहीं। उसने कितना बड़ा कार्य किया है, यह सोच कर उसकी गति लंका की ओर प्रफुल्लता के साथ बढ़ती जा रही थी।

राम ने देखा कि हनुमान वेग से लक्ष्मण को उठाए चले आ रहे हैं। वे व्याकुलता और किसी अनिष्ट की आशंका से हनुमान की ओर दौड़े।

"क्या हुआ हनुमान, लक्ष्मण को क्या हुआ?" राम ने घबड़ाहट में पूछा।

"प्रभु! मेघनाद ने इस नुकीले शस्त्र से प्रहार किया है। पहले तो लक्ष्मण भैया प्रहार के कारण नीचे गिरे और फिर अपनी तन्द्रा खो बैठे," हनुमान ने स्पष्ट किया।

"अनर्थ! प्रभु यह तो विष बुझी लौहशक्ति है। इसे शीघ्र निकालना आवश्यक है," चिंता और व्यग्रता से विभीषण बोले।

"शीघ्र चिकित्सा शिविर में ले चलो," बिना राम की किसी आज्ञा की प्रतीक्षा किए जामवंत ने कहा और हनुमान व अन्य वानर साथियों की सहायता से लक्ष्मण को शिविर में ले गए।

वैद्य गणों ने जाँच की, शक्ति को शरीर से शीघ्र निकाला फिर घाव पर औषधियों का लेप लगाया। लक्ष्मण की तन्द्रा टूट नहीं रही थी। धीरे-धीरे ज्वर से शरीर तपने लगा। वैद्य गण समझ नहीं पा रहे थे। सभी लक्ष्मण के पास बैठे थे। राम का रो-रो कर बुरा हाल था। सुग्रीव और विभीषण मन्त्रणा कर रहे थे कि क्या किया जाए। जामवंत बारंबार वैद्यगणों की ओर देख रहे थे। सैन्य शिविर के वैद्य हर संभव प्रयास कर रहे थे। जो भी उनसे बन पड़ रहा था, कर रहे थे। सारी विष मारक औषधियों का लेप घाव पर लगाया था। ज्वर टूटने की दवाएँ भी दे रहे थे, किन्तु ज्वर बढ़ता ही जा रहा था। रात्रि हो गई। चिंतित जामवंत ने विभीषण की ओर देखा, तभी विभीषण ने संकेत से सुग्रीव को पास बुलाया और दोनों तम्बू से बाहर निकल गए।

"मित्र लंका में वैद्य सुषेण हैं, वे बड़े अनुभवी व योग्य चिकित्सक हैं। यदि किसी प्रकार उन्हें लाया जा सके, तो संभवतः समाधान निकल सकेगा।" विभीषण चिंतित स्वर में बोले।

"क्या कोई गंभीर बात है, जो हमारे वैद्य समझ नहीं पा रहे हैं?" सुग्रीव ने जानना चाहा।

"विष बुझी शक्ति के प्रभाव से धीरे धीरे पूरे शरीर में विष फैल जाएगा और प्राण घोर संकट में पड़ जाएँगे। इसलिए शीघ्रता आवश्यक है। क्या मैं लंका में जाकर उन्हें लाने की चेष्टा करूँ?"

"नहीं मित्र, आपका लंका में जाना उचित नहीं है। आप श्रीराम की शरण में हैं और स्वामी आपके प्राणों को संकट में नहीं डालना चाहेंगे। हनुमान पूर्व में लंका में गए हैं, वे बलवान हैं और बुद्धिमान हैं। अब तो

वे ही हमारी सहायता कर सकेंगे," कहते हुए सुग्रीव ने शिविर से हनुमान को बुलवाया। हनुमान के आते ही सुग्रीव ने उन्हें विभीषण की सलाह से अवगत कराते हुए शीघ्र वैद्य सुषेण को लंका से लाने का जतन करने को कहा।

"स्वामी मैं अभी लंका जाकर वैद्य को लाता हूँ, किन्तु मैं कैसे जानूँगा कि उनका आवास कहाँ है?" जाने को आतुर हनुमान बोले।

"हनुमान मेरे सचिव को साथ लिए जाओ। उसने वैद्य का निवास देखा है, किन्तु सतर्कता से जाना होगा। तुम द्वार से जा नहीं पाओगे इसलिए परकोटे पर चढ़कर ही जाना होगा," कहते हुए विभीषण ने अपने सचिव को साथ कर दिया।

हनुमान सचिव को साथ ले लंका की ओर चल दिए। रात के अँधेरे में परकोटे पर चढ़ गए और बिना ध्वनि किए चुपचाप नगर में उतर गए। सचिव उन्हें रास्ता बताता जा रहा था। वे छिपते छिपाते शीघ्र ही वैद्य के निवास पर पहुँचे। सहायक ने वैद्य को उठाया। सुषेण ने जाना कि विभीषण जी के सचिव आए हैं, तो उठकर द्वार पर आए। सचिव ने हनुमान का परिचय और उनके आने का प्रयोजन बताया। "किन्तु मैं शत्रु की सहायता कैसे कर सकता हूँ? यह तो धर्मानुकूल नहीं होगा। नहीं-नहीं, मैं इस कृत्य को नहीं कर पाऊँगा," सुषेण ने असहमति जताते हुए कहा।

"किन्तु श्रद्धेय वैद्य जी, चिकित्सक का धर्म तो चिकित्सा करना है बिना यह देखे कि रोगी किस धर्म या जाति का है, पक्ष या विपक्ष का है। वैद्य का तो कोई शत्रु नहीं होता, यदि होता भी है तो वह है व्याधि और रोग," हनुमान करबद्ध हो बोले।

"वह तो ठीक है किन्तु लंकेश्वर रावण को यदि ज्ञात हो गया कि मैंने उनके शत्रु की सहायता की है, तो वह मेरे प्राण ले लेंगे," भयभीत स्वर में सुषेण बोले।

"विभीषण जी ने आपकी बहुत प्रशंसा की थी कि आप बहुत योग्य चिकित्सक है। उन्होंने यह भी कहा था कि विष घातिनी शक्ति से लक्ष्मण के प्राण संकट में हैं और कदाचित आप ही उन्हें बचा सकते हैं। क्या अपने प्राणों के भय से किसी महान चिकित्सक को, अपने कर्तव्य से विमुख हो, चिकित्सा करने से मना कर देना चाहिए? क्या रोगी के प्राण बचाने से

चिकित्सक इसलिए मना करेगा कि इस प्रयास में उसके अपने प्राण जा सकते हैं?" हनुमान ने विनीत भाव से कहा, तो सुषेण सोच में पड़ गए।

"शीघ्रता करें वैद्यराज, उधर रामानुज को एक एक घड़ी भारी पड़ती जा रही है," हनुमान ने सुषेण को सोच-विचार में फँसे देख कर कहा।

"ठीक है, किन्तु मुझे इस प्रकार ले चलो जैसे बलात लिए जा रहे हो। मेरे पास औषधियों का भंडार है, सब ले चलना भी आवश्यक है, कैसे ले चलोगे इतना सब?" सुषेण मन ही मन जाने का दृढ़ निश्चय कर बोले।

"आप उसकी चिंता न करें। मैं आपकी सम्पूर्ण सामग्री के साथ आपको उठा कर ले चल सकता हूँ," कहते हुए हनुमान ने बलात सुषेण को पकड़, औषधियों का संदूक उठाया। हनुमान जानते थे कि समय का अभाव है इसलिए बिना एक पल गँवाए वैद्य को शीघ्र ले चले। परकोटे के पास पहुँचकर सचिव की सहायता से औषधियों का सन्दूक उतारा और सुषेण को कंधे पर उठाकर परकोटे पर चढ़े और दूसरी ओर उतर गए। रात्रि में कोई नहीं देख पाया कि हनुमान क्या कर रहे हैं? सुषेण को ले शीघ्र चिकित्सा शिविर में पहुँचे।

सुषेण अंदर जाकर विभीषण को पहचान गए। उनके साथ अनेक योद्धा परिलक्षित हो रहे थे। भूमि पर बलिष्ठ शरीर का स्वामी एक युवक, जो स्वस्थ होता तो अति तेजवान दीखता, रोगी के रूप में लेटाया गया था। सुषेण ने अनुमान लगाया कि यही लक्ष्मण होंगे और इनके सिराहने बैठे तेजोमय बलवान अवश्य राम होंगे। विभीषण की ओर देखकर सुषेण ने अभिवादन किया।

"शीघ्रता करें वैद्य राज। रोगी के प्राण बचा लें, मैंने बड़े विश्वास से आपका नाम सुझाया है," विभीषण ने आशा भरी दृष्टि से सुषेण से कहा। सुषेण ने बिना समय गँवाए लक्ष्मण की नाड़ी देखी, बहुत धीमी चल रही थी। शरीर ज्वर से तप रहा था। घाव पर लगाई गई औषधियों का लेप देखा, कुछ क्षण निस्तेज बैठे रहे। फिर उठकर खड़े हुए और राम को अभिवादन कर बोले, "शरीर में विष फैलना प्रारम्भ हो रहा है। मेरे पास जो औषधियाँ हैं वे पर्याप्त नहीं है। यहाँ के वैद्य गणों ने उपचार सही किया है किन्तु रोगी की दशा देखकर फलदायी नहीं लग रहा। अब तो एकमात्र आशा हिमालय पर्वत पर होने वाली संजीवनी औषधि, जिससे आर्य ऋषि जीवनदायनी सोमरस बनाते हैं, ही अंतिम प्रयोग के रूप में उपयोग की जा सकती है। प्रश्न है कि

यह संजीवनी कैसे आए? लंका में तो यह होती भी नहीं है और हिमालय तक जाना संभव नहीं।"

"तब क्या उपाय है वैद्य राज?" विभीषण ने व्याकुलता से पूछा।

"लंका सागर के उत्तरी तट पर महेंद्रगिरि पर्वत पर संभव है कि ये औषधियाँ हों।"

"मैंने देखा है वह पर्वत। जब मैं सीता जी की खोज में लंका गया था, उस समय इसी पर्वत पर चढ़कर दूसरी ओर उतरते हुए लंका हेतु जलपोत लिया था," हनुमान बोले।

"हाँ, उस पर्वत पर अगस्त्य मुनि के सागर तट आगमन के समय सुदूर उत्तर के ऋषि गण भी आए थे। इनमें हिमालय से आए हुए मुनि भी थे। ये ऋषि मुनि जहाँ भी जाते हैं, अपने साथ जड़ी-बूटी ले जाते हैं। संभव है कि वे हिमालय की बूटियाँ लाए हों। वैसे भी संजीवनी बूटी सदैव ही उनके लिए महत्त्वपूर्ण रही है इसलिए उस पर्वत पर इसके लाने की पूरी संभावना है। अगस्त्य मुनि लौट गए थे किन्तु साथ आए ऋषियों को इसी पर्वत पर बस कर वैदिक कर्मकांड करने की आज्ञा दे गए थे। तब से वे हिमालयीन ऋषि मुनि उसी पर्वत शिखर पर रह रहे हैं। उनके द्वारा किए जाते वैदिक यज्ञों की ध्वनि पूरे सागर तट पर यदा-कदा सुनाई देती हैं। राक्षसों ने अनेक बार उन मुनियों को वहां से भगाने की चेष्टा की, किन्तु वे डटे रहे," सुषेण ने विवरण दिया।

"हाँ वैद्य राज, आप सत्य कहते हैं। मैंने भी उस पर्वत पर अनेक वृक्ष, लताएँ, बेल, बूटियाँ और मुनियों के स्थान देखे थे।"

"तब सागर पार कर शीघ्र उस पर्वत पर जाओ हनुमान, समय बहुत कम है। लक्ष्मण का उपचार जितनी शीघ्रता से होगा उतना ही विष का दुष्प्रभाव दूर कर पाएँगे। दिन निकलने से पूर्व जड़ी लाना नितांत आवश्यक है, अन्यथा समय अधिक हो जाने से विष पूरे शरीर में फैल जाएगा और प्राणों को बचाना असंभव हो जाएगा," सुषेण अधीरता से बोले।

"पर वैद्य राज मैं जानूँगा कैसे कि कहाँ से और कौनसी जड़ी ले आना है?"

"लंका तट पर ऋषभ पर्वत से तुम देखोगे तो तुम्हें महेंद्रगिरि पर पादप, जड़ी-बूटी, और लताएँ दिखेंगी। उन्हीं पादप जड़ी-बूटी में से संभवतः

संजीवनी मिल सकती है," सुषेण ने सम्भावना व्यक्त करते हुए हनुमान को राह दिखाई। बिना समय गँवाए हनुमान सुषेण के बताए अनुसार चल दिए। पूरे सैन्य शिविर में यह चर्चा हो रही थी कि हिमालय पर पाई जाने वाली किसी बूटी से ही लक्ष्मण के प्राण बच सकते हैं किन्तु वह कैसे मिलेगी, कहाँ मिलेगी, इस सम्बन्ध में किसी को सूचना नहीं थी। हनुमान के गमन को भी पूरी तरह गोपनीय रखा गया था।

हनुमान सागर के दक्षिण तट पर पहुँचे। ऋषभ पर्वत पर चढ़ कर उत्तर की ओर देखा। विशाल महेंद्रगिरि पर बड़े-बड़े वृक्षों का झुरमुट, लता पादप चाँदनी रात्रि में दूर से चमक रहे थे। *"संभव है कि यहाँ संजीवनी बूटी हो,"* हनुमान ने सोचा। विचार करने लगे कि कैसे सागर तट से उस पर्वत तक जा सकेंगे। सैन्य शिविरों में सामग्री आपूर्ति हेतु उत्तर तट से दक्षिण तट तक जाने हेतु सागर राजा ने अनेक जलपोत व छोटी नौकाएँ लगा रखी थीं। सारी सैन्य व खाद्य सामग्री उत्तर तट से ही आती थी, क्योंकि लंका नगर से तो किसी सामग्री पूर्ति की सम्भावना नहीं थी। बड़े पोतों के अतिरिक्त जल में शीघ्र गमन करने वाली छोटी छोटी नौकाएँ भी लगी थीं। उन्हीं में से एक नौका लेकर हनुमान बिना एक पल गँवाए चल दिए। सैन्य शिविर में हनुमान के इस अभियान को गुप्त रखा गया था कि कहीं चर्चा में भी किसी शत्रु पक्ष के भेदिए को ख़बर लग गई और रावण तक सूचना पहुँच गई, तो संभवतः हनुमान को रास्ते में रोका जाता या शरीर को क्षति पहुँचाकर औषधि तक हनुमान के पहुँचने की सम्भावना ही समाप्त कर दी जाती।

चिकित्सा कक्ष में हुई वार्ता को मात्र सुग्रीव, विभीषण, जामवंत और सुषेण ही जानते थे। राम की बेहाली ऐसी थी कि उनके सामने ही सब बातें हो रही थीं किन्तु वे जैसे अपना सारा विवेक खो चुके थे। कुछ भी नहीं सुन समझ रहे थे। कभी रोने लगते थे, कभी एकटक शून्य में देखते, तो कभी किसी को अपलक देखने लगते, जैसे सब सुन रहे हों किन्तु मस्तिष्क और दृष्टि का जैसे सम्बन्ध ही टूट गया था।

वेग से नौका महेंद्रगिरि के नीचे पहुँची। ऋषभ पर्वत से हनुमान ने अनुमान लगा लिया था कि पर्वत के किस भाग से ऊपर चढ़ना है। वे हाथ में गदा लिए ऊपर चढ़ने लगे। कंटीली झाड़ियों को गदा से हटाते, रास्ता बनाते धावक की तरह ऊपर चढ़ते जाते थे। स्थान-स्थान पर रस्से की सहायता से पर्वत की चट्टानों पर फंदे बनाकर चढ़ रहे थे।

बिना विश्राम किए वहाँ पहुँच गए, जहाँ अनेक वृक्ष पादप लगे थे। भिन्न-भिन्न के पादप लताओं पर भाँति भाँति की जड़ी-बूटियाँ लगी थीं, जिनमें से अनेक चाँदनी रात्रि में चमक रही थीं। किंकर्तव्यविमूढ़ हनुमान समझ नहीं पा रहे थे कि क्या किया जाए। *"पास में मुनियों की कुटियाएँ थीं। उनसे पूछा जा सकता है किन्तु रहस्य खुलने का डर है पर पूछना तो आवश्यक है।"* यह सोचते हुए हनुमान ने पास की कुटिया से मुनियों को उठाया। एक युवा मुनि उठ कर आया, देखा एक द्रविड़ जाति का दिखने वाला व्यक्ति हाथ में गदा लिए और कमर में रस्सा बाँधे खड़ा था।

"कौन हो भाई? क्या चाहिए तुम्हें हम मुनियों से?" युवा मुनि ने प्रश्न किया।

"मेरे ऊपर आपका बड़ा उपकार होगा यदि बता सकेंगे कि इन पादपों में कोई संजीवनी नाम की जड़ी-बूटी भी है। मेरे मित्र के प्राण संकट में हैं, कृपया दया करें।"

"हाँ, बन्धु अवश्य है, इन्हीं में है किन्तु इनमें से कौन सी संजीवनी है, बता नहीं सकते," युवा मुनि ने कहा, "हमारे पुराने मुनि जानते थे किन्तु राक्षस, ग़ैर राक्षस द्रविड़, आर्यादि सभी के संघर्ष के कारण नित्य प्रति यहाँ आवागमन बढ़ जाने से पुराने ज्ञानी मुनि अन्यत्र चले गए हैं, अन्यथा आपको अवश्य बता देते।"

"तब क्या करना चाहिए? मेरे पास समय अल्प है, ले जाना आवश्यक है। कुछ उपाय बताएँ मुनि," हनुमान अधीरता से बोले।

"क्यों न सारी औषधियों के पादपों को ले जाओ। जो संभावित स्थान है, वह हम आपको बता सकते हैं। शेष आपके मित्र का भाग्य!" युवा मुनि ने कहा और हनुमान को शीघ्र उस स्थान पर ले गया जहाँ भाँति भाँति के पादप, लता, औषधि पुष्प लगे थे। हनुमान ने देखा, कुछ क्षण सोचा और सहसा पर्वत के बड़े टुकड़े को जोर से हिलाया और भूमि सहित उखाड़ ली

औषधियाँ। युवा मुनि ने संतोष और सराहना से हनुमान को देखा, जैसे कह रहा हो उत्तम, अति उत्तम।

"मुनिवर किसी को बताना नहीं, यह किसी के जीवन का प्रश्न है," हनुमान ने कहा तो मुनि ने सहमति दी। वे गिरि के उसी मार्ग से नीचे उतरने लगे जिससे ऊपर चढ़े थे। अनेक स्थानों पर पर्वत के नुकीले पत्थरों पर रस्से का फंदा बना कर नीचे सरकते जा रहे थे जिसमे कम समय लग रहा था। वानर सदैव रस्से का प्रयोग पर्वतों, वृक्षों पर चढ़ने-उतरने और शिकार को फँसाने में करते थे और हनुमान इसमें सिद्धहस्त थे। एक हाथ पर पर्वत खंड रखे, कंधे में गदा दबाए, दूसरे हाथ से रस्से का सहारा ले तेज़ी से उतरते जाते थे।

रात्रि बीत चली थी। भोर का धुँधलका होने लगा था। राम शिविर में शोक व्याप्त था। राम सारी रात विलाप करते रहे। नायक के दुःख से दुखी वानर सेना पूरी रात जागती रही। सभी अपने-अपने इष्ट को मन रहे थे कि वीर लक्ष्मण के प्राण बच जाएँ। लक्ष्मण के पास वैद्य सुषेण, जामवंत एक तरफ़ बैठे थे और सिर गोद में रखे हुए सिराहने राम बैठे थे। द्वार पर सुग्रीव और विभीषण व्याकुलता से घूम रहे थे। तभी शिविर में हलचल हुई। सागर तट से वानरों का कोलाहल सुनाई दे रहा था। दौड़ कर सुग्रीव ने आगे जा कर देखा तो उनकी आशा भरी चमक से आँखें हनुमान को देखने लगीं, जो कंधे पर पर्वत खंड लिए सागर तट से भागते हुए चले आ रहे थे। इस पर्वत खंड पर अनेक पादप लगे थे। वे दौड़ कर सुग्रीव के पास पहुँचे, वानरों को संकेत किया, अनेक वानर पास आ गए। कंधे से सबने पर्वत खंड लिया और वेग से चिकित्सा शिविर की ओर पहुँचे। विभीषण ने बिना बिना पल गँवाए सुषेण को अंदर से बुलाया। सुषेण ने बाहर निकल कर वह पर्वत खंड देखा, जिसे शिविर के बाहर वानरों ने रखा था। हनुमान ने सुषेण की ओर आशा भरी दृष्टि से देखा।

"वैद्य राज शीघ्र देखें! मेरी समझ में नहीं आ रहा था कि कौनसी जड़ी काम की है इसीलिए ये खंड ले आया हूँ," कहते हुए हनुमान मन ही मन सुमिर रहे थे कि वैद्य कह दें कि सही जड़ी-बूटी लाए हैं। सुषेण ने खंड पर लगे सभी औषधि पादप देखे। सहसा उनकी आँखें चमकने लगीं,

उन्होंने हनुमान की ओर प्रशंसा भरी दृष्टि से देखा, तो सबकी जैसे श्वास में श्वास आ गई।

"हनुमान तुमने अपने स्वामी का बहुत बड़ा काज किया है। यदि लक्ष्मण स्वस्थ होते हैं तो सारा श्रेय तुम्हारा ही होगा।"

सुषेण ने कहा और बिना किसी की प्रतिक्रिया लिए पर्वत खंड से एक साथ कुछ पादप निकाले और द्रुतगति से अंदर पहुँचे। अपनी सामग्री से खल बट्टा निकाला, पादपों को उसमें डाला और पानी के साथ कूटने लगे। पर्याप्त कुटाई के बाद अर्क निकाला और घूँट-घूँट लक्ष्मण को पिलाने लगे। अपनी औषधि की कुटाई के बाद निकले अर्क को अलग कर शेष बूटी के लेप को घाव पर लगाया। थोड़ी देर प्रतीक्षा करने के बाद पुनः अर्क लक्ष्मण के मुख में डाला। प्रतीक्षा की एक एक घड़ी एक एक कल्प सी लग रही थी। कुछ क्षण बाद लक्ष्मण की तन्द्रा टूटी।

"श्रीराम! अब चिंता की बात नहीं। ये संजीवनी बूटी शीघ्र लक्ष्मण को स्वस्थ कर देगी। आपके प्रिय हनुमान ने लक्ष्मण को नया जीवन दिया है," सुषेण ने कहा तो राम में थोड़ी चैतन्यता आई। उन्होंने हनुमान की ओर स्नेह भरी दृष्टि से देखा। उनकी आँखों से पुनः अश्रु बहने लगे पर अबकी बार के आँसू शोक के नहीं कृतज्ञता के थे, जो हनुमान को ज्ञापित थी।

"जामवंत जी! ये अर्क थोड़े थोड़े अन्तराल से लक्ष्मण के मुँह में डालते रहिए और ये लेप भी थोड़ी थोड़ी देर से बदल कर दूसरा रखते रहिए। जब अर्क समाप्त हो जाए, तो दूसरा बना लेना। लक्ष्मण की मूर्छा तो पूरी तरह अभी टूट जाएगी किन्तु ज्वर धीरे धीरे उतरेगा। विष पूरे शरीर से संजीवनी के प्रभाव से ज्यों-ज्यों निकलेगा, ज्वर भी उतरता जाएगा। ध्यान रहे कि पूर्ण स्वस्थ होने में दो तीन दिन लगेंगे। तब तक इनके पथ्य अपथ्य का ध्यान रखा जाए और युद्ध भूमि में न भेजा जाए," सुषेण ने समझाया। उन्होंने राम की ओर देखते हुए पुनः बोलना शुरू किया, "अब मुझे लंका जाने की अनुमति दें श्रीराम! यदि राक्षस राज रावण को ज्ञात हुआ कि मैंने शत्रुओं के शिविर में जाकर लक्ष्मण का उपचार किया है, तो मेरा जीवन संकट में पड़ जाएगा।"

"वैद्य राज! राम आपका उपकार जीवन भर नहीं भुला पाएगा। आपका जीवन मानव सभ्यता के लिए बहुमूल्य है और राम पर ऋण है आपका।

आपको कोई संकट नहीं आने पाए, यह सुनिश्चित किया जाएगा। विभीषण जी अपने विश्वास पात्र एक सचिव को सदैव सुषेण जी के पास रहने हेतु आदेशित करें। जैसे ही यह सूचना मिले कि रावण की ओर से वैद्यराज को कोई क्षति पहुँचाई जा रही है, तो तुरंत सूचित करें। आपको सकुशल लंका से लाने की राम की ज़िम्मेदारी है," राम ने कहा तो विभीषण ने अपने एक विश्वास पात्र सचिव को वैद्यराज के पास एक निश्चित दूरी से दृष्टि बनाए रखने के निर्देश दिए। हनुमान और अंगद वैद्य राज को लंका के उत्तर व पश्चिम द्वार के मध्य परकोटे से नगर में उतार कर वापस शिविर में आ गए। सबने देखा लक्ष्मण धीरे धीरे होश में आ रहे हैं।

"हनुमान कितने उपकार करोगे मुझ पर?" राम ने हनुमान को गले लगाते हुए कहा।

"प्रभु आपके लिए तो मैंने कुछ भी नहीं किया। जो भी किया है, स्वयं के लिए किया है, स्वयं की प्रसन्नता के लिए किया है। आपकी सेवा से बड़ा सुख तो मैंने अपने जीवन में लिया ही नहीं नाथ। आप से स्वयं को पृथक कर मैं जीवन की कल्पना भी नहीं कर सकता स्वामी। मैं आपसे किंचित मात्र भी अलग नहीं हूँ इसलिए आप पर कैसा उपकार? सब कुछ अपने लिए ही तो कर रहा हूँ," हनुमान बोले।

"प्रभु! संसार में एसा कुछ भी नहीं जो हनुमान के लिए असंभव है। ये जीवित हैं, तो पूरी सेना मृत होकर भी जीवित है और ये मृत तो सारी सेना जीवित होकर भी मृतक समान है," जामवंत हनुमान की ओर प्रशंसात्मक भाव से देखते हुए बोले।

"सच कह रहे हो जामवंत। हनुमान तो वास्तव में हम सबका संकटमोचक सिद्ध हुआ है। जो मेरे कष्ट दूर करता हो, उसके प्रति मैं क्या प्रतिउपकार कर सकता हूँ? कहो पुत्र, तुम्हारे लिए तो मैं कुछ भी नहीं कर सकता," हनुमान पर स्नेह दृष्टि डालते हुए राम ने पूछा।

"कर सकते हैं नाथ। सदैव अपनी सेवा में रख कर, कभी अपने से अलग न कर! प्रभु मेरा रोम रोम चाहता है कि आप सदैव मेरे हृदय में वास करें," हाथ जोड़ कर हनुमान बोले।

"एमवस्तु! जो तुम्हें सुखकर है वही मेरी ख़ुशी। तुम और मैं कभी पृथक नहीं हो सकते," राम हनुमान के सिर पर हाथ रख स्नेहिल भाव से

बोले, तो हनुमान को आँखों से अश्रु बहने लगे। बोलना चाह रहे थे किन्तु शब्द थे कि भावनाओं के आवेग के कारण मुख से निकल ही नहीं रहे थे।

लंका में युद्ध की पल पल की ख़बरें रावण तक आ रही थीं। अतिकाय के वध की सूचना मिलते ही रावण दहाड़ मार कर भूमि पर गिरा। निढाल बहुत देर धरती पर पड़े रहने के बाद वह महल के एक खम्बे से टिक कर बैठ गया। शोक से विचार शक्ति शून्य हो गई थी। शरीर से जैसे सारा बल निकल गया हो। बेहाल और थका हुआ मानो कई महीनों से बीमार हो। *"मन्दोदरी को कैसे बताऊँगा,"* यही सोच रहा था। दिन का दूसरा पहर बीतने को था, तभी गुप्तचर सूचना लेकर आए कि मेघनाद ने लक्ष्मण को लौह शक्ति से मूर्छित कर मरणासन्न कर दिया है। समाचार सुनते ही निर्जीव शरीर में जान आ गई। बदले की भावना से, शत्रु पक्ष की इतनी बड़ी हानि ने जैसे पुत्र की मृत्यु का शोक क्षण भर में हर्ष में बदल दिया। काम शक्ति से पीड़ित रावण हर हाल में सीता को पाना चाहता था। चाहे सारे पुत्र और रिश्तेदार मृत्यु को प्राप्त हों। यदि राम की पराजय निश्चित हो जाए, तो सब स्वीकार। वह मेघनाद की तीव्रता से प्रतीक्षा कर रहा था। बार बार दुर्ग के द्वार पर दृष्टि जाती, तभी धूल उड़ाती मेघनाद की सेना का दुर्ग में प्रवेश हुआ। मेघनाद सीधे रावण के भवन की ओर बढ़ा। रावण भवन के प्रवेश द्वार पर ही खड़ा था, जैसे वहीं मेघनाद का स्वागत करना चाहता था।

"जय हो पुत्र, तुम्हारी जय हो," आगे बढ़ कर रावण बोला।

"पिताश्री दो तपस्वियों में से एक को घात कर दिया किन्तु छोटे भ्राता अतिकाय के प्राण नहीं बचा पाया, यह क्षोभ रहेगा," रथ से उतरते हुए मेघनाद ने कहा, तो रावण ने गले से लगा लिया।

"पुत्र तुमने शोक से भरे अपने पिता को नव जीवन दिया है। तुम्हारे भाई की मृत्यु के समाचार ने तो जैसे मुझे निर्जीव काया बना दिया था।"

"मैंने लक्ष्मण पर घात कर प्रिय अतिकाय और अन्य योद्धाओं की मृत्यु का बदला लिया है। विष बुझी लौह शक्ति से मूर्छित हुआ लक्ष्मण शीघ्र मृत्यु को प्राप्त होगा, इसमें कोई संदेह नहीं।"

"हाँ, पुत्र! अब उस श्री हीन राम को पराजित करना है किन्तु उसे

बंदी बना कर लाना मुझे अधिक हर्षित करेगा। मैं हठी सीता को बंदी राम दिखा कर उसका गर्व तोड़ना चाहता हूँ। मैं चाहता हूँ कि वह स्वयं मेरे सामने समर्पित हो," कामांध रावण बोला। पुत्र की मृत्यु का शोक मुख पर पुनः दिखने लगा।

"ऐसा ही होगा पिताश्री, अब आप शोक त्यागें। प्रिय अतिकाय की अंतिम क्रिया की तैयारी भी करनी है।"

"अपनी माता को जाकर तुम्हीं बताओ पुत्र। मेरा तो साहस नहीं।"

मेघनाद ने रनिवास में जाकर अतिकाय की मृत्यु की सूचना दी। सारा रनिवास स्त्रियों के रुदन से काँप गया। मन्दोदरी रोती जा रही थी और अपने पति को इस सब का दोषी बताती जा रही थी। लक्ष्मण की आसन्न मृत्यु के समाचार से भी जैसे उनका शोक कम नहीं हुआ था। मेघनाद ने मंत्रियों,सचिवों के साथ अतिकाय की अंतिम क्रिया की व्यवस्था की। दुर्ग में ही बाग के पीछे भूमि में गाड़ने की तैयारी की गई। सारे प्रधान सेनानायक, मंत्री और नगर वासी एकत्र हो गए। अंतिम क्रिया चल रही थी। रावण एक वृक्ष के नीचे असहाय खड़ा था। मन्दोदरी के पास जाने की हिम्मत नहीं हो रही थी।

दिन चढ़ आया था। गड्ढा खुदाई के बाद अतिकाय के शरीर को भूमि के नीचे लिटाया जा रहा था। सभी योद्धा नगर वासी मिट्टी से गड्ढे को भरने लगे। तभी रावण के पास आकर गुप्तचर शार्दूल ने सूचना दी कि लक्ष्मण की मूर्छा टूट गई है और शरीर से विष बाहर निकल गया है।

"असंभव! यह कैसे हो सकता है? विष बुझी शक्ति से घायल कोई व्यक्ति नहीं बच सकता, फिर वह तपस्वी कैसे बच गया?" चीख़ते हुए रावण ने पूछा।

"स्वामी सुना है कि जिस वानर ने हमारी लंका के भवनों में आग लगाई थी, वही किसी जड़ी-बूटी को लाया था। इससे उपचार होने पर लक्ष्मण को पुनर्जन्म मिला है," शार्दूल बोला।

क्रोध में भरकर रावण ने प्रहस्त, महापार्श्व और पुत्र देवांतक को बुलाया और युद्ध भूमि में जाकर सभी विपक्षी योद्धाओं सहित राम व लक्ष्मण को हत करने के आदेश दिए। राजा की आज्ञा पाकर प्रहस्त, महापार्श्व और

देवांतक अपने साथ बड़ी सेना लेकर युद्ध भूमि की ओर चल दिए।

लक्ष्मण का घाव तेज़ी से भर रहा था। उनकी मूर्छा हट गई थी किन्तु ज्वर अभी पूरा नहीं उतरा था। संजीवनी के प्रभाव से शरीर का विष बाहर आ चुका था। सैन्य शिविर के वैद्य गणों ने उन्हें पूर्ण विश्राम की सलाह दी थी। राम पूरे समय लक्ष्मण के पास ही बैठे रहे। अपनी देख रेख में ही पूरा उपचार करा रहे थे।

*"कदाचित राक्षस सेना रावण के दिवंगत पुत्र की अंतिम क्रिया में संलग्न होने से आज युद्ध हेतु न आए। वानर सेना भी, जब से लक्ष्मण घायल हुए हैं, जयघोष नहीं कर रही है। दोनों पक्षों की ओर से आज अघोषित युद्ध विराम प्रतीत होता है, और ठीक भी है। लक्ष्मण को भी कुछ तनाव रहित विश्राम मिल जाए, तो उचित ही होगा।"* राम यह सोच ही रहे थे कि उनकी सेना में कोलाहल सुनाई दिया।

"प्रभु रावण पक्ष ने उत्तरी द्वार से आक्रमण किया है," जामवंत ने आकर कहा। "इस समय, आधा दिवस व्यतीत हो जाने पर आक्रमण?" राम ने आश्चर्य व्यक्त किया। "हाँ, स्वामी! प्रहस्त, महापार्श्व और रावण सुत देवांतक ने आक्रमण किया है," विभीषण ने वेग से शिविर में घुसते हुए कहा।

"कौन हैं ये योद्धा विभीषण जी?" राम ने अधीरता से पूछा।

"प्रभु! प्रहस्त रावण का पुराना सेनापति है, महायोद्धा था किन्तु अब बूढ़ा होने लगा है। महापार्श्व, हमारा भाई लगता है। वह ऐसा सेनापति है, जो अपेक्षाकृत कम ख़तरनाक है किन्तु रावण सुत देवांतक भी आया है। वह युवा है और दुर्दांत योद्धा भी है मल्लयुद्ध में," विभीषण ने बखान किया।

"प्रभु मैं जाता हूँ। आज इन सभी का वध मेरे हाथ से लिखा है।" बली सुग्रीव ने जैसे राम से आज्ञा माँगी।

"क्षमा करें स्वामी किन्तु रावण की ओर से आए सेनापतियों को हमारी सेना के सेनानायक ही हत करें, तो उचित होगा। आप और प्रभु आशीष दें। मैं नील और बली ऋषभ पर्याप्त हैं इनके लिए," हनुमान बोले।

"ठीक है हनुमान किन्तु अपनी अपनी टुकड़ी लेकर पृथक पृथक योद्धाओं को घेरना," राम ने आज्ञा दी।

"जो आज्ञा प्रभु," हनुमान ने कहा और दौड़ते हुए नील व ऋषभ के खेमे तक पहुँचकर टेर लगाई। द्रुत गति से दोनों सेनानायक उपस्थित हुए। हनुमान से जब यह जाना कि आज का युद्ध उनके द्वारा लड़े जाने की प्रभु राम ने आज्ञा दी है, तो उनका गर्व मिश्रित प्रसन्नता से माथा तन गया। तीनों ने अपनी अपनी टुकडियाँ लीं और युद्ध भूमि की ओर वेग से कूच किया।

हनुमान ने अपनी टुकड़ी के साथ देवांतक को घेर लिया। नील ने महाबली प्रहस्त को अपने वानरों सहित घेरा और ऋषभ सेनानायक महापार्श्व से जा भिड़ा। संघर्ष दोनों तरफ़ से बराबर किया जा रहा था किन्तु जैसे जैसे दिन बीत रहा था, राक्षस सेना कमज़ोर पड़ती जा रही थी। इससे पहले कि दिन डूबता, वानर सेना में तीन स्थानों से हर्ष नाद होने लगा था। और होता भी क्यों नहीं? बली नील ने प्रहस्त का वध कर दिया था। ऋषभ से महापार्श्व खेत रहा और हनुमान ने अवसर पाकर देवांतक की छाती पर गदा का प्रहार किया तो उसके प्राण शरीर से निकल गए।

बीते दो दिन और दो पुत्रों का वध रावण को बुरी तरह तोड़ गया और भयभीत भी कर गया। उसमें समर भूमि में अपने किसी पुत्र को भेजने का आज साहस नहीं था। शोक की इस महा घड़ी में उसे भ्राता कुम्भकरण की याद आई। *"क्यों न आज कुम्भकरण को सेना प्रधान बना कर भेजा जाए?"* रावण ने सोचा।

वह कुम्भकरण के भवन में पहुँचा। वहाँ देखा कि मधु और मैयार मदिरा के काष्ठ और चांदी के ढेरों भरे हुए पात्र रखे हैं। महाकाय कुम्भकरण अंदर कक्ष में नशे में अपने पलंग पर पड़ा था। दिन निकल रहा था किन्तु न जगने की कोई जल्दी, न करने को कोई कार्य। भवन के सेवक भी अपने स्वामी की तरह दिन रात नशे में डूबे रहने वाले थे। जैसे स्वामी की सच्ची सेवा का स्वरूप ही हो कि स्वामी के रंग में ही पूरी तरह रंग जाओ। रावण ने झकझोरते हुए कुम्भकरण को जगाया, कानों पर तीव्र आवाज़ें कीं। हड़बड़ाहट में कुम्भकरण उठा। सामने बड़े भाई और लंका नरेश रावण को देखा, प्रणाम किया। इतनी भोर में आने का कारण जानना चाहा।

"तुम्हें कुछ पता भी है कि लंका में क्या हो रहा है?" रावण ने कातर स्वर में कहा। "क्या हुआ महाराज? मैं तो अपने में ही मगन रहता हूँ, मुझे क्या मालूम पड़ेगा," कुम्भकरण ने कहा।

"हाँ भाई, मेरा ही दोष है जो आज विपत्ति बना है। तुमसा बली भाई था किन्तु सदैव तुम्हें नशे में, सदैव मदिरा पिए धुत्त पड़े रखना मैंने अपने लिए सुरक्षित समझा। यह नहीं सोचा कि बलवान और कर्मठ भाई मेरे लिए कितना उपयोगी होगा। उलटे यही सोचता रहा कि तुम्हारी इस बुरी लत के कारण तुम मेरे लिए तो कोई चुनौती खड़ी नहीं करोगे। इसीलिए तुम्हारे लिए विदेशी मदिरा के भंडार उपलब्ध कराता रहा कि तुम मद्यपान कर सदा ही धुत्त रहो और मेरा राज्य निष्कंटक चलता रहे," रावण ने आँखों में आँसू भर कहा।

"क्या हुआ भ्राता, कुछ बताओगे भी?" अधीर हो कुम्भकरण ने कहा। इसके बाद रावण ने सीता हरण से लेकर विभीषण का जाना, युद्ध का होना और दोनों पुत्रों सहित अनेक योद्धाओं के मारे जाने का हाल कह सुनाया।

"इतना सब हो गया और तुम मुझे अब बता रहे हो? छल से तुम किसी की स्त्री हर लाए और अपनी काम वासना के चलते तुमने लंका का सर्वनाश करा लिया।"

"अब तो तुम्हारे हाथ में ही लंका की लाज है, मेरे भाई। तुम उन दोनों तपस्वियों को एक साथ अपनी महकाया की बग़ल में दबाकर मार सकते हो। मेरा हृदय प्रतिशोध से जल रहा है। उन दोनों की मृत्यु ही मुझे सांत्वना देगी," रावण ने कहा।

"तुमने कभी अपने भाइयों को अपनी शक्ति नहीं माना, अपितु छल से उन्हें कमज़ोर करते रहे जैसे यदि वे शक्तिशाली हो जाएँगे, तो तुम्हारा राज्य छीन लेंगे," तिरस्कार के भाव के साथ कुम्भकरण बोला, "तात! तुमने तो मुझे किसी अस्त्र शस्त्र की शिक्षा भी नहीं लेने दी। प्रकृति ने मुझे जो महाकाय शरीर दिया था उसको भी तुमने मदिरा पिला पिला कर क्षीण कर दिया।"

"ऐसे वचन न कहो भाई। लंका में तुमसे अधिक बलवान कौन है? मुझे भरोसा है कि तुम आज भी किसी सेना को अकेले ही परास्त कर समाप्त कर सकते हो," रावण ने कुम्भकरण को प्रेरित किया।

"ज्येष्ठ भ्राता! मैंने तो किसी शस्त्र को लम्बी अवधि से चलाया भी

नहीं है। दिन रात नशे में डूबे रहने के कारण मस्तिष्क भी कार्य नहीं कर पाता है। ऐसी स्थिति में तुम्हारी मैं आज क्या सहायता कर सकता हूँ और लंका के डूबते गौरव को कैसे बचा सकता हूँ?" कुम्भकरण भाई और लंका की स्थिति पर द्रवित होते हुए बोला।

"तुम्हारा विशालकाय शरीर ही हाथी जैसा बल रखता है भाई। तुम्हारे सम्मुख वे वनवासी क्या टिक पाएँगे और फिर महोदर भी सम्पूर्ण सेना के साथ तुम्हारे संग रहेगा," रावण ने कन्धों से पकड़ कर उठाते हुए कुम्भकरण से कहा।

"ठीक है आपकी आज्ञा बड़े भाई और लंका नरेश दोनों ही रूपों में मेरे लिए शिरोधार्य है। भ्राता मुझसे गले लगकर मिलो। पता नहीं, अब आगे मिलना होगा या नहीं?" कहते हुए कुम्भकरण रावण के गले लग गया।

"तुम्हारी विजय होगी भ्राता, हमारी विजय होगी, लंका की विजय होगी!" रावण कुम्भकरण को छाती से लगा कर बोला।

रणभूमि में वानर सेना में खलबली मची थी। जिधर देखो वानर भय से दौड़ रहे थे। काले रंग के पर्वत समान भीमकाय राक्षस सेनानायक को देख कर सभी ओर भगदड़ मची थी। राम ने देखा सेना में घबराहट फैल रही है। विशालकाय राक्षस जिधर चल पड़ता था, वानर सेना खाई की तरह फट जाती थी। वह अनेक वानर सैनिकों को हाथों से पकड़ कर शरीर से भींच कर मसल रहा था। साथ आया महोदर भी अपनी टुकड़ी के साथ वानर सेना में हाहाकर मचाए हुआ था। महोदर के भाले के सामने जो भी वानर पड़ता, खेत रहता।

"मित्र विभीषण, कौन है यह पर्वत तुल्य शत्रु?" राम ने पूछा।

"स्वामी यही है कुम्भकरण, हमारा भाई। मुझसे बड़ा और रावण से छोटा। इसके शरीर में असीमित बल था किन्तु रावण ने ही इसकी बुरी लतों को प्रोत्साहित किया और उन आदतों से दूर रखने के स्थान पर उन्हीं में उलझाए रखा ताकि मदमस्त, नशे का आदी कुम्भकरण रावण को चुनौती नहीं दे सके। मदिरा का दिन रात सेवन करने से सदैव सुसुप्तावस्था में पड़ा रहता है कुम्भकरण। यद्यपि निरंतर मदिरा सेवन से इसका शरीर क्षीण हो

रहा है फिर भी इसमें अत्यंत बल आज भी है," विभीषण बोला।

"किन्तु ये तो बिना अस्त्र शस्त्र समर में आया है। क्या कोई गुप्त आयुध है इसके पास?" राम ने पूछा।

"प्रभु कुम्भकरण और मुझे भाई रावण ने किसी अस्त्र शस्त्र की न कभी शिक्षा लेने दी और न कभी युद्धाभ्यास कराया। इसीलिए कुम्भकरण को कोई अस्त्र चलाना नहीं आता है। इसका भीमकाय शरीर ही इसका शस्त्र है। ऐसे में रावण ने इसके साथ महोदर, जो हमारा चचेरा भाई है, के साथ बड़ी राक्षस सेना भेजी है," विभीषण ने कहा। तभी सबका ध्यान वानर सेना से आ रही चीख़ पुकार की ओर गया।

"प्रभु शीघ्रता करें अन्यथा कुम्भकरण हमारी सेना का बड़ा नाश कर देगा," विभीषण बोले।

"मैं स्वयं इसका वध अपने बाणों से करूँगा। बाणों के अतिरिक्त कोई भी अस्त्र इस पर कार्य नहीं करेगा," राम ने कहा और धनुष बाण लेकर शीघ्रता से कुम्भकरण की ओर निकल गए। सुग्रीव ने गदा सँभाली और महोदर की ओर रुख किया।

बिना समय गँवाए राम कुम्भकरण के सामने पहुँच गए। महोदर को सुग्रीव ने जा घेरा। महोदर के निकट पहुँच सुग्रीव ने गदा से प्रहार किया। महोदर के भाले ने गदा प्रहार रोका और पलट कर महोदर ने भाले से सुग्रीव पर घात किया। सुग्रीव जब तक सँभलते तब तक भाले की नोक उनकी जंघा में धँस गई। दर्द से चीत्कार करते सुग्रीव ने पीछे से घूम कर विद्युत गति से गदा का प्रहार महोदर के सिर पर किया। महोदर को सँभलने का अवसर भी नहीं मिला और सिर के टुकड़े टुकड़े हो गए।

राम के बाणों की गति और तीव्रता कुम्भकरण को अचेत किए दे रही थी। फिर भी वह पूरी शक्ति समेटे राम की ओर बढ़ रहा था। कुम्भकरण जानता था कि यदि वह एक बार इस तपस्वी के पास पहुँच गया, तो इसके पूरे शरीर को दोनों हाथों से पकड़ छाती से दबा इसके प्राण निकाल देगा। ऐसे में वह अपने ऊपर गिर रहे बाणों की चिंता न करते हुए राम की ओर दौड़ा। राम ने एक साथ दोनों बाजुओं पर निशाना साधा और एक के बाद दूसरा बाण छोड़ा। ये बाण इतनी विकट फुर्ती से छोड़े गए कि यही नहीं दिखा कि कब पहला चला और कब दूसरा धनुष पर आया। कब धनुष की

प्रत्यंचा खींची और कब छोड़ दी। लगभग एक ही समय दोनों बाण अपने लक्ष्य पर लगे और कुम्भकरण की दोनों भुजाएँ अपने बाजुओं से कट कर धरती पर गिरीं। मेघ गर्जन सा दहाड़ता कुम्भकरण राम की ओर बढ़ा। बिना अवसर गँवाए राम ने गर्दन का निशाना बना कर एक के बाद एक बाण छोड़े। लगातार आ रहे तीरों ने सिर को गर्दन से अलग कर दिया। कुम्भकरण खेत रहा, यह सुनते ही रक्ष सेना के पैर उखड़ गए।

कुम्भकरण के शव के पास रावण विलाप कर रहा था। पास बैठी मन्दोदरी रावण को सांत्वना दे रही थी और उलाहना भी कि अभी भी समय है, सीता को वापस कर राम से क्षमा याचना कर लो। इससे जो कुछ भी लंका में शेष है, वह बचा रहेगा।

"अब नहीं कर पाऊँगा मन्दोदरी, अब तो जग हँसाई होगी। या तो अब राम के प्राण जाएँगे या मेरे। इससे कम पर अब कोई समाधान नहीं निकल सकता," क्रोध और प्रतिशोध से भरे रावण ने रुदन करते हुए कहा।

"सीता इस लंका के लिए कालरात्रि बन कर आई है स्वामी। हठ छोड़ कर उसे लंका से वापस कर दें, अन्यथा राक्षस जाति का सर्वनाश सुनिश्चित है।"

"चुप रहो मन्दोदरी! कायरों की तरह बात न करो। सीता को वापस कर दूँगा, तो राम और लक्ष्मण के कटे सिर किसे दिखाऊँगा। लंका की गलियों में सीता मेरे समक्ष प्रणय याचना करती घूमेगी तभी मेरा प्रतिशोध पूरा होगा," शोकाकुल रावण की आवाज़ में क्रोध के अतिरेक से कम्पन था, "अभी मेरे राक्षस योद्धा हैं, जो तपस्वियों को मार कर मुझे विजय दिलाएँगे।"

"आप शोक को तज दें पिताश्री। जब तक आपका पुत्र मेघनाद है, तब तक आपको कोई जीत नहीं सकता। सारे संसार में ऐसा कौन है, जो आपके पुत्र का सामना कर सके," मेघनाद बोला।

"हाँ, मेघनाद जाओ और उन दोनों का वध करो। तुम्हारे पिता की आज्ञा भी यही है और अभिलाषा भी यही," मेघनाद के निकट जा दोनों कन्धों को पकड़ रावण बोला, "पुत्र मुझे निराश नहीं करोगे, मैं जानता हूँ। जाओ, पुत्र जाओ। कुम्भकरण की अंतिम क्रिया तुम्हारे युद्ध भूमि में चले जाने के

पश्चात ही मैं करूँगा। जाओ पुत्र, विजयी भव।" मेघनाद आज्ञा पाकर रणभूमि की ओर चलने लगा। तभी पीछे से छोटे भाई नरान्तक ने आवाज़ दी।

"तात मैं भी चलूँगा तुम्हारे साथ युद्ध में! हम दोनों भाई आज उन दोनों भाइयों का वध कर अपने पिता को विजय दिलाएँगे। पिताश्री मुझे भी आज्ञा दें।"

"जाओ पुत्र, तुम भी अपनी सेना लेकर निज भ्राता मेघनाद के साथ जाओ। मेरा आशीष तुम दोनों के साथ है। प्रकृति देवी तुम्हें विजयी बनाएँ।"

पश्चिमी द्वार से नरान्तक निकला, पीछे राक्षसों की सेना "जय लंकेश" का घोष करती हुई चली। मेघनाद ने द्वार बदल कर आज उत्तरी द्वार से आक्रमण किया। उसके साथ राक्षस योद्धाओं की सेना खड्ग, फरसा, मुद्गर, त्रिशूल आदि लेकर निकली। दोनों द्वारों से दुर्दान्त योद्धाओं के आक्रमण से वानर सेना में खलबली मच गई। राम ने लक्ष्मण को पूर्ण स्वस्थ होने तक अपने पास ही शिविर में रखा था। जामवंत को लक्ष्मण की देखभाल सौंप राम धनुष बाण लेकर युद्ध भूमि में निकले। दुर्दान्त मेघनाद को राम के बाण ही रोक सकते थे।

समर क्षेत्र में पहुँच कर राम ने बाणों की वर्षा कर दी। चपलता से स्थान बदलते हुए राम कभी मेघनाद के सामने पहुँचते, तो कभी उसके साथ आए योद्धाओं को अपने बाणों से विदीर्ण करते। मेघनाद खड्ग, फरसा, त्रिशूल आदि से राम पर निरंतर आक्रमण कर रहा था। राम ने अपने बाणों से मेघनाद के अस्त्रों को काट दिया। राम ने मेघनाद की छाती को लक्ष्य बना कर कई बाण छोड़े किन्तु रथ के ऊपर खड़े मेघनाद को रथ की दीवारें सुरक्षा दे रही थीं। राम ने लक्ष्य बना रथ को घोड़ों सहित नष्ट कर दिया। मेघनाद ने पृथ्वी पर कूद अपना विशाल धनुष उठाया और धरती पर रख प्रत्यंचा चढ़ाई। उसने भारी बाण चढ़ा कर राम की ओर छोड़ा किन्तु सम्पूर्ण क्रिया पर दृष्टि गड़ाए राम अपने स्थान से हट गए। बाण वानर सेना के अनेक वानरों को घायल बना गया। राम ने प्रत्युत्तर में मेघनाद पर तीव्र बाण से प्रहार किया किन्तु उसके साथ आए राक्षस योद्धाओं ने बीच में आकर खड्ग और त्रिशूलों से बाण को काट दिया। अनेक राक्षस योद्धा

वानरों पर फरसे और शूल फेंक कर उन्हें हत कर रहे थे।

महाभट नरान्तक पश्चिमी द्वार से आक्रमण करता हुआ अंदर तक वानर सेना को क्षत-विक्षत किए घुसा जा रहा था। जो कोई भी वानर योद्धा नरान्तक के भाले के सामने आता, वीरगति पा लेता। अंगद ने देखा कि नरान्तक वानर सेना में घबड़ाहट का प्रतीक बन गया है। वे द्रुत गति से गदा लेकर नरान्तक के सामने पहुँचे और उसके सिर के ऊपर पूरा गोल घुमा कर गदा का प्रहार किया। प्रहार इतना भयंकर था कि नरान्तक का भाला टूट गया और वह स्वयं संतुलन खोकर रथ से गिरा। हाथ से भाला छूट जाने पर अंगद से मल्लयुद्ध में भिड़ गया।

महाबली अंगद ने नरान्तक की पकड़ से स्वयं को छुड़ाया, उसके दोनों पैरों को अपने दोनों हाथों से विपरीत दिशा में खींचा और नरान्तक धरती पर चित्त गिरा। बिना अवसर गँवाए अंगद ने नरान्तक की छाती पर मुक्का मारा। प्रहार घातक सिद्ध हुआ, धरती से गर्दन और पैर उठे और पल भर में नरान्तक के प्राण निकल गए। "जय श्री राम", "जय जय शिव" का नाद करते हुए अंगद खड़े हुए। उनके दोनों पैरों के बीच नरान्तक का मृत शरीर पड़ा था। वानर सेना में हर्ष नाद होने लगा।

द्रुत गति से यह समाचार युद्ध लड़ रहे मेघनाद तक पहुँचा। भाई की मृत्यु से जैसे उसका मस्तिष्क का संतुलन खो गया। तभी राम का बाण आकर कंधे पर लगा। मेघनाद पीड़ा और शोक से घुटनों के बल पृथ्वी पर बैठ गया। वह कुछ क्षण बैठा रहा। जब थोड़ी देर में उसका विवेक वापस आया, तो उसने साहस समेटा और फिर समर में खड़ा हुआ। प्रतिशोध के अतिरेक में एक ही बात सूझ रही थी कि बिना राम व लक्ष्मण का वध किए आज वापस नहीं जाऊँगा।

दिन डूब रहा था। दोनों पक्ष की सेनाएँ वापस लौट रही थीं। मेघनाद के मस्तिष्क में कुछ और ही चल रहा था। उसने लंका के अंदर प्रवेश करते ही विशेष योद्धाओं की टुकड़ी को रोका। गुप्त मंत्रणा की और पुनः लंका के द्वार के बाहर आकर रुका। अँधेरा होने लगा था। *"रात्रि कुछ और गहरी हो जाए,"* मेघनाद सोच रहा था।

शिविर में लक्ष्मण का स्वास्थ्य देखने राम पहुँचे। वैद्य गणों ने बताया कि सौमित्र अब पूर्ण स्वस्थ हैं। यह सुनकर राम को संतोष हुआ। वे भाई के पास बैठ गए। उन्होंने लक्ष्मण के घाव को देखा, जो पूरी तरह भर गया था, फिर भी उसका चिह्न रह गया था।

*"भगवान शिव की कृपा और हनुमान के उद्यम से ही मृत्यु के मुख से लक्ष्मण वापस आए,"* राम ने सोचा। युद्ध की थकान से निढाल होकर भाई के पास ही धरती पर लेट गए। झपकी लग गई।

गहरा अँधेरा देख मेघनाद ने अपने विशेष प्रशिक्षित योद्धाओं को साथ लिया। वह उत्तरी द्वार से समुद्र तट की ओर बढ़ा। फिर कुछ दूर चलकर सीधे दक्षिण की तरफ़ समुद्र के किनारे किनारे चलने लगा। सभी को सचेत कर दिया कि कोई शब्द न निकाले। गुप्तचर से पता लगाया कि राम और लक्ष्मण का शिविर कहाँ है। सावधानी से चलते हुए रात्रि के अँधेरे में राम के शिविर तक पहुँचा। शिविर के बाहर चौकसी कर रहे दो पहरेदारों को राक्षस टुकड़ी ने अपने वश में कर लिया। वानर रूप धर दो राक्षस पहरेदारी पर खड़े हो गए।

संकेत पाकर मेघनाद शिविर में अपने चुनिन्दा साथियों के साथ प्रवेश कर गया। उसने वहाँ देखा कि दोनों भाई विश्राम कर रहे हैं। मेघनाद ने अपने योद्धाओं के सहयोग से उन्हें विषैले नाग पाश से बाँध दिया। कार्य समाप्त कर वापस निकला और राक्षसों के साथ वेग से शिविर स्थल छोड़ लंका की ओर वापस चल पड़ा। मन में संतोष था कि कुछ ही समय में दोनों भाई नाग पाश के धीरे-धीरे फैलने वाले विष से मृत्यु को प्राप्त हो जाएँगे। मेघनाद को छल से चोरों की तरह रात्रि में घुसकर यह सब करने में ग्लानि हो रही थी। फिर उसने सोचा कि युद्ध में सब वैध है, विजय के लिए सब नीति संगत है और महल में प्रवेश कर गया।

"फलादि लेने का समय हो गया है किन्तु श्रीराम शिविर से नहीं निकले हैं। लगता है कि युद्ध की थकान से निद्रा आ गई है," जामवंत बोले।

"चलो मित्र लेकर आते हैं प्रभु को और लक्ष्मण का हाल भी देख आएँगे," सुग्रीव ने विभीषण से कहा, तो दोनों राम और लक्ष्मण के शिविर

की ओर चल पड़े। देखा शिविर के बाहर पहरेदार भी नहीं हैं। आख़िर क्या बात है? कुछ अनिष्ट की आशंका क्यों लग रही है? विभीषण सोच ही रहे थे तभी सुग्रीव, जो पहले ही अंदर चले गए थे, तत्काल बाहर निकल बोले, "मित्र देखिए, श्रीराम और लक्ष्मण को क्या हो गया है?"

सुग्रीव को व्याकुलता से बोलते देख विभीषण दौड़ते हुए अंदर पहुँचे, उन्होंने पूरी स्थिति देखी और बोले, "मित्र अनर्थ हो गया। जिसका मुझे डर था वही हुआ। मैं सोच भी रहा था कि मायावी रावण और मेघनाद अपने छल अपनी माया से, अपने स्वभाव के अनुकूल कोई अनीति पूर्ण कार्य क्यों नहीं कर रहे हैं और देखिए नाग पाश से बाँध गया दुष्ट मेघनाद दोनों भाइयों को।"

"नाग पाश यह क्या है?" सुग्रीव ने अधीर हो पूछा।

"यह विष युक्त पाश है। शरीर में जिस स्थान पर इसके बंधन होते हैं, वह भाग गलने लगता है। इसके बारे में अनजान व्यक्ति यदि इसे काटने का प्रयास करता है, तो यह शरीर को अंदर तक घायल कर और तेज़ी से विष शरीर में फैलाने लगता है।"

"तब क्या उपाय है मित्र? जल्दी करें।"

"यह द्रविड़ जातियों की युद्ध प्रणाली का एक भाग है। यद्यपि द्रविड़ राजा भी इसे अनीति पूर्ण मानकर इसका प्रयोग प्रायः नहीं करते हैं किन्तु रावण और मेघनाद के लिए नीति अनीति की बातें अर्थहीन हैं," विभीषण बोलते बोलते रुक गए। उन्होंने गहरी साँस ली, सुग्रीव की ओर देखा, जो अभी भी किंकर्तव्यविमूढ़ होकर आशा भरी दृष्टि से विभीषण की ओर देखे जा रहे थे। विभीषण बोले, "इस भयंकर नाग पाश को काटने की विधि या तो कुछ चिन्हित राक्षस योद्धा जानते हैं या गरुड़।"

"गरुड़ से आपका आशय गरुड़ प्रतीक को धारण करने वाले द्रविड़ों से है?"

"हाँ, वे ही इस समस्या से छुटकारा दिला सकते हैं किन्तु उन्हें शीघ्र सूचना भेजनी होगी। विलम्ब अनिष्ट करा सकता है।"

"तो शीघ्र बताएँ, उन्हें कैसे बुलाएँ? वे कहाँ मिलेंगे?" सुग्रीव एक साँस में कह गए।

"मैं स्वयं जाकर उन्हें लेकर आता हूँ। मित्र तुम तब तक यहीं बैठना और हाँ, इस पाश को हटाने की तनिक भी चेष्टा नहीं करना अन्यथा यह और घातक हो जाएगा," विभीषण ने कहा और बिना उत्तर की प्रतीक्षा किए शिविर से निकल गए। उन्होंने अपने साथ एक सचिव को लिया और उत्तर दिशा की ओर चल दिए।

सागर ने सुना कि स्वयं विभीषण आए हैं, तो बिना पल गँवाए उनके पास जा पहुँचा। उसने सारी घटना सुनी और तत्काल गरुड़ बस्ती की ओर चल पड़ा। गरुड़ प्रतीक द्रविड़ बस्ती का मुखिया दोनों को देख कर आश्चर्यचकित हुआ। जब विभीषण ने राम व लक्ष्मण के नाग पाश में बँधे होने का वृतान्त सुनाया, तो गरुड़ प्रमुख व्याकुल हो उठा।

"कितना समय व्यतीत हो गया है नागपाश से बँधे हुए?" गरुड़ ने पूछा।

"रात्रि प्रारम्भ होते ही मेघनाद ने शिविर में छल से प्रवेश कर संभव है यह कृत्य किया हो।"

"तब तो हमें शीघ्रता करनी होगी, रात्रि का एक प्रहर तो यहीं व्यतीत हो गया है।"

"हाँ, गरुड़! राम व लक्ष्मण के प्राण बचाना हमारे लिए भी उतना ही महत्त्वपूर्ण है जितना उनके लिए। तुम तो जानते ही हो कि श्रीराम हम सब की भी आख़िरी आशा हैं। यदि वे नहीं रहे तो अत्याचारी, अन्यायी रावण और उसके राक्षसों से हमारी रक्षा कौन करेगा?" सागर आवेश में बोले।

"हम भलीभाँति जानते हैं, तभी तो राम की हर संभव सहायता कर रहे थे किन्तु प्रतीत होता है कि अब प्रत्यक्ष सहायता का, रावण से सीधे वैर लेने का समय आ गया है। ऐसे में हम पीछे नहीं हटेंगे। रावण के भय से हम राम का साथ न दें यह तो संभव ही नहीं। अभी चलिए, हम सब चलते हैं," यह कहते हुए गरुड़ ने अपने शस्त्र उठाए, विश्वसनीय साथी लिए और सब विभीषण के साथ चल दिए।

सागर ने तेज़ चलने वाले जलपोत की व्यवस्था की। विभीषण, गरुड़जन लंका तट की ओर चल दिए। तट पर पहुँच कर विभीषण द्रुत गति से गरुड़ जनों को राम के शिविर में ले गए। गरुड़ मुखिया और उसके साथियों

ने नाग पाश के बंधन देखे।

"शिव की कृपा है। हम समय पर आ गए। कुछ देर और होती, तो पाश के बंधन शरीर को गलाने लगते," यह कहते हुए गरुड़ अपने साथियों के साथ कार्य में लग गया। सिद्ध हस्त गरुड़ जन बड़ी कुशलता से बंधन हटाते जा रहे थे और औषधियों का लेप लगाते जा रहे थे। देखते ही देखते उन्होंने सारे बंधन काट कर राम व लक्ष्मण को मुक्त कर दिया। औषधियों के लेप से कुछ ही क्षणों में राम व लक्ष्मण की मूर्छा टूटी।

"जय हो प्रभु! मित्र विभीषण के प्रयास और गरुड़ों के परिश्रम से आज आप का नया जन्म हुआ है। आप का नहीं, हम सबको नया जीवनदान मिला है," सुग्रीव रुँधे गले से बोले।

नरान्तक के वध का समाचार सुन रावण की स्थिति अर्धविक्षिप्त सी हो गई। क्रोध एवम प्रतिशोध की प्रचंड भावना से लगता था कि मस्तिष्क के टुकड़े हो जाएँगे। तभी मेघनाद ने राम व लक्ष्मण को नाग पाश में बाँध आने की सूचना दी, तो उसे कुछ संतोष मिला। पुत्र वध के शोक के कारण रावण को रात में नींद ही नहीं आई। साथ ही मन में यह चिंता भी बनी हुई थी कि कहीं फिर से कुछ ऐसा न हो जाए कि राम और लक्ष्मण बच जाएँ।

भोर हुई, सूर्य का पूरा प्रकाश अभी लंका में फैला भी नहीं था कि शार्दूल ने आकर सूचना दी कि राम और लक्ष्मण नाग पाश के विषाक्त बंधन से मुक्त हो गए हैं।

"शार्दूल यह कैसे संभव हो सकता है? ऐसा कौन है जिसने राम और लक्ष्मण के बंधन काटे? क्योंकि नाग पाश की काट न तो वानरों को आती है और न ही विभीषण को।"

"महाराज सुना है कि गरुड़ों ने उत्तर तट से आकर बंधन मुक्त किया है दोनों को।"

"गरुड़ों का इतना दुस्साहस, क्या वे जानते नहीं, हमारे शत्रुओं कि सहायता कर उन्होंने सीधे हमसे वैर लिया है। हम उन्हें जल्द ही समूल नष्ट कर देंगे," क्रोध से भरकर रावण ने कहा।

"स्वामी! राजनयिक रूप से राम ने प्रारम्भ से ही हम पर बढ़त ले

ली है। वानरों के प्रयासों से गैर राक्षस द्रविड़ जातियाँ तो पूर्व से ही, हमसे घृणा करने के कारण, राम का साथ दे रहीं थी कि विभीषण जी भी आपका साथ छोड़कर राम के शिविर में चले गए। राम ने उन्हें मात्र शरण ही नहीं दी अपितु लंका का भावी शासक भी घोषित कर दिया। प्रतिफल में स्वयं के लिए कुछ भी न लेने से सारे ग़ैर रक्ष द्रविड़ों में यह संदेश गया कि आर्य राम यहाँ राज्य व भूमि पर अधिकार करने नहीं आए हैं। वे तो हमारे राज्य हमारी भूमि हमें ही वापस कर देते हैं। ये दो उदाहरण सुग्रीव व विभीषण के हैं, जिन्होंने सारे गैर रक्ष द्रविड़ों को राम के पक्ष में एकत्र होने और प्रत्यक्ष या परोक्ष रूप से राम कि सहायता हेतु प्रेरित किया," शार्दूल बोला।

"क्षमा करें पिताश्री मैंने सुना है राम लक्ष्मण को गरुड़ों ने नागपाश मुक्त कर दिया है। मैं गरुड़ों को आज ही नष्ट कर दूँगा," आवेश से भरे मेघनाथ ने आकर कहा।

"हाँ, पुत्र शार्दूल ने आकर मुझे बताया। शार्दूल के साथ मैं इसी विषय पर चर्चा कर रहा था। पुत्र हमारा लक्ष्य राम है। इसलिए लक्ष्य से न भटको सिर्फ़ राम और लक्ष्मण पर केन्द्रित करो अपनी शक्तियाँ। यह सत्य है कि दोनों का प्राण घातक नागपाश से बंधन मुक्त होना हमारे लिए आघातकारी सूचना है। किन्तु निराशा कैसी, अभी तो तुम्हारे पास शक्तियों का भंडार है। संयम को समेटो और पूरा बल दोनों के विरुद्ध लगा दो।"

"पिताश्री मैं आज ही प्रकृति देवी के मंदिर में जाकर एकांतवास में तंत्र विद्या से अपनी शक्तियों को अमोघ बनाऊँगा। मेरा ध्यान भंग न हो इसलिए मैं वहां एकांत में बिना किसी को बताए जाऊँगा। राम और लक्ष्मण के स्वस्थ होने की हमें सूचना नहीं है, और हम उन्हें मृत जानकर युद्ध समाप्त हुआ मान रहे हैं। इसलिए हमारे पक्ष से आज आक्रमण नहीं हुआ हम यही प्रचारित करेंगे।"

"जैसा तुम उचित समझो पुत्र, वैसा ही होगा। ध्यान रहे पुत्र अब तो तुम ही मेरी एक मात्र आशा शेष हो। रावण विजेता होगा या पराजित यह अब तुम पर ही निर्भर करेगा।"

"आप कोई संशय मन में न रखें, शंका त्याग दें और प्रतीक्षा करें जल्द ही मैं उन दोनों के शीश आपके क़दमों में डाल दूँगा।"

"ऐसा ही हो पुत्र, ऐसा ही हो। किन्तु कुछ विश्वसनीय सैनिकों को

साथ लिए जाओ," रावण ने कहा तो मेघनाद ने सहमति में सिर हिलाया और विदा ली।

"मेर लिए क्या आदेश है स्वामी?" शार्दूल ने पूछा।

"जैसा मेघनाद चाहते हैं, वैसा संदेश राम की सेना में प्रसारित करा दो और हाँ उस गुप्त स्थान से, जहाँ पुत्र मेघनाद अपनी तांत्रिक क्रिया कर रहे हैं, कुछ दूरी पर अपने विश्वसनीय गुप्तचर रखो।"

"प्रभु! मेरे विशेष गुप्तचर ने अभी-अभी सूचना दी है कि मेघनाद एकांतवास में प्रकृति देवी के मंदिर पर तांत्रिक क्रिया कर रहा है," विभीषण ने आकर कहा राम से।

"यह तांत्रिक क्रिया क्या है?" राम ने पूछा।

"प्रभु! हम द्रविड़ों की युद्धनीति में आधुनिक हल्के व दूर तक मारक अस्त्र, गतिमान सेना, चपलता जो आपकी युद्ध नीति के भाग हैं, से पृथक परम्परागत भारी अस्त्र, शारीरिक बल, तंत्र, माया, छल का विशेष स्थान है। तंत्र, माया, छल में राक्षस अन्य द्रविड़ों से अधिक पारंगत हुए हैं। हम राक्षस तंत्र को बड़ा बल मानते हैं और यह विश्वास करते हैं कि तंत्र के द्वारा अस्त्रों को अमोघ बनाया जा सकता है और तंत्र शक्ति से बड़ी से बड़ी सेना को पराजित किया जा सकता है। तंत्र क्या शक्ति देता है, यह तो खोज का विषय है किन्तु इससे सेना में मनोवैज्ञानिक प्रभाव अवश्य पड़ता है। सेना मानती है कि जितना अधिक तंत्र साधा जाएगा उतनी ही विजय सुनिश्चित होगी। किन्तु तंत्र की शुद्धता आवश्यक है और इसके लिए एकांतवास, बिना रुके कष्ट साध्य अभ्यास और प्रकृति देवी की पूजा मुख्य अवयव हैं। स्वयं रावण का और सेना का मनोवैज्ञानिक रूप से साहस बढ़ाने हेतु मेघनाद आज ये तंत्र क्रियाएँ कर रहा है। हमारे शिविर में परोक्ष रूप से यह संदेश भिजवाए जा रहे हैं कि आप दोनों की मृत्यु अवश्यसंभावी मानकर राक्षस सेना निश्चिंत है इसलिए आज आक्रमण नहीं हो रहा है। जबकि मेघनाद समस्त शक्तियों को समेट कर कल विकराल युद्ध करेगा," विभीषण ने कहा।

"तब आपकी राय में हमें क्या करना चाहिए लंकेश? क्या मेघनाद की अनुपस्थिति में लंका में अंदर तक आक्रमण कर दें?" राम ने पूछा।

"प्रभु, इससे भी अधिक प्रभावी व उपयोगी होगा कि आज अवसर है। मेघनाद बिना सेना के एकांत में है। उसे हत कर लिया जाए। यदि मेघनाद मारा जाता है, तो रावण पूर्ण रूप से शक्तिहीन हो जाएगा।"

"किन्तु यह तो छल से मारा जाना होगा। यह तो युद्ध नीति के विरुद्ध है, विभीषण जी।"

"युद्ध नीति हम किसके लिए सोच रहे हैं? क्या उसके लिए जिसने कल ही आपको छल से नागपाश में बाँधा था। यह कहाँ की युद्ध नीति थी? प्रभु इन दुष्ट राक्षस योद्धाओं का शीघ्र अंत ही सबसे अच्छी युद्ध नीति होगी।"

"हाँ, बड़े भैया यदि इस दुष्ट राक्षस के वध का अवसर मिला है, तो हमें इस अवसर का लाभ लेना चाहिए," लक्ष्मण ने कहा। वह शक्ति लगने के बाद मेघनाद का वध कर प्रतिकार लेना चाहते थे।

"किन्तु वहाँ तक पहुँचा कैसे जाएगा, वह भी बिना किसी संदेह के?" राम ने जानना चाहा।

"प्रभु! वहाँ के मैंने सारे मार्ग देखे हैं, बस आप आज्ञा दें," विभीषण बोले।

"ठीक है, यदि तुम सब की यही इच्छा है, तो ठीक है। लक्ष्मण तुम अंगद, हनुमान, विभीषण जी के साथ जाओ। अधिक योद्धा न ले जाओ अन्यथा भीड़ से संदेह पैदा होगा।"

"जो आज्ञा भ्राता," लक्ष्मण ने कहा और तरकश में घातक, नुकीले और फल लगे बाण रखे, धनुष लिया और विभीषण, हनुमान व अंगद के साथ परकोटे के समांतर लंका के दक्षिणी द्वार की ओर चल दिए।

दक्षिणी द्वार से परकोटे के आगे विभीषण ने वन में गुप्त रास्ता अपनाया और बिना ध्वनि किए चल दिए। विभीषण आगे-आगे और तीनों उनके पीछे। सभी चुपचाप चले जा रहे थे। एक पहाड़ी के पास आकर विभीषण रुके। पहाड़ी के ऊपर और चारों ओर घना वन था। विभीषण ने संकेत से सबको दूरी बनाकर चलने को कहा और स्वयं आगे पहाड़ी की दाहिनी ओर मुड़ गए। पहाड़ी के किनारे चलकर विपरीत दिशा में पहुँचे। सामने पहाड़ी में एक ओर विभीषण ने तर्जनी से संकेत किया। तीनों ने देखा कि पहाड़ी में एक गुफा है, जिसके मुख पर दो योद्धा पहरा दे रहे

थे। विभीषण का संकेत पाकर हनुमान और अंगद बिना पदचाप किए गुफा द्वार तक पहुँचे और बिना पल गँवाए दोनों पहरेदारों को मुष्टिका मार मूर्छित कर दिया। विभीषण आगे बढ़े, साथ में लक्ष्मण पीछे-पीछे हनुमान और अंगद सीधे गुफा के अंदर। वे जैसे-जैसे अंदर जा रहे थे तंत्र क्रियाओं की ध्वनि तेज़ सुनाई देने लगी थी।

आगे जाकर सभी ने देखा कि गुफा के कटाव से बने समतल स्थान पर प्रकृति देवी की मूर्ति स्थापित है। दीयों की मद्धिम रोशनी में मेघनाद कमर में धोती बाँधे मूर्ति के सम्मुख बैठा तंत्र क्रिया में व्यस्त था। पास में चार सैनिक पहरा दे रहे थे। अंदर घुसते ही पहरेदारों ने उन्हें रोकने का प्रयत्न किया किन्तु तब तक देर हो चुकी थी। हनुमान और अंगद के तेज़ गदा प्रहारों से चारों योद्धा वहीं ढेर हो गए।

मेघनाद ने चौंककर देखा कि सामने विभीषण और लक्ष्मण खड़े हैं। उनके पीछे हनुमान और अंगद दिखे। वह अनिष्ट की आशंका से मन ही मन भयभीत हो गया किन्तु विभीषण के प्रति अति घृणा के भाव ने क्रोध उत्पन्न कर दिया।

"काका श्री, आपने जिस कुशलता से अपने कुल का नाश इन आर्यों से कराया है, इतिहास आपको सदैव याद रखेगा। यह मेरा अभिवादन स्वीकार करें," कहकर मेघनाद ने भाला उठाकर विभीषण की ओर फेंका। द्रुत गति से लक्ष्मण ने बाण से भाला बीच में ही काट दिया। थोड़ी सी चूक होती तो भाला विभीषण की गर्दन काट देता। दूसरा बाण रख धनुष पर लक्ष्मण ने मेघनाद को लक्ष्य कर छोड़ा। खड्ग उठा मेघनाद ने बाण काट दिया और खड्ग ले लक्ष्मण की ओर दौड़ा।

"कपटी! मुझे छल से मारने आए हो किन्तु जानते नहीं कि मैं निहत्था ही तुम सब पर भारी हूँ, और अस्त्र यदि मेरे हाथ में हो तो तुम्हारी पूरी सेना को काट सकता हूँ," वह यह कहते हुए तेज़ी से खड्ग लिए लक्ष्मण की ओर चला आ रहा था। लक्ष्मण ने खड्ग पर बाण साधा। वेग से आते बाण के प्रहार से खड्ग मेघनाद के हाथ से दूर जा गिरा।

मेघनाद पीछे पलटा और अपना भारी धनुष उठाया। वह भूमि पर खड़ा होकर भारी बाण चढ़ाने के लिए झुका।

"लक्ष्मण शीघ्रता करो, यही मौक़ा है। इस भारी धनुष पर बाण चढ़ने

से पूर्व ही मेघनाद को हत करो। एक बार भारी बाण चला, तो काट मुश्किल होगी," विभीषण चिल्लाए।

लक्ष्मण ने चपलता दिखाई। इससे पूर्व कि मेघनाद झुक कर बाण चढ़ा पाता, लक्ष्मण के विद्युत गति से आते बाण ने मेघनाद की गर्दन काट दी। वह महाबली धरती पर गिरा और कुछ क्षण तड़फ कर शांत हो गया।

"असंभव! अवश्य तुम्हें भ्रम हुआ है शार्दूल। इंद्रजित तो अजेय है। कहो तुम मिथ्या भाषण क्यों कर रहे हो?" मेघनाद वध का समाचार सुन रावण दहाड़ा।

"क्षमा करें महाराज, किन्तु यह सत्य है। छोटे तपस्वी ने इंद्रजित को विभीषण की सहायता से तब छल से मारा है, जब वे गुप्त पूजा में थे।"

"नहीं... मेरे प्रिय पुत्र को छल से मारने वालों! तुमने अपना काल बुलाया है। दुष्ट विभीषण को उन दोनों भाइयों के साथ मृत्यु दंड अपने हाथों से मैं..." रावण पूरा वाक्य भी नहीं बोल पाया और अति शोक के कारण मूर्छित होकर गिर गया।

पूरे महल में मेघनाद की मृत्यु का समाचार हवा की तरह फैल गया। सब ओर रुदन मच गया। मन्दोदरी कभी रोने लगती, कभी शून्य में ताकती, कभी स्वयं से बातें करने लगती। मेघनाद की पत्नी सुलोचना तो सुनते ही मूर्छित हो गई। सब ओर घोर क्रंदन, मानो सारी लंका में शोक के अतिरिक्त कुछ भी शेष नहीं बचा था। हर लंका वासी निश्चिंत था कि जब तक मेघनाद है, लंका को कोई पराजित नहीं कर सकता। किन्तु अब तो चहुँओर निराशा और मात्र निराशा ही दिखाई देती थी।

"सखी, अब तो शोक त्याग दो। शोक का समय तो लंका में उपस्थित हुआ है," सरमा ने सीता से आकर कहा, जो अशोक वाटिका में शीशम वृक्ष के नीचे बैठी थीं।

"क्या अर्थ है तुम्हारी बात का?" सीता ने अधीरता से पूछा।

"रामानुज लक्ष्मण ने मेघनाद का वध कर दिया है। अब तो लंका में कोई नहीं जो राम व लक्ष्मण का सामना कर सके। प्रिय पुत्र की मृत्यु से रावण पूरी तरह हताश हो चुका है।"

"क्या... सच कह रही हो? सचमुच लक्ष्मण ने उस दुर्दान्त राक्षस को मार दिया?"

"हाँ, सीता मेरी पुत्री यह सच है। सरमा लंका से जो समाचार लाई है वह सत्य है," त्रिजटा ने आकर कहा, "अब तो इक्ष्वाकु वंशीय राम की विजय सुनिश्चित है।"

"तुम दोनों ने जैसे मुझे जीवनदान दिया है। हनुमान के आने पर जैसे प्रसन्नता हुई थी वैसा ही भाव आज आ रहा है। किन्तु अभी रावण जीवित है और जब तक रावण नहीं मरता मन में संशय रहेगा ही।"

"तुम्हारी चिंता निर्मूल नहीं है सीता किन्तु विजय राम से कुछ ही दिन दूर दिखती है," त्रिजटा बोली।

"ब्रह्म करे तुम्हारी बात सत्य सिद्ध हो," कहते हुए सीता ने आकाश की ओर देखते हुए आँखें मूँद लीं।

मेघनाद की अंतिम क्रिया के पश्चात सारे बचे हुए योद्धा रावण के पास बैठे थे। रावण की मुख मुद्रा में अति शोक और अति क्रोध के भाव थे। दारुण दुःख में डूबे रनिवास में जाने का न तो साहस था और न ही रावण की इच्छा। वह तो प्रतिशोध के अतिरिक्त कुछ भी नहीं सोच पा रहा था।

क्रोध के अतिरेक में रावण को कुछ नहीं सूझा तो चन्द्रहास उठाकर अशोक वाटिका की ओर चला। केवल एक ही बात उसके मस्तिष्क में थी - प्रतिशोध। *"आज सीता का शीश इस चन्द्रहास से काट कर ही मुझे शांति मिलेगी तभी मेरा प्रतिशोध पूर्ण होगा।"* रावण यह सोचता चला जा रहा था। मंत्री और बचे हुए गिनती के योद्धा साथ चल रहे थे किन्तु कोई नहीं समझ पा रहा था कि लंकापति क्या करने जा रहा है। जब वह अशोक वाटिका में पहुँच कर सीता की कुटिया की ओर बढ़ा तो मंत्री सुपार्श्व को संशय हुआ। उसने रावण को रोक कर पूछा, "कहाँ जा रहे हैं, महाराज? क्या करने जा रहे हैं?"

"रास्ते से हट जाओ सुपार्श्व, आज मैं इस अभिमानी सीता का सर काट कर ही चैन पाऊँगा।"

"क्षमा करें महाराज, आप जैसा महाबली योद्धा, जिसने अपने भुजबल

से सारे जगत को झुका लिया था, आज अपना आपा खो कर एक स्त्री की हत्या कर अपकीर्ति प्राप्त करेगा। नहीं महाराज! युद्ध भूमि में शत्रु का नाश करना ही आप जैसे यशस्वी को शोभा देगा। समर भूमि में शत्रु को मारना या लड़ते-लड़ते वीर गति को पाना ही योद्धाओं की विशेषता होती है। निहत्थी, निरीह स्त्री का वध कर आपको संसार में सुयश नहीं अपयश मिलेगा। आपकी सारी कीर्ति नष्ट कर देगा यह कृत्य," सुपार्श्व ने कहा।

"धैर्य रखें महाराज, अभी हम जीवित हैं, और हमारे रहते आप इतने विचलित क्यों? आप हमें आज्ञा दें, कल प्रातःकाल होते ही हम सब एक साथ जाकर उन तपस्वियों के शीश काट कर आपके सम्मुख प्रस्तुत कर देंगे। विश्वास करें हमारा प्रभु," कुम्भ और निकुम्भ ने अपनी मुट्ठियाँ भींचे हुए कहा। रावण कुछ क्षण ठहरा, सोचता रहा और तीनों को हाथ का संकेत कर महल की ओर वापस लौट चला।

हाथ में मशाल लिए हनुमान और विभीषण रण क्षेत्र में रात्रि में घूम-घूम कर घायल वानरों और योद्धाओं की देखभाल कर रहे थे। जो अधिक घायल थे उन्हें चिकित्सा शिविर में भेजा जा रहा था। जो हल्की चोटों से घायल थे, उनकी दवा साथ चल रहे वैद्य गणों के दल वहीं कर रहे थे। युद्ध अंतिम अवस्था में आ चुका था। *"संभवतया कल का युद्ध अंतिम हो"*, विभीषण सोच रहे थे।

हनुमान ने देखा जामवंत अपनी चोटों को छिपा रहे हैं। श्रीराम ने उन्हें चिकित्सा शिविर का प्रभारी बनाया था और उन्होंने कुशलतापूर्वक अपनी ज़िम्मेदारी निभाई थी। आवश्यकता पड़ने पर वे युद्ध क्षेत्र में योद्धा की भाँति लड़े थे। साथ ही एक विवेकवान, दूरदर्शी मंत्री की भाँति श्रीराम को समय-समय पर उपयोगी परामर्श भी देते थे। आज खर पुत्र मकराक्ष से युद्ध करते समय उसके भाले से गंभीर घायल हो गए थे किन्तु अन्य सैनिक योद्धाओं की चिंता के कारण स्वयं के कष्ट भूल कर उनकी व्यवस्था कर रहे थे।

"जामवंत जी आप भी आज गंभीर चोटिल हुए हैं आपको भी चिकित्सा शिविर में होना चाहिए," हनुमान ने कहा।

"मुझे अपनी चिंता नहीं, चोटें हल्की हैं। दवा लगा ली है, ठीक हो जाएँगी। मुझे तो उन वीर योद्धाओं का ध्यान हो रहा है जो आज के युद्ध में घायल हुए हैं। उनका कल तक ठीक होना आवश्यक है, क्योंकि कल हम इस युद्ध के निर्णायक मोड़ पर होंगे और मैं नहीं चाहता कि तनिक भी चूक हो। यद्यपि हमारा पलड़ा अब तक के युद्ध में भारी रहा है किन्तु अभी हम युद्ध जीते नहीं हैं। इसलिए अंतिम विजय प्राप्ति से पूर्व युद्ध कि तैयारियों में कोई कमी नहीं रहनी चाहिए। शत्रु पक्ष की पूर्ण पराजय से पूर्व कभी उसे कमज़ोर नहीं समझना चाहिए। यह आज के युद्ध का हमारे लिए सबक़ है। जिन योद्धाओं को हम हल्के में ले रहे थे उन्होंने कैसा विध्वंस मचाया, हमारी सेना में! मुझे तो वीर योद्धा मकराक्ष के भाले का वार अभी भी कम्पित कर देता है। यदि प्रभु राम स्वयं न आकर उसे अपने बाण से नष्ट नहीं कर देते तो वह अगले ही क्षण मेरे प्राण अवश्य ले लेता।"

"सच कह रहे हैं जामवंत जी, मकराक्ष दुर्धष योद्धा था। वह तो श्रीराम के बाणों का प्रताप ही था जो वह हत हुआ, अन्यथा युद्धों में वह अजेय रहा," विभीषण बोले।

"और वे कुम्भ व निकुम्भ। वे भी कम महाभट नहीं थे। कैसे आज युद्ध में वानरों की दुर्गति किए हुए थे। महाबली सुग्रीव जी ने गदा के प्रहार से कुम्भ का वध और हनुमान महावीर ने निकुम्भ को न मार दिया होता तो वे दोनों आज ही आधी वानर सेना को समाप्त कर देते," पास आते गंधमादन ने अपने घावों को सहलाते हुए कहा।

"किन्तु हमें अब अपनी सारी शक्ति को समेट कर कल के युद्ध के लिए तैयार होना होगा। संभवतः कल युद्ध का अंतिम दिन हो। किन्तु बड़ा महत्त्वपूर्ण रहने वाला है यह दिन, क्योंकि अब कोई बड़ा योद्धा रावण के पास नहीं है और उसे स्वयं ही रणभूमि में आना होगा या हार स्वीकार करनी होगी। जैसा रावण का स्वभाव है, वह हठी बिना युद्ध किया पराजय स्वीकार नहीं करेगा। अब तक जितने भी योद्धा रणभूमि में आए हैं, अपनी बढ़ती आयु के बावजूद रावण उन सबसे बड़ा योद्धा है," विभीषण बोले।

"प्रभु, अपने प्रिय पुत्र और लंका के सबसे महत्त्वपूर्ण योद्धा मेघनाद व अन्य

सभी बड़े योद्धाओं के मारे जाने पर रावण क्रोध के अतिरेक में घोर प्रतिशोध लेने की तैयारी कर रहा होगा। संभव है कि वह स्वयं युद्ध के लिए आए। मेरे प्रति अति घृणा का भाव होगा उसमें और मुझे शीघ्र अपने हाथों से मारने की लालसा उसे युद्ध भूमि में लाने हेतु विवश करेगी," विभीषण राम से बोले।

"मुझे भी प्रतीत होता है कि अब रावण से आमने-सामने का युद्ध होगा। अभी तक जिस प्रकार आप सहायक बने हैं, उसी का परिणाम है कि हम राक्षस योद्धाओं को मार सके हैं। किन्तु अब इस निर्णायक घड़ी में आपके सहयोग और मार्गदर्शन के बिना राम रावण पर विजय नहीं पा सकता। इसलिए जो भी आपको उचित लगे मुझसे कहिएगा, मैं वैसा ही करूँगा," राम ने कहा।

"प्रभु! यह तो सत्य है कि आपके अतिरिक्त हमारे पक्ष का कोई भी योद्धा रावण का सामना नहीं कर सकता। युद्ध की रावण की अपनी पृथक शैली है, जिसकी मैं आपसे चर्चा करूँगा। यद्यपि लंका के सभी बड़े योद्धा मारे जा चुके हैं और रावण घोर हताश भी है किन्तु उसे लघुतर नहीं आँका जाना चाहिए। रावण जब तक ज़िन्दा है हम किसी भी भ्रम में न रहें।"

"आप क्या कहना चाह रहे हैं स्पष्ट करें?"

"स्वामी, रावण युद्ध में विकट योद्धा है। छल में उससे बड़ा कोई राक्षस नहीं। वह न केवल अपने खड्ग से युद्ध करने में सिद्धहस्त है, अपितु छल से और माया से शत्रु पक्ष को भ्रमित करने में भी पारंगत है। रावण अपने जैसे नौ और रावण छल से तैयार रखता है, जो उसी जैसे दिखते हैं। उसी का रूप और स्वरूप लेकर वे युद्ध में शत्रु पक्ष को भ्रम में डालते हैं। एक साथ अनेक रावण कई स्थानों पर दिखते हैं और शत्रु पक्ष धोखा खा जाता है। उसकी इसी शैली के कारण उसे दस शीश कहते हैं। मूल रावण को पहचानना विपक्ष के लिए असंभव होता है।"

"तब उसे कैसे पहचानोगे, मित्र?"

"प्रभु उसका दुर्भाग्य है कि मैं आपके साथ हूँ। कोई पहचान पाए या नहीं, भाई अवश्य भाई को पहचान लेगा।"

"इसके साथ ही मुझे पता है कि वह अपने बहरूपियों को पहले युद्ध हेतु भेजता है। ये मायावी रावण एक साथ युद्ध भूमि में अनेक स्थानों पर

प्रकट होते हैं। कोई रावण हँसता है, कोई रोता है, कोई जीतता है, तो कहीं कोई हारता हुआ दिखता है। कहीं छिपता है, तो कहीं दिखता है। इस प्रकार वह शत्रु पक्ष का मनोबल तोड़ देता है और जब यह दिखने लगे कि शत्रु सेना किंकर्तव्यविमूढ़ हो गई है तब असली रावण प्रकट होता है," विभीषण ने कहा।

"इसका अर्थ है कि हमें असली रावण की प्रतीक्षा नौ नक़ली रावणों से युद्ध करते समय करनी होगी," लक्ष्मण ने पूछा।

"किन्तु किसी भी निष्कर्ष पर पहुँचने से पूर्व यह तथ्य ध्यान में रखें कि रावण जानता है कि मैं आपके साथ हूँ और मैं उसके हर छल को जानता हूँ। इसलिए संभव है कि वह कोई नई युक्ति सोचे हमें भ्रमित करने की।"

"तब हमें क्या रणनीति बनानी होगी?" राम ने पूछा।

"प्रभु एक युक्ति है जो मुझे सूझ रही है। इससे हम असली रावण तक अवश्य पहुँचेंगे अथवा असली रावण हम तक पहुँच जाएगा," विभीषण बोले।

"बताओ मित्र, क्या है वह युक्ति?"

"नाथ यह तो आप जानते हैं कि इस समय रावण संसार में यदि किसी से घोर घृणा करता है, जिसके रक्त का वह प्यासा है, वह मैं हूँ। वह मुझे सबसे पहले मारना चाहेगा। मुझे मृत्यु के घाट उतारना उसका पहला कृत्य होगा। इसलिए यदि मैं कल स्वछन्द होकर रावण कि सेना के सम्मुख युद्ध क्षेत्र में रहूँ, तो संभव है कि मुझ तक पहुँचने के प्रयास में वह हमारे सम्मुख शीघ्र प्रकट हो जाए। प्रभु यदि आप मेरे पीछे कुछ योद्धाओं के साथ इस प्रकार रहें कि आगे मैं, मेरे पीछे कुछ योद्धा और उनके पीछे आप कि मुझे देखते समय आप पर दृष्टि न जाए।"

"नहीं, मित्र! यह घातक होगा, मैं तुम्हारे प्राण इस प्रकार संकट में नहीं डाल सकता," राम ने व्याकुल हो कहा।

"प्रभु जिसके साथ आप स्वयं हो, उसके प्राणों पर कैसा संकट? आपने अपने तप, संयम से इस पूरे भू-मंडल को अपने वश में कर लिया है। मृत्यु भी आपकी आज्ञा के बिना मेरे पास नहीं आ सकती।"

"मुझ पर आप लोगों का इतना प्रगाढ़ विश्वास मुझे यदा कदा भयभीत कर देता है," राम बोले।

"इसमें हमारा कोई दोष नहीं प्रभु, आपके चमत्कारी कृत्य ही ऐसे हैं।"

"ठीक है अब हम लोग अपनी रणनीति बना लें। मैं और विभीषण मध्य में सुग्रीव, हनुमान, लक्ष्मण, अंगद, नील, गंधमादन, मैन्द, द्विविद और जामवंत प्रत्येक अपनी समझ के अनुसार रावण से युद्ध करेंगे। रावण असली हो या नक़ली प्रत्येक योद्धा असली मानकर ही रावण से युद्ध कर उसे समाप्त करेगा। युद्ध की तीव्रता उस समय तक बनाए रखी जाएगी जब तक पूरी राक्षस सेना पराजित नहीं हो जाती। एक योद्धा अपने कृत्य को पूर्ण कर, जहाँ आवश्यक लगे, दूसरे योद्धा की सहायता करे।"

"प्रभु एक और आग्रह है आपसे, आपके नुकीले लौह फल युक्त बाण जो पीछे से पंखदार हैं, अपनी मारक क्षमता और तीव्रगति से आकाश को भी छेद सकते हैं, यह सभी जानते हैं। किन्तु रावण पर बाण कैसे चलाना है वह मैं परिस्थिति देखकर आपको बताऊँगा," विभीषण ने आग्रह किया।

"अवश्य मित्र! रावण से युद्ध में आप मेरे पथ प्रदर्शक होंगे।"

"एक मेरा भी आग्रह है प्रभु, कल का युद्ध संभवतः निर्णायक हो। आपकी दैवीय शक्ति को लेकर सेना में कोई संदेह नहीं। अतः प्रातःकाल सेना के समक्ष आप का भ्रमण हो जिससे वे आपकी स्नेह युक्त दृष्टि से उत्साह और ऊर्जा से भरकर युद्ध में जाएँ और पूर्ण आत्म विश्वास से विजेताओं की तरह लड़ें," सुग्रीव बोले।

"जैसा आप सब चाहें, आप सब की प्रसन्नता में ही मैं प्रसन्न हूँ।"

अगले दिन सारे वानर योद्धा राम की आज्ञा अनुसार अपने-अपने हिस्से के रावण से युद्ध कर रहे थे। हनुमान के सामने रावण वेश धारी राक्षस को मारने में हनुमान को अधिक समय नहीं लगा। खड्ग लिए नक़ली रावण जैसे ही हनुमान के सम्मुख आया, हनुमान ने बाएँ हाथ से एक प्रहार गदा का खड्ग पर किया, टूटकर खड्ग पृथ्वी पर गिरा, उसी क्षण दाहिने हाथ की मुष्टिका का प्रहार पीठ पर किया और बनावटी रावण औंधे मुँह धरती पर गिरा। थोड़ी देर तड़फा और शांत हो गया। राक्षस वध कर हनुमान ने वानर सेना की टुकड़ी की ओर देखा सभी हनुमान की जय-जयकार करने लगे। हनुमान संकेत से सबको युद्ध करते रहने के निर्देश दे उत्तरी द्वार की

ओर बढ़े। उन्हें आभास हो रहा था कि संभवतः वास्तविक रावण उत्तरी द्वार से युद्ध भूमि में आएगा।

युद्ध का एक प्रहर व्यतीत होने को था कि रावण अपने महल से निकला। सिर से पैर तक लौह आवरण से इतना ढँका हुआ कि चेहरे पर मात्र मुख, नासिका और आँखें ही दिख रही थीं। धड़ पूरा लौह आवरण से ढँका हुआ। ऊपर से रेशमी लबादा। काजल के समान काले रावण के सिर पर काला लौह सिरस्त्राण, मुख पर लौह आवरण भी काला, नीचे रेशमी वस्त्र। वह महल से बाहर निकला ही था कि उसने अपने सम्मुख मन्दोदरी को द्वार पर पाया। आँखों में घोर निराशा के बीच कहीं आशा की किरण भी थी कि कदाचित पति की विजय हो। इसलिए आज पूजन थाली से लेप निकाल कर रावण की दोनों भुजाओं के आवरण पर स्वास्तिक चिह्न बनाया।

"मैं तुम्हारे पुत्रों के वध का प्रतिशोध लिए बिना युद्ध भूमि से वापस नहीं आऊँगा मन्दोदरी, मुझ पर विश्वास रखो," मन्दोदरी के दोनों हाथ अपने हाथ में लेकर रावण बोला।

"स्वामी, आप ही मेरे सम्पूर्ण पूंजी हैं। आपकी विजय मेरे सारे दुखों का नाश कर देगी। आप सा योद्धा तो इस भू लोक में दूसरा नहीं। आपकी विजय हो, शिव आप पर और लंका पर प्रसन्न हों, यही कामना है," मन्दोदरी भावुक होकर बोलती जा रही थी। "जब तक आप वापस नहीं आते, मैं इसी द्वार पर बैठ कर आपकी प्रतीक्षा करूँगी। आप विजयी हों, सीता से भी मुझे कोई विद्वेष नहीं। यदि विजयश्री के पश्चात वह आपका वरण कर ले, मैं आप दोनों की दासी बन कर आपकी सेवा में ही प्रसन्न रहूँगी। बस आपकी विजय हो यही मेरी अभिलाषा है," यह कहते हुए उसने रावण को विदा किया।

अंगद, जामवंत, नील ने अपने-अपने रावणों का वध कर दिया। गंधमादन, मैन्द, द्विविद भी सफलता की ओर बढ़ रहे थे। तभी उत्तरी द्वार से "जय दश शीश", "जय लंकेश" का घोर नाद हुआ और रावण बड़ी सेना की टुकड़ी के साथ विशाल रथ पर युद्ध भूमि की ओर आता दिखा। सभी वानर योद्धाओं ने अपनी-अपनी टुकड़ियों को अविचलित होकर युद्ध करने व अपने आस-पास के राक्षस सैनिकों का वध करने के निर्देश दिए।

विभीषण सभी रावणों के पास बारी-बारी से हाथ में खड्ग लिए घूम रहे थे। नक़ली रावणों में कुछ रथ पर कुछ पैदल थे किन्तु किसी का लक्ष्य विभीषण नहीं था। कुछ दूरी बनाकर विभीषण के पीछे धनुष पर बाण चढ़ाए, अपने वानर सैनिकों से घिरे हुए राम चल रहे थे। राम को अपने योद्धाओं पर विश्वास था इसलिए वे किसी भी राक्षस योद्धा पर बाण नहीं चला रहे थे ताकि बाणों को अन्यत्र जाया नहीं करें। विभीषण अकेले ही घूम रहे थे ताकि दूर से ही सभी को दिख सकें। यत्र तत्र युद्ध चल रहा था तभी विभीषण ने देखा, एक रथ तेज़ी से उनकी ओर बढ़ रहा था। उन्होंने पीछे मुड़कर राम को संकेत किया कि संभवतः यही रावण का रथ होगा। तीव्र गति से आता हुआ रथ विभीषण के पास पहुँचता इससे पूर्व ही योद्धा ने रथ से लौह मुद्गर विभीषण की ओर फेंका। विभीषण एक ओर हट गए, तभी रथ से गरजता हुआ स्वर सुनाई दिया।

"दुष्ट, नीच, कुलघाती विभीषण तेरा सर काटे बिना मुझे चैन नहीं मिलेगा," कहते हुए रावण ने विभीषण की ओर बिना उन्हें सँभलने का अवसर दिए खड्ग फेंका। विद्युत गति से राम आगे आए, उन्होंने खड्ग की ओर बाण छोड़ा। खड्ग विभीषण तक पहुँचने ही वाला था कि राम बाण के प्रहार से कटकर भूमि पर गिरा।

"प्रभु यही है रावण, आपका लक्ष्य," विभीषण चीख़े।

"आप मेरे पीछे हो जाएँ, सामने न आएँ, पीछे से ही मुझे मार्गदर्शन दें," राम ने कहा और दूसरा बाण धनुष पर रख रावण की ओर छोड़ा। बाण रावण के सिरस्त्राण पर लगा, सिरस्त्राण कटकर भूमि पर गिरा। रावण ने अट्टहास किया और राम की ओर लौह शक्ति फेंकी। तीव्र गति से घूमती हुई शक्ति राम की ओर आई और कानों तक रावण का स्वर आया।

"मूर्ख तपस्वी! अपने प्राणों का मोह नहीं, जो रावण के हाथों यहाँ तक मरने चला आया।"

राम झुके, तीव्र गति से बाण शक्ति की ओर छोड़ा। बाण से कटकर शक्ति नीचे गिरी। उन्होंने दूसरा बाण चपलता से तरकश से निकाल कर रावण की ओर छोड़ा। बाण रावण की छाती पर लगा किन्तु रावण को अघात पहुँचाने के स्थान पर कट कर रथ में गिरा। विद्युत गति से एक के बाद एक बाण तरकश से निकाल रहे थे। रावण की ओर वायु से भी तीव्र गति से

बाण जा रहे थे किन्तु रावण के विभिन्न शरीर अंगों से टकराते ही टूटकर नीचे गिर जाते थे। रावण राम पर धारदार खड्ग फेंक रहा था, शूल और त्रिशूल फेंक रहा था। राम हर शस्त्र को अपने बाणों से काट रहे थे और उतनी ही चपलता से रावण पर प्रहार भी कर रहे थे। रावण के हर आयुध को काटने में राम को सफलता मिल रही थी किन्तु रावण पर प्रहार करने वाला प्रत्येक बाण प्रभावहीन होकर नीचे गिर रहा था।

"स्वामी सर्वप्रथम आप इसके रथ को तोड़िए ताकि रावण धरती पर आपसे युद्ध हेतु विवश हो जाए। आप यह प्रयास करें।"

विभीषण की सलाह पर राम ने रावण को लक्ष्य करने के स्थान पर रथ को निशाना बनाया। एक साथ अनेक बाण ऐसे छोड़े कि समझ ही नहीं आता था कि कब एक बाण छूटता था, कब दूसरा धनुष पर चढ़ जाता था। रथ के चक्के बाणों के प्रहार से पृथक हो गए। सारथि को बाण लगा। वह रथ पर ही गिर गया। चक्कों ने रथ का साथ छोड़ा, तो बिना सारथि का रथ टूट कर रथी सहित धरती पर गिरा। गिरते ही रावण ने चन्द्रहास उठाया और चहुँओर के वानर सैनिकों को मारने लगा। रावण के प्रहार से पैदल सैनिक कट कर भूमि पर गिरने लगे। राम सेना में हाहाकार मचने लगा। राम ने विचलित हो रावण पर एक के बाद बाणों से पुनः प्रहार किया, किन्तु कोई भी बाण रावण के शरीर को भेद नहीं पा रहा था। भाला लेकर रावण ने राम पर फेंका किन्तु तीव्र गामी बाण से राम ने शूल काट दिया।

"प्रभु, रावण अपने शरीर को लौह आवरण से ढँक कर आया है, इसलिए आपका कोई भी बाण प्रभावशील नहीं हो पा रहा," विभीषण अधीर हो बोले।

"तब क्या उपाय है मित्र, इस महाभट को मारने का?"

राम ने पूछा किन्तु दृष्टि रावण पर टिकाए रखी और वे बाणों से लगातार प्रहार किए जा रहे थे। तभी पैना चमकता त्रिशूल राम की ओर रावण ने फेंका। यदि राम चपलता से परे हटकर विद्युत गति से आते त्रिशूल को नहीं काट देते, तो वह उनकी छाती को बेध देता।

"प्रभु, रावण का लौह आवरण इस प्रकार बना है कि शरीर का कोई अंग उससे बिना ढँके नहीं रहता। शरीर के जोड़ स्थान जहाँ से शरीर को मोड़ा या झुकाया जा सकता है, मात्र वे ही संधि स्थल अनावरित रहते हैं।

लौह से भुजाओं, टाँगों के जोड़ स्थल, घुटने, कोहनियाँ और नाभि प्रदेश ये ही वे स्थान हैं जो आवरण मुक्त हैं और इन सब स्थानों पर आप प्रहार कर सकते हैं। किन्तु नाभि प्रदेश सबसे संवेदनशील है। यदि इसे लक्ष्य बनाया जाए तो रावण कि मृत्यु निश्चित है। आप प्रयत्न करें कि बाण नाभि प्रदेश को भेद दें।"

"तुम सत्य कहते हो मित्र, तभी मैं सोचूँ कि मेरे बाण, जो हाथी को भी भेद सकते हैं, क्यों रावण को घायल भी नहीं कर पा रहे।" कहते हुए राम ने लक्ष्य साधा, बाण छोड़ा। रावण ने बाण की दिशा में चन्द्रहास खड्ग फेंका। बाण खड्ग से टकराया और टूटकर भूमि पर जा गिरा। बाण को काटते हुए खड्ग राम की ओर तेज़ी से आ रहा था। राम ने द्रुतगामी बाण खड्ग की ओर चलाया। खड्ग को काटते हुए बाण खड्ग के साथ ही धरती पर गिरा। अपने प्रिय खड्ग को टूटता देख रावण चीखा और टूटे रथ से भारी धनुष उठाया, प्रत्यंचा चढ़ाने के लिए भूमि पर रखा।

"स्वामी, यही अवसर है। रावण भारी धनुष को भूमि पर रख प्रत्यंचा चढ़ाने हेतु कुछ क्षण के लिए स्थिर होगा। शीघ्र निशाना साधें," विभीषण आवेश में बोले।

राम ने देखा रावण भारी द्रविड़ धनुष को भूमि पर सीधा खड़ा कर प्रत्यंचा चढ़ा रहा है। प्रत्यंचा चढ़ते ही धनुष पर बड़ा तीर रखा और झुक कर लक्ष्य साधने लगा कि राम ने बिना अवसर गँवाए तीव्र फल युक्त बाण रख धनुष पर कानों तक प्रत्यंचा खींची, निशाना नाभि प्रदेश को बनाया और बाण छोड़ दिया। आगे लौह फल लगा बाण चला। तीव्रता से चलने वाले बाण की गति पीछे लगे पंखों से और बढ़ गई थी और पलक झपकते ही बाण रावण की नाभि पर सीधा लगा।

नाभि के अंदर तक धँसे बाण के प्रहार से रावण पीछे की ओर झुकने लगा, दोनों हाथों से बाण खींचने लगा किन्तु तिकोने फल ने अंदर और तीव्र घाव बना दिया। इससे पहले कि वह कुछ भी सोच पाता कि दूसरा बाण एकदम से सीधा आकर उसी नाभि प्रदेश स्थल पर लगा। रावण अचेत हो भूमि पर गिरा और कुछ क्षण अचेत पड़ा रहा व कराहता रहा। किन्तु बाणों को निकालने का न तो उसमें कोई साहस था और न ही वह प्रयास कर पा रहा था। भाई को मरणासन्न देखा विभीषण रावण की ओर दौड़ा। तब तक

राक्षस सेना में खलबली मच गई। राक्षस रण छोड़कर भागने लगे। पीछे ढेरों वानर योद्धा उन्हें मारने दौड़ रहे थे।

"हनुमान शीघ्रता से यह संदेश सेना को दो कि रावण हत हो गया है अतः अब किसी भी राक्षस के प्राण न लिए जाएँ," राम ने संकेत से अपनी ओर बुला कर हनुमान से कहा।

"जो आज्ञा प्रभु", कहते हुए हनुमान ने सेना में ऊँचे स्वर में चेतावनी प्रसारित की, "पीछे हटती राक्षस सेना को वापस लंका जाने दिया जाए, किसी को भी हत न करें।"

"भैया मुझे क्षमा करें, मैंने कितना चेताया किन्तु आप नहीं माने," विभीषण ने रावण के पास बैठते हुए कहा।

"विभीषण यद्यपि तुमने कुल के साथ विश्वासघात किया है, तुम राम के साथ न होते तो राम की विजय कभी न होती। किन्तु मैं मरते समय तुमसे कोई विद्वेष नहीं रखना चाहता। यह बात सदियों से कही जाती रही है और युगों तक कही जाती रहेगी कि भाई से बड़ा कोई मित्र नहीं, किन्तु तिरस्कृत, अपमानित भाई से बड़ा कोई शत्रु नहीं। मैंने सदैव तुम्हारा अपमान किया, तुम्हारा तिरस्कार किया। इसलिए तुम मुझे छोड़कर राम के पास जाने को विवश हुए," रावण कराहते हुए मंद स्वर में बोला।

"हाँ भैया, कदाचित आप मुझे समझ पाते और छल से हर लाई सीता राम को वापस कर देते, तो आज लंका का सर्वनाश न हुआ होता।"

"मैं जानता हूँ, और अनेक बार मेरे मन में यह विचार भी आया था किन्तु रावण सदैव सिर उठाकर जिया है सो कैसे राम तक जाता। लोक लाज के भय ने मुझे रोका। जो होना था, हुआ। किन्तु तुम लंका के सर्वनाश की बात न कहो। तुम हो न लंका की देखभाल के लिए।"

"जैसा मैंने राम के बारे में सुना है, वे राज्य लोलुप तो क़तई नहीं हैं। मुझे ज्ञात हुआ था कि लंका का राज तुम्हें देना का वचन भी उन्होंने दिया है। सो भलीभाँति लंका को सँभालना। लंका के नागरिक, राज्य की संपदा, रनिवास की रानियाँ सब तुम्हारी जिम्मेदारी है अब से," कहते-कहते रावण ने प्राण तज दिए।

लंका में चहुँओर अराजकता फैल चुकी थी। हर लंकावासी किंकर्तव्यविमूढ़ था। बाज़ारों की दुकानों को छोड़ दुकानदार भाग रहे थे। सैनिक भयभीत होकर इधर-उधर दौड़ रहे थे। क्या बच्चे, बूढ़े और क्या युवा जिसे देखो वही बदहवास। कोई नायक नहीं कोई मार्गदर्शक नहीं न कोई बताने वाला, न समझाने वाला और नहीं ढाँढस बँधाने वाला। जिधर देखो उधर भय, चिंता और व्याकुलता।

रनिवास की रानियाँ क्रंदन करती नगर के बाहर भागीं। रावण के मृत शरीर के पास पहुँच मन्दोदरी और अन्य रानियाँ धाड़ें मार कर रोने लगीं। विभीषण भाई की मृत्यु के बाद ग्लानि और पश्चाताप से भर रावण का सिर गोद में रख कर रुदन कर रहे थे। लंका के पदाधिकारी, मंत्री, बचे हुए सेनानायक सभी रावण के शव के चारों ओर खड़े थे। वे शोक और भय से ग्रस्त होकर विलाप किए जा रहे थे।

बूढ़े मंत्री माल्यवान ने विचार किया कि इस विकराल स्थिति से श्रीराम ही निकाल सकते हैं। वे ही लंका के जन मानस से भय और चिंता मिटाकर जन जीवन सामान्य कर सकते हैं। सोचते हुए माल्यवान राम के पास पहुँचे।

"श्रीराम की जय हो। स्वामी, मैं लंका का मंत्री माल्यवान हूँ। लंकापति रावण ने इस नियति को स्वयं ही आमंत्रित किया था। अनेक अवसर पर मैंने और विभीषण ने राजा को परामर्श दिया था कि देवी सीता को सादर राम तक पहुँचा दें और थोपे गए इस युद्ध को सम्मान जनक विराम दें। किन्तु हठी महाराज ने एक न सुनी। अब जो होना था, हुआ किन्तु प्रभु कातर मन से स्थिति पर आँसू बहाते रहना तो बुद्धिमत्ता नहीं होगी। आप ही लंका की निरीह प्रजा को सम्बल दे सकते हैं। राज सिंहासन रिक्त है और लंका आपके अधीन! जैसा आदेश आप दें, वैसा ही किया जाए," हाथ जोड़ कर खड़े हो माल्यवान ने विनती की।

"माल्यवान जी, आपके संबंध में विभीषण जी मुझे बताते रहते थे। आप जानते हैं, मैंने भी अपने स्तर से प्रयास किए थे कि युद्ध न हो किन्तु लंकापति रावण ने संधि के सारे प्रस्ताव ठुकरा दिए थे। इसी कारण हम युद्ध के लिए विवश हुए। किन्तु जो हुआ उसका दुष्प्रभाव लंका पर नहीं पड़ना चाहिए," राम बोलते जा रहे थे।

"लंका नरेश के रूप में हम पहले ही विभीषण जी को घोषित कर चुके हैं, अतः वे ही लंका के राजा होंगे। आपने सत्य ही कहा है कि राज सिंहासन रिक्त होने से प्रजा में अकारण भय, घबराहट और चिंता होगी। इस स्थिति को शीघ्र दूर करना आवश्यक है। राज धर्म भी यही कहता है कि विजेता पक्ष को पराजित राज्य की प्रजा का विश्वास जितना शीघ्र हो सके, जीतना चाहिए। अतः आप तत्काल विभीषण जी को राज सिंहासन पर आरूढ़ कराने की व्यवस्था करें।"

"किन्तु प्रभु वे तो शोक संतप्त हैं, संभवतः आप ही उनसे कहें तो उचित होगा," माल्यवान ने निवेदन किया।

"ठीक है जैसे आपकी सम्मति। हनुमान विभीषण जी को ढाँढस बँधाते हुए लेकर आओ," राम ने कहा तो हनुमान विभीषण के पास चल दिए।

रावण के मृत शरीर के पास विभीषण, लंका के पदाधिकारी, मन्दोदरी व अन्य रानियाँ, आमजन विलाप कर रहे थे। हनुमान ने मन्दोदरी को हर प्रकार से धीरज बँधाया। विभीषण को राम की मंशानुरूप समझा बुझा कर उनके पास लेकर चले। विभीषण निरंतर रोए जा रहे थे। जब वे राम के पास पहुँचे तो राम ने उठकर उन्हें कंधे से सहारा देकर गले से लगा लिया, पीठ पर स्नेह से हाथ रखा। बहुत देर तक विभीषण राम के आलिंगन में रोते रहे, राम धीरज बँधाते रहे। कुछ समय बाद जब वे सामान्य हुए तो राम स्नेहमयी वाणी में बोले।

"मित्र! जीवन-मृत्यु-लाभ-हानि ये तो विधाता के हाथ हैं। इन पर व्यक्ति का कोई वश नहीं होता। इसलिए विवेकी पुरुष को चाहिए कि इन सब स्थितियों को नियति मानकर स्वीकार करें और अपने कर्तव्य पालन पर ध्यान दे। मित्र! सर्वप्रथम प्रजा हित में आपका राज तिलक होना आवश्यक है क्योंकि राज सिंहासन रिक्त नहीं रह सकता। तत्पश्चात लंकापति रावण का पूरे राजकीय सम्मान के साथ अंतिम संस्कार करना होगा ताकि जन जीवन पुनः सामान्य हो सके।"

"जैसी आपकी आज्ञा होगी प्रभु वैसा ही किया जाएगा, किन्तु देवी सीता को तत्काल आपके पास लेकर आना हमारा पहला कृत्य होना चाहिए," विभीषण रुँधे गले से बोले।

"पहले आपको लंका नरेश बनाने की विधिवत घोषणा हो जाए, उसके बाद रावण की अंतिम क्रिया करें। तत्पश्चात सीता को लेकर आना उचित होगा। आपकी सहायता हेतु सुग्रीव जी, हनुमान और अंगद आपके साथ लंका जाएँगे। अब शीघ्रता करें मित्र, विलम्ब उचित नहीं। महारानी मन्दोदरी और अन्य रानियों से मेरी संवेदनाओं को व्यक्त करते हुए हर प्रकार से समझा बुझाकर महल में भेजने की व्यवस्था करो। माल्यवान जी आपके साथ रहेंगे तो सारे कार्य उचित रीति से हो जाएँगे।"

राम की आज्ञा पा सुग्रीव, हनुमान, अंगद और माल्यवान विभीषण को लेकर चले। सभी रावण के मृत शरीर के पास गए। उन्होंने रानियों को धीरज बँधाया और पर्याप्त सैन्य सुरक्षा में रावण के शरीर को छोड़ कर नगर की ओर सभी के साथ चले।

लंका में आते ही माल्यवान सहित मंत्रियों, सेनानायकों की उपस्थिति में विभीषण को लंका नरेश घोषित किया गया। अन्य राज्य के राजा के रूप में सुग्रीव की उपस्थिति राजनयिक रूप से महत्त्वपूर्ण थी। राज तिलक की औपचारिकता के बाद रावण का पूरे राजकीय सम्मान के साथ अंतिम संस्कार किया गया। सारे लंका वासियों ने अपने महाबली, प्रकांड पंडित राजा को अश्रु पूरित विदाई दी।

"किन्तु ज्येष्ठ भ्राता इसकी क्या आवश्यकता है? आप तो जानते हैं भाभी सीता मन-कर्म-वचन से पतिव्रता हैं। आपके पास से जाने के बाद वे आपके प्रति पूर्ण निष्ठावान रहीं। यह अग्नि परीक्षा क्यों? वे तो अपने तप बल से संसार को जला सकती हैं, भला अग्नि उन्हें क्या जलाएगी?" लंका विजय के बाद जब राम ने लक्ष्मण से सीता के लिए अग्नि परीक्षा की व्यवस्था करने का आदेश दिया तो लक्ष्मण विस्मित होकर बोले।

"लक्ष्मण मुझे सीता की पवित्रता पर तनिक भी संदेह नहीं है। किन्तु भाई नायक का आचरण उनके अनुयायियों के लिए मिसाल होता है। अतः नायक का कोई भी कृत्य ऐसा नहीं हो कि संदेह उत्पन्न हो। मैं जानता हूँ कि मेरे सभी सेनानायक, सेनापति, सैनिक किसी भी प्रकार से सीता के पतिव्रता होने में कोई संदेह नहीं करेंगे। किन्तु यदा-कदा यह बात किसी के मन में

तो आ ही सकती है कि राम से बिछुड़ने के बाद सीता एक वर्ष लंका में रही है। कहीं उनकी निष्ठा में क्षण भर को कोई परिवर्तन तो नहीं आया। इसीलिए यह अग्नि परीक्षा सीता के लिए आवश्यक है। इससे उनके प्रति सभी के मन में आदर सम्मान का भाव जागेगा। और हाँ, सीता को इस प्रकार लाया जाए कि दोनों तरफ़ सैनिक और सेनानायक खड़े रहें, ताकि सभी उन्हें माता के रूप में देख सकें।"

राम ने कहा तो लक्ष्मण ने जाकर अग्नि परीक्षा हेतु चंदन की लकड़ियों की व्यवस्था कराई। भूमि पर एक स्थान पर लकड़ियों का चबूतरा बनाया गया, उस पर घृत डाल कर उसे प्रज्ज्वलन हेतु तैयार किया गया। तभी लक्ष्मण ने देखा कि उत्तर द्वार से अनेक रथ चले आ रहे हैं। उन्होंने जा कर राम को सूचना दी कि संभवतः भाभी सीता आ रही हैं। राम अपने स्थान पर बैठ गए। आगे दोनों ओर पूरी सेना कतारबद्ध थी। बीच में रास्ता था, जो सीधा राम तक जाता था। आगे के रथ से विभीषण और सुग्रीव उतरकर राम के पास आए।

"प्रभु! देवी सीता आ चुकी हैं। रथ तक आप चलेंगे या उन्हें आप तक सादर लाया जाए," विभीषण ने आग्रह किया।

"मित्र आपका बहुत-बहुत आभार। हनुमान और अंगद जाओ और रथ से उतारकर सीता को सेना के बीच से लाओ, ताकि सारे सैनिक उन्हें जननी की तरह देख सकें। उसके पश्चात लक्ष्मण उनसे अग्नि परीक्षा हेतु मेरी ओर से आग्रह करेंगे," राम ने कहा तो अग्नि परीक्षा की बात पर सभी को घोर आश्चर्य हुआ।

"प्रभु अग्नि परीक्षा, इसकी क्या आवश्यकता है। देवी सीता जैसी महान पतिव्रता पर किसको शंका होगी नाथ," सुग्रीव व्याकुल हो बोले।

"मित्र सीता पतिव्रता है किन्तु यह सार्वजनिक रूप से दिखना भी चाहिए, यही आदर्श आचरण है," राम ने कहा तो सब ने देखा कि स्वभाव से अति कोमल राम निर्णय में अति दृढ़ हैं, इसलिए इस संबंध में उनसे तर्क करना अनुचित होगा।

हनुमान और अंगद सीता के रथ के पास गए, उन्हें आदर से उतारा। फिर पैदल लेकर चल दिए। सेना दोनों और अनुशासित, पंक्तिबद्ध सागर तट पर खड़ी थी। सीता के आगे राह दिखाते अंगद, पीछे हनुमान अपने बीच में

माता सीता को पा वानरों ने हर्ष नाद किया। "जय श्रीराम", "जय माँ सीता", "जय सीता राम", "जय जय शिव।" संपूर्ण सागर तट गुंजायमान हो गया।

वानर सेना के बीच से धीरे-धीरे पग रखती सीता अपने स्वामी की ओर चली जा रही थी। सीता इससे पूर्व राम तक पहुँचती कि लक्ष्मण राह में खड़े मिले।

"भाभी के चरणों में लक्ष्मण का नमन। क्षमा करें किन्तु ज्येष्ठ भ्राता की आज्ञा है कि उन तक पहुँचने से पूर्व आप अग्नि परीक्षा से गुजरें, तो उचित होगा," लक्ष्मण ने झुककर अभिवादन किया और वे दृष्टि भूमि पर गड़ाए हुए बोले।

"यशस्वी हो, दीर्घायु हो लक्ष्मण! तुम्हारे बड़े भाई की इच्छा मात्र ही सदैव मेरे लिए आज्ञा रही है। मैंने कभी प्रश्न चिह्न नहीं लगाया, उनके किसी भी कथन पर। आज भी मैं सहर्ष उनकी आज्ञा मानूँगी। तत्काल अग्नि प्रज्ज्वलित की जाए," सीता ने कहा। उनकी काया कृष थी किन्तु कान्ति से मुख दमक रहा था।

लक्ष्मण ने अग्नि प्रज्ज्वलित की। चंदन की घृत लगी लकड़ियाँ ऊँची लपटों के साथ जल उठीं।

"मैं श्रीराम की पत्नी सीता, अग्नि देव को साझी मानकर वचन कहती हूँ कि यदि मैंने कभी भी, किसी भी क्षण मन से, वचन से, कर्म से श्रीराम को छोड़कर किसी भी अन्य पुरुष में प्रीति की हो, किसी पर पुरुष का ध्यान मात्र ही किया हो तो हे अग्नि देव! मुझे इसी क्षण जलाकर भस्म कर दें!!" सीता यह कहते हुए अग्नि में निर्भीक प्रवेश कर गईं। एक सिरे से दूसरे सिरे तक चिंता मुक्त, आत्मविश्वास से भरी सीता पार कर अग्नि के बाहर निकल आईं। सभी ने देखा बिना हानि के सीता अग्नि से पार ऐसे निकल आईं, जैसे शीतल पवन से बाहर निकल रही हों। सभी सीता की जयकार करने लगे।

"आश्चर्य, अकल्पनीय यह कैसे संभव है कि अग्नि ने देवी सीता को जलाया नहीं?" विस्मय से विभीषण ने पूछा।

"इसमें आश्चर्य जैसा कुछ भी नहीं लंकापति ये संभव है तप से,

आत्मबल से और आत्मबल का संबंध है त्याग से, सद्मार्ग पर चलने से, चरित्र की दृढ़ता से। देवी सीता में ये सब गुण हैं। ऐसे गुणों वाले व्यक्ति को जब अपनी सत्यता कि जाँच हेतु अग्नि परीक्षा से गुजरना होता है तब उनके शरीर से विशेष रसायन निकलते हैं जो इन्हें किसी भी अग्नि से सुरक्षा देते हैं," जामवंत बोले।

राम अपने स्थान से खड़े हुए। सीता की ओर चले, पास आए। सीता की दृष्टि राम के चरणों पर पड़ी। श्रद्धा और प्रीति से कुछ क्षण दृष्टि चरणों पर ही गड़ी रही।

"सीते!" राम ने धीरे से कहा तो सीता की दृष्टि उठी, आँखें मिलीं। दोनों की आँखों से झर-झर आँसू बह निकले। दोनों एक दूसरे से बहुत कुछ बोलना चाह रहे थे किन्तु शब्द थे कि अधरों से निकलते ही नहीं थे। अपलक एक दूसरे को देखे जा रहे थे।

दोनों एक दूसरे की छवि स्पष्ट देखना चाह रहे थे किन्तु आँसू थे कि देखने ही नहीं दे रहे थे। राम ने संकेत किया दोनों पास पड़ी शिला पर बैठ गए। कुछ समय बाद जब मनोदशा सामान्य हुई तो राम ने सुग्रीव और विभीषण का परिचय कराया। तत्पश्चात अंगद, जामवंत, मैन्द, द्विविद, गंधमादन, ऋषभ, नल-नील, केसरी सहित सारे प्रमुख योद्धाओं का परिचय कराया और सारी सेना की विशेषताएँ बताईं।

"हनुमान को तो तुम भलीभाँति जानती ही हो। इनके पराक्रम के अनेक उदाहरण हैं, जो समय-समय पर तुम्हें ज्ञात हो ही जाएँगे," राम ने सीता से कहा, जो वात्सल्य से हनुमान कि ओर देख रहीं थीं।

"प्रभु! नगर में आप दोनों व भाई लक्ष्मण के स्वागत की सारी तैयारियाँ की जा चुकी हैं। अब आप चलकर लंका को धन्य करें नाथ," विभीषण हाथ जोड़ विनती करने लगे।

"नहीं, मित्र! आप तो जानते ही हैं कि मेरे वनवास की अवधि अभी समाप्त नहीं हुई है, इसलिए मेरा नगर प्रवेश वर्जित है। वैसे भी हमारे अयोध्या लौटने का समय आ गया है। वनवास अवधि पूरी होते ही यदि मैं अयोध्या नहीं पहुँचा तो भरत व्याकुल होकर कुछ अनर्थ न कर बैठें। सो अब तो हमें चलने की अनुमति दें।"

"किन्तु प्रभु! आपकी तो हमें लत लग गई है। आपके बिना रहने की

कल्पना भी नहीं की जा सकती," विभीषण मोहमय वाणी में बोले।

"लंकापति के रूप में आपके पास कर्तव्यों के निर्वहन की लंबी सूची है। आप निष्कंटक राज्य करें। अपनी प्रजा की भलाई हेतु कोई कसर न उठा रखेंगे, हमारी यही अपेक्षा है आपसे," राम ने कहा। फिर वे सुग्रीव की ओर मुड़कर बोले, "मित्र सुग्रीव! आपने हमारी सहायता में व्यस्त रहने के चलते लंबी अवधि से अपने राज्य पर ध्यान नहीं दिया है। अतः आप भी अपनी सेना सहित किष्किन्धा को कूच करें। अन्य देशों के आए सेनानायकों को उनके देश लौटने की अनुमति दें और अपने राज्य की व्यवस्था सँभालें, यही आपसे भी अपेक्षा है।"

"नहीं, प्रभु! अयोध्या तक आपको पहुँचाने हम सब चलेंगे। उसी के बाद अपने-अपने राज्य की व्यवस्था देखेंगे। क्यों मित्र विभीषण?" सुग्रीव ने कहा तो विभीषण ने भी सहमति दी।

"मित्रों! यह कदाचित ठीक नहीं रहेगा। आपकी विशाल सेना अयोध्या तक जाएगी तो राह में पड़ने वाले राज्यों को अनावश्यक परेशानी होगी। और फिर हमारी सेना के सैनिक, योद्धाओं को भी अकारण कष्ट होगा जो युद्ध समाप्ति के बाद शीघ्र घर वापसी चाह रहे थे। इसलिए कर्तव्य निर्वहन में अविलम्ब लग जाएँ। हाँ, हनुमान हमारे साथ जाएँगे तो उनके रहते रास्ते में हमें कोई कष्ट नहीं होगा। फिर आप सबकी शुभकामनाएँ भी तो हमारे साथ होंगी तो कष्ट कैसा?" राम ने कहा तो अंगद हाथ जोड़ कर खड़े हो गए।

"प्रभु! मेरे पिता ने मरते समय मुझे आपको सौंपा था, फिर मुझे क्यों त्यागा जा रहा है?"

"तुम सबको मैं कैसे त्याग सकता हूँ? राम के रोम-रोम में तुम सब बसे हो। राम का तो अस्तित्व ही तुम सबसे है। किन्तु प्रिय अंगद, तुम किष्किन्धा के युवराज हो। तुम्हारा धर्म है राजा सुग्रीव को राज काज में सहायता देना। इसलिए तुम्हारा अपना राज्य छोड़ कर जाना उचित नहीं होगा।"

"किन्तु प्रभु! आपके बिना हम सब अपने राज धर्म में कैसे सक्षम होंगे? आप तो हमारे लिए साक्षात ईश रूप हैं। हमारे पथ प्रदर्शक हैं, हमारे गुरु हैं," विभीषण ने कहा तो सुग्रीव ने भी हाँ में हाँ मिला दी।

"तुम सब मुझे ईश मानते हो, मुझे कोई आपत्ति नहीं। यदि मैंने मन-कर्म-वचन से सदैव निर्मल हृदय होकर अपनों की भलाई के लिए सोचा है

और यदि मुझमें देवत्व जागा है, तो वह सदैव आप सबके कल्याण के लिए आपके साथ रहेगा। जब भी आप मुझे सच्चे हृदय से पुकारेंगे, मैं आपके साथ दिखूँगा। हाँ, गुरु होने में मुझे संदेह है। क्योंकि गुरु का कार्य तो ईश से भी बड़ा होता है। ईश दोष पूर्ण हो सकता है किन्तु गुरु तो पूर्ण रूप से दोष रहित होता है। इसीलिए गुरु का कार्य संसार में सबसे गुरुतर है। गुरु ईश बन सकता है किन्तु ईश का गुरु बनाना दुष्कर है। यह राम तुम सब का मित्र है, हितैषी है और सदैव तुम्हारे साथ रहेगा यह वचन है।"

सुग्रीव ने धीरे से विभीषण को कुछ कहा फिर दोनों एक सहमति बनाकर राम से याचना करने लगे।

"प्रभु! हम आपकी मंशा के अनुरूप अपने राज्य का संचालन कर सकें, इस हेतु हमें राजधर्म कि गूढ़ बातों का ज्ञान दें।"

"मित्रों, राजा इस धरती पर विष्णु का अवतार माना जाता है। राजा का धर्म है न्याय करना, प्रजा का पुत्र की तरह पालन करना। बिना धर्म, वर्ण, जाति का भेदभाव किए सबको समान समझना। अपनी प्रजा के लिए बिना थके सदैव कर्तव्य पालन में लगे रहना। स्वयं के भोग-विलास के बारे में स्वप्न में भी नहीं सोचना। मित्र राज्यों की सहायता हेतु सदैव तत्पर रहना। शरणागत की रक्षा, अपने प्राणों पर खेल कर भी करना।"

राम बोलते जा रहे थे। सभी ध्यानमग्न सुन रहे थे।

"मित्रों, जो राजा अपनी प्रजा का पालन धर्मानुकूल करता है, वह पृथ्वी पर वरुण, यम, कुबेर और इंद्र से भी बड़ा होता है, जो राजा अपनी प्रजा से उसकी पैदावार का छठवाँ भाग कर के रूप में लेकर भी प्रजा का पालन नहीं करता वह अधर्मी होता है। सीमाओं की रक्षा करना, पापियों को दंड देना भी राजा की प्राथमिकता होनी चाहिए। जो राजा पापी को दंड दिए बिना छोड़ देता है वह स्वयं पाप का भागी होता है।"

"किन्तु प्रभु! प्रजा में भी तो नैतिकता होनी चाहिए। मात्र राजा से ही कर्तव्य पालन की अपेक्षा क्यों?" सुग्रीव ने पूछा।

"राजा की नैतिकता से ही प्रजा की नैतिकता है। राजा नैतिक होगा तो प्रजा भी नैतिक होगी। राजा अनैतिक होगा तो प्रजा भी अनैतिक हो जाएगी। राजा ही सत्य और धर्म का प्रजा में प्रवर्तक है। राजा ही कुलीनोचित कुलाजार का प्रवर्तक है। राजा ही प्रजा का माँ-बाप है और राजा ही प्रजा का हितैषी

है। राजा को न्याय प्रिय होना चाहिए एवं सदैव ही उसे इस ओर सजग रहना चाहिए कि अन्याय न होने पाए क्योंकि... क्योंकि झूठे दोषारोपण के लिए दण्डित लोगों के नेत्रों से गिरे आँसू उस राजा के, जो मात्र अपने भोग विलास के लिए राज्य करता है और न्याय की ओर ध्यान नहीं देता, पुत्रों, कुटुम्ब सहित राज्य का नाश कर देते हैं।"

देर रात तक सत्संग चलता रहा। सभी चित्त मग्न होकर श्रीराम की बातें सुन रहे थे। सभी की दृष्टि श्रीराम पर थी। आँखों से नींद दूर थी। सब मानो अधिक से अधिक राम की छवि को देखना चाहते थे, राम के सानिध्य में रहना चाहते थे।

भोर हुई। सुग्रीव और विभीषण अपने-अपने योद्धाओं, सेना के साथ राम को विदा देने सागर तट पर उपस्थित थे। रास्ते की समस्त तैयारियाँ विभीषण ने स्वयं की देख-रेख में कराईं थीं।

"आप सब विभीषण जी का कुछ दिन लंका में आतिथ्य स्वीकार कर अपने-अपने राज्यों को लौट जाएँ। आप सभी का हृदय से बहुत-बहुत आभार। हम सबने मिलकर न्याय युद्ध लड़ा और भगवान शिव के आशीर्वाद के हमें विजय मिली। इस धर्म विजय के पश्चात हम चहुँओर धर्म राज्य की स्थापना कर सकेंगे जो सर्व हिताय सर्व सुखाय पर आधारित होगा, यही कामना है। अब आप सब हमें जाने कि अनुमति दें, आप सब से विदा लेते हैं।"

"जय श्री राम", "जय जय शिव", "जय सीता राम" के समवेत स्वरों से तट गुंजायमान हो गया। सब से विदा ले राम सीता और हनुमान अयोध्या की ओर चल दिए।

# 12

भारद्वाज मुनि के आश्रम पर पहुँच कर राम रुके। मुनि ने जाना तो स्वयं भाव विह्वल हो स्वागत के लिए दौड़ पड़े। राम ने देखा मुनि स्वयं चले आ रहे हैं, आगे बढ़े, अभिवादन किया। लक्ष्मण ने मुनि के चरण छुए। सीता ने झुककर प्रणाम किया। हनुमान पीछे खड़े थे, राम ने संकेत से बुलाया और मुनि से परिचय कराया। हनुमान झुके तो मुनि ने हृदय से लगा लिया, फिर वे आँखों में आँसू भरकर बोले, "जो तुम्हें नहीं पहचान पाएगा हनुमान, वह राम से कैसे मिल जाएगा। तुम्हीं तो हो जो किसी को राम के पास और राम को किसी के पास ला सकते हो," कहते हुए मुनि सभी को आश्रम में ले गए।

"श्रीराम ये हैं मुनि याज्ञवल्क्य," भारद्वाज ऋषि ने संकेत कर कह तो राम ने देखा एक धवल वस्त्र धारण किए तेजोमय ऋषि आसन पर विराजमान हैं। राम, लक्ष्मण और सीता को देखकर अपने स्थान से उठे तो राम ने आगे बढ़कर प्रणाम किया। सीता और लक्ष्मण ने भी यथोचित अभिवादन किया।

"मुनि याज्ञवल्क्य जी के बारे में जितना कहा जाए उतना कम है। ये ज्ञान की सक्षात प्रतिकृति हैं," मुनि भारद्वाज ने कहा।

"मैं धन्य हुआ। बड़ा उपकार है काल का हम पर कि एक साथ दो महान ऋषियों का दर्शन लाभ हुआ," राम ने कहा।

"मुझे भी बड़ा हर्ष है राम आप सबसे मिलकर। पुत्री सीता तुम्हारे पिता राजा जनक तो मेरे प्रिय मित्र हैं। वे तो स्वयं विद्वान हैं, उनके संरक्षण में मिथिला में आए दिन विद्वानों, ऋषि-मुनियों की धर्म सभाएँ होती रहती है। तुम्हारे पिता उन सब में बढ़-चढ़कर भाग लेते हैं। उपनिषद की रचना में महान ऋषियों के साथ वे भी तल्लीन हैं," मुनि याज्ञवल्क्य बोले।

वार्तालाप चल ही रहा था कि मुनि भारद्वाज ने राम सीता को कुटिया के बीच में बने पूजन स्थल की ओर चलने का संकेत किया।

पूजन स्थल पर ले जाकर राम से बैठने का आग्रह किया। राम आग्रह

को ठुकरा न सके और पीढ़े पर बैठ गए। उनके वाम भाग में सीता बैठीं। मुनि ने विधि-विधान से राम का सीता सहित पूजन किया। उत्तेजना से हाथ ही नहीं पूरा शरीर काँप रहा था। उनके हाथों में जल और उनकी आँखों में भी जल।

"मुनिवर, आप जैसा महाज्ञानी और इतना भावुक? आपके आग्रह को ना नहीं कह सका अन्यथा इतने मान का पात्र मैं नहीं हूँ," राम ने झिझकते हुए कहा।

"प्रभु! आपकी महायात्रा के कारण ऐसा कौन है भूलोक पर, जिसके लिए आप पूजनीय नहीं हैं?" मुनि ने हाथ जोड़कर कहा।

"महायात्रा! कैसी महायात्रा मुनिवर?" राम ने विस्मित होकर पूछा।

"श्रीराम हर मनुष्य आत्मा के साथ अपनी यात्रा प्रारम्भ करता है। बहुत कम तपस्वी और त्यागी पुरुष होते हैं जो आत्मा को महात्मा के स्तर पर ले जाते हैं। ऐसे महापुरुष विरले ही होते हैं जो महात्मा बनते हैं ये कठोर तप करने वाले त्यागी पुरुष होते हैं जो अपना सारा जीवन लोक कल्याण हेतु लगा देते हैं। किन्तु युगों में कोई ही ऐसा होता है जो आत्मा की यात्रा महात्मा के स्तर से भी ऊपर परमात्मा तक ले जाते हैं और इस युग में आप हैं जिन्होंने यह कर दिखाया है," भावनाओं के अतिरेक में अश्रु भरी आँखों से कहा। वातावरण भावुकता से भर गया। राम मुनि को मुनि राम को इस तरह देखे जा रहे थे जैसे भक्त और भगवान, जैसे एक का अस्तित्व ही दूसरे से हो।

"मुनिवर अपनी ही प्यास बुझाते रहेंगे या हमारी भूख प्यास पर भी ध्यान देंगे," लक्ष्मण ने वातावरण को हल्का करने हेतु कहा तो जैसे मुनि की तंद्रा टूटी।

"हाँ, हाँ क्यों नहीं? आप सबके भोजन और विश्राम की व्यवस्था है पर कल ही जाने का न कहिएगा कुछ दिवस इसी आश्रम में रुकें, तत्पश्चात ही अयोध्या आइएगा।"

"जैसी आपकी आज्ञा मुनिवर," राम ने सहमति दी।

"ये अति विशिष्ट अतिथि हैं। इनके आथित्य में कोई चूक न हो। ससम्मान सभी को अतिथि कुटीर में विश्राम हेतु लेकर जाएँ। रात्रि में सत्संग में पुनः साथ बैठेंगे।" भारद्वाज ने अपने दो शिष्यों को बुलाकर कहा, तो

राम, सीता और लक्ष्मण विदा ले अतिथि कक्ष की ओर चले।

"मुनि आप जैसे महा ज्ञानी को ये कैसा मोह है! आप राम को एक देव की तरह पूज रहे थे," राम के जाने के बाद याज्ञवल्क्य बोले।

"ये मोह ही तो भक्ति है भक्त की भगवान से याज्ञवल्क्य जी।"

"भक्ति जहाँ ज्ञान हो वहाँ भक्ति का क्या औचित्य? ये सब तो ज्ञान से कमतर क्रियाएँ हैं। क्षमा करें मुनिवर, आप जैसे तपस्वी को क्या ये अज्ञानता पूर्ण कृत्य शोभा देता है? हम ऋषियों ने वर्षों के परिश्रम के पश्चात ज्ञान की खोज की है कि ब्रह्म तो आत्मा में है। आत्मा को परिष्कृत करने से ब्रह्म तत्व पाया जा सकता है और इसलिए किसी एक को किसी दूसरे की भक्ति करने की कोई आवश्यकता नहीं। सभी ब्रह्म हैं और सभी देव हैं फिर दूसरे को क्यों पूजा जाए? क्या कोई मनुष्य देवत्व के इस स्तर तक पहुँच सकता है कि पूजनीय हो जाए?" याज्ञवल्क्य बोले। उनकी वाणी में निराशा और रोष स्पष्ट था।

"याज्ञवल्क्य जी, भक्ति का अर्थ है समर्पण और जहाँ ज्ञान है वहाँ भी ये रहती है और जहाँ ज्ञान नहीं वहाँ भी। ज्ञान का प्रारंभ और अंत स्पष्ट है किन्तु भक्ति का न कोई ओर है न छोर। ये ज्ञान के साथ भी चल सकती है और ज्ञाने के बिना भी। एक समान खाद-पानी देने पर समान प्रजाति के दो पृथक पौधे पृथक-पृथक विकास करते हैं और ये उनकी पृथक भूमि से, भूमि के पृथक स्वरूप से, भूमि के चारों ओर के पृथक वातावरण से, पृथक संघर्ष क्षमता से होता है। इसी प्रकार भिन्न-भिन्न मनुष्यों को एक समान ज्ञान मिलने पर भी उनके आत्म का विकास एक समान नहीं होता, उनमें ब्रह्म एक समान परिलक्षित नहीं होता, उनमें देवत्व एक समान नहीं जगता। और ये सब होता है उनकी पृथक भूमि से, उनके पृथक वातावरण से, उनकी पृथक संघर्ष क्षमता से," मुनि भारद्वाज जी बोले।

"मैं नहीं मानता। मेरा तो यही अटल विचार है कि प्रत्येक मनुष्य अपनी आत्मा का एक समान विकास कर सकता है। इसलिए दूसरे का अनुरागी बनने, दूसरे के प्रति समर्पित होने अथवा दूसरे को पूजने के स्थान पर अपने ज्ञान का विस्तार करे और स्वयं को ही ब्रह्म रूप जाने।"

"आप महा ज्ञानी है। मैं आपसे विवाद नहीं करूँगा। हाँ, एक विनय है किसी भी निष्कर्ष पर पहुँचने से पूर्व एक बार श्रीराम की गाथा मुझसे सुन लें।"

"हाँ, इससे मैं सहमत हूँ," याज्ञवल्क्य मुनि बोले।

भोर हुई, राम उठे। आश्रम में संध्या उपरांत मुनि भारद्वाज के निकट बैठे और हनुमान को पास बुलाया।

"प्रिय हनुमान! मुनि की आज्ञा अनुसार हम आज यहीं आश्रम में रुकेंगे। किन्तु तुम अभी अयोध्या के लिए प्रस्थान करो और वहाँ जाकर हमारे आगमन की सूचना भरत को देना। हम कल भोर में यहाँ से कूच करेंगे और सरयू तट पर जाकर रुकेंगे। तुम्हारे लौटकर आने और अयोध्या के समाचार देने के पश्चात हम अयोध्या के लिए प्रस्थान करेंगे।"

"किन्तु ज्येष्ठ भ्राता क्या यह उचित नहीं होगा कि हम सभी वहाँ चलकर भरत भैया और शत्रुघ्न को अपनी उपस्थिति से हर्षित कर दें?" रोमांच से भर लक्ष्मण ने कहा।

"दो कारण हैं लक्ष्मण, जिससे मैं पहले हनुमान को भेज रहा हूँ। यह तो तुम जानते ही हो कि हनुमान बल बुद्धि में कितने श्रेष्ठ हैं। ये वहाँ जाकर परिस्थिति अनुसार अपने विवेक से निर्णय ले सकते हैं कि कब क्या कहना है। प्रिय लक्ष्मण, भरत ने चौदह वर्ष कोसल राज्य की सत्ता का उपयोग किया है। सत्ता बहुत बड़ा नशा है। यद्यपि भरत बड़ा बैरागी है, उसे सत्ता का कोई मोह नहीं हो सकता। किन्तु हमें यह भी नहीं भूलना चाहिए कि चौदह वर्ष बहुत लम्बी अवधि होती है। संभव है कि भरत को सत्ता के स्वाद ने इतना आनंदित कर दिया हो कि उसे छोड़ने के बारे में सोचने भर से ही उन्हें कष्ट हो तो हनुमान उनकी कुशल क्षेम लेकर और उन्हें मेरा आशीर्वाद देकर वापस आ जाएँगे। साथ ही, मेरी ओर से भरत को यह भी विश्वास दिला आएँगे कि वे निष्कंटक राज्य करें। मेरी ओर से कभी भी अयोध्या के सिंहासन पर अपना दावा नहीं किया जाएगा। मैंने तो वन में सानंद रहना सीख लिया है। हाँ, लक्ष्मण की कमी ज़रूर लगेगी किन्तु प्रसन्नता होगी कि वे माताओं, भाइयों तथा उर्मिला के साथ सुख पूर्वक रहेंगे।"

"दूसरा कारण है कि संभव है एक-एक दिन हम सबके वापस आने की वे प्रतीक्षा कर रहे हों और अचानक हम सबको अपने सामने देख कर हर्ष के अतिरेक में कही उनका संतुलन नहीं बिगड़ जाए। इसलिए हनुमान से हमारे आने के बारे में सुनकर जब वे संशय रहित हो जाएँगे और अपने मनोभावों को सामान्य कर लेंगे, तब हम उनके सामने पहुँचेंगे।"

राम ने कहा तो मुनि भारद्वाज ने भी सहमति दे दी।

"आप यदि हमारे पास ही रहेंगे तो हम मुनियों के लिए बड़े हर्ष की बात होगी। किन्तु आप और हम सभी जानते हैं कि भरत आपके भाई हैं। इस संसार में त्याग और वैराग्य में वे बड़े महात्मा हैं," भारद्वाज बोले और अयोध्या तक पहुँचने का लघु रास्ता हनुमान को समझाया।

राम के चरणों में शीश नवाकर सभी का अभिवादन कर हनुमान पुलकित मन से अयोध्या की ओर चल दिए। अपने स्वामी की जन्म भूमि के दर्शन करने की उत्तेजना के कारण हर्षित हनुमान रास्तों को पार करते कब अयोध्या के पास सरयू तट तक पहुँच गए पता ही नहीं चला।

प्रातः राम, लक्ष्मण और सीता के साथ मुनि से जाने की आज्ञा लेने पहुँचे। देखा मुनि की कुटिया के बाहर भारद्वाज अपने मित्र और अतिथि मुनि याज्ञवल्क्य से चर्चा कर रहे थे।

"प्रणाम मुनिवर, हम तीनों आप दोनों के आशीर्वाद की आकांक्षा रखते हैं। अब हमें आज्ञा दीजिए।"

"अवश्य श्रीराम! शुभ कार्य में विलम्ब न हो, अतः प्रस्थान करो। अयोध्या अपने महान राजा के आगमन की प्रतीक्षा में है," भारद्वाज बोले।

राम ने भारद्वाज और याज्ञवल्क्य को प्रणाम किया। लक्ष्मण ने दोनों का आशीष लिया। सीता आगे बढ़ कर मुनि भारद्वाज का अभिवादन कर याज्ञवल्क्य को प्रणाम करने झुकीं।

"बस पुत्री! तुम तो मेरे प्रिय मित्र जनक की पुत्री होने के नाते मेरे लिए भी पुत्री समान हो," याज्ञवल्क्य बोले।

"आप मिथिला कब जा रहे हैं? पिताश्री को हम सब की कुशल क्षेम देना," सीता ने हाथ जोड़ कर कहा।

"अवश्य पुत्री! किन्तु निकल पाऊँ तब तो मिथिला पहुँचूँगा।"

"क्यों मुनिवर?" सीता ने आश्चर्य से पूछा।

"पुत्री मैं दुविधा में फँसा हूँ। मेरी दुविधा के कारण तुम्हारे पिता और पति हैं। मिथिला में राजा जनक ने धर्म संसद आहूत की है जिसमें ज्ञान की खोज पर आर्यावर्त के महान ऋषि-मुनि विमर्श करेंगे और आत्म, ब्रह्म, मोक्ष, जीव आगमन, कर्म जैसे गूढ़ विषयों पर उपनिषद की रचना होनी है। मैं इसी धर्म संसद में मुनि भारद्वाज को आमंत्रित करने हेतु आया था। यहाँ तुम्हारे पति श्रीराम की गाथा मुनि भारद्वाज से सुनने में इतना आनंद आ रहा है कि लगता है कुछ दिवस बाद ही मिथिला जा पाऊँगा। मैं ज्ञान को सर्वोपरि मानने वाला, जो ये मत रखता है कि अज्ञानता से मोह और मोह से लोभ उत्पन्न होता है, वह भी राम कथा सुनने के मोह में पड़ गया।"

"आप शीघ्र मोह मुक्त हों और अपने गन्तव्य को पहुँचें यही कामना है," मंद मंद मुस्कराते हुए राम ने कहा और तीनों सभी मुनियों को प्रणाम कर चल दिए।

नंदी ग्राम में अपनी कुटी के सामने बैठे भरत अयोध्या की ओर से आने वाले मार्ग पर दृष्टि गड़ाए बैठे थे। उन्हें आशा थी कि कदाचित कोई आकर कहेगा कि भ्राता राम, भाभी सीता और अनुज लक्ष्मण के साथ अयोध्या आ गए हैं। चौदह वर्ष कि अवधि तो आज समाप्त हो रही है, किन्तु भैया राम की कोई सूचना क्यों नहीं मिली। *"क्या दिवसों की गणना में मुझसे कोई त्रुटि तो नहीं हो गई। पर यह कैसे संभव हो सकता है? मैंने तो एक-एक दिन की गणना की है। वर्ष-माह-दिवस की हर दिन तो गणना कर लेता था, फिर त्रुटि कैसे? कहीं ऐसा तो नहीं कि श्रीराम के हृदय में मेरे प्रति स्नेह समाप्त हो गया हो और मुझे भी माँ कैकेयी की तरह कपटी मानकर अयोध्या आने का विचार त्याग दिया हो। किन्तु उन्होंने मुझे तो वचन दिया था कि एक दिन की देरी भी नहीं करेंगे और अवधि पूर्ण होते ही वापस आ जाएँगे। नहीं, नहीं! श्रीराम अपने वचन से नहीं फिर सकते। उन्हें आना ही होगा, आना ही होगा... पर यदि नहीं आए तो... वे मुझसे रूठ सकते हैं किन्तु अपनी अयोध्या से नहीं। क्यों मेरा मन विचलित हो रहा है, क्यों कहीं से कोई प्रिय*

*सूचना देने वाला नहीं आ रहा?"* भरत के मन में ऐसे नकारात्मक विचार आ रहे थे। बार-बार उनकी दृष्टि अयोध्या के मार्ग पर जाती। तभी सैनिकों के समूह के साथ किसी को आते देखा तो उठकर खड़े हो गए।

"ये कौन व्यक्ति है, जो सैनिकों के साथ चला आ रहा है? देखने में तो आर्य नहीं लगता। फिर कौन है और क्यों आया है? कहीं श्रीराम के संबंध में कोई सूचना तो नहीं लाया? कहीं कोई अप्रिय सूचना तो नहीं?"

मन बैठा जा रहा था। एक-एक क्षण एक-एक युग की भाँति व्यतीत हो रहा था। तभी सैनिकों के साथ एक अनजान व्यक्ति उपस्थित हुआ। मन की व्याकुलता के कारण पूछने का साहस नहीं हो रहा था कि कौन हो, क्या बात है, क्यों आए हो? तभी आए सैनिकों ने अभिवादन किया।

"स्वामी ये श्रीराम के साथी हनुमान जी हैं, उनका संदेश लेकर आए हैं," सैनिक बोला।

भरत ने श्रीराम का नाम सुना तो सारे शरीर में रोमांच भर गया। पुलकावलि खड़ी हो गई।

"क्या संदेश है, शीघ्र बताओ?" भरत बोले, अधीरता वश हनुमान की ओर बढ़े।

"नाथ आपके चरणों में हनुमान का अभिवादन स्वीकार हो," हनुमान ने झुककर कहा, "स्वामी! मैं श्रीराम का भक्त हनुमान हूँ। मैं द्रविड़ हूँ और वानर जाति से हूँ। श्रीराम की कृपा से उनके आने की सूचना आपको देने आया हूँ।"

"हनुमान तुमने निर्जीव भरत में प्राण फूँक दिए। तुम्हारा कल्याण हो, तुमने मुझे जीवन कि सबसे प्रिय सूचना दी है। कहाँ हैं ज्येष्ठ भ्राता? मुझे शीघ्र उनके पास ले चलो," भरत रोमांचित हो कर बोले।

"प्रभु श्रीराम, माता जानकी और अनुज लक्ष्मण के साथ सरयू तट पर आ गए हैं। उन्होंने ही मुझे आपको सूचना देने भेजा है," हनुमान बोले।

"स्वामी ने अपने आने से पूर्व सूचना भेजी है। इसके दो ही अर्थ हैं या तो वे जानते हैं कि उन्हें यकायक देखकर कहीं मैं हर्ष के अतिरेक में मानसिक संतुलन न खो बैठूँ। और दूसरा कारण कि वे कदाचित यह जानते हैं कि चौदह वर्ष की अवधि के पश्चात कहीं मेरा मन तो नहीं फिर गया।

राज्य और सत्ता का भोग करते हुए कहीं मुझे इसकी आदत तो नहीं पड़ गई। यदि ऐसा है तो वे बिना अयोध्या आए, मुझे राज करने की अनुमति दे वापस चले जाएँ।"

"नहीं, स्वामी! वे तो स्वयं आप से शीघ्र मिलने को लालायित हैं," हनुमान बोले।

"तो शीघ्रता करो हनुमान, मुझे ले चलो उनके पास," यह कहते हुए हनुमान की बाँह पकड़ी और उनके साथ चल दिए। रथवान ने देखा कि कुमार पैदल ही जा रहे हैं तो रथ को हाँक कर शीघ्र उनके पास पहुँचा।

"क्षमा करें स्वामी, किन्तु रथ पर आरूढ़ हो कर चलेंगे तो शीघ्र पहुँचेंगे।"

"हाँ, तुम ठीक कहते हो जल्दी लेकर चलो रथ," भरत यह कहते हुए हनुमान के साथ रथारूढ़ हो सरयू तट की ओर चल पड़े। तट पर पहुँचे। दूर से देखा कि वटवृक्ष के नीचे श्रीराम, भार्या सीता और लक्ष्मण के साथ बैठे हैं। रथ से उतरकर उसी दिशा की ओर दौड़ पड़े। राम ने देखा कि भरत उत्तेजना वश उनकी ओर दौड़े चले आ रहे हैं। वे आगे बढ़े और निकट जाकर उन्होंने गले लगा लिया। "भैया, भैया" कहते राम से लिपट गए। दोनों भाइयों की आँखों से अश्रु धारा बह निकली। एक दूसरे से अनेक क्षण तक लिपटे रहे। भावनाओं के अतिरेक वश शब्द नहीं निकल रहे थे।

राम ने देखा भरत अत्यंत भावुक होकर किसी छोटे बच्चे की तरह अपनी प्रिय वस्तु से अलग नहीं होना चाहते। पीठ थपथपाई। भरत अपनी चेतना में लौटे। सीता और लक्ष्मण से मिले। तभी शत्रुघ्न भी नगर से आ गए। सभी एक दूसरे से मिले। भरत को अत्यंत भावुक देख राम बोले, "प्रिय भरत, चलो अब माताओं से और गुरुदेव से मिलकर उनका आशीर्वाद लिया जाए।"

"हाँ, भैया चलो, सभी आपको देखने के लिए आतुर हैं।"

सभी अयोध्या की ओर चल दिए। भरत ने रथ पर राम और सीता को चढ़ाया, स्वयं ही रथ हाँकने लगे। पीछे के रथ में शत्रुघ्न हनुमान के साथ बैठे। जब वे नगर में पहुँचे तो द्वार पर ही नगरवासी एकत्र दिखे। हर्षोल्लास से राम, सीता, लक्ष्मण के जयकारे लगाते हुए रथ के साथ ही चल दिए।

महल में पहुँचकर देखा कि कौशल्या और सुमित्रा द्वार पर ही अगवानी को आ गई हैं। जब उन्होंने राम को देखा तो अधीर हो दौड़ पड़ीं। कौशल्या से मिले। वे तो जैसे चौदह वर्ष से इसी क्षण की प्रतीक्षा कर रहो थीं, हृदय से लगा लिया। एक शब्द भी मुँह से नहीं निकल रहा था। यदि निकल रहे थे तो वे थे - आँसू, दोनों की आँखों से।

"बस माता! अब आपका राम आपको छोड़कर कहीं नहीं जाएगा, धीरज रखें, देखें आपकी पुत्र वधु सीता और पुत्र लक्ष्मण को सकुशल आपके पास ले आया हूँ," राम ने कहा, कुछ देर हृदय से लगाए रखा। जब मनोदशा सामान्य हुई तो सीता और लक्ष्मण को प्रेम से गले लगाया।

"माता इस हठी लक्ष्मण को अब समझाना। उर्मिला ने बहुत प्रतीक्षा की है," सुमित्रा से मिलते हुए राम बोले।

"तुम्हारे सिवा इसने किसी की मानने की कहाँ ठानी है?" लक्ष्मण का माथा चूमते हुए सुमित्रा बोलीं।

दोनों माताओं से भेंट कर तीनों कैकेयी से मिलने चले। भवन में पहुँचे, अंदर गए। कैकेयी अपनी कक्ष में सिर झुकाए फ़र्श पर अकेली बैठी थीं।

"माता! ज्येष्ठ पुत्र राम का चरणों में अभिवादन स्वीकार हो," कहते हुए राम कैकेयी के पास बैठ गए और झुककर शीश चरणों में रख दिया। कैकेयी ने सिर उठाकर राम की ओर देखा, आँखों में देखती रही और अश्रु धारा अचानक फूट पड़ी। आँखों में जैसे आँसू नहीं सागर भरा हो, जो पूरे वेग से बह निकला। उन्होंने राम को भींच कर हृदय से लगा लिया। उनका पूरा शरीर काँप रहा था।

"नहीं माता, आपके दोनों पुत्र आ गए, पुत्र वधु आ गई। अब क्षोभ कैसा?" राम बोले।

"क्षमा कर दें राम, मुझे क्षमा कर दें। मेरे कारण तुम तीनों को कितने कष्ट उठाने पड़े," कैकेयी कहती जा रही थीं, रोती जा रही थीं।

"माता कभी अपने पुत्रों को कष्ट दे सकती है भला? माता की तो हर आज्ञा आशीष होती है और उसमें सदैव लाभ और यश ही होता है। यह आपका ही आशीर्वाद था कि हम सारे संकटों पर विजय पा सके माते," राम कहते हुए भावुक हो गए।

"जब से तुम गए हो कैकेयी ने तो जैसे प्रस्तर की भाँति यह अवधि निकाली है। अब तुम्हीं इनका ध्यान रखना," कौशल्या बोली।

"अब अपनी माताओं से उनके पुत्र दूर नहीं होंगे," राम ने कहा तो पुनः कैकेयी ने हृदय से लगा लिया। कुछ क्षण पश्चात सीता, लक्ष्मण आगे बढ़े। दोनों को कैकेयी ने गले लगा लिया।

माताओं का आशीष लेकर सभी गुरुदेव का आशीर्वाद लेने चल दिए। राम ने गुरु वशिष्ठ और गुरु माता अरुंधति के चरणों में नमन किया। साथ में तीनों भाई भी दोनों के चरणों झुके और आशीष पाया।

"गुरुदेव मुझ पर स्नेह कर भ्राता श्री वापस आ गए हैं। अब तो आप शीघ्र इनके राज तिलक की आज्ञा दें तो अति कृपा होगी।"

"अवश्य, शुभ कार्य जितनी शीघ्रता से होगा, उत्तम फलदायक होगा," वशिष्ठ ने अपने प्रिय शिष्यों पर गर्व करते हुए कहा।

अयोध्या की हर गली, हर मार्ग पर पताकाएँ लग रही थीं। भवनों को बन्दनवारों से सजाया जा रहा था। इत्र लगे जल का छिड़काव हर रस्ते पर किया जा रहा था। गुग्गल, चंदन की महक चहुँ ओर फैल रही थी। ढोल, नगाड़े बज रहे थे। अयोध्यावासी सुंदर रेशमी वस्त्र पहने हुए एक दूसरे को बधाई दे रहे थे। किसी भी स्त्री-पुरुष को आज जैसे कोई काज ही नहीं था, सभी प्रसन्नचित हो एक ही आनंद में डूबे थे। और हों भी क्यों न? आज राम का राज तिलक जो हो रहा था। बूढ़े, युवा, बच्चे सभी इस परम सुखदायक क्षण में आह्लादित थे। हर कोई सजधज कर राज दरबार की ओर चला जा रहा था।

राज दरबार में मंत्री, दरबारी, पुरोहित, सेना नायक आदि उपस्थित थे। प्रफुल्लित भरत, लक्ष्मण और शत्रुघ्न घूम-घूम कर सारी व्यवस्थाएँ देख रहे थे। गुरु वशिष्ठ ने वैदिक रीति से राज तिलक कराने हेतु विद्वान ब्राह्मण बुलाए थे। राज परिवार की सभी नारियों को बैठने की पृथक से व्यवस्था की गई थी। दरबार के बाहर ढोल ताशे बजाए जा रहे थे।

राम का आज कर्पूरादिक सफ़ेद उबटन कराया गया, समालंभन नाम का अनुलेप किया गया। गोरोचन, मेनसिल आदि सामग्री, दिव्य सुगन्धित

वस्तुओं, सुगन्धित पुष्पों के हार, दिव्य चंदन आदि की व्यवस्था की गई थी।

गुरु वशिष्ठ ने दरबार की समस्त व्यवस्थाओं पर दृष्टि डाली, संतुष्ट हुए तो मुड़कर भरत की ओर देखा।

"यदि गुरुदेव की आज्ञा हो तो श्रीराम और देवी सीता को यहाँ लाया जाए," भरत ने पूछा।

"हाँ, कुमार! शुभ लग्न आ गई है। अब दोनों को बुला लेना उचित होगा," वशिष्ठ ने कहा।

"हम तीनों भाई उन्हें लेकर आते हैं," भरत ने कहा और लक्ष्मण, शत्रुघ्न को साथ ले दरबार से बाहर निकले। कुछ समय पश्चात दोनों को साथ ले दरबार के द्वार पर उपस्थित हुए। दरबान ने टेर लगाई।

"सावधान! श्रीराम व देवी सीता दरबार में पधार रहे हैं।"

सबने सुना, अपने स्थान पर खड़े होकर दोनों का स्वागत किया। राम और सीता ने माताओं की ओर देखा झुककर प्रणाम किया, गुरुदेव का अभिवादन किया।

गुरुदेव के आदेश से राज तिलक की औपचारिकताएँ प्रारंभ हुईं। वैदिक रीति जानने वाले ब्राह्मणों ने मंत्रों से विधिपूर्वक पूर्व की ओर मुख करवाकर राम को सिंहासन पर बैठाया तत्पश्चात वाम भाग में सीता को बिठाया गया।

स्वर्ण थाल में राज मुकुट लेकर तीनों भाई उपस्थित हुए। ब्राह्मणों ने मंत्रोच्चार किया। गुरु वशिष्ठ ने राज मुकुट राम के शीश पर रखा। हर्ष से सारा दरबार "जय श्रीराम" के उद्घोष करने लगा। चरणों को तिपाई पर रख जल से हनुमान ने धोया और अपने पट से पोंछा।

"जय श्रीराम," "जय श्रीराम", जय सीता राम," हर दरबारी हाथ उठाकर घोष कर रहा था। आज राज दरबार को सभी अयोध्या वासियों के लिए राम की इच्छानुसार खोल दिया था।

"आज वह शुभ मुहूर्त आ पहुँचा है, जिसकी प्रतीक्षा अयोध्या ने चौदह वर्ष तक की है। अपने प्रिय श्रीराम को कोसल नरेश के रूप में सिंहासन पर बैठा देख कर हर अयोध्यावासी भाव विभोर है। इस महान क्षण में महाराज यदि अपने राज्य को कोई संदेश देना चाहें तो अच्छा रहेगा," वशिष्ठ ने राम की ओर देखकर कहा तो राम उठ खड़े हुए।

राम ने कहा, "सर्वप्रथम इष्ट को, पूर्वजों को नमन! तत्पश्चात माताओं और गुरु के चरणों में प्रणाम करता हूँ। मेरे प्रिय अयोध्यावासियों! आप सबके समक्ष मैं यह घोषणा करता हूँ कि राम राज्य में कोसल के नागरिकों को समान अधिकार मिलेगा। न्याय की स्थापना होगी। हर जाति, वर्ग के प्रति सहिष्णुता राज्य की पहचान होगी। प्रजा का पालन पुत्रवत किया जाएगा। राज्य की सीमाओं की रक्षा होगी। आप सबका सुख ही मेरे जीवन का लक्ष्य होगा। अपने निजी सुख की तिलांजलि दे राम संपूर्ण जीवन प्रजा की भलाई में लगाएगा। प्रजा का सुख ही राम का सुख होगा और इसके उलट प्रजा का दुःख राम का दुःख होगा। प्रजा की आस्था और विश्वास राजा में बनी रहे, इस हेतु हर संभव प्रयास किए जाएँगे। विधि और व्यवस्था सुनिश्चित की जाएगी। कृषकों, व्यापारियों के हितों की रक्षा की जाएगी। स्त्रियों के सम्मान और उनकी सुरक्षा पर कोई कसर नहीं छोड़ी जाएगी।"

राम बोलते जा रहे थे, दरबार में सभी मंत्र मुग्ध सुन रहे थे। वे एक क्षण रुके और पुनः बोलना प्रारम्भ किया।

"चिकित्सा एवं स्वास्थ्य की देखभाल होगी। शिक्षा की पर्याप्त व्यवस्था की जाएगी। मेरी प्रजा का कोई भी व्यक्ति कभी भी मुझसे मिल सकेगा। चाहे मैं भोजन कर रहा होऊँ, विश्राम कर रहा होऊँ, दरबार में होऊँ या रनिवास में। किसी भी क्षण, कहीं भी। मित्र राज्यों का सम्मान किया जाएगा और अरि राज्यों से आवश्यक होने पर युद्ध से भी पीछे नहीं हटेगा राम। कोसल राज्य किसी भी राज्य की सीमा हड़पना नहीं चाहेगा किन्तु किसी ने भी कोसल की ओर आँख उठाकर भी देखा तो उसे समुचित दंड मिलेगा। राज्य के अधिकारी निर्भीक होकर अपना कार्य करें, यह व्यवस्था होगी। शिल्पकारों, कामगारों के अधिकार सुरक्षित होंगे।"

"अयोध्यावासी जानते हैं कि रघुकुल की गौरवशाली परम्परा रही है। यहाँ के शासक उच्च आदर्शों के लिए जाने जाते हैं और आज हमें इस कुल का भानु श्रीराम के रूप में ऐसा शासक मिला है जो तेज़ में सूर्य, क्षमा में पृथ्वी, बुद्धिमत्ता में बृहस्पति और यश में इंद्र तुल्य है। हम सभी आशान्वित हैं कि राम राज्य में कोसल आर्थिक, सामाजिक एवं आध्यात्मिक क्षेत्र में अपनी उत्कृष्टता को प्राप्त करेगा," वशिष्ठ ने कहा तो राम के जयकारों से वातावरण गुंजायमान हो गया।

"राजा राम में आत्म शुद्धि, अंतःकरण की पवित्रता, कोमलता, विनम्रता, विक्रम, शौर्य और गंभीरता ये समस्त गुण विद्यमान हैं। यह सर्वदा सत्य है कि ऐसे राजा को पाकर प्रजा में भी नैतिकता, सत्कर्म, सदाचार जैसे गुण अपने उच्चतम स्तर तक पहुँचेंगे," वशिष्ठ बोले।

"महाराज की जय, कुमार लक्ष्मण दर्शन की अनुमति चाहते हैं," द्वारपाल ने कहा।

"कुमार लक्ष्मण, इस समय? ठीक है, अंदर आने की अनुमति है," राम ने कहा तो द्वारपाल आज्ञा लेकर चला गया।

*"लक्ष्मण इस समय क्यों आए हैं। आज दरबार में कार्य विभाजन के समय भी लक्ष्मण कुछ क्षुब्ध दिख रहे थे। किन्तु मैंने तो यथोचित पद सभी को दिए। भरत ने चौदह वर्ष राज्य की देखभाल की, उन्हें सभी राजनीतिक विषयों और तात्कालिक घटनाओं की पूरी जानकारी है, इसीलिए उन्हें महामात्य और राजा का राजनैतिक सलाहकार नियुक्त किया है। लक्ष्मण युद्ध में किसी भी सेना को अकेले ही परास्त कर सकते हैं, इसलिए उन्हें प्रधान सेनापति बनाया। शत्रुघ्न ने कोसल की ओर से कई राज्यों से सफलतापूर्वक युद्ध लड़े हैं, इसलिए उन्हें अन्य राज्यों से युद्ध-संधि के विदेश विभाग का प्रमुख और मथुरा का शासक बनाया। पर लक्ष्मण इस विभाजन से प्रसन्न नहीं दिख रहे थे," राम सोच ही रहे थे कि* लक्ष्मण ने प्रवेश किया, देखा कि महाराज कक्ष में अकेले हैं भाभी सीता आप-पास नहीं दिख रहीं।

"महाराज की जय हो।"

"क्या बात है लक्ष्मण आज दरबार में भी तुम खिन्न दिख रहे थे? मुझसे क्या कोई त्रुटि हुई? क्या मेरे द्वारा किए गए कार्य विभाजन से तुम संतुष्ट नहीं हो? क्या कोई संशोधन चाहते हो? निःसंकोच कहो।"

"आपसे किसी के भाव कहाँ छिपते हैं बड़े भैया? मैं असंतुष्ट हूँ किन्तु हम भाइयों को दिए गए दायित्वों को लेकर नहीं। मेरे असंतोष का कारण हैं हनुमान। प्रभु आप ने हर व्यक्ति को, जो आप तक पहुँचा, बहुत दिया है। विभीषण को लंका का शासन, सुग्रीव को किष्किन्धा का राज्य, अंगद को युवराज की पदवी, हम भाइयों को यथोचित पद, प्रत्येक सहायक को कुछ

न कुछ आपके द्वारा दिया गया किन्तु हनुमान? जिस हनुमान ने आपकी सबसे अधिक सेवा की, जिनके कारण हम लंका का युद्ध जीत सके। उन्हें आपने कुछ नहीं दिया। यह सत्य है कि सारे योद्धाओं ने आपके साथ अपना सर्वश्रेष्ठ दिया किन्तु यह भी सत्य है कि उनमें से कोई एक नहीं भी होता तो भी आप रावण पर विजय प्राप्त करते। किन्तु यदि हनुमान न होते तो न तो विजय संभव थी और न ही मेरा जीवित लौटना। फिर भी आपने हनुमान को कुछ नहीं, कोई पद नहीं दिया। ऐसा क्यों स्वामी?"

"तुम्हारा क्षोभ अकारण नहीं है। वस्तुतः तुमने ठीक ही विचारा। किन्तु तुम्हें ऐसा कैसे लगा कि मैंने हनुमान को भुला दिया। यदि मेरी आकांक्षा पूछो तो हनुमान को मैं अपना पूरा राज्य देना चाहता हूँ। किन्तु हनुमान को कुछ भी देना उनका अपमान करना होगा लक्ष्मण। वे मेरी सेवा के अतिरिक्त कुछ चाहते ही नहीं। हनुमान मेरी सेवा इसलिए नहीं करते की प्रतिफल में कुछ चाह रखते हैं, अपितु इसलिए कि उन्हें मेरी सेवा में ही आनंद मिलता है। इसलिए मैं उन्हें स्वयं से पृथक नहीं कर सकता। वे तो संसार में सेवा की पराकाष्ठा हैं। जैसा पूर्ण समर्पण भाव उनमें है वैसा तो मैं पूरा जीवन तप करूँ तब भी न पा सकूँ। जैसा मैंने उन्हें पहचाना है, वे मेरी सेवा के बदले अखिल लोक का शासक भी बनना स्वीकार नहीं करेंगे। फिर भी तुमने विचार किया है, तो हम प्रयास कर लेते हैं। अभी उन्हें बुलवाया जाए," राम ने कहा तो लक्ष्मण ने ताली बजाकर द्वारपाल को बुलवाया।

"महाराज की आज्ञा है कि हनुमान को शीघ्र बुलाया जाए," लक्ष्मण ने कहा तो द्वारपाल ने बाहर जाकर संदेश वाहक को महाराज की आज्ञा बताई। कुछ ही देर में हनुमान ने कक्ष में प्रवेश किया। देखा, प्रभु श्रीराम और लक्ष्मण उनकी प्रतीक्षा कर रहे हैं।

"क्या आज्ञा है नाथ?" हनुमान ने शीश झुकाकर पूछा।

"हनुमान आज हमसे दरबार में एक त्रुटि हो गई, जिस पर मैं और लक्ष्मण विमर्श कर रहे थे। मैंने सभी प्रमुख व्यक्तियों को कोई न कोई पद दिया है किन्तु तुम्हें भूल गया। उसी त्रुटि सुधार हेतु तुम्हें बुलाया है। तुमने कभी मुझसे कुछ नहीं माँगा किन्तु मेरी आंकाक्षा है, आज माँग लो। मैंने किसी भाई को यह अधिकार नहीं दिया किन्तु तुम्हें देता हूँ। तुम जो माँगोगे मैं दूँगा। चाहे वह कोसल राज्य हो या अधीन कोई भी राज्य अथवा अन्य राज्य जो

आज अधीन न भी हो किन्तु तुम्हारे लिए जीत कर दूँगा। मेरी प्रसन्नता के लिए माँग लो हनुमान। तुम्हें देने में मुझे जो हर्ष होगा वह अब तक किसी को भी देते समय नहीं हुआ होगा," राम भावुक हो गए बोलते हुए।

"हाँ, हनुमान जी! अपने स्वामी से माँगने में कैसी झिझक? महाराज प्रसन्नता पूर्वक देना चाहते हैं, इस सौभाग्यशाली क्षण, इस अवसर को खोना उचित नहीं," लक्ष्मण बोले।

"अपने स्वामी से माँगने में कैसी झिझक? फिर प्रभु ने तो कह ही दिया है कि वे मुझे निराश नहीं करेंगे। तो मैं इस क्षण को खो नहीं सकता... प्रभु सदैव अपने चरणों में स्थान दिए रहना। अपने से दूर कभी न करना," हनुमान ने आँखों में आँसू भरकर, हाथ जोड़कर माँग लिया।

राम ने लक्ष्मण की ओर देखा, जैसे कह रहे हों कि मैंने ठीक कहा था न। लक्ष्मण ने राम की ओर देखा जैसे कह रहे हों कि हाँ भैया आपने सत्य कहा था। यदि हनुमान ने आज राज्यादि माँग लिया होता तो उन्हें मिल जाता किन्तु वह नहीं मिलता जो युगों-युगों तक उन्हें मिलने वाला था। सचमुच कुछ न चाहकर हनुमान ने सब कुछ ले लिया।

"तथास्तु!" राम ने हनुमान के सिर पर हाथ रखकर कहा, "संसार में तुम्हारी सेवा एक उदाहरण बनेगी। तुम्हारा अपने स्वामी के प्रति निस्वार्थ समर्पण आने वाले युगों में, तुम्हें अमर कर देगा। पूजनीय बना देगा तुम्हें।"

आज राम के राज तिलक की पहली वर्षगाँठ है। सारे कोसल राज्य में उत्सव मनाए जा रहे हैं। अयोध्या नगरी को पुष्पों, पताकाओं से सजाया गया है। स्थान-स्थान पर तोरण बनाए गए हैं। भवनों पर ध्वजों, बन्दनवारों की सज्जा की गई है।

नगर के सभी बाजार सजे थे। प्रजा जन सुंदर रेशमी सूती वस्त्रों को पहनकर उमंग उल्लास से भरे एक दूसरे को शुभकामनाएँ दे रहे थे। गायों, बैलों, घोड़ों, हाथियों की भाँति-भाँति से सजाया गया था। गलियों में चंदन, इत्र का छिड़काव किया गया था।

राज दरबार में आज विशेष शोभा थी। मित्र राज्यों के प्रतिनिधि, आधीन राज्यों के शासक भिन्न-भिन्न उपहार लेकर उपस्थित हुए थे। चारण,

भाट विरुदावली गा रहे थे। राम राज्य में चारों तरफ खुशहाली, समृद्धि थी और इसका बखान राजकवि अपनी कविताओं में कर रहे थे। साधारण सजा प्राप्त बंदियों को छोड़ा गया था और वे अपने दयालु राजा के प्रति हृदय से आभार व्यक्त करते हुए दरबार के बाहर जयघोष कर रहे थे। पैदल, घुड़सवार, रथवान, हाथी सेना की टुकड़ियाँ सजी-धजी अयोध्या की गलियों में भ्रमण पर थीं।

सायं को सांस्कृतिक कार्यक्रम का आयोजन था, जिसमें स्त्री पुरुष सज धज कर आ रहे थे। बच्चे आनंदित थे, बूढ़े अपने राजा को सराह रहे थे।

पूरे राज्य में प्रजा के बीच राजा की छवि, राजकाज और प्रशासन के प्रति जन मानस का दृष्टिकोण जानने के लिए राम ने विशेष दूत भेजे थे। दूत प्रजा में वेश बदलकर घूम रहे थे। वे सामान्य जन के बीच उन्हीं की वेशभूषा में पहुँचकर हाल चाल ले रहे थे। राजा के प्रति, राज्य के प्रति प्रजा क्या सोचती है, कहीं कोई असंतोष तो नहीं? सभी का हाल ठीक-ठीक लाने के निर्देश राम ने दूतों को दिया था।

राज्य के कोने-कोने से दूत सूचनाएँ लेकर आ रहे थे। दूतों को राजा से मिलने से नहीं रोका जाता था। राम के विशेष निर्देश के अनुसार वे जिस समय भी पहुँचें, उन्हें आने दिया जाता था। राम एकांत में एक-एक दूत से प्रजा का हाल जान रहे थे। क्या ठीक चल रहा है क्या ठीक करना आवश्यक है, दूत निर्भय होकर सारी सूचनाएँ दे रहे थे। सभी दूत एक-एक कर सूचनाएँ दे कर चले गए।

एक दूत कक्ष के कोने में खड़ा अपनी बारी की प्रतीक्षा कर रहा था, जैसे सभी के जाने के बाद राजा को एकांत में कुछ विशेष सूचना देना चाह रहा हो। राम ने उसका मन्तव्य समझ लिया था इसलिए सभी दूतों के जाने के बाद उसे बुलाया।

“क्या बात है? कोई विशेष सूचना है, जो देने में हिचकिचाहट हो रही है तुम्हें?”

“क्षमा करें महाराज दूत का कर्तव्य है कि अपने स्वामी को सारी सूचनाएँ जस की तस दे, कुछ भी न छुपाया जाए। चाहे कैसी भी कटु सूचना हो, निर्भय होकर स्वामी तक पहुँचाना ही दूत का धर्म है। अतः जो मैंने सुना वह सत्य सत्य आपसे कहता हूँ। महाराज प्रजा आपके राज्य में सुखी है।

धन-धान्य की कोई कमी नहीं। समृद्धशाली देश के नागरिक जैसा अपने राज्य और राजा पर गर्व करते हैं, वैसे ही आपके राज्य में उन्हें आप पर गर्व है। किन्तु एक बात है, जो प्रजा में चर्चा का विषय है और इसे लेकर वे भविष्य में अनिष्ट की आशंका से भी ग्रसित हैं।"

"क्या है वह बात? शीघ्र मुझे बताओ, निःसंकोच!" राम ने अधीर होकर पूछा।

"स्वामी कहीं-कहीं प्रजा में यह चर्चा भी है और चिंता भी कि महारानी सीता एक वर्ष तक पराए राज्य में पराए राजा के पास रहीं। इस कारण उनके सतीत्व को लेकर वे आशंकित हैं। उनका मानना है कि रावण के पास इतने समय तक रहने से क्या यह संभव नहीं कि रावण ने बलात उनके सतीत्व पर आक्रमण किया हो। इसे लेकर उन्हें यह भी चिंता और भय है कि कहीं ऐसी स्त्री के राज्य की महारानी होने से राज्य पर भविष्य में कोई संकट न आए," दूत ने दृष्टि नीचे कर कहा।

"क्या...?क्या मेरी प्रजा को अपनी महारानी के पतिव्रता होने में संदेह है?"

"अधिकांश को नहीं महाराज किन्तु हाँ कुछ व्यक्ति अवश्य इस पर चर्चा करते हैं। यद्यपि सयाने नागरिक उनकी बात पर ध्यान नहीं देते किन्तु कोई न कोई तो किसी का समर्थन करते हुए मिल ही जाता है," दूत ने पुनः सकुचाते हुए कहा।

"ठीक है, तुम जाओ, तुम्हारे साहस की प्रशंसा करनी होगी कि राजा को अप्रिय लगने की चिंता किए बिना, तुमने निर्भय होकर सूचना दी," राम ने अनुमति दी, तो राजा को प्रणाम कर दूत चला गया।

"ज्येष्ठ भ्राता! यह क्या अप्रिय कथन कह रहे हैं? आप भलीभाँति जानते हैं कि जितने भी योद्धाओं ने आपके साथ युद्ध किया वे सभी, अन्य राज्यों के शासक, लंकावासी, किसी को भी सीता के पतिव्रता होने में लेश मात्र भी संदेह नहीं रहा। भाभी सीता तो स्वप्न में भी पर पुरुष के बारे में सोच नहीं सकतीं। किसी पुरुष ने उनके साथ ज़्यादती की होती, तो वे प्राण दे देतीं किन्तु अपने सतीत्व पर आँच नहीं आने देती। हम सब जानते हैं कि किस प्रकार

देवी सीता लंका में एक तपस्वी की भाँति रही हैं," लक्ष्मण हतप्रभ हो बोले।

"लक्ष्मण, मैं जानता हूँ कि सीता एक पतिव्रता स्त्री है। हम सबने देखा है कि हमारी विजय में सीता के तपोबल का भी हाथ था। सीता के प्रति मेरी आसक्ति भी किसी से छिपी नहीं। किन्तु राजा का धर्म है कि उसकी प्रजा उसके किसी भी आचरण से अप्रसन्न नहीं रहना चाहिए।"

"किन्तु कुछ लोगों के घृणित सोच से किसी असत्य बात को सत्य नहीं मान लिया जाता। हम सब जानते हैं कि देवी सीता के प्रीति सदैव आपमें रही है। हमारे अधिकांश नागरिक भी इसे जानते हैं। हर स्थान पर कुछ विघ्न संतोषी लोग रहते हैं, जिन्हें अच्छाई में भी बुराई दिखती है। आख़िर आप किस-किस को संतुष्ट करेंगे स्वामी?" लक्ष्मण ने आर्त स्वर में कहा।

"सबको! हाँ, लक्ष्मण सबको संतुष्ट करना होगा। यदि एक भी मेरे प्रति, मेरे आचरण के प्रति शंकालु रहता है तो यह मेरे सारे जीवन के कर्म को धूमिल कर देगा। मेरा प्रण कि... सबके सुख हेतु मैं अपने सुखों की तिलांजलि दूँगा, अपने प्राणों की आहुति देकर भी मैं प्रजा का सुख सुनिश्चित करूँगा... मिट्टी में मिल जाएगा।"

"तो क्या सोच रहे हैं आप?" लक्ष्मण ने पूछा।

"सीता का परित्याग!"

"क्या?" लक्ष्मण का मुँह खुला का खुला रह गया।

"हाँ, लक्ष्मण। सीता का परित्याग ही प्रजा में राजा राम के प्रति पूर्ण विश्वास पैदा कर सकेगा। यह जानते हुए भी कि बिना सीता, राम का जीवन निर्जीव है। राजा के रूप में मुझे वह करना चाहिए जो प्रजा को अच्छा लगे न कि वह जो मुझे अच्छा लगे।"

"नहीं भैया, ऐसा न कहिए भाभी जीवित नहीं रह सकेंगी, यदि इतना कठोर निर्णय उनके प्रति आपने लिया।"

"तो क्या मैं बिना सीता के चैन से एक क्षण भी रह पाऊँगा? रावण ने जब सीता हरण किया था तब उसे परास्त कर सीता को वापस लाने की आशा ने मुझमें जीवन के प्रति उमंग बनाए रखी थी। किन्तु अब तो स्वयं ही उन्हें सदा के लिए अपने से दूर करने का निर्णय मुझे बिना प्राण की देह बना देगा।"

"इसीलिए तो कहता हूँ भ्राता, आप दोनों एक दूसरे के लिए ही बने हैं। आप दोनों की प्रीति एक दूसरे में, आप दोनों का समर्पण एक दूसरे में है तब राजा होकर अपना ही शत्रु बनकर अपने ही विरुद्ध कठोर निर्णय क्यों? क्या आवश्यकता है इस निर्णय की?"

"यही सार्थक निर्णय होगा लक्ष्मण। चूँकि मैं राजा हूँ, मेरे हर आचरण पर प्रजा की दृष्टि होती है। राजा का जो शील होता है वही प्रजा का शील होता है। प्रजा की खुशी के लिए राजा को हर संभव प्रयत्न करने चाहिए। सीता मेरी दुविधा को समझेंगी, वे भलीभाँति जानती हैं कि मैं उनमें कितनी प्रीति रखता हूँ। उनका मेरे जीवन में क्या स्थान है, इसके बावजूद भी उन्हें निष्कासन दे रहा हूँ, तो मात्र प्रजा की खुशी के लिए। प्रजा के मन से हर शंका हटाने, उसकी श्रद्धा, उसका समर्पण पाने के लिए। क्योंकि राजा में प्रजा की श्रद्धा उसका विश्वास अति आवश्यक है। इसलिए सीता मेरे इस कठोर निर्णय को स्वीकार कर लेंगी क्योंकि त्याग, तपोबल में वे मुझसे ऊपर हैं," राम ने कहा।

कुछ क्षण कक्ष में शांति रही। दोनों ही अपने-अपने विचारों में खोए हुए शून्य में देख रहे थे। तभी लक्ष्मण की तंद्रा जैसे टूटी, राम का स्वर कान में पड़ा।

"लक्ष्मण! सीता को आज ही वन में छोड़ आओ। मुनि वाल्मीकि का आश्रम हमारे राज्य की सीमा से बाहर चित्रकूट के पास है। मुनि सीता को पुत्रीवत रखेंगे। वहाँ उन्हें कोई कष्ट नहीं होगा। मेरी ओर से उनसे आग्रह कर लेना।"

"नहीं भैया, मैं नहीं कर सकूँगा आपके चरणों में विनती है। पुनः विचार करें, यह अनर्थ न करें।"

"लक्ष्मण मेरा निर्णय अटल है और इसका पालन हो," राम ने दृढ़ता पूर्वक कहा तो लक्ष्मण सिर झुका कर कक्ष से चले गए।

राम के कक्ष के बाहर भीड़ जमा थी। अफ़रातफ़री का वातावरण था। माताएँ राम को समझाने की चेष्टा कर चुकी थीं, किन्तु उनके प्रयास असफल रहे। इस समय गुरु वशिष्ठ राम को नीति धर्म समझा रहे थे। राज परिवार के

सभी सदस्य तीनों माताएँ, भरत, लक्ष्मण, शत्रुघ्न और उनकी पत्नियाँ, मंत्री, ब्राह्मण आदि सभी कक्ष के बाहर एकत्र थे। सभी की मुख मुद्राएँ दयनीय और कांतिहीन प्रतीत हो रही थीं। महल में जिधर देखो, दबे स्वर में यही चर्चा थी कि राजा अपनी रानी को देश निष्कासन दे रहे हैं। सीता के प्रति सभी की प्रीति थी। राज परिवार के सदस्य, महल के कर्मचारी, सभी सीता के विनीत और करुणामय व्यवहार के कारण उन्हें हृदय से चाहते थे। ऐसे समय जब राज्य को उनकी आदत हो गई थी, उनके बिना राम के अस्तित्व की कल्पना नहीं कि जा सकती थी, तब सीता को निष्कासन दिया जा रहा है। यह सोचकर ही हर कोई व्याकुल था। सभी इष्ट मान रहे थे कि वशिष्ठ की बात मानकर राम सीता को त्यागने का विचार त्याग देंगे।

"राजा यदि प्रजा का पालन पुत्रवत करता है, तो प्रजा का भी दायित्व है कि राजा का अनादर न करे, उसकी अवज्ञा न करे, उसे आहत नहीं करे," वशिष्ठ ने नीति सम्मत बात करते हुए अंतिम प्रयास किया।

"किन्तु गुरुदेव, राजा का यह भी तो धर्म है कि अपने किसी भी आचरण से प्रजा में अविश्वास का, अनादर का वातावरण न बनने दे। राजा के प्रति श्रद्धा ही प्रजा को उसकी आज्ञाकारी बनाती है। यदि प्रजा के मन में तनिक भी राजा के प्रति शंका है, तो क्या राजा का कर्तव्य नहीं कि उसे दूर करे। क्या राजा का संपूर्ण जीवन पारदर्शी नहीं होना चाहिए? क्या प्रजा के सुख संतोष के लिए राजा को अपने स्वार्थ अपने सुखों के प्रति कठोर नहीं होना चाहिए? मैं जानता हूँ कि सीता सुवर्ण की तरह पवित्र है किन्तु मेरी प्रजा को यदि संशय है तो क्या मुझे उनके संशय को जीवित रख कर शनैः-शनैः बढ़ाकर जनता का विश्वास खो देना चाहिए?" राम ने कहा तो वशिष्ठ निरुत्तर हो गए।

"राम, तुम उच्च आदर्शों को स्थापित करने वाले युग पुरुष हो। तुम्हारा आचरण ही मनुष्यों को जीवन पद्धति की सीख देने वाला होगा। मर्यादाओं के पालन में न तुमसा कोई हुआ है, और न होगा। मैं तुमसे उच्च जीवन मूल्यों से समझौता करने को नहीं कहूँगा। जो तुम करोगे वही पूरे संसार में अनुकरणीय होगा," कहते हुए वशिष्ठ कक्ष से बाहर निकल गए।

"भाभी श्री!" लक्ष्मण रुँधे गले से इतना ही कह पाए और हाथ जोड़कर खड़े हो गए।

"मैं जानती हूँ, तुम्हारा धर्म संकट। महाराज की आज्ञा सुनाते हो, तो मुझे दुखी करोगे। नहीं बताते हो, तो राजाज्ञा का उल्लंघन होगा। किन्तु मैं तुम्हारी दुविधा दूर किए देती हूँ। मुझे ज्ञात है कि तुम क्या कहना चाहते हो," सीता बोलीं। फिर कुछ क्षण मौन रहकर पुनः बोलीं, "चलो लक्ष्मण मुझे ले चलो, मैं तैयार हूँ।"

"भाभी श्री! यह महाराज का अनुचित निर्णय है। आपकी बात कभी प्रभु ने टाली नहीं है मैं भलीभाँति जानता हूँ। मैं यह भी जानता हूँ कि आज भी यदि आप अड़ जाएँ, तो प्रभु अपनी आज्ञा वापस ले लेंगे। सो हम सब की ख़ातिर चलकर स्वामी को बोल दें।"

"मैं जानती हूँ, यदि मैं हठ पर उतर आऊँ, तो मेरे स्वामी मेरी बात रखकर अपना निर्णय बदल देंगे। किन्तु लक्ष्मण मैं ऐसा करूँगी नहीं।"

लक्ष्मण ने आश्चर्यचकित हो देखा। उनके मुख पर दृढ़ता के भाव दिखे। अविचलित दिख रहीं सीता पुनः बोलीं, "यदि प्रजा के मन में मेरे सतीत्व को लेकर तनिक भी शंका है, तो क्या प्रजा का विश्वास पाने हेतु मेरा परित्याग राजा का अनुचित निर्णय है? क्या मुझे उनके इस निर्णय में साथ नहीं देना चाहिए? मैं जानती हूँ कि वे स्वेच्छा से नहीं अपितु अपने हृदय पर पत्थर रखकर रहेंगे। मैं उनके सामने जाकर उन्हें निर्णय लेने में निर्बल नहीं बना सकती। माताओं के सामने जाकर मैं उन्हें भी द्रवित नहीं करना चाहती। सो मुझे तत्काल यहाँ से ले चलो। अपने बड़े भ्राता और राजा की आज्ञा का पालन करो। लक्ष्मण चलो, अब सोचो नहीं।"

सीता यह कहते हुए चल दीं। लक्ष्मण ने आगे-आगे महल के द्वार पर आकर सीता को रथ में सवार कराया और स्वयं घोड़ों की रास पकड़कर रथ में आगे बैठ गए। घोड़ों को ऐड़ देने से पूर्व उन्होंने आशा भरी दृष्टि से महल की ओर देखा कि कदाचित कोई हरकारा, द्वारपाल, मंत्री या सैनिक दौड़ता आकर कहे कि महाराज ने अपना निर्णय बदल दिया है। किन्तु अर्थहीन आशा, कोई संकेत नहीं, कोई आस नहीं।

मुनि वाल्मीकि के आश्रम के समीप जब लक्ष्मण सीता समेत पहुँचे तो अनेक शिष्य भाँति-भाँति के कार्यों में लगे दिखे। कोई संध्यावन्दन की तैयारी कर रहा था, कोई गौशाला में गायों की देखभाल में, तो कोई साधना में रत था। कहीं यज्ञ की तैयारी हो रही थी, कहीं विद्यादान की कक्षाएँ चल रही थीं, तो कहीं हाल ही में द्विज बने बटुकों को वैदिक क्रियाएँ सिखाने की ब्राह्मणों की सभाएँ हो रही थीं। जिधर देखो उधर, झुण्ड के झुण्ड आश्रमवासी प्रसन्नचित अपने-अपने कार्यों में लगे थे। तभी सबकी दृष्टि आश्रम के द्वार पर गई, देखा एक रथ आकर रुका है। रथ में से गौर वर्ण, कांतिवान राज पुरुष उतर रहे हैं। कुछ पुराने मुनियों ने देखा तो पहचान लिया।

"अरे ये तो अयोध्या के कुमार लक्ष्मण हैं," एक मुनि बोले जो लम्बे समय से आश्रम में रह रहे थे। अन्य ने सुना तो लक्ष्मण की ओर अगवानी हेतु बढ़े।

"आइए कुमार आपका मुनि वाल्मीकि के आश्रम में स्वागत है!" आगे बढ़ कर ऋषियों ने कहा।

"प्रणाम समस्त मुनि गणों को, मैं अयोध्या नरेश श्रीराम का छोटा भाई कोसल का प्रधान सेनापति लक्ष्मण हूँ," दोनों हाथ जोड़कर अभिवादन करते हुए लक्ष्मण बोले, "क्या मैं मुनि वाल्मीकि के दर्शन कर सकता हूँ?"

"अवश्य, मैंने तो रथ से उतरते समय ही आपको पहचान लिया था। आइए, मुनिवर अपनी कुटिया में संध्यावन्दन की तैयारी कर रहे हैं," कहते हुए एक वृद्ध ऋषि समस्त मुनियों के साथ लक्ष्मण को लेकर वाल्मीकि की कुटिया की ओर चले। कुटिया के बाहर सभी रुके, ऋषि अंदर गए और कुछ ही क्षण पश्चात स्वयं मुनि वाल्मीकि कुटिया के द्वार पर प्रकट हुए।

"इस आश्रम में तुम्हारा स्वागत है कुमार! कहो कैसे आना हुआ? अयोध्या में सब कुशल तो है?"

"मुनि के चरणों में मेरा नमन। मैं आपसे एकांत में कुछ याचना करना चाहता हूँ," हाथ जोड़ लक्ष्मण बोले।

"हाँ, हाँ अवश्य। आइए अंदर चलें," कहते हुए मुनि लक्ष्मण को अपनी कुटिया में ले गए। लक्ष्मण ने मुनि को सारा वृतांत सुनाया। सीता की स्थिति जान मुनि द्रवित हो गए। निरपराध से ऐसा कठोर बर्ताव, सोचकर वाल्मीकि का हृदय फटा जा रहा था।

"कहाँ हैं पुत्री सीता?"

"आश्रम के द्वार पर रथ में बैठी हैं।"

"अरे! उन्हें अंदर क्यों नहीं लाए?" कहते हुए मुनि झपट कर उठे और बड़े-बड़े पग रखते हुए द्वार की ओर बढ़े। लक्ष्मण साथ हो लिए। आश्रम में सबने देखा मुनि बड़े वेग से द्वार की ओर चले जा रहे थे, तो व्याकुलता से सभी पीछे हो लिए। द्वार पर खड़े रथ के पास मुनिवर गए और चिक के पास जाकर पुकारा।

"पुत्री सीते! रथ से नीचे उतर आओ, तुम्हारे पितृ तुल्य वाल्मीकि अपने शिष्यों के साथ तुम्हारे स्वागत करने के लिए खड़े हैं।"

कुछ क्षण पश्चात चिक हटी, और धीरे-धीरे रथ से उतरकर सीता भूमि पर खड़ी हो गईं। सारे आश्रमवासी देखकर आशर्चयकित थे। किसी को कुछ नहीं सूझ रहा था कि क्या हो रहा है। तभी मुनि की वाणी कानों में पड़ी।

"शिष्यों! ये देवी सीता हैं, अयोध्या के राजा राम की पत्नी। अब से ये हमारे साथ ही रहेंगी। क्या कोसल की महारानी को हम ससम्मान यहाँ रख सकेंगे? आप सबकी सहमति हो, तो मैं कुमार लक्ष्मण के साध यह आश्वासन राजा राम के पास पहुँचा दूँ कि उनकी भार्या यहाँ सानन्द, ससम्मान रहेंगी। वे तनिक भी चिंता न करें।"

मुनि ने कहा तो सभी आश्रमवासी हर्षित हो बोले, "हमें प्रसन्नता होगी यदि देवी सीता हमारे साथ रहती हैं। हम उन्हें यहाँ बहुत आदर, स्नेह और सम्मान से रखेंगे। आप निःसंकोच महाराज राम के पास संदेश भेज दें।"

सीता को लेकर मुनि वाल्मीकि समस्त शिष्यों के साथ आश्रम में अंदर को चले। लक्ष्मण से भी आश्रम में चलने का आग्रह किया।

"सायं हो रही है आज यहीं आश्रम में रुक कर प्रातः प्रस्थान कर सकते हैं कुमार," मुनि बोले।

"नहीं मुनिवर, आज्ञा दीजिए मेरा लौटकर महाराज को समाचार देना आवश्यक है," कहकर लक्ष्मण ने मुनि को प्रणाम कर अनुमति ली।

लक्ष्मण सीता की ओर बढ़े। उनके चरणों में प्रणाम किया और हाथ जोड़कर खड़े रहे। आँखों से अश्रु धारा बह निकली। भाव विह्वल हो बोलना चाह रहे थे किन्तु शब्द थे कि निकलते ही नहीं थे। सीता ने उनकी

मनोदशा देखी तो ढाँढस बँधाया।

"जाओ लक्ष्मण, लौटने में तुम्हें विलम्ब होगा, इसलिए शीघ्रता करो। मेरा आशीष तुम्हारे साथ है। माताओं से, स्वामी से कहना मेरी चिंता न करें। पितृ तुल्य मुनिवर के पास मैं पूर्ण सुरक्षित और सानंद रहूँगी।"

कहते हुए सीता मुड़ीं और मुनि श्री के साथ आश्रम में अंदर बढ़ गईं। लक्ष्मण देखते रहे, प्रतीत होता था कि प्रस्तर बन गए हैं। पैर थे कि रथ की ओर उठते ही नहीं थे। बहुत देर तक किंकर्तव्यविमूढ़ खड़े रहे फिर रथ की ओर बढ़ गए। रथ में सवार होकर अयोध्या की ओर बोझिल मन से चल दिए। सीता को लेकर मुनि वाल्मीकि कुटिया में गए।

"पुत्री किसी भी बात कि चिंता न करना, समझो यह तुम्हारे पिता का घर है। आज से यह कुटिया तुम्हारी है। मैं निकट ही अपने लिए आज ही पृथक कुटी बनवा लूँगा। तुम जिस यशस्वी शासक राम की पत्नी हो और तुम्हारी जगत में जो प्रतिष्ठा है, उसी के अनुरूप तुम्हारी यहाँ देख भाल की जाएगी," जब मुनि ने सिर पर स्नेह से हाथ रखा, तो सीता फूट-फूट कर रो पड़ीं।

"नहीं, पुत्री शोक नहीं करना। जिस कर्तव्य पालन के पथ पर तुमने और राम ने पग रखा है उस पर भाँति-भाँति की परीक्षाएँ तो देनी ही होंगी। राम और तुम साधारण नर नारी नहीं हो। तुम दोनों ने सदैव उच्च आदर्शों को बनाए रखा है और कर्तव्य पालन का मार्ग, चाहे वह कितना भी दुर्गम क्यों न हो, सहर्ष अपनाया है। राम यदि आज देवत्व के स्तर तक पहुँचे हैं तो उसमें तुम्हारे तपोबल का भी हाथ है। राम को तुमने राम बनाया है पुत्री। राम के हर निर्णय में बिना प्रश्न किया साथ देना, बिना प्रतिकार किए उनकी हर इच्छा में ही अपनी ख़ुशी देखना और अपने सुखों को तिलांजलि दे औरों के कल्याण हेतु कष्टों को तुमने हँसते हँसते सहा है।"

"पर अब नहीं सहा जाता मुनिवर। क्या जिस पत्नी ने सदैव पतिव्रता रहते हुए अपने स्वामी में प्रीति रखी, उस पत्नी को, जबकि वह माँ बनने वाली है, इस प्रकार त्याग देना उचित है?" सीता ने बिलख बिलख कर कहा।

"क्या पुत्री तुम माँ बनने वाली हो? क्या श्रीराम जानते हैं?"

"नहीं। मैं उचित अवसर देखकर उन्हें बताने ही वाली थी कि उनका यह निर्णय आ गया। अपने निष्कासन के समाचार के पश्चात मेरा अंतर्मन

तैयार नहीं हुआ कि मैं उन्हें यह बताऊँ। क्योंकि उनसे मैं कोई सहानुभूति नहीं चाह रही थी और न ही उन्हें निर्णय पर पुनरावलोकन हेतु विवश करना चाह रही थी।”

“तुमने सर्वथा उचित किया पुत्री। संभव था कि अपने पिता बनने की जानकारी होने पर वे निर्बल पड़ जाते। अपने निर्णय पर अडिग न रह पाते। पुत्री, साधारण मनुष्य अनुकूल परिस्थितियों में तो उच्च मर्यादाओं की बात कर लेते हैं किन्तु विपरीत परिस्थिति में अचल रह कर बिना विचलित हुए उच्च आदर्शों, उच्च मर्यादाओं का पालन विरले नर नारी ही कर सकते हैं, राम और तुम ऐसे ही विरले नर नारी हो। तुम्हारे उच्च जीवन मूल्यों की तो आने वाले युगों में लोग सौगंध खाएँगे। तुम्हें और राम को यह कष्ट उठाना ही होगा क्योंकि संपूर्ण जीवन तुमसे इसी त्याग और बलिदान कि माँग करता है। पुत्री तुम दोनों का जीवन पथ लोगों के लिए अनुकरणीय होगा और युगों-युगों तक तुम दोनों को पूजनीय बनाएगा, युगों-युगों तक तुम दोनों की गाथा गाई जाएगी।” कहते हुए वाल्मीकि की आँखें भर आईं। सीता के सिर पर हाथ रखा और तेज़ी से कुटिया के बाहर निकल गए मुनि!!

सिकन्दर के आने के सैकड़ों वर्ष पूर्व यवनों ने भारत के पश्चिमी भाग सौराष्ट्र में अपना व्यापार फैलाया, अपनी बस्तियां बसायीं और भारत के भीतर अपनी सत्ता स्थापित करने के प्रयास किये। काल यवन का वध कर कृष्ण ने न केवल विदेशियों के बढ़ते प्रभाव को रोका, अपितु अनेक यवनों को आर्यों में सम्मिलित कराया। वैदिक रीतियों पर आधारित धर्म को पुरोहितों ने अत्यधिक खर्चीला और समय साध्य बना दिया। धर्म की जटिल प्रक्रियाओं से ऊब चुके जन मानस को कृष्ण ने उपनिषद के आधार पर ज्ञान, कर्म एवं भक्ति के मिश्रण से सरल, सहज उपासना विधि दी। कृष्ण का यह सिद्धांत चहुँ ओर लोकप्रिय हुआ और लोगों ने उन्हें ही ईश मान लिया। कृष्ण का दिया दर्शन संख्या बल में कम पांडवों को विजयी बना गया।

लोग कृष्ण को ईश्वर मानते रहे और वे ईश्वर सदृश्य बनने हेतु स्वयं को परिष्कृत करते गये। घोर आंगरिस ऋषि ने उनके लिये कहा कि तू 'अक्षित अक्षय' है, 'अच्युत अविनाशी' है और उन्होंने कुरुक्षेत्र में हुंकार भरी कि 'मेरा न आदि है, न अंत है,' 'मैं थल में हूँ, मैं जल में हूँ।' मुनि नारद जैसे ऋषियों ने 'नारायण नारायण' का जाप कर कृष्ण को विष्णु स्वरूप में स्थापित कर दिया।